EL OJO DE LA LUNA

IVAN OBOLENSKY

SMITH-OBOLENSKY
MEDIA

Título original: *Eye of the Moon*
Primera edición (en inglés): febrero de 2018. © Ivan Obolensky
© 2020 de la traducción: Dynamic Doingness, Inc.
© 2020 de esta edición impresa: Smith-Obolensky Media

https://smithobolenskymedia.com
https://ivanobolensky.com

Cubierta basada en el diseño original de Nick Thacker
Traducida por Germán González Correa

Todos los derechos reservados. No se permite la reproducción total o parcial de esta obra, ni su incorporación a un sistema informático, ni su transmisión en cualquier forma o por cualquier medio (electrónico, mecánico, fotocopia, grabación u otros) sin autorización previa y por escrito de los titulares del copyright. La infracción de dichos derechos puede constituir un delito contra la propiedad intelectual.

Esta es una obra de ficción. Nombres, caracteres, lugares y situaciones son producto de la imaginación del autor o son utilizados ficticiamente, y cualquier parecido con personas, vivas o muertas, establecimientos comerciales hechos o situaciones son pura coincidencia.

ISBN: 978-1947780-10-1
LCCN: 2020919886

Impreso en Estados Unidos por Kindle Direct Publishing en Carolina del sur.

A Mary Jo, quien me inició en la escritura

RESEÑAS

Un relato impecable, narrado con maestría en su estilo y en su trama. La mezcla adecuada de intriga, suspenso y romance, con un fondo psicológico y filosófico perfecto.

Una novela sutilmente llevada, escrita con elegancia e ironía. Unos personajes muy bien caracterizados y una descripción del ambiente en donde se sucede el relato, muy bien descrito. Con la minuciosidad de los grandes escritores de novela del siglo XIX.

Su lectura, nos atrapa desde la primera página y nos lleva por el laberinto del suspenso, el secreto y la aventura, hasta un final sorprendente que remata con broche de oro una obra endiabladamente bien escrita. Émula de las grandes novelas de suspenso de todos los tiempos. Ideal para regalar en navidad. ¡No se la pierda! -*Felipe Ossa, Librería Nacional*

La novela (*El ojo de la luna*) se sostiene a lo largo de casi 600 páginas, y se deja leer con mucho placer. El lector acompaña el suspenso (y el misterio) que la trama comienza a armar desde el inicio. Cada capítulo es un peldaño de un edificio que prepara la llegada del siguiente hasta construir una historia compleja, como lo es la historia de Rhinebeck, la mansión donde tiene lugar la historia que se narra. Tal vez sea Rhinebeck el paisaje (y el personaje) central de la novela, a partir del cual toman forma todos los demás.

Ese universo que es Rhinebeck es un universo autosuficiente y cerrado a sucesos del mundo exterior. Hay personajes muy bien logrados como por ejemplo el sesgo erótico de Elsa, la mujer del Barón, o Stanley, el mayordomo que desde la sombra regula los sucesos más misteriosos que acaecen en Rhinebeck. También los decorados y las descripciones del mobiliario obedecen a una aristocracia en descomposición, aferrada a sus riquezas. Aun cuando se trate de una historia con un perfil marcadamente norteamericano la novela transcurre a un ritmo ágil que la torna muy entretenida. -*Mauricio Bergstein, escritor*

OTRAS OBRAS DE IVAN OBOLENSKY

Este libro en inglés: *Eye of the Moon*
El audiolibro de esta novela está disponible.
www.books2read.com/eyeofthemoon

Segundo libro: *Shadow of the Son*
www.books2read.com/shadowoftheson

(Traducción al español latinoamericano: *A la sombra del hijo*)
www.books2read.com/alasombradelhijo

Para otros escritos, visite su sitio web: www.ivanobolensky.com

MAPA DE PERSONAJES

La familia Dodge
Abuelo John B. Dodge:
Se casó con Eleanor primero: una hija, Alice.
Luego se casó con Maw: un hijo, John Dodge.

Maw se volvió a casar con el Sr. Leland, dos hijas:
Sarah y Bonnie.

John Dodge casado con Anne, un hijo: Johnny.

Percy quedó al cuidado de la familia Dodge a una edad temprana ya que sus padres vivían en el extranjero. Su madre, Mary, es muy buena amiga de Anne Dodge.

Los maridos de Alice incluyen a lord Bromley y Arthur Blaine.

Robert Bruce es el perro de la familia.

La familia Von Hofmanstal
Hugo (el barón) casado con Elsa (baronesa), dos hijos:
Bruni y un hijo menor, que vive en Europa.

Personal doméstico de Rhinebeck
Stanley (el mayordomo) casado con Dagmar (la cocinera);
sus ayudantes son Simon y Jane.
Harry es el jardinero.

Conocido de la familia
Malcolm Ault era amigo de Alice y es el agente de lord Bromley.

PERSONAJES

John B. Dodge: se casó con Eleanor y tuvieron una hija, Alice. La relación terminó en divorcio, y posteriormente, se casó con Mary Leland (Maw), con quien tuvo a John Dodge (padre de Johnny).

Mary Leland (Maw): luego de divorciarse de John B. Dodge volvió a casarse con un banquero sureño de apellido Leland y con él tuvo a Bonnie y Sarah Leland. En la familia es conocida como *Maw* y en el mundo corporativo la llaman la Arpía. Su dinero puede equipararse a la economía de un país pequeño.

Alice: media hermana de John Dodge. Casada en primeras nupcias con lord Bromley. Después de su divorcio se casó con Arthur Blaine, de quien también se divorció. Murió en circunstancias misteriosas cuando Johnny y Percy tenían diez años. No tuvo hijos.

Bonnie Leland: hija de Mary Leland (Maw) y hermanastra de John Dodge.

John Dodge: dueño del fondo de inversiones Dodge Capital, se casó con Anne y juntos tuvieron un hijo llamado Johnny.

Percy (narrador): creció en la casa de los Dodge y fue a las mismas escuelas que Johnny. Es su mejor amigo.

Mary: madre de Percy. Amiga íntima de Anne Dodge. Se casó con Thomas luego de romper un breve compromiso con

Hugo von Hofmanstal. Los padres de Percy viajaban mucho y por esta razón él fue huésped permanente en las propiedades de los Dodge, que incluyen un apartamento con vista a Central Park en la ciudad de Nueva York y la hacienda en Rhinebeck, al norte del estado de Nueva York.

Lord Bromley: se casó con Alice, quien luego se divorció de él.

Malcolm Ault: viejo amigo de la familia Dodge y agente de lord Bromley.

Barón Hugo von Hofmanstal: amigo de vieja data de los Dodge, en particular de John. Estuvo brevemente comprometido con Mary, la madre de Percy, antes de casarse con Elsa. Elsa y Hugo son los padres de Brunhilde von Hofmanstal (Bruni) y tienen también un hijo menor, que vive en Europa.

Stanley: mayordomo contratado por Alice para el cuidado de Rhinebeck. Casado con Dagmar, la cocinera.

Simon y Jane: miembros del personal del servicio doméstico en Rhinebeck.

Harry: jardinero en Rhinebeck.

Raymond: chofer personal del señor Dodge.

Robert Bruce: no el rey de Escocia, sino un bull terrier inglés. Su amo es Johnny Dodge.

EL OJO DE LA LUNA

Ivan Obolensky

Traducida por Germán González Correa

NOTA PARA EL LECTOR

Esta es una obra de ficción, producto de mi imaginación. Como la mayoría de las historias, se encuentra anclada en alguna forma de realidad. Rhinebeck existió. La visité unas cuantas vacaciones en mi infancia, pero influyó en mi vida mucho más de lo que podría suponerse, dado el corto tiempo que pasé allí.

Los personajes de esta novela no son reales, aunque algunos de los nombres son de personas que vivieron y que en su mayoría han fallecido. Ninguna de ellas dijo o hizo las cosas que escribí, más allá de las meras convenciones.

La novela tiene lugar en los años setenta, antes de que existieran los teléfonos celulares y cuando las computadoras personales apenas despegaban.

Esta obra fue escrita con un solo propósito: deleitar al lector. Si lo logra, habré cumplido ese cometido. Es, después de todo, un cuento, y me gustan los buenos cuentos, a la mayoría de la gente le gustan. Espero que disfrute la lectura.

1

Amenaza con llover, pensaba la mañana de aquel miércoles, en la primavera de 1977, mientras miraba por la ventana. Esperaba el desayuno en mi habitación del hotel St. Regis, en Nueva York. Cuando llamaron a la puerta, abrí en bata de baño, pero, en lugar de un camarero con un carrito de servicio, entró Johnny Dodge.

—Oh, no —murmuré.

Johnny pasaba apenas los treinta años. Su cabello era rubio y largo, lucía delgado y en buena forma. Vestía un traje oscuro a rayas, y del bolsillo del saco sobresalía un pañuelo azul con pequeños lunares blancos, que hacía juego con su corbata. En su camisa color crema y de puños franceses llevaba unos pequeños gemelos de oro de Cartier. Los reconocí porque yo mismo se los había regalado años atrás.

Éramos prácticamente como hermanos. Crecimos juntos. Mis padres y los suyos eran buenos amigos, pero los míos viajaban con frecuencia fuera del país. Todos pensaban que un estilo de vida nómada como el de mis padres no era en definitiva el que más me convenía y que debía instalarme de manera permanente en casa de los Dodge. Había mucho espacio en su apartamento de la Quinta Avenida, en el piso catorce, con vista a Central Park. Dormí en la misma habitación que Johnny y asistí a las mismas escuelas. Me consideraban una especie de Dodge, lo cual representaba, según Johnny, ciertos privilegios, pero también, y no menos importante, algunas obligaciones asimétricas de cumplimiento inmediato, incluso ahora, varios años después.

Ivan Obolensky

Quería cerrar la puerta, pero no lo hice. Sabía que él simplemente seguiría tocando o me emboscaría cuando tratara de salir.

—Y un saludo para ti también, Percy —dijo Johnny—. Sé que esperas el desayuno. No te preocupes, lo subirán en un minuto. Devolví el pedido y añadí algunas cosas porque desayunaré contigo. Tenemos mucho de qué hablar y hay un auto esperando abajo, pero nos ocuparemos de eso en su debido momento.

—¿Vamos a algún lado? ¿O solo al aeropuerto para tomar mi vuelo de regreso en la tarde a California?

—Sí, claro, por supuesto. —Sonrió, me dio una ligera palmada en el hombro a modo de saludo y luego empezó a frotarse las manos, expectante, mientras miraba a su alrededor—. Bonita habitación —dijo, cambiando de tema.

Johnny podía llegar a ser exasperante. Sabía exactamente qué decir y qué hacer para que yo siguiera sus planes. Siempre se aprovechó de mi sentido de la obligación hacia él y su familia, y estaba seguro de que esta vez no sería la excepción.

—Johnny, no quiero entrometerme, pero ¿cómo te enteraste de que estaba aquí?

—El conserje está en la nómina de la familia Dodge; como si no lo supieras. Pero me alegro de que así sea y tú también deberías alegrarte.

—¿Alegrarme?

—Sí, deberías estar contento. Te estoy salvando el pellejo.

—Oh, Dios...

Supe entonces que la situación era peor de lo que imaginaba. La magnitud de una dificultad en la que Johnny estuviera involucrado era directamente proporcional a lo que él consideraba la culpa de alguien más.

El ojo de la luna

—Nada de «oh, Dios». Crees que tengo un gran problema porque te culpo. Pero ten la absoluta seguridad de que también estás en problemas. Piensa en la última vez que estuviste en Rhinebeck.

Rhinebeck era el nombre del poblado, en el condado de Dutchess, donde se encontraba la propiedad de cien hectáreas de los Dodge, situada en un alto acantilado con vista al río Hudson. Johnny y yo la llamábamos *hacienda Rhinebeck*. La visitábamos con frecuencia durante las vacaciones escolares y años más tarde se convirtió para nosotros en un refugio de fin de semana.

Johnny se quitó la chaqueta y la puso sobre la cama antes de sentarse en una de las sillas que miraban hacia la ventana, esperando mi respuesta.

—La última vez que estuve en Rhinebeck fue contigo, hace unos años. Francamente, mi memoria está un poco borrosa.

—Seguro que así es. Estuviste en un marasmo alcohólico la mayor parte del tiempo, y debo admitir que yo también, pero eso no importa. ¿Tienes algún recuerdo de que tú y yo hayamos bebido un par de botellas de Château Lafite?

Rhinebeck tenía una cava excepcional a la que Johnny y yo descendíamos a menudo, subrepticiamente.

—Lafite. Sí, muy buenas, si mal no recuerdo. De hecho, eran realmente excepcionales. No olvido tu deleite cuando descubriste esas dos botellas en la parte de atrás de la bodega. Nos bebimos las dos, una tras otra, y no parabas de decir que era un vino digno de los dioses.

—Bueno, puede que haya sido el caso, pero ¿recuerdas la cosecha? Piensa con cuidado.

Traté de recordar y contesté:

—Desafortunadamente, no. Pero no olvido que dijiste que afrontaríamos las consecuencias cuando llegara el momento, si alguna vez se descubría nuestro robo.

—Lástima que no recuerdes el año, porque yo tampoco, y me temo que es hora de afrontar esas consecuencias. Déjame explicarte. Como bien lo sabes, mis padres han disfrutado muchos años de felicidad conyugal y se acerca un aniversario importante. Decidieron celebrar la ocasión con una cena íntima para un número selecto de huéspedes este fin de semana. Por cierto, estás invitado. Me las arreglé para mencionarles que te sentirías despreciado si no te invitaban, ya que estabas en la ciudad y eres de la familia; o, al menos, casi de la familia.

Johnny metió la mano en el bolsillo del pecho y colocó sobre una mesa auxiliar un pequeño sobre de papel grueso de color crema. Reconocí la letra de la secretaria de la señora Dodge.

—Tu invitación personal... Sé cómo reaccionarías si te dijera simplemente que estás invitado.

Antes de que pudiera protestar, sonó el timbre y Johnny se levantó de un salto para abrir la puerta. Dos carritos con el desayuno entraron en la habitación y al instante se armó lo que parecía un verdadero banquete. El problema debía de ser grande. Johnny estaba desplegando toda su artillería. Agradeció a los camareros y les dio un par de billetes.

—Guarden el cambio —les dijo y los condujo a la puerta.

Tomé un pedazo de pan tostado, una taza de café negro y di una mirada a los huevos benedictinos.

—Bueno, Johnny, me tienes seriamente preocupado. ¿Qué sucede?

—Ah, sí, ya te cuento. Comamos primero.

—¡Johnny!

—Está bien, pero me muero de hambre.

Se sirvió una taza de café y tomó un trozo de pan tostado con tocino, que comenzó a masticar entre frases. Yo comía y escuchaba.

—Hace algunos años, mis padres decidieron guardar en el fondo de la cava de Rhinebeck un par de botellas de Château

El ojo de la luna

Lafite 1959 para abrirlas en un aniversario muy especial. Era su secreto pero, la semana pasada, los oí hablar de él. Bueno, imagina mi horror cuando descubrí que eran las mismas botellas que tú y yo bebimos hace algún tiempo. No las dejaron bajo llave en Nueva York, donde deberían haber estado, sino expuestas a la vista de todos. Y ahora ellos esperan disfrutar en la cena de este sábado el vino de la que se ha considerado una de las mejores cosechas de Château Lafite jamás producida. Apenas puedo imaginar la sorpresa y la indignación que sentirán cuando descubran que esas dos botellas desaparecieron.

—Ya veo. Pero ¿realmente las bebimos? Tal vez no fue así y todavía están ahí.

—Puede ser cierto y ese el problema. Debemos estar seguros o idear un plan para reemplazarlas.

—Puede que no sea muy difícil restituirlas —dije—. Corrígeme si me equivoco, pero ¿no hay más cajas de Lafite en esa cava?

—Sí, hay, pero no del 59 ni del 61, te lo aseguro. Las botellas de esos años son muy raras. Incluso mis padres escribieron pequeñas notas de amor en las etiquetas. La preocupación me tiene casi enfermo, y no dejo de pensar que nuestro robo está por salir a la luz; justo en una semana como esta.

—¿Fue una mala semana?

—Horrenda. —Johnny se levantó y comenzó a caminar de un lado a otro. Definitivamente, algo le molestaba. —He cargado un gran peso sobre mis hombros durante los últimos días. El informe financiero mensual estará listo el viernes y mi padre recibirá una copia para revisarla durante el fin de semana. Te aseguro que no será un momento feliz. A veces maldigo que tengamos un negocio familiar.

—¿El informe es malo?

—Horrible. Realmente lo arruiné todo. La compraventa se concretó en el momento equivocado, lo que elevó mis pérdidas del mes. Mi padre sabe de algunas de ellas, pero no de los intentos de arbitraje de anoche, que realmente resultaron mal. No estará muy contento después de recibir el informe. Añade a eso el vino perdido, que esperan con ansias, y mi prometedora carrera podría irse al demonio.

Johnny se dirigió a la ventana. Abrió la cortina y miró hacia afuera distraídamente. Mi experiencia me decía que llegaríamos pronto al meollo del asunto.

—Y luego está el tema de Brunhilde —susurró.

—¿Brunhilde?

—Sí, Bruni.

Se apartó de la ventana y tomó asiento en su silla. Suspiró y empezó a mordisquear nerviosamente otro trozo de tocino. Dejé que se tomara su tiempo. Por fin, se detuvo y me miró.

—Y, para rematar, mi madre quiere nietos y está ansiosa por verme casado. Propuso a Brunhilde como una posible pareja. No es que pueda obligarme. Después de todo, estamos en el siglo XX, pero comenzó a aumentar la presión como solo las madres saben hacerlo. Todo este asunto empieza a crear tensión entre nosotros. Sé que perderá la paciencia si se desmorona esta última táctica suya. Para darte una idea de lo que implica, déjame decirte tan solo que los padres de Brunhilde son el barón y la baronesa Von Hofmanstal. Muy convenientes y muy ricos. Mi madre invitó este fin de semana a los tres a la cena especial en Rhinebeck y a recorrer el lugar.

»Brunhilde, según mi madre, es extraordinaria y capaz de detener el tráfico, lo que es una buena noticia, sin duda alguna. La mala noticia es que la sola idea de asentarme con cualquiera me pone muy nervioso. Una vez me leyeron el tarot, por no hablar de otros métodos para adivinar mi futuro marital, y todos

El ojo de la luna

señalaron con total certeza lo mismo: no lo hagas. Uno de esos adivinos fue más lejos y pronosticó que casarme podría acarrear una perturbación planetaria de proporciones cataclísmicas y me suplicó de rodillas que nunca lo hiciera. Sé que piensas que es demasiado dramático, pero ese incidente me afectó mucho, y hasta la fecha he evitado satisfactoriamente tales enredos.

»Además, me enamoro con demasiada facilidad, y eso siempre ha sido un problema para mí. Nada indica que mi carácter haya cambiado o que vaya a cambiar pronto, así que prefiero renunciar a toda costa al matrimonio. Pretendo seguir adelante con mi determinación, pero no sé si pueda resistirme a una joven hermosa, a las maquinaciones de mi madre y a un futuro seguro y prolongado de gran riqueza; de ahí, nuestra conversación.

—Vaya, Johnny, esa es toda una declaración sobre tu naturaleza. Nunca dejas de sorprenderme.

Bebí más café. El desayuno estaba logrando su cometido y el hecho de que Johnny fuera tan franco había suavizado mi determinación de resistirme con firmeza a acompañarlo hasta Rhinebeck. La majestuosa belleza de la casa matizaba gran parte de mis recuerdos, pues, entremezclados entre los largos intervalos de tranquilidad y felicidad, hubo períodos de inquietante perturbación y más de un caso de terror que me impedían simplemente consentir.

—Sí, hasta yo puedo a veces ser consciente de mis propias limitaciones. Pero, no es todo; hay algo más. Puede que me haya topado con Brunhilde antes y volverla a ver podría resultar muy incómodo.

—Ah, ¿sí?

—Sí, por supuesto. Estoy bastante seguro de haberla conocido. Quiero decir, ¿con cuántas mujeres llamadas Brunhilde, que tengan el pelo negro, los ojos de un color azul eléctrico y se apelliden Von-algo puede uno encontrarse? Nunca entendí por completo el apellido de esta mujer. Realmente, me gustaría olvidar ese encuentro. Le atribuyo la culpa por completo a ese condenado Robert Bruce.

—¿El rey escocés del siglo XIV o tu terrier blanco?

—El perro.

—Me dijiste que fue desterrado para siempre a Rhinebeck. ¿Asumo que tiene algo que ver con eso?

—Así es —Johnny se levantó, se sentó y suspiró profundamente—. No le he contado a nadie esta historia y la comparto contigo bajo la más estricta confidencialidad, solo porque, de ser la misma Brunhilde, podrás entender mi aprieto.

—Escucho.

—Hace unos años, muy temprano una mañana, llevé a Robert a dar un paseo al otro lado de la calle, hasta Central Park. Yo salía con Laura Hutton en ese momento. Le gustaban mucho los perros, así que compré el cachorro Robert Bruce para impresionarla. No tenía ni idea de que esa raza era tan testaruda ni de que comía cualquier cosa que no estuviera amarrada. Quiero decir, comprar ese perro fue como saltar desde un precipicio y pensar que algo se resolvería en el camino. No tenía ni idea de lo que hacía.

»La criatura estaba obsesionada con las pelotas de tenis. Yo siempre llevaba un par para lanzarle y que hiciera un poco de ejercicio, además de una adicional para atraerlo y amarrarlo cuando yo quisiera volver a casa. Por supuesto, el pequeño bastardo se hacía el tímido y esperaba a unos cuantos metros, mirándome con esos ojos pequeños y brillantes, hasta que me acercaba y le quitaba la maldita pelota de entre las mandíbulas. Yo rezaba para que no me arrancara la mano, mientras él intentaba agarrar la pelota con más fuerza. También tenía que lanzarla de nuevo con rapidez o, si no, me la arrebataba de los dedos con sus dientes.

El ojo de la luna

»Esa mañana en particular, estábamos jugando con la pelota cuando vi subir a esta hermosísima mujer con dos labradores amarillos. Les quitó la correa y se detuvo cerca de mí. Preguntó si el bravucón era mi perro y cómo se llamaba. Parecía de mi edad y tenía mi estatura, llevaba el pelo negro, una piel maravillosa y pálida, y los ojos más azules que haya visto en mi vida. Era absolutamente imponente, tanto que me olvidé por completo de Robert, que mordía la pelota a unos metros y esperaba que yo fuera a buscarla. Normalmente, mi respuesta era muy rápida, porque, si dejaba que se las arreglara solo, mordía la condenada pelota hasta hacerla pedazos. Esta vez la empujó hacia mí, esperando llamar mi atención. Pero uno de los otros perros la interceptó y huyó con ella.

»Bueno, la cosa se convirtió en un amigable jaleo, con perros que iban y venían de un lado para otro. Continuamos hablando y de vez en cuando mirábamos si todos se estaban comportando. Yo estaba de cara a los perros y ella de espaldas. Entonces, Robert decidió que tanta emoción había sido un estímulo suficiente como para evacuar su vientre. Se agachó, mientras los otros dos perros seguían jugando con la pelota. Todo parecía normal hasta que advertí que le estaba tomando más tiempo del habitual. Me pregunté qué habría estado comiendo últimamente. Robert Bruce se hallaba a cierta distancia, pero el color de lo que salía era decididamente verde, y eso era extraño.

»Mientras yo miraba, uno de los perros le pasó la pelota a Robert, que por un instante detuvo lo que hacía y se lanzó a agarrarla. Luego, procedió a realizar varias carreras, paradas y agachadas, mientras los otros dos perros trataban de quitarle la pelota. Cuantas más veces hacía esto, más largo se volvía el tronco verde marrón. Para entonces, la longitud era tal que incluso el dueño de un gran danés se habría asombrado, y seguía creciendo. Me sentí incómodo, pero aún estaba cautivado por la bella mujer que tenía ante mí y continué hablándole como si nada sucediera, mientras la parte más sensible de mi cerebro empezaba a registrar todo aquello con cierta alarma. Sus perros ladraban cada vez más fuerte y su conmoción crecía con la actuación hercúlea de Robert. Yo esperaba, sin embargo, que todos se marcharan.

»Intenté mantener a la hermosa dama mirando hacia mí, pero el alboroto resultaba excesivo. Entonces, se dio vuelta para ver lo que pasaba. Parecía un poco sorprendida y, con voz jadeante, dijo:

—¿Le sucede algo a tu perro? Parece que le está saliendo algo del trasero.

—Oh, es bastante normal —le respondí eso o alguna tontería semejante, tratando de restarle importancia al asunto; pero, a decir verdad, parecía que algún mago perverso estuviera haciendo un truco espantoso con mi perro. La cosa tenía ahora casi un metro de largo y, para empeorarlo todo, Robert había empezado a avanzar hacia nosotros. La pelota quedó en el olvido y los dos labradores lo seguían, ladrándole agresivamente a esa especie de serpiente que arrastraba tras él.

»No quería tener nada que ver con ese perro, pero Robert había decidido, justo en esta ocasión, traerme la pelota. Mientras se acercaba, la maravillosa mujer a mi lado sugirió que buscara un palo o algo parecido para ayudar a librar al pobre Robert de aquello que le estaba costando expulsar.

»Su sugerencia no le hizo ganar muchos puntos, ya que mi concepto de mortificación total se redefinía y crecía exponencialmente con cada segundo que pasaba. Me sentía en una especie de película de terror y no lograba entender lo que sucedía, hasta que reconocí lo que Robert estaba evacuando.

»Laura había estado extrañando una de esas bufandas grandes y caras. Indignada por la pérdida, aseguraba que la tenía cuando llegó a cenar la otra noche y que alguien, probablemente del servicio, la había robado. Laura podía llegar a conclusiones

El ojo de la luna

apresuradas, pero yo tenía la respuesta ante mí: Robert se la había comido. Enigma resuelto.

»Murmuré un comentario disparatado; Robert Bruce se encontraba ahora a mi lado. Golpeaba mi pierna con la pelota, para que yo la tomara, cuando uno de los perros de la mujer se las arregló para pararse en el extremo de la bufanda en el momento justo en que Robert daba un salto: treinta centímetros más salieron y la asquerosidad completa cayó al suelo. El hedor era insoportable, aunque el alivio fue inmediato. Robert saltó entonces más de medio metro en el aire con la pelota en la boca para llamar mi atención.

»Instintivamente, la tomé de sus dientes y la lancé lo más lejos posible. Todos los perros corrieron tras ella.

»Miré fascinado lo que quedaba de la bufanda de Laura y dije:

—¡Dios mío! Mira eso. Es una Hermès.

—Pues bien —la mujer a mi lado interrumpió mis reflexiones—, no dejarás eso en el suelo... ¿No vas a recogerlo y tirarlo a la basura?

»Por supuesto que quería dejar la maldita cosa ahí tirada. ¿Qué más podría hacer con eso? Solo que no fue lo que dije. Era hermosa, pero se estaba volviendo un tanto inquisidora. Todo lo que yo quería era huir. En circunstancias normales, hubiese salido corriendo, esperando que Robert me siguiera, pero ella se paró frente a mí, bloqueando el camino, y continuó señalando que de alguna manera yo debería hacerme responsable del absurdo elemento que yacía frente a mí. Cualquier chispa que hubiese podido haber entre nosotros se estaba desvaneciendo rápidamente. Ceder a sus demandas parecía el único camino viable.

»No había árboles cerca, así que me alejé buscando alguna especie de palo para recoger la cosa y llevarla a un basurero. Robert y el resto de los perros me siguieron con la pelota.

Descargué mi frustración arrojándola muy lejos, y los perros corrieron de nuevo, persiguiéndola.

»Después de buscar varios minutos logré encontrar un par de palos adecuados y regresé. Esperaba que durante ese tiempo ella se hubiera marchado con sus perros. Pero no, había esperado y me miraba mientras yo recogía con cautela la pegajosa monstruosidad, la dejaba caer accidentalmente, la recogía de nuevo, caminaba unos cuantos pasos y repetía el procedimiento. Cuando por fin llegué al cesto de basura, me deshice de esa cosa de una vez por todas. Estuve a punto de vomitar varias veces en el trayecto, pero al final logré mi cometido. La maldita cosa era sorprendentemente pesada.

»Solo después de verificar que yo había tirado los restos, ella silbó —de manera impresionante, pensé en ese momento—, les puso los collares a sus dos perros y se marchó.

»Llamé a Robert. Creo haberle gritado bastante fuerte: «¡Maldito bastardo!». Ella se encontraba a cierta distancia, pero giró, me miró con desprecio y siguió caminando.

Johnny se detuvo y tomó un sorbo de café.

—¡Santo cielo! —dije—. Debió de ser *muy* embarazoso. ¿Supo tu nombre?

No creo haberlo dicho nunca, pero podría reconocerme si nos volviéramos a ver. Aunque yo, claramente, la reconocería. Por desgracia, ese no es el final de la historia. Hay otra parte, que es la cereza del pastel.

—Dudo que puedas empeorarlo.

—*Au contraire*. Pude darle un buen vistazo a la bufanda mientras la sostenía con el palo, sintiendo arcadas a cada paso, y me di cuenta de que la seda todavía estaba en buena forma. No se veían marcas de dientes o rasgaduras. Como era la favorita de Laura, y tal vez porque me sentía un poco culpable por buscarle charla a esa bella arpía de ojos azules, decidí que mi penitencia consistiría en rescatar los restos de la basura y limpiarlos. Una completa locura, sin ninguna duda, pero había visto una bolsa de papel vacía en el mismo cesto, lo que me llevó a pensar que podría ser una buena idea. Robert regresó, le puse la correa y volví con él adonde había tirado los restos. La bolsa estaba allí, pero los palos se hallaban en el fondo y fuera de mi alcance. Consideré lo que habría que hacer y concluí que era imposible evitarlo: tenía que recoger la bufanda sucia por un extremo con mis dedos. Puse la correa de Robert en el suelo, me paré sobre ella para liberar mis manos y, luego, saqué la cosa horrorosa del cesto. Intenté sujetar la bolsa por debajo con la otra mano, pero la bufanda era demasiado larga, así que me vi obligado a agarrarla por el medio. Imagina mi sorpresa cuando vi venir nada más ni nada menos que a esa bruja con sus dos perros. Se detuvo a corta distancia, boquiabierta por un momento, y luego se dio vuelta. La mirada en su rostro era de una repulsión y de un disgusto tales que espero no vivir de nuevo algo así, mucho menos con una mujer tan atractiva. Fue horrible... Espantoso. Increíblemente bochornoso.

—¿Así que crees que puede ser la misma joven?

—Exacto. Miremos las probabilidades. Digamos que es la misma mujer y se encuentra de nuevo al mismo hombre con el mismo perro, pero en un lugar diferente. ¿Qué crees que sucedería?

—Odiaría decirlo —aventuré—, pero, definitivamente, no quiero adelantarme.

—Muy gracioso. ¿Qué oportunidad crees que tenga ese hombre de establecer una especie de relación? Y ni pensar en hacer una futura propuesta de matrimonio...

—Bueno, las probabilidades de que sea la misma mujer son muy remotas, pero estoy de acuerdo. Si, por alguna extraña vuelta del destino, la mujer que conocerás en Rhinebeck es la misma a la que sometiste a ese calvario, pensaría que tienes muy pocas

Ivan Obolensky

posibilidades de éxito. Por cierto, si no te importa que pregunte, ¿qué pasó con la bufanda?

—Finalmente, metí el esperpento en la bolsa y lo llevé a una tintorería en otra parte de la ciudad. Fui sincero en cuanto al hecho de que la prenda se había manchado con un poco de excremento de perro, lo que explicaba que la bolsa estuviera atada con una cuerda; sin embargo, tal vez no revelé el grado completo de suciedad. Le di al encargado cien dólares por adelantado por sus servicios luego de pedirle enfáticamente que abriera la bolsa lejos de la vista del público. Era lo máximo que podía hacer. El resultado fue más que mediocre. Los colores se veían desvanecidos y, para cuando recuperé la bufanda, Laura y yo no estábamos juntos ya. Envié a Robert al campo, donde pudiera correr, y le puse la bufanda alrededor del cuello como despedida. La sigue teniendo, hasta donde yo sé.

—Bueno, si es la misma joven, tal vez quieras enterrar la bufanda. Pero ¿cuáles son las probabilidades?

—¿Cuáles calculas que son?

—Remotas. Muy remotas. ¿Una en mil millones?

—En general, estaría de acuerdo contigo, pero creo que la vida tiene ideas acerca de las probabilidades que difieren mucho de las nuestras, hasta el punto de apostar que Brunhilde von Hofmanstal y Brunhilde la de los perros son una y la misma. Además, una vez leí sobre un cálculo que concluía que todas las personas que lleguen a vivir setenta años o más experimentarán durante su vida al menos dos eventos improbables.

—Recuerdo haber leído eso también.

—De modo que me entiendes. Esta puede ser mi probabilidad de una en mil millones, y creo que deberías acompañarme a Rhinebeck para ver con tus propios ojos si es ella o no. ¿Qué dices?

El ojo de la luna

—Déjame pensarlo. Admito que en un principio no iba a acompañarte, aunque la situación es intrigante. Pero ¿qué hay de mi vuelo?

—No te preocupes, ya me he encargado de todo. Cancelé tu reservación y viajarás en el Lear de la compañía el lunes, desde Teterboro hasta Van Nuys, a eso de las tres.

—Eso suena un poco presuntuoso —dije con cierta alarma.

—Lo sé. Lo sé —respondió levantando las manos—. Mira, no puedo decirlo más claro: ¡Por favor!

Johnny se acercó a la ventana otra vez. Se quedó ahí, mirando hacia afuera. Había sentido un tono inusual de desesperación en su voz y eso me inquietaba más que lo que podía haber dicho. Él nunca fue de los que expresan sus verdaderas motivaciones a nadie, al menos no en la primera oportunidad, ni siquiera en la segunda. No me estaba contando toda la historia; eso lo sabía. Pero me preocupaba por él y me sorprendí a mí mismo al decir:

—Considéralo hecho. Voy contigo.

—¿Vienes? —Se volvió hacia mí claramente aliviado.

—Sí.

—Es la mejor noticia que he tenido en mucho tiempo. Lo digo en serio. ¿Me ayudarás con el asunto del Lafite?

—Por supuesto.

—¿Y con Brunhilde?

—No estoy seguro de cómo, pero lo intentaré. ¿Qué quisieras que haga?

—No lo sé. ¿Que hables con ella?

—Supongo que podría hacerlo, pero dudo que esas dos cosas sean el verdadero problema, ¿no? —Me miró cuidadosamente.

—Ha pasado tanto tiempo que olvidé lo bien que nos conocemos. Tienes razón, por supuesto, pero tendrás que esperar por esa respuesta. ¿Puedes hacerlo?

—Puedo, si debo.

—Entonces, está decidido. Mejor empecemos a movernos. Debes hacer las maletas, el auto está esperando abajo. Apresúrate.

Cualquier vulnerabilidad que él hubiera mostrado se había desvanecido en un instante. Siempre era así, pero yo sabía que tenía problemas, y ese era un día extraño. Me había pedido ayuda, y eso era más extraño aún.

2

Después de haber decidido alterar mis planes y acompañar a Johnny a Rhinebeck, me vestí rápidamente, empaqué y salí del St. Regis. Tal como lo había anunciado, un auto nos esperaba para llevarnos hacia el norte, bordeando el río Hudson. Justo empezaba a llover.

Johnny y yo nos acomodamos en la larga limusina negra para las dos horas de viaje. Mientras subíamos por el parque, le pregunté:

—¿Ha cambiado mucho Rhinebeck?

Johnny se quitó la chaqueta y puso los pies en el asiento plegable de enfrente antes de contestar.

—Básicamente, sigue igual. Algunas mejoras en la cocina; modernizaron las estufas, la refrigeración, las alacenas, pero sigue casi como lo recuerdas. Stanley y Dagmar, firmes como siempre. Stanley todavía usa un chaqué y sigue en todo el modelo de un mayordomo inglés, pero ahora tiene un nuevo ayudante, un joven llamado Simon, que se ocupa de las tareas más mundanas, como pulir la cubertería de plata, aunque también ayuda en la mesa. Las campanas han sido reemplazadas por timbres electrónicos.

»Dagmar manda en la cocina y sigue preparando la comida tan bien como siempre. Espera con ansia las cenas, pues así puede comandar un equipo de asistentes, pero estas son cada vez menos frecuentes. Tiene una ayudante permanente llamada Jane, que también es nueva. Y Harry, el jardinero, sigue allí, tan hosco como de costumbre, y ahora comanda una flota de cortadoras de césped nuevas y más veloces. Los terrenos lucen inmaculados; ya verás.

—¿Sabes?, todavía sueño con las tostadas en esas canastillas de plata en el desayuno y con el famoso caldo escocés de Dagmar en el almuerzo. En mi mente, Rhinebeck sigue siendo un lugar misterioso y maravilloso.

—Sigue tan misterioso como siempre —dijo Johnny volviéndose hacia mí—. Como sabes, la tía abuela Eleanor, quien construyó el sitio, se dedicaba a la adivinación, los pronósticos, la brujería, ese tipo de cosas... Creo que esas cualidades se fundieron con la propiedad misma. Además, según algunos, atrapó a mi abuelo, el viejo John B. Dodge, valiéndose de esas artes. Otros dicen que fueron su belleza y unos pechos sin igual en su generación. Me inclinaría por lo último, pero nunca se sabe.

—¿Eleanor era una cazafortunas?

—Difícilmente. Venía de una familia honrada de banqueros de Filadelfia. Aun así, la consideraron bastante escandalosa en su época. Se decía que los clérigos la evitaban como a la peste, ya fuera porque podía tentarlos por caminos que era mejor dejar inexplorados o por su gusto por lo oculto. Resulta difícil saber qué les asustaba más.

»Después de que Alice nació, y luego de varios años tumultuosos juntos, se divorciaron, lo que no mejoró la reputación de Eleanor. Desgraciadamente, murió poco después, y Alice la remplazó en el departamento de los escándalos, justo donde Eleanor lo dejó.

Asentí con la cabeza.

—Yo diría que la superó, pero Alice me encantaba cuando era niño. Siempre fue muy carismática.

—Lo era, pero, en el fondo, su vida era un desastre. Todos sus matrimonios fracasaron, porque estaba inmersa en su investigación o correteando con alguien más. Dudo que algún hombre hubiera podido retenerla. Y siguen circulando historias sobre su muerte, a pesar de que han pasado tantos años.

El ojo de la luna

—Ah, sí. El famoso titular «Dama de la alta sociedad muere en circunstancias misteriosas» que entonces puso a todos a especular.

—Es cierto, y mis padres todavía guardan silencio sobre lo que pasó.

—¿Crees que saben algo?

—Sospecho que más de lo que dicen. De vez en cuando intento que hablen de ello, pero hasta ahora con poco éxito. Mi madre cambia de tema, y mi padre ignora por completo las preguntas. Él era muy cercano a Alice, quizás más que nadie. Creo que su muerte lo sigue afligiendo.

Johnny miraba la lluvia por la ventanilla del auto, mientras yo retrocedía en el tiempo y me maravillaba de lo hábilmente que nos habían ocultado la verdad sobre ese tema. Johnny y yo no asistimos al funeral de Alice porque se consideraba inapropiado para los niños. Transcurrieron muchos años antes de saber lo sensacional que había sido su muerte. No era que no la conociéramos. Pasábamos vacaciones en su casa y la veíamos con frecuencia. Nos intimidaba. De alguna manera, agradecía que guardáramos solo los recuerdos felices de su vida.

Johnny se estiró y dijo:

—No culpo a mis padres por no hablar de su muerte. Fueron tiempos oscuros. La prensa disfrutó a sus anchas. «La trama se complica. La Policía investiga». Ese tipo de cosas... Los titulares bastaban para crearle a cualquiera una opinión sesgada sobre el tema. Además de eso, no hubo testamento. Aunque gran parte se aclaraba con los numerosos fideicomisos con los que manejaba sus finanzas, una parte importante no estaba cubierta. No puedo creer que sus asesores bancarios no la obligaran a redactar un testamento, aunque esos errores no son particularmente inusuales. Por cierto, espero no estar aburriéndote.

—En absoluto, su vida siempre fue un tema fascinante para mí. Ojalá la hubiera conocido mejor de adulto. Podría haberla apreciado más, pero la recuerdo con cariño como alguien imponente, que nos vigilaba siempre desde el fondo.

—Sí, sé a lo que te refieres. Era una persona a la que no podía pasarse por alto. Investigué un poco. No mucho, pero algo.

—¿Y qué descubriste?

—Desafortunadamente, no lo suficiente, pero hay algunas cosas que quizás no sepas. Sus compañeros en el mundo académico la consideraban una investigadora exigente y brillante, pero quienes la conocían socialmente pensaban que era descuidada en sus asuntos personales. El banco Mellon manejó la mayor parte de su dinero, aunque muchas cosas se pasaron por alto.

»Mi padre dijo que, al hacerse cargo de sus finanzas, luego de su muerte, encontró una gran cantidad de cuentas sin pagar, desde multas de estacionamiento hasta facturas de Van Cleef por unos aretes de diamantes. Tenía mucho dinero. Simplemente no le quedaba tiempo para los que consideraba detalles aburridos de la vida. Al final, él tuvo que arreglar todo el lío que ella dejó.

—Apuesto a que le tomó un tiempo —dije.

—Así es. Ella siempre estaba perdiendo cosas. Extravió uno o dos maridos. A uno lo abandonó en un lugar remoto, y le llevó años regresar a la civilización.

—Lo recuerdo... ¿Arthur Blaine?

—Sí, ese mismo. Alice se casó con él después de divorciarse de lord Bromley. Y se separó de Blaine en una selva sudamericana, justo antes de la temporada de lluvias. El pobre estuvo atrapado durante meses junto con su grupo. Se quedaron sin comida; bebieron agua malsana. Se habló de asesinato y canibalismo. Blaine contrajo dengue y casi muere; tardó mucho tiempo en recuperarse. Volvió destrozado, rogando perdón por algo que hizo en el viaje, pero de nada valió. Alice siguió su camino. Ni siquiera quiso verlo. Más tarde, él contó que ella había

El ojo de la luna

querido matarlo por algo que encontraron. Alice se lo robó y lo dejó a él allí para que muriera.

—No había escuchado nada de eso. ¿Crees que sea verdad?

—Por lo que tengo entendido, él era apenas un aficionado en cuanto a expediciones a la selva, así que dejarlo atrás podría interpretarse en algunos círculos como una sentencia de muerte, pero la verdad es que ella se quedó apenas con un morral. Él tenía la mayoría del equipo y a la cuadrilla. Todo estuvo bien sincronizado. Sobre lo que encontraron, no sé nada.

—Me sorprende que supiéramos tan poco de ella. Todo lo que nos decían era que estaba «ausente» por largos períodos.

—Las expediciones arqueológicas fueron una parte importante de su vida. Conocía muy bien lo que era una excavación. Y tenía el dinero suficiente para financiar y apoyar proyectos en todo el mundo. Solo me enteré de todo esto mucho después.

»En cuanto a la causa de la ruptura con Arthur, no descubrí nada concreto. Circulaba en ese momento una historia sobre él; que coqueteaba con alguien nativo de género indeterminado, lo que podría ser una buena explicación. Puedo entender que ella lo dejara, pero tuvo muchos compañeros, antes y después, y era muy engreída, así que no la veo marchándose ofendida. Tenía un lado reservado, así que, probablemente, había algo más.

—Se suponía que era muy abierta, ¿no? Los periódicos la describían como una de esas personas que se muestran tal cual son y, a menudo, su escasa vestimenta dejaba poco a la imaginación.

—Los periódicos la retrataron así con razón. Después del escándalo de Blaine se volvió mucho menos discreta en su vida personal. Sus aventuras amorosas frustraban a mi padre, porque creo que la admiraba, y odiaba que su apetito por el sexo y el escándalo eclipsaran un gran intelecto que pocos podían apreciar. Sus andanzas la hacían ver mal, según él, aunque creo que ella las utilizaba como un refugio.

—¿Un refugio para qué?

—Su privacidad, su coleccionismo y su investigación, supongo. Era una egiptóloga de renombre y autora de varias obras; sin embargo prefería que la gente la percibiera como una necia y una aficionada, cuando era cualquier cosa menos eso. Pero tú la conocías. Actuaba en muchos niveles.

—Recuerdo que podía leernos como a un libro. Siempre estaba un paso por delante de nosotros en cuanto a bromas.

—Exactamente. Mi padre trató de hacer lo mejor por ella en los asuntos prácticos, pero vivía en un mundo diferente al de todos los demás, sintonizada con lo que sucedía en el cosmos y sin interés por lo que ocurría aquí, en la Tierra.

—Ese era su problema, creo.

—Sí, y, como resultado, los que la rodeaban debían recoger los pedazos. Después de su muerte, algunas partes de su patrimonio que no estaban cubiertas por fideicomisos tuvieron que legalizarse y se volvieron públicas. El frenesí publicitario comenzó de nuevo. Mi padre era el albacea y, como era el último pariente vivo, la mayoría de los bienes pasaron a su nombre. No conozco todos los detalles. Mis padres pueden llegar a ser, y en realidad lo son, muy discretos en cuanto a los asuntos financieros, pero Rhinebeck, otro apartamento en Nueva York además del actual, una extensa biblioteca digna de una universidad importante, así como una gran parte de los activos financieros pasaron a su nombre y ayudaron a convertir a Dodge Capital en un protagonista de peso mayor.

—Leí algo sobre ella en una revista hace un tiempo. El artículo señalaba las sospechas que rodeaban su muerte y que estas aún persisten.

—Todavía siguen circulando rumores de asesinato. Mi padre fue quien más se benefició de su muerte, pero cuando ella murió, él se encontraba lejos, con mi madre, en Capri. El hecho de que él

El ojo de la luna

tuviera dinero propio más que suficiente debería haber silenciado los rumores, pero las historias continúan. Alice tenía muchos seguidores que se negaron a creer que simplemente había muerto.

—Aun así, las circunstancias fueron extrañas. Según un informe murió en Rhinebeck, en su cama, leyendo un *libro egipcio de los muertos*.

—Sí, y eso es verdad hasta donde yo sé. Recuerdo que en uno de los tabloides se leía en mayúsculas: «Dama de la alta sociedad murió por maldición del faraón. El misterio se ahonda». Los hechos deben de haber parecido bastante raros en ese momento. Puedo decirte lo que sé y mis propias conclusiones, si quieres.

—Por favor.

—Era una académica y un personaje de la alta sociedad. Leer un texto de este tipo no estaba fuera de lugar. Estoy seguro de que los profesores clásicos leen todo el tiempo a Homero en la versión original, en griego, por puro placer.

—¿Qué hay de todos los rumores de asesinato? Nadie nos habló de eso durante años.

—La Policía no halló nada sospechoso. Según los periódicos, se suponía que el libro tenía una pista, pero pocos sabían lo que era realmente un *libro egipcio de los muertos*. La sola mención del título creó sensación y ayudó a vender periódicos —dijo Johnny.

—Aún no estoy seguro de saber qué libro es ese.

—La mayoría de la gente tampoco lo sabe. En realidad, no existe una única edición del *libro egipcio de los muertos*. En un principio, era una práctica restringida a faraones, pero resultó tan popular que los altos funcionarios del Gobierno comenzaron a usarlo también. Finalmente, cualquiera que pudiera permitirse el lujo de que le escribieran uno lo utilizaba.

Cada libro se hacía a la medida, al menos hasta cierto momento en el que se estandarizaron y empezaron a contener innumerables hechizos, de los cuales se conocen apenas unos cientos.

»Algunos servían para preservar partes del cuerpo y ayudar a una persona a navegar por el inframundo. Otros permitían que uno saliera de día, tuviera poder sobre sus enemigos y, luego, regresara al inframundo en la noche, como una especie de vampiro antiguo. Incluso, había un hechizo para evitar que uno consumiera heces y orina.

—¡Espléndido! Justo lo que toda momia necesita.

—Se suponía que el libro se colocaba en el sarcófago del difunto como un mapa de ruta, una guía de supervivencia, un manual para casos extremos y un diario de viaje, todo en un solo instrumento, para que los muertos pudieran recorrer con éxito su camino a la otra vida.

—¿Alice simplemente estaba leyendo uno?

—No lo sé. Retuvieron el libro como evidencia y luego lo devolvieron, pero nadie parece saber a dónde fue a parar. No tenemos mucha información. Tal vez ni siquiera lo estaba leyendo. Quizás alguien lo puso allí como un mensaje o una advertencia. Los últimos libros trataban todos de juicios por transgresiones cometidas.

—Eso suena un poco siniestro.

—Depende de cómo lo mires. Yo podría estimar que existen fundamentos para un asesinato o también que se trató de una muerte accidental mientras probaba un hechizo difícil y las cosas se salieron de control. Sin embargo, todas son teorías. Por ahora, el certificado de defunción y la investigación policial no encontraron nada sospechoso, y esa es la única opinión concreta que hay. Aunque eso no parece detener la especulación. Incluso después de muerta, el asunto no logra mantenerse al margen de los periódicos —concluyó Johnny.

El ojo de la luna

—Me asombra que aún la rodee tanto misterio —suspiré—, aunque no es de extrañar por la sed de chismes y escándalos del público. Ella tenía una gran biblioteca. Tal vez allí podamos encontrar alguna pista de lo que estaba investigando.

—Hay que ver para creer lo que es esa biblioteca. Recuerda que estaba fuera de nuestros límites cuando éramos niños, y todavía lo está, hasta cierto punto. Algunas partes se mantienen cerradas, pero la determinación supera cualquier obstáculo y quizás tengamos tiempo para investigar. No me molestaría meterme en las partes cerradas. Escuché a mis padres hablando y dijeron que algunas firmas aseguradoras afirmaron no haber visto nunca algo como aquello. La biblioteca aún no ha sido analizada exhaustivamente, hasta donde sé. Dudo que revele sus secretos con una inspección rápida, pero al menos deberíamos ver ese condenado lugar.

—Excelente. Eso nos ayudará a pasar el tiempo antes de que todos lleguen.

—Seguro. Y hablando de cosas antiguas que brotan como la maldición de una momia, Maw llegará el viernes. La atenderá su hija, Bonnie.

—¡Santo Dios! Tu abuela ya parecía vieja cuando la conocí. No puedo imaginarme cómo luce ahora.

—Créeme, está muy viva y con más cara de bruja que nunca. Sugiero que te prepares para la acción, porque las cenas serán una fuente de entretenimiento que no podrás perderte.

—No volvió a montar a caballo, ¿verdad?

—No recientemente. Desde su última caída, varias juntas directivas a las que pertenece casi que le exigieron dejar de montar como una condición para seguir participando. Era eso o enfrentarse a renuncias masivas. El proceso de recuperación, aparentemente, la tornaba muy beligerante.

—Imagino que sí. Bueno, la casa tendrá un gran reparto: Maw, Bonnie, Brunhilde, sus padres, tus padres, tú y yo. ¿Viene alguien más?

—No tengo idea, pero espero que la mezcla de invitados sea tan volátil que el informe financiero y el famoso robo del vino se vean opacados por las explosiones que presenciemos.

—Ojalá sea así.

—Voy a tomar una siesta. Despiértame cuando lleguemos.

Johnny cerró los ojos mientras yo pensaba, para empezar, en mi decisión espontánea de hacer este viaje. Me sentía nervioso y no estaba preparado para lo que me esperaba. La familia Dodge, excepto Johnny, siempre había tolerado mi presencia, más que alegrarse por ella. Desde el principio, él me había aceptado plenamente en su vida como cómplice y por eso le debía mi apoyo inquebrantable, lo que explicaba hasta cierto punto mi decisión. Pero había otras consideraciones que me hacían dudar.

Rhinebeck encarnaba todo lo que era incierto en mi mundo mientras crecía. La casa era magnífica, pero tenía un lado oscuro que se colaba en mis sueños y no me dejaba dormir bien, incluso ahora. Johnny, en ocasiones, también había sido difícil de soportar. No siempre fue tan afable como podría haber sido, y a menudo no era posible penetrar la coraza con la que protegía sus pensamientos más íntimos.

Ahora mismo, sabía que algo le preocupaba, pero no tenía ninguna certeza. Se parecía mucho a la casa misma: con una fachada maravillosamente cautivadora, pero con agitadas y oscuras corrientes subterráneas. Su batalla se basaba en demostrar su valía en el seno de una familia que no sentía simpatía alguna por el fracaso. Yo mismo había vivido esa presión. Rhinebeck brindaba reposo, pero no tranquilidad. Había una exigencia permanente de un desempeño muy alto, y el mejor recibía una aprobación, aunque limitada. Supongo que resultaba más difícil para Johnny que para mí, pues él era el hijo de la familia. Y aquí estábamos, una vez más, bajo escrutinio.

La colección de invitados añadía otro elemento de preocupación. Ponerlos a todos en la misma habitación era como arrojar varios lobos a un gallinero y esperar a ver qué sucedía.

Estaba Maw, la abuela de Johnny, la matriarca. Nació rica y se casó tres veces. El primer matrimonio fue con John B. Dodge, y de esta unión nació el señor Dodge. Luego, vino el divorcio y con este un acuerdo económico sustancial. Cada uno de sus dos maridos posteriores sobrevivió solo un par de años de matrimonio antes de fallecer; no se sabía si por agotamiento o simplemente por sentirse derrotados. Con cada muerte su fortuna se incrementaba exponencialmente. El último matrimonio había sido con un pilar del sector de ahorro y préstamo de los estados del sur; tuvo con él una hija llamada Bonnie.

La familia la conocía como Maw, pero yo la llamaba *señora Leland*, por el apellido de su último marido. Me producía un inmenso nerviosismo. Vivía para la discordia, y yo, en cambio, hacía cualquier cosa para evitarla.

La competencia y las confrontaciones entre el señor Dodge y su media hermana eran legendarias. Maw los enfrentaba entre sí. Aunque era rico por derecho propio, el señor Dodge no podía resistirse a aventajarla, y Bonnie estaba decidida a lograr que toda la fortuna de Maw le quedara a ella como compensación por las molestias y los inconvenientes que su medio hermano le había causado. Las propiedades de Maw incluían el apartamento en la intersección de la Quinta Avenida con la calle 61, donde los Dodge vivían actualmente. Bonnie soñaba con el día en que pudiera echar a la calle de una vez por todas a la cuadrilla Dodge.

Entonces, cantidades colosales de dinero cambiarían de mano, dependiendo de quién ganara la prueba de fuerza entre los dos hermanos. Maw se divertía fustigando con frialdad a cualquiera que aflojara en los esfuerzos por ganar el premio máximo, reservado para quien obedeciera y complaciera cada uno de sus caprichos.

Aunque las contiendas familiares y su riqueza le interesaban, estas no eran su pasión. Ese fuego lo había reservado exclusivamente para sus caballos y sus perros. Los adoraba.

La mujer que recordaba era una jinete formidable. Caballos briosos dispuestos a tumbar a sus jinetes a la primera oportunidad se quedaban inmóviles, resoplando de satisfacción, cuando ella se sentaba en la silla de montar. Yo solo conocía a unos pocos que lograban algo así y, dentro de ese grupo, ella no tenía igual.

En mi opinión, de alguna forma los caballos deben de haberla reconocido como su matriarca equina. No solo los caballos, sino también los perros. A una orden suya, un grupo alborotado de perros de caza se callaba. Metían las colas entre las patas mientras se agitaban a su alrededor, lloriqueando servilmente.

Los animales la obedecían. Los humanos le temían y hacían lo mismo.

Había sido una belleza deslumbrante, pero una vida constante al aire libre le había bronceado y arrugado prematuramente la piel, en especial su cuello, que lucía como el de un viejo cazador de pieles del noroeste estadounidense.

Este aspecto de su apariencia había sido mi perdición cuando nos presentaron. Johnny y yo nos acabábamos de conocer y en ese momento a él le pareció divertido aprovecharse de mi prodigiosa ingenuidad. Johnny me contó algunas historias sobre ella. Me convenció de que, si la tocaba, me contagiaría de un mal cuyos síntomas eran unas arrugas horribles y deformaciones en las extremidades, a las que seguiría una larga y dolorosa muerte. Los adultos y los parientes de sangre eran inmunes al contagio. Le creí, y temí el día en que Maw y yo nos encontráramos.

El ojo de la luna

Finalmente sucedió. Mis padres estaban allí. Me pidieron que me levantara y estrechara la mano de Maw. Me paré ante ella y quedé inmóvil. Me animaban y trataban de persuadirme, mientras Maw me miraba desde su silla. Al final, me eché a llorar y grité: «¡No quiero convertirme en una ciruela pasa! ¡No le daré la mano! ¡No lo haré!».

El tiempo pareció detenerse después de ese arrebato. Mis padres estaban horrorizados. Los Dodge aún más. Maw, sin embargo, me pidió una explicación. Sabía la respuesta, pero, en mi pánico, no pude hablar. Me sacaron rápidamente de la habitación, como a un cachorro que acababa de orinarse en una alfombra del siglo XVIII. Me enviaron a la cama a la una de la tarde.

Johnny se unió a mi desventura poco después, confinado al mismo destino.

—Lo siento —dijo—, fue algo que no debí hacer. No volverá a pasar. No me delataste con Maw y eso es lo importante. ¿Amigos? —Levantó la mano.

Pensé en su oferta y decidí aceptarla.

—Amigos —le respondí—, pero deberías saber que no dije nada, no por mi decisión, sino porque no pude hablar.

—Bueno, no lo hiciste y eso es suficiente para mí. Cualquier otro me habría acusado. Nadie puede desafiar a Maw cuando quiere saber algo, y tú hiciste lo mejor posible. Parecías una piedra. Yo mismo no podría haberlo hecho.

Fue la primera vez que Johnny admitió que había algo que yo podía hacer mejor que él. Dimos el primer paso.

Más tarde, me dijo que Maw lo llevó aparte después de mi expulsión y le sacó la verdad. Antes de mandarlo a la habitación, ella le susurró al oído que, con el tiempo, yo lo respaldaría o me le opondría, y que le convendría conservarme como amigo. Los enemigos requieren vigilancia constante, mientras que los amigos no exigen ninguna.

En ese momento, y en el futuro, Johnny y yo les otorgamos a esas declaraciones de Maw el mismo respeto que a las de los oráculos antiguos. Fuera verdad o no, pensábamos que ella tenía poderes que superaban a los de los simples mortales y que prestar atención a lo que decía era lo más sensato que podíamos hacer.

La relación entre Johnny y yo cambió para siempre después de eso. Él podía involucrarme —y de hecho lo hizo— en muchos de sus planes, la mayoría de los cuales me causaron problemas, pero siempre como a un igual y nunca más como el objetivo.

Maw nos había tratado de la misma manera y todos en la casa adoptaron este principio básico. A partir de entonces, las recompensas y los castigos se aplicaban por igual, independientemente de quién hiciera qué.

Pasamos muchas horas, hombro a hombro, limpiando, reparando y, generalmente, ayudando a las criadas, los mayordomos y otros empleados que trabajaban para los numerosos hogares de los Dodge. No éramos ajenos al trabajo sucio y tedioso, a pesar de nuestro entorno suntuoso. Puede que hayamos nacido con cucharas de plata en la boca, pero, a diferencia de otros de estatus similar, aprendimos a pulirlas, como diría Johnny.

La presencia de Maw añadiría combustible a una mezcla ya incendiaria de personalidades. Uno solo podía preguntarse qué pensarían los Von Hofmanstal, y si tenían idea de en qué se estaban metiendo. Esperaba que tuvieran la fortaleza necesaria o, con toda seguridad, se los devorarían vivos.

3

Llegamos a Rhinebeck cerca del mediodía. La lluvia había cesado, pero el cielo estaba nublado y oscuro, como presagiando más lluvia.

Nos desviamos hacia un camino privado marcado por dos pilares de granito. El asfalto mojado avanzaba hacia el oeste en dirección al río Hudson, bajo un frondoso arco de árboles. Mientras pasábamos, de las ramas caían grandes gotas de agua, salpicando el parabrisas, hasta que los árboles abrieron paso a un césped recortado, cubierto de niebla. El auto disminuyó su marcha cuando la entrada principal apareció a la izquierda. Dimos la vuelta a un camino de grava que se inclinaba suavemente hacia una amplia rotonda. La gran casa gris de piedra cobró forma a través de la niebla que se arremolinaba en el lugar.

La parte central la conforma una construcción de tres pisos, con dos alas que se extienden a ambos lados. La de la izquierda tiene dos pisos de altura, mientras que la de la derecha ocupa apenas una planta. Esta última había sido la residencia de Alice, con su sala de estar y el dormitorio. A la izquierda se encuentran la cocina y los cuartos de servicio y, más retirado, otro camino de entrada que llega hasta el garaje. La estructura principal está coronada por cuatro chimeneas.

—Johnny —dije—, se ve exactamente igual.

—Sí, así es. ¿No es sorprendente que sea justo al otro lado del río, al pie de los Catskills, donde Rip van Winkle supuestamente soñó con su ingreso a la historia?

—No me extraña en absoluto. Con toda seguridad hay algo intemporal en este lugar.

El auto se detuvo frente a una puerta de madera oscura y muy lustrada, bajo un ornamentado frontispicio blanco, con un pomo en bronce que representaba la cabeza de un león. En ese momento la puerta se abrió y apareció Stanley con un paraguas grande, seguido por dos sirvientes, uno de ellos más joven, que asumí era Simon, su ayudante.

Stanley vestía un chaqué, abrigo y corbata oscuros, acompañados de pantalón y chaleco, cada uno en un tono diferente de gris. Era un hombre alto, de edad indeterminada, vivaz, seguro y extraordinariamente silencioso. Su pelo era ahora más blanco de lo que yo recordaba.

Salí del auto y lo saludé.

—Stanley. Es un placer verte de nuevo. —Lo miré a los ojos. Eran tan fríamente azules como siempre.

—Bienvenido de regreso. Ha pasado algún tiempo.

—Es cierto —le respondí—. Me alegra verte.

—Así es.

Me paré a un lado y miré a Stanley, mientras Johnny se ponía su chaqueta, caminaba alrededor del auto y se paraba junto a mí. Aquel hombre había sido una presencia constante durante nuestra infancia. A pesar de conocernos durante años, él y yo interactuábamos únicamente lo necesario y, cuando lo hacíamos, siempre se mostraba formal, distante e inabordable. Cualquier sentimiento que tuviera se escondía tras una máscara de desapego casi científico.

Nos habíamos tolerado mutuamente y, a juzgar por la recepción actual, así seguiría siendo. Raras veces sonreía y nunca nos dimos la mano, como era costumbre en Rhinebeck.

Sin importar cuál fuese el humor de Stanley, Johnny siempre se sentía cómodo con él y nunca parecía importarle.

—Stanley, es espléndido verte, como siempre. ¿Cómo te va con Simon?

—Muy bien, señor. Realmente, muy bien.
—Excelente. Me alegra oírlo. ¿Has averiguado dónde nos quedaremos?
—Ambos estarán en la parte superior de la casa, como es costumbre. Simon subirá el equipaje. Habrá refrescos en el salón. Los estábamos esperando.
—Perfecto. Adelante.

Subimos por las escaleras del frente, mientras Simon retiraba los paraguas y tomaba nuestras maletas. No le envidiaba tener que cargarlas por los dos tramos hasta nuestras habitaciones habituales.

Pasamos de un clima de lluvia al interior tranquilo de la casa.

En mi vida he conocido pocos lugares donde el pasado inmediato no sea una preocupación y el futuro no parezca importar. Rhinebeck se apartaba de la corriente normal del tiempo. No sabía cuánto más podría seguir existiendo, pero agradecí a cualquier deidad de los estados intermedios que la hubiera conservado hasta ahora.

Seguí a Johnny hacia adentro y miré a mi izquierda. Allí estaba el reloj inglés de pedestal, que era siempre lo primero que observaba al llegar y lo último que veía al salir. En su esfera, cinco navíos de batalla se balanceaban de un lado a otro, contando los segundos en un furioso océano de laca gris azulada. Por encima de las naves en movimiento se veían las fases de la luna y constelaciones que avanzaban lentamente a través del dial superior. El sonido profundo del péndulo y el movimiento de los barcos me fascinaban en mi niñez. El reloj sonaba cada media hora.

Cruzamos la entrada de mármol hasta una mesa larga con un florero lleno de gladiolos; había también un busto de mármol de Alejandro Magno sobre un pedestal. Johnny y yo nos acercamos a él y le dimos una palmadita en la cabeza. Pensábamos que esta tradición nos traía suerte, un acto útil y a menudo muy necesario.

Ivan Obolensky

Atravesamos una serie de puertas dobles e ingresamos a un amplio salón suntuosamente decorado con muebles Luis XV. Había tapices en la pared y alfombras en el suelo. A la derecha se encontraba un cuadro de John Constable que convertía la habitación en la de una casa de campo inglesa. Las puertas francesas daban paso a un campo cubierto de césped que se extendía entre la niebla.

Johnny se acercó a un humificador dispuesto en una mesa lateral y sacó un habano en el momento mismo en el que un bull terrier inglés blanco abría con su cabeza las puertas dobles, que chocaron contra sus topes.

—¡Por todos los dioses, es esa criatura! —dijo Johnny, dando vuelta y devolviendo el puro.

Robert Bruce, obviamente, estaba contento de verlo. Se acercó a Johnny y se quedó mirándolo. Batía su cola hacia adelante y hacia atrás como un metrónomo marcando el tiempo en décimas de segundo. Observaba expectante a su amo. Johnny miró fijamente hacia atrás e inconscientemente se dio un golpe en el bolsillo.

Se contuvo y exclamó con firmeza:

—¡No, no tengo una pelota de tenis! ¡Olvídate! Santo cielo, me olvidé de él.

—Claramente, él no se olvidó de ti. Por cierto, ¿dónde está esa famosa bufanda?

—No tengo ni idea. Le preguntaré a Stanley de todos modos; no puedo permitir que esa cosa aparezca en el momento equivocado.

Johnny le dio una palmadita al perro y le acarició las orejas.

Robert lo miró fijamente y luego se sentó en una posición de esfinge, con las patas traseras extendidas. Parecía bastante contento tan solo de mirarlo. A mí me ignoró por completo. Johnny le dio otra palmadita y me dijo:

El ojo de la luna

—Iba a ofrecerte un Montecristo ilegal, pero dudo que tengamos tiempo para disfrutarlo en este momento. ¿Qué tal después de cenar?

—Definitivamente, con un poco de brandy.

—Por supuesto.

Los dos nos sentamos.

Johnny sacó un cigarrillo en el momento en que Stanley entraba con dos copas de champán en una bandeja de plata. Nos las ofreció y anunció:

—El almuerzo será servido en media hora. Caldo escocés y tostadas de pan con queso.

—Espléndido —dijo Johnny—. Fumaremos un cigarrillo, nos refrescaremos luego y estaremos listos para las delicias de Dagmar. Por cierto, somos los primeros en llegar, ¿no?

—Sí, señor.

—¿A quién más se espera?

—Sus padres llegarán mañana jueves, junto con el barón, la baronesa y la señorita Von Hofmanstal. La señora y la señorita Leland llegarán el viernes. Esperamos al señor Malcolm Ault, su hora de llegada es incierta, aunque yo lo esperaría mañana tarde.

—La casa estará llena entonces, después de mucho tiempo.

—Un largo tiempo, realmente, todos estamos muy ansiosos.

—Excelente y, antes de que me olvide, nos gustaría examinar la cava después del almuerzo.

—Muy bien, señor. La llave estará en la mesa auxiliar.

—Una última cosa. ¿Sabes dónde está la bufanda Hermès verdosa de Robert?

—Duerme con ella. Nadie se atreve a tocarla, ya que parece muy apegado a ella. Me tomé la libertad de subir su cama al piso superior para que pueda estar con ustedes; creo que allí es donde le gustaría.

Todos miramos a Robert, que permanecía adecuadamente inescrutable, mirando a Johnny con el arrobo que solo un perro puede mostrar.

—Ya veo —dijo Johnny—. Gracias, Stanley.

Stanley salió silenciosamente y cerró las puertas dobles.

—Caldo escocés y tostadas de pan con queso de Dagmar —exclamé—. ¡Mis favoritos!

Tomamos nuestro champán.

—Le dije a Dagmar que vendrías y ella recordó lo que te gusta. Además, esta noche hay rosbif con budín de Yorkshire. Pensé que podríamos explorar la cava, ver qué hay y luego echar un vistazo a la biblioteca, mientras nadie merodea.

—Buen plan. Y, aunque está bastante mojado, no me importaría también dar una mirada por los alrededores de la casa.

—Claro que sí. Dudo que veamos algo con la niebla, pero me agrada el lugar cuando está así. Es como vivir en Inglaterra. Llevaremos al joven Robert.

—Por cierto, ¿quién es Malcolm Ault? ¿Lo conozco de antes?

—Probablemente no. Lo recordarías, de haberlo conocido. Malcolm vive en Inglaterra y tiene algo que ver con el cine. No sé exactamente lo que hace y no creo que nadie lo sepa. Es alto. Ese es el principal motivo de su fama. Aparentemente, puede ver por encima de todo el mundo, lo que ha resultado útil en las carreras de caballos y en la dirección cinematográfica. No tengo ni idea de lo que está haciendo aquí, pero a mis padres les gusta, así que ahí lo tienes. Es bastante próspero, vive en Shropshire y aparece cuando viene a Estados Unidos. Él conocía a Alice, pero no sé qué tan bien.

—Entonces nunca lo conocí. ¿Subimos?

Apuramos nuestras copas y salimos del salón, cruzamos la entrada pasando el reloj y ascendimos por una amplia escalera. Robert Bruce cerraba la marcha. No iba a perder de vista a Johnny.

El ojo de la luna

El vestíbulo del segundo piso conducía al dormitorio principal y a varias habitaciones de huéspedes. La alfombra roja, oscura y gruesa, silenciaba nuestros pasos mientras caminábamos hasta el otro extremo, donde se hallaba a la derecha una puerta especial a ras de la pared, que se abría hacia afuera con una pequeña manija empotrada. Ante nosotros comenzaba un estrecho tramo de escaleras empinadas que subían y llegaban finalmente a otra puerta que conducía a una gran área común. Esta era la parte superior de la casa. La luz se colaba hacia el centro de la habitación a través de una gran claraboya de cristal esmerilado.

Al área común se descendía por dos escalones y había en ella dos cómodos sillones con lámparas de pie, junto con un sofá y una mesa. En cada pared había una puerta. La que miraba al este daba paso a las escaleras por donde entramos. La del norte llevaba a la habitación de Johnny, que miraba hacia la entrada. La puerta que daba al sur conducía a mi habitación, con vista al prado de la parte posterior de la casa. Cada una de nuestras habitaciones tenía una ventana circular distintiva. Frente a la entrada había dos puertas: una que daba a un cuarto de baño grande y moderno, la otra a la habitación de la institutriz, cuando había una en servicio. A lo largo de cada una de las paredes podían verse estanterías llenas de libros, que se extendían del piso hasta el techo. Estaba la serie completa de Tom Swift, los Hardy Boys, Nancy Drew, Edgar Rice Burroughs, enciclopedias, libros de texto, una extraordinaria colección de cuentos de hadas y mitos de todo el mundo, obras sobre historia militar, desde Xenofonte hasta Liddell Hart, así como novelas de varios tipos.

Johnny y yo pasamos horas enteras en esta habitación, simplemente leyendo. El espacio fue creado exactamente para ese propósito.

Abrí la puerta de mi habitación. Simon había puesto mis maletas en un estante al pie de la cama. Miré el escritorio con mis modelos de barcos y luego la ventana. La habitación parecía más pequeña de lo que recordaba, pero aún maravillosa por la similitud que guardaba con la que ocupé cuando era niño.

Salí a la sala de estar y allí estaba Johnny en su silla, mirando un gran libro sobre paisajistas ingleses. Robert se hallaba a su lado, acostado en el suelo. Justo afuera de la habitación de Johnny estaba la cama de Robert y, ciertamente, había en ella una bufanda Hermès verde, azul y blanca. Lucía un poco descolorida.

—¡Dios mío! —dije—. Ahí está la bufanda.

—Sí, esa es la monstruosidad. ¿Quieres tocarla?

—Por supuesto que no. —Me estremecí. Fui a un estante de libros, agarré un viejo tomo sobre aviones de la Segunda Guerra Mundial y me senté—. Nada ha cambiado. No puedo creerlo.

—Sí. Al menos en apariencia. La casa ha conservado su propio ritmo, mientras que nosotros seguimos adelante. Aún así, es genial estar aquí y tomarnos unos momentos de paz y reflexión antes de la próxima contienda. Lo que me recuerda que cuanto antes entremos en esa cava, mejor. Al menos podríamos poner fin a *una* de mis pesadillas. Lavémonos las manos y almorcemos.

Los tres bajábamos por la escalera principal cuando sonó un gong para anunciar que se servía el almuerzo. Al comedor se ingresaba a través del salón. La mesa larga y pulida estaba puesta para dos. Nos sentamos uno frente al otro, y Stanley entró con la sopa.

Probé un poco y le dije a Johnny:

—Esto es el cielo. Está tan buena como siempre.

En ese momento, apareció una mujer pequeña y de ojos brillantes con un delantal puesto. Me levanté y le di un gran abrazo. Se rio y dijo:

—Creciste un poco, ¿y es una cana lo que veo?

—Bueno, tal vez. Dagmar, te ves igual. Estoy muy contento de estar aquí. No sabes cuánto he extrañado tu comida.

El ojo de la luna

—Me dice eso tan seguido que parece un disco rayado —dijo Johnny.

—Bueno, me alegro de que la extrañes, y es un placer volver a verlos juntos.

Stanley y ella volvieron a la cocina.

Terminamos el almuerzo, bebimos café y fumamos totalmente complacidos.

—Bueno, ¿qué tal si vamos el sótano? —le propuse a Johnny—. ¿Nos atrevemos a averiguarlo?

—Es hora de hacerlo —respondió.

—Entonces, adelante. Estoy listo para casi cualquier cosa.

4

A la cava se accedía por una puerta oculta bajo la escalera principal. Los tres, Johnny, seguido de Robert, y yo, descendimos por las estrechas escaleras.

La luz era tenue, pero lo que podía distinguirse inmediatamente era una serie de anaqueles para vinos que se extendían a nuestra izquierda. A la derecha se encontraban las estanterías que contenían cajas de almacenamiento, así como objetos empaquetados y sueltos.

—Johnny —pregunté—, no recuerdo todos estos estantes. ¿Son nuevos?

—Relativamente nuevos. Harry, que es un hombre práctico y recursivo, los construyó para acomodar lo que seguía llegando después de la muerte de Alice, y para almacenar cosas con las que nadie sabe qué hacer o no se atreven a tirar. Mira esa lámpara antigua, por ejemplo. Horrible. Bueno, deberíamos revisar la sección de Alice una vez que encontremos esas botellas. Dudo que alguien haya mirado todo, excepto superficialmente.

—¿De verdad? ¿Cómo es posible?

—Alice estaba suscrita a muchos periódicos, revistas, publicaciones de mapas, asociaciones, lo que fuera. Hay cajas con esas cosas. Además, ¿quién va a revisar toda esta basura? ¿Mi padre? ¿Stanley? No lo creo.

—Yo podría empezar a hacerlo ahora mismo.

—Por nada en el mundo. Primero el vino, luego la búsqueda del tesoro.

—De acuerdo —dije—, adelante.

El ojo de la luna

Doblamos a la izquierda y nos dirigimos hacia el pasillo tenuemente iluminado. Estanterías completas llenas de botellas de vino se extendían desde el piso hasta el techo.

Robert lideraba la marcha cuando, de repente, se detuvo bruscamente. Se irguió, su cola temblaba. Gruñó en tono bajo y sus labios se arquearon para revelar un conjunto de dientes realmente atemorizantes.

—¿Ratas o fantasmas? ¿Qué te parece? —preguntó Johnny.

—No tengo ni idea, pero parece un poco molesto.

—Ve por ellos —ordenó Johnny—, pero, repentinamente, Robert dejó de gruñir y los dientes parecieron retroceder en su boca. Batió la cola y siguió por el pasillo, como si nada hubiera pasado.

—Te digo, este es un perro con el que no quisiera encontrarme en un callejón —dije mientras miraba a Robert—. Me alegro de que lo tengamos cerca, pero ¿es temperamental o es mi imaginación?

—Es raro —dijo Johnny—, y me asusta muchísimo cuando hace ese gruñido y muestra los dientes. Solo espero que espante a cualquier cosa, viva o muerta, que pueda estar vagando por estos rincones. Esta casa puede ser realmente escalofriante.

—Y me lo dices a mí.

El aspecto espeluznante de nuestro entorno era un tema que Johnny y yo discutimos mucho mientras crecíamos entre sus paredes. Rhinebeck tenía un lado siniestro que los dos amábamos y odiábamos. Las sombras oscuras, junto a los cipreses o las estatuas siniestras de mármol, podrían albergar todo tipo de espíritus, tanto amistosos como hostiles. Ese vacío oscuro y silencioso podía ser un lugar tenebroso donde crecer, y yo me asustaba fácilmente.

Sin embargo, tenía que reconocer que este elemento me hizo sentir deliciosamente vivo. Supongo que Johnny percibía lo mismo, aunque lo había ocultado mejor que yo. Habíamos jugado, no obstante, con los temores mutuos. Nuestros juegos de escondite eran tan aterradores para quien buscaba como para el que se escondía. El escenario era demasiado perfecto, las posibilidades innumerables. Si existían fantasmas, no encontrarían un mejor lugar para vivir que Rhinebeck.

Aunque asustarnos uno al otro era excitante, darle un susto de muerte a los demás era aún mejor.

Como de costumbre, Johnny y yo solíamos pasarnos de la raya.

Las niñeras fueron parte de nuestra educación, pero no de forma permanente. Prescindíamos de ellas continuamente. A menudo se marchaban después de pasar apenas unas vacaciones en Rhinebeck, como fue el caso de una de origen ruso, la señorita Ponchikov. Era una mujer joven. A la señora Dodge le gustaba porque hablaba varios idiomas, incluido el francés, y esperaba que nos contagiara a Johnny y a mí su facilidad con las lenguas extranjeras. No lo logró, pero parecía una criatura tranquila y agradable, y luego de pasar un mes de prueba en el apartamento de la Quinta Avenida se ganó la aprobación de la señora Dodge.

Alice estaba viva en ese momento y residía en Rhinebeck. Johnny y yo teníamos nueve años.

El incidente con la señorita Ponchikov comenzó la segunda mañana de las vacaciones escolares. Nos habíamos instalado en el último piso el día anterior.

A los niños se les servía el desayuno a las siete de la mañana en el comedor. Los adultos desayunaban a las nueve.

Esa mañana en particular, nos encontrábamos solos con la señorita Ponchikov. El señor y la señora Dodge, al igual que Alice, estaban en Nueva York y no regresarían hasta el viernes por la noche. Terminábamos de comer nuestra avena cuando la señorita Ponchikov nos preguntó si habíamos escuchado algo durante la noche.

El ojo de la luna

Johnny y yo nos miramos. La pregunta era inusual simplemente porque, por regla general, nunca se nos preguntaba nada.

Johnny se recuperó y dijo:

—No, señorita Ponchikov. ¿Escuchó usted algo?

—Sí. Me pareció oír a alguien llorando.

—No fui yo —dije.

—Era el sonido de una mujer llorando a altas horas de la noche. Cuando me levanté para averiguar, el llanto se detuvo.

—Ah, sí —dijo Johnny—, mis padres nos dijeron que no habláramos de eso.

—¿De qué cosa? —preguntó la señorita Ponchikov.

No estaba seguro de adónde quería llegar Johnny con esto, pero le seguí la cuerda y le dije:

—Nos vas a meter en problemas si ella se entera.

—¿Si me entero de qué? —preguntó la niñera.

—Lo siento, señorita Ponchikov —respondió Johnny—, no debí haber dicho nada. Es algo sobre una niñera anterior. Nos pidieron específicamente que no lo mencionáramos. No es adecuado para niños.

Mientras pescábamos peces vela o marlín, nos habían enseñado a soltar la cuerda de los grandes carretes Penn Senator y dejar caer la carnada luego de un ataque inicial. Un pez grande se da vuelta y se traga el anzuelo cuando cree ver vencida a la carnada, lo que permite al pescador lograr un buen agarre. Había que tener paciencia.

Esperamos a ver si ella mordía el anzuelo. Parecía que la señorita Ponchikov iba a decir algo. Su cuchara se detuvo a mitad del trayecto hasta su boca antes de seguir comiendo y el momento pasó. Terminamos nuestro desayuno y seguimos con nuestras tareas.

Johnny y yo siempre teníamos deberes durante las vacaciones, que normalmente demandaban una buena cantidad de lectura. La

Ivan Obolensky

señorita Ponchikov insistía en que estudiáramos cada mañana. Disponíamos nuestros materiales debajo de la claraboya, en el último piso de la casa, mientras la señorita Ponchikov hojeaba revistas o leía alguna novela romántica.

Esa mañana en particular, una hora más tarde, nos preguntó cómo nos habían parecido nuestras niñeras anteriores. Nuestro pez ruso había regresado.

Johnny suspiró, se levantó, fue a su habitación y cerró la puerta.

—¿Qué sucede? ¿Qué hice? —me preguntó la niñera.

—No es nada —respondí—, ya se le pasará.

—¿Fue algo que dije?

—Señorita Ponchikov, se supone que no debo hablar de la niñera anterior. Por favor, no me obligue. —La miré implorante.

Johnny abrió la puerta y se sentó de nuevo. Llevaba un pañuelo. Parecía que había estado llorando.

—¿Estás bien? —preguntó la señorita Ponchikov.

—Sí, estoy bien.

—¿Qué sucede?

Johnny se volvió hacia ella y le dijo:

—Solo puedo hablar de ella si me promete de todo corazón que no se lo dirá a nadie. ¿Me lo promete, señorita Ponchikov?

El que la miraba a los ojos era un niño rubio con ojos azules y una expresión sincera. La señorita Ponchikov puso la mano sobre su corazón y respondió:

—Lo prometo.

El anzuelo estaba listo.

—Era una buena mujer. —Suspiró Johnny—. Su nombre era Tabetha Tinsley...

Me pregunté cómo era posible que se le ocurriera un nombre como Tabetha Tinsley. Era demasiado absurdo, pero Johnny decía siempre que si se va a contar un cuento grande hay que ser extravagante, porque mientras más grande sea la mentira, más adornos tendrá. Solo estaba siendo fiel a la forma.

Johnny procedió a contar a la señorita Ponchikov la historia de una mujer bien educada, traicionada por el destino. Su amante había desaparecido en circunstancias misteriosas y ella se vio obligada a cuidar niños para lograr vivir por sus propios medios.

La señorita Ponchikov se sentó y escuchó con estupefacción, olvidándose de sus revistas de sociedad y de su novela romántica.

Yo no estaba seguro de la línea argumental que seguía Johnny, pero sabía que pocos podían resistirse a las palabras de una personita angelical que narraba una historia demasiado adulta para haber podido imaginarla, con una inocencia y una sinceridad que conmoverían a cualquiera.

Pocos sabían de los muchos libros que leímos dentro de estas mismas paredes. Aunque pequeños, éramos bastante instruidos.

La señorita Ponchikov, sin embargo, era rusa. Venía de una cultura que otorga gran importancia a la riqueza y el poder, creía fuertemente en lo sobrenatural y era supersticiosa por naturaleza. En Rhinebeck la rodeaban la riqueza y una alta condición social, junto con algo místico que era particular tanto al entorno como a la casa. Nunca dudé de su existencia, solo no supe qué nombre dar a la presencia que sentía. Aunque no necesariamente malévola, pensaba que cualquier cosa que fuera podría cambiar fácilmente de estado de ánimo.

Mi mente regresó justo cuando Johnny estaba rematando con algo relativo a una carta misteriosa que la desafortunada niñera había recibido. Por ella supo la suerte de su antiguo amante. Había muerto. Ella estaba deshecha. Johnny le contó a la señorita Ponchikov cómo él, siendo tan pequeño, había tratado de consolarla, pero al final la desilusión resultó abrumadora. Se quitó la vida colgándose del anillo de hierro que pendía de la claraboya, en esta misma habitación. La tragedia había roto el pequeño corazón de Johnny y le había lastimado el alma. Las lágrimas corrían por sus mejillas. La señorita Ponchikov lo estrechó en sus brazos y lo consoló. Tenía los ojos humedecidos.

Pensé que toda la farsa era un poco pesada, pero tuve que darle crédito. Johnny siempre fue talentoso. ¿De qué otra manera podría hacer que la gente le cediera hoy millones de dólares y le diera las gracias por el privilegio?

Una vez secó sus lágrimas, Johnny explicó en voz baja que el sollozo de su fantasma era lo que ella oyó. Él también escuchó el llanto, pero no quiso decir nada.

En medio de este silencio cargado de suspenso, le solté:

—Johnny, si la gente descubre que le contaste esto a la señorita Ponchikov, nos desuellan.

La señorita Ponchikov exclamó:

—¡No, este será nuestro secreto! No se lo diré a nadie.

—Sonrió, aunque parecía un poco pensativa.

No tenía ni idea de lo que estaba pasando por la cabeza de la mujer, pero podía asegurar que la historia la afectó. Miró fijamente el anillo en el centro de la claraboya. Se levantó y se fue a su habitación durante varios minutos.

Mi experiencia aún entonces era que la gente, incluyéndome a mí mismo, hacía cosas irracionales cuando sentía miedo. La semilla había sido plantada y empecé a dar forma a la idea de que una vez más habíamos ido demasiado lejos y de que todo esto podría terminar bastante mal. No albergaba ninguna duda de que ella creyó el cuento de Johnny. La rapidez con la que aceptó la historia y el malestar posterior me dieron una imagen de su estado mental, que parecía más frágil de lo que ella dejaba ver. Aunque era una mujer inteligente, históricamente la demostración de inocencia engañó a muchas más almas que la apariencia de astucia, y Johnny parecía un ángel. Además, ella estaba en presencia de un maestro, aunque solo tuviese nueve años. Había sido engañada por completo.

El ojo de la luna

Más tarde, cuando estábamos solos, lo regañé.

—Johnny, dime que no le estamos haciendo el truco de la joven ahorcada.

—¡Exactamente! Solo necesitamos una noche húmeda y tormentosa. Miré el pronóstico del tiempo y algo adecuado aparecería en un par de días. Ella se tragó todo: anzuelo, sedal y plomada.

Johnny estaba encantado con su actuación. Simplemente, no había manera de hablar con él. Se reía y parloteaba; era la imagen misma de la satisfacción personal. Sacudí la cabeza.

Los días previos a aquella memorable noche estuvieron llenos de una gran expectativa. Yo también me vi atrapado en la emoción. Alice y el señor y la señora Dodge llegarían el viernes. Teníamos el control total de la casa.

En unas vacaciones anteriores habíamos descubierto un maniquí escondido en un armario del piso de arriba, que ahora se encontraba en el de Johnny. Se veía bastante realista si uno entrecerraba los ojos y usaba un poco de imaginación. Le añadimos una peluca de pelo negro largo que robamos, cortesía de Alice.

La dejaron un día en la lavandería. La reputación de que Alice era apenas un poco menos poderosa que Morgana en cuestiones de hechicería significaba que cualquier cosa que le perteneciera quedaba fuera del alcance de todos. La peluca fue una excepción simplemente porque alguien la dejó en un área de la casa que ella no frecuentaba.

Recogimos otros materiales, incluyendo una soga con la que atamos un nudo corredizo que Johnny y yo aprendimos a hacer en un verano anterior, así como algunas sábanas viejas.

Para mantener viva en su mente la presencia de espíritus fantasmales, Johnny le preguntaba en las mañanas a la señorita Ponchikov si había oído algo en la noche anterior. Ella respondía cada vez que no estaba segura. Parecía estar durmiendo mal. Johnny me dijo que había dado golpes por todas partes en las últimas horas y que incluso llegó a arrastrar una cadena. Casi lo descubre cuando ella abrió la puerta de su habitación, pidiendo ayuda a gritos.

Supongo que poco después contribuí a aumentar su inquietud cuando tumbé una lámpara de camino al baño en medio de la noche. Vi encenderse la luz bajo su puerta y hui a mi habitación. Salté a la cama y fingí dormir. Unos momentos después, mi puerta se abrió lentamente. Entreabrí los ojos y pude distinguir la cara en sombras de la señorita Ponchikov mirándome, iluminada por la luz de la luna que entraba a chorros a través de mi ventana. Respiré cadenciosamente y la puerta se cerró de nuevo, en silencio.

A la mañana siguiente le mencioné a Johnny que la señorita Ponchikov parecía un poco inestable, pero él rebosaba de energía y dijo que el estado precario de ella haría que todo el engaño fuera aún más memorable, lo que resultó ser notablemente preciso.

Durante nuestras horas de estudio, Johnny se sentaba de vez en cuando erguido y parecía estar escuchando atentamente.

—Pero, pero ¿es ella? —preguntaba la señorita Ponchikov, con su acento ruso, cada vez más pronunciado a medida que su malestar crecía bajo la presión constante de las ocupaciones de Johnny y de la propia casa, que podía tomar un aspecto siniestro al caer la tarde. Este atributo aumentaba en intensidad a medida que la penumbra y la niebla que se formaba fuera de las ventanas oscurecían el lugar. Después de todo, estábamos completamente solos, excepto por Stanley y Dagmar, que dormían en otra parte de la casa, junto al resto del personal. Harry tenía una habitación en el garaje. El aislamiento podría perturbar hasta el ánimo más resuelto.

El viernes por la mañana, el aire estaba quieto. La señorita Ponchikov se quejó del tiempo, mientras nos preparábamos para las celebraciones de esa noche.

El ojo de la luna

El señor y la señora Dodge llegaron a las tres de la tarde.

Los esperamos afuera, junto a Stanley, Harry y la señorita Ponchikov. Johnny y yo les dimos un gran saludo, dijimos que estábamos divirtiéndonos y que la señorita Ponchikov era muy agradable.

Alice llegó a las cuatro. Le encantaba conducir, así que rara vez usaba un chofer. Todos, incluidos el señor y la señora Dodge, esperábamos afuera para saludarla.

La grava crujía mientras su Jaguar verde oscuro convertible, con la capota plegada, avanzaba hacia nosotros hasta detenerse. Apagó el auto y bajó.

Era una mujer impactante, vestía pantalones negros y una camisa blanca. Su pelo corto y de un color negro azabache contrastaba con su piel pálida, que resaltaba unos ojos tan oscuros que podían confundirse con el negro. Irradiaba energía, mando y sexualidad, lo que enloquecía tanto a hombres como a mujeres. Todos se enamoraban de ella o la odiaban. Johnny y yo estábamos simplemente pasmados.

Nos dio besos, abrazó al señor y a la señora Dodge, le lanzó las llaves a Harry para que sacara las maletas y guardara el auto, saludó calurosamente a Stanley, comenzó a subir las escaleras y, de pronto, se detuvo. Se dio vuelta hacia Johnny y hacia mí y nos preguntó:

—¿Qué han estado haciendo los hombrecitos?

Johnny farfulló algo, mientras que yo me quedé boquiabierto. Ella tenía ese tipo de efecto sobre nosotros. Nos salvó un estruendo sordo en la distancia. Alice miró al cielo y dijo:

—Se avecina una deliciosa tormenta. No le temen a un pequeño trueno, ¿verdad?

—Oh, no —respondimos al unísono.

Se rio y desapareció rápidamente dentro de la casa.

Ivan Obolensky

Johnny y yo respiramos aliviados. Estuvimos a unos pocos segundos de contárselo todo.

A la hora de la cena que, para Johnny, la señorita Ponchikov y para mí, significaba las seis de la tarde, la tormenta amenazaba a lo lejos con furiosos estruendos que a menudo duraban minutos. El sonido era como el de artillería lejana, no ruidoso, sino inconfundiblemente presente e inquietante. La señorita Ponchikov estaba nerviosa, no sabría decir si por la tormenta que se acercaba o por la presencia de sus empleadores. Su acento ruso era aún más pronunciado y apretaba como compañero constante un rosario de amatistas pálidas. Escuchábamos el murmullo de las oraciones que de vez en cuando se escurrían entre sus labios.

La lluvia caía cuando nos acostamos a las nueve. A las diez llovía a cántaros y a las once Johnny estaba en mi puerta. La tormenta se acercaba en serio y la electricidad había fallado. Arrastramos a nuestra doncella inerte a la sala de estar, mientras los relámpagos nos iluminaban a través de la claraboya. Un trueno retumbó cuatro o cinco segundos después. Una gran parte de la tormenta se hallaba a unos dos kilómetros de distancia. Normalmente yo habría sentido un temor inmanejable, pero nuestros preparativos me mantenían concentrado. Cuando terminamos, ya era casi medianoche y la tormenta se hallaba sobre nosotros. La lluvia resonaba sobre la claraboya como un rugido, mientras los relámpagos centelleaban en el cielo. El plan era sencillo: esperar un relámpago que diera un gran destello de luz y que yo gritara lo más fuerte que pudiera para después callarme abruptamente.

Me estaba preguntando en qué momento empezar, cuando llegaron un destello y un trueno tan fuertes que realmente me asusté. La puerta de la señorita Ponchikov se abrió y yo grité. Bajo la luz titilante, la señorita Ponchikov se veía terriblemente espantada. Llevaba un camisón blanco largo abotonado al cuello.

El ojo de la luna

Tenía el pelo completamente revuelto. Sus ojos estaban tan abiertos que pensé que se saldrían de sus órbitas en cualquier momento. Escuché un aliento rápido antes de que Johnny soltara un grito que hizo palidecer al mío. Los ojos de la niñera miraron hacia arriba como suplicando al cielo, solo para ver a la mujer que colgaba de la claraboya. Se agarró la cara con las manos y en ese momento perdió la cabeza por completo. Emitió un chillido estridente y quejumbroso, como el de un animal, y echó a correr escaleras abajo. La acometía un pánico tan profundo que Harry la halló al final del camino de entrada, después de que el señor Dodge le ordenara salir a buscarla. Parece ser que casi tropezó con los padres de Johnny mientras volaba por las escaleras, antes de abrir la puerta principal y lanzarse a la noche. Ellos admitieron haberse sentido muy mal por asustarla, porque también gritaron al ver su horrible apariencia a la luz de una vela que sostenían mientras subían las escaleras.

Luego de la salida abrupta de la señorita Ponchikov, Johnny y yo, prudentemente decidimos ocultar nuestra creación antes de que nos visitaran las autoridades parentales. La tormenta se desató, pero, en nuestro afán, no le prestamos atención. No estábamos seguros de las consecuencias de lo sucedido, pero tener la menor cantidad posible de evidencia era lo más sensato que podíamos hacer.

El señor Dodge subió poco después con una linterna. Corrimos hacia él y nos dirigimos al piso de abajo. La familia se reunió en el salón, iluminado con velas, mientras Dagmar ponía una tetera en el fogón. Alice y los padres de Johnny seguían vestidos, pues no se habían acostado, y nosotros estábamos en pijama. Alice nos envolvió con mantas en el sofá. Se hablaba de la señorita Ponchikov en voz baja. Pronto nos quedamos dormidos.

La siguiente fue una mañana maravillosamente soleada y despejada.

Dagmar se ocupó de nosotros en el desayuno. Alice, los padres de Johnny y la señorita Ponchikov no se veían por ningún lado. Dagmar nos dijo que estaban hablando con las autoridades. No sabíamos exactamente lo que eso significaba, pero las implicaciones no sugerían nada bueno. Nos portábamos como angelitos, sabiendo que nuestra perdición se acercaba con cada minuto que transcurría.

Llegaron los adultos y fuimos llamados a comparecer ante ellos. Previamente habíamos discutido a fondo nuestro probable destino, sin llegar a un consenso, ya que habíamos navegado en aguas desconocidas.

Fue la señora Dodge quien nos dijo que la señorita Ponchikov no volvería. Aparentemente tenía un historial de crisis nerviosas y no debería haber estado cuidando de nosotros en primer lugar. Se disculpó. Nos relajamos hasta que Alice preguntó a quemarropa por nuestro conocimiento acerca de una niñera anterior que se había suicidado. No sé cómo lo sabía. Debió de haber interrogado a la señorita Ponchikov y le sonsacó la historia. Nos miró fijamente. Lloramos. Pataleamos. Pero fue en vano. Lo confesamos todo.

Se debatió el asunto y se concluyó por parte de los adultos presentes, no por primera vez con respecto a Johnny y a mí, que las manos ociosas hacen el trabajo del diablo, y que deberíamos ocupar nuestras horas con una actividad más constructiva. Nos pusieron en manos de Harry para que trabajáramos con él en los alrededores de la casa. Además, nuestros guardianes declararon que en adelante deberían ser niñeras teutonas las que se contrataran: las rusas eran demasiado místicas, las francesas muy veleidosas y las inglesas totalmente aburridas.

Ese verano conocimos un campamento en el gran estado de Maine. Para la Navidad de ese año, Alice estaba muerta.

Mi mente volvió al presente.

El ojo de la luna

—Me acabo de acordar del incidente de la señorita Ponchikov. ¿Recuerdas eso?

—Ah, ni lo menciones. Eso estuvo mal. —Johnny se detuvo y me miró—. Realmente traumatizamos a esa mujer. Creo que dejamos de hacer bromas durante un año... No, probablemente solo unos días. Éramos unos pequeños idiotas. Esa fue también la última vez que vimos a Alice.

—Sí, estaba pensando lo mismo.

—El tiempo ciertamente ha avanzado, pero aquí estamos, y *todavía* seguimos en problemas. Algunas cosas parecen no cambiar nunca. Continuemos. Tal vez sea posible evitar algún tipo de retribución kármica ahora que mencionaste a la niñera. Al menos la pobre señorita Ponchikov no murió de miedo.

—Por poco.

—Sí, por poco.

Robert juzgó que el camino estaba despejado y se movió hacia adelante. Seguimos avanzando y llegamos a la parte de atrás del sótano, donde había una mesa, una vela, un cenicero y dos sillas.

—Volvemos a la escena del crimen.

Johnny y yo nos sentamos en esas sillas muchas veces. Allí consumimos licores excelentes y, en el proceso, recibimos algunos castigos severos.

—Tuvimos buenos momentos aquí abajo.

—Es cierto. Manos a la obra. Los Château Lafite del 59 estaban en algún estante retirado, si mal no recuerdo —dijo Johnny.

Volví al anaquel más distante, que debía de tener más de cien botellas. Eran Château Lafite de varias cosechas. Dedicamos al menos quince minutos a mirar una botella tras otra, pero las de 1959 que queríamos no estaban entre ellas.

—Demonios —dijo Johnny—, es lo que temía. Parece que finalmente tendremos que consultar a Stanley. Esperaba simplemente verificar que estuvieran allí y que eso fuera el fin de todo. Me temo que no hay descanso para los malvados.

—Muy bien, empecemos a explorar las estanterías mientras podamos.

Desandamos nuestros pasos hasta llegar a los estantes que Harry construyó.

Había varias cajas de almacenamiento en la sección de Alice, así como pilas de revistas, periódicos y folletos de una casa de subastas. Robert había avanzado sin desviarse, pero se detuvo y se levantó sobre sus patas traseras para olfatear y mirar más de cerca una caja en la segunda fila.

—Johnny, ¿por qué no empiezas con esa, mientras yo me ocupo de esta?

—Puede ser. A Robert le gusta esta.

Bajé mi caja y levanté la tapa. Estaba llena de sobres, en su mayoría folletos de museos y de subastas, invitaciones y correspondencia con Alice.

—¿Realmente crees que nadie ha revisado esto?

—Pensaría que no, pero no estoy seguro. Podríamos llevar las cajas arriba y mirar lo que hay en algunas de ellas para ver si realmente necesitamos revisar todo el lugar. Oye, mira lo que tengo aquí.

La caja de Johnny contenía un paquete cuadrado más pequeño, envuelto en papel marrón y atado con una cuerda. Sacó una navaja, cortó el cordel y empezó a desenvolverlo.

Robert también mostraba interés. Metió la nariz en la caja y empezó a gemir.

—Atrás, perro sarnoso. Déjame ver esto.

Dentro del paquete había una caja de cartón en la que se guardaba un objeto abultado, envuelto en una tela de algodón. Johnny la desenrolló y apareció una figura desgastada de piedra

El ojo de la luna

oscura. Robert tomó la envoltura y comenzó a sacudirla como si estuviera matando a una rata.

—No tengo ni idea de qué pueda ser. Es extraño que esté aquí abajo —dijo Johnny—. Puede haber más cosas escondidas, así que, ¿por qué no tomas una caja? Yo haré lo mismo y subimos. —Devolvió la estatuilla—. Le pediré a Stanley que lleve el resto al piso de arriba, donde tendremos espacio para revisar.

Los tres subimos las escaleras, Robert Bruce a la retaguardia, con el envoltorio todavía en sus mandíbulas.

Llegamos al vestíbulo y Johnny descargó su caja.

—Llévate esto arriba, si puedes, mientras voy a hablar con Stanley.

Tomé la caja adicional. Esto era típico de nuestra relación, pero no me importaba. Teníamos toda la tarde y no había nada como un misterio para despertar la imaginación.

5

M e las arreglé para subir las dos cajas por la escalera sin dejarlas caer. Luego de una pausa para respirar, decidí que podría bajar por unas cuantas más en lugar de esperar a que las trajeran. Después de varios viajes solitarios desde el sótano hasta el piso alto de la casa, había reunido seis cajas. Las tenía en fila, contra la pared del fondo, como si estuviera haciendo un análisis forense o preparando un argumento para un caso importante. Me alegré de poder organizar la investigación desde el principio. Un ejemplo claro de la diferencia entre Johnny y yo era lo que estaba haciendo ahora.

Yo creía en los resultados de una preparación meticulosa, mientras que Johnny se inclinaba por evitar lo que consideraba como trabajo innecesario. Él aportaba su esfuerzo cuando era preciso, pero su grandeza estaba en otra parte. Sus fortalezas se concentraban en la actuación, la presentación, en su pasión y su habilidad para lograr que otros hicieran aquello que consideraban por debajo o más allá sus capacidades. Era un maestro de la persuasión. Cuando era niño lo admiraba, aunque también le tenía celos.

La vida parecía muy fácil para él, mientras que yo tropezaba constantemente. Cuando las cosas se volvieron insoportables, escapé. Por supuesto, la vida nunca es sencilla para nadie, ni siquiera para Johnny Dodge, pero me llevó años entenderlo.

Me dejé caer pesadamente en la silla. Mis pensamientos se habían desviado hacia lo que consideraba mi lugar oscuro. Habían pasado meses desde la última vez que me sumí en la autocompasión y la depresión. Como siempre, la razón fue la quiebra.

El ojo de la luna

Aunque Johnny y yo estuvimos muy unidos mientras crecíamos, hace algunos años nos vimos obligados a separarnos. La culpa fue totalmente mía.

Nos habíamos graduado de la universidad y asistimos juntos a la escuela de posgrado; él hizo el suyo en Economía y yo en Análisis Financiero. Un día, al calor de unos tragos, Johnny y yo decidimos crear una sociedad. Nuestro ascenso fue espectacular. Yo hacía los análisis y Johnny se encargaba de las operaciones y manejaba a los inversionistas. Apalancamos todo y, después de cinco años, estábamos boyantes. Habíamos amasado una fortuna, no muy grande, pero sí importante.

El verano siguiente viajé a Europa por capricho, mientras que Johnny se quedó al frente de los negocios.

En Francia encontré un castillo junto a un lago, con jardines y un pequeño viñedo. Estaba a la venta, era barato y yo lo quería. Entonces, me di cuenta de que tenía la oportunidad de ser propietario de algo que podía compararse con los esplendores que me rodearon mientras crecía. Volé de regreso al día siguiente, decidido a hacer realidad ese sueño.

Era cierto que con mi parte de la firma yo tenía el dinero para adquirir la propiedad en ese momento, pero Johnny y yo habíamos establecido una regla: no retirar dinero del negocio. Si necesitábamos efectivo, lo conseguíamos por nuestra cuenta. Me faltaban apenas unos pocos buenos negocios para alcanzar mi sueño. Me puse a trabajar y se me ocurrió un plan infalible. En ese momento la soya era una materia prima prometedora, y nosotros la aprovecharíamos.

Convencí a Johnny de que los granos aumentarían significativamente su valor. Él estuvo de acuerdo y realizó las operaciones, pero justo después de completar nuestras órdenes de compra, el precio de la soya comenzó a colapsar. Advertí a Johnny que algo marchaba mal y que deberíamos abandonar inmediatamente el negocio. Johnny ofreció las órdenes de venta, pero, antes de que pudieran procesarse, la soya había alcanzado un precio tan bajo que el producto ya no podía comercializarse según las reglas de la bolsa.

Al otro día, la soya no se comercializó ni tampoco al próximo ni al siguiente. Cada día el precio caía al límite y nuestras órdenes de venta seguían en blanco. Cada día desaparecía el quince por ciento de nuestro patrimonio neto. Yo era el culpable. Lo sabía. Estaba pagando el precio de un deseo egoísta.

Al cuarto día me encontraba borracho en un bar. Contaba mi historia de aflicción a cualquiera que quisiera escucharla. Finalmente, me pidieron que me marchara. En el camino de regreso a mi apartamento, esa tarde, hice un trato con Dios y le prometí que, si la soya se transaba, dejaría el negocio. Pero los granos no se comercializaron ese día.

Al quinto día decidí que abandonaría la sociedad, con Dios o sin él. Justo en el momento en que le anunciaba mi decisión a Johnny, en su oficina, la soya se vendió. Todos nuestros pedidos se tramitaron en un instante. Sin embargo, habíamos sufrido una disminución catastrófica de nuestro patrimonio.

Como una crueldad del destino, el precio de soya se revirtió rápidamente poco después, solo que ya no estábamos en el mercado. El tren con destino a la riqueza partió sin nosotros a bordo. Nuestras operaciones habían tocado la cima y el fondo del mercado. Para mí, el momento era una señal. Todo lo que me quedaba por hacer era empacar las cosas de mi oficina.

Johnny trató de consolarme. Me dijo que solo necesitaba regresar al ruedo. Él decía estas cosas, pero yo sabía que su confianza en mí se había resquebrajado. Le dije que no me quedaba nada por qué luchar y que nuestro negocio había terminado para mí. Bajé tres kilos en cinco días.

En mi mente, tuve mi oportunidad y la desperdicié por completo.

El ojo de la luna

Una cláusula en nuestro acuerdo estipulaba que, ante una disminución de más del cincuenta por ciento del capital en un solo trimestre, devolveríamos todos los fondos a los inversionistas y disolveríamos la sociedad. Por fortuna, los inversores solo éramos Johnny, unos pocos clientes y yo. Utilicé la parte restante de mi patrimonio para restituirles su parte de acuerdo con su última declaración, evitando cualquier posibilidad de líos legales. Me quedó un poco, pero no mucho.

Le estreché la mano a Johnny, murmuré mis más sinceras disculpas y tomé el primer vuelo que me sacara de Nueva York, que resultó tener a Los Ángeles como destino.

Pasaron meses antes de sobreponerme anímicamente. Mi dinero, lo que quedaba de él, desaparecía rápidamente. Decidí resurgir en un nuevo campo: el de la contabilidad forense. Empecé desde mi apartamento rentado. Poco a poco, comencé a salir a flote y en pocos años conseguí varios clientes, en especial bufetes de abogados que necesitaban mis servicios. Alquilé entonces una oficina apropiada. Comencé a elevar los precios para deshacerme de los pocos clientes que me molestaban, aunque muchos de ellos ofrecían seguir pagando lo que les pedía e incluso más. Seguí adelante con mi negocio.

De vez en cuando leía sobre Johnny en los periódicos. Se había unido a su padre en Dodge Capital.

Fue solo hace un año que Johnny y yo nos encontramos luego del desastre económico. Yo había viajado a Nueva York para ver a un cliente y me topé con él en el bar King Cole del St. Regis. Nada había cambiado. Seguía siendo el mismo: extravagante, brillante y persuasivo.

Cualquier envidia o resentimiento que yo hubiese albergado hacia él se había evaporado para entonces. Había llegado a aceptar mis propias limitaciones, pero lo más importante fue que comprendí que otros luchaban de la misma manera, aunque ante

Ivan Obolensky

diferentes problemas. Él todavía me consideraba su amigo y eso fue un alivio. Nunca me culpó por lo sucedido y por eso le tendría siempre en alta estima.

Suspiré y miré alrededor de la sala de estar. Estaba otra vez en el último piso, sentado en el sofá. Las nubes oscuras en mi mente se habían desplazado y el sol parecía brillar de nuevo. Me maravillaba estar en Rhinebeck. Había pensado con toda seguridad que nunca vería de nuevo este lugar, pero aquí me encontraba. Johnny y yo habíamos iniciado un nuevo capítulo, y eso era algo bueno.

Miré las cajas que tenía frente a mí. Necesitaba ocuparme con algo. Mis oscuros pensamientos podrían retornar tan rápido como se habían disipado, a menos que mantuviera mi mente puesta en otros asuntos.

Tomé un bloc de notas de mi maletín y empecé a catalogar y separar los cientos de piezas de correspondencia de las publicaciones periódicas, los folletos de la casa de subastas y lo que parecían manuscritos que algunos colegas le enviaron a Alice para que los revisara.

Había pasado por tres cajas cuando encontré algo que podría ser útil: un sobre de manila enviado por Alice a un tal M. Thoreau, para ser entregado personalmente en el Hotel Carlyle. El sobre había sido devuelto, marcado como no recibido y tenía una fecha de matasellos cercana a la de su muerte. Consideré abrirlo, pero pensé que Johnny debería estar presente. Él se estaba tardando demasiado con Stanley y, en esta casa, lo sabía por experiencia, no era buena idea quedarse solo por mucho tiempo. Gran parte de este sentimiento se debía probablemente a nuestra imaginación hiperactiva mientras crecíamos. De todos modos, Johnny y yo sentíamos muchas veces que había más cosas a nuestro alrededor de las que podíamos ver. Con frecuencia tuve pesadillas mientras dormía aquí.

El ojo de la luna

Mis temores innombrables y mis problemas de sueño me siguieron hasta la costa oeste. Así que decidí dominar los miedos nadando en solitario en el océano después de que oscurecía. En las aguas profundas de la costa de California, en ocasiones me sentía elevado por la masa de agua, desplazado por algo grande que cruzaba por debajo en la oscuridad. Hacía falta autocontrol y un gran esfuerzo para no dejar de contar las brazadas y mantener un ritmo moderado, y evitar así que mi imaginación me dominara y comenzara a gritar, estremecido de pánico ante la idea de lo que rondaba debajo.

Estos intentos de fortaleza mental resultaron parcialmente exitosos. La oscuridad y los mismos temores innombrables se mantenían y siguieron siendo enemigos que acechaban justo por fuera de mi visión, como los depredadores desconocidos de las profundidades que revelan su presencia, aunque sea indirectamente. La rutina y un ritmo preciso eran las únicas anclas y salvavidas mientras trataba de apaciguar mi desaforada imaginación. Fue gracias a la disciplina y el esfuerzo que resistí cada día, y no por desterrar mis terrores al abismo sin nombre del que provenían.

Me estremecí. El sobre que tenía en la mano era definitivamente de Alice. Podría significar algo o nada. No sabría decirlo.

Alice y yo compartíamos un lazo, pero eso fue hace mucho tiempo. En el intento de recomponer mi vida, había aplazado muchos recuerdos y deudas que tenía con personas que me ayudaron en el pasado, Alice entre las más importantes. Sin su sexto sentido, estaría muerto. Lo había olvidado por completo.

Alice había sido una presencia vigilante mientras crecíamos, pero, a pesar de su atención, las cosas extrañas encontraban la forma de hacerse presentes.

Ivan Obolensky

El juego de escondite era uno de los favoritos de la casa y en él participábamos tanto los adultos como Johnny y yo. Alice jugaba cuando estaba allí, lo mismo que los padres de Johnny. Era un entretenimiento obligatorio para los huéspedes.

Las reglas eran simples. Uno de los jugadores buscaba y todos los demás se escondían. El buscador se elegía al azar.

Después de una hora, que anunciaba el reloj del vestíbulo, el juego había terminado. Los jugadores que no hubiesen sido encontrados eran declarados ganadores. El campo de juego se extendía por toda la casa, excepto los aposentos de los sirvientes. A los ganadores adultos se les concedía una bebida de su elección, mientras que Johnny y yo recibíamos una taza de chocolate caliente. El juego comenzaba después de nuestra cena y antes de la hora del coctel para los adultos.

El buscador debía permanecer en el salón hasta que el reloj de la recepción sonara. Entonces, podía empezar la cacería. Recuerdo que Alice siempre advertía que nadie debía permanecer oculto más de los sesenta minutos reglamentarios y tenía que reportarse al salón inmediatamente o sería descalificado.

A medida que crecíamos, solo jugábamos Johnny y yo, sin una hora establecida de inicio, aunque preferíamos hacerlo al oscurecer, porque la casa era más aterradora en la noche. Suprimíamos algunas reglas e inventábamos otras, pero la de la duración del juego la conservamos siempre.

En una ronda que jugamos poco antes de la llegada de la señorita Ponchikov, yo era el que se escondía y había logrado entrar en el cuarto de almacenamiento de equipajes, situado en la parte superior del ala de servicio. Aunque no estaba en un área por fuera de los límites del juego, tampoco entraba claramente dentro de las reglas establecidas. Por lo general, la habitación estaba cerrada. El reglamento declaraba, sin lugar a equivocaciones, que los aposentos de los sirvientes estaban fuera de los límites, pero el cuarto de las maletas, aunque en el ala de estos, técnicamente no se ajustaba a la norma, puesto que allí no vivía ninguno de ellos. Al menos, esa fue mi lógica en ese momento.

¿Estaba haciendo trampa? «No», pensaba entonces. Además, quería ganarle al menos una partida a Johnny y estaba seguro de que ese lugar me lo permitiría. Incluso, podría paralizarlo del susto si yo abriera un baúl desde adentro y gritara mientras él se acercaba.

El cuarto de equipajes guardaba más valijas que una bodega. Había docenas de maletas y baúles en todas las formas y tamaños. Dos bombillas con rejas metálicas, suspendidas del techo, iluminaban el cuarto.

Un gran baúl, separado de los demás, parecía particularmente prometedor. Tenía casi dos metros de largo, un metro de ancho y otro metro de profundidad. Los lados eran de cuero negro sobre una madera dura de algún tipo. En todas las esquinas había herrajes metálicos, oscurecidos por el tiempo. Todos los bordes estaban cubiertos por franjas de bronce mate, que rodeaban también el baúl a lo largo y ancho.

El mecanismo de bloqueo estaba hecho de un metal distinto del latón, quizás acero endurecido, y parecía particularmente sólido.

La cerradura constaba de dos secciones. Una parte con bisagras que se mantenía plana al cerrarse, conectada a otra parte inferior que la albergaba. La llave estaba dentro, unida por una cadena a un ojal. Esta podía retirarse y la cadena se sujetaba a un anillo para protegerla durante los viajes. Desenganché la cadena y examiné la llave de cerca. No era común. Era una obra de arte, complicada, finamente cortada e intrincada. Nadie sería capaz de forzar esta cerradura fácilmente. Este baúl mantendría a raya al ladrón más resuelto, aunque dispusiera de todo el tiempo del mundo para abrirlo.

Ivan Obolensky

Después de insertar la llave de nuevo y girarla, la tapa se abrió suavemente y dejó ver las bisagras ocultas. La parte superior y los lados estaban forrados con raso blanco acolchado, sostenido por cientos de pequeños taches de latón, clavados de acuerdo con un patrón regular. El fondo era del mismo raso blanco, pero sin acolchado.

Al entrar, sentí como si estuviera trepando a un ataúd. Dudé mientras me sentaba, antes de bajar la tapa. ¿Y si de algún modo se cerraba? Decidí ser muy cuidadoso al bajarla y, justo antes de hacerlo, recordé que todavía tenía la llave en la mano y que las luces estaban encendidas; una manera obvia de delatarme. Pensaba en esto cuando escuché un sonido que parecía llegar del pasillo de afuera. Rápidamente salí, me acerqué sigilosamente al interruptor y apagué las luces. Tanteé a oscuras mi camino de regreso y entré de nuevo al baúl.

Me levanté y bajé la tapa. Se cerró más rápido de lo que esperaba, con un ligero golpe seguido de un clic, que rápidamente fue absorbido por el acolchado del baúl. ¿Fue la cerradura lo que hizo clic? Me asombré por lo oscuro que estaba. Abrí y cerré los ojos. No podía notar la diferencia. ¿Y la llave? Intenté recordar si la había dejado en la cerradura antes de entrar. Empujé la tapa. No se movió. Busqué la llave en el estrecho espacio del que disponía. A pesar de mi creciente pánico, pude pensar claramente que no tener la llave era más prometedor que encontrarla. De todos modos, me tomó una fracción de segundo pasar de un juego infantil a un peligro mortal.

Me gustaría pensar que me comporté de manera admirable, pero no lo hice. El miedo me invadió cuando comencé a sentir dificultad para respirar y, entonces, entré en un verdadero estado de pánico. Grité. Grité una y otra vez, pero mis gritos se apagaban en el espacio confinado y solo parecían empeorar mi situación. Supe que no pasaría mucho tiempo antes de quedarme sin oxígeno

El ojo de la luna

y que me asfixiaría hasta morir; años más tarde hallarían mi cadáver momificado o, quizás, nunca lo encontrarían. Todo lo que pude hacer después de esa conclusión fue lamentarme.

Comenzó entonces un diálogo peculiar dentro de mi mente, entre una lógica fría, de un lado, y el pánico, del otro. Me veía a mí mismo llorando y gritando. Con voz tranquila, pensaba: «Esto es lo que se siente al morir. Creía que la muerte sería extremadamente dolorosa y terrible. No parece así. Soy demasiado joven para morir, pero eso es lo que va a pasar, qué desperdicio».

Mientras una parte de mi mente permanecía tranquila, la otra atravesaba interminables ciclos de esperanza, miedo, lágrimas y desesperación iracunda por lo inminente de la muerte. No sé cuánto tiempo llevaba en el baúl cuando, de repente, la tapa se abrió, y allí estaban Alice y Johnny mirándome. No estaba seguro de cómo me encontraron o, incluso, de si eran reales, pero ahí estaban.

Apenas me sentía vivo. Me sacaron de allí, me dieron un poco de brandy y me llevaron a la cama.

Más tarde, tuve que explicar exactamente cómo hice para ponerme en una situación tan peligrosa. Les dije que no tenía ni idea, pero prometí no ser tan estúpido en el futuro. Nunca había visto a Alice enfadada, pero esa vez lo estaba. Dijo que ella debería haber cerrado el baúl y guardado la llave. Los padres de Johnny, así como toda la familia, estaban fuera de sí. Me salvé por muy poco.

Más tarde, me acosté en mi cama. Johnny entró en la habitación y se sentó a mi lado. Se veía un poco pálido.

—Eso estuvo cerca. No tenía ni idea de dónde estabas.
—Respiraba con fuerza.
—Soy un experto en ganar y perder al mismo tiempo. Me encerré en un baúl. ¿Cómo puede ser alguien tan estúpido?
—Bastante estúpido —dijo riéndose.
—¿Cómo sabías que estaba allí? —pregunté riendo yo también.

Ivan Obolensky

—Fue Alice. Yo estaba buscando arriba cuando me di vuelta y ahí estaba ella. Me preguntó qué hacía. Le dije que jugábamos al escondite. Fue algo bastante raro. Parecía molesta y comenzó a revisar rápidamente toda la casa, habitación por habitación, y luego se dirigió al alojamiento de los sirvientes. La seguí mientras avanzaba hacia el cuarto de los equipajes. Abrió la puerta, vio el baúl y te aseguro que soltó varias palabras de grueso calibre. La llave estaba en la cerradura, así que la abrió y ahí estabas tú. Te veías horrible.

—Sí, me sentí muy mal y estuve muy seguro de que ese sería mi final. Realmente pensé que iba a morir. En serio.

—Tenías esa mirada de haber vivido un milagro con tu rescate. Hubiese estado tan enojado contigo... No tienes ni idea. Por cierto, la tía Alice dijo algo más en voz baja: que no era la primera vez que el baúl encerraba a alguien dentro. El momento fue espeluznante. No tenía ni idea de qué decir, así que me callé.

—¿No le preguntaste a qué se refería?

—¿Estás bromeando?

—No, no. Hiciste lo correcto. Es mejor dejarlo pasar.

Nos sentamos allí, contentos de acompañarnos. Finalmente, dije:

—Supongo que no jugaremos al escondite por un tiempo...

—Eso parece.

Durante las vacaciones, las actividades relacionadas con el juego del escondite fueron severamente restringidas y reemplazadas por distintas tareas domésticas.

Eso fue hace mucho tiempo, pero el incidente pudo haber sido ayer. Luego de haberlo olvidado durante tanto tiempo, recordé con mucha claridad todo lo sucedido. Me levanté y me dirigí a la planta baja.

6

Entré a la cocina, en donde Dagmar preparaba su té.
—Están en la oficina de Stanley, la última puerta a la derecha. —Me indicó.
—Gracias —le respondí.
Caminé por el pasillo hasta una puerta abierta. Adentro estaban Johnny y Stanley, junto a Robert Bruce. Bebían y charlaban amigablemente, *whisky* puro, según podía ver y, con seguridad, más de una copa, porque las raíces escocesas de Stanley eran muy evidentes y Johnny tenía una sonrisa en la cara que parecía imborrable. Robert estaba acostado con la cabeza sobre las patas, con expresión pacífica.
—Ah, ahí estás —dijo Johnny—, acompáñanos. Iba a buscarte, pero no pude despegarme de la silla.
—Sí, por favor —reafirmó Stanley y me ofreció un asiento. Se giró de espaldas hacia mí mientras vertía cinco centímetros del líquido ámbar en un vaso de cristal tallado.
—Pruebe esto a ver qué le parece —dijo, pasándome el vaso.
Tomé el vaso y olfateé. El olor era celestial, si el cielo tuviera un aroma ligeramente ahumado.
—Noventa de gradación, de la destilería de su familia —aclaró Johnny—. ¡Condenadamente maravilloso!
Me senté y tomé un trago. Mi descubrimiento y mis preguntas se evaporaron en una nube de dichosa satisfacción.
—Realmente maravilloso, Stanley —dije mientras levantaba mi vaso.
Tomé otro trago y, como por arte de magia, yo también estaba sonriendo.

—¿Celebramos algo?

—Sí, claro —dijo Johnny—. Stanley nos cubrió la espalda nuevamente. Es más, nos salvó hace años, solo que nunca lo supimos. Díselo, Stanley.

—Bueno, le estaba contando a Johnny cómo descubrí que ustedes se tomaron las dos botellas del Lafite 59. Verán, las dejaron en la mesa de la cava, muchachos traviesos —dijo agitando su dedo índice hacia nosotros—; no puedo dejar de admirar su buen gusto.

»También le decía a su cómplice que yo no nací ayer. Nosotros, en el servicio, sabemos cómo van las cosas. Algunos jóvenes idiotas toman una botella cara y el mayordomo tiene que reemplazarla de alguna manera.

Miró directamente en nuestra dirección.

—Vi cómo estaban las cosas y pensé que haría una buena acción para todos. En mi opinión, la cosecha Lafite del 61 es, por encima de cualquiera, la mejor opción, superior a la del 59, aunque algunos se inclinarían a discrepar. Allá ellos. Pocos, como yo, han tenido la oportunidad de elegir entre las dos.

»Despegar con vapor las etiquetas de las botellas vacías y aplicarlas a dos del 61 que teníamos en ese momento fue un trabajo rápido y sencillo.

»Verán, la del 59 era la cosecha que todos bebían, esperando que la de 1961 fuera un éxito. Por eso estos vinos se volvieron tan raros. Fueron muy buenos, pero, definitivamente, ocupan un segundo lugar cuando se comparan con los de la cosecha del 61. El 61 envejeció deliciosamente bien y probablemente puede mejorar más... Pero me estoy saliendo del tema.

—Él los prueba. ¿Puedes creerlo? —dijo Johnny—. De vez en cuando le entran deseos de ver cómo va el vino. Con razón ama este lugar. Está sentado sobre un tesoro para un amante del vino.

El ojo de la luna

—Bueno, es verdad. No podría perdonarme si se necesitara un vino espectacular para impresionar a un invitado y la realidad no cumpliera las expectativas. La única forma de saberlo es probarlos de vez en cuando. Dagmar, bendita sea, se esfuerza en una cena dominical con un rosbif y lo acompañamos con el sabor de un Haut-Brion o un Latour. Algunas cosechas las tuvimos que consumir en su totalidad porque se pasaron de punto. La mayoría de la gente hoy en día no ha tenido la oportunidad de beber un Burdeos añejo de la calidad disponible en esta cava. Esos momentos preciosos son raros. La cena será un gran éxito, estoy seguro.

—Bueno, Stanley, te lo agradecemos. Eres un santo —dijo Johnny.

—Es un placer. Ahora, usted mencionó que quería mover algunas cajas.

—No es necesario —contesté—. Quería hacer ejercicio, así que las subí a nuestro piso. Johnny, quizás deberías explicarlo.

Stanley miró expectante a Johnny.

—Ah sí. Pensamos revisar algunas de las cajas de correspondencia y las revistas, y tirar lo que no valga la pena guardarse o archivar.

—Ya veo —respondió Stanley—. ¿Y están haciendo esto porque...?

Johnny se detuvo.

—Creo que la curiosidad es una razón tan buena como cualquier otra. No conocíamos muy bien a la tía Alice. Éramos demasiado jóvenes. Después de su fallecimiento, su vida y las circunstancias de su muerte se convirtieron en temas de los que mis padres no querían hablar. La conocíamos, por supuesto, pero no realmente. No éramos lo suficientemente mayores para entender su vida, particularmente su contexto y complejidad. Ahora, que somos adultos, nos gustaría saber más. Quisiéramos oír su historia.

Ivan Obolensky

—Ya veo. Permítanme pensar en esto por un momento, por favor.
—Por supuesto —contestó Johnny.
Stanley apartó su silla y miró por la ventana. Nosotros esperamos. La ventana daba al prado que se extendía hasta el bosque, oculto a la vista por la niebla. Parecía que estuviera tomando una decisión sobre algo. Después de un minuto, se volvió hacia nosotros.
—Les ofrezco disculpas, pero tenía que tomar una decisión que me llevó algún tiempo. He trabajado para esta casa durante muchos años. Su tía fue quien originalmente me contrató. Durante este tiempo, he tenido conocimiento de muchas cosas, no todas ellas agradables. Todos hemos actuado de maneras que cuestionan las buenas opiniones que tenemos de nosotros mismos. Dicho esto, ella era una mujer maravillosa, que llevaba una vida extraordinaria. Vi algunas cosas, pero no todo.
»Me preguntaba qué querría ella que yo hiciera... Que les contara su historia o no.
»La verdad es que nunca le importó lo que la gente pensara de ella. Marchaba al ritmo de su propio tambor y tendía a esquivar las convenciones. En vista de esto, mi decisión es difícil. Debo revelar muchas cosas oscuras para que puedan apreciar lo verdaderamente deslumbrante y excepcional que era ella. Nadie, aparte de mí, conoce su historia, y eso es una pena.
—Entonces, ¿estás de acuerdo? —preguntó Johnny.
—Sí. Lo que me gustaría, con su permiso, es que nos sentemos después de cenar para que escuchen lo que sé. Además, preferiría que esto quedara entre nosotros, por razones que se harán obvias.
Johnny se levantó y dejó su vaso.
—Stanley, eso suena excelente. Mientras tanto, dejaremos que sigas con tus cosas y te agradecemos mucho.
Le di las gracias también y acompañé a Johnny por las escaleras de atrás hasta el dormitorio, en lugar de pasar por la

El ojo de la luna

cocina y molestar a Dagmar. Llegamos a la parte superior de la casa, donde yo había dispuesto todas las cajas.

—Como en los viejos tiempos —dijo Johnny mientras las miraba.

—Sí, pensaba lo mismo.

—Percy, no pretendía recordarte...

—No te preocupes. Ciertamente, no estoy quebrado y puedo hablar de mi partida y todo eso, así que siéntete libre de decir lo que tengas en mente. No me siento frágil, a pesar de lo que sugieran las apariencias.

—Me alegra oírlo —dijo Johnny mirándome de cerca—. Por mi parte, me gustaría decir que el tiempo que trabajamos juntos fue el más feliz que yo haya vivido. No tienes idea de lo contento que estoy de verte y de lo mucho que te extrañé. Quiero decir, ¿con quién puedo hablar realmente? No ha habido nadie más.

Johnny se dio la vuelta. Pude ver que hacía un esfuerzo para sosegar sus emociones. Entonces preguntó:

—Bueno, ¿qué es lo que tienes aquí?

—Ya te mostraré, pero, primero, gracias por decir eso. Yo siento lo mismo, aunque es mejor que dejemos ese tema para más tarde, cuando tengamos más tiempo. ¿Tal vez también me digas la otra razón que tienes para que yo esté aquí?

—Ya lo veremos, por el momento prefiero olvidar mis problemas hasta mañana.

—De acuerdo; volvamos a las cajas —dije cambiando de tema—. Las subí y las revisé de forma superficial, sacando la correspondencia y viendo lo que había allí.

Recogí mi libreta de notas y la consulté.

—Había varias solicitudes, después de su fallecimiento, para que revisara trabajos de investigación, unas cuantas invitaciones y el resto eran cosas impresas, como catálogos, publicaciones periódicas y similares. No había facturas ni información financiera. Asumí que esas cosas las sacó el señor Dodge. Lo que había de interés eran la estatuilla, que atrajo tanto la atención de Robert, y esto.

Le pasé el sobre.

—Verás que tiene fecha de matasellos justo antes de su muerte y que fue devuelto como no recibido. Está escrito a mano. Pensé que podrías ser tú quien lo abriera.

—Interesante —dijo Johnny examinando el sobre—, nunca oí hablar de un tal M. Thoreau. ¿La leemos? Te pasaré cada página apenas termine y luego veremos dónde estamos.

Johnny se sentó en el sofá y abrió el sobre. Esperé a que terminara la primera página de la carta. Me la pasó.

7

Amor:

Lamento que hayamos peleado y haberte molestado. Por favor, comprende que no es fácil para mí escribir sobre estos asuntos. Preferiría no hacerlo, ni siquiera ahora, pero parece que no tengo otra opción si queremos continuar.

Qué celos demuestras. Ese monstruo de ojos verdes vive dentro de ti como una bestia. Tienes que encerrarlo. ¿Me prometes que lo harás? ¿Por favor?

La estatuilla viene en camino. No parece de gran valor. Esas cosas nunca lo parecen, pero me alivia saber que se encuentra segura.

¿Quieres saber, entonces, cómo sucedió todo esto? «¿Todavía lo amas?», preguntaste. ¿Cómo pudiste?

Me enferma pensar que incluso lo consideres. Pero ¿qué puedo hacer? Solo puedo repetir una y otra vez que no necesitas preocuparte. Lo harás de todos modos, pero supongo que esa es mi cruz.

Lo que sigue tranquilizará tu mente, aunque puede que no, por razones que se harán evidentes.

La última vez que vi a Bromley, estaba con Freddy y Arthur. Estaban bebiendo, riéndose y hablando de lo ricos que se harían. Se refirió a mí como a «esa perra» y les dijo que esperaba darme un merecido castigo después de unos tragos más. Me contuve para no sacar el revólver Webley que tenía escondido y ver el tamaño del agujero que haría una bala .455 en su cuerpo, pero era yo sola contra tres. Pronto se enterarían. Yo había terminado con ellos.

Afortunadamente, estaban ocupados bebiendo lo que yo me había cuidado de proveerles. Despidieron a todos los guías y contrataron gente para proteger el hallazgo.

Descubrimos las tolas una semana antes. Había sido un hallazgo tras otro, pero el más emocionante fue el de la estatuilla. Arthur la encontró. Típico, pero afortunadamente fue él quien lo hizo. Había visto suficientes piedras en bruto como para saber exactamente lo que tenía en sus manos. Según dijo, nunca antes halló una de ese tamaño. La gema estaba en los brazos de una figura femenina.

Arthur se dio cuenta de que el descubrimiento cambiaba todo, y yo también. Ya no me necesitaban, y estaba sola.

Los vi susurrar, advertí las miradas en sus caras y me asusté. Tenía que hacer algo, y rápido. Noté que había una buena cantidad de *Brugmansia* cerca. No sabía si *B. versicolor* o de otra especie. Si no la encuentras familiar, te cuento que se trata de una planta grande con muchas flores colgantes amarillas o, en este caso, rosadas, en forma de trompeta. La flor es particularmente fragante en la noche, ya que busca atraer a ciertas polillas polinizadoras.

Encontré esta planta y sus semillas hace algún tiempo, mientras examinaba varios sitios de entierro y tolas en Sudamérica. Se usaba para drogar a esposas y esclavos y así poder enterrarlos vivos con sus amos muertos; pero descubrí, por el conocimiento de varios pueblos indígenas que, en formas menos concentradas, la planta puede utilizarse como soporífero, antinflamatorio o como una puerta de entrada al mundo espiritual. Todas las partes de la planta contienen alcaloides poderosos que afectan la mente y el cuerpo.

Puesto que se hallaba en varias excavaciones, había hablado de la planta con chamanes cercanos que me advirtieron sobre ella. La *Brugmansia* se le administraba en ocasiones a los adolescentes rebeldes para que sus ancestros en el mundo de los espíritus pudieran reprenderlos por su comportamiento y hacerlos más obedientes. No debía utilizarse a la ligera.

Un chamán en particular sonrió y luego se rio abiertamente cuando me vio. A través de un intérprete, me dijo que escuchó de su padre sobre mi llegada y que me daría algunas semillas. Además, me enseñaría cómo preparar una tintura a partir de las flores, usando una bebida alcohólica local. Hasta dijo mi nombre.

Cuando quise saber cómo era posible, el chamán no contestó, pero siguió sonriendo y asintiendo. El intérprete dijo: «Aprenda lo que pueda. Es muy importante».

En el camino de regreso, mi guía me dijo que el padre había sido también un poderoso chamán. Lo seguían respetando en la aldea a pesar de haber muerto hace muchos años.

Todavía conservo esas semillas.

Lo difícil era encontrar la dosis correcta y ocultar el sabor. La cantidad de alcaloides presentes varía de una planta a otra, de hoja a hoja y de una flor a otra. Incluso, la afecta la hora del día en que se recoge.

Descubrí, mucho después, que uno debe cosechar muchas hojas y flores al mismo tiempo y experimentar preparando concentraciones más fuertes. Una alta produciría un delirio que podría llegar a ser realmente aterrador. La droga tiene incluso la capacidad de afectar a los músculos de los ojos que controlan el enfoque, agravando sus efectos alucinógenos que, puedo asegurarte, son feroces.

Los chamanes usan esta planta, combinada con otros ingredientes, para hablar con los muertos, dominar a los vivos, conversar con los seres del futuro y saber lo que los dioses están planeando.

Ivan Obolensky

Si se concentra demasiado, los resultados pueden ser horribles, más allá de lo que cualquiera pueda imaginar. No me da pena ni temo decirte que la mezcla que bebieron estaba tan concentrada que si vivían o morían solo sería por la voluntad de los dioses que custodiaban las tolas que descubrimos. Confiaba en que a esos guardianes les agradaría al menos un poco de acción. Posarse alrededor de una tumba durante años interminables puede llegar a ser bastante aburrido.

Casi fui víctima de mi propio plan.

Quise ver los resultados de mi trabajo. Me quedé demasiado cerca. Me agarraron. Bromley estaba encima de mí cuando empezaron a formarse gotas de sudor en su frente y en el pecho. La yugular y las venas de su frente se hincharon hasta alcanzar el grosor de un dedo y a latir cada vez más rápido. De sus ojos empañados brotaron lágrimas y, al mismo tiempo, su respiración se agitó y sus brazos empezaron a temblar. Me lo quité de encima. Los otros me miraban de una manera extraña y luego ni siquiera me veían. Una espuma blanca y espesa se formaba en los labios entreabiertos de Freddy, mientras que los ojos de Arthur se enrojecían y brillaban. Los dos transpiraban copiosamente, sus brazos se retorcían y fue entonces cuando comenzó el griterío, inicialmente como murmullos que subían en intensidad hasta convertirse en aullidos. Los dioses estaban ocupados.

Recogí mi ropa y fui en busca de la estatuilla. Revisé cada una de sus pertenencias, pero no podía encontrarla. Regresé donde estaban tendidos y hurgué en las cosas que había alrededor. Tomé a Bromley del pelo y lo abofeteé violentamente varias veces. Le grité para captar su atención: «¿Dónde está? ¡Dímelo!».

Me miró con los ojos vacíos y la boca increíblemente abierta. Ningún sonido salía de sus labios. Lo solté e iba hacia

El ojo de la luna

Arthur cuando vi una bolsa debajo de un asiento. Supe que la joya estaba ahí. No la mantendrían fuera de su vista. La tomé y empezaba a alejarme cuando vi a Freddy. Miraba absorto su brazo, que sangraba por el pedazo de carne que se había arrancado de un mordisco. Le deseé que tuviera un buen banquete y me fui sin mirar atrás. Me invadía un sentimiento horrible de venganza, apenas satisfecha, con la cual tendría que conformarme.

Les tomó meses regresar a la civilización. Escuché decir que Bromley volvió a su hacienda. De Freddy nunca supe más. Arthur sufrió de dengue y trató de visitarme cuando se recuperó. No quise recibirlo e hice que lo echaran. Para cuando me buscó, el divorcio ya era un hecho. El color de su piel, me alegra decirlo, se había vuelto gris.

De modo, amor, que tienes lo que querías. Te lo he dicho todo. ¿Conseguiste más de lo que esperabas? ¿Todavía me amas?

Respóndeme pronto.
Alice

Terminé de leer, ordené las páginas y las regresé a Johnny.

—Vaya —dije sacudiendo la cabeza—, extraordinario. La carta responde a muchas preguntas, pero genera otras tantas.

—Así es —Johnny devolvió las páginas al sobre—. Dadas las circunstancias, no puedo decir que me sorprenda lo que escribió, aunque me siento sobrecogido por completo, ¿me entiendes? Me enfurece.

—A mí también. Una mujer incomunicada y sola en una selva... Además, se trataba de Alice y nosotros la conocíamos.

—Precisamente. Pero bueno, ella supo esperar y consiguió su revancha. Por eso la admiro. Su plan estuvo bien pensado y ejecutado. Creo que en su lugar hubiese usado el revólver.

—Tres contra una, no es la mejor situación. Al menos conocimos la historia detrás de Arthur Blaine y de dónde salió esa pequeña estatua.

—Así es. Sugiero no hablar por el momento del descubrimiento de ese pequeño artículo. Haré que Simon baje de nuevo esas cajas. Por ahora, vistámonos para la cena. ¿Qué opinas?

—Me parece un buen plan.

8

Johnny y yo nos pusimos saco y corbata, la vestimenta mínima exigida para cenar. Bajábamos de nuevo, con Robert siguiéndonos, cuando el reloj marcó las seis. Las cortinas del salón estaban cerradas y había un fuego encendido en la chimenea. Johnny fue al bar a preparar vodka tonic, mientras yo miraba el cuadro de Constable. Johnny llegó a mi lado y me entregó la bebida.

—¡Salud! —exclamó.

Choqué su vaso.

Nos quedamos en silencio ante la pintura, hasta que Johnny comentó:

—Me transporta a un lugar de paz y tranquilidad, aunque las nubes en la distancia siempre parecen presagiar una tormenta que se aproxima.

—Lluvia, al menos, creo.

—Cuando lo miro detenidamente, me pregunto qué es más real: ¿Rhinebeck o la Inglaterra del siglo XIX de Constable?

—¿Quieres decir que ninguna representa la realidad?

—Por eso me gusta tenerte cerca —dijo mientras reía entre dientes y me daba una palmadita en el hombro—, tú me entiendes. ¿Recuerdas la historia de Brigadoon?

—Sí, tu madre nos llevó al musical de Broadway cuando éramos niños.

—Me encantó la idea de escapar a otro mundo —dijo Johnny—. Rhinebeck ha sido ese lugar mítico para mí. Siempre ha estado lejos de las realidades y los avatares de la vida. Al menos eso solía pensar.

—¿Ya no lo crees?

—Puedo sentir algo estremecedor. Esta casa solía ser tranquila y apacible, como la pintura. Ahora el agua parece mucho más profunda de lo que pensaba y hay cosas moviéndose bajo la superficie. Mi mundo está cambiando. Mira la foto de la mesa. ¿Ves a la misma persona?

—Admito que la imagen que teníamos de ella puede haber sido algo ingenua —dije viendo la foto de Alice en un marco en plata.

—Dímelo a mí —afirmó Johnny—. Y tengo el presentimiento de que sabremos mucho más de lo que esperábamos cuando todo esté dicho y hecho. Me siento intranquilo. Realmente me gustaba la manera como solía pensar en ella. Me encantaba su carisma y la seguridad que proyectaba.

—Sí. Obviamente, la imagen que teníamos cuando éramos niños era solo eso: una imagen. Ahora que estamos viendo a la verdadera Alice, nuestras nociones sobre ella se están removiendo un poco.

—Más que un poco. Mi percepción de ella cambió y no hay vuelta atrás. Es muy inquietante.

—Sí, pero sigue siendo la misma Alice de siempre —dije—. Ella está en nuestros recuerdos, igual de viva, cariñosa y vibrante. Podemos conservarla así, si queremos. No tenemos que juzgar sus acciones. Después de todo, nunca pareció que lo hubieras hecho con las mías. Y, si quieres saber por qué estoy aquí, creo que es por eso.

Me miró.

—Oh, claro que te juzgué. No tienes idea de lo enojado que estaba contigo. Pero debajo de todo mi disgusto, tenía fe en que de alguna manera te recuperarías y todo se resolvería. Esa creencia era inquebrantable. Me ha mantenido en pie y aquí estamos hoy, hablando los dos.

—Bueno, realmente me alegro de que alguien creyera en mí. Personalmente, la poca fe que tenía en mí mismo se evaporó cuando me fui. Me responsabilicé por lo sucedido. Me llevó

El ojo de la luna

mucho tiempo recuperarme. Aprecio y agradezco la confianza incondicional que tienes en mí.

—Por nada. —Johnny volvió a mirar la pintura. Solo se escuchaba el sonido del fuego.

—Propongo un brindis —dije, interrumpiendo el silencio.

—¿Un brindis?

—Por la fe, el disolvente universal de toda lógica y pensamiento racional. —Levanté mi vaso.

—Por la fe, fuente inagotable de persistencia implacable —respondió Johnny, levantando el suyo.

Nuestros vasos volvieron a entrechocarse.

En ese momento, Stanley abrió las puertas del comedor. La mesa larga estaba puesta para nosotros y la iluminaban dos gigantescos candelabros de plata.

—La cena está servida. Pueden traer sus bebidas si así lo prefieren, pero decanté un Pétrus muy bueno, si deciden empezar con algo nuevo.

—Me inclino por el Pétrus —dijo Johnny, mirándome, mientras apuraba de un solo trago el resto de su bebida.

Hice lo mismo, pero puse mi vaso con un sorbo todavía sobre la mesa, al lado de la foto de Alice, como muestra de mi estima y como ofrenda por su continua protección. En esta casa me sentía mejor cubriendo todas las bases. Seguí a Johnny al comedor y me senté frente a él.

Los ojos negros de Robert nos siguieron, pero permaneció junto al fuego. Simon entró con dos tazas de consomé, luego de cruzar un biombo chino que ocultaba el pasaje a la cocina. Stanley se ocupó del vino, en tanto que Johnny y yo probábamos el caldo.

La cena transcurrió entre un plato y otro, mientras Johnny y yo charlábamos.

Después de terminar, y de aumentar al menos tres kilos en el proceso, agradecimos a Dagmar, Stanley, Simon y Jane por su tarea. La cena fue magnífica. Stanley se dirigió a nosotros.

—Caballeros, dispuse un poco de oporto y de brandy en la mesa auxiliar de la biblioteca. Me reuniré con ustedes en veinte minutos.

Johnny y yo, con Robert siguiéndonos, recorrimos el pasillo hasta la biblioteca. Esta era solo un poco más pequeña que el salón. Tres de las cuatro paredes estaban cubiertas con estanterías de piso a techo, llenas de libros de todo tipo. En la pared que daba a la puerta había unas ventanas francesas que miraban hacia el prado que se extendía hacia la parte de atrás de la casa. En la noche se cerraban las cortinas que las cubrían. Servimos un poco de oporto para los dos y encendimos dos Montecristos, mientras esperábamos a Stanley.

Como lo había anunciado, Stanley llegó veinte minutos después. Traía un estuche de cuero en la mano, del tamaño de un diario.

—Odio molestarlos ahora que se encuentran sentados, pero preferiría que pasáramos a la sala de estar de su señoría. Rara vez se usa, pero me sentiría más cómodo allí que aquí, donde sirvo a menudo. Espero que entiendan que me resulta difícil dejar de ser mayordomo. La historia que les voy a contar es larga. Síganme, por favor... Traigan el oporto si lo desean, así como el humificador. Probaré ambos para asegurarme de que la casa esté cumpliendo con sus estándares de excelencia —dijo con una sonrisa sardónica.

Johnny y yo nos levantamos y llevamos nuestras copas y cigarros. Traje el decantador y una copa adicional; Johnny tomó el humificador. Salimos de la biblioteca hacia el ala oeste, donde vivía Alice. Las uñas de Robert resonaron en el suelo de mármol cuando entramos. El apartamento tenía una gran sala de estar bien

El ojo de la luna

iluminada y un dormitorio, separado con baño y vestidor, al que se entraba por una puerta contigua. Mientras nos sentamos, Stanley encendió el fuego. Había una mesita negra, lacada, un sofá y dos cómodas sillas en cada extremo. El tono de la sala era gris, de una elegancia sutil. El largo escritorio Luis XIV de Alice, hecho con caoba oscura y ébano, estaba frente a la ventana. Las cortinas se habían cerrado para la noche. La alfombra era inusualmente gruesa. Johnny se sentó en una de las sillas mientras yo me acomodaba en el sofá. Una vez que el fuego ardió con intensidad, Stanley apagó las luces, de modo que solo el resplandor iluminaba la habitación. Le pasé una copa mientras Johnny abría el humificador. Puso el estuche sobre la mesa. Robert se estiró junto al fuego y cerró los ojos.

—Caballeros, ahora que estamos instalados, estoy seguro de que tienen preguntas, pero, antes de contestarlas, pensé que sería bueno contarles la historia de su señoría desde el momento en que la conocí. Siempre me he referido a ella como *su señoría*, por su primer matrimonio con lord Bromley. Lo que les mencionaré debería satisfacer su curiosidad y brindarles algo del contexto que buscan.

»Además, decidí dejar a un lado mis deberes de mayordomo por esta noche y sentarme aquí como un alma normal. A partir de mañana, el resto de la familia llegará, junto a los invitados, y no tendré ni el tiempo ni la disposición para hablar sobre lo que estoy a punto de contarles. Esta noche es todo lo que tenemos.

»Por último, lo que yo diga queda entre nosotros. Lo que ustedes hagan con la información es su decisión, pero en lo que a mí respecta nunca hablamos. ¿De acuerdo?

Johnny y yo asentimos. Stanley aclaró su garganta y comenzó.

—Conocí a su señoría en Inglaterra, justo después de casarse con lord Bromley. Nos encontramos en Londres, en su suite en el Hotel Connaught, donde ella y su nuevo esposo se hospedaban antes de viajar a Norteamérica. Me ofreció un puesto como mayordomo jefe. Lord Bromley no estaba presente, un punto que me preocupaba, pero la calidez con la que fui recibido, felizmente, lo eclipsaba.

»Ella me informó que se mudaría con lord Bromley a Nueva York y que una parte de mis deberes incluiría abrir y mantener esta propiedad y el apartamento de su señoría en la ciudad, que habían estado cerrados desde la muerte de su madre.

»Pregunté si además mantendrían la propiedad de lord Bromley en Shropshire. Ella me dijo que no. Había contratado a una firma de contadores independientes para hacer un análisis de la situación de su esposo. La firma consideró no solo prudente, sino necesario, liquidar por completo la propiedad, a fin de cubrir los gastos de impuestos y solucionar algunos enredos legales que persiguieron a lord Bromley por algún tiempo. Desafortunadamente para él, su patrimonio era muy pequeño para ser rentable y demasiado costoso para seguir manteniéndolo a pérdida. En lugar de eso, se mudarían a Estados Unidos.

»Entonces, le pregunté cuándo me entrevistaría con lord Bromley para recibir su aprobación. Ante esta sugerencia, hubo una pausa. Ella dijo, con mucha sutileza, que *todos* los asuntos financieros, incluida la contratación de personal, estaban en sus manos. Los administradores que manejaban y supervisaban sus activos confiaban en sus negocios y, si era necesario, ella podía ser tan frugal como cualquier escocés.

»En ese punto se burló de mi acento escocés, que era más pronunciado en ese momento. Me sonrió y, al hacerlo, despareció cualquier vacilación que tuviera para aceptar su oferta de empleo.

»En aquellos días, debo admitir, era un poco más impetuoso de lo que soy ahora. Consideré que la impresión favorable que tuve de su señoría era suficiente para aceptar el cargo y así se lo dije. Ella me dio la mano, al estilo norteamericano, para cerrar el trato.

»En otro momento, podría haber tenido serias reservas.

»Inglaterra era en aquellos días un país cuyo gobierno, la gran industria y las propiedades importantes estaban bajo el control casi exclusivo de los hombres. Este no era el caso. Aquí, una mujer firmaba los cheques, contrataba al personal y decidía la manera de asignar los recursos. También sentí que ella no confiaba del todo en su marido en cuanto a los asuntos financieros. No podía explicar de ninguna otra manera su comportamiento y la ausencia de su esposo.

»Aún más alarmante fue la conclusión de que debió de haber sido ella quien insistió en que lord Bromley renunciara a un patrimonio que probablemente perteneció a su familia durante generaciones. Esto seguramente fue una buena maniobra financiera, pero, como base para un matrimonio tranquilo, resultaba una operación arriesgada.

»En el mejor de los casos, el arreglo podría significar un comienzo difícil. En el peor de los casos, la pérdida de la propiedad probablemente causaría una herida tal en el orgullo de lord Bromley que no alcanzaría el tiempo para curarla. La violencia y el odio podrían convertirse en los únicos medios para restaurar su dignidad.

»Aunque consideré vagamente estas cosas, no había nada que hacer. Ella me había conquistado por completo, y eso fue todo. Al mirar hacia atrás, creo que, si hubiese pensado un poco más, podría haberme preparado para lo que estaba por venir.

En ese momento, Stanley se detuvo, aspiró su puro y tomó un sorbo de oporto. Se levantó para avivar el fuego y se sentó de nuevo, como si estuviese decidiendo la mejor manera de continuar.

—Comenzaría inmediatamente. Mi empleador de entonces había acordado dejarme ir si me aceptaban en el nuevo puesto, así que me encontré en espera de mi primera reunión con lord Bromley, lleno de curiosidad e inquietud. En el servicio era usual

Ivan Obolensky

encontrar redes enteras de mayordomos, cocheros, choferes, camareros, criadas, cocineros y personal dedicado a reunir información actualizada sobre las familias más destacadas.

»Mis fuentes me dijeron que encontraría a un hombre de una disposición difícil y acostumbrado a salirse con la suya. Había asistido a Eton y luego a Oxford, donde sobresalió en deportes, particularmente en rugby, pero no en mucho más. Adoraba los autos deportivos y los aviones, se consideraba endemoniadamente guapo, además de la persona más inteligente donde estuviera. Le gustaba apostar a las cartas y era conocido como un mujeriego. Había también rumores de que tenía un lado oscuro y siniestro, aunque nadie podía afirmar exactamente de qué se trataba.

»Al día siguiente me encontré con él en el Connaught. Su señoría no estaba presente. La información que tenía no me preparó para el carisma y el encanto del hombre que tenía en frente. No me sorprendió entonces que su señoría se hubiera enamorado de él. Dudaba de que alguien estuviera a salvo una vez que él se decidiera por alguna persona, ya fuera hombre o mujer. No sé por qué o cómo tuve esa impresión, pero eso me pareció. Poseía un magnetismo sexual casi palpable, que equilibraba con una gracia y una facilidad de comunicación tan magistrales que me pregunté si lo había interpretado mal. Nos entendimos muy bien, y terminé hablando acerca de mí mucho más de lo que yo esperaba.

»Al final de la entrevista él recibió una nota del conserje, entregada por un botones. Se disculpó, sacó una pluma de platino mientras la leía y comenzó a escribir algo en la nota. Entretanto, me di un respiro y lo observé detenidamente.

»Era un hombre alto y estaba totalmente en forma. Su pelo era negro azabache, del mismo color que el de su señoría, y más largo de lo que estaba a la moda. Sus ojos, como los de su señoría, eran tan oscuros que parecían completamente negros. Su piel era blanca y algo translúcida. Vestía inmaculadamente un traje gris, camisa blanca y corbata de club. Era la personificación del lord inglés con sus modales, discurso y comportamiento.

»Mientras estaba sentado allí, me di cuenta de la naturaleza más carnívora del hombre. No era mi imaginación. Estaba sentado frente a una pantera negra que me miraba de vez en cuando con un relajado desinterés, mientras la punta de su cola en forma de bolígrafo viajaba de un lado a otro, como si tuviera voluntad propia. Era un depredador, y yo lo sabía. Me sentí a gusto de inmediato, aunque lleno de un pavor innombrable. No habría rejas que nos separaran.

»Supe inmediatamente que si él decidía que yo fuera su presa, me devoraría. No sería personal. Tal letalidad era encantadora e hipnótica.

»En ese momento, su señoría entró en la habitación y se sentó en el brazo de la silla de lord Bromley. Le rodeó los hombros con sus brazos mientras charlaban sobre la nota que él recibió. Me relajé sin dejar de mirarlos. Hacían muy buena pareja. La belleza de los dos y su evidente amor mutuo era algo digno de contemplar. Yo era su mayordomo, y decidí que estaba muy contento.

»Desafortunadamente, esa ecuanimidad no duraría.

Stanley detuvo nuevamente la narración mientras bebía su oporto y fumaba su puro. Johnny y yo nos sentamos y esperamos a que continuara. Me estremecí pensando que este era el tipo de historia que debía contarse en una noche lluviosa, en una habitación oscura, iluminada solo por el fuego. La voz de Stanley se escuchó de nuevo.

—Viajamos a Norteamérica a bordo del Queen Mary y llegamos a Nueva York. Desde allí pasé a Rhinebeck para averiguar lo que se necesitaría antes de abrir la casa. Después de hacer mi informe, recibí la aprobación para hacer los cambios y las reparaciones más grandes.

»No fue hasta que la pareja regresó para instalarse permanentemente, después de casi medio año de ausencia, que sentí que algo estaba mal.

»Dos puntos me preocupaban. El primero era que su señoría estaba inusualmente callada. Pensé que podría deberse a que no habían concebido aún un heredero, pero esto no parecía responder al hecho de que se viera casi acobardada. Observé que cuando lord Bromley le pedía que hiciera algo, ella se apresuraba a obedecerlo. La sonrisa que tanto me cautivó había desaparecido. El segundo era el baúl. Era algo extraordinariamente pesado y bien hecho. Lord Bromley insistió en que se mantuviera al pie de su cama. No sabía qué pensar de eso.

Stanley sirvió un poco más de oporto y continuó.

—Rara vez estaban solos. O bien tenían huéspedes o viajaban a Nueva York durante la semana. Una noche en particular, se encontraban únicamente ellos dos. Habían cenado y luego pasaron a la biblioteca, donde empezaron a discutir.

»Los sirvientes ya se habían ido a dormir. Yo era el único presente y me quedé en el pasillo. La discusión debe de haber empezado de una manera bastante civilizada, porque no podía oír nada del otro lado de la puerta. Pero al final, el desacuerdo se convirtió en un notable altercado. Se gritaron durante al menos una hora y, finalmente, se maldijeron en varios idiomas. Las cosas que se decían eran violentas y crueles. Yo no podía hacer nada.

»En un momento dado, lord Bromley gritó que ya había tenido suficiente y que su señoría iba a recibir otra lección. Oí a su señoría gritar: «¡No!», y vi la puerta de la biblioteca abrirse y chocar contra el tope. Rápidamente me escondí en un portal.

»Lo oí arrastrarla por el pasillo, cruzar el vestíbulo y subir las escaleras. Ella se defendió, pero no servía de nada luchar contra un hombre tan fuerte. Escuché cerrarse la puerta de su dormitorio y luego el silencio. Fui a la biblioteca a recoger los vasos y las tazas de café, murmurando para mí mismo que en mi posición no debía interferir. Esas palabras no lograban borrar la vergüenza que sentía por no haber hecho nada. Más tarde, alivié mi conciencia decidiendo que hablaría con su señoría, aunque lo que tenía que decirle me costara el puesto.

»No la vi a la mañana siguiente y le pregunté a su doncella cómo se sentía. Dijo que por el momento se quedaría en su habitación. Lord Bromley bajó a desayunar de buen humor, anunciando con su deslumbrante sonrisa que se quedaría en el club, en la ciudad, durante unos días y regresaría el viernes.

»Después de que él partió, subí las escaleras para enfrentarme a mi empleadora. Llamé a la puerta y le pregunté si podía hablarle. Se rehusó, pero persistí hasta que me dejó entrar. No me conformaría con una negativa.

»La habitación estaba a oscuras, y su señoría se hallaba sentada en el suelo, con las piernas extendidas y apoyadas al pie de la cama.

»Podía ver la parte superior de su cabeza. Me preguntó, sin siquiera molestarse en mirarme, qué era tan importante. Le contesté que si ella deseaba despedirme después de lo que yo iba a decir, esa era su prerrogativa, pero que no iba a quedarme cruzado de brazos y ver a su señoría maltratada por nadie, ni siquiera por su esposo, nunca más.

»Me dijo en voz baja que no había nada que yo pudiera hacer. No estuve de acuerdo. Insistimos cada uno en su punto, pero, una vez que decido algo, puedo ser bastante persistente y contundente. Le dije que necesitaba a alguien de su lado. Que yo era esa persona. Le pedí que no discutiéramos el asunto en su dormitorio y le sugerí vestirse y reunirse conmigo en el estudio, donde habría café preparado, así como algo más fuerte. Ella accedió a este ofrecimiento y prometió reunirse conmigo en treinta minutos.

»Llegó pálida, pero presentable. Le serví café. Añadió un poco de brandy y se sentó. Me dijo que había tomado una decisión, pero no sabía exactamente cómo proceder. Comprendía mis sentimientos, pero pensó que, antes de ir más lejos, era mejor que escuchara en su totalidad lo que condujo a la perturbación de ese momento. Según ella, no había nadie a quién culpar, excepto a sí misma. No me miró mientras hablaba de los acontecimientos que llevaron a la noche anterior, sino que miraba fijamente por la ventana.

»Su vida juntos había comenzado maravillosamente. Estaban muy enamorados. Las cosas no podían haber sido mejores; o, al menos, esa era su impresión. Sabía que lord Bromley necesitaba dinero. Él fue sincero sobre este aspecto desde el principio. Sin embargo, la gente a cargo de sus finanzas estaba alarmada. Ella pensó que la situación era bastante simple: quería un título nobiliario y, si él necesitaba dinero, ese era el costo de hacer negocios. Era muy común que se pagara por los títulos. Los administradores lo entendieron fácilmente y se mostraban de acuerdo con seguir adelante con un arreglo, si eso era todo lo que se requería, pero existían también otros indicios preocupantes. Habían hecho algunas investigaciones.

»A lord Bromley le habían pedido recientemente no visitar Brook's, en Londres, debido a algunas preocupaciones relacionadas con su afición por las cartas. Aunque no le solicitaron que renunciara a su membresía, varias fuentes privadas confirmaron una peculiar racha de buena suerte y la correspondiente de mala suerte para un miembro de la corte de directores del Banco de Inglaterra. No existían pruebas suficientes para acusarlo de hacer trampa, pero las leyes de la probabilidad se forzaron hasta el punto de hacer necesaria la prohibición.

El ojo de la luna

»Además, circulaban rumores de que se había metido en lo que solo podía caracterizarse como mesmerismo o hipnotismo de algún tipo. Parecía que tenía algo de poder sobre las mujeres, quienes hacían todo lo que les pedía.

»Si había algo de verdad en estas acusaciones, los administradores sintieron que el arreglo no debería continuar. Si por alguna razón ella aún lo consideraba oportuno, su deber era limitar el monto total de los gastos que se autorizarían por un período de al menos dos años. Los administradores también le aconsejaron que este asunto debía quedar entre su señoría y ellos mismos, como un seguro en caso de que se la obligara a autorizar gastos que, aunque bien podía costear, podrían considerarse inadecuados.

»Su señoría lo confrontó con estos temas.

»Él admitió que vio al miembro del club mencionado en el juego de cartas como una presa fácil. Necesitaba fondos. No fue necesario hacer trampa; así de inepto había sido el hombre. Y en cuanto a sus supuestos poderes sobrenaturales sobre las mujeres, afirmó que la historia era una completa invención. Había escuchado los rumores y no hizo nada para desacreditarlos, ya que le servían. Esta clase de historias sobrenaturales le caían de maravilla para respaldar a sus acreedores, que eran más que unos cuantos.

»Poco a poco, ella se dejó convencer de que los informes eran el resultado de un malentendido, más que de hechos reales, y que la fuente de todas las dificultades de lord Bromley era el embrollo financiero que heredó cuando murió su padre.

»Ella volvió con los administradores y concertó un acuerdo para permitir que uno de sus muchos fideicomisos cubriera el saldo de sus deudas, pero solo después de que se vendiera el patrimonio de lord Bromley. Todos estuvieron de acuerdo.

»Se casaron. La boda fue un éxito y todo parecía marchar bien.

»Me dijo que estaban en Toscana cuando su comportamiento dio un giro extraño.

»Una mañana, llegó un gran baúl a la villa donde se hospedaban. Lord Bromley hizo que dos hombres lo pusieran en un rincón de su dormitorio. Cuando su señoría le preguntó por qué lo ubicó allí y no en una bodega, él argumentó que era una obra de arte hecha en Alemania, de acuerdo con sus especificaciones. Él lo encontraba hermoso, pero, aparte de su valor estético, no servía para nada en ese momento. Tal comportamiento le parecía a ella excéntrico, bordeando lo extravagante. Para no perturbar la armonía entre ellos, su señoría aceptó.

»Una mañana, el mayordomo le dijo que tenía una llamada. Lord Bromley montaba a caballo y no podía responder. En la línea estaba el contador del dueño de la villa en la que pasaban vacaciones. Quería saber el nombre y la dirección del banco de ella, para poder presentar la factura por su estadía.

»Su señoría manifestó su confusión. Su esposo había exaltado la generosidad del dueño de la villa, pues les había permitido quedarse gratuitamente en su propiedad por un mes. Había sido un regalo de bodas.

»Para aclarar el asunto, ella pidió el número de teléfono del dueño en Roma. Se puso en contacto con él y, después de una gran cantidad de frases formales de ambos lados, se reveló finalmente la verdad.

»Al contador se le había ordenado hablar solo con lord Bromley y con nadie más. Debía de haber obtenido la dirección del banco de su señoría en Nueva York para poder presentar la factura por la estadía. Ella no debía saber nada de eso. Además, el propietario y lord Bromley habían llegado a un acuerdo por el cual el contador le facturaría el triple del costo y remitiría la mitad a su banco en Londres, una vez recibido el pago. Como esta era

El ojo de la luna

su luna de miel, la cuenta sería confundida con la de un hotel y se pagaría sin pensarlo dos veces.

»Para cuando lord Bromley regresó, su señoría estaba indignada. ¿Por qué hacía esto? Si necesitaba dinero, solo bastaba con pedirlo. Ella lo encontró subiendo las escaleras y lo confrontó frente al engaño. Él le sonrió y todo cambió en un instante.

»La golpeó en la boca con la palma de la mano. Su señoría cayó de espaldas por las escaleras, aturdida. Él le dijo suavemente: «No me desafíes. Te equivocas». Ella movió la cabeza e intentó contestar, pero en ese momento él se echó hacia atrás y la golpeó de nuevo. Una vez más, él dijo: «Te equivocas, ¿verdad?».

»Su señoría sacudió la cabeza, pero esta vez él la agarró por la muñeca y la arrastró por las escaleras hasta su habitación. Al mismo tiempo que la arrastraba, le susurraba: «Esperaba no tener que recurrir a esto, pero veo que es necesario darte una lección». Abrió la cerradura del baúl que estaba en la esquina de la habitación y procedió a desnudarla. Ella forcejeó para escapar, pero él era más fuerte. La arrojó adentro y cerró la tapa. El baúl era para ella.

»¿Cuánto tiempo la dejó allí? Ella no lo sabía. Se convirtió en una rutina que se repetía una y otra vez. Él abría el baúl y la dejaba salir en el cuarto oscuro, así que no había forma de juzgar el paso del tiempo. Le daba agua y una pequeña porción de comida. Dejaba que fuera al baño y luego la encerraba de nuevo. Ella intentó escapar, pero fue imposible. Él siempre estaba allí para asegurarse de que no lo hiciera. El tiempo dejó de tener sentido. Solo estaban el baúl, la oscuridad y su aislamiento.

»Adentro, todo era silencio. Sus pensamientos volaban desordenadamente de un lado a otro. Creía estar enloqueciendo. Lloraba mucho. Pedía ayuda a gritos, pero nadie respondía. El encierro continuaba. Dormía, se despertaba, todo lo que veía era oscuridad. Apestaba. Estaba sola. La dura prueba no cesaba.

Stanley se detuvo una vez más para dejar que la magnitud de lo que había dicho cobrara toda su dimensión. Johnny y yo nos quedamos sin palabras. Stanley tomó otro trago para mojarse la garganta y continuó con el relato.

—En este punto de su narración, su señoría se detuvo y se volvió para mirarme directamente. Se veía muy angustiada. Le pregunté si deseaba tomarse un descanso, pero insistió en que continuáramos y en que la escuchara atentamente, porque lo que iba a relatar probablemente me haría dudar de su cordura y de su competencia mental. Después de que accedí a escucharla sin ningún prejuicio, ella continuó. Sonrió con valentía y, mientras hablaba, me miraba de vez en cuando a los ojos para ver si mi estima por ella había menguado. Mantuve mi rostro impasible hasta que terminó.

»Había estado en el baúl por lo que parecían muchos días, cuando comenzó a ver luces extrañas. Supo que estaba comenzando a alucinar. Las luces no necesariamente le molestaban, pero cuando aparecieron personas, sintió que se encontraba al borde de la locura.

»Desde cualquier perspectiva, ella podía creer que su mente había colapsado, pero no fue así. Sus pensamientos eran claros. Sabía quién era, dónde estaba y cómo había llegado allí. También sentía que ya no estaba sola. Vislumbraba figuras pálidas en la periferia de su visión. Hablaban con ella y le hacían compañía en la oscuridad. A veces, lo que decían era ininteligible, como si hablaran en un idioma desconocido, pero otras veces entendía cada palabra. Le dijeron que no se preocupara. Que sobreviviría. Que llegaría un momento en el que ella podría cambiar su destino, pero no ahora, no por un tiempo. Lo primero que debía hacer era aprender a respirar.

El ojo de la luna

»Inhalar y expirar lenta y uniformemente. Si hacía esto, se quedarían con ella por un tiempo. Le hablaron un poco de ellos mismos. Venían de un tiempo remoto. Las culturas antiguas sabían de ellos y les hablaban. Las culturas actuales desconocen estos caminos, excepto en el caso de los pueblos indígenas, que conservan sus viejas costumbres. Le dijeron que no tenía que creer en ellos, simplemente necesitaba confiar. Le anunciaron que sería liberada, pero que debería hacer cualquier cosa que le pidieran. La revancha llegaría más tarde. Le pidieron que se considerara a sí misma como una balsa arrastrada río abajo por la corriente.

»A estas alturas, apenas estaba viva y no le importaba nada. Quienesquiera que fuesen, o lo que fuesen, reales o imaginarios, no era relevante, al menos no estaba sola. Le habían proporcionado un apoyo que necesitaba desesperadamente. Accedió a hacer lo que le pidieron y les agradeció. Tan repentinamente como aparecieron, se marcharon. A dónde fueron, o lo que eran, no podía decirlo.

»Poco después, su marido la dejó salir. A pesar de su debilidad, estaba relajada y mejor de lo que se había sentido en mucho tiempo, como si acabara de despertar de un sueño profundo. Cuando él le preguntó si había cometido un error, ella aceptó de inmediato. Le pidió que le hiciera un cheque por la estadía. Ella asintió. La vida continuó. Visitaron lugares. Vieron amigos. Los asuntos cotidianos siguieron su curso. Ella cumplió con su acuerdo, pero la noche de la pelea que yo presencié, lo desafió una vez más, y con razón.

»Él le exigió que vendiera Rhinebeck y ella se negó. Pelearon. Lord Bromley le dijo en términos inequívocos que quería que experimentara lo que ella le hizo vivir: vender lo que le era más querido. Debido a su recelo, la encerró en baúl para derruirla de nuevo.

»Esta vez, la gente no vino. Estaba sola, pero no tenía miedo. Podía respirar y pensar. Se dio cuenta de que no los necesitaba para sentirse acompañada. Había llegado el momento de hacer algo sobre su situación. En la oscuridad, trazó un plan.

»Por la mañana, él la dejó salir y le preguntó una vez más si vendería Rhinebeck. Ella le dijo que lo haría si él así lo quería. Actuó como alguien avasallado, y él lo creyó. Estaba tan contento que viajó inmediatamente a Nueva York para preparar los papeles.

»—Así que, aquí estoy —me dijo—. ¿Qué hacemos? Aunque le respondí que haría lo que me pedía, no tengo ninguna intención de vender nada. He terminado con él, con su baúl, con sus abusos, con todo. Siento ganas de asesinar a alguien y te daré tres oportunidades para adivinar quién puede ser.

El fuego estalló con fuerza y volaron chispas por la chimenea.

9

La habitación permaneció en silencio durante unos minutos, mientras Stanley miraba fijamente al fuego, sin decir nada.

Johnny y yo nos volvimos a mirar. Habíamos acordado no hacer preguntas hasta que Stanley terminara su historia, pero, ante el silencio que se prolongaba, Johnny no pudo contenerse más y soltó:

—Por Dios, Stanley, ¿qué hiciste?

Stanley lo miró.

—Hice lo que siempre hago cuando se presenta una crisis. Pedí una taza de té.

Se rio entre dientes y dio una calada a su puro. Nos miró un minuto más. Vi sus ojos. No parpadeaban. Su mirada estaba fija e indiferente.

Me recordó a un abogado que Johnny y yo conocimos cuando trabajamos juntos. Nos habían pedido que nos reuniéramos con él en Wall Street. Ocupaba una oficina esquinera desde la que podía verse el edificio de la bolsa. Su cabello era gris, peinado hacia atrás como el de Stanley, y tenía también los ojos azules y fríos. No se levantó cuando entramos en su oficina y simplemente nos indicó que nos sentáramos. No se presentó. Sin ningún preámbulo, dijo:

—Un cliente mío quiere invertir mucho dinero con ustedes. Está tomando un riesgo y se encuentra dispuesto a pagar por ello. ¿Cuál podría ser una contraprestación valiosa para mi cliente y cómo lo harían exactamente? El rendimiento será fundamental. Mi tiempo es valioso. Sean concisos.

Recuerdo que miré a los ojos de ese hombre y pensé: «Son ojos muy fríos. Cuidado aquí, mucho cuidado». Parecían los ojos de

Stanley en este momento. Preocupado, me senté derecho, alerta. Me di cuenta de que Johnny también había cambiado sutilmente su posición. Tenía su cara inexpresiva de jugador de póquer. Incluso Robert levantó la cabeza. Algo estaba pasando.

—Me temo que los haré sentir incómodos —dijo Stanley—. No los mantendré en suspenso, pero hemos llegado a un punto en esta narración en el que es necesario que los tres tomemos una decisión. Creo que tienen algo del contexto que querían, pero, de ahora en adelante, necesito algo más que su silencio.

»Es necesario hacer un trato y luego tendremos que sellarlo. Los dos están familiarizados con los contratos, estoy seguro. Debe haber una oferta y una aceptación por parte de los interesados. También debe haber un intercambio de valiosas contraprestaciones para crear lo que podría llamarse una *reciprocidad de obligaciones* y aquí subrayo la última frase.

»Entiendan esto: estoy en desventaja frente a ustedes. Soy el mayordomo de esta casa. No soy miembro de la familia. La contraprestación de valor que les estoy dando es esta historia. Una que necesita contarse, con seguridad, pero que contiene información que muchos considerarían nociva, incluso peligrosa, de llegar a conocerse. Para que una negociación o un contrato sean reales, debe haber algo de valor que se intercambie entre las partes. Hasta ahora, el movimiento ha sido en una sola dirección. Se requiere reciprocidad. Permítanme decir que no es una retribución monetaria lo que quiero. Su señoría se encargó de todas mis necesidades en ese aspecto. Más bien, quiero una promesa, una garantía, de los dos, individual y conjuntamente.

En este punto se detuvo y nos miró mientras fumaba. Tenía nuestra atención. Esta era una faceta de Stanley que conocía solo fugazmente. Era frío, indiferente e implacable, como el lord Bromley que él mismo había descrito. Interrumpió mis pensamientos cuando dijo:

El ojo de la luna

—Esta es mi oferta. A cambio del resto de la historia y de los pormenores de este caso, deben prometerme honrar lo siguiente: los buscaré en algún momento en el futuro y les pediré que me presten un servicio. Estarán de acuerdo en hacer lo que les pida, sin dudarlo, por muy extraño, insignificante o importante que sea. Acudiré a cada uno de ustedes por separado, o juntos, para que cumplan su palabra. Para que no haya lugar a equivocaciones, les diré específicamente que invoco la promesa que hicieron esta noche. Si llegamos un acuerdo, estarán obligados a hacer lo que les pida.

»Una vez que tenga su promesa, sellaremos el trato y solo entonces continuaré. ¿Qué responden?

Miró a Johnny y luego a mí.

Johnny contestó primero.

—¿Podemos hacerte algunas preguntas y hablar en privado antes de darte nuestra respuesta?

—Por supuesto.

—Primera pregunta —dijo Johnny—: ¿qué hay en el estuche?

—El diario de su señoría. Tomé posesión de él después de su muerte. En ese momento pensé que era apropiado.

—Ya veo —respondió Johnny—. ¿Lo leíste?

—Sí, lo hice, y creo que su contenido les resultará fascinante.

—¿Y si nos negamos? —interrumpí.

—Entonces nuestra conversación termina aquí. Destruiré el diario y nos olvidaremos de todo.

—Asumiendo que estemos de acuerdo —interrogó Johnny—, ¿puedes darnos una idea de lo que esperas que hagamos?

—No puedo, porque no lo sé en este momento.

—¿Será legal? —pregunté.

—Tal vez, tal vez no —respondió—. Déjenme explicarles. En primer lugar, puede que decida no hacer cumplir nunca la promesa, pero, de nuevo, puede que lo haga. Es mi elección.

Segundo, he velado por los miembros de esta casa durante muchos años, siempre pensando en su mejor interés. No pretendo cambiar esto. Por último, en algunas relaciones y circunstancias, existe o no confianza. Esta es una de esas situaciones en las que deben decidir. Los dejaré unos minutos para que lo discutan.

En ese momento, Stanley se levantó y dejó la habitación silenciosamente. Johnny miró el estuche, que aún estaba sobre la mesa.

—Ni siquiera lo pienses —dije—. Lo dejó allí deliberadamente. Necesita saber que puede confiar en nosotros, tanto como nosotros necesitamos saber que podemos confiar en él.

—Solo fue un pensamiento... Bueno, ciertamente esto añade algo de chispa a una noche ya extraordinaria.

—Parece que somos propensos a este tipo de cosas. Entonces, ¿qué quieres hacer? —pregunté.

—¿Qué quieres hacer tú?

—Yo pregunté primero.

Johnny sonrió y dijo:

—Creo que deberíamos aceptar.

—Creo que no deberíamos —repliqué—. ¿Recuerdas ese diabólico abogado que conocimos en Broad y Wall, el que se parecía a Stanley? ¿Recuerdas cómo resultaron las cosas?

—Ah, sí —dijo Johnny—. Yo pensaba lo mismo, pero sobrevivimos, y fue un negocio cabal, si te acuerdas. Hicimos buen dinero y el cliente también, pero...

—Sé lo que vas a decir —Johnny levantó su mano mientras yo abría la boca para protestar—. Vivimos un infierno cuando el primer mes incumplimos la cláusula de rendimiento en un veinte por ciento. Es muy cierto, pero nos sobrepusimos y logramos evitar por un pelo una severa sanción.

—Vaya, qué rápido olvidas. ¿Recuerdas siquiera el número de noches de insomnio por las que pasamos, ese estrés permanente? De alguna manera, siempre era yo el que tenía que hablar con ese hombrecito desagradable y explicarle que solo estábamos un poco por debajo del cumplimiento. La experiencia fue absolutamente horripilante.

—Pensaste que habíamos hecho un trato con el diablo. La presión era un poco desgastadora, lo acepto, pero todo salió bien al final, ¿no?

—Así fue —dije a regañadientes.

—Además —dijo Johnny inclinándose hacia adelante y mirando el estuche—, ¿no quieres saber qué hay en esta condenada cosa? Yo sí. Y, más concretamente, como dijo Stanley, todo se trata de confianza. Confías en Stanley, ¿sí o no? Ese es el quid del asunto y todo lo que cuenta ahora.

—Bueno, sí, yo...

—Está decidido entonces. Estamos de acuerdo.

Antes de que pudiera protestar, Johnny estaba en la puerta llamando a Stanley.

Stanley entró en silencio, tal como salió, y se sentó. Miró el diario sobre la mesa y preguntó:

—¿Tomaron una decisión?

Johnny respondió por los dos, como en los viejos tiempos.

—La tomamos. La confianza es un activo que parece desafiar lo que otros podrían considerar sensato, pero esa es la base de nuestra decisión. Confiamos en ti, y esa es la verdad. Estamos de acuerdo con tus términos.

Stanley nos miró y no dijo nada por un momento.

—A veces me sorprende lo que otros deciden, no es que haya dudado mucho en este caso. Pero, de todas formas, agradezco su acuerdo.

Johnny y yo asentimos. Al hacerlo, me di cuenta de que cruzábamos a un territorio que cambiaría de nuevo nuestras vidas para siempre. Confiaba casi por completo en Stanley, pero también sabía que pocas víctimas de crímenes indescriptibles eran arrastradas a un sótano dando patadas y gritos, y que, más bien, entraban por voluntad propia.

—Así que, caballeros, tenemos que sellar este trato apropiadamente. Permítanme unos minutos para prepararme.

Stanley se levantó y salió, dejándonos a Johnny y a mí solos una vez más.

—Bueno —dijo Johnny—, no sé qué tiene en mente, pero esta noche ha sido al menos extraordinariamente entretenida.

Dejé de lado mis pensamientos negativos, sin embargo, no pude evitar decir:

—Es un poco extraño, debes admitirlo.

—*Extraño*, creo, podría ser una palabra demasiado fuerte. *Misterioso* sería más apropiada.

—Muy bien, misterioso entonces, pero, Johnny, creo que estamos en una situación que difícilmente podremos controlar. Juré que no caería pronto en el abismo y, no obstante, aquí estoy otra vez. No puedo creerlo.

—No me castigaría tan fuerte —dijo Johnny—. Es la naturaleza de este lugar, así que deberías disfrutarlo. Además, estaré a tu lado. Como en los viejos tiempos.

Suspiré pesadamente mientras veía entrar a Stanley trayendo una bandeja con tres copas de cristal diminutas y una pequeña botella verde esmeralda revestida en plata. Puso la bandeja sobre la mesa y sacó un pequeño libro negro de debajo del brazo.

Puso el volumen junto al estuche de cuero y sirvió en cada copa un dedo de un líquido oscuro.

—Caballeros, es hora de cerrar nuestro trato. Lo haremos a la antigua usanza. Primero, deben colocar ambas manos sobre este libro y jurar seguir mis instrucciones, sin cuestionamiento y hasta que se cumplan, o sufrir las consecuencias. ¿Están de acuerdo?

El ojo de la luna

Johnny y yo nos miramos. «¿Consecuencias? ¿Qué consecuencias?», alertaban mis pensamientos, pero no había marcha atrás.

Extendimos nuestras manos y las pusimos sobre el libro. Lo miré cuidadosamente mientras lo hacía. El volumen tenía portadas de madera cubiertas con cuero negro y, ciertamente, no era una Biblia.

—Repitan conmigo: juro.

—Juro —Johnny y yo repetimos al unísono.

—Muy bien —dijo Stanley enfáticamente—. Ahora cerramos el trato de esta manera. —Levantó una de las copas— Bébanlo en un trago, pero solo después de que escuchen lo que tengo que decir.

Johnny y yo tomamos las dos copas y las levantamos. Robert Bruce se sentó y nos miró, sus ojos eran inescrutables. Stanley habló:

—Hicimos un juramento. Que la fe gobierne nuestros temores, que la confianza supere la adversidad y que nos guíen los dioses que ahora guardan silencio a nuestro alrededor, observándonos.

Stanley bebió y dejó su copa. Johnny y yo hicimos lo mismo. El líquido pasó quemando mi garganta con un sabor a hierbas de pradera y flores, pero con un fuerte regusto metálico.

—¿Había sangre en esa bebida? —me aventuré a decir.

—Responderé a todas sus preguntas, pero solo cuando acabe la historia. ¿Tomamos un descanso o están listos para continuar?

10

Opté por el receso rápido. No solo quería beber algo para deshacerme del regusto que me dejó lo que acabábamos de tomar, sino que también quería echar un vistazo al cuarto de baño de Alice, pues no lo había visto nunca.

Acordamos un descanso de diez minutos; mientras Stanley preparaba el café, Johnny y yo fuimos a la biblioteca a buscar un coñac. Robert caminaba detrás, haciendo sonar sus pasos en el piso.

Johnny sirvió una medida generosa de licor del bar, que ambos bebimos inmediatamente, dando vueltas al líquido en nuestras bocas antes de tragarlo para cambiar el sabor que nos había quedado.

Nos miramos.

—¿Y bien? —pregunté.

—Todo está bien, regresemos —dijo Johnny tomando la botella—. Qué bendición es este coñac. Aunque no consumiría muy seguido una pequeña dosis de esa pócima, debes admitir que fue un toque simpático y extrañamente apropiado.

—Hum —fue todo lo que pude responder ante esa afirmación, pero finalmente añadí—: Quedaré muy agradecido si simplemente conservamos nuestra forma humana. Stanley también bebió un poco, lo que me da alguna esperanza, pero me preocupa un poco aquella cláusula que surgió de la nada, al final, sobre «sufrir las consecuencias».

—Sí, nos dejamos ganar un punto con eso. Deberíamos aclararlo. Podría ser importante.

—Por supuesto que podría ser importante. Hay que admitir que el viejo Stanley está lleno de sorpresas. Seguro que me engañó.

El ojo de la luna

La imagen del dulce criado de la familia, todo sonrisas, se derrumbó por completo.

—Bueno, es un miembro de la casa Dodge y fue el mayordomo de Alice durante años. Si uno lo piensa, no es para sorprenderse. Nuestros criados tienden a ser estrictos y buenos en su trabajo.

—Sí, debería haberlo sabido... Sin embargo, que de todos sea precisamente Stanley... Asegúrate de tener listas todas esas preguntas que él ha logrado esquivar, así podremos obtener respuestas antes de terminar aquí. Es como en los viejos tiempos, Johnny. No puedo creerlo. Ahora sí que estamos involucrados.

Johnny se rio.

Estábamos de regreso en el apartamento de Alice. Fui a ver el baño, mientras Johnny se quedó mirando el fuego. Nada había cambiado cuando volví, excepto por Robert, que estaba sentado frente a Johnny y lo observaba fijamente. Johnny se dio vuelta cuando Stanley entró con una bandeja de café.

—Caballeros, por favor, sírvanse ustedes mismos. También hay un par de bocadillos —. Tuve que reconocerlo. Stanley sabía hacer las cosas bien.

Pronto nos acomodamos y él retomó la historia.

—Como recordarán, su señoría me había confiado sus experiencias con lord Bromley.

»Le agradecí por ser tan sincera y estaba decidido a ayudarla en todo lo que fuera posible. Su confesión sobre las visitas de la gente mientras estuvo encerrada en el baúl y en peligro no afectó para nada mi intención. Había oído hablar de esa clase de visitas cuando alguien se encuentra bajo coacción. Los páramos y colinas rocosas de Escocia son lugares extraños y han engendrado infinidad de cuentos y leyendas.

»En cuanto a lord Bromley, pensé que no debíamos considerar el asesinato a sangre fría, no porque sintiera escrúpulos o porque fuera una acción inmerecida, sino debido a que las posibles

Ivan Obolensky

repercusiones legales y criminales para su señoría eran demasiado grandes como para tomar el riesgo.

»Yo opinaba que el hombre era un sinvergüenza y necesitaba una buena paliza. Dejando de lado el asesinato, le sugerí que lo empacáramos en el baúl y lo enviáramos a su club de Nueva York, así afrontaría una experiencia tan terrible como la que vivió su señoría. Ella accedió de buena gana a esta idea y aplaudió a modo de aprobación. Solo teníamos que precisar los detalles, particularmente los relativos a evitar que lord Bromley regresara y nos acusara de conducta criminal o se vengara de otra forma; algo que intentaría, con toda seguridad.

»Su señoría pensó en el asunto y dijo que podría haber un modo. Afirmó que no tenía reparos en publicar simultáneamente un anuncio de página completa en el *London Times* y en el *New York Times* explicando detalladamente las acciones de lord Bromley. También dijo que seguramente él pudo haber utilizado sus métodos con otras antes que con ella, y que un incentivo monetario sustancial para un enjuiciamiento exitoso haría que sus antiguas víctimas clamaran por su cabeza en ambos lados del Atlántico.

»Cuanto más lo pensaba, más le gustaba la idea. La vida de lord Bromley se convertiría en un libro abierto, a menos que aceptara todos sus términos. Además, ella señaló que tenía dinero más que suficiente para capotear cualquier tormenta, mientras que él disponía de muchos menos recursos. Una vez expuesta su naturaleza a los ojos del público, luciría para siempre como un sádico depravado, lo que le haría imposible cualquier tipo de futuro en un país civilizado.

»Para darle un toque final, ella guardaría con sus abogados una carta dando instrucciones para lanzar inmediatamente la campaña, en caso de que por cualquier razón muriera en los próximos años. Dijo que más le valdría a él esperar y rezar para que ella mantuviera su buena salud y que ni se le ocurriera cruzarse en su camino porque desearía no haber nacido.

»Su señoría disfrutaba el desarrollo de su idea. Haría los arreglos con su personal jurídico y les pediría que redactaran una carta que se entregaría a lord Bromley en su club. Decidió que yo debía ser quien la presentara. Además, para asegurarnos de que él entendiera su posición, le informaría que sería arrestado si lo veían cerca de las propiedades.

»La relación entre ellos había terminado y ella se divorciaría lo antes posible. El único recurso que él tenía para evitar que todo esto saliera a la luz era salir del país inmediatamente. No habría negociaciones. Su señoría contaba con muy buenos abogados en Nueva York y Londres, a los que, si quisiera, les daría incentivos extremadamente lucrativos para asegurarse de que lord Bromley terminara sin un centavo y tras las rejas. Al final, estaba convencida de que su vida tendría un nuevo comienzo y seguiría un rumbo diferente.

»Yo estaba feliz con su decisión y se lo dije.

»También le dije a su señoría que el club no debería ser un problema. Conocía al jefe, Cedric, y él me debía varios favores. Arreglaría los detalles para recibir una entrega el sábado y guardaría el baúl en el sótano del club hasta que yo lo abriera. El único punto que quedaba por resolver era cómo meter a lord Bromley en él. A esto dedicaríamos nuestro próximo punto de la agenda del día.

»Se esperaba que lord Bromley regresara el viernes por la tarde, lo que nos daba apenas unos días para prepararnos. Habitualmente pedía un *whisky* sin hielo cuando llegaba. Yo le entregaría su bebida, pero le añadiría un poderoso sedante, tal vez una combinación de hidrato de cloral y fenobarbital. También me pondría en contacto con un amigo veterinario para conseguir algún tipo de tranquilizante, como una mezcla de ketamina y atropina, que podría inyectarle si todo lo demás fallaba.

»Tenía una larga experiencia con caballos y sedé a muchos de ellos cuando había una cacería y la habilidad de algún jinete era cuestionable. Mi antiguo empleador no quería arriesgarse a que un desafortunado miembro de la Cámara de los Lores cabalgara desenfrenadamente por el campo inglés en un caballo fuera de control. Determinar la dosis adecuada para un ser humano sería fundamental, y este era un tema en el que tendría que hacer conjeturas y planear el manejo de cualquier eventualidad, incluyendo la administración de una dosis que resultara letal.

»Con nuestros planes listos, era solo cuestión de llevar a cabo los preparativos adecuados. Su señoría arregló reunirse con sus abogados, cuidándose de evitar cualquier contacto con lord Bromley mientras ella estuviera en Nueva York, y regresaría el jueves con todo solucionado.

»Por mi parte, coordiné que recogieran el baúl el sábado por la mañana. Visité a mi amigo veterinario y salí de allí bien provisto.

»Pensé mucho en todo esto. Lord Bromley no era un hombre para tomar a la ligera. Si se enteraba de lo que estábamos tramando, no habría forma de calcular su reacción. Yo tenía que estar preparado para cualquier contingencia. Repetí en mi mente todas las acciones, incluyendo lo que pasaría si la bebida resultaba ineficaz.

»Llegó el viernes y su señoría y yo repasamos una vez más nuestros planes para asegurarnos de no haber pasado nada por alto. Anticipándome a cualquier eventualidad, hice arreglos para que los otros sirvientes tuvieran el día libre. Los dos éramos los únicos presentes en la casa. Estábamos tan preparados como era posible.

»Lord Bromley llegó esa noche muy animado. La puerta se abrió de par en par, e inmediatamente gritó llamando a su esposa, sosteniendo un manojo de papeles para que ella los firmara. Su señoría le informó que los firmaría después de la cena, pero esto no era lo suficientemente pronto para él. Quería las firmas de inmediato. Alice evaluó la situación y aceptó, anticipando que lord Bromley se calmaría. Tenía razón, pues al ver la firma en varios lugares, volvió a sonreír y pidió un *whisky*. Añadí una dosis de drogas más que suficiente para noquear a un hombre fuerte, pero no sirvió de nada. Después de cuarenta minutos todavía seguía en pie, sin siquiera arrastrar la voz. Me pidió otro trago, que también mezclé en secreto y le entregué con gran inquietud. En cualquier caso, parecía aún más animado. Decidí entonces que debía inyectarlo. Anuncié que la cena estaba servida y que los atendería a los dos, ya que varios de los sirvientes tenían síntomas de gripe.

»La jeringa estaba en mi bolsillo. Puse la fuente delante de él con una mano y ataqué con la otra. Desafortunadamente, en el último segundo, él se dio vuelta y la aguja chocó contra el omóplato, doblando la punta hacia un lado. Gritó y comenzó a levantarse de su silla cuando le asesté un puñetazo en la cara, sin soltar la jeringa. Cayó estruendosamente, golpeándose contra la mesa antes de rodar al suelo. Dudo que haya sido mi habilidad como pugilista lo que lo dejó inconsciente, fueron más bien los efectos retardados de las drogas. Ahora me preocupaba haberle suministrado una dosis demasiado alta. Su señoría llegó rápidamente a mi lado y miramos al hombre. Se veía muy pálido.

»—¿Está muerto? —preguntó ella.

»—No lo creo —contesté—. Está respirando, pero debemos apresurarnos por si acaso vuelve en sí.

»Sabía que nos tomaría tiempo bajar entre los dos el baúl por las escaleras, desnudarlo y meterlo dentro. Me cruzó por la mente la horrible idea de que lord Bromley se recuperara y se marchara cuando no lo estuviéramos mirando. Tomé una lámpara de la sala

Ivan Obolensky

de estar y le amarré el cable a los pies. Lo escucharíamos si intentaba escaparse.

»Subimos las escaleras para bajar el baúl. Moverlo fue un trabajo pesado, y cuando llegamos al vestíbulo con el armatoste, los dos jadeábamos y temblábamos. Nos sentamos en la tapa para descansar. En un momento, su señoría se levantó y, con un tono de voz que nunca olvidaré, exclamó: —Empaquemos a este hombre. ¿Qué dices?

»Todavía estaba tirado en el suelo, así que lo arrastramos hasta el baúl, le quitamos la ropa y lo metimos adentro. Su cabeza golpeó el fondo con un ruido sordo. Cerré la tapa, la aseguré y metí la llave en mi bolsillo.

»Su señoría y yo subimos a recoger las cosas de lord Bromley. Decidimos que lo mejor sería que tuviera algo que ponerse, en vez de dejar que el club se ocupara de él cuando lo liberaran, así que separé una bolsa para llevar su ropa.

»Escuché con atención antes de irme a la cama. No se oía nada dentro del baúl. No me atreví a abrirlo.

»A primera hora de la mañana siguiente recogieron el baúl. Esa tarde me informaron desde el club que había llegado y que lo ubicaron en la bodega del sótano.

»Pasé un par de días muy distraído. Hasta llegué a servir vino tinto en copas de vino blanco. Me sentía descompuesto. Incluso su señoría se veía preocupada. Solo pensaba que aparecería en el club y me encontraría con que tenía un cadáver a cuestas.

»Amaneció el lunes y llegué a la ciudad conduciendo, tal como estaba planeado. Hablé inmediatamente con Cedric, quien me acompañó al sótano. Estaba solo, y ahí reposaba el baúl. Yo tenía la carta.

»Lo que no me esperaba era la condición en la que encontré al hombre cuando abrí el baúl. Estaba vivo, podría decirse, pero a duras penas. Tenía que pensar rápido. Cerré la tapa y subí a buscar

El ojo de la luna

a Cedric para decirle que necesitaba una habitación y un médico discreto. Me miró y preguntó si teníamos un problema. Le respondí que así era y que sería debidamente compensado por su ayuda en el manejo de la situación. Dijo que tenía a la persona apropiada y salió a hacer una llamada.

»Volvió al minuto y me informó que un médico llegaría en un cuarto de hora. Mientras tanto, me mostró una habitación adecuada en el último piso. Subieron el baúl con la ayuda de dos hombres de la cocina. Llamé por teléfono a su señoría, le conté el estado de las cosas y le aconsejé que hiciera planes para partir a Europa de inmediato, en caso de que la situación tomara un rumbo oscuro. Ella estuvo de acuerdo y me dijo que se mantendría en contacto.

»Había llegado el momento de ocuparse de lord Bromley. Coloqué varias toallas sobre la cama y abrí la tapa del baúl. Se restregó los ojos ante la luz. Me acerqué y tomé su brazo. Me agarró la muñeca. Su boca se movió, pero lo que salió de allí fue una especie de lamento que yo interpreté como la palabra *agua*, solo que en un tono una octava más alto del que le conocía. Le quité la mano y llené un vaso con agua, que le ayudé a beber. Lo levanté y de cualquier modo lo saqué del baúl, lo metí en la ducha y abrí la llave. Era un desastre y olía a mil demonios. Lo lavé y lo llevaba con dificultad hasta la cama, cuando tocaron la puerta. Eran Cedric y el doctor. Cubrí a lord Bromley con una manta, cerré el baúl y traté de ventilar la habitación.

»El doctor lo examinó y luego se volvió hacia mí. Con un poco de aspereza, dijo:

»—El hombre parece estar en *shock* y se encuentra severamente deshidratado. Es un milagro que esté vivo. —Me miró, esperando una explicación. Sacudí la cabeza y le susurré al médico:

—No solo eso, sino que reprobó la parte física del proceso de admisión del club de mala manera. El pobre estará muy decepcionado. —Puedo ser divertido cuando quiero.

»El doctor se sobresaltó con mi actitud impertinente. Le dije con bastante severidad:

—La forma en que este hombre llegó a la condición que usted ve no es asunto suyo. Su recuperación, sin embargo, sí lo es. ¿Cuánto tiempo tomará hasta que se encuentre lo suficientemente bien para viajar? —Me miró fijamente y luego asintió.

»—Le pondré una inyección de inmediato e iniciaré un goteo para ayudarle a rehidratarse. Debería tener oxígeno y enfermería las veinticuatro horas. No puedo garantizarle nada. Veremos qué sucede una vez que se haya estabilizado.

»Cedric intervino para decir que en el segundo piso había una estación completa de enfermería, con oxígeno.

—Enséñemela —dijo el doctor y salió con él.

»Me quedé con lord Bromley, quien parecía medio muerto. Si vivía o moría no me importaba. Lo cuidaría hasta que se recuperara, porque el deber lo exigía. Viendo en perspectiva esa decisión, habría sido mejor asfixiarlo con una almohada mientras tuve la oportunidad.

11

El fuego se reavivó, sobresaltándonos a Johnny y a mí. Stanley se levantó y puso otro tronco. Atizó el fuego hasta que ardió como quería y se sentó. Continuó.

—No los aburriré con los detalles sobre el cuidado de lord Bromley hasta que recuperó su salud. A medida que ganaba fuerza, se tornaba más hosco. La rabia daba vueltas en sus ojos cada vez que me miraba. Sentí que era el momento de tomar medidas para mi propia seguridad y tranquilidad. Este hombre era un matón y a los matones hay que manejarlos enérgicamente.

»Sucedió por la mañana, quizá una semana después. Estaba sentado en la cama. Le había traído el desayuno y puse la bandeja en la mesa del lado. Pensé que debería comenzar de inmediato.

»—Señor, veo que está recuperándose. Ahora es el momento de considerar su posición. Tengo una carta de los abogados de su señoría. —Se la entregué. Su mano temblaba al leerla. La arrojó a un lado cuando terminó y miró por la ventana. Puso su puño en la boca y lo mordió. Cuando lo retiró, pude ver las marcas de sus dientes. Me miró fijamente y dijo: —Tienen todas las cartas. Me rindo... por ahora. Pero tengan esto presente y no lo olviden: no es lo último que sabrán de mí. Me vengaré de esa zorra... y de ti. Te maneja con el dedo meñique... ya lo veo. No podrás protegerla, te lo prometo. Al final, saldré ganando. Creen que me lo han quitado todo, pero no carezco de recursos. Tengo tiempo y esa es mi mejor arma. Rápidamente lo olvidarán, pero yo no. Todos los días lo recordaré. Lárgate ahora. No quiero verte. No estás a mi altura. Se dio vuelta y no me miró más.

»Era fundamental entonces hacer algo. Lord Bromley era demasiado presumido. Este arrebato solo le daría confianza, y yo necesitaba desequilibrarlo. Tomé el cuchillo de la bandeja del desayuno, lo agarré por la garganta y le metí la hoja por la nariz. No lo hice sangrar, al menos no mucho. Esperé hasta que algunas lágrimas comenzaron a brotar de sus ojos y entonces le dije: —Lo dejé vivir. Recuérdelo, cuando llegue muy alto y tenga mucho poder. Quizá no tenga la misma consideración la próxima vez—. Retiré el cuchillo, le retorcí un poco la nariz, lo que lo hizo gritar, y salí por la puerta. Vi a Cedric y le dije que lord Bromley se valdría por sí mismo y le pedí que enviara una factura. Su señoría cubriría todos los gastos hasta este momento, incluyendo un bono en efectivo por su discreción y lealtad.

»Al día siguiente, lord Bromley se marchó. A dónde fue no lo sé, pero al final tenía razón. Nos olvidamos de él. Su señoría decidió seguir una nueva ruta. Supongo que estimulada por la inesperada experiencia espiritual con «la gente» que encontró durante los abusos de su marido, decidió aprender todo lo que pudiera sobre este tipo de fenómenos. Se dedicó a la psicología, la antropología, la arqueología, la egiptología y el ocultismo. Hizo generosas donaciones a los mejores departamentos universitarios especializados en antigüedades, que se mostraron muy contentos de aceptarla como estudiante y, eventualmente, como colega. En su afán por aprender, consultó todas las fuentes, desde profesores hasta adivinos, gurús y chamanes de todo el mundo.

»Sus búsquedas la hacían pasar cada vez menos tiempo en Rhinebeck. Esto se debía en parte a sus estudios en la universidad y en otros lugares, pero más tarde se unió a expediciones por todo el mundo. Su única condición para financiar muchas de ellas era que le permitieran participar.

»De aquí en adelante, solo puedo ofrecerles fragmentos de su vida, porque las veces que la vi fueron cada vez más escasas y espaciadas. Nunca estuve seguro de que fuera así porque prefería que no le recordara a lord Bromley o por otra razón. Una vez más, debo contar algunos datos personales.

»Desde el principio supe que estaba completamente cautivado por mi empleadora, tal vez hasta enamorado. También sabía que esto era un desastre potencial. Ha habido numerosos casos de personas del servicio que crearon vínculos con sus empleadores. Estas relaciones terminaron mal o, cuando salieron a la luz, el costo fue muy grande para la reputación de los involucrados.

»Además de este peligro, servir en una casa grande que el empleador visita solo ocasionalmente puede ser una ocupación solitaria y poco grata. De vez en cuando recibía telegramas: EN LIMA PUNTO CASA MARZO 11 CAA. CAA quería decir: «Con aprecio, Alice», o eso creía yo. Permanecía en casa una semana o dos y luego se marchaba a otra parte. Pasaba en su residencia unas ocho semanas al año. Yo sufría y me consumía en silencio, hasta que decidí hacer dos cosas.

»La primera, resolví leer todos los libros de la enorme biblioteca, incluyendo los volúmenes acumulados por la madre de su señoría, de los cuales hablaré luego.

»Segundo, necesitaba encontrar una esposa. Aunque su señoría tenía la última palabra, yo podía presentar para consideración de empleo a quien quisiera. Tenía el ojo puesto en una dama. Estaba empleada por un banquero en Nueva York y tenía reputación de ser una excelente cocinera. Ella, por supuesto, era mi Dagmar.

»Nunca olvidaré cuando le informé a su señoría que había pedido la mano de Dagmar en matrimonio y que ella había aceptado. Estábamos en esta misma habitación cuando se lo dije. Simplemente exclamó: —Oh, Stanley.

»Palideció y se sentó a mirar por la ventana. Me di cuenta de que CAA siempre había significado «Con amor, Alice» y que ella debía de sentir por mí lo que yo solo había imaginado. Me quedé sin habla. Entonces, dijo: —¿Qué estoy haciendo? Por supuesto que tienes mi permiso. ¿Has fijado una fecha?

»Me las arreglé para decirle cuándo y me dijo que se encargaría de todos los gastos. Al final de nuestra conversación, concluyó: —Ahora, si me disculpas, tengo que escribir unas cartas.

»No salió de sus aposentos hasta el día siguiente, cuando anunció que se iba a París. No asistió a nuestra boda y no volvimos a verla en un año. Sin embargo, recibimos un telegrama de felicitaciones.

»Poco después, los rumores sobre su participación en eventos escandalosos comenzaron a llegar a los periódicos y revistas, incluso en Nueva York. A pesar de las preocupaciones que sentía por ella, la vida con Dagmar superó mis expectativas. Por primera vez fui feliz más allá de lo imaginable. Vimos a su señoría solo por breves períodos durante los años siguientes y tuvimos la casa para nosotros. Cuando su señoría aparecía, a menudo lucía diferente a la última vez que la habíamos visto. En ocasiones volvía bronceada, casi morena, luego de haber estado en Egipto o en Sudamérica. Otras veces llegaba blanca como la porcelana, cuando regresaba de las estancias en el Museo Británico o en otras instituciones donde estudiaba textos antiguos. Cajas llenas de libros y manuscritos llegaban de vez en cuando, muchas de ellas para ser catalogadas y conservadas en la biblioteca especial, que les mostraré ahora.

Stanley se levantó y caminó hacia la pared, a la izquierda de la entrada del salón. Movió lo que parecía un interruptor de luz. Hubo un chasquido, un silbido y apareció el borde de una puerta donde antes había una pared lisa. La luz fluyó desde la abertura. Johnny y yo pasamos a un espacio frío, cubierto desde el piso hasta el techo con estantes de madera que contenían libros de todas las formas y tamaños, sin un orden aparente, excepto por una serie de números y letras.

El depósito era más grande de lo esperado, de unos tres por cinco metros, pero lo más impactante era su altura. El techo superaba al de la sala de estar. Había una escalera corrediza para alcanzar las partes altas. Casi todos los estantes estaban llenos.

Excepto por el zumbido de fondo de un aire acondicionado, la habitación era singularmente silenciosa.

—Hay un sistema de archivo por temas, con una gran sección denominada *Miscelánea* —dijo Stanley señalando un par de cajas—. La habitación está herméticamente cerrada y cuenta con un control automático de temperatura y humedad. Su señoría era una ávida coleccionista de libros sobre lo oculto. Algunos de los que se almacenan aquí tienen cientos de años. Probablemente estén viendo una de las bibliotecas más extensas sobre brujería y magia negra en el mundo.

Johnny y yo nos quedamos sin palabras; él, finalmente, dijo:

—¿Esto estuvo aquí todo el tiempo?

—Sí. Fue construido antes de que ustedes nacieran y era el depósito privado de su señoría. Sus libros más valiosos, incluyendo algunos de su madre, se guardan aquí. Su señoría era bastante inflexible en que el conocimiento de la existencia y ubicación del depósito se limitara a unos pocos. El señor y la señora Dodge saben de la biblioteca, por supuesto, pero decidieron dejarme seguir cuidando de ella.

No pude evitar preguntar:

—Stanley, ¿fuiste tú quien los catalogó?

—Sí. Leí la mayoría, al menos los que se pueden leer. Muchos están en lenguas extranjeras, ninguna de ellas moderna. Algunos superan mis habilidades, pero, en todo caso, los ojeé todos.

—Pensar que había una habitación entera de la que no sabíamos nada —Johnny miraba a su alrededor, tocando las encuadernaciones—. Solo nos dijeron que una sección estaba cerrada. Por cierto, ¿en esta biblioteca hacen préstamos? ¿Podríamos tomar prestado el volumen raro, ahora que sabemos de él? —preguntó.

—No veo ninguna razón por la que no puedan, siempre y cuando lo devuelvan. La mayoría de los libros puede sacarse, excepto los que se guardan en estos estuches de aquí. Deben permanecer en esta habitación debido a los posibles daños que les podría causar el contacto con una atmósfera no tratada. Cada uno de los libros de esta biblioteca fue sometido a un ciclo de congelación para eliminar los insectos nocivos, pero, aun así, algunos son muy antiguos, particularmente los que están hechos de papiro, y necesitan una protección especial.

—¿Y qué hay con el que usaste para el juramento de esta noche? —Las palabras salieron antes de que pudiera contenerlas.

—Era una copia personal. —Sonrió Stanley—. Pero en esta sección hay otro volumen encantador sobre la invocación de demonios y otros espíritus que les puede parecer divertido.

Señaló hacia un libro de aspecto extraño, que podría haber sido rectangular cuando lo encuadernaron, pero que no tenía ahora una forma definida.

—No sé qué tanto creen en ese tipo de cosas. Vivimos en un mundo moderno, después de todo; pero regresemos a la otra habitación. Estas conversaciones son mejores fuera de aquí.

Salimos. Stanley cerró la puerta y activó el interruptor de la pared. Se escucharon un silbido y un clic. Retomamos nuestros lugares frente al fuego. Robert no se había movido.

—¿Dónde quedamos? —preguntó.

Yo estaba bastante seguro de que él sabía exactamente dónde dejamos la conversación, pero no dije nada. No es que ahora me disgustara Stanley. Tenía numerosas cualidades sobresalientes, pero también era un hombre duro, cruel, de muchos secretos, y

El ojo de la luna

solo nos ofrecía aquellos que quería que supiéramos, con un propósito dudoso.

—Hablábamos de espíritus... —le contestó Johnny—, ya que los nombramos, por favor, pásame el vino. Estaba junto a mi codo, así que se lo pasé. —Johnny nos sirvió otra ronda y se sentó.

—Espíritus... —dijo Stanley—, siempre fui práctico por naturaleza; no es gratuito que Hume y Adam Smith fueran también escoceses. Antes de mi empleo actual, la superstición no tenía lugar en mi vida. Cuando llegué aquí, tenía que dirigir una casa, así que el sentido práctico siempre era lo más importante. Pero, por regla general, los humanos solo vemos lo que queremos ver, y eso no es mucho realmente. Si hubieran vivido en esta casa, día tras día, tanto tiempo como el que yo he estado aquí, habrían visto cosas que no pueden explicarse fácilmente; cosas a las que nos vamos acercando. ¿Estamos listos para seguir?

Johnny y yo asentimos. Robert siguió durmiendo. Stanley retomó el relato.

—Una noche helada, en invierno, su señoría llegó inesperadamente. Mientras me pasaba el abrigo me pidió un vodka grande y que conversáramos en su sala de estar. Dagmar y yo siempre suponíamos que podría aparecer en cualquier momento, así que manteníamos todo listo para ella, incluidas flores en su habitación. Entré en sus aposentos con la bebida y le serví. Bebió el vodka de un solo trago, puso el vaso sobre la mesa y se sentó en esta silla. Sus hombros empezaron a temblar. Las lágrimas se convirtieron en sollozos. Se agarró la cabeza con las manos y susurró: «Stanley, ¿qué he hecho?».

»—Su señoría, está de nuevo en casa —le dije—. Todo va a estar bien. Parecía al borde de un colapso. Se sentó de nuevo en la silla, acurrucándose.

»Fui hacia ella y la levanté. Pesaba menos que una pluma. La llevé a su dormitorio, la acosté en la cama y la cubrí con una manta. —Lo que necesita es dormir —le susurré—, en la mañana todo estará mejor. Roncaba cuando cerré la puerta.

»Al día siguiente, pidió verme. Se disculpó por su comportamiento de la noche anterior. Dijo que estaba agotada por los viajes y que debería haberse contenido. Preguntó cómo iban mis cosas y luego dijo que había vuelto a casarse. Eso me sorprendió, pero la felicité. ¿Qué otra cosa podría haber hecho?

»Su nuevo marido era el magnate Arthur Blaine, quien hizo una fortuna con minas de diamantes en África. Su señoría pensaba que él era al menos tan rico como ella. La boda tuvo lugar en una iglesia del siglo XIII, cerca de la casa señorial fortificada que ahora era la residencia Blaine en Shropshire. La ceremonia fue pequeña y discreta. No hubo noticias en la prensa norteamericana y casi ninguna en los periódicos británicos. Le pregunté la razón. Dijo que ambos lo prefirieron así. Eso no era ningún problema para mí, pero entonces le pregunté por qué estaba aquí sola y no con su marido, a lo que respondió que, después de la boda, habían asistido a una fiesta en Londres. Alguien se le acercó sigilosamente por detrás, le puso las manos sobre los ojos y susurró: —¿Adivina quién es? Alice se dio vuelta y quedó sin palabras mientras miraba los ojos negros de lord Bromley. —¿Sorprendida, Alice? Pensé que lo estarías. Le dije a tu esposo que nos volveríamos a ver y así fue. Arthur y yo nos conocemos desde hace años... ¿Qué? ¿Arthur nunca te lo dijo? Me aseguré de que así fuera. Pobre, pobre Alice. —La dejó allí con la boca abierta. La sorpresa fue total. Alcanzó a llegar al baño antes de vomitar. Tan pronto como pudo, huyó y no se detuvo hasta llegar a Rhinebeck.

»Yo había oído hablar de Arthur Blaine, por supuesto. En mis círculos, se le consideraba una persona de poco peso, pero el hecho de haber amasado una considerable fortuna decía otra cosa de él. Decidí suspender mi juicio hasta que lo viera.

El ojo de la luna

»Lo conocí más tarde esa semana. Llegó en auto, llamó a la puerta y pidió cortésmente hablar con su esposa. Ella lo invitó a pasar. Parecía un poco paralizado aunque, después de todo, estaban casados. Le rogó que lo perdonara. Explicó muy seriamente que él la vio en una partida de caza antes de su matrimonio con lord Bromley y que, desde ese momento, se enamoró de ella. Después del divorcio, él informó a lord Bromley de sus intenciones de cortejar a su exesposa. Lord Bromley le advirtió que, si quería tener alguna oportunidad de éxito, no debería mencionar su amistad. Su señoría reconoció entonces que si hubiera sabido que los dos eran amigos, y no apenas conocidos, su boda nunca habría tenido lugar. Blaine parecía sincero y, ante su explicación genuina, ella cedió, y comenzó un nuevo capítulo en su vida. Se mudaron a la habitación de arriba. Su señoría utilizó esta área de la casa como su estudio y me ordenó que bajo ninguna circunstancia le revelara la existencia de la biblioteca secreta a él o a nadie.

»A pesar de ese comienzo difícil, creo que se sentía feliz con Arthur. Era lo opuesto a lord Bromley en casi todos los sentidos.

»Durante un par de años, todo fue paz y armonía, hasta que viajaron a Ecuador. Los llevó allí el rumor acerca de un tesoro perdido, que les llegó en forma de una carta y un mapa enviados por uno de los amigotes de Arthur, Fredrick Deprizio, conocido por todos simplemente como Freddy. Creo que, más que cualquier ganancia monetaria, los cautivó la emoción de un nuevo hallazgo desconocido para el mundo moderno, aunque el dinero sí pudo estar en la mente de Arthur. Su fortuna sufrió un declive por el simple hecho de no encontrarse en Sudáfrica, ocupándose de sus negocios.

»Después de investigar un poco, su señoría anunció que se embarcarían en una expedición para llegar al corazón del asunto. No supe nada de ellos durante seis meses. De repente, su señoría apareció, sin su marido y furiosa como un demonio. Pidió el divorcio inmediatamente. Debo decir que no me sorprendí del todo, pero después de que relatara lo que sucedió, estuve de acuerdo con ella en todos los sentidos.

—Odio interrumpir —intervino Johnny—, pero encontramos una carta en nuestra búsqueda en el sótano, escrita por la tía Alice a alguien llamado M. Thoreau, para ser entregada en el Carlyle. Fue devuelta poco después de su muerte, ya que nadie la recibió. Aquí la tengo.

Johnny le entregó la carta a Stanley, quien la leyó cuidadosamente. Sin embargo, no mostró ninguna sorpresa por su contenido.

—Sugiero que esto se mantenga en el depósito —fue todo lo que dijo al devolvérsela a Johnny. Luego agregó—: Esto confirma lo que sé sobre el incidente, pero más importante es el hecho de que lo escrito por ella sugiere un cambio en los hábitos y en la atención de su señoría. Después de su regreso de esa expedición se obsesionó aún más con el mundo de lo espiritual y lo oculto. Tendré más que decir al respecto en breve, pero lo interesante es que menciona la estatuilla, un objeto que podría ser responsable de más de una muerte.

12

—¿Más de una muerte? ¿Qué quieres decir? —preguntó Johnny.

—Esa estatuilla que su señoría mencionó ha sido una fuente de problemas e intrigas durante algún tiempo, pero llegaré a eso en su momento. Tal vez, lo más importante, al menos para mí, es que la carta sugiere el estado de ánimo de su señoría, que es lo que más me preocupaba después de su regreso. Ella se volvió un mosaico de contradicciones. A veces la acometían la ira y la rabia. La encontraba absorta con una mirada que me sorprendía. Expresiones de odio que nunca le conocí ahora cruzaban su rostro. Un día, cuando vi uno de esos gestos, le pregunté si podía ayudarla. —Stanley —dijo—, me siento tan ultrajada. ¡Estoy enojada todo el tiempo! Ojalá pudiera averiguar qué les sucedió. Quiero saber cuánto sufrieron. Tal vez entonces pueda olvidar la rabia que no me abandona.

»Su deseo se cumplió. Arthur volvió a aparecer, pero un año después de que ella regresara de la selva, y muchas cosas sucedieron durante ese tiempo. Ella atravesó por un divorcio y borró cualquier vestigio del hombre tirando todas sus cosas a la basura. Afortunadamente, sus períodos de ira se habían reducido, aunque fueron reemplazados por lo que ahora considero un aturdimiento místico.

»En cuanto a la fuente del cambio en su personalidad, creo que las drogas con las que su señoría experimentó tuvieron mucho que ver. Comenzó a recoger semillas y plantas de muchos lugares. Con esto, creo que encontró un escape, iluminación y alivio. Observé sus cambios de comportamiento y le pregunté sobre los efectos a largo plazo de sus investigaciones, tanto en su físico como en su mente. Me dijo que la mayoría de sus esfuerzos experimentales eran interesantes, pero de poca utilidad, con una o dos excepciones. Esas excepciones eran lo importante y las que le permitían llegar a las zonas que deseaba explorar, inaccesibles de cualquier otra manera. Con el tiempo se convenció plenamente de dos cosas. En primer lugar, que era una reencarnada y, en segundo lugar, que el uso de ciertas drogas, en particular las que aprendió a preparar bajo la guía de varios sacerdotes y chamanes indígenas, eran indispensables para crear estados de ánimo esenciales para alcanzar una mayor conciencia. Yo era menos optimista frente a ese tema. Para mí, estaba trazando un rumbo entre la muerte, de un lado, y la locura, del otro. Sentía temor por ella, pero ¿qué podía hacer? Era una mujer adulta, una investigadora entusiasta y valiosa por sus propios méritos. No había nada que hacer.

»La noche en que Arthur Blaine regresó, su señoría estaba en casa. Supimos que la horrible venganza que les había deseado a Arthur, Freddy y lord Bromley no era solo especulación, sino un verdadero horror que afectó a gente real.

»Como en su primera aparición, Arthur llegó inesperadamente, esta vez en primavera y no al final del invierno. Llamó a la puerta, yo abrí y allí estaba. Su señoría había salido del salón. Lo reconoció y empezó a gritar. El hombre se encogió. Lo agarré del brazo y lo empujé hacia afuera. Parecía que iba a huir, pero lo aferré con fuerza. Debe de haber llegado a pie, porque no vi ningún auto. Me pareció que estaba un poco loco y sentí lástima por él. Harry había oído el jaleo y vino corriendo. Le pedí que se llevara al hombre y lo ubicara en una de las habitaciones encima del garaje; le dije que pronto estaría con ellos. Dos cosas me preocupaban. La primera era calmar a su señoría. La segunda, descubrir, en boca de alguien que conocía los hechos, el alcance total de su venganza.

»Abrí la puerta principal. Todavía estaba allí parada, con la mano en la boca. —Ese era Arthur Blaine, por supuesto —le dije—. Lo ubiqué en una de las habitaciones encima del garaje. Debemos saber qué pasó. Haré que preparen algo de comida y luego iré a verlo. Harry lo está cuidando por el momento.

»Salió de su trance. —Muy bien —fue todo lo que dijo y regresó de vuelta al salón. Fui a la cocina por una bandeja y me preparé para escuchar la historia.

»Le sumé una botella de *whisky* a la comida. Me dirigí hacia el garaje y subí las escaleras que conducían a las habitaciones de la parte alta. Arthur estaba sentado en una pequeña mesa mirándose las manos. Se iluminó al ver la comida y la botella. Estaba hambriento y me contó su historia mientras comía con avidez. Esto es lo que recuerdo que dijo. Hablaba alternando entre episodios de lucidez y de llanto.

»—Fue Bromley, ese bastardo. La trampa fue idea suya. Involucró a Freddy en esto, por supuesto. Él solo quería ponernos a Alice y a mí... bueno, a Alice, en realidad, en medio de la nada, y su plan funcionó a la perfección. Sabía que ella no se resistiría al cebo de una ciudad perdida en la selva. Pero él tenía que ser listo. Ella no era estúpida, aunque la historia de Freddy resistió un exhaustivo escrutinio, porque le adjuntó una carta verdadera de una versión ecuatoriana del siglo xvi, del padre Junipero Serra, que había estado guardada durante siglos en los archivos del Vaticano. Dios sabrá cómo sacó Bromley el documento de allí, pero, al final, Alice decidió que era genuino y que ameritaba apostar por su contenido. El problema, que descubrimos más tarde, era que la ciudad que buscábamos estaba lejos del lugar que el sacerdote había indicado.

Ivan Obolensky

»—En vez de eso, encontramos a Bromley. Alice no tuvo ninguna oportunidad y yo no pude hacer nada. Había contratado a un montón de matones y estábamos en medio de una selva, lejos de la civilización. Los trópicos no son mi fuerte, puedo asegurarlo, preferiría un desierto en cualquier momento. Estábamos atrapados. Alice lo llevó a desplegar tal astucia. Debía de consumirlo un gran deseo de venganza, y lo logró. La llevó a su cama esa noche y todas las noches. Al principio ella gritaba mucho, luego no tanto. En cierto momento lo comprendí, y Freddy también, pero nos vimos presionados por las circunstancias. No estoy orgulloso de lo que hice, pero pagamos el precio. ¡Vaya si lo pagamos!

»Blaine estalló en lágrimas en ese momento, pero cesaron una vez tuvo en su mano un trago de *whisky*, y me aseguré de que fuera grande. Se sonó la nariz y siguió adelante.

»—Ese Bromley era un mañoso de cuidado. Mantenía a Alice vigilada para que no escapara, pero la subestimó. En medio de su cautiverio, ella encontró algo que nosotros pasamos por alto. No muy lejos de nuestro campamento base, instalado cerca de un río, había una serie de montículos. Ella los llamaba tolas. Eran lugares de entierro y, como estaban intactos, nos convenció para que los excaváramos. Esa mujer no iba a desperdiciar una oportunidad arqueológica, sin importar las circunstancias. Realmente le encantaban las excavaciones. Desplegó sus argumentos y nos convenció de que el oro era el menor de los tesoros enterrados allí, si quisiéramos buscarlos.

»—Yo fui quien la encontró. Por suerte... cualquier otra persona la hubiera perdido: una esmeralda en bruto tan grande como un puño, enterrada en la tierra. La gema estaba sostenida por una estatuilla tallada. Alice insistió en que la figura y la piedra no se separaran. Podía entenderlo, así que convencí a Bromley de que dejara la cosa como estaba. No importaba la forma que

El ojo de la luna

tuviera hasta que regresáramos a la civilización. No sé cómo llegó la piedra a ese lugar, pero ahí estaba. Había piezas de oro y esmeraldas más pequeñas, pero la grande era la que me interesaba. La mayoría tenía impurezas, en cambio esta lucía muy transparente. De la piedra podían sacarse dos o tres piezas muy especiales. Cortadas correctamente y bien comercializadas, valían una pequeña fortuna. Bromley, creo, tenía en mente desde el principio que el hallazgo le pertenecía. Esa idea no nos sentaba muy bien a Freddy ni a mí. Empezamos a discutir sobre lo que debía hacerse. Hubo discordia en el campo. Incluso los hombres contratados empezaron a mostrarse arrogantes. Las riquezas de la tierra confunden las mentes de los hombres. Bromley tuvo que forzar el retiro de todos a punta de pistola, excepto de dos que se quedaron para ayudarnos. Trasladamos nuestro campamento cerca a la excavación, que era una posición más defendible. En nuestro frenesí, nos olvidamos de Alice, y ahí estuvo nuestra perdición. Parecía sumisa, pero debe de haber estado conspirando todo el tiempo. Vio su oportunidad y la aprovechó. Todas las noches nos servía tragos, lo que emocionaba enormemente a Bromley. Le encantaba verla en un papel servil. Ella no protestaba y mantenía su compostura. Entonces, una noche nos puso algo. La droga que usó nos lanzó al infierno en un viaje expreso que duró varios días.

»En ese punto se quebró y lloriqueó un poco más, hasta que lo sacudí y le di otra copa. Retomó el hilo del relato.

»—Perdí la cabeza. No podría decir por cuánto tiempo. Recuerdo que sentí tanto dolor y miedo que es un milagro que no esté loco. Bueno, tal vez lo estoy... un poco. Debo de haber estado fuera de mí mismo durante días. Lo que me despertó fue el dolor. Las hormigas me picaban por todas partes. Corrí hacia el río y me sumergí para quitármelas de encima. Me dolía tanto que no podía dejar de gritar. Salí después de que pararan las mordeduras y empecé a mirar alrededor. Las tiendas ya no estaban. Quedaba poco del campamento, aparte de alguna basura esparcida por ahí. A un lado vi a Freddy. Algo lo había mordido. No tengo ni idea qué, pero lo que sea que haya sido, le devoró grandes trozos de sus brazos y piernas. Los insectos se alimentaban de lo que quedaba.

»Empezó a llorar un poco más. Lo sacudí de nuevo hasta que paró el llanto.

»—Freddy estaba muerto. No tenía ojos, solo las cuencas vacías. Busqué a Bromley... a cualquiera, en realidad. Lo encontré mirando fijamente el tronco de un árbol. Le toqué el hombro, entonces se lanzó hacia mí y rodamos por el suelo. Su cara era una máscara contorsionada de dolor y rabia. Grité y pareció reconocerme. Se detuvo y se quitó de encima. Sabía que necesitábamos llegar a un lugar para recuperarnos y evaluar los recursos y las posibilidades. Hablé con él y lo calmé, pero seguía estando en malas condiciones. Se paraba frente al árbol y se frotaba las manos, una y otra vez, como un ratón de campo o una ardilla. Lo dejé tranquilo y hurgué por todas partes hasta que encontré algo de comida. No estoy seguro de si la habían dejado deliberadamente o si simplemente la pasaron por alto entre los restos dispersos de nuestro campamento. Enterré a Freddy lo mejor que pude, pero al final el río se lo llevó. Pasé varios días cuidando a Bromley, hasta que empezó a mostrar algún asomo de salud, y fue entonces que llegó la lluvia; no cualquiera, sino un verdadero diluvio. El río creció y tuvimos que movernos para escapar de la inundación. Quedamos atrapados en la orilla equivocada. Nuestra situación se volvió desesperada. Hice lo que pude y nos abrimos camino corriente abajo hasta que encontramos un pueblo. Allí caímos desplomados. Eran humanos, al menos. Seguramente tuvieron lástima de nosotros, porque nos dieron comida y agua. Contraje algún tipo de enfermedad y no pude ir más lejos. Empecé a consumirme en un delirio febril, casi tan malo como el que experimenté en el campamento. Me recuperé, pero solo después de meses. Bromley debe de haberse sentido con más fuerza, pues decidió seguir adelante en vez de esperarme. Cuando por fin desperté, se había marchado.

»Arthur se desplomó sobre la mesa con la cabeza en los brazos. Antes de hacerlo, me contó un último hecho. Lord Bromley había regresado a la civilización. Dejó una nota para Blaine en la oficina de American Express, en Quito. En ella escribió que le debía la vida y que partía hacia Europa. La posdata decía que le haría pagar a Alice con la misma moneda, aunque le llevara toda la vida.

»Dejé a Arthur dormido y fui a decírselo a su señoría. Esperaba que lord Bromley hubiera muerto en la selva, pero no hubo tanta suerte.

»Cuando Arthur Blaine despertó, a la mañana siguiente, le informé sobre el divorcio. Asintió con la cabeza. Dijo que lo esperaba y que seguiría su camino. Murmuró que tenía dinero, así que no había de qué preocuparse. Harry lo llevó a la estación de tren y fue lo último que supe de él.

»—Entonces, sigue vivo —fue el comentario de su señoría—, maldición. Mejor nos cuidamos —agregó.

»Estuve de acuerdo, por supuesto, pero la pregunta era cómo...

13

Stanley hizo una pausa en su relato y encendió otro puro. Continuó.

—En esta parte que sigue de la historia, comienzan a emerger elementos ocultos o sobrenaturales de la vida de su señoría y debemos hacer un paréntesis. No me he referido a estos asuntos hasta ahora para que los hechos de su vida no se vieran eclipsados por el mero sensacionalismo. A partir de este momento, eso ya no es posible. Para comprender a su señoría es necesario recorrer caminos que resultan electrizantes para algunos, increíbles para otros y absurdos para la mayoría. Diré, a modo de preámbulo, que, para mí, su señoría fue siempre una mujer extremadamente inteligente, dotada de un carácter y una determinación extraordinarios. Sin embargo, no es fácil, al mismo tiempo, incluir en esa noble imagen a una persona que también sentía que llevaba consigo la maldición de una encarnación previa.

»De la misma manera, es difícil entender cómo una mujer tan sensata, con títulos tan avanzados, pudiera creer en embaucadores y estafadores y, además, perseguirlos. Si se conocieran las sumas que gastó solo en objetos y libros, hasta los más generosos y pudientes se preocuparían y cuestionarían su cordura. Pero les aseguro que era una mujer extraordinariamente cuerda. A la mayoría de las personas las motivan sueños, visiones o metas. A su señoría la movían las pesadillas.

»Me contó sobre su aflicción una mañana, poco después del asunto de Bromley. Estábamos organizando una fiesta en la casa cuando me preguntó, de la nada, si alguna vez había tenido un sueño recurrente. Respondí que no. Ella, en cambio, sí los tenía y

El ojo de la luna

la pesadilla era siempre la misma: se encuentra en el antiguo Egipto. Su padre es un sumo sacerdote y ella ha robado de su templo un collar de oro y un amuleto. Descubren su robo, pero, antes de ser capturada, oculta lo que se llevó. Debido a que se niega a revelar el lugar y ha profanado el templo, la condenan a permanecer en la oscuridad para siempre. La apresan y la colocan sobre una lápida de piedra dentro de una tumba subterránea, suspendida entre la vida y la muerte, y allí la dejan. La oscuridad es total. Cuando trata de levantarse, un brazo se extiende detrás de ella y la arrastra hacia abajo. Después de numerosos intentos por sentarse, se despierta, temblando y cubierta de sudor.

»Me dijo que había vivido el mismo sueño una y otra vez desde que era niña. La pesadilla representaba lo que más temía y era implacable en su repetición.

»Algunos hombres tienen una extraña habilidad para mirar dentro de nuestras almas y adivinar nuestros terrores más secretos. Lord Bromley era uno de ellos. Ya fuera por intuición o por alguna clarividencia maligna, él dio con algo que la aterrorizaría más que cualquier otra cosa: encerrarla en una caja. Para su señoría, la pesadilla, que siempre le preocupó, pero que nunca consideró seriamente, se había convertido ahora en algo incontrovertiblemente real, espantosamente presente, que había salido desde su guarida nocturna a la luz del día.

»Me dijo que no fue la oscuridad lo que la asustó, sino más bien la conciencia de que sobre ella pesaba una maldición. Sabía que no había nada que pudiera hacer para escapar y eso la aterrorizó.

»Para nosotros, los malos sueños, incluso los recurrentes, no son cuestión de vida o muerte, sino más bien productos de nuestra imaginación que pueden espantarse con un café matutino. Para su señoría, eran un asunto letal. ¿De qué otra manera podrían explicarse los años de sueños y su reciente encierro? Al aceptar finalmente la realidad de su situación, empezó a arder dentro de ella un deseo de cambiar su destino y deshacerse de la maldición. A partir de ese momento, la intensidad y la pasión por los extremos permearon todas sus acciones. Después de todo, no tenía nada que perder y, ¿cómo iba a convencerse a sí misma de que había intentado cuanto estaba a su alcance con la atención y el enfoque que merecía? Ella creía en la predestinación y, por lo tanto, la sentencia de ser retenida para siempre en la oscuridad se hizo realidad.

»No dejó sin examinar ninguna ruta posible para alejar la maldición.

»La «gente», como ella llamaba a los espíritus que encontró en el baúl, parecía ofrecerle un posible salvavidas. Los buscó, pero hallarlos exigía un viaje tanto interno como externo. Podían encontrarse a través de períodos prolongados de extrema dificultad física o mediante el uso de drogas que liberaran la mente. Ella escogió el último camino. Conoció chamanes que le explicaron en detalle cómo preparar y consumir varias mezclas de plantas que le permitirían contactarlos, pero corría peligro. El espíritu de uno podría pasarse de este mundo a otro en el que no había retorno. Al menos, así fue como ella me lo explicó. Además, contactarlos no era el final de su tarea, sino apenas el principio. Necesitaba convencerlos para que intercedieran por ella, para que disiparan aquello que la asaltaba mientras dormía.

»En su búsqueda de expiación, recorrió muchos caminos. Viajó por el mundo para encontrar místicos, drogas que alteraran la mente, saqueadores de tumbas, chamanes, espiritistas, montañistas y exploradores, porque estos conformaban el grupo de quienes entendían y experimentaban algo de lo que ella vivía. La posibilidad de éxito era remota. Me expresó varias veces que pensaba que lord Bromley podría haber desquiciado su mente, pero en realidad no tenía otra opción distinta a persistir. Se trataba de continuar o de internarse en una institución.

»Mencionó que había pensado seriamente en esto último. Llegó incluso a visitar varias instalaciones con el pretexto de hacer una donación. Al final, pensó que su mejor opción era apostar por labrar su propio camino. La idea de que lord Bromley descubriera que estaba sola en una celda de paredes acolchadas, con una camisa de fuerza, recluida allí por decisión propia, era una afrenta demasiado grande como para soportarla. Preferiría haberse suicidado, lo que consideró seriamente, en más de una ocasión, según me dijo.

»Contemplar el suicidio y mirarle la cara a la muerte finalmente endureció su decisión de sobrevivir y resolver su problema. Planteó su dilema de esta manera: si en verdad pesaba sobre ella una maldición, los sueños y las manifestaciones simplemente se transferirían a las vidas futuras que tendría. Si la ciencia tenía razón, y sencillamente dejáramos de existir después de la muerte, el alivio sería inmenso; pero ¿qué pasaría si la ciencia estaba equivocada? En su mente, la eventualidad de un cielo o un infierno era improbable; la reencarnación, una inconfudible posibilidad; y el sueño infinito de un cadáver, aunque bienvenido, demasiado incierto. En su vida actual, ella contaba con recursos mucho más allá de los de la gente común, así que pensó que era mejor aprovecharlos.

»El primer paso en su camino estaba claro. Necesitaba conocimiento. Comenzó entonces su carrera como egiptóloga.

»Desde mi punto de vista, ella quería saber si lo que estaba experimentando era algo que realmente sucedió. Tenía conocimiento de dos hechos: la ubicación de su sueño y que, en este, su padre había sido el sumo sacerdote de Amón. A partir de ese punto comenzó su investigación.

Ivan Obolensky

»Su especialidad fue la herejía atenista, por la cual el faraón del siglo XIV, Amenofis IV, abandonó la religión de la época y creó una propia. Tomó el nombre de Akenatón y fundó la ciudad de Amarna, en el desierto, cuyo posterior descubrimiento, a comienzos del siglo XX, condujo al hallazgo del valle de los reyes y la tumba de su hijo, Tutankamón, un acontecimiento de gran trascendencia.

»Usando su vasta riqueza, su señoría pudo adquirir ciertos objetos de la época, uno de ellos era un peculiar collar que usaba en eventos elegantes. Dudo que alguien supiera algo sobre su significado.

»No es sorprendente que ella pudiera conseguir cosas así. Su señoría se movía con naturalidad por el mundo de las antigüedades egipcias como coleccionista, investigadora y mecenas. Podría parecer imprudente que usara tales artículos con tanta frecuencia como lo hizo, porque era posible que alguien reconociera su origen.

»Debo decir, además, que no quiero dar la impresión de que su señoría se retiró durante este tiempo de la vida social para avanzar en su investigación. No fue así. Se mantuvo activa. Necesitaba contactos para buscar objetos e interacción humana para relajarse. Las fiestas le aliviaban el ánimo. Viajaba lejos, incluso a Europa, para asistir a alguna reunión particularmente grande e importante. En otras ocasiones, se concentraba en sí misma.

»Una noche entré en su habitación, luego de tocar a la puerta sin recibir respuesta. La encontré sentada frente al fuego, como nosotros ahora, vestida con ropa egipcia y con el collar puesto. Fue poco antes de que muriera. Su mirada parecía aturdida y hablaba en un idioma que yo no entendía. Me sobresalté. Se volvió hacia mí y me dijo: «Él viene, Stanley». Miró de nuevo las brasas. No supe qué decir. Le pregunté si necesitaba algo y ella negó con la cabeza. Me retiré.

El ojo de la luna

»Al día siguiente le solicité una entrevista. Ella me la concedió y hablamos largo sobre el tema. Me dijo que había estado experimentando con la planta de *Brugmansia* y que esperaba no haberme alarmado. Yo le contesté que empezaba a hacerlo y le rogué que me dijera cómo podría ayudarla.

»Estaba realmente preocupado. En mi opinión, su comportamiento se había vuelto errático. Oscilaba entre fiestas de fin de semana, marcadas por una alegría forzada, a las que asistían numerosas personalidades de todos los ámbitos —artistas, músicos, autores, actores y miembros de la sociedad— y sus viajes a Nueva York durante la semana. El señor y la señora Dodge aparecían muchas veces en las fiestas.

»En otras ocasiones, se encerraba en esta parte de la casa y pedía que no la molestaran. Le llevaba la comida en una bandeja y volvía a recogerla sin que la hubiera tocado. Perdió peso.

»Aun así, tuvo momentos de extraordinaria lucidez y serenidad. Brillaba con una luz interior que era casi sagrada. No encuentro otra palabra para decirlo.

»Durante esa entrevista me dijo que finalmente había llegado a una especie de clímax en su investigación.

»Tomó el collar del escondite en su depósito y me lo entregó. Era dorado y le daban forma varias cabezas de carnero de media pulgada. El peso era inusual. Supe que las cabezas estaban hechas de carbón bituminoso, bañadas en oro puro. Lo que inicialmente me llamó la atención fue el diseño. Parecía muy moderno y, a la vez, extremadamente antiguo. Debo admitir que rara vez he sentido algo que pareciera emanar tanta energía; para bien o para mal, no podría decirlo. Dejaba escapar una fuerza que era a la vez electrizante y poderosa. Lo devolví, aliviado de hacerlo.

»Me dijo que el collar le había pertenecido. Lo reconoció inmediatamente y movió cielo y tierra hasta obtenerlo. Explicó que, usándolo, logró un gran avance en sus investigaciones y que creía haber hallado una forma de deshacer la maldición. Era necesario purificarse y expiar las culpas, pero para ello necesitaba acceso a varios manuscritos antiguos conocidos como *Libros de los muertos*, aunque no cualquiera serviría. Había muchos y la mayoría no tenía un valor distinto al de su importancia histórica. Su señoría aclaró que para los antiguos egipcios era necesario tener un mapa al entrar en el inframundo y que sin él era posible perderse en la oscuridad, lo que describía muy bien su situación. Había un libro en particular que debía seguir al pie de la letra y creía saber dónde podría existir una copia. Estaba llena de esperanza.

»Al contarme esto parecía brillar de felicidad. Hacía tanto tiempo que no la veía así, con la inocencia natural que recordaba, que casi lloro. Había más. Conoció a una persona especial, pero no estaba preparada para revelar más que eso. En general, la vida para ella había tomado un rumbo mejor. Me pidió que tuviera paciencia. Era tan evidente el cambio en ella que acepté y, una vez más, ofrecí mis servicios para ayudarla en todo lo que pudiera. Antes de irme, le pregunté quién era él. Le conté que la noche anterior se había vuelto hacia mí y que había dicho claramente: «Él viene, Stanley».

»Su sonrisa se desvaneció con mi pregunta. Se dio la vuelta y me miró. —¡Es quien me maldijo! —exclamó—, estamos encerrados juntos de alguna manera. Anoche me enteré de que es tan consciente de mis esfuerzos como yo de los suyos. Es una carrera, y no estoy segura del descenlace. Es solo cuestión de tiempo para que choquemos. Vi eso anoche. Tengo que moverme rápido. Me marcho más tarde. Volveré pronto.

14

—Su señoría regresó a Rhinebeck un mes después. Estaba arreglando unas flores cuando escuché el crujido de la grava en la entrada. Mientras avanzaba hacia la puerta principal, esta se abrió de golpe y ahí estaba ella. Me vio y se rio como una colegiala. «Lo tengo, Stanley. Lo tengo. Ven, ven. Hablemos. Estoy muy emocionada».

»Me entregó su abrigo y su sombrero y se dirigió rápidamente hacia su habitación, llevando una valija. Me sonrió por encima de su hombro y gritó: —¡Tráeme champán! ¡Y date prisa!

»Fui rápidamente a la cocina, tomé una botella de Dom Perignon y le pedí a Dagmar que preparara salmón ahumado y tostadas mientras yo buscaba a uno de los sirvientes para que llevara las maletas a la habitación de su señoría.

»Llevé el champán en una hielera, junto a una sola copa, en una bandeja de plata. Su señoría estaba acostada en el sofá, relajada, tan feliz como era posible serlo. Se sentó y esperó impaciente mientras yo abría la botella y le servía. Una vez que lo hice, empezó a contarme cómo logró encontrar registros del pergamino que buscaba en el Ägyptisches Museum und Papyrussammlung de Berlín, y desde allí fue al Museo Británico y luego al Petrie para confirmar que era el que quería. Pudo rastrear una copia que tenía un colega de Londres. El pergamino no era el original, como esperaba. Este había desaparecido o quizás estaba mal archivado. El museo tenía miles de papiros, así que con un solo error de archivo el pergamino podría perderse. Esa clase de equivocaciones a menudo tardaba meses en corregirse. Ella no podía esperar. Aun así, la copia era fiel al original. Su colega se mostró muy reticente a desprenderse de un documento tan singular. Ella pagó un precio muy alto, y solo por una copia, pero así es la vida. Luego examinó minuciosamente su tesoro. El texto era más antiguo y bastante diferente al típico *libro de los muertos*, tanto en su formato como en su contenido. Esto la intrigó. Estaba segura de que iba por buen camino.

»Después del champán, estaba de buen humor, emocionada por el éxito, y me dijo que organizaría una fiesta ese fin de semana para celebrar. Mientras tanto, estudiaría su tesoro y vería cómo poner en práctica los complicados conjuros que el texto exigía.

»Pregunté, por supuesto, si podía ayudarla de alguna manera. Se rio y me dijo que me asegurara de que la fiesta saliera muy bien, eso sería suficiente. —La muerte nos llega a todos —dijo. Los antiguos egipcios se reconfortaban en sus rituales, y ella también. No había nada que yo pudiera hacer.

»La fiesta de ese fin de semana fue una delicia. Llegaron varias celebridades, entre ellas uno de los invitados que estamos esperando: Malcolm Ault. Era mucho más joven entonces, por supuesto. El señor y la señora Dodge estaban en Capri y no pudieron asistir.

»Dos días después, Alice estaba muerta.

»La bandeja del desayuno estaba junto a su puerta, puesta allí por una de las sirvientas, como de costumbre. Como no hubo respuesta, me llamaron. Tengo las llaves de todas las cerraduras y entré en su habitación, luego de golpear la puerta repetidamente. Estaba oscuro y la quietud era total. Ella se hallaba en la cama, vestida con un pijama de satén blanco. Sobre su vientre había un manuscrito. La llamé, pero en mi corazón supe que había fallecido. Le revisé el pulso y no encontré latido alguno. Aunque estaba muy alterado, me senté en una de las sillas del dormitorio y miré la escena.

»Tenía que determinar por mí mismo si su muerte era el resultado de causas naturales o de algo más siniestro. Su cara estaba tranquila y serena, y la piel fría. No había signos visibles de trauma o agitación. Llevaba muerta varias horas. Parecía que se hubiese acostado y luego fallecido. Revisé las ventanas detrás de las cortinas, estaban cerradas por dentro. Examiné cuidadosamente el suelo a su alrededor. Nada estaba fuera de lugar; todo, desde sus cepillos para el pelo hasta la pasta de dientes en el baño, todo se encontraba en orden.

»No me quedó otra alternativa que examinar su cuerpo.

»La desnudé y la revisé cuidadosamente. Me avergonzaba esa medida, pero no tenía otra opción. Tenía que saberlo. Puedo sacar fuerzas para hacer lo que sea necesario, independientemente de las circunstancias. Su cuerpo no estaba marcado. No había huellas de punzadas ni moretones, aparte de la acumulación de sangre en su espalda: nada que indicara que había sido asesinada.

»Me senté de nuevo y miré la escena una vez más. No pude encontrar nada inapropiado. No habíamos llamado todavía a la Policía; pronto ellos se harían cargo. Los tabloides disfrutarían a sus anchas. Lo único fuera de lugar era la maleta, que llevé al depósito. Dejé el pergamino en la cama, ya que las mucamas lo vieron cuando abrí la puerta. Hice todo cuanto pude para proteger su reputación.

»Cuando terminé, me disculpé ante su cuerpo inerte por haberle fallado. Merecía una vida buena y feliz. Sentí que se la habían llevado prematuramente. Mi deber era protegerla y no lo hice. Recordé sus palabras: «Él viene, Stanley». Tal vez *él*, quienquiera que fuese, había ganado después de todo; solo que no tenía ni idea de si fue así. En mi corazón, solamente sentía pena.

»Mis ojos se llenaron de lágrimas. Era tan hermosa... Pero no había tiempo.

»Me recompuse, cerré la habitación y fui a mi oficina. Llamé por teléfono al bufete de abogados que manejaba algunos de sus fideicomisos, a los bancos que negociaban los otros, al señor

Dodge, que estaba en Europa y, por último, a la Policía. Sabía que la casa se convertiría en un circo y yo en el maestro de ceremonias. Tenía que ponerme al frente.

»La Policía llegó y se hizo cargo. No había indicios de crimen, pero de todas formas se ordenó una autopsia. Después de un tiempo, llegaron los resultados. La causa de la muerte fue insuficiencia cardíaca. Tomaron el *libro de los muertos* y lo reportaron debidamente, lo que puso a la prensa en un frenesí de especulación, pero, finalmente, regresaron el pergamino. Lo guardé bajo llave.

»El señor Dodge tomó posesión de la casa, como era su derecho. Una vez que la conmoción alcanzó un nivel tolerable, me senté con él y le conté cómo la encontré. Me pidió que tomara todas las vías que me parecieran convenientes para investigar su muerte, pero, dado que las autoridades determinaron que ocurrió por causas naturales, deberíamos, al menos en apariencia, estar de acuerdo con ellos. Me ordenó mantenerlo informado.

»El tiempo pasó. La prensa encontró otras presas que perseguir. Su señoría dejó de ser noticia de primera plana y la casa se asentó en su rutina habitual, pero con un nuevo dueño. Las cosas se mantuvieron como estaban.

»Todo parece indicar que llegamos al final de la historia y, por lo tanto, de nuestra velada juntos; pero la vida a menudo toma giros extraños e impredecibles. Contrariamente a lo que podría esperarse, la historia continúa, pero para esa parte de mi narración, tendrán que esperar. Debo tomar un breve descanso.

15

Después de que Stanley salió de la sala, Johnny me miró y comentó:

—Debo decir que esto fue una revelación. No tenía ni idea de que mi tía había llegado tan lejos. Sabía que era excéntrica, pero esto supera mi imaginación.

—En efecto, era insuperable.

—Es cierto. Agradezco que Stanley nos haya contado. Aún así, nos perdimos una cantidad extraordinaria de drama, lo que es muy malo. Me habría encantado. ¿Te imaginas si hubiésemos sabido todo esto en su momento?

—¿Qué podríamos haber hecho? Fue una medida sensata de tus padres, teniendo en cuenta nuestras edades, ¿no crees?

—Sí, pero he debido recibir la primicia mucho antes de esta noche. Contar con unos pocos indicios durante tantos años, a pesar de que Stanley tuvo la historia todo el tiempo, es exasperante. Debería haberle preguntado, pero, en realidad, no tuve el valor. Siempre fue muy imponente y reservado. Rara vez lo había visto sonreír, hasta hoy, y mucho menos mostrar alguna emoción. Pensaba que lo conocía, pero en realidad, no. En realidad, nada en absoluto.

—Entonces, ¿por qué ahora?

—Simple. Porque preguntamos.

—Tú y William de Occam habrían sido buenos amigos, pero de todas maneras tengo mis reservas. Todo esto es inconsistente con su carácter y no sé por qué. Creo que Stanley es sincero respecto a Alice, pero siento que hay un motivo oculto.

—Todavía no confías en él, ¿verdad?

—¿Completamente? No. Logró meternos en un acuerdo para hacer quién sabe qué, sin especificar las consecuencias si no cumplimos. Simple y sencillamente fuimos engañados, eso no me hace muy feliz.

—Bueno, pero no te enojes por esa tontería. No solo encontramos la veta principal de información, sino que creo que todavía falta. Además, ¿de qué otra forma lo averiguaríamos? ¿Deberíamos haber esperado que alguien nos sentara y nos lo dijera? No lo creo. Eso nunca iba a suceder.

—Tienes razón, por supuesto.

—Y hay algo más: él dijo que la historia continúa. ¿Qué significa eso? Durante nuestra infancia escuchamos algunos rumores sobre fantasmas, pero no recientemente. ¿Recuerdas a esa institutriz, la señora Ballway, que se molestó tanto? Le decía a cualquiera que quisiera escucharla que una noche vio al fantasma de Alice. Al final enloqueció y se negó a volver a Rhinebeck.

—Es cierto, la famosa señora Ballway... Hubo mucha conmoción por eso. Todo el mundo quedó mudo cuando la mandaron a empacar sus cosas. A menudo me preguntaba dónde conseguía tu madre algunas de esas institutrices. Quiero decir, los perfiles psicológicos de la mayoría de ellas habrían merecido un escrutinio serio y una supervisión profesional.

—Sí, eran muy extrañas, y mamá suspiraba cuando se iban y exclamaba: «¡Pero tenía tan buenas referencias!».

Stanley volvió a entrar en silencio y se sentó de nuevo.

—¿Cómo están? ¿Bien?

Los dos respondimos afirmativamente.

—La noche es joven aún... Bueno, no realmente, pero tendremos que ignorar el tiempo por ahora. Deberíamos terminar antes de que se haga muy tarde. Entonces, ¿dónde estábamos?

—Dijiste que la historia continuaba —contestó Johnny.

El ojo de la luna

—Sí, así es. Antes de terminar, voy a relatar un incidente que involucró a un invitado londinense, productor de teatro y guionista. Les daré mi apreciación cuando termine. Lo que sucedió me ha preocupado durante algún tiempo y sería un buen punto para terminar. Todavía les queda mucho diario para revisar, pero probablemente no esta noche. ¿Continúo?

Ambos asentimos.

—Una mañana, no mucho después de que su señoría falleció, teníamos la casa llena. El desayuno se sirvió a las nueve en punto. Si alguien llegaba tarde, era muy probable que no fuera invitado nuevamente. Así era entonces y lo sigue siendo ahora.

»Esa noche, temprano, un distinguido caballero llamó de la ciudad para hablar con el señor Dodge. Era muy inusual la presencia de esta persona en la ciudad, así que sus padres sintieron que la única opción era invitarlo a pasar el fin de semana con ellos. El problema era que estábamos llenos, excepto por un dormitorio: el de al lado. Sentimos que no podíamos hospedarlo en el cuarto de los sirvientes o en el garaje, así que se convocó una reunión apresurada y decidimos de común acuerdo permitirle dormir en esta ala. Fue una decisión a la que se llegó, no sin cierta inquietud. Nadie había dormido en esa habitación desde la muerte de su señoría. Todo estaba exactamente como lo dejó. Esto se hizo por respeto, en cierto modo, y también porque nadie quería arriesgarse a molestar aquello, lo que fuese, que residía en esta parte de la casa. Siempre hubo una especie de presencia aquí. Todos la hemos sentido.

Johnny y yo expresamos nuestro acuerdo.

—No es algo que se pueda palpar exactamente. A medida que su señoría profundizaba en lo sobrenatural, la casa parecía resonar de una manera extraña, como si lo acogiera. Desde entonces, la presencia no ha disminuido. Por el contrario, continúa como un acorde que se sostiene justo debajo de nuestra conciencia.

»Soy escocés. Soy testarudo y no tolero mucho las tonterías. Tiendo a ser científico. En el caso de su señoría, y en lo que se refiere a esta propiedad, nuestras percepciones y conclusiones mutuas —a las que cada uno ha llegado de manera independiente, ustedes mismos, sus padres y yo, así como aquellos que la conocieron a ella y se han quedado aquí por algún tiempo— resaltan nuestro reconocimiento de una fuerza desconocida pero potente que, aunque no quisiéramos creer en ella, al menos infunde cautela. Llámenla si quieren *superstición*, pero está presente.

»Sus padres y yo decidimos dejar a un lado nuestras reservas imprecisas y permitir que el invitado durmiera en la habitación de su señoría.

»Llegó a la una de la mañana. Los anfitriones y los demás huéspedes ya se habían ido a la cama, así que solo un sirviente y yo le dimos la bienvenida. No quería otra cosa que un brandy, servido junto a su cama. También mencionó que quería leer un rato para relajarse de su viaje. Lo acompañé a su habitación. Comentó que nunca antes había estado en esta parte de la casa. Le contesté que, como era un huésped muy apreciado y buen amigo de los anfitriones, se hizo una excepción a las normas habituales. Me aseguré de que su maleta estuviera desempacada y lo dejé. Le informé que el desayuno se serviría a las nueve y que debía ser puntual.

»En la mañana, toqué el gong, como de costumbre, faltando diez minutos para las nueve. A las nueve, sus padres y todos los demás invitados estaban sentados. No así nuestro visitante nocturno. Su padre me ordenó que lo despertara y lo trajera a desayunar. El huésped conocía nuestros hábitos y debería haber estado presente. Fui al dormitorio y llamé a la puerta. No hubo ninguna respuesta. Cuando entré, gritó. Pregunté si le ocurría algo malo. Parecía desorientado, así que abrí las cortinas para dejar entrar algo de luz. Las mantas estaban tiradas y parecía que había pasado una noche dura. Alterado, respondió que tuvo una pesadilla como ninguna otra. Me disculpé en nombre de su anfitrión. Rápidamente lo tuve presentable.

»Le hice una seña al señor Dodge, indicándole que algo andaba mal y señalé con la cabeza en dirección a su invitado. Su madre, que es más curiosa, preguntó si había dormido bien. El huésped respondió de manera algo enfática que no, y que le gustaría hablar con sus anfitriones en la biblioteca, lo antes posible. Acordaron recibirlo inmediatamente. El señor Dodge preguntó si yo podía estar presente, el invitado aceptó. Los demás continuaron comiendo, mientras que los tres se excusaron. Yo los seguí.

»Sus padres lo llevaron a la biblioteca, donde todos se sentaron y el señor Dodge indagó sobre el problema. El huésped les informó que partiría a la ciudad tan pronto como alguien pudiera llevarlo a la estación del tren. Dijo que lo sentía, pero no quería pasar ni un minuto más en esta casa. Estaba embrujada. No quería regresar a la habitación y me pidió que recogiera sus cosas. No daría explicaciones ni entraría en detalles sobre qué fue lo que le impulsó a tomar esa decisión. Tenía unas últimas palabras para sus anfitriones antes de irse: «Ahora, me retiraré rápidamente. Pero no puedo comprender por qué me dejaron dormir en su cama. ¿En qué estaban pensando? Sobre el garaje habría sido mejor. No quiero tener nada más que ver con este lugar». Diciendo esto, se paró frente a la puerta principal y esperó a que yo le trajera su equipaje, mientras Harry llegaba con el auto.

»Ningún intento de persuadirlo alteraría su decisión. Se fue sin decir una palabra más.

»Su padre y su madre discutieron sobre qué hacer, pero no había alternativa. Estaban extremadamente molestos, por supuesto. Ningún otro huésped se había quejado de su estancia en Rhinebeck. Él fue el primero. Me preguntaron si podía usar mis conexiones para descubrir lo que había ocurrido específicamente y si había alguna forma de reparar el daño. Eso hice.

»El caballero tenía un criado que cuidaba su casa en Londres. Me puse en contacto con él y le pregunté si podía averiguar en detalle qué había sucedido para causar tal ruptura entre nuestros respectivos empleadores. Me escribió una carta, que traeré del depósito.

—¿Has oído hablar de este incidente? —le susurré a Johnny mientras Stanley iba a buscarla.

—Es una novedad para mí. Una vez más, me sorprende el número de sucesos que han tenido lugar en este sitio y que desconozco por completo. Es como si hubiera estado viviendo en una especie de universo paralelo. ¿Dónde he estado todo este tiempo?

—Aquí mismo. Recuerda que la familia solo difunde la información sobre la base de lo que es *necesario* conocer. Deberías saberlo mejor que yo.

—Pero, Percy, yo *soy* de la familia.

—Lo eres, pero una cosa es la familia y otra *la familia*. Nunca fuimos parte del círculo íntimo.

—Supongo que no. Es casi humillante.

Johnny se topó exactamente con la misma sensación que yo tuve durante gran parte de mi vida.

—Sí. Sí lo es —agregué.

Johnny me miró, pero antes de poder comentar algo, Stanley volvió con una carta pegada a varias hojas de papel mecanografiadas.

—Supongo —dijo Stanley— que podría leerles la carta, pero será mejor que lo hagan ustedes mismos, mientras yo regreso algunas de las cosas a la cocina.

Johnny me pasó la carta de presentación y luego cada hoja que iba leyendo.

Stanley:

Gracias por tu correo del 23. Espero que tú y Dagmar estén bien.

Me preguntaste si podía averiguar qué pasó esa noche. Tengo, incluso, mejor información. Sir Henry volvió bastante agitado y me llamó para discutir el asunto. Le dije que acababa de recibir tu correspondencia el día anterior, preguntando sobre los detalles de lo que ocurrió y si había algo que pudiera remediar el hecho. Me dijo que escribiría a los Dodge sin demora para disculparse. Además, que escribió un relato, mientras su memoria estaba fresca, para hacer un registro del incidente y posiblemente usarlo en un proyecto posterior. Me pidió que te enviara su recuerdo de aquella noche en respuesta a tu pregunta. Mira el anexo. Igualmente, me comentó que lamentaba su abrupta partida y quiso que te expresara su gratitud por tu cuidado y servicio, que él apreció enormemente.

Con mis mejores deseos,
George

PD: ¿te están pagando lo suficiente?
PPD: era una broma, pero tal vez no.

Un incidente en la noche

Llegué después de la una de la mañana y me quedé dormido casi inmediatamente después de leer solo una página de un guion que intentaba terminar. Me desperté a las dos y cincuenta. Siempre llevo puesto el reloj de pulsera y advertí la hora. No estaba seguro de qué me había despertado. Me sentí helado hasta los huesos y desorientado, así que me senté. Vi sobre mí una luna gibosa, brillante y cubierta por la bruma, que proyectaba una luz difusa a mi alrededor. Recordé que las cortinas estaban cerradas antes de irme a dormir, así que,

¿cómo podía ver la luna? Sentí una severa sensación de dislocación, ya que poco a poco empecé a darme cuenta de que no estaba bajo las sábanas. De hecho, estaba afuera, sentado, con las piernas extendidas en un prado. Observé frenéticamente, intentando comprender lo que estaba pasando. Había una espesa niebla al nivel del suelo, por lo que mi entorno era nebuloso e indistinto. Estaba asustado, aunque la situación era tan extraña que estaba más bien paralizado por la perplejidad. Mi mente simplemente no podía procesar lo que estaba viendo. Giré mi cabeza. Poco a poco, a pesar de la oscuridad, reconocí el ala de la casa detrás de mí como la de Rhinebeck. Vi débilmente una de las urnas de piedra grandes a un lado. Eso confirmó mi ubicación. También me di cuenta de que me estaba congelando. Mi pijama estaba empapado por la hierba húmeda y la niebla. Cómo llegué allí no lo sé y sigo sin saberlo.

Suelo dormir profundamente. Supongo que tengo sueños, como todos, pero rara vez los recuerdo. No de esta manera. Intenté pararme, pero no pude. Mis piernas no respondían. Quise gritar, pero mi voz era más bien un susurro ronco. Temblaba de frío. No creo que estuviera realmente asustado. Estaba más bien perplejo, lo que probablemente me impidió entrar en pánico.

Comencé a oír un sonido rechinante, como de algo muy pesado que rodaba hacia mí. La niebla oscurecía el lugar, así que no podía decir de dónde venía el ruido o de qué se trataba. Gradualmente, empecé a percibir una caja de color gris oscuro que avanzaba lentamente hacia mí, saliendo de la oscuridad. Vi figuras tenues que sacaban rodillos de la parte posterior y los llevaban al frente. ¿Quién estaba haciendo esto, de dónde venían? Esperé petrificado mientras la caja se acercaba. Todo lo que oía era el sordo rezongar de los rodillos.

El ojo de la luna

No tengo ni idea de cuánto tiempo duró esto, pero estaba fascinado mientras miraba fijamente el acercamiento, hasta que el objeto estuvo directamente frente a mí. El terrible sonido de su movimiento cesó. Podía distinguir claramente la forma de una caja, pero solo durante los breves períodos en los que la luna se destapaba. El objeto era rectangular, tal vez de unos tres metros de largo y un metro y medio de ancho y de profundidad. Había marcas tenues a lo largo de los bordes, pero no las pude distinguir.

No soy propenso a las alucinaciones. Al menos eso creo. Ahora, no estoy tan seguro. La caja, que reconocí como un sarcófago y que me asustó tanto, ¿era para mí?

Pensé entonces en Alice. La había visto varias veces y recordé que murió repentina y misteriosamente. Me alojaron en su habitación y dormí en su cama.

Esto me sacudió tanto que pude pararme, pero eso fue lo más lejos que llegué, porque algo pasaba con la caja.

Varias formas oscuras tomaron la tapa y la quitaron. Las escuchaba sufrir por el esfuerzo. La tapa cayó pesadamente sobre la hierba, junto al sarcófago. Sentí el impacto en mis pies a pesar de que estaban entumecidos. Mi atención se enfocaba en el interior del contenedor. Este mostraba una forma más familiar y un brillo opaco, como si estuviera cubierto de metal. Tenía una curva en la parte superior y la cubierta era del tocado distintivo de los entierros de la realeza egipcia, con toda seguridad, aunque no soy un experto. Las figuras oscuras levantaron también la cubierta y la depositaron con cuidado. Había una forma debajo, ciertamente la de una mujer. Estaba envuelta en gasa, excepto por la cabeza y las manos.

La niebla que me cubría se separó por unos segundos y la luz que había allí se hizo más brillante. Quienquiera que estuviera en el ataúd estaba viva y despierta. Vi sus ojos moverse. Lo hacían de un lado a otro, una y otra vez. Parecía asustada, lo que me hizo inclinarme hacia delante. Se fijó en mí e intentó sentarse. Sus ojos se encontraron con los míos. La luz se encendió y luego se desvaneció mientras la niebla se disipaba y volvía a cerrarse.

En ese breve momento de iluminación, vi que su pelo era negro y que estaba peinado con finas trenzas. Llevaba un simple collar de oro con forma de cuernos rizados de algún animal. Sus labios se movieron. Me acerqué para tratar de escuchar lo que decía, pero ningún sonido salió de su boca. Se agitó cuando se dio cuenta de que no podía oírla. Su cuerpo empezó a revolcarse. Las vendas mantenían los brazos atados. Empecé a tenderle la mano mientras su boca se abría, y ella empezó a gritar algo, pero yo no podía oír nada. Por un momento pensé que me gritaba «¡ayúdame!», pero pudo haber sido mi imaginación. Con un esfuerzo valiente levantó los hombros por encima del borde, pero, detrás de ella, un brazo con un brazalete grande de oro a la altura del antebrazo, con una piedra roja oscura que serpenteaba en el centro, agarró su boca y la empujó hacia abajo. Ella luchó contra la mano, pero no pudo hacer nada. Sus ojos se abrieron de par en par y se agitó frenéticamente. Le volví a extender la mano y, por un segundo, creí tocar el borde, antes de caerme.

En un momento el sarcófago estaba allí y al siguiente no, y yo me encontraba bajo las sábanas. Las cortinas se mantenían cerradas. La mesa entre las ventanas permanecía igual a cuando me fui a dormir. El guion reposaba en mi pecho y, cuando me di vuelta, mi bebida continuaba ahí. Todo seguía exactamente como lo había visto. Ahora me hallaba completamente despierto. Volví a mirar mi reloj y eran las tres y veinte de la mañana. Estaba empapado y seguía congelado. Me senté, feliz de tener de nuevo el control de mis extremidades, y me tomé el resto del brandy. Decidí que necesitaba una ducha caliente y un cambio de ropa. Pensé vagamente que podría estar sufriendo de hipotermia. Me sentí mucho mejor después de ducharme, pero seguía preocupado por lo que experimenté.

En el tocador había una fotografía de Alice, que recogí y examiné de cerca. No podría jurarlo, pero la similitud entre la mujer de mi sueño y la fotografía era sorprendente. Todavía era demasiado pronto para vestirme y sabía que estaba fatigado por los viajes y por mi reciente experiencia. Si tuve pesadillas, buenos sueños o no soñé nada, no importaba, estaba exhausto, de modo que dormí el resto de la noche sin incidentes.

16

Stanley regresó y se sentó mientras yo terminaba de leer. Johnny se volvió hacia él y le dijo:

—Extraordinario. Tengo algunas preguntas. ¿Crees que esto sea cierto?

—No tengo ninguna razón para dudarlo. Aunque es guionista, sir Henry no es de los que simplemente mienten. De eso estoy bastante seguro. Estaría completamente fuera de tono.

—¿Alguna vez volvió a comunicarse sir Henry?

—Lo hizo, y la afrenta fue reparada; sin embargo, nunca volvió aquí. Cuando se ve con sus padres lo hace en el apartamento de la Quinta Avenida o en Londres.

—Por último, ¿fue un mensaje? —preguntó Johnny.

—No conozco la respuesta a esa pregunta. Afortunadamente, no ha pasado nada parecido desde entonces. Cuando recibí este recuento, me alarmé. Sentí que su señoría trataba de comunicar algo desde cualquiera que hubiese sido el lugar oscuro en el que cayó, y eso me preocupaba profundamente. También me alarmaba por otra razón: el brazalete con la piedra de color rojo sangre. Nadie más que su señoría y yo sabíamos de su existencia. Repito, nadie. Que él lo describiera con tal exactitud me obligó a revaluar mis puntos de vista sobre muchas cosas. El hecho es que no puedo explicar su relato ni tampoco descartarlo y, desde entonces, esto me molesta. Permítanme explicarme mejor.

»Todos los humanos queremos dar sentido a sucesos inexplicables. No soy una excepción. Para poner esto en perspectiva, Rhinebeck recibió recientemente una oleada de cuervos. ¿Es eso significativo? Los cuervos son inteligentes e ingeniosos. También se consideran mediadores entre la vida y la muerte. El cuervo era el símbolo de la diosa egipcia Neftis o Nebet het, que significa «señora de la casa». ¿Debemos suponer que esta invasión es un indicio de su señoría, queriendo anunciar su presencia? Creo que esas cosas pueden llegar demasiado lejos, pero los cuervos son reales.

—Stanley, hay algo que me preocupa —señalé.

—¿Y qué es?

—Obviamente, estudiaste muchos de los libros de la colección privada de Alice. Das la impresión de que no crees una sola palabra, pero tus acciones dicen lo contrario. Por ejemplo, hiciste que Johnny y yo juráramos sobre un libro negro, selláramos un trato con un juramento que nunca oí antes y bebiéramos un licor que sabía a sangre. Tal vez puedas ayudarme a entender lo que me parece una contradicción.

—Gracias por su franqueza. —Sonrió entre dientes—. Soy consciente de su escepticismo. En realidad, estoy en un conflicto. Tiendo a no creer, pero he visto cosas a las que resulta difícil dar crédito y para las cuales no tengo ninguna explicación. Estudié y probé muchos de los métodos más oscuros que se detallan en algunos de los libros encontrados en la biblioteca especial, y puedo decir, sin reservas, que solo ocasionalmente encontré resultados que me hayan llevado a reflexionar. Todos parecían tonterías y engaños. Y lo son, hasta que uno se encuentra con una pequeña parte, pero finalmente significativa, que no lo es. El recuento de sir Henry es un ejemplo. Hay otros, pero no ahondaré en ellos.

»En mi opinión, creo que nos han llevado a esperar demasiado de lo que comúnmente se considera magia. Nuestros conceptos se basan en mitos y leyendas que son simples fantasías.

»Las leyes que gobiernan el funcionamiento del universo no pueden cambiarse apelando a alguna deidad, demonio o espíritu; al menos encontré que ese es el caso. La verdadera magia es bastante sorprendente e inesperada.

—¿A qué te refieres? —pregunté.

—Los humanos tenemos un limitado conocimiento sensorial del mundo, pero esta carencia se ve compensada por mentes que crean, complementan y, a menudo, sustituyen su propia información por la de los sentidos. Percibimos el mundo a través de nuestras creencias. Cuando las alteramos, cambiamos, en consecuencia, nuestra forma de verlo. Los magos poderosos tienen la habilidad de modificar, anular o acentuar algunas de nuestras creencias para sus propios propósitos. La intención y la forma son simplemente eso.

—Hipnosis colectiva —dijo Johnny.

—Sí, lo que parece hacer que el tema sea fácil de descartar, pero, como dije, hay una pequeña parte que lo pone todo de cabeza. Puesto en otro contexto, hay santos de santos. Cuando uno se encuentra con lo que es real, existe el reconocimiento de que se está en contacto con una persona que ha llegado a lugares que van más allá de lo normal. Hay una historia de un joven científico de Francia que apenas vio una película sobre varios monjes tibetanos quedó tan impresionado por su presencia espiritual que los visitó y se convirtió en monje. Él reconoció que de alguna manera eran talentosos y tenía que saber más. Yo cuento a su señoría entre esas personas extraordinarias. Son raras —extremadamente raras—, pero, sin embargo, ese tipo de personas existe.

»Un hilo similar sobre lo extraordinario se encuentra en muchos de los textos del depósito de su señoría. Imagínense leyendo un libro con letras y espacios aleatorios, en el que hay galimatías en miles de páginas; pero, de repente, se encuentran frases y párrafos enteros con un perfecto sentido. ¿Coincidencia?

Tal vez, pero eso no lo hace menos perturbador. La verdadera magia es así: inquietante.

»Quisiera hacer una última observación antes de que concluyamos esta conversación. Para mí, la magia tiene que ver enteramente con las conexiones que hacemos. A la vida le importan poco nuestros supuestos logros. ¿Cuántas vidas terminan en su cima o incluso en su punto más bajo? Casi ninguna. Lo más probable es que moriremos cuando seamos viejos y para nada excepcionales. Esa es una visión sombría cuando se aprecia a través de los ojos humanos, pero la vida tiene diferentes estándares y parece valorar nuestras conexiones. Nos conectamos con otros desde el momento de nuestro nacimiento hasta el segundo antes de nuestra muerte. Es algo que vale la pena considerar.

»Solo aquellos con el don de la visión pueden distinguir los patrones generales que forman nuestras conexiones, y ni siquiera ellos pueden verlos siempre con claridad. La magia real vive en las sorpresas que resultan.

»No diré nada más. Para lo demás, quedan por su cuenta.

Se hizo un silencio cuando terminó. Eran muchas cosas para asimilar. Stanley era un hombre de bastante profundidad y complejidad. Eludió hábilmente la pregunta sobre el libro y la bebida, pero yo ya entendía mejor la contradicción. Estaba seguro de que no me daría una respuesta directa. Miré a Johnny para que empezara con sus preguntas.

—Stanley, me gustaría agradecerte por tomarte el tiempo y estar tan dispuesto. Ha sido una noche extraordinaria y reveladora. Mi primera pregunta es: ¿quién es M. Thoreau? Alice le escribió a él o ella en la carta que te mostré.

—No lo sé. Su señoría había comenzado una relación con la que estaba muy contenta antes de morir. Esa es toda la información que tengo.

—¿Alice fue asesinada? —pregunté.

—La información disponible no es concluyente. Si sospechara que lo fue, estaría especulando. Lord Bromley tenía la intención de lograr que ella pagara por lo que le hizo, así que existe un motivo, pero el cómo es difícil de entender. Podría estar más cerca de la verdad decir que, indirectamente, él jugó un papel en su muerte. Es fácil sacar conclusiones y eso es precisamente lo que la prensa hizo.

—Mencionaste la estatuilla —dijo Johnny—. ¿Puedes decirnos algo sobre eso?

—Su señoría describió la pieza como una figura femenina que sostenía una gema en bruto, de un tamaño indefinido y que era bastante importante. Su existencia era conocida entre los pueblos indígenas de la zona y, según su tradición oral, era una fuente de gran poder que había sido utilizada para el mal. Esa fue la razón por la que la enterraron. Que Freddy haya muerto poco después de ser descubierta y que lord Bromley estuviera tan ansioso por poseerla son razones suficientes para pensar que los lugareños sabían algo. Su señoría también me dijo que era muy difícil ingresar la estatuilla a este país, porque no solo las autoridades la confiscarían, sino que ella también podría ser acusada. Los riesgos eran demasiado grandes, así que la envió de otra manera. Ella nunca dijo cómo y la estatuilla nunca fue recibida.

—Supongo que tenemos otras preguntas —continuó Johnny—, pero estoy demasiado cansado para pensar en ellas. De todos modos, me encantaría ver las piezas egipcias: el collar y el brazalete. ¿Podemos?

—Creo que sería apropiado, pero, después de eso, debemos separarnos y dormir un poco.

Johnny y yo estuvimos de acuerdo. Stanley abrió el depósito y desapareció dentro. Robert se levantó, se estiró y luego se sacudió. Se acercó a la puerta y se quedó mirándola.

El ojo de la luna

—Creo que necesita salir —dijo Johnny.

—Yo también lo creo —dijo Percy.

Stanley regresó con una caja negra de terciopelo, sobre la cual había un collar de oro con pequeñas cabezas de carnero y un brazalete de oro con bisagras de varios centímetros de ancho y broches que permitían sujetarlo al antebrazo. En una de las mitades estaba asentada una gran piedra rojiza, casi negra. La gema captó la luz del fuego moribundo cuando Stanley dejó el estuche frente a nosotros. Johnny tomó el collar y lo examinó antes de pasármelo. El carbón bituminoso bañado en oro le daba al collar un peso que me pareció singular: más liviano de lo esperado, aunque no tanto. Como Stanley había observado, parecía muy antiguo o muy reciente. Lo devolví con cuidado al terciopelo. Johnny me pasó entonces el brazalete. Era más pesado que el collar y también estaba hecho de oro. La piedra en el centro se veía roja, y me pareció interesante e inusual su transparencia. Tal vez fuera por lo entrada la noche, pero, al principio, el brazalete parecía bastante sencillo y ordinario. Mi percepción cambió cuando me di cuenta de que tenía que hacer un esfuerzo consciente para regresarlo al terciopelo y quitarle mis ojos de encima. Después, me sentí extrañamente cansado, como si hubiera tomado algo de mí.

Johnny terminó nuestra conversación con Stanley.

—Gracias por tu tiempo y por la información. Fue realmente extraordinario. Creo que eso es todo por ahora. Dejaré que Robert salga para hacer sus necesidades y luego nos iremos a la cama. ¿Necesitas que hagamos algo aquí?

Stanley respondió que no, que él se ocuparía de lo que quedaba. Nos deseó buenas noches. Dijo haber disfrutado de nuestra conversación y nos agradeció la promesa que hicimos. Anunció que el desayuno se serviría a las nueve.

Johnny y yo dejamos salir a Robert Bruce por la puerta principal. Cuando regresó, subimos.

—Tenemos mucho de qué hablar —dijo Johnny mientras nos separábamos en la sala—, pero estoy demasiado cansado para ser coherente. Buenas noches.

Me quité la ropa y me acosté en la cama de la habitación en la que crecí. Aunque nada parecía haber cambiado, todo había cambiado. Mi imagen de Alice como una glamorosa divinidad protectora, que cruzó velozmente a lo largo de mi vida como un cometa ardiente, estaba hecha pedazos. En su lugar, veía a una mujer que, lo mismo que yo, luchó con los rincones oscuros de su mente, pero cuyo final fue trágico y perturbador. No sabía qué lecciones debía aprender, ni cómo podría salvar algo del brillo y la esperanza que su vida me dio en el pasado. Por ahora, sentía la pérdida con mayor intensidad. Puse la alarma a las ocho y concluí que si esta noche era algún indicio de los acontecimientos que vendrían, podría tener que replantearme muchas de mis suposiciones.

17

Desperté con la luz que entraba por la ventana de mi habitación. Me levanté y miré hacia afuera. Apenas había una nube en el cielo y persistían unos leves rastros de niebla; era el principio de un glorioso y hermoso día. Me sentía bien, a pesar de haber dormido solo unas pocas horas. Atravesé la sala de estar para pasar a la ducha, pero Johnny ya estaba allí y Robert se hallaba de pie, con la nariz contra la puerta del baño, esperando que se abriera. Me mantuve en la fila.

A las ocho y cuarenta estábamos vestidos y bajamos las escaleras hasta el salón, a esperar el desayuno. Stanley, vestido inmaculadamente, como siempre, entró, nos saludó y dijo que esperaba que hubiéramos descansado a pesar de lo tarde que se nos había hecho la noche anterior. Respondimos que nos sentíamos bien. Stanley lucía activo y enérgico. No reflejaba ni un asomo de cansancio. Nos recordó que el señor y la señora Dodge, acompañados por los Von Hofmanstal, llegarían a primera hora de la tarde, y Malcolm Ault después, en algún momento de la noche.

Johnny y yo desayunamos tranquilamente y decidimos explorar el terreno con Robert. Esperaba que durante la caminata pudiésemos discutir lo que Johnny realmente pensaba. También quería saber su opinión sobre el relato de Stanley.

Mientras caminábamos, admirando el día, me preguntaba por qué Stanley se tomó tanto tiempo para hablarnos de Alice. No había razón por la que no debiera hacerlo, pero, aparte de una forma de sacarnos una promesa, no podía encontrar ningún motivo concreto para que lo hiciera. La palabra *altruismo* no era la primera que me llegaba a la mente cuando pensaba en Stanley.

Además, habíamos dejado de lado el asunto de los próximos arribos. Pronto tendríamos el encuentro con la dama de los perros y, aunque de menor importancia comparada con la historia de Alice y todo lo demás, necesitábamos algún tipo de plan, aunque fuera tan simple como mantener a Robert Bruce fuera de su vista durante el encuentro inicial, mientras que Johnny determinaba si era la misma de la que hablamos. Después de eso, todo estaba por verse.

Aún así, el día era hermoso y me sentía maravillosamente vivo. La niebla se había disipado por completo y el prado sur se extendía ante nosotros. Robert, sin la correa, jugueteaba dando vueltas, corriendo de un lado a otro mientras Johnny y yo caminábamos rumbo al bosque.

—¿Qué te gustaría abordar primero: la verdadera razón para traerme aquí, la dama del perro o la historia de Stanley? —pregunté.

—Por Dios, sabía que me lo recordarías, pero supongo que debemos hablar de eso. Primero, la más fácil: la dama de los perros.

—Bien, esta es mi sugerencia: mantén a Robert Bruce fuera de su vista, al menos hasta que confirmes si es ella o no.

Johnny refunfuñó.

—Hay tres escenarios: si es ella y te reconoce, no tiene sentido mantenerlo secuestrado. Si es ella y no te reconoce, tendrás que seguir ocultándolo; Robert no se tomará muy bien que lo mantengamos fuera de tu vista por mucho tiempo, pero tendrá que soportarlo. Por último, si ella es alguien completamente diferente, no habrá ningún problema.

Sentí que había explicado todas las opciones sucintamente. Johnny suspiró y miró al cielo, como si buscara orientación.

—Supongo que tendré que aceptar el hecho de que me busquen pareja... pero quizá no. —Johnny se detuvo como si su solicitud

El ojo de la luna

de intervención divina hubiera sido respondida—. ¡Por supuesto! ¿Por qué no se me ocurrió antes? Si ella nos reconoce a Robert y a mí, mucho mejor. Es más, le voy a atar la maldita bufanda al cuello. Será como enarbolar una bandera de batalla y dirigirse directamente al enemigo. ¡Me gusta! No más rodeos y, si nuestro encuentro se desmorona, difícilmente podrán culparme. «No le gusté» será lo que podré decirle a mi madre. ¡Brillante!

Me di cuenta de que Johnny se había agarrado gustosamente a ese salvavidas. Parecía realmente aliviado.

—¿Estás seguro de que eso es prudente?

—Por supuesto que lo es —respondió Johnny emocionado con su decisión—, presiento que es ella. Ya lo verás. Siguiente pregunta.

—Mencionaste que podría haber otra razón para invitarme este fin de semana...

—Ah, sí. Supongo que mencioné algo en ese sentido. No estoy muy seguro, porque no tengo nada concreto para confirmar lo que pienso. Con el sol brillando y un nuevo día ante nosotros, mis temores parecen infundados y sin importancia.

—Dímelo de todos modos.

Caminamos en silencio. Finalmente, habló.

—Te lo plantearé de esta manera: creo que estamos en problemas. Me refiero a Dodge Capital, mis padres, Rhinebeck, todo. El entorno económico cambió y nuestro pequeño rincón del bosque se encuentra bajo presión. Los costos aumentaron. La competencia es feroz. Las cosas ya no son las mismas. Siento que nuestros días están contados. Mis padres lo sienten también y sé que están preocupados. No hablarán de dinero, al menos no de su dinero, y eso me molesta. Necesito un par de ojos frescos para confirmar mis miedos o deshacerme de ellos. Debo saber qué tan mala es la situación.

—¿Crees que es mala y no lo dicen?

—Así es como yo lo veo. —Se detuvo y me miró—. Fuiste todo un analista, Percy. Te equivocaste una vez, pero, en general, nos fue bastante bien juntos.

—Hasta que dejó de pasar.

—Hasta que no pasó más. Pero un error no niega la validez del proceso.

—Los resultados dicen lo contrario.

—Si los resultados fueron tan malos como crees, entonces contéstame esto: ¿por qué me siento a la deriva y sin propósito, y por qué sientes lo mismo? Sabes que tengo razón. Admítelo.

—Tal vez. —Desvié la mirada. Johnny había tocado un punto demasiado personal. No quería pensar en ello.

—He estado perdido desde que nuestra sociedad se fue por el caño, si quieres saberlo —continuó.

Empezamos a caminar de nuevo. Me di cuenta de que él tenía más cosas para decir.

—Mi negocio también ha ido mal. Mi padre no tolerará mucha más incompetencia. Lo dejó muy claro. Estoy muy preocupado, es una situación delicada. Tengo miedo de que mi futuro, junto con todo lo que conozco y amo, desaparezca y no quede nada. —Johnny se estremeció.

—¿Ves? Puedo volverme sombrío incluso en un día tan hermoso como hoy. Es un crimen. Más adelante hablaremos de todo esto con detalle. También pensé que dejaría en el aire la idea de reevaluar nuestras perspectivas juntos. No deseo discutirlo ahora. Solo quiero que lo pienses. ¿Qué sigue en la lista?

Johnny a menudo dejaba lo que más le preocupaba para el final y luego lo decía de improviso, como para restarle importancia. A veces yo hacía lo mismo. Conociéndolo tan bien, sabía que su visión del futuro lo llenaba de temor, pero también que era mucho más duro de lo que revelaba, aunque no lo pensara así. Sobreviviría. Siempre lo haría. Era un Dodge.

—Lo siguiente en la lista son tus pensamientos acerca del relato que hizo Stanley sobre Alice —continué—, pero antes de ir por ese camino, me gustaría decir que no te equivocas, ¿de acuerdo? Como tú, estoy sobreviviendo día a día, pero eso es todo. Tomo las cosas con cuidado y ordenadamente. Es lo mejor que puedo hacer. Lo que sugieres tiene mérito, pero deberíamos dejar todo pendiente para discutirlo después. ¿Te parece?

—De acuerdo.

—Entonces, ¿qué piensas sobre el relato de Stanley?

—Esa es una pregunta difícil. Creo que sigo procesando la información de anoche y estoy seguro de que tú también.

—Así es, pero tenías razón sobre lo que dijiste acerca de Alice antes de la cena. Mi imagen de ella está ahora irremediablemente destrozada. No hay manera de recomponerla como estaba en mi mente, y eso me entristece.

—Yo también pensé en ello y lo reconsideré. ¿Recuerdas aquella vez que nos perdimos en el bosque, en pleno invierno? La nieve empezó a caer tan fuerte que nuestras huellas se borraron y no podíamos ver más que un par de metros delante de nosotros.

—Nuestra aventura ártica.

—Exactamente. Al caer la oscuridad, la casa se volvió un alboroto. A la mañana siguiente, cuando finalmente regresamos, todos nos trataron como si estuviésemos traumatizados, cuando, en realidad, para nosotros ese campamento improvisado fue muy divertido, y así lo dijimos. Eso no resultó muy bien, si lo recuerdas. La verdad es que quienes se traumatizaron fueron nuestros padres, no nosotros. Lo que digo es que no hay que asumir que la tía Alice tuviera una existencia miserable. Tenía un propósito y una razón para vivir. Tú la viste. Disfrutó la vida al máximo. Puedes hacer de ella una tragedia en la medida que quieras, pero ¿recuerdas siquiera alguna vez que hubiese parecido miserable?

—No, no puedo.

—Precisamente. Así que, olvídalo. Deja ya los pensamientos oscuros, Percy. El día está lleno de promesas.

—Bien dicho —contesté pensándolo bien—. Tienes razón, por supuesto. Es estúpido de mi parte. Me hiciste cambiar de opinión.

—Excelente. Ella vivió su vida con gusto, agobiada, pero erguida, y nosotros también deberíamos hacerlo. Iría y regresaría al infierno tras sus pasos. Para marcar el momento, estoy decidido a hacer algo.

—¿Qué cosa?

—Voy a revisar algunos de los libros de la biblioteca secreta, ahora que tenemos el privilegio del préstamo, y veré qué pasa. Estoy de humor para convocar demonios. Sabremos con seguridad si todo esto de la magia es una patraña. ¿Qué te parece?

—Muy valiente. —Moví de un lado a otro la cabeza y tuve que sonreír—. Insensato, por supuesto, pero valiente.

—De cualquier modo, crees que todo es una tontería. Dime la verdad.

—Bueno, sí, pero... —Sabía que a menudo mi punto de vista era demasiado sombrío. Necesitaba meterme en el espíritu de las cosas y la despreocupación de Johnny era contagiosa. Continué—. Tan solo de pensar que por algún remoto milagro tú y yo desencadenáramos una relación con Moloch o Belial en nuestra pequeña reunión familiar, justo en esta casa, lograría crear un poco de drama y emoción. Supongo que siempre podríamos responsabilizar a Stanley, pero nadie nos creerá. Si hubiese una confrontación, apostaría a ciegas por Maw. Para ella, seguramente sería pan comido.

—Estoy de acuerdo contigo. —Johnny se rio—. Pero ¿qué te pasó? ¿El señor escéptico dio paso al señor semiescéptico?

—Yo no diría eso, Johnny, pero el día está lleno de presagios y, como bien sabes, en este lugar todo es posible. Aunque, a decir verdad, me siento mejor y me apetece experimentar un poco, solo

El ojo de la luna

para confirmarlo. En este caso, un resultado negativo es tan bueno como uno positivo.

No sabía lo que realmente pensaba, pero parecía una buena idea en ese momento. Debe de haber sido la falta de sueño, mi humor liviano y la influencia de Johnny. Tiendo a ser un poco imprudente cuando estamos juntos.

—En marcha, entonces. Ahora, ¿dónde está ese perro? —preguntó Johnny, mirando alrededor—. Apuesto a que anda en el bosque. Maldita sea. Tengo una pelota de tenis, pero no va a tener ningún efecto hasta que él no la vea. ¡Robert! ¡Robert Bruce! ¡Vuelve aquí ahora mismo!

Johnny y yo nos dirigimos al bosque. La oscuridad allí era más intensa, debajo de las hojas, y el suelo estaba fangoso por la lluvia del día anterior.

Después de varios minutos de llamar y buscar, vimos a Robert, mojado y cubierto de barro, corriendo a través de algunos arbustos, con una pelota de tenis vieja en la boca. La masticaba con gusto hasta que se acercó a un metro y medio de Johnny, la dejó caer y levantó la vista expectante.

—Maldito perro. ¿Cómo las encuentra? Sé lo que va a hacer. Cuando me acerque, la morderá y huirá. Lo voy a engañar. Tú solo observa.

Johnny sacó su pelota de reserva y se la mostró a Robert, que miró este nuevo tesoro con sus ojos negros y brillantes. Todavía observando atentamente, se acostó en el suelo mojado y empezó a roer la que tenía. Johnny se acercó con la pelota en su mano extendida. Robert se levantó, pero siguió masticando, sin quitar nunca la mirada de la pelota que le ofrecían. Johnny dio unos pasos más, pero más rápido de lo que yo hubiera creído posible, Robert escupió la que tenía en la boca, saltó y le arrancó la pelota de los dedos. Johnny explotó disgustado y Robert, con el robo consumado, dio vuelta y huyó. Podíamos oírlo correr entre la maleza mientras Johnny, gritando como un loco, se zambullía en los arbustos pisándole los talones. Los seguí a regañadientes, pero pronto estaba saltando detrás de Johnny.

Luego de dos horas de negociaciones insoportables, locas y veloces carreras, intentos de bloqueo, amenazas, súplicas y maldiciones, Johnny finalmente capturó a Robert y lo ató de nuevo con su correa.

Mojados, salpicados de barro, exhaustos y roncos de tanto gritar, Johnny y yo nos dirijimos a la casa. Robert, fresco como siempre, se resistía a llevar la correa. Cuando nos acercábamos al frente, Johnny resumió nuestra caminata diciendo:

—Es bueno sacarlo, pero puede ser muy frustrante. Nos llevó a una persecución divertida, pero al final lo atrapé, así que supongo que eso es algo.

Farfullé algo ininteligible.

—No te preocupes. Él y yo vamos a tener una charla.

Estaba demasiado agotado como para hacer cualquier comentario. Cuando pasamos junto al ala de Alice, me recuperé lo suficiente como para preguntarle a Johnny sobre la estatuilla.

—Ah, sí. Yo me preguntaba lo mismo —respondió—. Mantengamos ese tema entre nosotros. No estoy seguro de por qué, pero tengo la sensación de que sería lo mejor por el momento.

Pensé por un instante y dije con voz un poco ronca: —Extrañamente, estoy de acuerdo contigo. Cuanto menos sepan los demás, mejor. Por cierto, necesito una bebida fuerte y luego una siesta, en ese orden, así que sigamos adelante.

—Totalmente de acuerdo.

Estábamos a solo unos metros de la puerta cuando las orejas de Robert se levantaron. Una larga limusina negra giraba a la izquierda para bajar por la calzada que descendía hasta la rotonda, en la parte delantera de la casa.

—Parece que llegan temprano —dijo Johnny—. Maldición.

18

La limusina recorrió suavemente el camino hacia la rotonda, con Raymond, el chofer personal del señor Dodge, al volante. Como en un movimiento sincronizado, la puerta principal de la casa se abrió frente a nosotros y salió Stanley, seguido de Simon y Jane, agrupados para saludar a su patrón y a los invitados. Harry apareció en la esquina para ayudar con el equipaje. Johnny y yo, desarreglados y embarrados, no tuvimos otra opción que darnos la vuelta y formar parte del comité de bienvenida.

El piso de grava crujió al detenerse el auto y Raymond abrió la puerta trasera. El señor Dodge salió, saludó a Stanley y al personal y luego se aproximó hasta donde estábamos Johnny y yo. Miró a Johnny de cerca y le dijo:

—Quizás quieras asearte una vez que te presente a nuestros invitados. Me temo que tendrán que conocerte tal como estás. No hay forma de evitarlo, lamento decirlo, sin que parezcamos groseros.

El señor Dodge me sonrió y estrechó mi mano. Parecía genuinamente complacido. Johnny me entregó la correa y siguió a su padre para conocer al resto del grupo.

La señora Dodge descendió del auto y, después de darle un beso a Johnny, le susurró algo. Probablemente, que podría mejorar su noción del tiempo. Avanzó luego y se detuvo frente a Robert y a mí. Me dio un beso y me dijo que estaba encantada de que hubiera podido venir. No hubo abrazos, lo que me pareció comprensible, dada nuestra apariencia.

Ivan Obolensky

Después de una breve pausa, surgió el barón Von Hofmanstal; era bajo de estatura, ligeramente redondo y muy pálido. Parecía una versión reencarnada de Napoleón. Usaba su pelo negro peinado hacia delante, de la misma manera que el del antiguo emperador, y tenía un rostro que presagiaba problemas con cualquiera que se cruzara en su camino. Como la mayoría de los hombres de sus características, lo que le faltaba en altura lo compensaba con formas sutiles —y a veces no tan sutiles— de intimidación.

Su vestimenta era inmaculada, desde los pequeños y brillantes zapatos de color marrón oscuro, hechos a mano, hasta su traje gris de tres piezas confeccionado a la medida. Parpadeó como un sapo malévolo mientras inspeccionaba la casa y a los sirvientes reunidos, sin ningún cambio de expresión, aparte del gesto de tomar el abrigo de pelo de camello que sostenía y moverlo desdeñosamente sobre sus hombros, como un director de cine italiano, mientras se acercaba para ayudar a bajar a la baronesa. Ella era una mujer rubia, alta, y lucía un conjunto marrón claro de Chanel al que le hacía juego una cartera de cuero de color *beige*. Parecía que podría modelar para *Vogue*, y probablemente lo hizo alguna vez. Parada junto a su esposo hacía que la diferencia de estatura fuera más pronunciada. Con tacones, superaba al barón por varios centímetros.

Acababa de mirar ensimismado esta incongruencia cuando volví a la realidad y vi salir al último miembro del grupo. La palabra *espectacular* se quedaría corta para describirla. Su pelo era negro, como el de su padre, y se posaba sobre sus hombros en ondas sedosas. Llevaba un vestido gris perfectamente ajustado que acentuaba su figura. Sus ojos atraparon mi atención, incluso a varios metros de distancia. Eran tan azules que brillaban como gemas. No era tan alta como su madre ni tan baja como su padre. Nos brindó a todos una sonrisa deslumbrante.

El ojo de la luna

Se acomodaron en fila frente a la familia reunida y esperaron. El señor Dodge llamó a Johnny y lo presentó. Estaba tan concentrado en la escena que olvidé la fuerza de Robert. Tenía agarrada la correa y en un instante se desprendió de mi mano y el perro saltó hacia adelante para llegar hasta donde estaba su amo, justo cuando este estrechaba la mano del barón.

Debo admitir que el barón fue rápido. Tal vez fue su presteza para quitarse del camino lo que hizo que el abrigo se resbalara de sus hombros y cayera al piso, justo cuando Robert llegaba. El barón intentó retirarlo, pero fue demasiado tarde. Robert había plantado su trasero sobre el abrigo y luego se acostó en medio de su sedosa suavidad, mientras miraba con cariño a Johnny. El barón maldijo y tiró del abrigo en vano. En su frustración, le asestó a Robert una patada violenta. Fuera de hacer un ruido sordo, que todos escucharon, no logró absolutamente nada. Su hija salió al rescate. Se adelantó, tomó el comando y dio un fuerte tirón a la correa mientras gritaba: «¡A un lado!». Robert, ya sea porque esta advertencia le recordaba algún entrenamiento de obediencia olvidado hace mucho tiempo o porque apreciaba su tono dominante, cumplió la orden levantándose del abrigo y moviéndose hacia su izquierda. Ella lo entregó rápidamente a Johnny y se acercó a su padre para consolarlo. Conocía a los perros. De eso no cabía duda.

El barón ya había recuperado la prenda sucia y la sostenía distante de su brazo, no solo para ver el daño, sino también para evitar que tuviera el más mínimo contacto con su traje. Stanley se acercó discretamente y tomó el abrigo de las manos temblorosas del barón. Todavía aguantándolo como la muleta de un matador, se dio vuelta y anunció que serviría champán en la sala de estar y que podíamos seguirlo.

Mientras todos empezaron a entrar, oí a Stanley decir al barón que su personal era experto en limpiar cualquier cosa y que el abrigo estaría como nuevo a la mañana siguiente. El barón gruñó con incredulidad y se acercó a la puerta pisando fuerte. Me aparté del camino.

Saludé a Raymond con la mano. No lo había visto en años. Parecía el mismo y, fiel a su manera de ser, simplemente asintió con la cabeza en señal de reconocimiento. Johnny y yo lo conocíamos de toda la vida. Era una pieza permanente, pero intimidante de la casa de los Dodge. Tosco, de carácter hosco, e inmensamente fuerte, parecía un pirata y simplemente toleraba mi existencia y la de Johnny cuando nos llevaba y nos traía de regreso de la escuela. Besaba el suelo que el señor Dodge pisaba. La razón por la que limitaba su veneración solo a él, y lo que este había hecho para ganarse esa lealtad y respeto sin reservas, era una fuente constante de especulación entre nosotros. El señor Dodge simplemente nos ignoraba cuando le preguntábamos, y tratar de averiguarlo por boca de Raymond exigía más coraje del que podíamos reunir. Tenía un rasgo desagradable que era mejor dejar en paz.

Subí a la retaguardia de la procesión y noté que el barón cojeaba un poco. Un punto para Robert. Puede ser que el barón también hubiese pateado una piedra cuando intentó rescatar el abrigo. Johnny se apartó y dejó que sus padres y los invitados encabezaran el grupo. Se ubicó a mi lado.

—Bueno, fue un encuentro memorable —susurró.

Johnny ladeó su cabeza hacia las escaleras. Necesitábamos cambiarnos, así que los dos, con Robert firmemente agarrado, subimos las escaleras hasta nuestras habitaciones. Cuando llegamos, limpiamos y secamos a Robert lo mejor que pudimos y rápidamente tomamos una ducha. Nos cambiamos a un atuendo más presentable de abrigos deportivos, pantalones de franela oscuros y corbatas. Nos reunimos en la sala común para discutir qué hacer a continuación.

El ojo de la luna

—¿Y bien? ¿Es ella? —pregunté.

—¿La dama del perro? Oh, sí. Sin duda alguna.

—¿Te reconoció?

—No dio ningún indicio, pero las payasadas de Robert debieron de haberle dado rápidamente una pista.

—Lo siento. Se me escapó.

—No te preocupes. Me temo que es su naturaleza. Por cierto, tendremos que consultar con Stanley cuando bajemos. Creo que es mejor que el joven Robert no sea parte de nuestra pequeña reunión. Pero si sabe que se está separando de mí, se enojará y empezará a comer cosas.

—¿Como bufandas?

—Mucho peor. Convierte asientos y sofás enteros en astillas. Les tumba las patas a mordiscos. Es un mal hábito y, si se trata de antigüedades, costoso.

—Bueno, espero que Stanley pueda pensar en algo, porque no se me ocurre nada. Cambiando de tema: la dama de los perros. ¿Cuál debería ser nuestro plan?

—Creo que por ahora tendremos que improvisar. Es casi hora de almorzar. ¿Qué piensas del barón?

—Es un completo idiota. Incluso pateó a Robert.

—Así es. ¿Qué hay de la hija?

—¿Qué hay de la hija?

—Ya estás enamorado. Me doy cuenta.

—Tonterías. Totalmente absurdo.

Lo dije con demasiado énfasis, porque Johnny me miró de esa manera suya particular y respondió:

—Por supuesto. Por supuesto. ¿Crees que hace un poco de calor aquí, Percy? ¿O el sonrojo es lo normal en ti?

—No es gracioso, Johnny. No tiene ninguna gracia.

—Siento tu tormento, pero el deber nos llama. ¿Estás listo para conocer a nuestros invitados?

—Supongo que sí.

Me resigné a ser civilizado con el barón, independientemente de mis primeras percepciones. Pero probablemente él tampoco se sentía demasiado impresionado con nosotros. Consideré que estábamos empatados.

Bajamos por las escaleras de atrás hasta la cocina. Stanley se preparaba para llevar unos entremeses de caviar. Johnny preguntó a dónde debería dejar a Robert y Stanley le respondió que en la oficina. Tenía una manta especial debajo de su escritorio y eso lo retendría por un tiempo. Lo llevamos al espacio sugerido y Robert pareció aceptar su destino. Se acurrucó debajo del escritorio y se durmió. Johnny cerró cuidadosamente la puerta y dijo:

—Bueno, eso es algo. Las cosas están mejorando.

Yo no estaba tan seguro, pero debíamos hacerlo. Fuimos a reunirnos con los invitados en lo que esperaba que fueran mejores circunstancias. Al menos nosotros asumíamos nuestro papel.

19

Johnny y yo pasamos a la sala de estar, luego de cruzar la cocina y el comedor. El señor y la señora Dodge y los Von Hofmanstal estaban de pie frente al cuadro de Constable, admirándolo y charlando entre ellos. Al vernos entrar, la señora Dodge anunció:

—Aquí están.

La bienvenida fue cálida, como si el encuentro anterior en la entrada de la casa nunca hubiera tenido lugar. Seguí a Johnny y el señor Dodge me presentó ante el barón como un viejo amigo de la familia. El barón sonrió educadamente, es decir que las comisuras de su boca se movieron hacia arriba durante un segundo al ofrecerme su mano, que yo tomé. Su apretón era espantosamente firme y, si no hubiese movido mi mano lo suficiente contra la suya cuando la estreché —un viejo hábito de la infancia cuando Johnny y yo jugábamos a rendirnos, agarrándonos las manos por los nudillos—, habría sufrido una dolorosa sorpresa. Me miró con sus ojos pálidos y azules, que no revelaban nada, pero yo sabía que lo había hecho deliberadamente. No tenía ni idea de qué razón lo llevaría a practicar semejante maniobra, aparte de afirmarse a sí mismo. Decidí ignorar la hostilidad y entablar una conversación. Cuando nos dimos la mano observé que una cicatriz partía su ceja izquierda. El señor Dodge se volvió hacia la baronesa para responderle algo sobre el Constable y entonces le pregunté al barón, en alemán, si había practicado esgrima en su juventud. Yo había cursado tanto alemán como esgrima en la universidad y luego pasé un año estudiando Economía en la Universidad de Friburgo.

El barón murmuró, también en alemán, que sí la practicaba, y que el sable era su arma preferida, aunque también era diestro con la espada y el florete. Le conté que yo también era hábil con el sable y le dije que me preguntaba si esa era la causa de la cicatriz que tenía sobre su ojo izquierdo. Se inclinó, como una serpiente al ataque, agarró mi brazo con un apretón parecido al de una prensa y me tiró hacia delante y hacia abajo, de manera que su boca quedó a centímetros de mi oreja. Siseó con un veneno incontenido que, aunque la suposición era lógica, estaba equivocado. Las cicatrices de sable eran más largas, profundas y desagradables. Había peleado en varios duelos. Más de uno de sus oponentes había perdido un ojo debido a su habilidad con la espada. Me dijo que yo no tenía ni idea de lo que estaba hablando. Luego me soltó, empujándome el brazo con un desprecio que no se molestó en disimular, en el mismo momento en que el señor Dodge se daba vuelta. Percibiendo un poco de tensión, preguntó:

—¿Sucede algo?

Ante la pregunta, el barón se rio y dijo:

—Simplemente le estaba haciendo un comentario a su joven amigo acerca de las suposiciones. Es demasiado común, ¿no? —dijo mientras miraba hacia el señor Dodge y sonreía amablemente.

El señor Dodge respondió que sí y preguntó cortésmente si le gustaría presentar a su esposa e hija.

El barón apretó la boca como si estuviera decidiendo y luego contestó:

—Hazlo tú.

Me sorprendí con la inesperada hostilidad del barón. Me presentaron a la baronesa y a su hija, pero todo lo que recuerdo fue haber balbuceado, mientras les daba la mano: «Es un placer. Es un placer». Apenas si levanté la mirada. Una vez terminada la presentación, me quedé a un lado, perplejo y descorazonado. Me

El ojo de la luna

sentí como un animal al que habían azotado por razones que no comprendía. Me invadió un sentimiento de humillación, que logró hundirme en mi lugar oscuro, aun cuando parecía estar presente entre los que conversaban a mi alrededor. Obviamente, había puesto el dedo en la llaga al tratar de congraciarme con el barón y me equivoqué por completo mencionando el tema de la cicatriz.

Querer agradar y dar una buena impresión eran hábitos que creía haber dejado atrás, pero, obviamente, no fue así. Analicé el encuentro y concluí que su animosidad iba más allá de mi torpe intento de conversación. El hombre había mostrado su antagonismo incluso antes de que yo abriera la boca. No sabía si estaba dirigido a mí en particular, a la familia Dodge o a la gente en general. Si el objetivo del barón era la familia Dodge, ¿cómo podía considerar casar a su hija con Johnny? ¿Y cómo podía ser yo objeto de tanto desprecio, si hasta ayer no había oído hablar de él? Si odiaba a la gente en general, ¿por qué actuó civilizadamente con los demás? Por mi mente cruzaban suposiciones y escenarios potenciales para explicar este hecho, pero en el fondo me sentía herido e inmensamente ofendido. Mis emociones se hallaban a flor de piel, apenas si podía controlarlas, mientras hervían dentro de mí oscuros sentimientos.

Nunca manejé bien la confrontación física ni la hostilidad abierta. No soy cobarde, pero mi instinto siempre me lleva a huir para después reagruparme. Recuerdo haber sido atacado por la espalda por un chico mayor en la escuela. Su nombre era Peter Lewis. Johnny no estaba cerca. Yo era de contextura pequeña, incluso a los doce años, y el otro era un año mayor que yo. Estábamos solos en la escalera cuando, sin ningún aviso, se dio vuelta, me pegó un puñetazo en la cara y me gritó:

—¿Te crees muy importante con tu chofer y tu dinero? ¡No hay nadie que te proteja! ¿Cómo se siente eso ahora?

Quedé viendo estrellas mientras él salía pisando fuerte. Me eché a llorar. Estuve en mis clases aturdido, sin oír ni ver nada. Estaba seguro de no haberle dado ningún motivo para provocarlo. Fue mi primera experiencia de odio sin alguna explicación racional. En ese momento, me sentí obligado a responder aunque solo fuera para reparar la imagen dañada que tenía de mí mismo. Tramé un plan simple: encontrar a Lewis y atacarlo, sin importar las consecuencias. Lo hallé más tarde, ese mismo día, saliendo del vestuario. Le di vuelta y le dije:

—Me debes una.

Le asesté un puñetazo y se inició una pelea. Rápidamente, algunos profesores nos separaron. Después de eso, ya no tuve tanto miedo, pero el ataque sin provocación previa me dejó consternado. Mucho tiempo después aún me molestaba el incidente y decidí mejorar mis técnicas de defensa. Por insistencia mía, Johnny y yo tomamos clases de artes marciales, esgrima, tiro, boxeo; practicamos de todo. Mi plan había funcionado hasta ahora, cuando una vez más me encontré indefenso e incapaz de responder.

Concluí que en realidad tenía un enemigo. En silencio, le pedí ayuda a Alice.

Mientras me hallaba perdido en mi reflexión, Johnny se acercó a mi lado, sosteniendo dos copas de champán y me dio una.

—Ese barón es un bastardo. Lo vi todo.

Había olvidado lo atento que siempre estaba Johnny, aunque a veces daba la impresión contraria. Gruñí, todavía inmerso en una nube oscura.

—Bebe y sonríe —agregó— o de lo contrario él habrá ganado. Ya llegará nuestra hora, lo verás. Nadie nos ofende en esta casa y sale ileso, te lo aseguro, así que prepárate. Recuerda que tenemos acceso a autoridades superiores.

—Extrañamente —dije— estaba pensando en eso mismo.
—Me bebí la mitad del vaso y me sentí mejor.

—Ese es el espíritu. Además, siempre está Maw, y ella llega mañana.

Me bebí la otra mitad del champán y sonreí ante esa idea. Era la primera vez que veía a Maw con algo menos que miedo. Me asustaba más que el barón, aunque de otra manera.

Cuando terminé mi vaso, Stanley estaba a mi lado y dijo:

—Si pudieran dedicarme un momento después del almuerzo, me gustaría hablar con ustedes —Tomó mi vaso vacío y se retiró discretamente.

Johnny y yo nos miramos. Él se encogió de hombros y yo hice lo mismo. Era casi la hora del almuerzo, que Stanley anunció desde la puerta del comedor. El grupo ingresó. Johnny y yo cerramos la marcha.

20

La larga mesa del comedor estaba dispuesta con un mantel blanco bordado y una fina porcelana del mismo color, con bordes dorados. Los asientos se asignaron con tarjetas pequeñas que indicaban los nombres. El arreglo era más formal que de costumbre, en honor a nuestros invitados. La señora Dodge estaba en el extremo de la mesa más cercano a la entrada de la cocina, mientras que el señor Dodge ocupaba el lado opuesto. El barón y la baronesa estaban sentados en un lado de la mesa —él cerca del señor Dodge—, mientras Johnny y yo nos sentamos enfrente, con la hija en medio. Me situé a la derecha del señor Dodge, mirando al barón.

Stanley y Simon sirvieron el primer plato de salmón ahumado, procedente de Escocia, con pequeñas puntas de tostadas blancas, junto con un Sancerre frío. Estuvo delicioso. El señor Dodge y el barón hablaban sobre algunos negocios en Europa. Yo simplemente miraba hasta que la dama a mi derecha se inclinó y me susurró al oído:

—Estoy embarazada.

No estaba seguro de haberla oído bien, así que me di vuelta y la miré sorprendido. Se rio. Tenía una risa agradable.

—Oh, por cierto, no lo estoy... por si acaso te lo estabas preguntando. Lo dije para llamar tu atención. Me llamo Brunhilde. Mis amigos me llaman Bruni. Parecías estar en otro lugar cuando nos conocimos hace unos minutos, así que no estaba segura de que lo hubieras registrado. ¿O sí?

—No, en realidad no. Estaba distraído. Gracias por esta nueva presentación.

—De nada.

—Soy Percy. Por si te lo perdiste.

—Lo sé.

Miré a Johnny, quien hablaba con la baronesa y con su madre.

—Me alegro de que esté claro ahora —le dije a Bruni—. ¿Sueles acompañar a tus padres en las visitas?

No tenía ni idea de qué decirle, así que eso parecía bastante seguro. De cerca, era inquietantemente hermosa.

Me miró con unos ojos brillantes que parecían divertidos ante mi torpeza.

—Si mi respuesta hubiese sido *sí* y nada más, ¿qué habrías hecho?

—Supongo que habría continuado con: ¿creciste en este país o en Europa?

—Yo habría dicho: en ambos lugares. Pero no lo preguntaste. ¿Qué tal si hago una observación y tú la comentas?

—De acuerdo.

—Noté que no pareces agradarle mucho a mi padre.

—Soy consciente de eso. No creo que a él le guste mucha gente, y mucho menos alguien que es apenas un amigo de la familia.

—¿Ves? Esto es mucho más divertido que una charla intrascendente. Hemos pasado de lo meramente social a lo más relevante. Es mucho mejor, ¿estás de acuerdo?

—Tal vez, pero no respondiste mi pregunta.

—¿Era una pregunta?

—Fue un comentario, pero la pregunta estaba implícita, creo que lo sabes.

—Lo era, pero prefiero la aproximación directa, diciendo lo que quieres saber. Se ahorra tiempo.

Nos interrumpió el siguiente plato, que era un caldo escocés. Puse mi atención en la sopa. Dagmar era una maestra y yo su fiel seguidor. Terminé antes que Bruni e, impulsivamente, me incliné mientras ella levantaba su cuchara y le susurré:

—¿Te casarías conmigo?

Su cuchara cayó con un fuerte estruendo, interrumpiendo las otras conversaciones. Todas las miradas se volvieron hacia ella mientras recogía el cubierto de su sopa y ofrecía disculpas. Las charlas continuaron, pero observé que los ojos del barón parecían demorarse un poco más en los dos antes de regresar con el señor Dodge. Bruni se volvió hacia mí con una expresión que no auguraba nada bueno para nuestra futura felicidad.

Detuve la explosión susurrando nuevamente:

—Dijiste que preferías la aproximación directa, y el matrimonio generalmente precede al embarazo, ¿no?

Continuó mirándome directamente, mientras yo trataba de adivinar posibles respuestas. Finalmente, se rio. Podría llegar a apreciar esa risa. Se acercó y dijo:

—Eres muy malo. Supongo que me lo merecía. ¿Quedamos a mano?

—A mano. Así que, volviendo a mi pregunta implícita: ¿le desagrada a tu padre la mayoría de la gente o solo unos pocos elegidos?

Me volvió a mirar durante un largo rato y me contestó con una sola palabra:

—Ambos.

Se dio vuelta para conversar con Johnny.

La luna de miel había terminado. Y estaba bien. Necesitaba tiempo para pensar. Su presencia estaba apenas a un paso de ser abrumadora y ella lo sabía. Calculé que romper corazones le resultaba más fácil que a la mayoría de la gente sostener una conversación ordinaria. Definitivamente, había obtenido una reacción a la propuesta de matrimonio, aunque no podría decir en este punto lo que significaba. Era extraordinariamente bella,

El ojo de la luna

obviamente inteligente, y un factor desconocido en una multitud de incógnitas. Decidí tener mucho cuidado. Enamorarse de ella sería demasiado fácil y muy peligroso. Ojalá pudiera convencer a mi corazón acelerado.

—¿Encontraste atractiva a mi hija? —El barón interrumpió mis pensamientos.

—Sí, le hace honor a su madre.

—Veo que te recuperaste —Se rio—. Eso es bueno. La resiliencia es siempre un aspecto importante en el comercio. Eras operador de bolsa, ¿no?

Por un momento, parecía que el señor Dodge iba a interrumpir la conversación, pero se detuvo.

—Sí, Johnny y yo nos asociamos hace un tiempo.

—¿Ya no están juntos?

—No, terminamos nuestra sociedad. Ahora hago contabilidad forense en Los Ángeles.

—Demasiadas pérdidas, supongo. Es un negocio difícil.

—Sí, puede ser y, de hecho, lo fue.

—Quizás puedas darme tu tarjeta. Siempre podría usar a otra persona para contar mi dinero —Se rio de su broma, si es que era una.

—No soy propiamente contador o tenedor de libros. Investigo de dónde viene y a dónde va el dinero, sobre todo en lo referente a asuntos legales. Mis clientes son abogados.

—Ya veo. Como un detective de oficina.

—Más bien como un analista. Las personas que desean ocultar el origen de sus fondos o dónde los guardan pueden ser extremadamente sofisticadas y creativas. Descubro lo que han hecho, cómo lo hicieron y cuándo.

Bruni se había inclinado, acercándose un poco más a mí, aunque aún hablaba con Johnny.

—Tienes razón. Los criminales son algunas de las personas más inteligentes que conozco. Buena suerte con eso.

El barón le formuló una pregunta al señor Dodge, mientras que este último me hizo un guiño antes de volver su atención hacia el invitado.

Se sirvió el siguiente plato, una serie de patés con diferentes salsas que fueron un deleite para el paladar. Luego llegó el sorbete.

El barón comió con placer y felicitó al señor Dodge por tener una cocinera tan competente y sofisticada. Parecía divertirse, aunque solo fuera por el hecho de no estar malencarado.

Miré alrededor. El señor Dodge conservaba su habitual aspecto imperturbable, atento y completamente presente. La señora Dodge y la baronesa estaban absortas en conversaciones sobre algún tema que solo a ellas les interesaba, mientras que Johnny parecía oscilar entre un estado de excitación y de reserva, ambos evidentes en su lenguaje corporal, mientras se acercaba y se alejaba intermitentemente de Bruni. A juzgar por la cantidad de vino que había consumido, la batalla era ardua. Sabía cómo se sentía.

Me di vuelta a la izquierda y escuché al señor Dodge y al barón discutir sobre curvas de rendimiento y acerca de la situación económica mundial, mientras que otra parte de mi mente trataba de discernir lo que estaba sucediendo. Sentí que todos, incluido yo mismo, estábamos bajo escrutinio, pero sin ninguna idea del propósito final. Bruni se comportaba con una sofisticación y facilidad que no eran consistentes con una mujer joven en busca de un partido. Estaba dispuesto a apostar que ella ya había sorteado varias ofertas de matrimonio de candidatos muy calificados. No llevaba ningún anillo y tampoco se había quitado uno recientemente. No había una marca reveladora o un cambio de color en su dedo. Me incliné hacia la paranoia. Bebí más vino para cambiar mi estado de ánimo y noté la presencia de Stanley.

Estaba de pie, como una estatua, frente al pasillo de la cocina. Cuando una copa llegaba hasta la mitad, se movía como un fantasma para llenarla de nuevo. Nunca miraba a la concurrencia directamente, sino a un punto lejano.

Alguna vez estudié a las viudas negras, porque me fascinan esas arañas. Con muchas criaturas peligrosas se tiene un sentido especial de su existencia, que hace que uno las perciba antes de que aparezcan. Las viudas negras, sin embargo, son un oscuro agujero mental. Tienen la habilidad de camuflarse por completo. Stanley era igual mientras se encontraba de servicio. Uno nunca notaba su presencia, pero allí estaba, escuchando y observando.

La cena terminó. Las damas pasaron al salón, mientras que los hombres se trasladaron a la biblioteca. Observé que Bruni parecía molesta por esta segregación, pero esa era una regla de la casa y esta vez me complacía mucho que existiera. Johnny también lucía aliviado. Los dos seguimos al barón y al señor Dodge.

—Bueno, ¿qué te parece? —pregunté, incapaz de contenerme.

—Caramba. Conversar con esa joven es como luchar con un tiburón devora-hombres; es más, uno terriblemente atractivo.

—Y me lo dices a mí.

—Definitivamente te acelera el corazón. Recuerdo a aquel adivino que predijo el fin del mundo si llegara a casarme. Es lo único que me salva a mí y a todos los seres vivos de una muerte segura.

—Te gané esta vez. Ya le pedí matrimonio.

—¡No!

—Sí.

—¿Qué te dijo? —Johnny se detuvo.

—Se le cayó la cuchara y, después de una breve luna de miel, terminamos divorciados.

—Debo admitir que te mueves con rapidez. Creo que ese ha sido el romance más veloz del que se tenga noticia.

Llegamos a la puerta de la biblioteca.

—Muy cierto. Pero algo me molesta, solo que no puedo precisarlo con claridad. —Johnny me dio una palmada en el hombro.

—Algo *siempre* te molesta, Percy, pero le doy gracias a Dios por los amigos paranoicos. Estimulan la mente. Tomemos un buen licor, fumemos un agradable puro y exaltemos los placeres de la compañía masculina.

»Después de eso, buscaremos a Stanley para conversar. Tal vez tenga alguna información que pueda ayudar. Pero primero necesitamos refrescarnos, después de nuestro roce con esta Circe personificada. ¿Qué dices?

Con mi consentimiento incondicional, entramos en la biblioteca.

21

El barón y el señor Dodge estaban sentados uno al lado del otro frente a la chimenea. El barón le hablaba en voz baja. Parecía el rey de los duendes, sentado en un trono de cuero, con un cigarro por cetro y una copa de brandy por orbe real. Ambos levantaron la vista cuando entramos, pero el barón apenas si nos advirtió antes de volverse hacia el padre de Johnny para reanudar su conversación.

Johnny y yo nos servimos un coñac, tomamos unos cigarros del bar y nos sentamos en las dos sillas de cuero puestas a cada lado de una mesita. Nos relajamos, disfrutando de los cigarros y de la bebida, hasta que uno de los comentarios del barón quedó flotando en nuestros pensamientos.

—Esta es una hermosa propiedad —dijo en voz baja.

Los ojos del barón se dirigieron a nosotros. Brillaron brevemente antes de que se diera vuelta.

—Lo es —respondió el señor Dodge—, supongo que ahora eres un coleccionista importante... entre otras cosas.

—Entre otras cosas, como bien lo has dicho, pero solo soy un jugador menor. Como sabes, mis negocios me mantienen ocupado, sin embargo, he adquirido algunas piezas exquisitas.

Habría apostado a que en gran medida se estaba subestimando. Miré a Johnny, quien escrutaba el espacio. Estaba escuchando. El barón se detuvo, miró la punta de su cigarro y dijo: —Estaría más interesado en ver alguna cosa que estuvieras dispuesto a mostrarme. Por supuesto, todo se mantendría en la más estricta confidencialidad. Es un asunto delicado y no quisiera hacer suposiciones.

El señor Dodge guardó silencio. El barón miró alrededor de la sala antes de preguntar:

—¿Nos unimos a las damas?

El señor Dodge estuvo de acuerdo, pero dejó en el aire si su respuesta se refería a la petición de ver la colección de Alice o simplemente a reunirse con las mujeres.

Cerré la marcha mientras regresábamos al salón. El señor Dodge sostuvo la puerta para que pasaran el barón y Johnny, pero, antes de que yo pudiera entrar, dijo:

—Acompáñame.

Cerró la puerta y salimos al frente de la casa. El aire estaba fresco y corría una suave brisa. Habían aparecido algunas nubes durante el almuerzo y el sol jugaba a esconderse detrás de ellas, alternando brillo y sombra sobre nosotros. Nos detuvimos un momento y luego empezamos a subir por el camino de la entrada.

El señor Dodge habló después de que nos alejamos de la casa.

—Es bueno verte. ¿Cómo has estado?

—Muy bien, señor.

—Me complace oírlo. Me alegra que tú y Johnny sean amigos de nuevo.

—Sí, yo también me alegro. Es como en los viejos tiempos.

Seguimos caminando tranquilamente. El señor Dodge interrumpió el silencio.

—Los amigos son importantes. Al final, representan todo. Pero no te traje aquí para darte lecciones sobre el valor de la amistad, sino para que sepas algo que podría explicar algunas cosas. ¿Tus padres te contaron alguna vez la historia de su matrimonio?

—Solo que se conocieron en Europa y se enamoraron. Finalmente, se casaron y volvieron a Estados Unidos, donde yo nací.

—Eso es cierto, pero, como en muchas historias simples, hay más que eso. Lo que quiero decirte es muy importante, ya lo sabrás. Tu madre y mi esposa crecieron juntas. Fueron al mismo internado en Lausanne. A menudo viajaban por Austria, Baviera e Italia sin una chaperona, algo inusual en aquellos días. Conocí a Anne durante una de sus vacaciones y le propuse matrimonio poco después. Ella me impactó entonces y lo hace hasta el día de hoy. Creo que somos una de las pocas parejas genuinamente felices. Todos los días, agradezco al cielo porque llegó a mi vida.

Se detuvo un momento y continuó.

—Durante uno de sus viajes, y antes de que yo las conociera, fueron presentadas a un joven aristócrata austríaco llamado Hugo. Le gustó Anne, pero tu madre lo enamoró por completo. La cortejó y tuvo éxito, hasta el punto de que se comprometieron.

—Hugo von Hofmanstal, supongo.

—El mismo.

—De manera que sí tenemos una historia.

—Así es, y toda una historia, como verás. No es el más halagador de los relatos, pero es necesario que lo sepas, aunque tenga un lado oscuro. Tus padres son unos de nuestros mejores amigos. Después de todo, esa amistad te permitió ser parte de nuestras vidas y estamos verdaderamente agradecidos por ello.

Se detuvo y me miró.

—Y yo también lo estoy. Realmente.

Continuamos en silencio durante un momento, antes de que él añadiera:

—Hugo era un hombre serio, incluso entonces. Era pequeño, pero combativo. Se forjó una reputación formidable como luchador y duelista. En ese momento, el duelo era una práctica ilegal, pero aceptada en su cultura y en su nivel social.

»Tus padres se conocieron después de que tu madre ya estaba comprometida con Hugo. No sé exactamente cómo sucedió. Anne contó que Mary necesitaba ayuda con su equipaje. Le pidió una mano a tu padre y él se mostró encantado de ayudar. Las dos jóvenes viajaban de Suiza a Austria para visitar por tercera vez a la familia de Hugo. Entre tus padres, fue amor a primera vista. Actuaron según sus sentimientos. Cuando llegaron al castillo de Hugo ya estaban comprometidos y no hubo marcha atrás. Para complicar más el asunto, ambos habían decidido que Mary debía romper el compromiso con Hugo lo antes posible, anunciando lo que pasó entre ellos. Esto, determinaron, ocurriría durante esa visita. Para asegurarse de no cometer ningún error, ella haría el anuncio delante de testigos. Mientras tanto, tu padre esperaría el resultado en un hotel de un pueblo cercano.

»El amor puede ser muy grande, pero para muchos es una emoción difícil de manejar. Es fácil dejar de lado la precaución, creyendo que el amor, si es verdadero, lo conquistará todo. Conocí a tu padre en la escuela. Thomas y yo éramos buenos amigos. Para él resultaba fácil minimizar las consecuencias de sus acciones. Esta faceta de su personalidad nos traía constantes dificultades. No estuve allí para aconsejarlo, porque estaba de visita en París, con mi padre. Les habría sugerido a ambos que manejaran el asunto de una manera completamente diferente. Ellos optaron por el método audaz.

»Tu padre esperó en el hotel dos días, mientras los acontecimientos tomaban su curso en el castillo. Estaba un poco perdido y me llamó la mañana del primer día. Tenía que contarle a alguien sobre su alegría y, al mismo tiempo, su agonía al verse separado de Mary. Cuando finalmente conseguí sacarle la historia, le expliqué a mi padre lo que estaba sucediendo y él llegó a la conclusión acertada de que lo mejor era llegar allí rápidamente, antes de que los acontecimientos se salieran por completo de control.

»Viajé tan rápido como pude y llegué al hotel al final del segundo día. Apenas nos habíamos saludado cuando la puerta del hotel se abrió de par en par y Hugo, acompañado de dos amigos, irrumpió en el vestíbulo. Se acercó a tu padre, completamente conmocionado, pero las reglas de etiqueta le prohibían acudir a la violencia física en ese momento y en aquel lugar. Exigió una satisfacción. Había sido agraviado en su propia casa, delante de su padre, sus amigos, sus invitados.

»Hugo me dijo más tarde que había tenido que argumentar con el viejo barón el caso de un duelo, antes de poder continuar. En su alegato, él declaró claramente que, incluso si el hombre que lo había perjudicado era un estadounidense y, por tanto, ignorante de los estándares de conducta esperados en ese nivel de la sociedad, debía responsabilizarse por sus acciones. Estaba en su país y en su territorio. Mary no tenía la culpa. Después de muchas discusiones, el viejo barón accedió, siempre que se llevara a cabo de forma adecuada.

»Hugo se sorprendió cuando me vio. No tenía ni idea de que yo estaba involucrado. —John, ¿eres tú de verdad? —me preguntó. —Hugo, soy yo —le respondí. Hugo controló sus emociones y, brevemente, explicó los acontecimientos que precedieron a esa reunión. Me preguntó si iba a actuar como segundo. Retrasé mi respuesta. Le dije a tu padre que fuera a su habitación, que no hiciera ni dijera nada mientras yo hablaba con Hugo, y que no me esperara hasta más tarde.

»Me fui al castillo. Hugo y yo nos conocíamos desde la infancia. Nuestras familias eran muy unidas, y mi padre respetaba inmensamente al viejo barón. En París, cuando le expliqué lo que había pasado, mi padre se molestó mucho y me pidió que tratara urgentemente de resolver la situación antes de que llegara a este nivel. Me autorizó a hacer lo que yo considerara necesario, pero con una restricción: si había un duelo, lo que consideraba muy probable, dada la magnitud de la ofensa a los ojos de Hugo, yo no actuaría como el segundo de tu padre. Los lazos entre nuestras familias eran tales que, si me obligaban a participar, la relación con los Von Hofmanstal se perdería, de una forma u otra. Sin importar quién ganara o perdiera, y si me veía obligado a participar, correría sangre. Mirando hacia atrás, fue un consejo sabio. No obstante, me encontraba en una situación insostenible.

»Cuando llegamos al castillo, me recibió el viejo barón, quien nos invitó a los dos a su estudio. Estaba tan sorprendido de verme como Hugo. Hablamos. Le dije que yo era amigo de tu padre, pero que mi familia me había ordenado que no fuera su segundo. Defendí la idea de guardar la calma. Tu padre no tenía amigos a quienes llamar. Además, nunca había practicado la esgrima, por lo que un duelo con espadas estaba fuera de cualquier discusión. Por último, debía de haber alguna forma de obtener satisfacción distinta a la de un duelo, que era ilegal.

»Esperaba que estos argumentos pusieran fin a las intenciones de un duelo, pero por sus actitudes supe que no habría marcha atrás y que ninguna disculpa sería aceptada, sin importar cómo se ofreciera. El compromiso de Hugo y Mary se había anunciado públicamente. La forma en la que tu madre lo había anulado no dejaba ninguna duda en cuanto a la naturaleza de la relación y la razón por la que lo había hecho. Además, esto tuvo lugar frente a los amigos e invitados de Hugo, en su propia casa. Lo mejor que yo podía hacer era negociar una confrontación más equilibrada. Los términos acordados eran que Anne y Mary permanecerían en sus habitaciones en el castillo hasta que terminara el duelo. En segundo lugar, tendrían que utilizarse pistolas, y no de cualquier tipo, sino aquellas apropiadas para un duelo, de pólvora negra. No había forma de que yo aprobara las Walther .380 semiautomáticas o armas modernas similares. La probabilidad de muerte de uno, o de ambos, era casi segura. Esto fue lo que se acordó. El viejo barón sugirió que una parte desinteresada tendría que hacer de segundo. Un hombre profesional, un médico que vivía cerca, cumpliría con el papel. Además, era un armero y coleccionista amateur que poseía un espléndido conjunto de pistolas de percusión para duelo Gastinne-Renette. El propio barón hizo la llamada y confirmó el acuerdo.

»Apesadumbrado, regresé al hotel. El duelo se había fijado para las siete de la mañana en una zona verde debajo de las murallas del castillo. Alguno de los dos seguramente moriría, pero no había nada que hacer. Cuando llegué, le expliqué a tu padre la situación. Estaba horrorizado. No tenía ni idea de lo que había desatado. Se estremeció. Lloró. Dijo que huiría, pero le expliqué las consecuencias de hacerlo. Había que considerar la vergüenza potencial de Mary, lo mismo que las repercusiones que su huida tendría en su propia familia. Al final, Thomas decidió continuar. Juró que su amor por Mary le daría la fuerza para salir adelante. Lo dejé en el bar mientras subía a la cama para tratar de dormir.

»Esa mañana, un auto llegó por nosotros al hotel, con el doctor a bordo. El médico protestó por la estupidez del asunto, pero había aceptado sumarse porque su presencia tal vez podría ayudar a salvar vidas. Las partes se reunieron, según lo acordado. No había marcha atrás. No se ofreció ninguna disculpa y no fue posible una conciliación. Cada uno de los segundos cargó una pistola, y estas se asignaron lanzando una moneda. Le expliqué a tu padre que para disparar la pistola tenía que hacerle un doble montaje. Cuando el martillo se soltaba por acción del gatillo, golpeaba una tapa de percusión que explotaba, encendiendo el recubrimiento del casquillo, que, a su vez, hacía estallar la pólvora en la cámara, descargando así la pistola. Había un desfase entre ambos eventos y, si tenía una oportunidad, debería mantener el arma estable durante varios segundos una vez apretara el gatillo. Disparar deliberadamente al suelo o al aire daba lugar a una repetición. Ambos dispararían simultáneamente una vez que se diera la señal. El viejo barón me había elegido para darla, dejando caer mi brazo levantado una vez que los dos estuvieran en posición, mientras él observaba desde el terraplén de arriba.

»Cuando bajé el brazo, los dos dispararon, pero la pistola de Hugo explotó, de tal forma que una pieza voló y lo golpeó por encima del ojo izquierdo, mientras que la bala se fue quién sabe a dónde.

—¡La cicatriz! —exclamé.

—Exacto. Por fortuna, el doctor estaba allí. Hugo estaba inconsciente. Al principio pensamos que le habían disparado, pero el médico confirmó que recibió la herida de los fragmentos de la pistola y que su vida no corría peligro. Se derramó sangre y el honor quedó satisfecho. Los dos hombres resultaron absueltos de sus cargos.

»Después de asegurarnos de que Hugo se recuperaría y de expresar mis excusas al barón, quien me aseguró que no tenía ninguna culpa, las jóvenes, tu padre y yo fuimos conducidos al hotel, donde disfrutamos de un animado desayuno. Me sentía profundamente aliviado de que el resultado no hubiera sido fatal para ninguna de las partes. Anne y yo nos emborrachamos, y nuestra relación empezó en ese mismo hotel. Mary también estaba de buen humor, pero tu padre se mostraba más reservado y hasta un poco pensativo.

»No fue hasta que estuvimos de vuelta en Estados Unidos que pude conocer la causa de su agitación mental. Me dijo que la noche anterior al duelo, el médico visitó el bar del hotel. Necesitaba un trago y no quería beber solo. Empezaron a hablar y descubrieron su dilema mutuo. El doctor detestaba la idea de ser parte de un duelo. Iba contra la ley. Pero debido a que el barón se lo había pedido, y porque sus ingresos dependían de estar en buenos términos con él, la petición fue interpretada como una orden. Mucho después de la hora de cierre, compartiendo una botella de licor local, cavilaban y se compadecían de sus respectivas situaciones. Inventaron entonces un plan. Consideraban que la probabilidad de sobrevivir sin lesiones sería, en el mejor de los casos, de un treinta por ciento y, con más seguridad, apenas la mitad de eso, dada la pericia de Hugo con todo tipo de armas. Pero había una manera de equilibrar la situación. Si se alteraba una de las pistolas, de manera que el disparo fallara, o incluso que el arma explotara, la posibilidad de sobrevivir ileso mejoraría del dieciséis al cincuenta por ciento. El resultado dependería de aquel que recibiera la pistola alterada. En lugar de tratar de asegurarse de que tu padre tuviera la correcta, decidieron dejarlo al azar. Habían alterado el destino tanto como su atrevimiento se los permitió. El doctor se fue a hacer los arreglos.

—Así que él hizo trampa —concluí.

—En un sentido absoluto, lo hizo, pero yo me inclino por una opinión más indulgente. Se enfrentaba a un hombre que, en comparación, era un asesino profesional. Quién sería el ganador era algo que se sabía de antemano. No cambió el juego hasta el punto de ganar directamente o de matar a Hugo. Preparó el duelo para que cada uno tuviera la misma oportunidad. Si tu padre hubiese recibido la pistola explosiva, seguramente habría muerto, porque Hugo era un tirador experto. Después de contármelo, me explicó que lo embargaba una inmensa vergüenza por lo que había hecho. Se sentía como un tramposo y un mentiroso. Su visión de sí mismo estaba irrevocablemente destruida. Es más, creía que ni siquiera merecía casarse con Mary, la mujer por la que había luchado. Después de tratar de consolarlo y de ver que no dejaba de incriminarse, fui al estudio de mi padre y saqué un revólver. Solo estábamos nosotros en la casa. Cargué cinco de las seis cámaras y puse el arma con fuerza sobre el escritorio frente a él. Thomas dejó de gemir. Tenía su atención. Hice que examinara la pistola y le pedí que me dijera lo que veía. Me dijo que una cámara estaba vacía. Le ordené que cerrara el tambor y lo girara.

Lo hizo. Disparé hacia la estantería de libros. El sonido fue atronador. Estuvimos sordos durante una hora. De hecho, tuve que sacar bolígrafo y papel para escribir: *Esas eran las probabilidades a las que te enfrentabas y eso es lo que te habría pasado. ¿Cómo te atreves a desperdiciar una oportunidad tan extraordinaria como esta para llevar una mejor vida, cuando los dioses decidieron a tu favor?* La prueba lo sacó inmediatamente de su marasmo. Después de que pudimos oír de nuevo, abrimos el mejor champán y celebramos el resto de la noche. Nunca miró hacia atrás. Pocos hombres pueden hacerlo. Él fue uno de ellos.

—Nunca supe nada de esto. ¡Dios santo! Veo lo que quería decir, por supuesto, y tenía razón. Puedo ser un poco prejuicioso, sobre todo cuando se trata de mi padre. Era una solución muy buena, dadas las circunstancias. Sobrevivió y nadie murió. Es increíble que esa práctica existiera entonces.

—Todavía existe.

—Tengo la sensación de que hay más...

Volvimos hacia a la casa.

—Sí. Hay más. Hugo, ahora barón Von Hofmanstal, sospecha que el duelo no fue del todo justo. No tengo ni idea de lo que lo hace sospechar y tampoco voy a preguntarle.

—Y menos lo haré yo —dije—. Fue excepcionalmente frío cuando nos conocimos. Supongo que esta debe de ser la razón.

—Estoy seguro de ello. Creo que se sorprendió bastante al verte. Hugo y yo hemos disfrutado de una amistad que supera el medio siglo. Tiene muchas cualidades sobresalientes, pero me temo que solo viste lo peor. Puede ser vengativo y una verdadera molestia, pero ¿no podemos llegar a serla todos?

—¿Cómo sugiere que maneje esto?

—Con gracia. Me temo que los pecados del padre los cargan sus hijos, y siento que así sea. Dudo de que corras algún riesgo, pero acercarte a él será una batalla ardua. Cortejar a su hija también puede ser difícil.

Me volvió a mirar.

—Creo que ese barco ya zarpó. Es encantadora, excesivamente encantadora, pero demasiado perturbadora para mi mente.

—Por si sirve de algo, al principio encontré que Anne era igual.

—Vaya.

El señor Dodge se rio y me palmoteó en la espalda, igual que lo hacía Johnny. Habíamos llegado a la puerta principal.

—Señor Dodge...

—Nos conocemos desde hace mucho tiempo. Puedes tutearme, llámame John. Anne y yo estamos muy orgullosos de ustedes dos.

Entramos por la puerta y me preguntaba si había visto el último reporte de negocios de Johnny, pero, conociéndolo, seguramente lo sabía todo desde hacía días.

22

El señor Dodge y yo entramos al salón. El barón y Johnny estaban junto a las puertas francesas que daban al césped, mientras que las damas se hallaban reunidas en el sofá, al otro lado de la habitación. La baronesa y la señora Dodge se levantaron cuando entramos. La señora Dodge le pidió a su esposo que contara una historia sobre un amigo mutuo de Italia.

Caminé para sentarme con Bruni. Ella no se movió, pero me miró mientras me acercaba. Noté la hendidura en la base de su cuello y la piel clara debajo, que desaparecía bajo el frente de su vestido gris. Se hallaba relajada en el sofá, con sus largas piernas cruzadas y un brazo estirado sobre el espaldar. En su muñeca izquierda llevaba un brazalete de oro con grandes eslabones rectangulares. Me senté.

—¿Conferencia secreta? —preguntó.

—Asuntos de familia.

—Eso cubre un área amplia. ¿Incluía también a mi familia?

—Puede que el tema haya surgido.

—Apuesto a que sí. Nuestra familia conoce a los Dodge desde hace mucho tiempo. Somos uña y carne.

—Durante generaciones, si no me equivoco.

—Tenemos una historia entrelazada y una larga memoria. Enciéndeme un cigarrillo.

Abrí una cigarrera de plata que estaba en la mesa del lado y saqué uno. Estaban frescos, probablemente puestos allí en la mañana. Prendí uno para ella con un encendedor con forma de pájaro plateado, que estaba junto a la caja. Le pasé el cigarrillo, pero no antes de darle una calada. Estaba un poco nervioso. Al

El ojo de la luna

quitarme el cigarrillo, nuestras manos se tocaron. Sentí una corriente eléctrica subiendo por mis dedos. Para encubrir mi reacción, pregunté:

—Una larga memoria... ¿Qué significa eso?

—Tenemos muchas historias compartidas, que nos ayudan a definir quiénes somos.

—Ya veo. ¿Quizás te gustaría contarme una?

—Tal vez, un poco más tarde. Me pareces muy familiar. ¿Sabes por qué podría ser?

—No lo sé. Dudo que nos hayamos conocido. Creo que te recordaría.

—¿Por qué?

—Bueno —respondí tentativamente—, no creo que seas una persona fácil de olvidar.

—Tomaré eso como un cumplido. ¿Creciste en esta casa con Johnny?

Contento de cambiar de tema, contesté con más entusiasmo:

—Sí, así fue.

—Es un lugar fascinante y quiero verlo. ¿Me harías un recorrido?

—Por supuesto. ¿Cuándo lo quieres?

—Ahora mismo, a menos que tengas algún asunto que atender.

Dudé. La idea de estar a solas con Bruni era a la vez atractiva e intimidante. Me estaba dando cuenta de que realmente me gustaría pasar más tiempo con ella, pero estaría nadando en aguas peligrosas. Además, sería muy evidente si simplemente nos levantábamos y salíamos, y llamar la atención no era precisamente lo que más me gustaba. Quise declinar la oferta, pero, antes de que pudiera expresar mi decisión, me escuché decir:

—Ahora está bien.

Era demasiado para el libre albedrío.

Si esperaba que yo respondiera ambiguamente, no lo demostró. Su brazalete tintineó mientras ella se desplegaba suavemente desde el sofá. Se acercó a su madre, le dijo unas palabras y se puso a mi lado. Miré al barón, que hablaba animadamente con Johnny. Sus ojos se dirigieron hacia nosotros, pero solo por un momento.

—Vamos —dijo ella.

Abrí la puerta del pasillo, permitiéndole pasar primero. La cerré rápidamente detrás de nosotros. Había esperado algún tipo de objeción, pero no hubo ninguna. Estábamos solos.

Suspiré.

—¿Nervioso por estar a solas conmigo? Muchos hombres lo están —dijo, mirando alrededor del área de recepción y caminando luego hacia el reloj, junto a la puerta principal, para observarlo más de cerca.

—¿Cuál crees que podría ser la razón? —pregunté, uniéndome a ella.

—Los intimido. Soy más inteligente y más atractiva que la mayoría de las mujeres y pienso por mí misma.

—No es un problema para mí.

—¿No te intimido? —preguntó ella, volviéndose hacia mí.

—No de la manera que piensas. —La miré fijamente. Tenía una boca maravillosa. Sus labios eran perfectos.

—¿Por dónde quieres empezar? —Me di vuelta y pregunté.

—Por cualquier lugar. ¿Qué tal ese pasillo?

—Muy bien, pasa por la biblioteca y por una zona de lectura más grande antes de entrar en el ala oeste, donde vivía lady Bromley.

Caminamos por el pasillo. Abrí la puerta de la biblioteca, le mostré la habitación y seguí hasta que estuvimos frente a la puerta del apartamento de Alice. Nos detuvimos un momento. Se volvió de nuevo hacia mí.

—He oído que aún vive aquí en forma de espíritu, esperando vengar su asesinato.

—Sí, hay muchos rumores. ¿Qué oíste, específicamente?

—Nada concreto, solo historias de amigos de mi padre. Un hombre en particular no volverá a poner jamás un pie en esta casa. Muchos en el grupo de coleccionistas con los que mi padre tiene tratos piensan cosas similares.

Estábamos muy juntos.

—¿Qué piensas tú? —me preguntó.

—Que fue asesinada siempre ha sido una posibilidad, pero no ha habido nada concreto, como tú misma dijiste. Pero, si sirve de algo, vale decir que no creo que la casa esté embrujada. Nunca vi un fantasma en todo el tiempo que viví aquí. Eso no quiere decir que no se sienta una presencia que parece extenderse por toda la propiedad, pero es más fuerte en esta parte de la casa. Todos la sentimos, al menos los que se han quedado aquí por algún tiempo. Hay que andar con cuidado. A algunas cosas es mejor dejarlas quietas.

—Así que *eres* un creyente.

—Creo que hay cosas que no puedo explicar. Tendrías que haber conocido a Alice para darte cuenta de por qué pienso así. Era una fuerza por sí misma que había que tener en cuenta. Una egiptóloga notable, una mujer en el mundo de los hombres. Era muy competente y tenía una presencia inigualable, excepto quizá por la señora Leland, la abuela de Johnny, a quien conocerás.

—No puedo esperar a conocerla. Mientras tanto, me gustaría ver dónde vivía lady Bromley. Quizás *perciba* algo.

—¿Detecto una nota de sarcasmo?

—Tal vez. —Sonrió. —Lo siento. Tiendo a apegarme más a los hechos que a las creencias.

—¿Por costumbre o por educación?

—Ambas. Yo diseño estructuras corporativas y financieras para mi padre, y tiendo a ser escéptica sobre las cosas menos materiales. Quizás algún día te lo cuente.

—Me gustaría, pero, antes de continuar, una advertencia. Nosotros raramente entramos a esta parte de la casa. No toques nada y habla lo menos posible.

Acababa de poner mi mano sobre el pomo de la puerta cuando dijo:

—¿Crees que la molestaremos?

Me detuve, mi mano aún estaba en la puerta, y la miré.

—Es posible. De todos modos, cuanto menos nos entrometamos, mejor.

—Respetaré tus creencias, aunque creo que te equivocas.

—Me parece justo. Solo ten cuidado. Aquí vamos.

Le había advertido lo mejor que pude. No estaba seguro de que mostrarle esta parte de la casa fuera una buena idea, pero no podía negarme ahora que habíamos llegado tan lejos. Abrí la puerta, la dejé pasar y la seguí adentro. Su cercanía hizo que mi corazón se acelerara de nuevo.

Hacía solo unas horas, Johnny y yo habíamos escuchado a Stanley, durante medianoche, en la misma habitación. Estaba impecable. Uno de los empleados debía de haber entrado a hacer la limpieza.

Bruni vagó por ahí, mirando por encima de los muebles y la chimenea, sin decir nada. Le mostré el dormitorio. Se movió por toda la habitación, observando. Me di la vuelta por unos segundos. Cuando volví la cabeza, la vi devolver a su lugar una foto de Alice, vestida con un disfraz, que estaba a un lado del tocador.

—Lo siento —fue todo lo que dijo y siguió su recorrido. Fui hasta donde estaba la foto, pero no la toqué.

Alice llevaba un vestido egipcio con el collar. No estaba seguro de lo que eso significaba, pero sentí que era hora de terminar la visita a sus habitaciones.

Caminé hacia la puerta del dormitorio y le hice un gesto a Bruni. Pasamos por la sala de estar y salimos del apartamento de Alice. Miré a mi alrededor mientras cerraba la puerta. Todo parecía igual, pero de alguna manera no lo estaba. Algunas personas oyen, pero nunca escuchan realmente cuando deberían. Insisten en averiguar todo por sí mismas.

23

—¿Qué sigue? —preguntó Bruni.

—¿Qué te gustaría ver?

—¿Dónde pasaban el tiempo juntos tú y Johnny?

—En la parte de arriba de la casa. ¿Te importaría subir unas cuantas escaleras para llegar hasta allí?

—Para nada.

Subí con ella por la escalera principal, le mostré las habitaciones de huéspedes y luego abrí la puerta empotrada.

—Por favor, permíteme ir primero. Hay una puerta arriba.

—Aquí estamos —dije, mientras abría la segunda puerta.

Al pasar ella por delante, un provocador toque de perfume quedó flotando en el aire. Estaba impresionada con las estanterías de los libros, el sofá y las sillas de aspecto confortable.

—¡Me encanta esto! —exclamaba mientras daba vueltas alrededor de la sala, mirando fijamente las filas de libros y tocando varios de ellos con las yemas de los dedos antes de instalarse en una de las sillas.

Me senté en el sofá.

—Me alegra que me hayas traído aquí. Tenía una habitación como esta cuando era niña. Me recuerda a mi casa.

Parecía más relajada y cómoda rodeada por los libros. Miraba a su alrededor y su sonrisa era deslumbrante.

—Cuéntame —la animé.

—Estaba cerca del último piso, como aquí, en nuestro castillo de Austria. En un comienzo fui hija única. Tengo un hermano, pero llegó mucho más tarde. Creo que decepcioné a mis padres. Yo era una niña y no sabían muy bien qué hacer conmigo. Como

El ojo de la luna

mínimo, decidieron que debía tener una niñera y estar bien informada. Me construyeron una biblioteca. Mis primeras lenguas fueron el alemán y el austro-bávaro, seguidas del inglés y el francés. Leía todo el día. Era muy feliz. No estoy segura de haber entendido todo lo que leí al comienzo. Muchos libros eran demasiado avanzados para mí, pero releí la mayoría de ellos cuando crecí. Me encantaban las enciclopedias. Los libros me permitían ver el mundo. Me abrieron la mente.

—Eso me pasó a mí también. ¿Crees que con el tiempo te ayudaron?

—Sin duda alguna. Los libros también eran un antídoto eficaz contra la soledad. Mis padres estaban lejos gran parte del tiempo. Mi niñera me crio, pero murió repentinamente. Después, me enviaron a un internado en este país para cambiar de ambiente. Probablemente fue lo mejor. Tenía trece años. Me recuperé, pero era muy distinta al resto de las chicas, más madura en algunos aspectos e intelectualmente más precoz, aunque no tanto en otros, como en las relaciones personales. Me encantaban las matemáticas y las ciencias. En la universidad estudié Economía y Finanzas y, por último, Derecho Internacional. Trabajo aquí y en Austria.

—Noté que no tienes acento.

—Solo aparece cuando me enojo.

—Esperemos que eso no suceda. Johnny y yo tuvimos una niñera, en realidad, varias.

—Solo tuve una: Nana. Su muerte me afectó profundamente. Me llevó años superarla. Supongo que es por eso que tengo una pobre opinión de Dios, de la religión y de la espiritualidad en general. En un momento Nana era mi compañera permanente y al siguiente se había ido. Se resbaló y cayó de cabeza desde lo alto de la escalera principal. Mis padres no estaban. Corrí hacia ella e intenté revivirla, pero no respondió. Finalmente, desesperada, caí de rodillas. Rogué a Dios por ayuda. Prometí cualquier cosa y

Ivan Obolensky

todo lo que se me ocurrió a cambio de un milagro. Era imposible, por supuesto. Un cuello roto tiende a ser bastante definitivo. Se me partió el corazón. Me volví escéptica, por no decir cínica, sobre los temas religiosos y espirituales. No tengo paciencia con lo oculto. No creo en fantasmas ni en una presencia divina. Aprendí entonces que nada es permanente en esta vida, ni siquiera los dioses. Veo varios títulos conocidos sobre estos temas en los estantes. Seguramente tú también debes saberlo.

—Lamento lo de tu niñera. Lo que pasó explica lo que dijiste abajo. Sin duda, yo sentiría lo mismo, y así lo siento la mayor parte del tiempo. En cuanto a los dioses, nuestros caminos ya no se cruzan como antes. El mundo ha seguido adelante, pero no estoy tan seguro de que hayan muerto. La vida moderna simplemente tiene diferentes maneras de explicar su intervención en él. Puede que nunca hayan existido, en primer lugar, pero un mundo sin magia es apenas un mundo. No estoy del todo convencido de ello. Tampoco creo que quisiera vivir en uno así.

—Volviste a lo nativo —dijo Bruni frunciendo el ceño.

—Es una forma de decirlo. —Me reí.

—Pero eres un analista certificado.

—Así es, aunque ya no practico. Ahora me dedico a la contabilidad forense. Estás bien informada.

—Así es. Aunque ambas profesiones requieren habilidades similares. Tu forma de pensar me desconcierta.

—No debería. Experimentamos cosas distintas de diferentes maneras. Cada uno ha llegado a sus propias conclusiones. Me gustaría continuar esta conversación, pero tenemos que regresar. Antes de irnos, sin embargo, tengo una pregunta que hacerte.

—¿Cuál es?

—¿Quién cuida de tus perros cuando no estás?

—¿Cómo sabes que tengo perros y por qué quieres saber eso?

—Manejaste bastante bien a Robert Bruce, y él no es fácil.

El ojo de la luna

—¿El bull terrier? Es una raza testaruda y muy apegada. Tengo dos labradores. Son mucho más dóciles. ¿Quieres saberlo porque...?

—Porque, después de todo, eres la dama de los perros.

—¡¿A qué te refieres con eso?! —exclamó bruscamente.

—Discúlpame. Johnny se preguntaba si él y Robert ya se habían topado contigo en Central Park. Parece que es verdad. No quise faltarte al respeto, pero te decimos la *dama de los perros* porque no teníamos otro nombre para referirnos a ti. Johnny sentía que eras la misma persona. Pensé que era improbable, pero me equivoqué. Tú y Johnny se conocieron antes.

—Estás pensando en la bufanda. —Se rió—. Fue una experiencia extravagante y, en realidad, bastante asquerosa.

—Estoy seguro de que lo fue. Bueno, me alegra que se haya aclarado. Has sido objeto de bastantes especulaciones de nuestra parte.

—Confío en que en adelante no hablarán de mí como de la *dama de los perros*. Suena bastante despectivo y descortés.

—No volverá a pasar. ¿Puedes perdonarnos?

—Supongo que sí. Deberías decirle a Johnny que, después de las primeras impresiones, tiene que resarcirse, aunque estoy dispuesta a darle una segunda oportunidad. Es bastante encantador, pero tienes razón, deberíamos irnos —dijo ella poniéndose de pie.

—Sí, es cierto. Disfruté nuestra conversación y espero con ansias una próxima.

—Yo también.

Mientras bajábamos por la escalera principal, no pude evitar hacerle otra pregunta.

—Una última cosa. ¿Puedes decirme por qué te invitaron este fin de semana? —Bruni se detuvo a mitad de la escalera.

—¿Por qué quieres saberlo?

—Por curiosidad. Oí decir que había un interés por ver si tú y Johnny harían buena pareja.

—Tiendes a irte por las ramas, ¿no?

—Bueno, supongo que eso es verdad, aunque pensé que mi pregunta era bastante directa.

—Sí, pero no creo que esa fuera tu verdadera pregunta. Tal vez deberías hacerla de otro modo.

—¿Estás pensando en casarte con Johnny?

—Así está mejor. Tengo derecho a casarme con quien quiera. También se acostumbra a recibir una propuesta y todavía no me han hecho ninguna. ¿Eso responde a tu pregunta?

—Supongo que sí.

No había mucho que decir después de eso. Seguimos bajando las escaleras y pasamos el reloj. Sentí que la conocía mejor, pero me preguntaba si la había molestado. Ella no contestó mi pregunta sobre su propósito en esta casa, aunque yo no la había formulado directamente. Era abogada, después de todo. ¿Debería haber esperado algo diferente?

Entramos en el salón. Johnny y su padre hablaban con el barón y las dos damas estaban sentadas en el sofá. Estuvimos fuera unos treinta minutos. La baronesa preguntó:

—¿Disfrutaste de la casa, Brunhilde?

—Sí, mucho.

—Me gustaría verla también. Anne, ¿te importaría mostrármela?

—Con gusto —dijo la señora Dodge.

—Brunhilde, por favor, únete a nosotros —añadió la baronesa.

Parecía que Bruni iba a objetar, pero aceptó. Se fueron y me reuní con los hombres.

—Hugo desea recorrer el predio —me dijo el señor Dodge—. ¿Quizás a ti y a Johnny les gustaría recoger a Robert y unirse a nosotros?

El ojo de la luna

—Si no hay inconveniente, preferiría que paseen al perro en un lugar donde yo no esté — aclaró el barón, levantando las manos.

—No te preocupes. Nos aseguraremos de que nuestros caminos no se crucen —dijo Johnny alegremente. Me guiñó un ojo mientras los dos hombres mayores salían por las puertas francesas hacia el prado sur.

Cuando ya no podían oírnos, Johnny se volvió hacia mí.

—Aprovechemos la oportunidad, cuéntame tus noticias y yo te contaré las mías.

—Muy bien. Es la dama de los perros. Prometí no referirme a ella de esa manera, pero no hay duda. Lo confirmó.

—¿Ves? Yo tenía razón. Mil millones a uno. Debí haber apostado. Supongo que causé una primera impresión muy pobre.

—Dijo que no era exactamente favorable, pero está dispuesta a darte una segunda oportunidad. Y dijo también que eras encantador.

—Realmente lo soy. Tendré que pensarlo. Ella es bastante atractiva, debo admitirlo, pero me parece que es del tipo de mujer demasiado controladora. Todo lo que necesita es una fusta para completar el cuadro. Mejor tú que yo, si estás para estas cosas, ¿no?

—Bueno, no sé si eso es del todo cierto. ¿Te desagrada ella?

—De nuevo, es la primera impresión. Puedo estar equivocado. Ya veremos... ¿Un trago?

—Buena idea. Prepáralos mientras te cuento de lo que me enteré.

Caminamos hasta el bar que habían instalado en un rincón con un mantel de lino blanco, vasos, decantadores de licor, mezcladores y un tazón de plata con cubos de hielo. Mientras Johnny servía, continué.

—Bruni es abogada y trabaja para su padre estructurando negocios y corporaciones inactivas. En cuanto a la razón de su presencia, no pude averiguarla. Durante la visita, le mostré el apartamento de Alice, lo que tal vez fue un error. Le pedí que no tocara nada, pero ella tomó en sus manos la foto de Alice con el disfraz y el collar. No hubo reacción de su parte, pero sentí —y admito que pudo ser mi imaginación— que esta acción no cayó bien entre los poderes presentes. Ella diría que estoy imaginando cosas, ya que cree solo en hechos, no en espíritus. Su padre es definitivamente un coleccionista y ha oído bastante sobre Alice. Por último, a pesar de su carácter mandón y mi tendencia a ser un poco negativo, ella me agrada.

—Interesante, una abogada. Eso encaja. Te diré en unos minutos por qué, pero primero brindaremos por los buenos tiempos —dijo Johnny, pasándome un vaso de *whisky* escocés con hielo—. Y segundo, por tu romance en ciernes. Salud.

Me negué a morder el anzuelo que me tendía. Si yo reaccionaba de alguna manera, nunca oiría el final. Dicho esto, me alegró que no mostrara tanto interés en ella. Bebimos en silencio.

—Ahora sé lo que vas a decir —añadió Johnny, como si leyera mis pensamientos—. Que no hay absolutamente nada entre ustedes dos, pero ¿qué pasaría si ella jugara para el otro bando?

Ocultando tan bien como pude mis sensaciones, respondí:

—Ese es un factor, pero hay más. Tu padre me llevó a un lado y habló conmigo largo y tendido. Fue bastante esclarecedor.

Le conté a Johnny la historia que el señor Dodge me había narrado con detalles.

Johnny silbó.

—Eso explica algunas cosas, pero, antes de comentarlas, esto es lo que he deducido hasta ahora: en mi opinión, el barón está metido en todo tipo de tejemanejes financieros. Nada ilegal, pero al límite, ya que tiene una red de personas que recogen información para él de manera definitivamente sospechosa.

El ojo de la luna

Compra aquí y vende allá, aprovechando diferencias de precio, variaciones entre monedas y cosas por el estilo en otros mercados. Su familia siempre tuvo dinero, pero ha creado una red de información que le permite no solo beneficiarse de las maniobras del banco central, sino también de otras situaciones. Por suerte para él, tiene una abogada de tiempo completo en casa. La necesita. Ella también tiene que haber sido sumamente buena para haberlo mantenido alejado de serios problemas hasta ahora, así que no la subestimemos. El barón es astuto y despiadado como un pirata. Lo que más me sorprende de tu relato es que mi padre y él sea tan cercanos y lo hayan sido durante años. Tienen un nivel de confianza que no esperaba en absoluto. Aun así, a pesar de la relación, creo que el barón tiene pretensiones sobre las cosas que están en la habitación secreta de Alice. Se trata simplemente de hasta dónde piensa que puede llevar las cosas, pero lo que creo es que se acerca a poco menos que un robo total.

—Tendría que estar de acuerdo contigo. El tema de la confianza también me sorprendió. Puede que esté hilando muy delgado, pero si Bruni ya sabía quién eras, parece extraño que nunca lo mencionara. Con los negocios de su padre a su cargo, dudo que tenga tiempo para pensar siquiera en el matrimonio, lo que, por supuesto, plantea la pregunta: ¿por qué está aquí? Concedo que todo parece tener sentido, pero las piezas no encajan.

—Siempre miras el lado más retorcido e intrincado de las cosas. La verdad es que no lo sabemos. Personalmente, creo que te atravesaste en algunos planes. Tu presencia fue un evento que nadie esperaba, lo cual juega a nuestro favor y, si pones en marcha ese encanto que tienes, puede que los perturbes aún más. En cualquier caso, dudo que el barón recurra a represalias en esta casa, pero no me sorprendería que intentara algo. Así que vamos a andar con cuidado, a pesar de lo que piense mi padre. Creo que es hora de hablar con Stanley.

24

Encontramos a Stanley en su oficina y escuchamos de inmediato el golpeteo de la cola de Robert contra el escritorio. Stanley hizo rodar su silla y lo dejó salir. El perro se arrastró para mirar a Johnny, adoptó su posición de esfinge y observó silenciosamente cada movimiento de su amo. Johnny se agachó y le dio una palmadita.

—Stanley, ¿querías hablar con nosotros?

—Así es. —Se levantó y cerró la puerta—. Por favor, siéntense.

Nos pusimos cómodos. Stanley se sentó de nuevo y comenzó:

—Seré breve, porque tengo mucho que hacer. Hice algunas pesquisas. Además de sus negocios financieros, el barón es un coleccionista de antigüedades, en particular de aquellas que tienen propiedades ocultas. Recientemente hizo contacto con lord Bromley, quien le contó todo sobre la estatuilla, la joya y otros artefactos. El barón está ansioso por adquirir cualquiera de los tesoros de lady Bromley, ya sea abiertamente en una compra o a través de otros medios, encubierto. Se le ha convertido en una obsesión.

»Por supuesto, no es del todo seguro que una persona pueda llegar a sacar provecho de cualquiera de los supuestos poderes de tales objetos, pero, en las mentes de quienes están familiarizados y conocen del tema, el hecho de que se sepa que uno los posee tiene un doble efecto. Por un lado, pone a pensar a quienes planean hacer una jugada contra su propietario y, en segundo lugar, les hace querer estar del mismo lado. Es un buen seguro, y unas cuantas historias que circulan aquí y allá aumentan el efecto.

El ojo de la luna

Estamos en la lista de los que tienen varios de estos objetos. El barón encuentra beneficioso ostentar esas piezas, y está aquí, en parte, para hacerse una idea de qué tan fácil podría resultar obtener tantas como sea posible.

»La influencia de los Von Hofmanstal ha crecido de manera importante en los últimos años, y no en pequeña medida, debido a la capacidad de su hija para crear un acceso más rápido al capital, estructurar entidades que ocultan su propiedad real y mover fondos en secreto y fácilmente a cualquier lugar donde se requieran. Además, desarrolló su propia red de inteligencia privada.

»Existen vínculos entre esta casa y la suya que se remontan a varias generaciones, pero la posibilidad de una jugada contra Dodge Capital es mayor ahora que hace un año, cuando una acción habría sido imposible. No hay signos que lo evidencien, por supuesto, pero siempre es mejor tener presente la posibilidad. Si ven o escuchan algo que no les parezca adecuado o que sea relevante, avísenme tan pronto como puedan.

»También descubrí que el barón ha estado igualmente en contacto con Bonnie Leland. Ella y el señor Dodge mantienen una profunda animosidad desde hace muchos años. Apenas puedo imaginarme lo que está planeando, pero, cuando la pongo a ella, al barón y a lord Bromley en el mismo cuadro, no puedo esperar que surja nada bueno.

»Por lo tanto, me gustaría decir lo siguiente: tengan cuidado con la hija. Es extremadamente inteligente. No la subestimen. Además, la baronesa puede parecer meramente decorativa, pero no lo es. El barón la consulta regularmente. Les aconsejo también que sean muy discretos al entrar en la biblioteca secreta, a menos que estén seguros de que nadie los observa. Por último, tengan cuidado con lo que dicen y no permitan que ninguno de nuestros huéspedes se escabulla y ande por ahí, sin vigilancia. Ahora debo volver al trabajo. ¿Alguna pregunta?

—¿Y en la noche? —preguntó Johnny.

—Ya hice arreglos. ¿Algo más?

—Sí —dije—. Le mostré a la hija el apartamento del ala oeste. Levantó la foto de Alice con el collar. Aparte de eso, simplemente miró a su alrededor.

—Dudo que haya ocasionado algún daño. Ellos saben que Alice estaba en posesión de muchos artículos, incluyendo el collar, pero preferiría que esa área permaneciera fuera de los límites de nuestros huéspedes. Además, si el pasado es un indicio del futuro, podrían llevarse una sorpresa desagradable —dijo Stanley y sonrió ante ese pensamiento.

Todos salimos de la oficina, Johnny y yo para llevar a Robert a dar un paseo y Stanley para atender el servicio de la cena.

25

Conscientes de que el barón y el señor Dodge estaban al sur de la casa, Johnny y yo salimos por la puerta principal, con Robert atado con su correa, y giramos a la izquierda, cruzando el ala de Alice. Hacia el oeste, la hierba cortada se extendía sin interrupción hasta un terraplén cuyo fondo era una cancha de tenis. El terraplén fue diseñado para crear la ilusión de una vista continua del verde, que se extiende en una línea de bosques lejanos cuando se observa desde la sala de estar de Alice. Los tres caminamos en esa dirección sobre un tapiz de luz y sombra en movimiento, creado por cúmulos bajos que corrían a una velocidad extraordinaria por el cielo de la tarde.

Incluso Robert se sentía suficientemente intimidado por esa extraña tarde, al punto que parecía bastante feliz de permanecer con su correa. Aunque corría alegremente delante de nosotros, de vez en cuando se detenía para mirar hacia atrás y asegurarse de que seguíamos avanzando o de que aún estábamos allí. Observé, sin embargo, que nos llevaba sutilmente hacia la cancha de tenis, sin duda atraído por su adicción a las pelotas.

Antes de bajar las escaleras hasta la cancha hundida, miré hacia la casa. Rara vez la había visto desde este ángulo. Estaba pensando que Alice tenía desde allí una buena vista, cuando pude ver la cortina de una de las ventanas del salón moviéndose. Fue solo una ondulación y sucedió tan rápido que me pregunté si lo había imaginado.

—Alguien está en el apartamento de Alice. Acabo de ver una cortina que se movía.

Johnny se dio la vuelta y miró hacia la casa. La brisa desordenó su pelo y él lo regresó a su lugar con la mano.

—Eso no es bueno. Podría ser una de las criadas de la limpieza, pero es improbable a esta hora del día. Tal vez deberíamos volver y echar un vistazo.

Robert no estaba muy contento con esta decisión y lo demostró tirando fuertemente de la correa en dirección a los tesoros ocultos que sabía que se esparcían por la maleza, más allá de la cerca de la cancha de tenis.

—Al lado, bestia sarnosa —gruñó Johnny, mientras intentaba arrastrar a Robert en la dirección opuesta.

Finalmente, tirando juntos de la correa, Johnny y yo logramos caminar lenta y esforzadamente hacia la casa. Robert se dio cuenta de que estaba vencido. De repente, cedió su oposición, haciendo que Johnny y yo apenas lográramos guardar el equilibrio sobre la hierba resbaladiza. Dócilmente, se dio vuelta y retornó por el mismo camino que habíamos recorrido. Johnny estaba satisfecho con esta demostración de dominio canino y sonrió durante todo el regreso, permitiendo a Robert, una vez más, liderar la marcha.

—Mira, está aprendiendo. Qué buen perro —comentó mientras yo abría la puerta principal.

Se agachó y le dio una palmadita a Robert mientras desenganchaba la correa. Johnny se dio cuenta de su error demasiado tarde. Siempre listo para aprovechar las oportunidades inesperadas, Robert se agitó y saltó en busca de libertad. Johnny intentó detener las casi cien libras de músculo compacto en movimiento mediante el simple recurso de saltar sobre él, solo para errar por completo el intento y aterrizar pesadamente sobre el empedrado. Robert corrió por los escalones y giró a la izquierda, fuera de nuestra vista.

El ojo de la luna

—¡Ve tras él, rápido! —exclamó Johnny con una voz particularmente tensa, mientras yacía en el suelo—. No creo que pueda moverme. Tal vez me rompió algo. Dios mío, ¡cómo odio a ese perro! ¡Lo odio! ¡Voy a matarlo!

En ocasiones, la rabia puede dar lugar a proezas sobrehumanas. Fuertemente golpeado, Johnny se levantó y se agarró del marco de la puerta. «¡Bastardo!», gritó, con una mueca de dolor en su cara, mientras se erguía en toda su estatura para bajar pausadamente por los escalones. Empezó a cojear valientemente, persiguiendo a Robert. Vi que poco a poco ganaba velocidad, mientras giraba a la izquierda.

—¡Vamos! —me gritó, agitando su mano mientras avanzaba.

La idea de investigar el movimiento de la cortina quedó atrás, tomé la correa y volví a salir por la puerta. Al dar la vuelta al ala oeste, vi que Johnny logró una recuperación notable, porque corría a toda velocidad tras Robert, que lo aventajaba tanto que se veía como una mancha blanca en la distancia. Recuperé mi ritmo.

—Condenado perro —jadeé en voz alta mientras corría tras ellos.

Varios minutos más tarde, llegué al borde del terraplén en el momento en que Johnny subía las escaleras, seguido de Robert. Todavía respirando pesadamente, Johnny me agarró del brazo para apoyarse.

—Maldito perro. Logró agotarme. Tengo que recuperar el aliento. Además de eso, ocurrió algo extraño. La puerta lateral de la cancha estaba abierta y, mientras bajaba corriendo los escalones, me encontré a Robert acostado allí, como una esfinge, ante al menos una docena de cuervos muy grandes. El perro los miraba fijamente y ellos lo miraban a él. No movieron una pluma ni siquiera cuando Robert se levantó, se dio vuelta y regresó adonde yo estaba. Muy extraño, si me lo preguntas.

—Una bandada de cuervos —dije.

—Te pone a pensar. Volvamos.

Regresamos a la casa sin darnos cuenta de que Robert no solo no tenía puesta la correa, sino que se comportaba extraordinariamente bien. Puse la correa sin usar sobre la barandilla, antes de seguir a Johnny hacia el ala de Alice.

Johnny y Robert estaban dentro cuando entré. Nada parecía fuera de lugar en la sala de estar. El dormitorio también se veía igual, salvo por la foto de Alice que Bruni levantó.

—Alguien movió la foto. Al menos eso parece. Creo recordar que estaba al otro lado de la mesa.

—¿Estás seguro? —preguntó Johnny.

—No del todo.

—Revisemos la habitación secreta.

Johnny se aseguró de que la puerta del apartamento estuviera cerrada antes de mover el falso interruptor de luz que abría la cerradura del depósito. Entramos y observamos a nuestro alrededor. Todo parecía en orden.

—Johnny, ahora que sabemos cómo abrir la puerta, la habitación parece insegura, ¿no?

—En realidad no. Recién nos enteramos de su existencia anoche. A menos que sepas dónde buscar y cómo abrir, me atrevería a decir que es bastante segura.

—No estoy convencido. No me sorprendería que Bruni hiciera algunos cálculos espontáneos para saber si existe una habitación secreta; entonces sería solo cuestión de tiempo antes de que la descubriera.

—Tienes razón —dijo Johnny, todavía mirando a su alrededor—ah, aquí está. Tomó el libro marrón con la forma peculiar y lo deslizó bajo su chaqueta. —Para más tarde —susurró.

Aseguramos la habitación secreta y estábamos abriendo la puerta cuando, literalmente, nos topamos con Stanley.

—Ah... Son solo ustedes dos. ¿Qué hacían en la bóveda?

Respondí por los dos.

—Salimos a dar un paseo, cuando vi que una de las cortinas de esta habitación se movía. Vinimos a investigar y a ver si había pasado algo. Podríamos hacerte la misma pregunta.

—Sí, podrían. Para responderla, diré que hay otras medidas de seguridad en juego, más allá del simple camuflaje. Ustedes activaron varias.

Me sentí aliviado.

—Bueno, ciertamente me alegra oír eso. Estaba empezando a preocuparme un poco. Una vez que uno sabe que la habitación está ahí, es difícil pasarla por alto, y no sería raro que alguien descubriera que las dimensiones del espacio no coinciden.

—Exactamente. —Sonrió Stanley—. Me alegro de que tenga una mente tan suspicaz y que pensemos lo mismo. Es bueno estar alerta, pero ahora debo regresar. Las bebidas se servirán en una hora.

Una vez dicho esto, Stanley se retiró, pero, luego de dar unos pocos pasos, se detuvo y giró. Mirando a Johnny, dijo en voz baja:

—Tenga cuidado con ese libro en particular. Tiene la reputación de haber enloquecido permanentemente a más de un lector. Buena suerte y... es más efectivo cuando se usa en mitad de la noche. —Se rio nerviosamente mientras se alejaba para retomar sus deberes.

26

Johnny subió con Robert a guardar el libro prestado, mientras yo me detuve en el salón. La señora Dodge estaba sentada en el sofá, leyendo una revista. Me informó que Bruni y la baronesa habían decidido descansar antes de la cena. El señor Dodge y el barón aún no habían regresado de su paseo.

Me preparé un pequeño trago y me senté en el sofá, junto a ella.

—¿Cómo estuvo el recorrido? —pregunté.

—Les gustó mucho la casa, por supuesto.

—¿Qué pensaron del ala de Alice?

—Miramos por encima. Las damas habían oído los rumores, así que estoy segura de que fue un poco excitante. Sin embargo, no dijeron mucho al respecto.

—Lo preguntaba porque alguien podría haber estado ahí dentro mientras Johnny y yo caminábamos con Robert.

—¿De verdad? Eso es perturbador. Solo abrí la puerta y las dejé mirar dentro. Debes decírselo a Stanley.

—Ya me encargué de eso. Además, Johnny se encontró de frente con un gran número de cuervos en la cancha de tenis.

—Ya veo —dijo lentamente—. Los he oído y los he visto por ahí. Parece que adoptaron a Rhinebeck como su hogar. Su presencia es uno de varios acontecimientos extraños. También hay una especie de tensión peculiar en la casa, que no había sentido antes.

—¿Estás preocupada?

—Así es. No tengo ni idea de lo que nos espera, pero pienso averiguarlo pronto. ¿Y tú?

—Yo también me siento un poco aprensivo, con el barón y todo eso. El señor Dodge me contó la historia completa sobre mis padres y los Von Hofmanstal. Me dijo que no me preocupara, por supuesto, pero de todas maneras me inquieta.

—Es comprensible. Lamento que acabes de enterarte, pero todo fue bastante repentino. No tuvimos tiempo para sentarnos y decírtelo. Hugo puede ser un poco intimidante. Solo tienes que darle una buena patada.

Ella rio ante la idea, mientras yo, por dentro, me horroricé. Al parecer, tendría que lidiar con mi intensa aversión por las confrontaciones.

—¿Cómo te va con Bruni? —preguntó ella.

—¿Es tan obvio?

—Te conozco desde hace tiempo, de modo que sí.

—Me gusta más de lo que esperaba, pero algunas cosas deben seguir su curso. Apenas la conozco. Además, pensé que la habían invitado como posible pareja para Johnny.

—Bueno, eso puede ser, pero Johnny y el matrimonio no son compatibles en este momento. Pero eso no significa que deje de intentarlo.

—Supongo que sí. ¿Qué piensas de Bruni?

—A veces, los que más brillan lo hacen porque están compensando algo. Es encantadora, inteligente y perceptiva; sin embargo, me parece que no se siente conforme consigo misma, al menos en su propia valoración. Sobre si es una buena pareja para ti, que es lo que creo que tratas de preguntar, voy a decirte esto: si ella es fuerte donde tú eres débil, y tiene debilidades donde tú eres fuerte, eso marca un buen comienzo. Creo que puede ser el caso, pero es algo que debes descubrir por ti mismo, ¿cierto?

—Sí, pero no estoy seguro de que ella y yo juguemos en el mismo bando.

Ivan Obolensky

—Bueno, yo creo que sí. Sé que a Hugo le encantaría poner sus manos en los tesoros de Alice, pero hay muchas cosas en él que merecen admiración y respeto. Lo tenemos en alta estima. Es una buena persona.

—¿A pesar de sus maquinaciones? —pregunté.

—La verdadera amistad implica la aceptación del bien y del mal. ¿No les pasa lo mismo a Johnny y a ti?

—Sí, debo admitir que puede volverme loco, pero cuando todo está dicho y hecho, él es quien es, y no puedo evitar ser su amigo.

—Exactamente. La confianza se desarrolla con el tiempo y se trata de creer a pesar de que los indicios señalen lo contrario. Después de todo, ¿no es esa la definición de confianza?

—Creo que encontraría eso muy difícil.

—Así es, pero cualquier otra cosa no sería realmente confianza, ¿verdad?

Pensé en lo que ella dijo antes de contestar.

—Tienes razón, aunque creo que tengo mucho que aprender en ese campo. Gracias por ser tan franca. También quiero agradecerte por invitarme este fin de semana.

—Querido, sabes que nos alegra mucho verte y estamos encantados de que tú y Johnny se hayan reconciliado. Las amistades pueden ir y venir, como cualquier otra cosa. Las verdaderas son raras y deben cuidarse.

—Sí, John dijo lo mismo, y si hay algo positivo de este fin de semana es haberlo comprendido. Verlos de nuevo a los dos es también muy reconfortante. Cambiando de tema, esperamos a Malcolm Ault. Creo que no lo conozco ¿Quién es?

—Un amigo de la familia que viene de vez en cuando. Lo conocemos desde hace años. Le tenía mucho cariño a Alice. Eran bastante cercanos.

—¿Muy cercanos?

—No ese tipo de cercanía. —Se rio—. Tienes una mente perversa. Alice tuvo varios amantes, pero no creo que él fuera uno de ellos.

—Ya veo. ¿No es una coincidencia que se encuentre en la ciudad justo este fin de semana?

—Creo que tú y Johnny ven mucho más de lo que las cosas sugieren. Tal vez estás percibiendo un reflejo de tu propia malicia. —Me sonrió levantando una ceja.

—Sin duda, aunque hacerlo nos mantiene entretenidos y atentos. Me disculpo por hacerte tantas preguntas, pero rara vez hablamos a solas. ¿Hay algo que puedas decirme sobre el barón y mis padres?

—Puedo decirte lo que sé. Supongo que conoces los detalles. Hugo y Mary se conocieron cuando ella derramó su café sobre él en un baile al que asistimos en Viena. Estaba tan mortificada que le prometió todo lo que quisiera si la perdonaba. Negociaron y acordaron reunirse al día siguiente para almorzar. Mary puede ser encantadora, y ella realmente quería encantar a Hugo, así que, como puedes imaginar, él tenía pocas alternativas. Yo estaba ilusionada por ella, aunque un poco molesta porque sabía que nuestra relación cambiaría. A pesar de este recelo, estaba realmente feliz por su situación. Había encontrado a un hombre que la adoraba, era rico y tenía también títulos nobiliarios. Estaba siempre atento a lo que ella quisiera y la trataba como a una princesa. Diré esto a su favor: nunca dejó que me sintiera como un estorbo, a pesar de que su mundo giraba en torno a Mary. Ella, sin embargo, estaba más enamorada de la idea de Hugo que de él mismo. Creo que esto le quedó claro con el tiempo, especialmente cuando tu padre entró en escena. Fue un rayo que surgió de la nada y que ha tenido repercusiones hasta el día de hoy. Hugo quedó devastado y todavía siente ese dolor. Verte le trae recuerdos, y él odia que le recuerden cualquier fracaso pasado.

»A lo largo de todo ese tiempo fui simplemente una observadora. Intenté aconsejar a todos los bandos lo mejor que pude. Sin embargo, las emociones eran fuertes. Fue un momento difícil, pero conocí a John, en medio de todo. Después del duelo, creo que me sentí tan aliviada de que nadie hubiese muerto que me tomé una botella entera de champán. John y yo quedamos completamente apabullados. Aquello fue maravillosamente transformador. De alguna manera todos seguimos siendo amigos, aunque Hugo evita a tus padres como si fueran la peste. Debo decir que tiende a guardar rencor, pero a su favor hay que reconocer que no dejó que el incidente definiera su futuro. Hugo siguió adelante y un tiempo después se casó con Elsa. Las desgracias pueden ser bendiciones disfrazadas. Elsa está mucho más a la par de Hugo y es una mejor pareja que la que Mary hubiese sido. Aunque parezca una rubia vacía, es educada, increíblemente sagaz y tiene una excelente cabeza para los negocios. Prefiere mantenerse en segundo plano y dejar que Hugo aparezca al frente, pero es ella quien manda. Detrás de muchos hombres exitosos hay mujeres con un raro talento, y Elsa es un buen ejemplo de ello. Gran parte del éxito de Hugo se puede atribuir a su habilidad para orientarlo en la dirección correcta. Con Elsa y Bruni, Hugo tiene una excelente red de apoyo y es lo suficientemente inteligente como para utilizarla. ¿Algo más?

—Retrocedamos un poco, ¿cómo entró exactamente mi padre en escena?

—Es curioso cómo el pasado a veces nos toma por sorpresa. Nunca se lo he dicho a nadie. Conocí a tu padre antes que a Mary. Él la había visto de lejos y estaba fascinado con ella. Mencioné que viajaríamos a Austria. Le di la fecha y la hora en la que saldríamos. Para mi sorpresa, él se apareció allí, así que supongo que tengo la culpa de lo que pasó. Puedo ser un poco manipuladora. —Volvió a reír ante esta declaración.

—Así que no fue un accidente que mi padre y mi madre se conocieran...

—No en el sentido usual.

—Supongo que debería darte las gracias.

—En realidad, no. Me pasé de astuta, de alguna manera y, a pesar de todo, las cosas resultaron de la mejor forma posible, pero aprendí una buena lección. Quisiera pensar que ahora me contengo más antes de entrometerme, aunque tal vez no sea así. Es un mal hábito y, sin embargo, emocionante.

Charlamos sobre otras cosas hasta que Anne sugirió que nos cambiáramos para la cena. Me dio un gran abrazo cuando nos separamos y le agradecí por su intromisión. Johnny y yo sabíamos que esto le encantaba y esperábamos sus continuas incursiones. Sin embargo, su bondad y amor por mí mientras viví en su casa es algo que siempre apreciaré y recordaré.

Subí las escaleras mientras Bruni bajaba. Se había puesto un vestido negro sencillo, que enfatizaba su figura y la blancura de su piel. En su cuello lucía un collar de grandes perlas negras.

—Estás deslumbrante —logré decir.

—Esa es mi intención. No tardes mucho —dijo y siguió descendiendo, dejándome más inseguro que nunca.

Podía ser muy inquietante, que era lo que ella buscaba, por supuesto. Me retiré a la seguridad de la buhardilla.

Johnny tenía el libro abierto sobre la mesa, junto a otros volúmenes, y Robert yacía a su lado, en el sofá, con la cabeza sobre las patas.

—¿Investigando? —pregunté.

—Sí, así es. Te tomaste tu tiempo...

—Estaba charlando con tu madre.

—¿Cómo está ella?

—Excepcional, como siempre.

—Supongo que dijo que debíamos cambiarnos para cenar.

—Ese fue su mensaje.

Johnny colocó de nuevo los volúmenes en los estantes y llevó el singular libro a su habitación.

Después de vestirnos, mencioné algunos puntos que me preocupaban.

—Johnny, parece que tenemos nuestro propio depósito aquí arriba, con la estatuilla y ahora el libro. ¿Están seguros aquí?

—No temas. ¿Recuerdas ese fondo oculto en mis cajones?

—¿En el que escondíamos los cigarrillos?

—El mismo. Están a salvo ahí dentro. ¿Te sientes mejor?

—Un poco, pero algo me sigue preocupando. Ahora tenemos dos objetos bastante poderosos, si es que pueden describirse así, guardados en el mismo lugar. ¿Crees que podrían interactuar?, hipotéticamente hablando, por supuesto.

—Lo dudo, pero estamos en un territorio desconocido y no sabemos cómo proceder, excepto para empezar un pequeño experimento. De acuerdo con eso, déjame explicarte mi plan para esta noche.

—Está bien, escuchémoslo.

—Llegamos aquí a una hora razonable, sin embriagarnos demasiado, cerramos la puerta con llave y examinamos más de cerca cada una de las piezas. Siempre quise convocar a un demonio, y esta noche creo que tendremos oportunidad de hacerlo.

—Creo recordar algo de Goethe sobre ese tipo de cosas —comenté.

—Te refieres a ese pequeño aprendiz horripilante. Bueno, no tenemos que buscar grandes cántaros de agua, ¿verdad? Aun así, entiendo lo que quieres decir. Mi idea era proceder lentamente, paso a paso.

—Eso implica que tenemos un conjunto de instrucciones, que dudo que vengan con el volumen que tomaste prestado. También estamos asumiendo que podemos leer la condenada cosa, lo que, a juzgar por su antigüedad, es altamente improbable.

—Te sientes un poco nervioso, ¿no? Apuesto a que viste a Bruni cuando subías las escaleras.

Refunfuñé tan sutilmente como fue posible. Odio cuando Johnny hace eso. Es extremadamente molesto ser tan transparente cuando creía no serlo.

—Por supuesto que lo hiciste. Volviendo al punto, permíteme recordarte: primero, no crees en este tipo de cosas, así que, ¿por qué preocuparte?, y segundo, si todo lo demás falla, sacaremos al viejo Stanley de la cama y le diremos que hay un demonio suelto en el último piso y le preguntaremos qué debemos hacer. ¿Podría ser más simple?

—Ves, eso es exactamente lo que quiero decir. Tienes esa actitud despreocupada, de «veamos qué pasa», que me saca de quicio.

—Que es precisamente la que nos permite trabajar tan bien juntos —interrumpió Johnny—. Para tu información, examiné un poco el volumen mencionado y tengo noticias. En primer lugar, la lengua es definitivamente de origen germánico. Está escrito en una combinación de alemán antiguo y alemán estándar con un poco de nórdico antiguo entremezclado. Puede que tengamos que descifrar algunos volúmenes más, pero no debería ser tan difícil de entender. En segundo lugar, me encontré con una sección sobre demonios que parece bastante sencilla. Sé cómo te sientes sobre todo esto, así que piensa en nuestra pequeña invocación como un experimento y un ejercicio de curiosidad científica.

—Estoy más que un poco aprensivo.

—Francamente, también lo estoy un poco, pero decidí descubrir si hay algo de verdad en todo esto y mi invocación es una buena manera de averiguarlo.

—¿Y los cuervos?

Ivan Obolensky

—Sí, bueno... Tampoco sé qué pensar sobre ese tema. Deberíamos dejar todo esto a un lado y mirar la parte positiva —dijo Johnny mientras daba los toques finales a su corbata—. Siempre está la cocina de Dagmar...

—Sí, hay compensaciones.

Dejé de lado mi paranoia con ese pensamiento, aunque todavía sentía que me estaba vistiendo para una cena en el Titanic.

27

Mientras Johnny acomodaba a Robert en la oficina de Stanley, me dirigí al salón.

Bruni se hallaba junto a las puertas francesas, fumando. Afuera estaba oscuro y pude ver su reflejo en el vidrio. Estaba absorta en sus pensamientos. Me oyó abrir la puerta detrás de ella y se dio vuelta.

—Te tomaste tu tiempo —dijo mientras apagaba su cigarrillo.

—Me visto despacio.

—Puede que hayas perdido tu oportunidad.

—Ahora estoy aquí.

—Acércate más.

Hice lo que me pidió. Teníamos la misma altura y pude mirar el color azul de sus ojos. Puso una mano detrás de mi cuello y me atrajo hacia ella. Su cuerpo se sentía suave. Me besó despacio en los labios. Después de unos segundos, retrocedió.

—Sugiero que seas más puntual —dijo, mientras seguía mirándome—. ¿Me sirves champán?

Me di vuelta y los polos de mi mundo se alternaron. Me las arreglé para descorchar, sin derramarla, la botella de Cristal que se enfriaba en una hielera de plata. Lo serví lentamente para reducir las burbujas y ganar tiempo para recomponerme. Era muy raro que una mujer hermosa decidiera besarme. Si buscaba inquietarme, lo consiguió.

Me volví y le entregué una copa, quedándome con una para mí.

—Salud —me las arreglé para decir.

Chocamos las copas.

—¿Por qué? —pregunté.

—¿Por qué, qué?

—¿Por qué me besaste?

—Confío en que no busques motivos ocultos en todo.

—No en todo, solo en algunas cosas.

—En la mayoría de las cosas.

Estaba a punto de responder, cuando las puertas francesas se abrieron y aparecieron el barón y el señor Dodge.

Comencé a calcular de inmediato la luz relativa y la oscuridad dentro y fuera del salón, el ángulo de aproximación y el tiempo transcurrido para determinar si el barón había visto lo que acababa de ocurrir, pero fue innecesario. Su atención estaba centrada en algo completamente distinto. Se agarraba del brazo del señor Dodge con una mano, mientras este lo conducía hacia una silla. Tenía el pelo revuelto y la cara inusualmente pálida.

El señor Dodge fue al bar y le sirvió una medida abundante de *whisky*, mientras que Bruni se arrodilló junto a él.

—Papá, ¿qué ha pasado? —le preguntó, tomando su mano.

El barón bebió un sorbo del licor que le ofrecieron y respondió:

—Caminábamos por el borde de la arboleda. Oscurecía y estábamos a punto de regresar cuando oímos muy cerca el chillido de un animal. Me asustó. Di un paso atrás y me torcí el tobillo.

—¿Qué tipo de animal era? —preguntó Bruni.

—Un conejo, creo. Me están cobrando los que he cazado. —Se rio entre dientes.

—¿Te lastimaste?

—No. Estoy bien. No hay nada de qué preocuparse. Creo que subiré a cambiarme para la cena. —Le dio a Bruni una palmadita en la mano y se levantó de la silla.

—Debo hacer lo mismo —añadió el señor Dodge—, ¿vamos? —Le abrió la puerta al barón y ambos fueron a cambiarse.

—¿Sabes algo de esto? —interrogó Bruni, mirándome acusadoramente.

—Bueno, Johnny y...

—Hablando de mí a mis espaldas, ¿verdad? —interrumpió Johnny mientras entraba silenciosamente desde el comedor y se dirigía hacia el champán. El oído de Johnny se aguzaba cuando se mencionaba su nombre.

—Para colmo, Stan sacó el bueno. Me encanta cuando tenemos invitados.

—Parece que el barón se encontró con una criatura en la oscuridad —le dije mientras servía el champán.

—No la mía. Soy responsable de una sola criatura y es Robert Bruce. Por una vez, puedo decir con seguridad que ninguno de los dos tuvimos nada que ver. ¿Qué pasó?

Le conté lo que el barón dijo.

—¿Quizás haya sido ese conejito malvado que ha estado merodeando por ahí? —Me miró maliciosamente.

—¿De qué estás hablando? —preguntó Bruni, con una voz reservada probablemente para los abogados a los que enfrentaba.

Era obvio que Johnny le estaba dando cuerda.

—Johnny te está tomando el pelo. Aunque los conejos pueden chillar sorprendentemente fuerte cuando se sienten amenazados...

—¿Verdad, Johnny?

—Es cierto.

Bruni no estaba segura de que habláramos en serio, pero el hecho de que su padre dijera que se trataba de un conejo daba algo de credibilidad a lo que decíamos.

—¿Suceden con frecuencia ese tipo de cosas por aquí? —preguntó, dudosa.

—En esta casa, casi todo es posible. Es parte del encanto del lugar —dijo Johnny mientras le sonreía un poco a Bruni.

—¿Qué significa eso exactamente?

—Se espera lo inesperado —respondió sin intimidarse—. Aquí ocurren cosas extrañas. No puedo ser más claro.

Bruni miró fríamente a Johnny durante varios segundos. Estaba a punto de decir algo cuando fuimos interrumpidos nuevamente, esta vez por el ingreso de un hombre muy alto. Vestía un traje de oficina ligeramente arrugado. Vio a Bruni y sus ojos se iluminaron al reconocerla.

—¿Brunhilde? ¿Eres tú? Oí que vendrías. Es maravilloso verte de nuevo.

Se le acercó con estudiada deliberación, como si pudiese pisar algo indebido, pero cubrió la distancia de la puerta con sorprendente rapidez. Se inclinó y le dio un beso en cada mejilla.

—Malcolm, qué bueno volver a verte. —Sonrió Bruni—. Te quiero presentar...

—Hola, hola —el nuevo invitado saludó vagamente a Johnny y miró en mi dirección—. No hay tiempo. No hay tiempo —dijo levantando la mano—. Solo me detuve a saludar. Debo darme prisa y cambiarme. Stanley ya se ocupó de mis cosas. A propósito — mirando hacia Bruni—, vi a tu esposo en Cannes, pero no tuve oportunidad de saludarlo. ¡Nos vemos en un momento!

Diciendo esto, se dio vuelta y en varias zancadas se marchó por donde había entrado. Un incómodo silencio reverberaba en la habitación como una onda de choque. Brunhilde se puso muy pálida, dejó su bebida y salió.

—Bueno —comentó Johnny, asumiendo la situación—, debo decir que una cosa es cierta: algo más fuerte se encuentra definitivamente en curso.

Procedió a servir un *whisky* grande y uno más pequeño. Me dio el más grande.

—Esperar lo inesperado. Debo recordarlo.

Me miró por encima del borde de su vaso para ver cómo estaba yo.

—Bebe. Bebe —ordenó.

28

El *whisky* sabía bien y con el estómago vacío se sentía aún mejor. Después de examinar el fondo de mi vaso, concluí que estaba definitivamente molesto. El comentario casual de Malcolm Ault, y lo que lo precedió, precipitaron una cascada incontrolable de pensamientos y sentimientos turbulentos sobre los cuales tenía pocas esperanzas de ejercer algún control. En el transcurso de la próxima hora Stanley anunciaría que la cena estaba lista. Entre tanto, tendría que conversar con cualquiera que decidiera hablar conmigo y no estaba de humor para hacerlo, mucho menos con Bruni.

Ella sencillamente se marchó. Nunca dijo que estuviera casada. Tampoco que no lo estuviera, solo afirmó que tenía derecho a casarse con quien quisiera, una respuesta lo bastante vaga como para suponer un sinnúmero de significados. Uno podría incluso inferir que estaba divorciada y, por tanto, libre en el presente. Era un pensamiento feliz, pero sabía que me estaba agarrando de un clavo ardiendo. Había algo allí, aunque no sabía con exactitud qué era.

Empezaba a sentir un enojo cercano a la rabia. Me sentía molesto por dejarme llevar tan fácilmente, enfadado con Bruni por ser tan poco clara desde el principio y furioso, sobre todo, por estar en Rhinebeck.

Sintiendo mi humor, Johnny propuso:

—¿Un poco de aire fresco?

Gruñí.

Johnny me condujo suavemente por la puerta hacia la noche.

—Respira hondo, inhala profundo. ¿Cómo te sientes?

—Sombrío.

—Sí, así luces. Es más, no creo que te haya visto tan molesto desde que Tiny Edwards se llevó cinco puntos en ese intercambio de bonos y te metiste en su oficina para hacerle tragar su monitor.

—Fue algo criminal.

—Lo fue, ¿y cómo resultó?

—Nada bien en absoluto. ¿Cómo iba yo a saber que Tiny era un gigante y que había rechazado la oportunidad de jugar al fútbol profesional para trabajar en esa oficina?

—Es a eso a lo que me refiero. Puede ser difícil, pero debes controlarte. Tenemos una noche llena de eventos y emociones por delante; solo debemos sobrevivir a la cena.

Johnny estaba obviamente ansioso por continuar con nuestra investigación nocturna. Iba de un lado a otro, sintiendo que su gran plan peligraba.

—Debes dejarlo pasar —dijo—. En serio, grandes cosas están sucediendo. Por muy difícil que sea, debes hacerlo.

—No quiero. Estoy disfrutando mi humor lúgubre.

—Debí haberte dado vodka. Las bebidas oscuras pueden sacar lo peor de uno. Mírame. Solo inténtalo. Respira hondo y deja que todo salga.

Johnny podía comportarse como una gallina protectora.

—Venganza —dijo en un destello de perspicacia—. ¡Quieres venganza! Lo tengo, pero solo si te calmas. ¿Recuerdas el viejo dicho de que es mejor servirla fría? Créeme, sé de lo que hablo. Vamos, mírame.

Lo miré.

—Hermano, te prometo que no te arrepentirás. Ahora, respira hondo.

Respiré. Empecé a relajarme. Representamos esta misma escena muchas veces. En algunos casos era yo quien pronunciaba las palabras que Johnny decía en este momento. En otras

El ojo de la luna

ocasiones, como ahora, era él quien tomaba el control, calmando las aguas y animándome para que adoptara una apariencia de buen humor y serenidad.

—Así está mejor. En primer lugar, esta noche, solo tragos claros y con moderación. Nada de vino tinto ni *whisky*.

—¿Y si es un Haut-Brion?

—Solo una copa.

—Está bien —dije—. Me siento mejor. Bueno, un poco. Me reservo el derecho de ser verbalmente combativo, sin agresiones físicas.

—Me parece justo, pero verbalmente combativo con moderación. En segundo lugar, quiero subir a una hora razonable, y las discusiones pueden ser interminables. ¿De acuerdo?

—De acuerdo.

—Nada de gritos.

—Está bien, pero todavía me siento irritable.

—No te preocupes, estaré a tu lado. Ahora, ¿qué tal una cara feliz?

—Te estás pasando —respondí, sintiendo surgir de nuevo mi enojo.

—Neutral, entonces.

—Bueno.

—Excelente. Neutral es bueno. ¿Ves?, eso no estuvo tan mal. Entremos y tratemos de superar este momento. La emoción nos espera temprano en la madrugada. Apenas puedo contenerme—dijo y comenzó a estrujarse las manos.

—Está bien, vamos —respondí, abriendo la puerta. Realmente podía llegar a ser muy exasperante.

—Aquí están los muchachos.

Era la señora Dodge, por supuesto. Asumo que aún nos consideraba adolescentes. Todos, excepto Bruni y Malcolm, estaban allí alrededor, de pie, bebiendo champán; los hombres con trajes oscuros; las damas, con vestidos de coctel negros, mostraban los destellos de grandes diamantes en sus orejas, cuellos y dedos.

—Me muero de ganas de cenar —anunció el barón.

—¿De verdad se muere? —lo interrumpí. Me sentía deliciosamente imprudente.

—Así es.

—Sería perfecto más champán —dijo Johnny. Se las arregló para patearme el tobillo y conducirme hacia la mesa pequeña—. Con cuidado —susurró—. Creo que voy a tener que acompañarte toda la cena y apenas estamos empezando. Solo sorbos. Nada de tragos largos. Compórtate —dijo mientras me pasaba una copa.

Johnny y yo volvíamos a la disputa. Sonreí —o al menos imaginé que lo hacía—. Podría haber sido también una mueca burlona. Estaba un poco ebrio, pero me sentía bien. Tomé un sorbo de mi champán, como una persona educada, y asentí con la cabeza a intervalos regulares. No tenía ni idea de lo que la gente estaba diciendo. Bebí más champán. Pasaba como agua por mi garganta, y tenía sed. Me acerqué a la mesa donde estaba la botella. Johnny seguía hablando con su padre. Me entretuve con las copas y miré la escena. Mi visión no era tan nítida como hacía unos minutos. Parecía como si el tiempo siguiera su propio ritmo, independiente del mío. Me conformé con mirar desde lejos, hasta que Stanley tocó la campana y todos avanzaron hacia el comedor. Me preguntaba quién sería el primero en cruzar la puerta. Tal era la fama de Dagmar.

Bruni apareció ante mí e interrumpió mis reflexiones. Llevaba puesto lo mismo que vestía antes. Parecía como si hubiese pasado mucho tiempo.

—¿Qué quieres? —le dije.

—No hay razón para ser hosco.

—No estaba siendo tosco, ah... hosco. Te refieres a ser hosco, sin duda. Solo hacía una simple pregunta. —Sonreí—. Puedo ser irónico cuando me lo propongo.

—Y tengo respuestas. —Se detuvo—. Pero ahora no es el momento.

—¿Cuándo, por favor?

—Quizá más tarde. ¿Estás borracho? —Me miró entornando los ojos.

—Borracho, no. Enfadado, sí.

—Estás borracho —dijo ella con cierta frustración y se apartó.

—Estoy ansioso por conocer a tu amigo, Malcolm, y saber todo sobre tu marido —le susurré a sus espaldas. Tenía una bonita espalda. Debo de haber hablado más fuerte de lo que pensaba, porque oí una voz desde arriba.

—¿Mencionaste mi nombre?

Giré a la izquierda y noté que miraba fijamente el pecho de un hombre o, quizás, su estómago. Desde donde observaba, no podría saberlo. Usaba lo que parecía una corbata etoniana antigua.

—Pero, ¡vaya que eres alto! —Miré hacia arriba para ver su cara—. ¿Eras así de alto cuando fuiste a Eton?

—Un poco más bajo.

—¿Champán? —le pregunté y agarré una copa, pero creo que él pensó que no era lo mejor.

—Permíteme —dijo tomando una.

—Pregunta. ¿Es señora o señorita?

—¿Quién, yo?

—No, Brunhilde.

—Bueno, esa es una pregunta que no estoy preparado para contestar.

—¿Cómo es eso, grandote? Déjame adivinar. ¿Te pidió que no me lo dijeras y te dijo que ella me lo explicaría todo más tarde?

—Precisamente. Por cierto, este es un excelente champán, pero probablemente debería tomarse con moderación. Cristal es deliciosamente dulce para un champán. Es lo que la *chardonnay* le aporta. ¿Sabías que el Cristal es el único champán envasado en botella transparente, sin fondo hundido, para que pueda apreciarse mejor su color dorado? Fue servido originalmente al zar, en 1867, quien lo convirtió en su bebida favorita.

—Fascinante. Eres una verdadera fuente de información. ¿Cómo es que nunca te había visto antes?

—¿Quizás porque nunca nos habíamos encontrado?

—Buen punto. ¿Te importa si te hago otras preguntas?

—Si lo deseas...

—No quiero ser grosero, pero ¿cómo llegaste a ser tan alto? Debes de haber tenido una madre muy alta.

—En realidad, era más bien bajita. Mi familia vino de Escocia, Ayrshire, y se mudó a Perthshire en el siglo XIV; tienden a ser muy altos. Es genético.

—Pertshire... ahora tiene sentido[1]. ¿Cómo debería llamarte?

—Malcolm.

—Bien, Malcolm, aquí va un acertijo para ti: ¿cómo llamarías a un gran Ault que lleva un hacha de batalla?

—No tengo ni idea.

—Caballero.

Se rio.

—Bueno, aquí va una para ti: puedes llamarme así cuando quieras.— Pensó que su broma también era muy graciosa.

Nos reímos un poco más. Para mí, eran buenos chistes, pero me dolía el cuello de tanto mirar hacia arriba. Decidí enfocar mis ojos en su pecho. La vista era mejor que observar sus fosas

---

[1] N. del T.: juego de palabras intraducible. *Shire* puede hacer referencia a la raza de caballos percherones, caracterizados por su gran tamaño.

El ojo de la luna

nasales. Tenía una nariz grande. No podría decirse que era bien parecido. Es decir, ¿quién lo aseguraría desde ese ángulo? Todo lo que sabía era que ya no podía seguir mirando hacia arriba sin sentirme un poco desorientado. Me preguntaba cómo sería hacerlo hacia abajo y ver la cabeza de todos; tal vez tampoco fuera exactamente agradable.

—Bueno, me alegro de haberte conocido, Malcolm —dije.

En ese momento, Bruni se delizó a mi lado y me tomó del brazo.

—Malcolm, espero que este hombre se esté comportando.

—Oh, sí.

—Permíteme que lo tome prestado.

—Por supuesto. ¡Salud! —dijo levantando el vaso, mientras ella me llevaba al sofá.

—Siéntate aquí y compórtate.

—Oye, estoy siendo bueno. No temas.

Johnny se sentó en la silla de al lado.

—¿Cómo está él?

—¿Qué piensas?

—Solo moderadamente intoxicado. Si lo tomas de un brazo y yo del otro, estoy seguro de que discretamente podemos ponerlo en su silla de la mesa. Un poco de comida lo calmará.

Es curioso cómo la gente habla de ti y cree que no estás escuchando solo porque piensan que estás borracho.

—Estoy justo aquí, por si no lo notan.

En ese momento, Stanley anunció que la cena estaba servida. La multitud se trasladó al comedor. El barón ganó por una nariz el cruce del umbral. Debí haber apostado por él.

29

Los puestos en la mesa se asignaron como de costumbre y me encontré sentado entre la baronesa y el nuevo invitado a la fiesta, Malcolm Ault. Bruni, Johnny y el barón estaban enfrente, y el señor y la señora Dodge en los extremos. Me las arreglé bastante bien con mis compañeros, hablando poco. Las habilidades culinarias de Dagmar no dejaban mucho espacio para la conversación, lo que permitió que las facultades superiores de mi mente se restablecieran lentamente. Advertí que, en varias ocasiones, Johnny y Bruni me examinaban furtivamente mientras hablaban entre ellos. Tal vez esperaban que me cayera. Se habían movido al lado opuesto de la mesa con renuencia, solo después de acomodarme cuidadosamente en mi silla y, por sus expresiones, querían que me quedara quieto para no deslizarme bajo la mesa. Aprecié su preocupación, pero era innecesaria. Siempre he sostenido que la cocina de Dagmar puede curar casi cualquier cosa, y mi fe se confirmó una vez más. Su comida era mágica.

Tal vez para excitar la afición del barón por el *fois gras*, Dagmar había creado una pequeña bola de paté rodeada de berros. Luego se sirvió sopa de pollo con salsa griega de limón y yemas de huevo, seguida de un delicioso cubo de salmón, rodeado de gelatina de limón y puerros asados. Después de los primeros platos, la habitación se había estabilizado en su eje y podía sentir ya mis labios y la punta de mi nariz. El plato principal era lomo de res a término azul. Ponderé la idea de conservar la sobriedad frente al profundo color rubí de un Burdeos francés. Stanley me permitió echar un vistazo a la etiqueta cuando se ofreció a llenar

El ojo de la luna

mi copa, y mi decisión fue instantánea. El vino era un Château la Mission Haut-Brion. Johnny y Bruni podrían haber saltado sobre la mesa, si los buenos modales no se los hubiera impedido. Sacudieron sus cabezas con una ferocidad determinada, pero sabían con seguridad que la resistencia era inútil frente a las joyas escondidas en la cava de vinos. Puede haber sido la carne de res, el puré de patatas de ensueño, las coles de Bruselas en mantequilla dorada con pacanas al ajo o la combinación de los tres, pero me sentía afortunado. Pensé que empezaría a saber más sobre el perpetrador de mi angustia yendo a la fuente.

Un dicho asegura que si quieres saber cómo se verá una mujer en un momento dado, debes observar a su madre. Si hubiese algo de verdad en ello, cualquiera que consiguiera vivir con Bruni durante un largo tiempo sería ampliamente recompensado. La baronesa tenía una edad indeterminada, pero bajo cualquier parámetro, era el producto auténtico. Llevaba su cabello, rubio y no muy largo, cortado y teñido por alguien con una habilidad exquisita. La hija había heredado los mismos ojos azules luminosos, pero los de su madre lucían en un rostro un poco más oscuro y de una perfección tan élfica que tuve que contenerme para no preguntarle qué crema usaba en su cara. De cerca, creo que las dos mujeres se igualaban en adornos, aunque los diamantes de la baronesa eran más finos y de mayor tamaño. Me atraen como una polilla a la llama los de grados de claridad FL e IF con una D en la escala de color, particularmente si superan los tres quilates. La baronesa llevaba varios que brillaban a la luz de las velas y resaltaban sobre su impecable piel y su vestido de noche negro, de diseño. Su presencia me dominaba por completo.

—Baronesa, ¿qué tal la visita?

—Maravillosa, amo esta casa. El ambiente...

Tenía un ligero acento alemán, pero lo más intrigante era la calidad de su voz y la extraordinaria atención cuando escuchaba.

Sin esfuerzo, lograba inculcar en quien hablaba la sensación de que todo lo que decía era importante y demandaba su consideración atenta y sincera. Tenía un don y era mucho más formidable de lo que yo pensaba, en todos los sentidos. Como para enfatizar esa idea, se acercó, tomó mi mano y dijo:

—Llámame Elsa... por favor.

Miré a mi alrededor nerviosamente para ver qué hacía el barón, pero él y el señor Dodge estaban, como de costumbre, enfrascados en una conversación. Bruni, observando el gesto de su madre, me miró con frialdad y volteó hacia otro lado, mientras que Johnny saboreaba el vino como si fuera un regalo de los dioses, lo cual era cierto. Tomé otro sorbo para fortalecerme y moví mi mano.

—Elsa —respondí en alemán—, sé poco de ti, aparte de que estás casada con el barón y tienes una hija hermosa.

—Reconozco tu cumplido indirecto —contestó, cambiando al alemán—. Las hijas a menudo reflejan los encantos de sus madres...

Elsa me felicitó por mi habilidad lingüística y poco a poco mi nerviosismo cedió. Hablamos como si fuésemos viejos amigos. Estaba intrigado. El vino se sumaba al esplendor del entorno, al registro de su voz y al brillo de su carácter. Tomé un sorbo y escuché su historia. Creció en Alemania. Sus padres eran ricos y colocaron convenientemente la mayoría de sus bienes en Suiza, donde fue educada. Después invirtieron fuertemente en el negocio de la construcción. Su belleza había sido reconocida desde muy temprana edad y atrajo la atención de la familia del barón. Luego del desastre con mis padres, los de Hugo estaban ansiosos por encontrar a alguien que captara su atención, cuya mente pudiera mantenerlo cautivado y que perpetuara la familia con un heredero. La incursión de Hugo en el matrimonio resultó un éxito glorioso. Quedaba todavía un hijo en Europa, con la misma firme determinación y personalidad dominante del padre, refinada por la gentileza de la madre. Estos rasgos también se transmitieron a la hija, quien además adquirió la brillantez y las habilidades comunicativas de su madre. Elsa fue maravillosamente franca. Me dijo que quien se quedara con su hija tendría que ser sumamente hábil, no solo para manejar la difícil personalidad de Brunhilde, su mente intrincada y su tendencia a dominar a los que la rodeaban, sino también para satisfacer físicamente su apetito sexual —un punto mencionado solo de paso por Elsa, pero que hizo que me atorara con mi postre, un maravilloso puré de bayas, crema batida, merengue y un delicioso helado casero de vainilla—. Elsa se puso a la altura de la situación, golpeándome firmemente en la espalda.

—¿Sorprendido, *liebchen*?

Ya estábamos en una familiaridad de *querido* o *cariño*.

—Sí.

—El apetito sexual es un rasgo familiar de ambos lados, así que es natural que lo mencionemos. ¿Estás familiarizado con la *Freikörperkultur*?

—El movimiento naturista alemán. Creo que tenía que ver con la desnudez y no con la sexualidad.

—Así es. Estás muy bien informado. Confío en no ser demasiado franca cuando digo que desnudez, sexualidad y desviaciones no son lo mismo, aunque el naturismo puede conducir a una exploración de la sexualidad que de otro modo no tendría lugar, ¿no es así?

—Claro que sí —dije tentativamente, preguntándome cómo podría alejar la conversación del punto al que había llegado.

Por fortuna, el señor y la señora Dodge se pusieron de pie para informarnos que el café se serviría en el salón, mientras que el brandy y los cigarros estarían disponibles en la biblioteca. Aliviado, me levanté también.

—Salvados por nuestros anfitriones. —La baronesa me miró, divertida—. Disfruté nuestra conversación. Eres un perfecto oyente. Espero que tengamos la oportunidad de hablar de nuevo pronto.

Retiré su silla. Se levantó y, suavemente, me abrazó con un placer sensual que no dejó nada a mi imaginación. Lo hizo tan hábilmente y de manera tan relajada que decidí no permitir que se alejara. Todavía en sus brazos, le agradecí con lo que esperaba que tuviera el mismo espíritu del abrazo que me dio, aunque no podía estar seguro. Estas cosas pueden ser muy delicadas. Nos separamos y salimos del comedor siguiendo a los demás. La dejé en el salón.

Me detuve brevemente en el pasillo, camino a la biblioteca, y me felicité a mí mismo. Consideré que había manejado la situación bastante bien. Rechazar un regalo es aceptar lo contrario. La baronesa, estaba seguro, sería una enemiga terrible y aterradora. Las hembras de muchas especies son mucho más peligrosas que los machos y, en este caso, sentí que había hecho una amiga. Era una mujer extraordinaria. Me preguntaba si su hija quizás habría recibido demasiado de la personalidad dominante de su padre. Vivir con ella sería un asunto peligroso. Si el resultado hubiera sido más parecido al que obtuve con su madre, no me habría importado tanto que Bruni estuviera o no casada.

—¿Cautivado?

—Completamente. —Me volví y vi los mismos ojos azules que miré durante la cena, solo que ahora pertenecían a Bruni.

—Muchos se sienten así. Puede ser bastante perturbadora. Ten cuidado.

Se dio vuelta y entró en el salón. Me pregunté por la razón de lo que dijo, solo para darme cuenta de que me cautivó tanto Elsa que olvidé preguntarle si Bruni estaba realmente casada o no. Lo había olvidado por completo. Probablemente Bruni tenía razón con su advertencia. Me dirigí a la biblioteca.

30

Los hombres estaban en el bar. Me uní a ellos. Johnny levantó la vista luego de servirse un brandy y preguntó cómo me sentía.

—Bien, realmente —respondí.

—Bueno —me dijo mirándome cuidadosamente—, definitivamente me tenías preocupado. Nuestro pequeño experimento pudo haberse malogrado, pero no sucedió. Parece que volviste a la normalidad. Me preocupé un poco cuando optaste por el vino, pero no podría culparte. Estaba delicioso y, si te lo hubieras perdido, no habrías parado de oírme alabándolo. Bienvenido de regreso a la tierra de los vivos.

Puso una mano en mi hombro y le dio un ligero apretón.

En otra ocasión, me habría molestado la preocupación que mostró por sus planes, pero no esta noche. Sin los cuidados que tuvo conmigo, los acontecimientos podrían haber dado un giro desastroso. Incluso, tendría que darle las gracias a Bruni también. No sabría decir si fue Elsa, la comida o el vino, pero me sentía sencillamente bien.

—Gracias. El vino estuvo increíble.

—Así fue. ¿Cómo estuvo tu compañera de cena?

—¿La baronesa? Encantadora.

—Cuéntame. —Una de las cejas de Johnny se arqueó, lo que era un indicio de que esperaba complicaciones.

—Imagina una Brunhilde más refinada y con habilidades de comunicación tremendamente buenas. Ya sea por eso o por algo más, también posee un atractivo físico que yo no intuí. En un grupo, probablemente no brille tanto, pero cara a cara resplandece como un faro. Me tenía tan cautivado que olvidé preguntarle sobre el asunto de Bruni.

—Eso es malo. Me aseguraré de mantenerme alejado de ella en el futuro. No tengo idea de cómo te las arreglaste con esas dos mujeres. ¿Recuerdas aquello de que «ni el infierno tiene la furia de una mujer despechada»?

—No llegaría tan lejos, pero el pensamiento cruzó por mi cabeza. Madre e hija parecen un poco competitivas, pero no debería preocuparme demasiado. Probablemente solo estén aburridas, como dos gatos con pocos juguetes. ¿Cómo te fue con la versión más joven?

—Bueno, cuidado, que no te destrocen. Sentarse junto a Bruni toda la noche fue mucho mejor de lo que esperaba. Tiene un encanto bastante cautivador. Probablemente la juzgué mal. Para mí, podría ser que su sexualidad triunfe sobre su tendencia al control minucioso. El jurado aún no lo ha decidido, pero estoy dispuesto a reconsiderarlo. Deberíamos despedirnos.

—Un poco temprano, ¿no? —preguntó el barón. Estaba justo detrás de nosotros. Desde hacía cuánto tiempo no podría saberlo. El hombrecito tenía la desagradable costumbre de aparecer en momentos comprometedores.

—Así es en el campo —respondió Johnny. Bostezó y estiró los brazos para enfatizar el punto. Me las arreglé para apartarme del trago de brandy que sostenía en su mano.

—¿De quién hablaban antes? —preguntó el barón.

—Estaba describiendo a la baronesa —respondí—. Eres un hombre afortunado.

Se rio. Sus ojos se plegaron en lo que yo esperaba que fuera un gesto de buen humor genuino. Me miró durante un momento y luego dijo:

—Sí, afortunado de encontrarla, pero no es tan fácil conservarla. Esto requiere habilidades reales en muchos niveles, algunas de ellas propias de un joven. Tal vez como las tuyas...

El barón rio entre dientes, perversamente.

Antes de que yo pudiese ordenar mis pensamientos, él se había dado vuelta y caminaba hacia la puerta, saludando mientras se marchaba. Rápidamente, miré a mi alrededor para ver si nos habían escuchado, pero el señor Dodge y Malcolm charlaban despreocupadamente.

—¿Dijo lo que creí escuchar? —preguntó Johnny.

—Solo Dios sabe.

—Será mejor que cierres tu puerta esta noche, si esperas dormir algo. Santo cielo, esta vez sí que la hiciste. —Me miró con admiración.

—No me veas así. ¡No tuve nada que ver con eso! —exclamé.

Johnny y Bruni juntos me ponían un poco nervioso, aunque no tenía nada concreto para justificar mis sentimientos.

—Si tú lo dices... —aclaró Johnny sonriendo—. Pareces algo inquieto.

—En absoluto. Ha sido un largo día y todavía quedan cosas por delante.

—Sí, es cierto.

Luego de eso, dimos las buenas noches al señor Dodge y a Malcolm, quienes sonrieron y nos desearon lo mismo.

Salimos de la biblioteca y nos detuvimos en la puerta del salón.

—¿Nos atrevemos a decir buenas noches a las damas? —pregunté.

—Supongo que podríamos saltarnos eso —respondió Johnny—. Efectivamente, podría ser lo mejor. Tenemos trabajo que hacer. ¡Adelante!

31

Se estaba haciendo tarde y llegamos a un punto muerto. Robert Bruce dormía en su canasta, mientras Johnny y yo batallábamos con la verborrea del libro de la forma extraña.

Con frecuencia, me quejaba de la tendencia de Johnny a pasar por alto aspectos específicos, pero, cuando se lo proponía, podía ser tan minucioso como yo. En el sofá y la mesa se apilaban volúmenes y blocs de notas, mientras Johnny y yo trabajábamos en el texto palabra por palabra y línea por línea para hacernos una idea del significado de los pasajes y de la pronunciación correcta.

El texto suponía que estábamos familiarizados con la preparación elemental para invocar a los espíritus, algo que tal vez podía ser obvio en el momento en que se escribió, pero hoy no era tan claro. El libro nos decía qué recitar, pero, aparte de unas pocas líneas sobre la necesidad de contener los riesgos y el uso de un objeto para ayudar en la invocación, no había nada más. Incluso esas breves instrucciones nos superaban, dadas nuestras limitadas habilidades para descifrar el lenguaje original y la lucha con la gramática antigua.

Johnny terminó otra referencia, cerró el libro con un golpe seco y se sentó, rodeado por las notas, diccionarios, documentos y otros elementos de un proyecto de investigación que se había vuelto demasiado complejo. Por su expresión, pude ver que estaba decidido a continuar, aunque nos faltaran algunos detalles vitales. En su estado de ánimo actual era imposible hablar con él, simplemente porque en medio de un trabajo tedioso tenía la costumbre de sermonear a cualquiera que estuviera a su alcance. Explicarles las cosas a las almas menores le ayudaba a su mente a captar y dar un mejor sentido a los asuntos complejos. Me di cuenta de que se acercaba uno de sus sermones.

—Tenemos que tomar decisiones, así que revisemos, ¿sí? —ordenó.

Se levantó. Suspiré al ver que recogía su libreta amarilla y un afilado lápiz número dos para marcar los puntos relevantes.

—Concentrémonos, ¿de acuerdo? —Me miró fijamente.

Cualquier otra cosa que no fuera la total atención durante una de sus disertaciones tendía a molestarle y a extender su duración. Me acomodé y esperé a que empezara. Era mejor así. Robert también hizo un esfuerzo: abrió un ojo y dirigió una de sus orejas hacia Johnny.

Johnny aclaró su garganta y comenzó.

—De acuerdo con todo lo que estoy leyendo, el procedimiento es importante, pero no es el factor decisivo para la materialización. Es la voluntad del participante lo que resulta primordial. Necesitamos recitar los treinta y un versos completos para convocar y manejar algo adecuadamente épico, y sugiero que recorramos todo el camino. Ya que nos metimos en esto, tenemos que terminar.

Me miró, pero noté que no pedía mi consentimiento. Me mantuve tranquilo.

—Más concretamente, la primera parte, de la que hay unos diez versos, me parece que se trata de una invitación. De ahí deduzco que los demonios no aparecen simplemente, sino que tienen que ser invitados.

»El siguiente fragmento de texto parece describir un contrato, en el sentido de que hay cosas específicas que no queremos que el demonio haga, como matarnos, volvernos locos o destrozar el lugar. Esa parte parece clara, pero son las dos secciones siguientes las que me preocupan. Implican las libertades que específicamente establecemos, como lo que deseamos que el demonio haga. Hay varias palabras y frases en esta sección que van más allá de mi entendimiento. Podrían significar cualquier cosa. Por último, como se describe en los versos veintiuno al veintisiete, para tener un contrato debemos intercambiar alguna cosa de valor por otra. Al demonio se le pide encarecidamente que aparezca, que no nos mate y que considere nuestra petición, pero tendremos que hacer de alguna manera una oferta anticipada, la cual, de nuevo, se expresa en frases que no son exactamente claras.

Haciendo una pausa para considerar lo que acababa de decir, empezó a golpear la libreta con el lápiz, hasta enterrarlo en ella. Luego continuó:

—Toda esta parte se lee como algo sacado del derecho contractual, y me parece recordar que no es muy distinto a una conversación que tuvimos la otra noche con Stanley. También hay una sección de cierre, un pequeño conjunto de versos donde las partes se muestran de acuerdo y, quizás, se hace un brindis, de nuevo, algo extrañamente familiar. A continuación, viene un apartado largo sobre la ruptura del contrato y sus consecuencias. Por último, hay un plan de abandono, en el que los involucrados acuerdan disolver la relación en términos amistosos y tomar caminos separados.

»En realidad, todo esto suena como la mezcolanza de un folleto proveniente de algún fondo de inversión oscuro, excesivamente familiarizado con demandas, y un convenio maestro para una sociedad, con particular énfasis en un plan de abandono estructurado. ¿Quién iba a pensar que existieran en ese entonces cosas tan espantosas? Pero, espera...

En ese momento Johnny se detuvo y comenzó a admirar su habilidad para armar las cosas. Agitó el lápiz como si fuera una batuta y lo blandió en el aire como si quisiera un poco más de volumen de la sección de cuerdas.

El ojo de la luna

—Considera esto: si es extremadamente similar a un folleto y a un convenio maestro, entonces *es* un folleto y un convenio maestro. Le podemos dar el mismo tratamiento.

Johnny se sentó de nuevo, disfrutando de su brillantez.

—Debo decir que es admirable de mi parte. Ahora, sé lo que vas a decir y te escucharé, pero, verás, eso resuelve nuestro problemita. Probablemente el lenguaje no importe, pero la intención sí, de modo que lo consideraremos como uno de nuestros antiguos contratos y estaremos listos para continuar.

El humor de Johnny cambió sustancialmente con esta revelación. Advertí la lógica, pero pensé que yo podría jugar un poco el papel de abogado del diablo.

—¿Cómo traducimos algo así al alemán antiguo o a lo que sea?

—No lo hacemos. Es la intención lo que importa. El idioma es secundario. Simplemente, añadimos algunas piezas de nuestra elección y nos saltamos el resto. Es decir, ¿quién sabe a lo que nos referimos? Mantenemos las partes que creemos entender y hacemos el resto en inglés. Simple y eficiente. Me gusta, así que pongámonos a trabajar.

Una hora más tarde, habíamos creado un contrato que parecía seguro. Varias de las secciones alcanzaron una extensión considerable. Le pregunté en broma a Johnny si podíamos invitar a Bruni a revisarlo. Este tipo de cosas eran su fuerte, después de todo, pero descarté la idea a mitad de la frase, dada la mirada que Johnny me dirigió.

Nuestra siguiente tarea, según Johnny, era esbozar cómo procederíamos ahora que los elementos lingüísticos se habían resuelto a su satisfacción. Esto tomó otra media hora. Una vez definidas las reglas, Johnny fue a su habitación y volvió con la estatuilla que portaba la joya. La puso sobre la mesa. Esta lucía como un gnomo sosteniendo un pedazo de cuarzo sucio, mirándonos con

Ivan Obolensky

ojos que no veían. Robert se sentó en su cama y la observó con atención. Sus ojos negros eran misteriosamente similares.

—Bueno —dijo Johnny—, ¿estamos listos para empezar?

—No del todo —contesté—. Primero, ¿tenemos un plan de emergencia en caso de que las cosas se nos salgan de las manos?

—¿Qué sugieres?

—Me sentiría un poco mejor, incluso si fuera tan simple como correr escaleras abajo gritando para encontrarnos con Stanley; pero deberíamos considerar algo más sustancial antes de empezar.

—Excelente. Eso es todo entonces: corremos a buscar a Stanley.

Johnny tenía ganas de empezar.

—¿De verdad? ¿Eso es todo? Definitivamente necesitamos algo más. Además, suponiendo que lográramos que el demonio apareciera, ¿qué es *exactamente* lo que queremos que haga? El verso catorce pide simplemente que dé a conocer su presencia.

—Correcto. Ahora mismo, solo quiero ver a uno, pero, ya que lo mencionas, ¿qué tal si lo invocamos para asustar al barón? La venganza puede ser perversa.

—¡Absolutamente, no! En serio, no tenemos ni idea de cómo se interpretaría. Definamos específicamente lo que queremos que haga. Eso de «dar a conocer su presencia» es vago y queda abierto a cualquier interpretación. ¿Qué te gustaría que hiciera, literalmente?

—De acuerdo, tienes razón. Pensemos. Tal vez el demonio podría decirnos algo importante que necesitamos saber. Algo así como: ¿Alice fue asesinada?

—Me parece justo. Bien, dejemos que nos responda una pregunta. ¿Es eso lo que quieres saber?

—Claro.

—Por último, ¿qué hay de Robert? Seguramente, necesitamos protegerlo tanto como a nosotros mismos.

El ojo de la luna

—Excelente idea. Lo agregaremos.

Estábamos cerca de una versión final. Con Johnny ansioso por empezar, podría haberle pedido casi cualquier cosa y habría aceptado.

Hicimos varios cambios. Nuestro procedimiento de emergencia, aparte de huir lo más rápido posible (que seguía siendo una opción), era proceder de inmediato a la sección de abandono y aplicarla lo antes posible. Robert fue añadido a la cláusula de protección y explicamos claramente que queríamos la respuesta a una pregunta y eso era todo.

Yo también tenía una pregunta, pero era más bien para Johnny que para aquello que íbamos a invocar. Dudé, pero seguí adelante:

—Esta pregunta puede parecer ociosa después de pasar por todo este trabajo, pero ¿deberíamos estar haciendo esto?

En lugar de descartar por completo mi inquietud, Johnny me miró y respondió:

—Entiendo tu temor. Francamente, yo siento lo mismo, pero también creo que hay algo que me llama en esa dirección. Los dos sabemos que en esta casa ocurren cosas extrañas. Stanley dijo que Alice se vio envuelta en este tipo de eventos mucho más de lo que nunca creímos posible. Pero, a pesar de todo, la pregunta sigue en pie: ¿todo esto es pura mentira o hay algo más? Yo, por mi parte, quisiera saberlo de primera mano. ¿Tú no?

Asentí con la cabeza. Había dado en el clavo. Teníamos que saberlo.

—Te diré algo —susurró Johnny—. Sentemos a Robert entre nosotros. Al menos, tiene unos dientes que asustan.

Me di cuenta de que a pesar de su bravuconería, Johnny estaba tan nervioso como yo. Como para confirmar mi teoría, se levantó y fue a su habitación. Volvió con dos tragos largos de licor.

—Creo que necesitamos un poco de valor líquido antes de empezar. Pese a tus excesos de esta tarde, te aconsejo que bebas.

Asentí con la cabeza y me pasó uno de los vasos.

—¿Estás listo? —preguntó Johnny.

Nos miramos, chocamos los vasos y bebimos. Necesitaba toda la fortaleza que pudiera reunir.

—Ahora lo estoy —contesté.

Johnny tomó el libro en sus manos y me pasó una copia manuscrita de lo que teníamos que decir. Dispusimos el espacio de acuerdo con los procedimientos que Johnny consideró más apropiados y nos volvimos a sentar. Lo miré y él me miró. Robert mecía su cabeza de un lado al otro. Con una señal, empezamos a cantar las palabras peculiares que el libro pedía, intercaladas con extrañas partes en inglés moderno.

32

La alarma emitió un zumbido sordo. Me acerqué y la apagué. El sol ascendía y entraba oblicuamente a través de la ventana circular. Estiré los brazos. Me sentía maravillosamente vivo y fresco, regocijado con un sentido de bienestar, cuando Johnny metió su cabeza por la puerta y dijo con bastante fuerza:

—Levántate. Vístete. Vamos a llegar tarde al desayuno. Muévete, no hay tiempo que perder.

Parecía molesto y agitado. Cuando Johnny empezaba a darme órdenes era indicio de que uno de sus planes se había trastornado gravemente, lo que era bastante malo.

Me levanté y fui al baño.

La vestimenta era informal para el desayuno. Cuando estuve listo, vi que Johnny caminaba de un lado a otro. Robert estaba sentado a un lado, esperando, con sus ojos fijos en cada movimiento de su amo. Su cabeza iba de un lado a otro, como si estuviera viendo un partido de tenis.

—Recuerda —dijo Johnny cuando me vio presentable—, no menciones nada. ¡Absolutamente nada!

No tenía ni idea de lo que hablaba y así se lo expresé.

—¡Por favor, no me digas que no te acuerdas de anoche!

—En realidad, no —contesté—. En absoluto. Me siento realmente genial, por cierto.

—Oh, Dios, como si no tuviera suficientes problemas.

Miró suplicante hacia el tragaluz durante un momento y aceleró su paso. Se dijo a sí mismo:

Ivan Obolensky

—No puedo creerlo... y no hay tiempo para repasar los detalles... ¡Qué desastre! —Deteniéndose a medio camino, añadió: —Recuerda, no digas nada. Es todo lo que te pido.

Se dio vuelta para irse y luego volvió a girar.

—Otra cosa... Si por casualidad tienes un repentino destello de memoria, no reacciones. Simplemente, continúa comiendo. Discutiremos todo esto más tarde. Estoy muy seguro de que todo saldrá bien. Al menos, eso creo. Solo mantén la calma y continúa. ¿Entiendes?

Johnny, seguido por Robert, bajó las escaleras antes de que yo pudiera responder. Me sentí un poco lento asimilando los hechos, como si estuviera atascado en una de mis pesadillas de la infancia en la que el profesor me hacía un examen de operaciones matemáticas complejas que no conocía, usando una notación que nunca había visto. En el sueño, me sentaba allí, paralizado por la incredulidad, mientras los estudiantes a mi alrededor comenzaban a escribir.

Repasando lo que sucedió la noche anterior, recordaba casi todo, hasta el momento en que Johnny y yo subimos. Me emborraché un poco. Pero, aparte de eso, mi memoria no guardaba ninguna pista. Decidí enfrentar las cosas una a la vez. Tenía hambre, por lo tanto, necesitaba comer.

Cuando había invitados en Rhinebeck, en la primera comida del día no se asignaban los asientos, aparte de los del señor y la señora Dodge, que ocupaban los extremos de la mesa. Ambos parecían descansados y frescos mientras leían sus copias separadas del *Times*, en su habitual rutina de la mañana. Encontré una silla vacía junto a Bruni y me senté. Le dije hola y ella murmuró algo ininteligible. Se veía decaída y un poco pálida. Me sirvieron un plato de huevos revueltos con tocino, que comí vorazmente. Después de un momento, noté algo peculiar. Nadie había hablado durante todo el desayuno. Elsa, a mi izquierda, bebía su café con la mirada fija en algo lejano. Lo que veía estaba más allá de las paredes del comedor. Bruni, a mi derecha, estaba concentraba en su plato y tomaba su comida, mientras que el barón, sentado frente a Elsa, fijaba su atención en el *Financial Times*. Malcolm comía despacio y con cuidado. Johnny, enfrente a mí, escrutaba su alrededor, encubriendo su mirada detrás de su taza de café, mientras apoyaba un brazo sobre la mesa. No tendría que haberse molestado. De cualquier modo, nadie prestaba atención.

Mientras tanto, Stanley y su equipo mantenían el flujo de comida y café, pero en vano. Aparte de Malcolm y yo, nadie comía realmente.

Puse mantequilla en unas tostadas. Johnny me miró con los ojos un poco abiertos y luego dio un vistazo furtivo alrededor de la mesa. Cada segundo que pasaba se sentía más nervioso. Luego de unos minutos en esta situación, Bruni dejó caer sus cubiertos con un estruendo. Todos saltamos ante el ruido repentino, pero, aparte de Johnny y yo, los demás volvieron a lo que estaban haciendo. Luego del sonido de unos cuantos periódicos matutinos que se cerraban y algunas miradas rápidas para ver qué pasaba, todo volvió a estar en silencio.

Consumí casi todo lo que estaba al alcance de mi mano cuando sentí que Bruni me tiró del brazo hacia ella. Se inclinó y me susurró suavemente al oído:

—Tenemos que hablar, pero no ahora ni aquí.

Me soltó y buscó su cuchillo y el tenedor. Hizo varios movimientos de corte, mientras comía frugalmente.

Después de unos minutos, Stanley regresó con más café.

Malcolm se atrevió a romper el silencio. Dijo con una voz normal, que sonaba notablemente fuerte:

—¿Soy yo o sucedió algo en medio de la noche? Hablo en serio.

Todos en la habitación quedamos completamente inmóviles. Miré a mi alrededor. Johnny estaba paralizado, mientras sus ojos iban rápidamente de un lado a otro. Bruni palideció aún más. El barón se mantuvo escondido detrás de su periódico mientras Elsa enfocaba lentamente su atención en dirección a Malcolm. Sonrió extrañamente, como si acabara de ser sorprendida viendo algo atrevido en la televisión. El señor y la señora Dodge dejaron sus periódicos al mismo tiempo, mientras que Stanley se mostraba muy interesado en el techo. Nadie dijo una palabra.

—¡Vamos! —continuó Malcolm—. Estoy seguro de que algo sucedió. Todos parecen haber quedado mudos. Hablemos de lo que pasó.

Todos en la mesa, excepto Johnny y yo, empezaron a hablar al tiempo.

—Esperen —gruñó Malcolm—. ¡Uno a la vez! Primero, lo primero. Stanley, si es posible, me gustaría algo para la resaca.

Antes de que Stanley pudiera atender la solicitud, el señor Dodge dijo:

—Como parece que ya terminamos el desayuno, ¿por qué no pasamos a la biblioteca y hablamos allí? Y, Stanley, una jarra estaría bien.

Stanley respondió con un «muy bien, señor», mientras los demás nos abríamos paso a través de las puertas dobles hasta el salón. Estaba a punto de coger otra tostada, pero Bruni me tomó del brazo. Parecía un poco temblorosa, así que, rápidamente, decidí dejar pasar mi antojo, pero no sin cierta reticencia. Por muchos años, esos pequeños triángulos de pan sin corteza entraban en mi mente, en momentos extraños, y eran un recuerdo hogareño. Desvié mi atención de las tostadas y la enfoqué en Bruni, que se aferraba a mí.

Mientras íbamos a la biblioteca, le pregunté cortésmente si estaba bien, pero ella simplemente asintió. Johnny caminaba junto a nosotros. Tenía una especie de extraña sonrisa en la cara. Había visto antes esa mirada. Era nuestra mirada inocente. La practicamos durante horas y horas hasta lograr que luciera perfecta. Obviamente, Johnny sabía con exactitud lo que había pasado la noche anterior. Ahora intentaba lo mejor que podía que la sospecha no recayera sobre él. Crecer en un hogar con un elevado nivel de percepción implicaba que el uso excesivo de esta mirada pudiera interpretarse como una forma de engaño, así que la utilizábamos solo en circunstancias extremas. ¿Qué hicimos? Me preguntaba si era posible ser responsable de algo que uno no recuerda haber hecho. Podría haberle preguntado a Bruni sobre las repercusiones legales, pero habíamos llegado ya a la biblioteca. Además, no estaba seguro de que ella estuviera en buena forma para responder.

Me encantaba este espacio. Siempre me sentí cómodo y seguro en él. Esta mañana, a pesar del buen tiempo, las cortinas se cerraron y ardía el fuego en la chimenea. Era un santuario de bienvenida para aquellos que bebieron demasiado la noche anterior. Nos sentamos todos en un círculo. Johnny estaba a mi izquierda y Bruni a mi derecha.

—Malcolm —dijo el señor Dodge—, dado que empezaste esto, ¿por qué no hablas tú primero?

—Bueno, eh... muy bien. La cena estuvo magnífica, y el vino, uno de los mejores que recuerde. Me retiré un poco temprano para mi gusto, pero tenía muchas ganas de dormir, después de haber viajado todo el día. Alrededor de las dos o tres, me desperté. No sé exactamente por qué. Tenía una sensación de malestar. Algo no estaba bien. Me quedé ahí, con mis sentidos alerta, cuando oí lo que parecía ser una respiración pesada. Eso me desconcertó, pues yo era el único en la habitación y estaba oscuro, tanto que decidí quedarme donde estaba. Escuché voces y luego silencio, seguido de otra voz que tenía una cualidad peculiar y áspera, aunque no podía entender lo que decía. Luego vino el silencio de nuevo, seguido de un ruido sordo. Intenté volver a dormirme, sin éxito. Estaba completamente despierto. Me puse la bata y abrí la puerta para bajar a tomar una copa. Para mi sorpresa, había un hombre moreno sentado en una silla al final del pasillo. Me dijo secamente que volviera a mi habitación. No tenía ni idea de qué pensar, pero hice lo que me ordenó. ¿Alguien sabe de quién se trata? Estoy seguro de que no fue producto de mi imaginación.

En ese momento, Stanley entró empujando un carro con varios vasos altos llenos de hielo, una jarra grande de Bloody Mary y una pequeña de consomé, al lado de una botella de vodka.

—Remedio para la resaca, como lo solicitaron: Bloody Mary y Bull Shots. Baronesa, ¿qué puedo ofrecerle?

Una vez que todos habíamos sido servidos y Stanley se retiraba, el señor Dodge preguntó:

—Stanley, ¿sabe por qué había un caballero sentado en el pasillo anoche?

—Era Raymond, el chofer, señor. Por protección.

—Ya veo. Gracias, Stanley.

Stanley se escabulló.

—¿Siempre pones a un hombre en el pasillo por la noche? —preguntó el barón.

—De vez en cuando, sobre todo cuando tenemos invitados importantes como ustedes en la casa —respondió el señor Dodge.

—Muy bien. Nada de jueguitos nocturnos. —El barón se rio entre dientes.

Johnny y yo nos miramos. Stanley no dejaba nada al azar, lo que era un pensamiento reconfortante.

—Entonces, ¿volviste a dormir? —le preguntó el barón a Malcolm.

—Bueno, leí un poco y luego debí de quedarme dormido. Fue una noche extraña y parece haberlo sido para otros también, ¿estoy en lo cierto?

—Yo dormí como un bebé —dijo el barón—. ¿Y tú, Elsa?

—Tuve un sueño muy provocativo. —Sonrió y ronroneó—. Me montaba una bestia por detrás. Nunca vi quién me penetró.

La revelación generó varias exclamaciones. Johnny se atragantó y Bruni tomó aire aceleradamente. El barón explotó de la risa. La señora Dodge también se rio y dijo:

—Oh, Elsa, eres imposible.

El señor Dodge sonrió y sacudió la cabeza. Aparentemente, este tipo de comentarios era típico de Elsa, y quienes la conocían bien los esperaban.

—¿Una bestia? —gritó Malcolm, que no estaba entre ese selecto grupo y parecía más bien un poco excitado.

—De acuerdo —dijo ella con su maravilloso acento alemán—, un demonio, entonces. Fue singularmente satisfactorio. ¡Me encanta dormir en esta casa!

Al pronunciar ella la palabra *demonio*, me ahogué con mi Bloody Mary, pues una horda de imágenes sobre la noche anterior, que habían desaparecido, volvieron, inundando mi memoria. Johnny y Bruni me golpearon en la espalda. Tosí un poco más para encubrir la conmoción ante mi nueva conciencia y dije, como pude:

—Un poco de pimienta... atascada en mi garganta.

Me tomé un tiempo para recuperarme. No me extraña que Johnny me mirara como lo hizo. Pareció que habíamos tenido un problema de contención. Antes de que pudiera empezar a procesar esta nueva visión y sus implicaciones, el barón me preguntó:

—Entonces, ¿qué hay de ti? ¿Cómo estuvo tu noche?

—Tuve uno de los mejores sueños que pueda recordar. —Una declaración que era verdad.

—¿Y antes de eso?

—Una noche extraordinaria. Verdaderamente memorable.

En ese momento, recordé que había más, mucho más. Al darme cuenta, puse mi mejor cara de inocencia.

—¿Alguien más?

El señor y la señora Dodge se miraron el uno al otro y se tomaron de la mano. Ella se aventuró a decir:

—John y yo pasamos una noche muy... agradable. Despertamos sin razón aparente. Sin embargo, nos volvimos a dormir.

Elsa los miró fijamente y luego se volvió hacia Bruni

—¿Y tú, Brunhilde?

Bruni se ruborizó un poco, pero dijo con voz tranquila:

—No recuerdo haberme despertado en medio de la noche, pero mis sueños fueron intranquilos. Rara vez los recuerdo, pero estos eran muy vívidos. Tuve varios, lo cual es inusual en mí. No le doy mucha credibilidad a los sueños en general, así que los dejaré así. Me sentiría incómoda contándolos, pero el hecho de que ocurrieran de manera tan realista, claramente, difiere de lo corriente.

Malcolm asintió. —Gracias. ¿Y tú, Johnny?

—Bueno, no dormí mucho, lo cual es inusual en sí mismo, así que supongo que tendría que concluir que fue una noche extraña. Por otra parte, me gustaría decir que este Bloody Mary le da un mejor giro a las cosas. ¿Qué tal si brindamos por un nuevo día y un buen comienzo?

Levantamos nuestros vasos en respuesta. El señor Dodge concluyó diciendo:

—Sí, y hace un hermoso día afuera. Aprovéchenlo, si pueden. El almuerzo es a la una. Mientras tanto, Anne y yo tenemos que ocuparnos de algunas tareas domésticas, así que deberán disculparnos. ¿Por qué no nos reunimos en el salón a las doce y media? Por cierto, mi madre, la señora Leland, llegará esta tarde, junto con mi media hermana, Bonnie. Hugo, ¿qué planeas hacer esta mañana?

El ojo de la luna

—Tengo algunas llamadas pendientes y unos asuntos de negocios que tratar con Elsa y Brunhilde —respondió, mirando a su esposa e hija y luego a su anfitrión—. ¿Podemos sentirnos como en casa? Tendré que buscar mi maletín.

—Por supuesto. Nadie los perturbará, pero, si necesitan algo, la campana está a la izquierda de la chimenea. Stanley los atenderá. ¿Y tú, Malcolm?

—Voy a dormir un poco más, si no te importa, no sea que la fatiga de mi viaje me venza esta noche.

—Me parece justo. ¿Muchachos?

Muchachos era una manera de llamarnos que con seguridad nunca superaríamos, y menos estando juntos en esta casa. Johnny respondió por los dos.

—Estaremos atendiendo a Robert con un largo paseo.

—Eso es todo entonces.

Todos tomamos caminos separados.

33

—Bueno —dijo Johnny—. Creo que eso estuvo bastante bien.

Johnny y yo paseábamos una vez más a Robert. Era una tarea conveniente que nos permitía conversar en privado y asegurarnos a la vez de que el perro se comportara relativamente bien. La mañana era espléndida, sin una nube a la vista. Nos sentíamos animados después de los asuntos sombríos de la noche anterior. A Johnny también le encantó saber que no había razón para sospechar que él tuviera algo que ver con los sueños peculiares de nuestros huéspedes y que sus peores temores sobre asesinato y caos no se hubiesen concretado. Nos acercábamos al bosque ubicado en la parte sur de la casa cuando Johnny preguntó:

—¿Entonces *sí* recuerdas lo que pasó anoche?

—Creo que sí. Llegó por completo a mi mente cuando Elsa pronunció la palabra *demonio*. Pero recuerdo más sensaciones y sentimientos que detalles específicos.

—¿Por qué no me dices lo que recuerdas y yo lleno los vacíos?

—Me parece bien. Recuerdo muy claramente nuestros preparativos. Después, nos sentamos en el sofá. Estabas a mi izquierda y Robert sentado entre nosotros. La única luz era la de las velas. Empezamos a recitar los versos. Al principio, no ocurrió nada, y estaba bastante seguro de que nada sucedería. Sin embargo, a medida que avanzamos en la lectura, pensé que podría haber sido un poco prematuro en mi evaluación. Algo había comenzado. Podía percibirlo y empecé a ponerme nervioso. Me sentía fuera de lugar. Nuestra ubicación cambió de alguna manera. Todavía estábamos en el sofá de la casa, pero afuera, el mundo era distinto y el tiempo corría de una forma extraña. No era el pasado o el futuro, sino un tiempo diferente. No lo sé. Realmente empecé a asustarme en ese momento.

»Las sensaciones eran muy diferentes de las que yo esperaba o de lo que hubiera experimentado alguna vez. Creo que nos detuvimos en ese punto y nos miramos. Mientras lo hacíamos, mis ojos se dirigieron más allá de ti y hacia mi habitación. La puerta estaba abierta y pude ver a través de la ventana. Estaba oscuro, pero el cielo tenía un brillo nebuloso, como cuando la luna está casi llena. Vi ramas de árboles fuera de mi ventana, lo cual es imposible, pues no hay árboles cerca de la casa. Eso me desorientó aún más. El resto de lo que recuerdo es aún más impreciso, me temo. Creo que pregunté si podíamos parar, pero era demasiado tarde para eso. Algo más nos acompañaba en la habitación. Lo sentía en lugar de verlo. Francamente, no me atreví a levantar la mirada. Mantuve la vista baja para leer los versos. Podría haberlo imaginado. Pensé que teníamos que leerlos, ya que había varios párrafos que parecían importantes, como la cláusula «sin daños corporales» y algunos otros. Apenas aguantaba. Una vez los pasé, sentí cierto alivio y tomamos un poco de agua. Miré a mi alrededor para ver afuera, pero la puerta de mi habitación estaba cerrada. Esto me sacudió porque estaba seguro de haberla visto abierta.

»Ya nada parecía estable. Creo que hiciste tu pregunta luego y recibiste una respuesta extraña: «El ojo de la luna está cerrado». Pensé que era lógico. ¿Cómo podríamos creer que recibiríamos una respuesta directa de un demonio? Después de eso, la situación se deterioró rápidamente. ¿Quizás hicimos otra pregunta sobre esa respuesta y eso anuló nuestro contrato? Es posible, supongo. Se hizo otro trato, creo. Sobre qué, exactamente, no lo sé.

»Lo siguiente que recuerdo fue meterme en la cabeza de otras personas. Tuve una visión de Bruni. Estábamos desnudos y abrazados en su cama. Visité a Elsa. Su cabeza estaba llena de fantasías eróticas. Vi al barón, pero era ilegible, lo mismo que Stanley. Sentí el amor mutuo de tus padres. Sentí la soledad de Malcolm Ault.

»Hubo otras impresiones, pero rápidamente confundí su procedencia porque me llegaban con mucha rapidez y muy vívidamente. En el fondo de mi mente, seguía pensando que necesitaríamos acudir rápidamente a la cláusula de protección. Quizás traté de leerla. No lo sé. Después de un tiempo, sentí que me rendí a la avalancha de imágenes que recibía y me desmayé. No puedo recordar nada más hasta que desperté. Eso es prácticamente todo. Si no supiera de qué se trata, diría que consumí algún alucinógeno serio, pero hasta donde sé, no fue así. ¿Cómo se compara eso con lo que experimentaste?

—Estamos de acuerdo en varios puntos, pero antes de decir algo, permíteme que procese un poco lo que dijiste. Necesito pensar.

Mientras caminábamos en silencio, miré a Robert. Le encantaba el aire libre y no llevar puesta la correa. Corrió delante de nosotros hacia el bosque y se adentró en los matorrales. Seguí su avance mirando la punta de su cola por encima de la vegetación, mientras se movía por el borde del prado. No vi ningún cambio en él, a pesar de los hechos de la noche anterior. No estaba tan seguro de que ese fuera mi caso. Me sentía diferente. Un poco más lento, de alguna manera, pero más tranquilo. Siempre había sido muy paranoico y nervioso. Ahora me sentía más dispuesto a permitir que el mundo viniera a mí en vez de buscarlo. ¿Qué me había sucedido anoche? Johnny interrumpió mis reflexiones.

—Bueno, creo que acertaste en la mayoría de los puntos importantes. Pero te debo una disculpa, una muy grande. No estoy seguro de qué vaya a pasar una vez que hayas oído lo que tengo que decir. Sin embargo, me prometí a mí mismo que te lo diría.

El ojo de la luna

También lo prometí a la entidad que invocamos. Es parte del acuerdo que hice, pero llegaré a eso a su debido tiempo.

En este punto, dejó de caminar y se dio vuelta hacia la casa, evitando tener que mirarme.

—Hay una parte de mí que siempre lleva las cosas demasiado lejos. Es mi naturaleza... Me encanta vivir al límite. Me siento muy vivo en ese terreno, pero hacerlo tiene un precio. No a todo el mundo le gusta vivir así y arrastro conmigo a cualquiera que esté cerca, le guste o no, por lo general sin decirle que ha saltado conmigo desde un precipicio. Los costos de mis decisiones y elecciones a menudo los pagan otros. Tal vez por eso tengo tan pocos amigos de verdad. Realmente, no soy digno de confianza y no soy honesto.

—Johnny...

Se volvió hacia mí.

—Percy, es importante que escuches todo esto antes de responder. No soy de los que desnudan el alma, pero llega un momento y es ahora. Verdaderamente, necesito reevaluar mi vida. Me prometí a mí mismo, y ahora a ti también, que trataré de ser menos turbio. Me odio cada vez que lo hago, y eso sucede muy a menudo. Decir que lo siento ya no me sirve de nada, pero aquí lo estoy diciendo otra vez. Tengo que parar y lo haré.

»La verdad es que siempre estuve en el centro de mi mundo. Mi vida gira en torno a mí. Me gusta que sea así, pero después de anoche me di cuenta de que estaba equivocado. En realidad, poco importo. Hay cosas que son mucho más grandes que yo y mucho más significativas de lo que alguna vez pensé. Debo aceptar eso y cambiar o seguir siendo una persona superficial y egocéntrica. Me decidí por lo primero.

»Probablemente te preguntes qué podría haberme llevado a esta encrucijada, así que déjame decirte lo que pasó anoche. Haré mi análisis al final. Todo lo que pido es que me dejes decirlo todo. ¿Prometes escucharme sin interrupciones?

—Por supuesto —respondí.

¿Qué más podría decir? Obviamente, puede que no quisiera saber lo que tenía que contarme, o tal vez sí. Estaba dispuesto a oírlo. Yo también estaba en un lugar diferente.

—Aquí va. Para empezar, tengo que contarte algunas cosas que no te he dicho. Por casualidad, descubrí algunas notas escritas por Alice que estaban escondidas entre las páginas del libro con forma extraña que tomé prestado abajo. Describían algunos detalles adicionales sobre cómo contactar e invocar a los espíritus, algo así como una explicación sucinta de las mejores prácticas. Alice recomendaba el uso de un objeto poderoso para atraer su atención, particularmente el brazalete con la joya. Hacía un énfasis muy específico en la dirección a la que debía dirigirse, la iluminación y ese tipo de cosas, así que no fue coincidencia que yo hiciera los preparativos de la manera en que los hice. Además, describía lo que vivió durante una invocación y que su gran avance llegó cuando comenzó a usar un suplemento hecho con partes de la planta *Brugmansia*. La droga le ayudó a lograr una mayor conciencia y, lo que es más importante, le permitió hacerse visible a las entidades que deseaba invocar. Alice preparaba una tintura que tomaba antes de sus sesiones. Estaba guardada en una pequeña caja de jade en la biblioteca oculta. Ella recomendaba dosificar dos gotas en una onza y media de líquido, preferiblemente en *whisky* añejo de una malta. Espero que me perdones, pero esa fue la cantidad que añadí a tu vaso justo antes de empezar. No participé, en parte por cobardía. Lo admito. Pero también para asegurarme de que si las cosas se salían de control, habría alguien allí para actuar. Tenía justificación, aunque eso no excusa mi irresponsabilidad y el flagrante desacato a tu decisión en el asunto. Espero que me perdones. Realmente, fui demasiado lejos.

En ese punto se detuvo y me miró para ver cómo estaba asumiendo yo todo esto. Creo que lo tomé bastante bien. Lo que dijo explicaba varias cosas. No había duda de que anoche había entrado en un mundo distinto. En otro momento, me habría salido por completo de mis casillas y probablemente le habría dado un puñetazo. Pero yo no era la misma persona que ayer. Vi enseguida la lucha que se desató en su interior. Su genio. Su amor al peligro. Su total desprecio por los demás. Eran su debilidad, pero también su fuerza. Lo vi llevado por su propia incertidumbre en sus frecuentes y frenéticos esfuerzos por triunfar. Mientras mayores fueran las probabilidades en su contra, más atractivos se volvían los caminos. Lo entendí. También me di cuenta de que no era mi perdón lo que buscaba, sino el suyo propio.

Lo tomé del brazo por un momento para hacerle saber que no había necesidad de preguntar, siempre iba a estar presente. Así era nuestra amistad.

Suspiró con fuerza. Había lágrimas en sus ojos.

—Probablemente no te merezca, pero creo que el resto será más fácil de contar. Gracias. Déjame continuar.

»Empezamos de inmediato, después de resolver lo que teníamos que decir. Sentía mucha curiosidad por ver qué pasaría. Recitamos rápidamente los primeros versos. Al principio no noté gran cosa, pero hubo cambios sutiles. El libro parecía más cálido. Pasé mi brazo alrededor de Robert, en caso de que se pusiera nervioso, pero nada lo afectaba. Se quedó quieto, como una estatua. Sus oídos se aguzaron en un momento dado y sentí que había algo delante de nosotros. Tú y yo nos miramos. Parecía como si estuvieras aterrorizado y fueras a decir que querías parar y, en ese momento, yo también, pero estábamos ya fuera del límite y había que seguir adelante. No sabía con certeza si tu miedo era el resultado de la droga o de lo que estaba pasando.

Realmente parecías asustado y empecé a preocuparme. Entonces, me di cuenta de que podría haber cometido un gran error.

»Hay otra cosa que deberías saber. Me tomé la libertad de añadir algunas cláusulas adicionales a nuestro contrato.

Otra vez me miró cuidadosamente para ver cómo me sentaba esta nueva revelación. Ahora sentía curiosidad. Me encogí de hombros. Mi lado crítico parecía estar de vacaciones. Robert siguió corriendo, dejándonos atrás. Indiqué con la mano que deberíamos caminar. Johnny solía estar más cómodo caminando. Habló y yo escuché mientras nos movíamos por el borde del bosque.

—Alice, en sus notas, escribió algo que consideré bastante profundo. Señaló que los dioses se sienten solos. Hay que reconocerlos y confirmar su existencia. No es necesaria la adoración. Citó la práctica hindú del Darshan, la «visión de lo divino», o «ver con reverencia y devoción». Mi interpretación fue que los dioses necesitan una audiencia. Practicar Darshan correctamente significa que el observador desarrolla un afecto por la entidad y, a su vez, la entidad desarrolla un afecto por el observador; así se establece una relación. La parte «en conformidad» es la ceremonia o ritual. Es una especie de presentación en la que ambas partes se ven y comienzan a conocerse. El mérito se otorga mutuamente. Pensé que era una visión bastante profunda, y estableció para mí la teoría que fue base de nuestra invocación.

Johnny tendía a volverse técnico cuando tenía algo personal e importante que confesar. Finalmente llegaría al punto. Esperé. No sería por mucho tiempo.

—Nos aproximamos a nuestra reunión nocturna en términos de un contrato. Los contratos implican el intercambio de un valor o contraprestación por otro. No sabía con certeza lo que podíamos dar a cambio de la presencia del demonio y la respuesta a la pregunta. Stanley intercambió su conocimiento explícito y su protección implícita por nuestra promesa explícita. Se selló, y nuestra relación se ha vuelto contractual. Esto estableció un nivel de confianza entre nosotros que, sin duda, no habría podido lograr de otra manera. La promesa le permitió contarnos lo que se ha guardado para sí mismo y no ha dicho a nadie más.

»Acudiendo a la percepción de Alice, el valor que pensé dar al demonio fue este Darshan, el mérito que se deriva de verlo y reconocerlo. Como ella lo señaló, este es un bien valioso en el mundo de los espíritus. Estructuré una cláusula adicional que prometía este reconocimiento ofreciendo tu Darshan. La idea era que el demonio te diera un vistazo y tú tuvieras uno de él. Por supuesto, tendrías que volverte visible y eso significaba usar la tintura. Lo que no estaba claro para mí cuando escribí esa cláusula era que la forma en que uno se vuelve visible para tal entidad es abriendo la mente. A cambio, la entidad —en este caso, un demonio— abre la suya hacia ti. Debido a que yo no tomé la tintura, ofreciste mucho más Darshan de lo que esperaba y recibiste a cambio una mayor parte del demonio. Al menos, así es como yo lo veo, y eso explica en gran medida lo que siguió.

»Una vez que pasamos la parte contractual, hicimos un brindis. Mencionaste que pensabas que la bebida era agua, pero en realidad era *whisky* de una malta con una gota adicional de tintura en tu vaso. Las notas de Alice advirtieron que tres eran el máximo permitido. En este punto, no estaba exactamente seguro de lo que estaba pasando en la invocación. Algo te estaba sucediendo a ti, y Robert era consciente de una presencia en la habitación de naturaleza espiritual, porque se pone rígido cuando eso sucede. Decidí hacer mi pregunta sobre Alice y esperé una respuesta. Tú fuiste quien contestó, lo que me sorprendió. Lo anoté: «El ojo de la luna está cerrado». ¿Me sigues hasta ahora?

—Sí, aunque no puedo decir que sepa lo que eso significa.

—Yo tampoco. Bueno, ahora viene la parte mala.

—¿La parte mala?

—Dame un minuto.

Encendió un cigarrillo y fumó en silencio. Antes había hablado con facilidad, ahora no. Luchó por dejar salir las palabras.

—Fue culpa mía, por supuesto. Si hubiese callado, pero no, quería ser el héroe y quien descubriera la respuesta. De manera estúpida hice otra pregunta, rompiendo nuestra promesa de hacer solo una, y ahí fue cuando empezaste a sisear. Debo admitirlo, si tu creías estar asustado, no sabes lo que sentí yo en ese momento. Robert saltó del sofá y se metió en su cama. No puedo culparlo. Nunca he estado más aterrorizado en mi vida. Pensé que me había hecho en los pantalones. Efectivamente, así fue, como lo descubrí más tarde. Mi atención se centró en lo que estaba pasando. Me apretaste firmemente el brazo y dijiste una palabra: «¡Roto!». La repetías una y otra vez, y tu voz se volvía más salvaje y estridente. Malcolm dijo que oyó una voz áspera. Bueno, la estaba escuchando un piso más abajo. Yo estaba justo a tu lado. No sabía qué hacer. Te levantaste y fuiste alrededor de la mesa hasta la estatuilla. La agarraste y la sostuviste contra tu pecho. Me miraste con unos ojos que nunca había visto. Era el demonio el que hablaba por tu boca.

»Dijo: —Por mí, por él.

»Me pareció que cambiarte por la estatuilla era un buen trato, así que grité: —Sí. Por ti, por él.

»Pero, entonces, se detuvo.

»—Él obtuvo más, mucho más, algo extra. Tú pagas más. Dame tu palabra.

»—¿Mi palabra? —pregunté.

»—Tu palabra.

»—De acuerdo, tienes mi palabra.

»—Infórmale, descúbrelo y consérvalo. ¿Tengo tu palabra?

»—Te doy mi palabra.

El ojo de la luna

»—¡Séllalo!

Johnny miró hacia otro lado y fumó un poco más. La mano que sostenía el cigarrillo le temblaba.

—Caminaste alrededor de la mesa y me besaste en la boca. «Hecho», dijiste. Justo después de eso, te desmayaste. La estatuilla se estrelló contra el suelo junto a ti y se rompió en varios pedazos. La joya debe de haber golpeado la mesa cuando te caíste, porque se abrió en dos.

»Estabas ahí tirado. Parecías muerto. Yo me encontraba más allá del miedo, en estado de pánico total.

»Bajé corriendo por las escaleras y me topé con Raymond. Debía de haber acabado de meter a Malcolm de nuevo en su habitación. Me preguntó adónde diablos iba. —Voy a buscar a Stanley —le dije.—Quítate de mi camino, carajo. —Conoces a Raymond. Mientras más blasfemias, mejor funciona.

Johnny se rio. Hacía tiempo que no le oía reír.

—Me preguntó si necesitaba ayuda. Lo pensé mientras lo miraba y le dije: «Quizá más tarde. En realidad, estoy bastante seguro de que te la pediré. Tenlo presente».

»Se encogió de hombros. —Estaré por aquí.

»Fui al ala de los sirvientes y, cuando llegué a su puerta, Stanley la abrió. Estaba en bata de baño. Preguntó qué había pasado. Le dije que te desmayaste y no sabía qué hacer. El hombre puede moverse con rapidez, te lo aseguro. Subimos las escaleras en un tiempo récord. Te examinó y dijo que Alice solía verse igual después de una de sus sesiones. Te puso en la cama y me aseguró que te sentirías perfectamente bien en la mañana. Me pidió que durmiera un poco y que los tres hablaríamos después del almuerzo.

»Eso es lo que realmente sucedió anoche.

34

Después de su confesión, Johnny llevó a Robert a la oficina de Stanley, mientras yo continuaba procesando lo que me dijo. Bruni debe de haberme visto cuando volvía a la casa. Me encontró cuando yo abría una de las puertas francesas que conducían al salón y me preguntó si podía dar un paseo con ella. Acepté. Una brisa se levantó cuando salíamos por la puerta principal. Se apartó el pelo de los ojos mientras ascendíamos por la entrada a la carretera privada que llevaba al oeste hacia el río Hudson y, al este, hacia la carretera pública principal. Faltaba al menos una hora para el encuentro en el salón, antes del almuerzo. Doblamos a la izquierda, hacia el río.

Después de alejarnos de la casa, preguntó:

—¿Tienes idea de lo que soñé anoche?

—¿Tú y yo?

—Así es, por supuesto. ¿Alguna explicación para eso?

—Ninguna que parezca razonable.

—Pero tienes una.

—Solo una posibilidad, y no estoy seguro de entenderla. Francamente, me sentí confundido contigo anoche y no sé qué hacer al respecto. Me sorprende incluso que ahora mismo estemos hablando.

—Estás enojado conmigo.

—Sí, pero tal vez *enojado* no sea la palabra. Decir que me siento confundido y un poco traicionado sería más preciso.

—Malcolm dijo que vio a mi marido. Ese fue el motivo, ¿no?

—Así es. ¿Te importaría aclarármelo?

—Lo haría, solo que es complicado.

—Entonces, hazlo.

—Muy bien. Estoy viviendo un momento de incertidumbre en mi matrimonio. Se acabó, pero no ha terminado. El sueño que tuve anoche me confundió más que nunca y es algo que tiene que ver contigo, creo. ¿Te gustaría saber por qué?

—Sí.

Dejó de caminar y me miró. Sus ojos eran tan azules que no podía dejar de mirarlos. No quería dejar de hacerlo.

—Antes de decírtelo, quiero aclarar algo. Admito que no fui sincera, pero ¿realmente esperabas que te advirtiera desde el principio que estuve casada? ¿Lo habrías manejado de otra manera si estuvieras en mi situación?

—No, yo habría hecho lo mismo. Fue tu mala suerte y lo inoportuno del anuncio de Ault, aunque te había preguntado sobre tu matrimonio.

—¿Realmente me preguntaste?

—No, tienes razón de nuevo. No me atreví a preguntarte directamente, aunque quería hacerlo.

Me sorprendió mi respuesta. Dije la verdad. Revelar lo que realmente sentía no era usual en mí, por no decir que nunca lo hacía. En ese momento, lo único importante era ser honesto. Explicar lo que pasó la noche anterior era otro asunto. Había niveles de verdad, pero esta vez yo había empezado de una manera diferente a la que conocía.

—Me sorprendes. —Bruni asintió lentamente con la cabeza mientras me miraba—. Ahora sabes por qué no quería decir nada. Yo tampoco tuve el valor, aunque también quería contártelo.

Había verdad en lo que dijo. Lo sentí. Era nuestro comienzo.

Una ráfaga de viento se levantó y tuvimos que dejar de mirarnos.

Tomó mi brazo mientras recorríamos el camino negro que desaparecía bajo los árboles. Ella continuó.

—Hay algo más que quiero decir.

—Por supuesto, y gracias por explicar lo de tu matrimonio —. Me sentía mejor.

—Aún no estás fuera de peligro y, francamente, yo tampoco. Hay algo que tienes que explicarme, pero estoy dispuesta a dejar que me lo digas cuando lo consideres adecuado. La franqueza es difícil. La verdad tiene capas. Alguien me dijo una vez que no se puede llegar al corazón de las cosas sin antes cortar la piel. No soy abierta, por regla general. Supongo que es algo inherente al hecho de ser abogada, pero quiero contarte una historia personal, si te parece.

—Me gustaría oírla.

—Hace unos años, me enamoré en un sueño. Fue apasionado, me subyugó. Me desperté completamente enganchada con aquel hombre. Lo vi en persona unos días después. Supongo que esperaba iniciar desde el punto donde el sueño se había quedado, pero sus sueños, si los hubo, habían sido con seguridad muy diferentes. Cuando me lancé hacia él, se descompuso por completo. Supe de inmediato que había cometido un terrible error. El momento fue extremadamente incómodo. Di marcha atrás, pero el daño estaba hecho. Me evitó luego de eso. Mucho tiempo después, se disculpó por su reacción. Creo que se arrepintió de no aceptar mi oferta, pero, para entonces, la sola idea de estar juntos me horrorizaba, y todavía lo hace.

Sonrió ante el pensamiento y dijo con más seriedad:

—No confío en los sueños en general, y dudo que soñar con alguien induzca un sueño similar en la persona con la que soñamos. —Me miró.

—Me inclinaría a estar de acuerdo. Tuve una experiencia similar. Soñé con una mujer que conocía y desperté enamorado de ella. La chica en cuestión respondió a mis propuestas, pero nunca estuve seguro de si había sido por mi sueño, por mis avances o por mi apariencia. No tuve el valor de preguntarle si había tenido el mismo sueño o un sueño similar. Sospecho que no lo tuvo. La relación no duró mucho. Yo era voluble y fácil de distraer en ese momento.

—¿Por lo general eres inconstante?

—Supongo que sí, pero no me encuentro en muchas situaciones en las que eso pueda ser un problema.

—¿Soñaste conmigo anoche? —preguntó ella mirando hacia adelante.

—Estaba en tu cama. No sé si lo estaba soñando. Es difícil de explicar.

—Era más real que un sueño, ¿no? —Dejó de caminar y se volvió para mirarme.

—Lo era, pero nunca vi a Raymond en el pasillo y él no me vio, así que no pudo ser real, aunque lo pareciera.

—Lo sabía. Por eso tenía que hablar contigo. Necesitaba tu... necesitaba una confirmación.

Impulsivamente, la atraje hacia mí y la besé. Nos fundimos en ese beso. Después de un tiempo, nos separamos, sin aliento. Finalmente, dijo:

—Me besaste de la misma manera que en el sueño.

—Tú también.

Se acercó y, mientras jugaba con el cuello de mi camisa, susurró:

—Fue más que un sueño y no sé qué hacer.

—¿Qué quieres hacer?

—No estoy segura. No es tan simple. —Se apartó de mí—. ¿Sabes?, has cambiado. Y eso tampoco lo entiendo.

—¿Con respecto al sueño?

—No, esa parte me parece familiar. Quiero decir, respecto de ayer. De repente, te siento menos tenso, más abierto y más seguro de ti mismo, con más control. Me gusta, aunque es un problema para mí. No quiero que me guste nadie ahora, pero no puedo evitarlo.

Se alejó y miró atrás, hacia el camino.

—Yo fui quien empezó esto entre nosotros. Me gusta jugar con la gente, en particular con los hombres. Disfruto perturbándolos. Quería inquietarte. Era fácil y divertido, pero ahora parece que las cosas se hubieran... trastocado.

—¿Y eso te molesta?

—No puedo encontrar mi punto de apoyo y no sé cómo explicarlo. En un momento tengo el control y, al siguiente, me despierto completamente obsesionada. Te has metido tan dentro de mi piel que duele. Apenas puedo pensar en nada que no seas tú. Casi me dejo llevar y empiezo a gritar en el desayuno. Esto no me sucede a mí. No me enamoro tan fácilmente, sobre todo cuando no quiero o porque me resulta conveniente. Me desperté y empecé a temblar, pensando en ese sueño. ¿Qué me pasa? ¿Qué me hiciste? ¿Cómo?

Me miró perpleja. Había lágrimas en sus ojos, que escondió rápidamente cuando me abrazó.

Una parte de mí estaba encantada de tener a esta hermosa mujer en mis brazos. Quería decirle que estuviera tranquila, que todo iba a estar bien. Y esperar que así fuera. Pero había en mí una parte desconocida, que estaba descubriendo desde anoche, que procesaba las cosas de manera diferente y me aconsejaba precaución. En algún momento, indicaba, tendría que explicarlo. Podría engañarme diciéndome a mí mismo que no entendía lo que le había pasado a ella anoche, pero eso era falso. La quería desde el momento en que la vi. Algo hizo realidad ese sueño: un demonio. ¿Cómo podría revelar semejante verdad sin que existiera una base más firme entre nosotros?

Bruni tampoco era como otras mujeres que conocí. Ella era como una tigresa, exquisita, pero aún así una tigresa. Había un lado oscuro y depredador en ella. Yo lo sabía. Mi conocimiento era intuitivo, pero no por ello menos real. Ahora era vulnerable, pero eso cambiaría. Una cosa era rendirse voluntariamente a otra persona. Estar despojado de las defensas normales, sin consentimiento, era completamente diferente. Cuando comprendiera lo que pasó, y eventualmente lo entendería, habría una gran cuota que pagar, y yo sería quien la saldara. Y de buena gana, si fuera honesto. Me preguntaba también si mis circunstancias eran muy diferentes a las de ella.

Continué abrazándola y acariciándole el pelo. Comprendí su angustia. Una vez me enamoré con tanta intensidad que me dolía. La mujer había sido encantadora. La amé a primera vista, pero esa pasión tan intensa no era agradable ni sana. Solo pensaba en ella. Me sentía pleno, extraordinariamente feliz; sin embargo, con ese sentimiento llegaron los celos, una actitud posesiva y un fastidioso deseo de mantener su atención. Si no me miraba o hablaba con otro hombre, me sentía traicionado. Los crímenes pasionales nacen de sentimientos como esos.

Haría falta una verdadera habilidad para manejar los sentimientos y emociones de Bruni, para que la pasión que sentía ahora no se convirtiera en un odio de la misma intensidad. Una vez que se recompusiera, pensé que tal vez sería posible construir una estructura más estable, pero no tenía mucha convicción al respecto. La pasión puede volverse agria en un instante. La verdad es que mi ímpetu no se igualaba al de ella. Apenas evocaba la anoche anterior, mientras que, obviamente, ella la recordaba en detalle. Instintivamente, pensé también que si yo lo hiciera, nos consumiría un fuego que podría quemar a todos los que nos rodeaban.

Ella me separó.

—Lo siento. No soy así. Realmente no lo soy. Caminemos. Llegaremos tarde.

—No tan rápido. Espera. —Volteé su cara hacia mí—. Parece que nos saltamos varios pasos.

—No me amas —dijo mirándome a los ojos.

—Apenas te conozco y tú apenas me conoces.

—¿No lo niegas? Oh, Dios. Lo volví a hacer, ¿no? Juré que nunca me enamoraría de alguien que no me amara y lo hice. ¡Carajo!

Se apartó y se marchó furiosa. Pude haberla alcanzado, pero decidí dejarla ir. Lo que fuera a pasar, pasaría. Estaba enojada conmigo, pero enfadada consigo misma por asumir que yo sentía lo mismo. Volveríamos a hablar. Habíamos compartido una verdad de la que no participaba nadie más. Su débil llama parecía muy tenue frente al violento telón de fondo de su pasión, pero, aún así, seguía ardiendo.

La seguí hasta la casa. Cuando llegué a la parte alta de la entrada, ella estaba abriendo la puerta principal. Desde donde yo estaba escuché el portazo. Era difícil imaginar una puerta de ese tamaño golpeándose, pero ella lo había conseguido. La lógica y la pasión no hablan el mismo idioma.

La manejase o no con cautela, la situación con Bruni iba a ser de todas formas tormentosa. Las tormentas eran parte de su naturaleza, pero yo tenía otro pensamiento más apremiante rondando mi mente: ¿qué podía esperar exactamente de su madre? Era una pregunta que apenas podía comprender, y mucho menos responder. Bruni era una tigresa, pero joven en comparación con la hembra adulta de la especie. Aunque Bruni podría hacerme pedazos, Elsa me comería vivo. Necesitaba terminar el almuerzo, y Johnny y yo deberíamos luego consultar urgentemente con Stanley.

35

Subí las escaleras para cambiarme. En breve, nos reuniríamos abajo. Johnny leía un informe cuando entré en el área común.

Levantó la vista. Estaba vestido para el almuerzo y tenía una mirada interrogante, lo que significaba que sentía curiosidad por saber cómo me sentía.

—Aquí estás —dijo—. Te oí volver o, al menos, escuché el regreso de Bruni. Creo que sacudió toda la casa.

—Sí, tuvo un momento de enfado. —Me hundí en una de las sillas de cuero. Eran especialmente cómodas.

—¿Se acabó la relación?

—No exactamente, solo entró en una nueva fase. Por lo visto, la visité en sus sueños. Fue algo apasionado. Se despertó obsesionada y estaba hecha una fiera en el desayuno. Fuimos a dar un paseo y, después de que hablamos, se dio cuenta de que mis sentimientos por ella no tenían la misma intensidad. Salió corriendo y casi rompe la puerta principal. Hay otras complicaciones adicionales: Elsa. También la visité anoche.

—¡Santo Dios! Me preguntaba sobre eso. Por cierto, antes de continuar, dime, ¿cómo *estamos*?

—*Estamos* bien. No te preocupes. Eres el único amigo que tengo, así que seguimos unidos.

—No esperaba menos. Una vez más, ofrezco mis sinceras disculpas.

—Dejémoslo atrás. No lo mencionemos más. Estás perdonado. Por ahora debemos estar atentos a lo que viene. Necesitamos consultar con Stanley. Tengo varias preguntas: primero, ¿qué me pasó anoche mentalmente y qué implicaciones tiene hacia el futuro? Definitivamente, he cambiado. Hay una parte de mí que ahora parece percibir las cosas de una manera que nunca experimenté. Tengo percepciones. Es como una forma de intuición. No quiero sonar chiflado, pero así es.

—¿Es algo malo?

—Ni bueno ni malo. Simplemente es así. Se las arregla para cortar mi confusión mental y hacer observaciones. Es bastante distante, casi fría. No puedo describirla con más claridad, solo sé decir que instintivamente confío en esa nueva parte. Es bastante inteligente.

—Eso me anima, si te sirve de ayuda. Al menos algo positivo quedó de anoche. Dijiste que tenías varias preguntas.

—Sí, además del asunto de Elsa, las dos últimas tienen que ver con la negociación que hiciste y con la estatuilla.

—La última es fácil de responder. Recogí todos los pedazos y los metí en una caja de zapatos que puse en el fondo de mi armario. No tengo ni idea de qué hacer con ellos. Supongo que es mejor dejar que Stanley nos aconseje sobre ese punto. En cuanto a lo que te pasó, puedo arriesgar una suposición y es que tú y el demonio se compenetraron. Él obtuvo una parte de ti y tú, una de él. Anoche, los dos anduvieron por ahí juntos. En cuanto a lo que eso significa exactamente, tendremos que verlo. Tampoco tengo idea de si es una condición permanente. Creo que tus andanzas nocturnas como íncubo fueron un trato por una sola vez. Tu intuición posiblemente sea más definitiva. Con el tiempo, cuanto más la uses, es más probable que se convierta en parte tuya. Si no es una molestia, podría ser una gran ventaja. ¿Cómo te sientes?

—Bien, en realidad. Más tranquilo y seguro. La situación con Bruni es un buen ejemplo. Me siento mucho más fuerte y menos influenciado por sus manipulaciones. Las veo como lo que son. Eso no cambia el hecho de que ella me gusta. Me gusta mucho, pero puede que ella reconsidere sus sentimientos. Pasé de ser un perro faldero a un Robert, y eso no es fácil de asimilar. Está casada, por cierto, pero en proceso de terminar su relación. Mi voz interior dice que tienen una conexión muy física, aunque no pueden vivir juntos sin pelearse como perro y gato.

—Entonces, ¿qué piensas hacer?

—Preferiría tenerla como amiga que como enemiga, y algo más, si es posible. Es atractiva y muy inteligente. Estamos enganchados de alguna manera. Solo tenemos que resolver los detalles y eso puede tomarnos algún tiempo.

—¿Es un mensaje de tu parte intuitiva?

—Creo que sí. No sé si es deseo o verdad. Tengo que familiarizarme con esa parte nueva para estar seguro.

—Entonces, ¿no hay posibilidad de una pequeña aventura de mi parte?

—Probablemente no. ¿Estabas pensando en eso?

—Después de la cena de anoche, lo hice. Mientras tú y su madre departían, ella y yo tuvimos una pequeña charla. Fuiste un tema destacado. Trató de sacarme toda la información que estuviera dispuesto a darle, que fue más de la que a ti te hubiera gustado ofrecer, estoy seguro. De todos modos, ella es notablemente sensual y logró excitarme. Pero después de pensar en nuestra pequeña escapada de anoche, decidí retirarme del campo. Es mi penitencia.

—¿Penitencia?

—Lo escuchaste bien. Te puse en peligro y te hice daño.

—No estés tan seguro. A veces, lo que pensamos que son nuestras peores faltas resulta ser lo opuesto, y aquello que guardamos como los momentos más brillantes, con el tiempo descubrimos que es cualquier cosa menos eso. Puedes hacer tu penitencia, si quieres, pero no la necesito. De verdad, no.

—¿Así que soy libre de cortejar a la bella doncella? —preguntó Johnny con una sonrisa feliz.

—Yo no iría tan lejos.

—Solo bromeaba. Ella y yo nunca funcionaríamos. Gran sexo, creo, pero nuestras personalidades chocarían y eso sería todo. Como una nota de advertencia, te diría que será necesaria una habilidad extraordinaria para conservarla. Creo que es como Alice en ese sentido. Espíritus afines.

Johnny tenía momentos de extraordinaria perspicacia. Solo podía estar de acuerdo con él.

—En este punto, se necesitará verdadera maestría para salvar una amistad, pero, basta de eso; ¿qué hay del trato que hiciste anoche?

—No sé qué decir —respondió Johnny—. Francamente, no es algo con lo que quiera lidiar, aún así debo enfrentarlo. Lo dejo para que Stanley lo interprete y para que tú opines. Si mi teoría de la compenetración es correcta, probablemente tengas una buena idea de lo que significa.

—He pensado en eso. La buena noticia es que es algo vago, y no hubo límite de tiempo estipulado. «Él» podría ser cualquiera.

—O tú. Aplacemos el tema hasta que hablemos con Stanley. Ahora mismo me siento como Hércules. En este momento tengo una tarea, un trabajo, aunque menos definido. Tendré que hacerlo de la mejor forma posible.

—Anímate. No estás solo en esto. Cargaré tus palos y estaré justo detrás de ti, animándote. Será una inversión de roles. Tengo muchas ganas de hacerlo.

—Muy gracioso. Aunque eso también cruzó por mi cabeza, pero para volver a poner el balón en tu cancha y dejar de lado mis pequeñas distracciones, este tema de Elsa realmente me preocupa. Si Bruni es perversa, la baronesa es mucho peor. Te tendrá retorciéndote y contra la pared en poco tiempo.

—Eso si ella supiera que fui yo, lo cual dudo, a menos que mamá e hija comparen notas.

—No había pensado en eso. Realmente sabes cómo complicar las cosas. Las dos parecen muy unidas, así que ten cuidado. Debes prometerme algo: no estarás a solas con esa mujer. Aunque no ocurriera nada, si el barón llegara a sospechar, con seguridad te cobraría los pecados de tu padre. Hay demasiadas semejanzas entre los dos casos, y él tiene una naturaleza brutal y calculadora. La venganza se apoderaría de su mente, como un gusano. Me estremezco al pensar lo que podría hacer. Hablo en serio.

—Tienes toda la razón. Voy a cuidar mis pasos.

—Muy bien. Ahora, mejor nos movemos.

Me cambié y me puse un saco. Era hora de almorzar y reunirnos para las comidas era el hecho que nos gobernaba día y noche.

36

Johnny y yo nos adelantamos al grupo para entrar al salón. Mezclé dos vodkas con agua tónica y toques adicionales de ginebra y *ginger-ale* mientras esperábamos.

—¡Salud! —dijo Johnny cuando terminé.

El señor y la señora Dodge entraron, seguidos por el barón y la baronesa. Nos movimos hacia las puertas francesas para darles espacio en el bar. El señor Dodge terminaba de mezclar bebidas para él y sus invitados cuando Malcolm y Bruni aparecieron. Ni Bruni ni Elsa me prestaron especial atención. Johnny y yo bebíamos y charlábamos, cuando se nos acercó el hombre alto, quien dijo:

—Confío en que tuvieron una mañana relajante. Yo, ciertamente, descansé.

—Excelente. Así es como debe ser —dijo Johnny—. Por cierto, quería preguntarte algo. ¿Qué tan bien conoces a los Von Hofmanstal?

—No podría decir que los conozco bien. Estoy más familiarizado con Hugo. Nos conocimos en un rodaje en Escocia, hace años y, desde entonces, hemos colaborado en algunos proyectos estrictamente comerciales. A la baronesa la conozco menos. Ella es muy especial, ¿verdad?

—Así es —respondió Johnny, sonriendo—. ¿Qué tal Bruni?

—También hemos coincidido de vez en cuando. Usualmente en Francia, en alguna fiesta ocasional, pero hasta allí llega mi conexión con la familia. Supongo que ustedes tienen relaciones más cercanas con ellos.

El ojo de la luna

—Sí, con mis padres se han reunido en muchas oportunidades, en algún lugar de Europa o en su castillo. Esta es la primera vez que podemos corresponder sus atenciones.

—Ya veo. Bueno, esta visita me dará la oportunidad de conocerlos mejor. Es algo que espero.

Durante la conversación, vi los ojos de Ault dirigirse hacia la baronesa. Tuvo que hacer un esfuerzo para no mirarla fijamente. Se veía estupenda con su blusa de seda de color verde pálido, con botones, transparente, que estaba lo suficientemente abierta como para atraer la atención. Supongo que su estatura le facultaba miradas que no podía permitirse alguien más bajo. Bruni lucía más conservadora, con un suéter gris pálido. Ambas llevaban falda y tacones altos. Eran una pareja atractiva. De eso no había duda.

Stanley anunció que el almuerzo estaba listo. Terminamos nuestras bebidas y nos trasladamos al comedor. Bruni me ignoró.

Yo estaba sentado entre Elsa y Johnny, con Elsa a mi derecha, al lado de la señora Dodge. El barón ocupaba un lugar junto al señor Dodge, en su sitio habitual, con Bruni a su lado. Malcolm se sentó al lado de ella y frente a Elsa. Se veía obligado a apartar la cabeza para no verse como un completo mirón. Elsa era plenamente consciente de la confusión que le creaba y disfrutaba cada minuto. Se volvió hacia mí con una sonrisa en la cara.

—*Liebchen*, me alegra que tengamos otra oportunidad de hablar. ¿Cómo van las cosas con mi hija?

—Tormentosas.

—Sí, la oí entrar. Creo que todos la oyeron.

—Me contó que está casada —dije cambiando al alemán.

—Es cierto, pero hay toda clase de matrimonios. Su marido es un hombre extraordinario, pero no es flexible, y ella tampoco. Son como dos leopardos de las nieves. Se ven obligados a llevar vidas solitarias, excepto cuando se aparean. A veces, incluso ni eso toleran.

—Sospechaba algo así.

—Su ruptura es algo reciente. No debería estar diciéndote estas cosas, pero es información pertinente, ¿no?

—Muy pertinente.

—Hay un divorcio en curso. Es un tema espinoso, pero, por suerte para ti, soy lo opuesto a algo espinoso...

La interrumpió Stanley, quien nos sirvió un Sancerre frío a cada uno. Miré alrededor de la mesa. Bruni y Johnny escuchaban al señor Dodge y al barón hablar sobre algunos aspectos de las políticas de los bancos centrales, mientras que Malcolm hablaba con la señora Dodge sobre Inglaterra. Era improbable que los otros escucharan nuestra conversación. Una vez que Stanley sirvió el vino, chocamos nuestras copas y bebimos. Era maravillosamente refrescante. Elsa continuó.

—Mi esposo y yo tenemos personalidades fuertes, pero también nos apoyamos mutuamente. En última instancia, somos pragmáticos.

»Cuando empezamos, teníamos que tomar una decisión. Podíamos seguir caminos separados y reunirnos por breves espacios de tiempo, o formar una verdadera unión en la que raramente nos separáramos y nuestros pensamientos estuvieran abiertos. Por supuesto que tenemos nuestros momentos de privacidad, pero no nos lleva mucho tiempo recargarnos y encontrar el camino de regreso. Juntos, formamos un equipo con pocas debilidades y muchas fortalezas. Separados, nuestro poder se debilita. Ambos, como se diría en el lenguaje de la economía, deseamos maximizar nuestras preferencias, pero individualmente nuestros comportamientos muestran tasas marginales de sustitución decrecientes, cuando se trata de otros. Mi hija y yo no somos totalmente diferentes, aunque ella todavía tiene que entenderlo. ¿Sigues lo que estoy diciendo?

—Creo que sí. La conexión que mantienen los dos es mucho más importante y beneficiosa que estar solos. Bruni es igual en ese aspecto, aunque aún no se ha dado cuenta de ello.

Elsa tocó mi mejilla. Resplandecía como una pequeña estrella cuando dijo:

—No solo una cara bonita, después de todo... y aquí llega nuestra sopa.

La sopa era de calabaza con un toque de picante y sal para darle un chispazo de sabor. Rociados encima, había una docena de pequeños crutones. La creación de Dagmar era una sofisticada mezcla de sabores cuyo equilibrio constituía una obra maestra de la culinaria.

Recogí mi cuchara y saboreé el primer bocado mientras digería también lo que Elsa contaba y lo que quería dar a entender. Ella necesitaba tiempo a solas, y Bruni también, pero los beneficios de una relación a largo plazo siempre triunfan. Bruni aún no había experimentado el lado positivo de un matrimonio así y, como su madre declaró, esa relación era, finalmente, lo que ella necesitaba. Quizás era una pista.

Le pregunté a mi parte intuitiva. Respondió que era más que una insinuación. Su hija ocupaba gran parte de sus pensamientos.

Johnny mencionó que esta nueva parte mía podría ser una ventaja. Lo era, pero me di cuenta de que conseguiría renunciar fácilmente a mi propio juicio en favor de su naturaleza calculadora y profética. Tenía la opción de rechazar esta nueva situación o aceptarla. Consideré ambas opciones, pero decidí que ninguna de las dos era la respuesta. Necesitaba una integración entre mi nueva parte y yo, no muy distinta de la que Elsa y Hugo habían logrado. Al trabajar en equipo con esta nueva dimensión, me di cuenta de que podría estar dispuesto a arriesgarme más y preocuparme menos. Las dificultades y las amenazas podrían convertirse en ventajas y oportunidades, en lugar de los males que yo veía en ellas. Sabía que era lo que necesitaba para transformarme.

Dejé mi cuchara. Apenas había probado la sopa. Afortunadamente, todavía quedaba algo. Volví a tomarla y saboreé lo que quedaba. Pero tenía un nuevo reproche para hacerme. Era muy fácil entrar en mi mente, jugar con mi nuevo amigo y cerrar así el paso al rico mundo que me rodeaba.

—¿Elsa?

—Sí, *liebchen*.

—¿Estudiaste Economía?

—Tengo títulos avanzados en Matemáticas y Economía, así como en Contabilidad.

—De modo que tú tampoco eres solo una cara bonita.

—En absoluto. —Se rio—. Me entretiene y me mantiene atenta. Siempre me subestiman. Hugo y yo lo disfrutamos mucho. Tanto rivales como aliados centran toda su atención en él, mientras me ignoran por completo. Me convierto en parte del mobiliario y, cuando él se va, no tienen ni idea de que sigo ahí. Dicen cosas que normalmente no mencionarían si él estuviera presente.

—¿Cómo es que no se dan cuenta?

—Tengo trucos que pueden hacerme lucir tan simple y anodina que, si me acercara a ti, no me reconocerías.

—Tendría que ver para creerlo.

Se inclinó en mi dirección y tomó con los dedos el último crouton de mi plato de sopa. Usó su brazo derecho para evitar que la blusa tocara su tazón, de una manera sospechosamente reveladora.

La actuación fue impresionante, pero no estaba dirigida a mí. Miré a Malcolm. Se comportaba de forma extraña. Su aliento estaba entrecortado y se le habían formado gotas de sudor en la frente. Pensé que incluso podría abalanzarse por encima de la mesa, pero Stanley se le acercó primero y le susurró algo al oído.

El ojo de la luna

El ardor de Malcolm cedió y, en unos segundos, estaba tranquilo y controlado. Tendría que preguntarle a Stanley qué le dijo. En cualquier caso, necesitaba su consejo. El hombre tenía un conjunto de habilidades sin duda incomparable. Stanley asintió en nuestra dirección antes de darse vuelta para abrir otra botella de vino.

—¿Delicioso? —le pregunté a la baronesa.

—Totalmente. Si pudiera encontrar una forma de robarme esta cocinera, lo haría.

—Eres una mujer completamente malvada.

—En tantos sentidos, que no tienes ni idea.

Sacudí la cabeza y sonreí abiertamente mientras levantaba mi vaso.

—Elsa, es un placer conocerte. No me lo habría perdido por nada del mundo.

—También para mí.

Chocamos las copas y ella dijo:

—Entonces, ¿qué te gustaría discutir? ¿La Teoría de Galois, quizás, o las Curvas de Laffer?

—Ninguna de las dos. Dime algo. Supongo que el señor y la señora Dodge desconocen el matrimonio de Bruni o el divorcio pendiente...

—Así es —dijo en voz baja volviendo al alemán— y preferiríamos esperar a que todo haya terminado antes de decírselos. Hay algunas cosas que suceden para las que no hay preparativos. Ni siquiera Hugo y yo nos enteramos del matrimonio hasta que ella se fugó. Hugo estaba fuera de sí. Sintió que lo había traicionado casándose a sus espaldas, cuando no era necesario. Yo quedé desconcertada y con el corazón roto, pero Brunhilde no es fácil de acobardar o silenciar, como bien lo sabes. También, muchas de sus decisiones son correctas cuando se trata de leyes, estructuras y relaciones entre distintas partes. Nos sentó e hizo que la escucháramos con calma y racionalmente. Le tomó algún tiempo, pero logró que lo hiciéramos, a pesar de nosotros mismos. Ella expuso su caso. Al final, lo que se hizo no podía deshacerse, solo tolerarse. Aunque estoy totalmente de acuerdo con su lógica, ella no comprendió lo principal. Uno debe conectarse con su pareja mental, emocional y sexualmente o, de otro modo, correrán lágrimas. El matrimonio debe vigorizar y respaldar o no es matrimonio. Hugo y yo nos esforzamos mucho para mantener el fuego vivo, pero debe haber una chispa verdadera para empezar, ¿cierto? Es difícil saberlo en un comienzo, pero es fácil de ver en la salida. Estoy muy feliz de ver el final de ese matrimonio.

Elsa tomó un poco de vino y dibujó una sonrisa en su cara cuando se volvió hacia mí y me dijo: —No puedo creer que te haya dicho todo esto, pero sospecho que tenía que contárselo a alguien. Te pido que no lo comentes.

—Johnny lo sabe, pero no veo razón para anunciar el hecho. Malcolm también lo sabe.

—¿Sí?

Cuando llegó, mencionó haber visto a su marido en Cannes. Estoy seguro de que Bruni se le acercó antes de que lo hiciera de conocimiento público.

—Ya veo.

Elsa observó a Malcolm con una mirada muy diferente a la de antes. No era una mirada que él habría disfrutado. Estaba ocupado hablando con Bruni. Ella se volvió en mi dirección y nuestros ojos se cruzaron. No miró hacia otro lado, yo tampoco.

—¿Cómo te sientes con respecto a mis revelaciones? —preguntó Elsa.

—Tienen sentido, y le deseo felicidad en todo lo que haga.

—Sí. Estoy totalmente de acuerdo. Ella se lo merece—. Elsa estaba realmente preocupada por su hija.

El ojo de la luna

A continuación, llegó nuestro siguiente plato: pastel de cangrejo con salsa picante, acompañado por una ensalada ligera. Otra demostración de perfección. Mientras comíamos, Elsa y yo charlamos sobre lugares de Europa que los dos habíamos visitado. La señora Dodge se nos unió. Las dos damas eran encantadoras y atentas; me divertí y sentí un gran deleite en su compañía.

Cuando terminamos, la señora Dodge preguntó si podíamos pasar al salón. Nos levantamos y Elsa se mantuvo cerca de mí.

—No puedo decirte cuánto he disfrutado conocerte. La cena anoche fue encantadora y también lo fue esta tarde. Espero con ansia nuestra próxima charla.

Una vez más se acercó a mí para besarme suavemente en ambas mejillas. Nuestras caderas se tocaron de una manera totalmente tentadora antes de que se alejara. No sabría decir si fue algo deliberado. Sospechaba que simplemente era Elsa siendo Elsa.

Era hora de hablar con Stanley.

37

Pasó una hora antes de que Johnny y yo pudiéramos librarnos de los deberes sociales para reunirnos con Stanley. Nuevamente, Johnny jugó la carta de Robert para acelerar nuestra salida. La sola idea de una rabieta del perro tendía a desequilibrar a toda la casa, incluido el personal. La falta de atención de Johnny hacía que Robert se volviera hosco, por no decir vengativo.

Stanley nos hizo una señal cuando entramos en la cocina. Me acerqué primero a Dagmar y le ofrecí mis respetos. Antes de que me arrastraran a la oficina de Stanley, ella dijo:

—Ven a verme más tarde, si puedes. Me gustaría mucho hablarte.

Me encantaba la idea de complacerla.

Si Alice había sido una vidente, Dagmar era una hechicera. Sus herramientas eran las sencillas hierbas del jardín y la comida para la mesa, que en sus manos producían un conjuro que impregnaba toda la experiencia de Rhinebeck. Cuando era niño, la visitaba a menudo y la veía moverse por su cocina. Para un chico cuyos padres apenas estaban allí, su presencia y amabilidad, acompañadas de un bocadillo esporádico, ofrecían un puerto seguro. Era un respaldo constante a mis intentos por navegar hacia un futuro que exigía una excelencia de la cual, tristemente, a menudo carecía; un hecho que pesaba sobre mi mente, incluso a esa edad temprana. En la cocina, su arte tomaba forma con una regularidad tranquilizadora que me complacía observar y experimentar. La suprema competencia era posible. Podía verla y creía en ella. Tenía la esperanza de que algún día lograría igualar tales habilidades a mi manera.

El ojo de la luna

Stanley tenía un nivel similar de maestría, pero en un contexto diferente. Johnny y yo entramos en su oficina. Nos ofreció un vaso de su buen *whisky*, que aceptamos con gratitud. Robert salió corriendo de debajo del escritorio, se acostó junto a la silla de su amo y, rápidamente, volvió a dormirse.

Una vez acomodados, le dije a Stanley:

—Entiendo que tu ayuda fue definitiva anoche y te doy las gracias por eso. Estaba inconsciente, así que no sé exactamente lo que hiciste, pero me desperté en mi cama y no en el suelo. Te agradezco mucho.

Stanley asintió con la cabeza.

—Una vez que supe que consumió algo de la tintura, fue claro para mí que se encontraba en un terreno familiar. No puedo contar el número de veces que acosté a su señoría en un estado similar, por lo que confiaba en que despertaría y se sentiría bien.

—Eso fue lo que experimenté también, pero con una ausencia peculiar de memoria hasta más tarde. ¿Eso mismo le pasó a ella?

—Le sucedió después de una experiencia particularmente poderosa. Ella llevaba notas detalladas de muchas de sus sesiones. Están en una caja en la biblioteca oculta. Leerlas sería todo un proyecto, pero los animo a continuar donde las dejé. Las que leí tienen una marca de verificación en la esquina superior derecha.

—¿No las leíste todas? —pregunté.

—No.

—¿Por qué te detuviste?

—Eran difíciles de leer. Dolorosas, en realidad —Stanley se interrumpió. Miró hacia otro lado y por la ventana—. La admiraba y la respetaba mucho, pero, con el tiempo, gran parte de lo que escribía se convirtió en divagaciones de alguien que no parecía en sus cabales. Era demasiado. Con cada una de las notas, mi imagen de ella se volvía más opaca y espantosa. Me culpé por su adicción. Las señales estaban a la vista, pero elegí complacerla en vez de ponerle fin. Decidí que debo vivir con eso y lo he hecho. Con lo que no podía vivir era con mi creciente sentimiento de compasión y desdén por ella y, en gran medida, por mí mismo.

Tomó un sorbo de su bebida y nos volvió a mirar.

—La verdad es que decidí dejar de leerlas. Poco después de su muerte empecé ese proyecto. Desde entonces, reconcilié mejor las dos imágenes en mi mente. La mujer que era valiente, bella y demasiado buena para este mundo, y la otra: una mujer enloquecida por visiones oscuras y pesadillas que lo consumían todo. Sin embargo, nunca logré encontrar el tiempo para reiniciar la tarea. Tal vez nunca lo haré y les agradecería que los dos la emprendieran.

—Creo que es algo que deberíamos continuar. —Johnny me miró—. Lo que me recuerda que tampoco he tenido la oportunidad de leer el diario. Tenemos que llegar a eso esta noche, pase lo que pase.

Me había olvidado del diario. Johnny y yo teníamos al frente otra larga noche.

—No hay descanso para los malvados —dije.

—Ninguno —reafirmó Johnny—. Por cierto, Stanley, me alegra que estés familiarizado con los efectos de la tintura, porque no estoy seguro de lo que habría hecho sin tu ayuda y tu serenidad.

—Todo es parte del servicio. —Sonrió Stanley—. Sin cargo extra. Ahora nuestro tiempo es limitado. ¿Por qué no empezamos con el mejor relato posible de los dos sobre lo que sucedió anoche?

Johnny hizo un recuento sucinto de la invocación, incluyendo el hallazgo de las notas de Alice, su decisión de usar la tintura de *Brugmansia*, el trato que hizo y la rotura de la estatuilla.

Cuando terminó, Stanley asintió y me pidió que le contara lo que había pasado. Se recostó en su silla y nos miró.

—Gracias por darme esta información. Además, seguramente fue una noche para recordar. Tengo varias preguntas, y estoy seguro de que ustedes también. Para empezar, me alegra saber que la estatuilla finalmente apareció. Durante años me preocupó. ¿Cuándo la descubrieron?

—Robert la encontró escondida entre las cajas cuando llegamos por primera vez e inspeccionamos la bodega —respondió Johnny.

—Ya veo. De alguna manera debe de habérseme escapado. Objetos como esos tienen vida y voluntad propias. Fue algo peligroso usarla. Su señoría notó que la estatuilla era probablemente el objeto más poderoso que había tenido en sus manos. ¿Dónde está ahora?

—Los restos están en una caja de zapatos en mi armario —respondió Johnny.

—Podría llevarlos al depósito, pero pueden quedarse donde están, por ahora. No estoy seguro de si su poder se rompió o no. Tal vez, lo que sea que ustedes encontraron lo absorbió. De ser así, pensaría que fue más que suficiente para compensar la pregunta adicional, pero... —Stanley me miró—. Lo que haya sido, pareció pensar que usted también recibió algo. Exigió una compensación adicional para restaurar lo que perdió. Estas entidades tienen la reputación de ser buenas evaluando la imparcialidad de un trato, siempre y cuando tomen ventaja, hasta cierto punto.

—Eso es algo sobre lo que tengo una pregunta —dije—. Desde anoche, adquirí una parte intuitiva, que es bastante astuta y perceptiva. Me habla y me da ideas. A falta de una mejor pregunta, ¿qué significa?

—Podría ser casi cualquier cosa, dependiendo de cómo use lo que recibió. Solo aplique la sensatez y no tome necesariamente lo que reciba como palabra sagrada. Hay que recordar la fuente. Entender sus fortalezas y debilidades. Pero recuerde: recibió un don. No aceptarlo puede ser igual de peligroso. Después de todo,

Johnny tuvo que hacer un trato por usted. Valórelo y úselo en consecuencia. Por supuesto, me interesaría conocer lo que descubra. Me gustaría hablar sobre el trato... pero, antes de llegar allí, volvamos un poco atrás. Estamos suponiendo que ocurrió algo más que una alucinación inducida por drogas. Es fácil sacar conclusiones precipitadas, así que quiero saber lo que creen que ocurrió. En esencia, Johnny, ¿se encontró con su demonio o no?

—Ese es el meollo del asunto, ¿no? Nada surgió mágicamente, que era lo que yo quería. Sin embargo, algo sucedió. No sé si fue producto de la tintura. Algunos de nuestros huéspedes, por casualidad, tuvieron sueños peculiares. ¿Es una prueba? No. El verdadero problema para mí es que hice una promesa a alguien o a algo anoche, pero no estoy seguro de lo que prometí. Definitivamente, es ambiguo. Para añadir otra cosa más a mi intranquilidad, lo de anoche fue aterrador en formas que no había imaginado posibles, lo que me hace considerar que la promesa es significativa y potencialmente amenazadora. Stanley, ¿qué piensas tú?

—Antes de examinar los detalles, como principio general, una promesa es una promesa. Si lo que experimentó fue una fantasía, ¿entonces quién recibió la promesa? No habiendo otras partes presentes, diría que la promesa fue entre los dos. Si lo que experimentó no fue una alucinación, entonces fue con un tercero, con todo lo que eso implica. Independientemente de la identidad real, usted hizo una promesa.

—Supongo que sí —dijo Johnny—. Estoy atrapado por hacerla.

—Así es, pero no me preocuparía solo por las consecuencias. Más bien, revisemos la información que recibió. Usted preguntó si su señoría fue asesinada y la respuesta fue: «El ojo de la luna está cerrado». *Ojo de la luna* es un apelativo importante que no he oído en mucho tiempo. Podría referirse a su señoría, ya que usted preguntaba por ella, pero también podría tratarse formalmente de Wadjet, la diosa patrona de uno de los grandes oráculos del mundo antiguo, situado en Buto, en el bajo Egipto. Era conocida como la Verde y a menudo se representaba como una cobra. Tenía una función protectora. Si pensamos en términos de su señoría, la frase: *está cerrado* también es ambigua. Cerrar los ojos podría significar que alguien la mató o que ella se suicidó. Si el ojo se refiere a la diosa, ella pudo estar dormida y no vio nada o simplemente no pudo proteger a su señoría. De acuerdo con estas respuestas, la interpretación se puede ver de muchas maneras diferentes.

»La segunda parte fue: «Infórmale, descúbrelo y consérvalo». Aquí tampoco se definió quién era *él*.

»Encontré más de una vez que para que tales expresiones tengan sentido, si son verdaderas, requieren de un contexto futuro y no del estado actual de las cosas.

—En otras palabras —dijo Johnny—, nada de nada, aunque puede ser que haya algo. Supongo que es una confusión típica.

Stanley miró a Johnny. Parecía más cansado de lo que yo lo había visto.

—Lo es —dijo—. A veces hay que vivir lo suficiente para saberlo. Probablemente, las palabras tendrán más sentido con el tiempo. Mientras tanto, sugeriría que se revisaran las notas y el diario. Me gustaría saber lo que dicen, pero no tengo el corazón para leerlas. Por lo menos, su experimento animó un fin de semana potencialmente aburrido con un pequeño asunto de vida o muerte.

—¿Acabas de hacer una broma? —preguntó Johnny—. Stanley, te estás ablandando. Estás mostrando tu lado humano.

—Bueno, uno debe mantener el sentido del humor. A veces es todo lo que podemos hacer.

Hablando de humor, le pregunté:

—¿Qué le dijiste a Malcolm en el almuerzo?

—Ah, sí. Malcolm Ault es hipocondríaco. La mitad de su maleta está llena de medicinas. Le mencioné, discretamente, que la baronesa tenía una afección en la piel, particularmente obstinada y de naturaleza íntima. Se calmó más bien rápidamente. Le brindo especial atención al hecho de estar familiarizado con los hábitos de nuestros huéspedes para poder servirles mejor y ofrecerles una visita memorable.

Mientras decía eso, oímos el crujido de la grava desde la entrada.

—Deben ser Maw y su secuaz —dijo Johnny—. Los recuerdos están hechos de cosas así.

Cualquier posibilidad de aburrimiento se evaporó al instante.

38

El chofer se encontraba parado junto a la puerta de la limusina mientras todos en la casa se reunían apresuradamente en el camino de entrada para el recibimiento. Se trataba, después de todo, de la señora Leland, la madre del señor Dodge y abuela de Johnny. Hasta los Von Hofmanstal y Malcolm Ault estaban presentes. Tenía que reconocérselo: a ella le encantaban las grandes entradas.

Johnny y su familia la conocían simplemente como Maw, un apodo que ella adquirió mucho antes de mi aparición en escena. Pero, como yo no era de la familia, y porque la palabra evocaba la imagen de una gran boca llena de dientes[2], yo la llamaba señora Leland.

En otros círculos, conformados por miembros de juntas directivas de varias multinacionales grandes, se referían a ella en términos más despectivos. La apodaban la *Arpía*. En algunos despertaba temor, irritación en la mayoría y apoplejía en el resto. Su reputación en el mundo financiero era legendaria, reforzada por un constante torrente de rumores e insinuaciones, de los cuales Johnny y yo habíamos oído muchos.

Uno de ellos se refería a una reunión singularmente enconada en alguna junta directiva, que dejó a uno de sus miembros muerto. Algunos dicen que por un aneurisma causado por una exasperación excesiva. Otros afirman que se ahogó con su propia lengua y que la muerte fue el resultado de su extralimitación,

---

[2] N. del T.: la palabra *Maw*, en inglés, puede referirse a las fauces de un animal voraz.

seguida por la asfixia. De cualquier forma, el pobre hombre se levantó repentinamente de su asiento, se puso morado y, después de una serie de horribles convulsiones, cayó muerto sobre la alfombra, frente a las puertas dobles de la sala de juntas. Mientras los demás lo miraban consternados, la Arpía se le acercó sin siquiera verlo, mientras abandonaba la sesión, habiéndose asegurado la mayoría de votos con la muerte del miembro disidente. Ya sea que esa historia fuera auténtica o no, todos estaban de acuerdo en que pocos se le comparaban como combatientes en una sala de juntas. No daba cuartel, no mostraba piedad y no compartía con nadie sus planes.

Así como actuaba con ferocidad en el mundo de los negocios, mostraba igual entusiasmo y pasión en los asuntos familiares. Después de todo, la familia era un negocio.

Luego del deceso de su esposo y de una administración experta, Maw había amasado una fortuna y un poder económico equivalentes al de un país pequeño. Gran parte de sus bienes estaban ocultos a la vista del público mediante un complejo laberinto de fideicomisos y entidades legales, y su valor total era un secreto estrechamente guardado y conocido solo por una persona.

Quién tomaría las riendas de esta extraordinaria fortuna cuando ella falleciera era una pregunta abierta y muy debatida, incluso en las esquinas del distrito financiero de Nueva York. Los dos candidatos posibles eran su hijo, el señor Dodge, y la media hermana de este, Bonnie Leland. Los bancos, las firmas contables, las casas de inversión y todos los que deseaban participar del efecto económico derivado de esta fortuna se alineaban detrás de uno de los dos candidatos. Era un modelo de un solo ganador, y quien apoyara al vencedor sería ampliamente recompensado.

Pero la Arpía estaba llena de sorpresas. Si ninguno de los dos concursantes cumplía con sus expectativas, no tendría impedimento en pasar la batuta a un tercero, una gran fundación creada por ella misma. La fundación existía por el momento como una entidad sin operaciones activas, pero eso podría cambiarse de un plumazo en caso de que los candidatos no se esforzaran apropiadamente en la competición.

Las acciones financieras se sacudieron el día en que se filtró este rumor y el declive continuó durante varios días más, hasta que una fuente anónima, pero muy bien acreditada, afirmó que, en su conjunto, el sistema financiero era lo suficientemente robusto como para manejar tal eventualidad. Una vez restaurado el orden, todos los afectados se dispusieron a esperar el resultado. Y lo siguen esperando.

Mientras tanto, el señor Dodge y su media hermana maniobraban, planeaban e intrigaban. Él se llevaba el liderazgo en perspicacia financiera, pero Bonnie había logrado acercarse a su madre en el papel de compañera permanente. Le hablaba a Maw al oído, lo que neutralizaba la ventaja aparente del señor Dodge, y ella aprovechaba con creces esta posición. En un reciente golpe de mano logró de su madre una promesa, por escrito, de que, si heredaba, obtendría el apartamento de la Quinta Avenida y los Dodge serían desalojados de inmediato. La jugada no pasó desapercibida para la familia, que aún esperaba una respuesta por parte del señor Dodge. Todos la esperaban, pero, hasta el momento, nada había sucedido. Johnny y yo especulamos con que tal vez esta pequeña reunión podría tener algo que ver con ese asunto. El hecho de que Bonnie fuera oficialmente invitada a Rhinebeck era lo suficientemente inusual como para llamar nuestra atención.

Una vez reunidos todos, el chofer, después de recibir instrucciones en el interior del automóvil, abrió la puerta. Primero apareció Bonnie, elegantemente vestida con una camisa y una falda oscuras. Llevaba tacones de aguja negros de charol. En su mano derecha lucía un diamante del tamaño de un huevo pequeño. Apartó al chofer para poder auxiliar personalmente a su madre. Su estrategia de apertura revelaba su posición privilegiada y buscaba, a la vez, recibir la aprobación de su madre por su ayuda.

Yo no estaba tan seguro de la maniobra. Maw exigía obediencia y despreciaba a la vez a quienes se mostraban demasiado aduladores y serviles. La frontera entre estas posiciones se movía constantemente y descubrir los movimientos solo era posible después de los hechos. Maw rechazó la mano de Bonnie con una palmada y ladró algo ininteligible. Bonnie saltó hacia atrás, como si la hubiera golpeado, y dibujó en su cara una sonrisa sombría con la que buscaba ocultar su conmoción. El gambito había sido declinado. Los ojos de Bonnie se volvieron hacia su medio hermano, quien no mostró reacción alguna a su contrariedad.

Por fin, Maw estaba fuera, parada ante nosotros, con los brazos en jarra, vestida con un abrigo de visón de cuerpo entero, abierto al frente, que dejaba ver una camisa de mezclilla azul clara y pantalones caqui. Llevaba botas de media caña de color marrón mate que brillaban en la parte delantera y en los lados por la acción de presionar los estribos. Su rostro curtido se dirigió hacia nosotros. Su cabello gris estaba recogido en una cola de caballo sostenida por un gancho ordinario de plástico. Inclinó levemente la cabeza en dirección al grupo y le dijo a Stanley:

—Me gustaría un poco de té en el salón.

Sin decir una palabra más, avanzó hacia la casa, mientras la puerta se abría rápidamente para dejarla pasar. No mostraba ningún achaque perceptible, aun cuando era una mujer que se acercaba a los ochenta años.

Bonnie entró al auto para recoger el bolso de su madre y el suyo, mientras la tropa de soldados rasos nos abríamos paso al interior de la casa. Harry y el chofer descargaron montones de equipaje. Yo fui el último en llegar a la puerta principal. Mientras miraba desde los escalones, vi cómo el tacón de Bonnie se enganchaba con algo en el camino de entrada y se rompía de golpe. Ella se tambaleó y casi cae al suelo. Miró hacia el zapato causante de la ofensa y empezó a maldecir. Se lo quitó y lo lanzó lejos. Se quitó el otro, que corrió con la misma suerte. Con sus medias de nylon al descubierto, cojeó rápidamente hacia la entrada, refunfuñando. Las piedras en el piso tenían bordes afilados, que hacían del avance algo doloroso. Le pregunté si necesitaba ayuda, pero me miró con desprecio y siseó:

—Quítate de mi maldito camino. —Subió las escaleras y entró cojeando en la casa. Fue un comienzo difícil. El señor Dodge la aventajaba en ese momento por algunos puntos, pero aún era muy temprano.

39

Seguí al grupo hasta el salón. Éramos diez, en realidad, nueve. Bonnie intentaba encontrar otro par de zapatos. La última vez que la vi, perseguía a Simon por las escaleras para recuperar una de sus maletas. Mientras tanto, se hicieron las presentaciones. Maw estaba sentada en una silla, el señor Dodge parado detrás de ella y la señora Dodge y Johnny a su lado. Acababan de presentarla al barón, quien hizo una reverencia desde la cintura. Maw inclinó levemente la cabeza, lo suficiente como para hacerle saber que, a pesar de su título, la reputación y la riqueza de ella le otorgaban una ligera ventaja, aunque no tan pequeña que significara que él pudiera imponerse. El barón presentó a su familia. Maw estaba encantada. Malcolm Ault también hizo una reverencia. Por su estatura parecía servil, de una manera poco natural, pero ¿qué otra cosa podía hacer? Maw asintió neutralmente y entonces llegó mi turno.

—Así que —dijo ella— nos encontramos de nuevo. Ha pasado algún tiempo. Veo que tú y Johnny son ya adultos y siguen siendo amigos. Supongo que tuve algo que ver con eso.

—Así es. Qué bueno verla.

Me respondió con una de sus miradas. Sus ojos grises se veían ahora acuosos con la edad, aunque pocas cosas se les escapaban. Se decía que tenía el don de la clarividencia. Yo, por mi parte, lo creía.

—Hablaremos más tarde. Tú y yo tenemos cosas que discutir. —Me dejó de lado.

—¿Dónde está mi té? —tronó ella en el instante mismo en que Stanley aparecía con la bandeja.

—¡Stanley, malvado! Estaba a punto de empezar a gritar, pero ahí estás, justo a tiempo.

—Es un placer, señora.

Se volvió hacia su hijo.

—Lo cambiaría por Bonnie sin pensarlo dos veces. Ahora, Johnny, ¿dónde está ese perro tuyo del que tanto oí hablar?

Johnny miró a su alrededor y se movió hacia el comedor.

—Lo traeré.

Mientras salía, se escucharon movimientos en las puertas principales entre el salón y el vestíbulo, como si alguien tuviera problemas con las manijas. Stanley las abrió suavemente, justo cuando Bonnie estaba a punto de usar su hombro para intentar forzarlas. Entró a la habitación tropezando, con el hombro por delante, y cayó de bruces sobre la alfombra. Stanley la levantó rápidamente, pero aún se tambaleaba mientras él la sostenía.

—Es el tacón, señora —dijo Stanley en tono neutro. Ella bajó la mirada y vio que, claramente, uno de los tacones parecía torcido.

—¡Carajo! —dijo Bonnie—. ¿Qué pasa con los tacones en este lugar?

—Si me lo entrega, estoy seguro de que podremos arreglarlo. También me tomé la libertad de recuperar los otros dos en el camino de entrada. Serán reparados también.

Maw se rio con estridencia y luego le habló fríamente.

—Deja de actuar como una bufona. Es vergonzoso.

Bonnie, una vez más en medias de nylon y varios centímetros más baja, ignoró con orgullo la reprimenda y anunció en voz alta:

—Bueno, como no he tenido la cortesía de una presentación, soy Bonnie Leland, hija de la señora Leland.

En ese momento, Robert entró corriendo en la sala, como si estuviera participando en el concurso canino Best of Show. Instintivamente, se acercó a Maw, quien aplaudió con deleite.

Johnny estaba justo detrás de él. El barón se retiró a un rincón, lo más lejos posible, mientras que Bonnie se trasladó al bar, eclipsada una vez más. Se preparó un trago puro y lo bebió de un solo golpe.

Me acerqué a la ventana mientras Maw y Robert se miraban deleitados. Los animales se sentían bien en su presencia. Ella los tranquilizaba, los ordenaba y ellos obedecían. Robert se sentó frente a ella, feliz por las caricias y la atención. Bonnie miraba la escena con frialdad. Se dio cuenta de que yo la observaba y, en respuesta, frunció el ceño. Nos conocíamos, pero rara vez habíamos hablado, aunque estuviésemos en la misma habitación. La evitaba, de ser posible.

Era una versión más joven de su madre, pero sin la fuerza dominante de su personalidad. Maw tenía muchos defectos, pero su presencia, agudeza y franqueza me atraían. Bonnie simplemente tenía los defectos. Era irritable, vengativa, manipuladora y, sobre todo, insegura. Esta inseguridad la llevaba a irrespetar a los demás cada vez que podía, buscando verse más formidable e imponente. Lo sentía por ella, a pesar de mi aversión. Ser la sombra de Maw y su compañera constante no era fácil, pero a Bonnie la movía un propósito superior. Estaba dispuesta a sacrificar su presente por la oportunidad de convertirse en el futuro en una de las mujeres más poderosas del mundo. Se aseguraba de ser indispensable y, por lo tanto, de merecer la mayor parte de la herencia. Ninguna tarea era demasiado degradante, humillante o turbia si la acercaba a lograr su objetivo.

Mi yo intuitivo advertía que mientras más sacrificio y degradación soportaba, más culpaba a su medio hermano por haberla forzado a esa posición comprometedora. Las humillaciones vividas la habían despojado de su dignidad y la llenaron de un odio a sí misma que proyectaba sobre los demás.

Ocultaba una inteligencia astuta, motivada por una sed implacable de venganza, revancha y codicia; una combinación desagradable pero poderosa. Tenía un plan. Era claro. Mi nueva faceta perceptiva también advertía que debido al intenso disgusto que sentía por ella, podríamos tener mucho más en común de lo que yo creía. No era un buen análisis, pero probablemente no carecía de precisión. Tendría que examinarlo más de cerca. Como punto final, mi parte intuitiva, que tenía un lado cínico, planteaba el hecho de que Maw era lo suficientemente inteligente como para saber que, una vez que declarara su intención de favorecer a su hija, sus días como madre estarían contados.

—¿Fantaseando? —era Bruni. No hablábamos desde su arranque de furia.

—Observando.

—Esa hija suya es impredecible. Ha estado en contacto con mi padre. Traman algo. Pensé que te gustaría saberlo.

—Gracias por decírmelo. Hay algo en juego. Solo que desconozco de qué se trata.

—Tal vez valdría la pena averiguarlo. Por cierto, me disculpo por mi arrebato. No suelo actuar así.

—Disculpa aceptada. Quizás podríamos empezar de nuevo.

—Eso me gustaría mucho.

—A mí también.

La reunión informal estaba terminando. Maw quería descansar antes de cenar. Las bebidas se servirían a las seis, vestimenta formal.

—Nos vemos para tomar algo —dije—. Y gracias. Odio cuando la gente está enojada conmigo.

—Dudo que alguien pueda estar enojado contigo por mucho tiempo. Nos vemos luego. Hablaremos un poco más.

El señor Dodge y el barón se dirigieron a la biblioteca, mientras que las damas se retiraron para prepararse. Johnny se me acercó.

—Bueno, eso marchó espléndidamente —dijo—. Robert puede ser verdaderamente encantador con las mujeres. Cautivó a la vieja Maw en segundos. Puso también a Bonnie en su lugar, lo que a ella no le gustó mucho. El primer asalto, definitivamente, va para el equipo local, pero tenemos trabajo que hacer. ¿Qué tal si empezamos nuestro próximo proyecto de investigación?

—Sí, debemos hacerlo. Para ser una estancia tranquila en el campo, me parece que estamos extraordinariamente ocupados.

—Es nuestro destino. Sin indecisiones. No hay tiempo que perder.

Una cosa era segura, Johnny seguía siendo Johnny. Pasaba de un proyecto a otro a toda velocidad. Los seguí a él y a Robert, subiendo las escaleras por enésima vez o, al menos, así me parecía.

40

Johnny sacó el diario de Alice de su estuche de cuero y me lo entregó.

—Empieza a leer. Voy a bajar al depósito para devolver el libro extraño y la caja de zapatos a cambio de las notas de la sesión de Alice. Ahora vuelvo.

Él y Robert desaparecieron por las escaleras y yo abrí el diario. Las páginas estaban escritas con una letra clara, lo que significaba que no tendría mucha dificultad para descifrar lo que Alice escribió, aunque dudaba de que tuviera tiempo de leerlo todo en ese momento. El diario comenzaba justo después de que ella decidiera emprender su búsqueda de «la gente» y descubrir un medio para combatir sus pesadillas recurrentes. Terminaba varias semanas antes de su muerte. Empezaba diciendo:

A los que vienen después:
Si están leyendo esto, estaré muerta.
¿Los estaré observando, leyendo sobre sus hombros? Tal vez solo seré un pensamiento que se ha mantenido vivo por tres generaciones hasta que la última persona que me haya visto y hablado conmigo ya no esté y, para entonces, me habré desvanecido completamente de la memoria viva y dejaré de ser.
Consuélense al saber que en la muerte tendré las respuestas.
Hoy no tengo ninguna. Estoy viva, solo tengo preguntas y una curiosidad sin límites que me acompaña. Me esperan un nuevo día y nuevos panoramas. Me estremezco de pensar en lo que vendrá.

Ella era un desastre con las fechas. O no le gustaban o nunca se acordó de escribirlas. El diario se organizaba en una secuencia de lugares y acontecimientos. Decidí centrarme en dos aspectos: pasajes acerca de aquellas personas que podrían haber interactuado con ella de manera adversa, como lord Bromley, y patrones inusuales a medida que los encontrara, como códigos o cualquier cosa fuera de lo común. Noté que a menudo registraba secciones enteras en jeroglíficos o en escritura hierática, sin ninguna traducción. Otras veces, lo hacía con el alfabeto demótico del período tardío. No podía traducir esto. Por ahora, tendría que asumir que eran irrelevantes.

Estaba a mitad de camino, hojeando el diario, cuando Johnny y Robert regresaron.

—¿Encontraste algo? —preguntó Johnny.

—Es demasiado pronto para decirlo. Sabes, ella nunca le puso fecha a nada. Solo anotaba el lugar. Por ejemplo: Complejo de templos de Karnak, Luxor, seguido de sus observaciones. En el registro de Karnak, que es un modelo bastante típico, hay una sección que incluye páginas de jeroglíficos que copió de las paredes del templo, otras en inglés sobre el Precinto de Mut, notas sobre el Festival de la Embriaguez de Sejmet y luego detalles sobre la excavación en curso, que son bastante sucintos y técnicos.

—¿Festival de la Embriaguez de Sejmet? Me gusta como suena.

—Según lo que dice aquí, la diosa Sejmet estaba masacrando a la humanidad hasta que Ra, que para empezar fue el iniciador de la masacre, sintió lástima y quiso que Sejmet se detuviera. Ella no podía o no quería hacerlo, por lo que el siempre ingenioso Ra tuvo una idea brillante: emborrachar a la diosa con toneladas de cerveza roja, que ella confundiría con sangre humana. Y eso fue lo que hizo. Sejmet bebió y bebió y se emborrachó tanto que, al perder el sentido, abandonó los pensamientos de matanza. El problema estaba resuelto. El hecho se conmemoraba anualmente en una fiesta a la que asistían las sacerdotisas del templo y la población local, en la que recreaban el suceso emborrachándose hasta no poder caminar.

—Es imposible no amar a esos antiguos egipcios.

—El día siguiente debe de haber sido infernal. Me gustaría conocer las cifras de natalidad nueve meses después, pero no se mencionan.

—Con seguridad, eso te interesaría. Pero bueno, sigamos adelante. Contamos con otra hora antes de bajar.

Johnny comenzó a repasar las notas de la caja mientras yo volvía a mi lectura.

Alice anotó algunas líneas sobre fiestas en Londres y proyectos de investigación en el Museo Británico. Hacen referencia a prácticas chamánicas en Sudamérica y a cómo la impresionó el uso de plantas nativas para abrir las puertas al mundo espiritual.

Finalmente, he encontrado un medio para explorar el mundo de la gente. El uso de plantas exóticas facilitará mi interacción con quienes busco. Por fin es posible.

Describía con detalle las plantas, prácticas y preparaciones, destacando los efectos de cada una, y señalaba su preferencia por la *Brugmansia* y su manejo como el mejor método para hacer contacto.

Se mencionaba varias veces a lord Bromley.

Lo vi en Londres, desde lejos. Los rumores lo rodean como una niebla. Estaba comprometido y luego no lo estaba...

Compró varias copias y originales de papiros egipcios, incluidos *libros de los muertos*. ¿Coincidencia o hay alguna conexión?

Stanley había narrado ya la mayor parte de lo que reportó sobre Arthur Blaine y su abandono en la selva.

Malcolm Ault aparecía nombrado en distintas oportunidades como asistente a varias fiestas.

También había referencias a Johnny y a mí. Nos describía como «demasiado brillantes para su edad, pero muy lindos». A Johnny le encantaría esa parte. Mencionaba a mis padres, junto con el barón, pero solo en contextos sociales.

Después de una hora, Johnny interrumpió mi lectura:

—¿Cómo va eso?

—Interesante, pero no exactamente esclarecedor. Describe las excavaciones con gran detalle. Hasta ahora, nada realmente revelador, aparte de que, hacia el final, Alice se refiere bastante a menudo a M. Apostaría a que es una mujer. El nombre de pila no se ha revelado.

—El famoso destinatario de la carta que nunca fue entregada. Me pregunto si M. tuvo algo que ver con su muerte.

—Eso es incierto, hasta ahora. Ault parece una presencia constante en su narración. Tal vez deberías preguntarle qué sabe de ella.

—Es una jugada impredecible, pero lo intentaré.

—¿Cómo va la lectura de las notas de las sesiones?

—Leí unas cuantas, pero ya veo lo que Stanley quiso decir. Son pesadas. En pocas palabras, ella esperaba respuestas del mundo de los espíritus, pero la búsqueda resultó más frustrante de lo que imaginaba. Su principal dificultad era que a la mañana siguiente solo podía recordar una pequeña parte de las sesiones, y si la dosis era demasiado grande, no recordaba nada. Intentó tomar notas durante las sesiones, pero eran ilegibles o no tenían ningún sentido. De vez en cuando lograba hacer una conexión. Me llamó la atención una en particular:

Ellos, sean quienes sean, no son los que conocí antes. No ven ninguna razón para responder satisfactoriamente a mis preguntas. Me mostraron cosas: lugares, gente, niños en su mayoría, pero no hay ningún vínculo que pueda establecer entre las imágenes y las respuestas que busco. Los muertos, si es eso lo que son, obviamente tienen preocupaciones diferentes a las mías. No puedo hacerles entender. Quizá no puedan hacerme entender. Estoy frustrada y perpleja, pero siento que estoy cerca, más cerca, al menos, de lo que estaba antes.

—Espeluznante.
—Sí, me pregunto si estamos siguiendo un viaje a la locura, como dijo Stanley.
—Es posible, aunque puede haber momentos de claridad enterrados en alguna de las notas.
—Eso espero, pero es lo más lejos que cualquiera de nosotros puede llegar por el momento. Es hora de vestirnos para la cena.
—Tienes razón.

41

Bajamos con suficiente anticipación. Tomé prestado uno de los esmóquines de Johnny, que me quedaba razonablemente bien. Dejamos a Robert en la oficina de Stanley y cruzamos por la cocina, que se hallaba en plena actividad. Johnny y yo nos retiramos rápidamente al salón. Las cortinas estaban cerradas contra la noche. Había champán Cristal disponible en recipientes con hielo. Nunca fui de los que dejan pasar una copa. Le serví también una a Johnny.

—Salud, amigo —dije. Bebimos un sorbo.

—Es algo increíble. Nada se le compara —comentó Johnny—. Ahora, esperemos al resto del grupo.

No pasó mucho tiempo antes de que Malcolm Ault, también vestido formalmente, bajara con Bruni. Ella llevaba un sensacional vestido de noche, azul profundo, probablemente de Dior. El color complementaba la palidez de su piel, el azul de sus ojos y la brillante negrura de su cabello. Una gran estrella de zafiro color índigo colgaba de una cadena de platino alrededor de su cuello, descansando justo encima de su escote. Me las arreglé para quitarle los ojos de encima mientras les servía champán a los dos. Malcolm alcanzó a agradecerme antes de que Johnny lo llevara a la ventana para interrogarlo sobre Alice. Bruni estaba a mi lado.

—Bonita piedra —dije, mientras tomaba un sorbo.

—Gracias. ¿Te gusta?

—Mucho.

—Puedes tocarla, si quieres.

—Tentador, pero recuerda, estamos empezando de nuevo.

—Lo estamos, por eso nos está permitido.

El ojo de la luna

Extendí mi mano. Algunas cosas son irresistibles. La estrella parecía casi luminiscente en el azul de la piedra.

—Muy bonita. Puedes usarla en cualquier momento.

—Me alegra que la apruebes. Tengo noticias para ti. La señorita Leland y su madre recibieron esta tarde unos sobres por correo.

—¿Crees que sean importantes?

—Así es. El juego está por comenzar y tenemos un asiento junto a la cancha.

—Vamos a ver la pintura —dijo mientras me tomaba del brazo.

Avanzamos hasta pararnos frente al Constable.

—¿Tienes más noticias? —pregunté.

—Puede ser. ¿Recuerdas un incremento patrimonial hecho por Dodge Capital hace un par de años?

—Recuerdo haber leído algo sobre eso. Era una emisión de deuda, creo, respaldada por un banco de Nueva York.

—Correcto. Ese préstamo fue vendido recientemente a un solo cliente, que aparentemente pagó mucho dinero por él.

—Eso es interesante.

Casualmente, revisé la oferta del banco la semana pasada, antes de pasársela a mi padre. Siempre estamos buscando negocios y ese banco en particular nos lo ofreció para una operación «todo o nada», ya que la oferta era pequeña frente a la mayoría de los estándares de préstamos corporativos. Llamé al día siguiente para ver si todavía estaba disponible, pero me dijeron que ya había sido retirado con una prima considerable.

—Pensé que una de las razones por las que la gente iba a ese banco en busca de financiamiento era para evitar ese tipo de cosas.

—Sí, pero hay provisiones en la letra menuda que les permiten vender sus préstamos, siempre y cuando los sigan administrando. No es una práctica general.

—¿Por qué ese préstamo?

—No lo sé, pero hay más. Es redimible bajo ciertas circunstancias.

—Cómo, por ejemplo...

—Se puede exigir el pago inmediato si los activos administrados por Dodge Capital caen por debajo de cierto nivel. En segundo lugar, hay una fecha cercana, el próximo mes, que permite al banco revisar el préstamo. Si este siguiera siendo el dueño, no habría problema. En manos privadas, es otro asunto. El nuevo propietario, según los documentos del préstamo, podría muy posiblemente exigir el pago inmediato, después de revisarlo y afirmar que quieren retirarse del acuerdo. Para Dodge Capital, tener que pagar antes de lo esperado podría suponer una considerable restricción de su liquidez. La firma podría litigar contra la demanda en el tribunal y probablemente ganaría; sin embargo, el tema no está exento de problemas. La batalla legal crearía publicidad y los clientes se ponen nerviosos cuando eso sucede. Es posible que primero quieran mover los activos y hacer las preguntas más tarde. Si muchos de los clientes lo hicieran, la provisión de activos administrados cobraría vigencia, lo que, con toda seguridad, demandaría el pago del préstamo.

—¿Quién lo tomó?

—No lo sé, pero definitivamente fue ofrecido y lo compraron.

—Suena como si alguien tramara algo.

—Hay más... ¿Tal vez en la cena, dependiendo de los asientos, podríamos discutirlo?

—Buena idea. Me gustaría. Y, en caso de que no lo haya mencionado, te ves deslumbrante esta noche.

—Me alegra que te lo parezca.

El señor y la señora Dodge acababan de entrar junto con el barón y Elsa. Las dos mujeres se veían elegantes con sus vestidos de noche negros. La señora Dodge llevaba un Cassini. Elsa lucía sus diamantes y un escote con la suficiente profundidad como

El ojo de la luna

para que Malcolm pensara dos veces en la supuesta afección de la piel. Los miré a él y a Johnny. El hombre alto volvió la vista hacia Elsa. Bruni aún estaba a mi lado.

—¿Qué tan bien conoces a Malcolm Ault? —le pregunté.

—No muy bien. Coincidimos en un buen número de fiestas y al parecer conoce a casi todo el mundo.

—Es un personaje un poco extraño.

—Tiene sus rarezas, pero, hasta donde yo sé, es bastante inofensivo.

Nos interrumpió la entrada de Maw y Bonnie. Maw siempre vestía de negro cuando se trataba de traje de noche, y esta vez no fue una excepción. Un fino collar de grandes esmeraldas y diamantes rodeaba su cuello. Se apoyaba en un bastón de ébano con la empuñadura de plata en forma de un perro que mostraba los dientes. A diferencia de como lucía en la tarde, parecía un poco agobiada. Supongo que el cambio estaba relacionado con el paquete del correo que Bruni había mencionado.

Si Maw se veía un poco apagada, Bonnie se mostraba muy animada, a pesar de llevar un vestido de color *beige* liso hasta la rodilla para una cena formal. La elección de los zapatos debe de haber influido en su decisión. En la tarde había arruinado dos pares negros, y Stanley no había tenido la oportunidad de estar atento a los arreglos antes de la cena, a pesar de contar con varios empleados adicionales. Con todo y su dudosa elección de vestido, oscilaba entre la euforia y la irritación reprimida. Su risa retumbó por toda la habitación mientras recogía una copa de champán. La expresión en su rostro parecía decidida mientras se concentraba en su interlocutor, en este caso, el barón. Después de unos momentos, sus ojos se movieron como si buscaran algo que pudiera sorprenderla. Estaba bebiendo a grandes tragos el champán, una copa tras otra. Mientras Maw conversaba, ocasionalmente miraba a su hija con frustración, irritada. Si Bonnie se sentía confiada, entonces sus planes debían de estar progresando, y eso solo podría significar algo malo para la familia Dodge.

Todos los invitados estábamos reunidos, y los camareros adicionales circulaban con bandejas de caviar de Beluga sobre tostadas blancas. Otros servían más champán Cristal. Bruni y yo comimos varios entremeses antes de ir hacia donde se encontraban conversando Johnny y el hombre alto.

—Entiendo que habrá un anuncio —dijo Malcolm.

—¿Un anuncio? —preguntamos los tres a la vez.

—No sé de qué se trata, pero la señorita Leland tendrá la palabra; es todo lo que sé.

—Eso no puede ser bueno —dijo Johnny—. Será mejor que bebamos mientras podamos.

Johnny fue a hablar con sus padres sobre esta novedad. Tenía una mirada peculiar en su cara.

Me di vuelta para llenar de nuevo mi copa y casi tropiezo con el barón.

—Permíteme —dije. Llené su copa y serví el resto de la botella en la mía—. La señorita Leland parece estar de un humor extraño —le comenté.

—Es cierto, pero es que lleva bastante tiempo trabajando. Sus planes casi dan fruto, me imagino.

—¿Sabes de qué se trata?

—Tengo conocimiento de muchas cosas.

—¿Te importaría ilustrarme?

—No —Fue todo lo que dijo antes de irse.

—Aún no le caes bien —afirmó Bruni.

—No, supongo que no. Trato de esforzarme, sin embargo. No lo dejará pasar, sea lo que sea.

—A veces el pasado no te abandona, por mucho que lo intentes. ¿Qué tal un poco más de champán?

—Definitivamente. Tengo la sensación de que necesitaremos varias copas antes de que la noche termine.
—Yo también lo creo. Y gracias, por cierto.
—¿Por qué?
—Por hacer el esfuerzo con mi padre y por darme una segunda oportunidad.
—Bruni, puedes tener todas las oportunidades que quieras.
—Gracias, Percy. Espero que nos sentemos juntos esta noche.
Comimos caviar, charlamos y bebimos más champán, felices de estar juntos. Antes de que pudiéramos acercarnos a Johnny y ver lo que averiguó sobre el anuncio, Stanley informó que la cena estaba servida. Nos trasladamos al comedor para tomar nuestros asientos en la mesa.

42

Los lugares se asignaron como de costumbre. El señor y la señora Dodge ocuparon sus puestos al final de la mesa. El barón a la izquierda del señor Dodge y Maw a su derecha. Johnny ayudó a su abuela a ubicarse y tomó su asiento entre ella y Bruni. Yo era el siguiente. Retiré la silla de Bruni. Su vestido susurró mientras se sentaba y se acomodaba. Cualquier tensión entre nosotros se había disipado mágicamente desde que decidimos empezar de nuevo, y lo que quedaba para mí era una sorprendente felicidad a su lado. Estaba bastante seguro de que ella sentía lo mismo. Era inteligente, simpática, y esta noche, con la posible excepción de su madre, la mujer más hermosa que había conocido. Me sonrió en agradecimiento mientras yo tomaba mi lugar en la mesa.

—Alguien oyó nuestras oraciones —susurró, una vez que me senté—. Estamos juntos.

—Realmente las oyeron —respondí.

Al otro lado de la mesa, junto a la señora Dodge, estaba Elsa. Me brindó una sonrisa deslumbrante. Le hice un guiño. A su derecha se hallaba el hombre alto. Parecía un poco nervioso, lo cual me pareció justificado, sabiendo el gusto de Elsa por hacer travesuras. Jugaba con su corbata. Entre Malcolm y el barón sentaron a Bonnie. Lucía un poco molesta. No estaba seguro de si por no ocupar la cabecera de la mesa o porque Maw estaba enfrente de ella y, por lo tanto, temporalmente fuera de sus garras. Había intentado armar un escándalo cuando se enteró del puesto que le asignaron, pero el barón había corrido suavemente su silla antes de que perdiera de nuevo los estribos. Después de todo, él ostentaba un título, y ella no podía negarse; le encantaba atraer su atención. Había que admitirlo: el barón tenía algo que era difícil de expresar con palabras. Imaginé que Napoleón era igual.

El primer plato fue un tartar de atún sobre rodajas de peras asiáticas con salsa de wasabi. Se llenaron las copas de champán y la mesa quedó en silencio mientras los invitados saboreaban la entrada. Dagmar quiso impresionar desde el principio y lo logró. Una vez finalizado el plato, se reanudó la conversación.

—¡Dios mío! —me susurró Bruni—, eso estuvo delicioso. ¿Dónde la encontraron?

—Fue Stanley. La atrajo con su encanto escocés. Estoy seguro de que su oferta de matrimonio le ayudó. Escuché que su anterior empleador se convirtió en asceta poco después de que ella se marchó. Nada podía igualar su cocina, así que se conformó con la abstinencia.

—Yo misma podría empezar a pensar en eso. ¿Cuánto tiempo lleva aquí?

—Desde antes de que Johnny y yo usáramos pantalones largos. Nunca supimos cuánto disfrutábamos de sus comidas hasta el día en que nos enviaron a un internado. Ella parece mejorar con el tiempo.

La risa de Bonnie sonó como un rebuzno irritante a través de la mesa, respondiendo a algo que el barón le dijo.

—Esperemos que se apacigüe, porque quedan varios platos por delante —susurró Bruni.

—Lo dudo. Tiene que pensar en su anuncio y puede ser que necesite coraje etílico.

—¿Alguna idea?

—Nada bueno para nuestros anfitriones...

Bonnie me interrumpió cuando se puso de pie, golpeando el borde de su vaso con una cuchara. Se balanceaba un poco.

—¡Quiero hacer mi anuncio... ahora! —La mesa quedó en silencio.

—No seas tan grosera —la interrumpió Maw antes de que pudiera continuar—. Siéntate y espera hasta después de la cena.

—Soy grosera porque puedo, y porque puedo, lo haré... así que, jódete. Me has manejado mucho tiempo con tu dedo meñique. No lo aguantaré ni un minuto más. Mantente al margen. Finalmente, soy yo quien está a cargo —dijo mirando despectivamente a su madre y luego se volvió hacia la cabecera de la mesa.

—¿Oíste eso, hermano querido? Tengo la sartén por el mango. Te llevaré a la ruina. Esta casa, tu negocio, tu vida: son míos. He vivido para este momento. Es delicioso. Y hablando de delicias, me entregarás también a tu cocinera, o no conseguirás nada... ¡Naaada! Ahora que lo pienso, ¿por qué dejarte algún centavo? Me lo llevaré todo. ¿A quién le importa? A mí no, así que, ¡trágatelo todo!

Eructó, se sentó y agarró su copa de champán. No se escuchaba ni un murmullo en la mesa. El señor Dodge miró a su media hermana y dijo:

—¿En serio? Qué bonito. ¿No te estás apresurando un poco?

—¿Apresurada? —Bonnie se rio nerviosamente—. ¿Apresurada? No. —La *p* sonó extraña cuando la dijo—. Es un trato hecho. Mi amigo aquí y yo —dijo ella tocando el hombro del barón—. Miren y sufran.

Sonrió triunfalmente. Sus ojos quedaron en blanco, parpadeó unas cuantas veces y luego se escurrió debajo de la mesa. Stanley, Simon y una de las criadas llegaron al instante en su ayuda. Stanley se levantó y se acercó a Maw y le dijo algo mientras sacaban de debajo de la mesa a Bonnie, desgonzada, y la retiraban del comedor, con los pies a rastras. Se le cayó un zapato a medio camino. Stanley cerraba la procesión, recogió el calzado de la descarriada y cerró las puertas.

Se hizo un silencio tenso.

—Bueno —dijo Johnny a la mesa—, más para nosotros.

Todo el mundo empezó a hablar de inmediato.

—Sabes, me encanta estar aquí. —Oí que Elsa le comentaba a la señora Dodge—. Todo es tan espontáneo e inesperado. No puedo esperar a ver qué pasará luego.

No tuvo que esperar mucho tiempo. Hubo un revuelo en la puerta del salón y Bonnie estaba de vuelta. La puerta se abrió, se cerró de golpe y luego volvió a abrirse mientras ella intentaba forzar su entrada al comedor y un sirviente trataba de arrastrarla hacia afuera. Vi su cabeza por un momento. Sus ojos eran salvajes y respiraba pesadamente. Quería decir algo, pero no le salía nada. El sirviente renovó su lucha y la puerta volvió a cerrarse.

—¿Ves lo que quiero decir? —Aplaudió Elsa.

Miré a Johnny por encima de Bruni. Sonreía para sí mismo y bebía su champán. Se estaba tomando demasiadas libertades con la tintura que había encontrado. Yo estaba bastante seguro de ello. Tendría que hablar con él sobre ese tema.

43

Transcurrieron algunos minutos en silencio antes de que un bramido apagado se levantara en la habitación contigua, emitido por algo que podría haber estado enjaulado. El gemido comenzó bajo y se elevó agudamente. No estaba seguro de haber escuchado algo así antes. Cesó abruptamente y se hizo silencio una vez más. La puerta del salón permanecía cerrada y quieta.

El grupo suspiró. El segundo plato, con toda seguridad, se retrasaría hasta que Stanley y el resto de su personal regresaran, después de encargarse de Bonnie. Mientras tanto, esperamos.

Vi al barón sacudir la cabeza ante una pregunta del señor Dodge mientras Maw le hacía a Johnny un gesto de desaprobación con la mano. La señora Dodge miraba a su marido al otro extremo de la mesa y bebía a sorbos su champán, mientras Malcolm estrujaba con la mano una servilleta.

Lo vi acercarse lentamente hacia Elsa. Ella jugaba a hablar en voz cada vez más baja, haciendo que Malcom se inclinara para escuchar lo que le decía. Él se doblada de lado, desde la cintura, como la torre inclinada de Pisa, presentándole su oreja izquierda mientras miraba hacia delante. Estaba bastante seguro de que él no se atrevía a mirarla directamente por miedo a que le pillaran concentrado en algo más que en su cara.

Bruni también lo miró y me susurró:

—Mamá puede ser muy malvada. Le morderá la oreja. Ya verás.

—¿En serio?

—Una vez, en una cena, la vi hacer lo mismo. Su vecino no la miraba y se inclinaba cada vez más, hasta que, de repente, ella le mordió la oreja. El pobre hombre la perdió. Se levantó, hizo caer su silla y huyó de la mesa, para nunca volver. Estoy segura de que pensó que mi padre lo ensartaría como un pincho antes de que termináramos el postre. Papá tiene una reputación temible. Mamá pensó que era muy gracioso.

—Vaya familia...

—Dímelo a mí. ¿Y la tuya?

—No hay mucho que decir. Los he visto en contadas ocasiones desde que tengo memoria.

—Conocí a tus padres hace unos años, en una cena en París. Me parecieron bastante deslumbrantes, impresionantes.

—A mí también. No los conozco, en realidad. Normalmente van a otros lugares. Siempre ha sido así.

—¿Eso te entristece?

—En cierto modo, pero hay compensaciones. Los Dodge han sido muy buenos conmigo, pero, para responder a tu pregunta sinceramente, sí, el tema me entristece.

Bruni tocó mi mano por un momento. —Siento haber sacado el tema.

—No lo sientas. Ya estoy acostumbrado o bastante habituado. Hablemos de otras cosas.

—Por supuesto. Dije que tenía más noticias.

—Así es.

—Supe que la señorita Leland ha estado ocupada intentando que los tribunales declaren a su madre incompetente. No lo es, por supuesto, pero muchos miembros de los numerosos consejos de administración en los que participa sienten que la hija podría ser más flexible y abierta a sus ideas. Se han hecho intentos de solicitar distintos informes médicos en ese sentido.

—Podría funcionar, pero Maw simplemente contrarrestaría eso con sus propios informes, a menos que Bonnie fuera capaz de convencer a su madre de que renunciara al control y se dedicara a sus perros y a sus caballos. A juzgar por la actuación de esta noche, Bonnie debe de pensar que tiene todo bajo control.

—Creo lo mismo. Sospecho que se trata de algún tipo de chantaje, pero no tengo ni idea.

—Todos tenemos esqueletos en el armario y probablemente Maw no sea la excepción. Parece que sabes bastante de ella.

—Hice algunas comprobaciones sobre las dos después de que la oferta desapareciera tan rápido.

—¿Tienes sospechas?

—Así es. Me pareció maquinado, como si alguien hubiese abierto la oferta porque tenía que hacerlo, aunque la venta ya se hubiera acordado previamente.

—Alguien ha estado ocupado.

Nos interrumpió la llegada de Stanley y su personal. Este le informó discretamente al señor Dodge y a Maw sobre el manejo del incidente. La mesa completa se inclinó en su dirección, pero Stanley había dominado tan bien el arte de comunicarse en voz baja que fue imposible escuchar algo. Se enderezó y, acompañado por sus ayudantes, volvió a la cocina. La señora Dodge miró a su marido con curiosidad, a lo que John respondió con un movimiento de cabeza, indicando que no había nada de qué preocuparse.

Después de unos momentos, el equipo reapareció trayendo la sopa. Esta noche era un sencillo consomé con verduras de temporada, preparado a la perfección. Se llenaron las copas de vino y, una vez más, reinó el silencio.

Un plato siguió al otro en rápida sucesión, en medio del brillo de la luz de las velas sobre la plata. Lenguado, solomillo de ternera para el plato principal, entremezclado con ensaladas y pequeñas rodajas de fruta. De postre, el exclusivo pastel de Dagmar, con helado de vainilla casero.

El ojo de la luna

La señora Dodge anunció que ya era hora de pasar a la siguiente habitación, y la cena llegó a su fin. Bruni me susurró al salir:

—Encuéntrame antes de que te retires. Me gustaría salir a observar la noche. La luna estará visible.

Nos separamos y me acerqué a Johnny mientras los hombres nos dirigíamos a la biblioteca. Le pregunté en voz baja, para que solo él pudiera escuchar:

—¿Cómo te las arreglaste para ponerle esa tintura?

—Te diste cuenta. —Sonrió.

—Por supuesto. Su expresión me lo reveló. Stanley, estoy seguro, lo adivinó.

—No hay que adivinar. Él mismo lo sugirió.

Me detuve y le di la vuelta para que me mirara.

—Estás bromeando.

—A decir verdad, no estoy seguro de lo que le di. Fui a averiguar qué se sabía sobre el anuncio y Stanley me dio una botella pequeña. «Cuatro gotas» fue lo que dijo, ni más ni menos. Cargué la bebida de Bonnie y me las arreglé para entregársela. El resto fue fácil. Se estaba apurando el champán y se bebió la poción entera de una sola vez.

—¿Qué crees que fue?

—Ni idea, pero debo admitir que cuando se trata de esa mujer, concuerdo con lo que él tenía en mente. Creo que nos compró algo de tiempo. Quiero verlo en un rato y conseguir más información para asegurarme.

—Bruni también me dio un poco de información —dije y le conté acerca de lo que hablamos.

—Tiene sentido. Me pregunto qué sabe Bonnie sobre Maw. Debe de ser algo bastante gordo. A menos que, por supuesto, Maw esté jugando con ella para ver hasta dónde puede llegar.

—Eso también me pasó por la cabeza. Es astuta. Tu padre estuvo bastante tranquilo.

—Como bien sabes, rara vez muestra sus pensamientos. ¿Te acuerdas de nuestras lecciones de póquer?

—Ni me lo recuerdes.

A lo largo de los años, el señor Dodge disfrutó del gran placer de despojarnos regularmente de nuestras mesadas, especialmente durante las fiestas navideñas, cuando estábamos llenos de billetes de diez y de veinte. A eso lo llamaba *instrucción*.

—¿Conseguiste algo del alto? —pregunté.

—M. es una mujer: Marianne Thoreau. Ella y Alice eran íntimas, pero Marianne desapareció poco antes de su muerte. La vieron ocasionalmente en compañía de lord Bromley, si eso te dice algo.

—Traicionada, ¿tú crees?

—No hay suficiente información. Fumemos un puro y bebamos un buen trago. Las cosas son demasiado raras y los necesitamos, lo mismo que un buen descanso.

—Que así sea.

Nos unimos a los demás en la biblioteca.

44

—Ella se emborracha fácilmente —comentaba el barón mientras entrábamos—. No me gusta eso en los hombres, y mucho menos en las mujeres.

El señor Dodge y Hugo estaban junto al bar. Johnny y yo nos ubicamos a su lado. Johnny me pasó una copa, mientras yo tomaba un par de cigarros. Seguimos el ritual de encenderlos y comprobar que quemaban bien. El humo se apoderó de la habitación mientras todos nos sentamos. Malcolm se quedó de pie, bebiendo un *whisky* puro, de una sola malta.

Sin damas presentes, Bonnie fue el tema de conversación. Malcolm le hizo una pregunta a su anfitrión.

—¿De qué se trató esa diatriba y el espectáculo de la señorita Leland, si puedo preguntar?

—Agitación, alteración y decepción. Si uno no puede ser feliz con lo que tiene, ¿cómo puede esperar ser feliz teniendo aún más? —contestó el señor Dodge expulsando el humo hacia el techo.

Malcolm se veía perplejo. —Parecía hablar en serio. ¿No estás preocupado?

—¿Debería estarlo?

—No sé mucho de ese asunto, pero la mujer parece inestable. No quisiera ni pensar en la posibilidad de que ella tome el timón de una lancha, y mucho menos el de una fortuna.

—Nadie sabe exactamente lo que está tramando —replicó el señor Dodge—, pero tengo entendido que se la presentaste a lord Bromley hace poco.

Malcolm se ruborizó ligeramente. El barón le dirigió una mirada penetrante mientras una mueca de desprecio cruzaba por su cara. Johnny y yo desviamos nuestra atención hacia el hombre alto. Parecía como si lo hubiesen pillado con las manos en la masa, haciendo algo inapropiado. Agitó el vaso.

—Bueno... no hubo nada malo en ello. Me lo pidió amablemente, así que lo arreglé. —Malcolm sintió el desprecio del barón y se sonrojó aún más.

—No me mires de ese modo. Tienes mucho más que ver con lo que está pasando aquí que yo, y lo sabes. Si tú no lo dices, lo haré yo.

—Rumores e insinuaciones, nada más. Estoy acostumbrado. —El barón dio una fumada a su cigarro, miró al extremo para ver cómo ardía y luego se volvió hacia el hombre alto, como retándolo a continuar.

—Lord Bromley puede ser una mala influencia —añadió el señor Dodge—. Vamos a atribuirlo a eso. Los acontecimientos deben resolverse por sí solos y, ahora mismo, nada es seguro. Simplemente, mencioné un hecho del que era consciente. No había ninguna acusación o maledicencia implícita.

—Bueno, gracias por eso. Odiaría pensar que me culpas por lo que la señorita Leland está tramando. Te aseguro que no tengo nada que ver. —Miró deliberadamente al barón y luego volvió la vista a su anfitrión—. La cena fue maravillosa, pero estoy cansado. Luego de toda esta conmoción, me voy a acostar. Buenas noches. —Hizo un gesto con la cabeza a cada uno de nosotros, puso su bebida sin terminar en la repisa de la chimenea y se escabulló por la puerta.

—Parecía un poco a la defensiva —dijo el barón—. Pero ¿por qué arruinar una cena magnífica con tales especulaciones? ¿Volvemos con las damas, John?

—Sí, vamos.

El barón y el señor Dodge se levantaron juntos. Johnny dijo que los alcanzaríamos en un minuto. Una vez que salieron de la habitación, Johnny refrescó su bebida y se sentó.

—Ese último intercambio fue perturbador —dijo después de una pausa—. Papá no parecía para nada preocupado cuando Malcolm acusó a Hugo de ser cómplice de lo que Bonnie había planeado. Sé que tiene un juego muy cerrado, pero ¿ni una sola reacción? Espero que sepa lo que está haciendo.

—Estoy seguro de que sí. Tal vez tu padre cree en la estrategia de mantener a sus amigos cerca y a sus enemigos aún más cerca. Él sabe mucho más de lo que dice. Si no está preocupado, ¿por qué deberíamos estarlo nosotros?

—Tienes razón, por supuesto, pero entonces nunca lo sabremos, ¿no?

—Supongo que tendremos que dejar que las cosas se resuelvan, como él dijo. Pero tengo problemas. Se acercan cambios. Hasta Maw me preocupa. Un día se irá y no sé cuáles serán las consecuencias para ninguno de nosotros. —Johnny se detuvo y luego dijo cuidadosamente:

—Ella mencionó que deseaba hablar contigo en algún momento. Es una oportunidad maravillosa para tratar de averiguar qué le pasa, porque algo sucede.

—Estoy de acuerdo. Supongo que podría intentarlo, pero no apostaría por mi éxito.

—Escúchate. Al menos esperaba una discusión. ¿Estás bien? —Me lanzó una de sus miradas.

—Estoy bien, considerando todo. —Me reí—. Maw, para mi alivio, no me traumatiza tanto como antes. Produce mucho miedo, pero en el buen sentido, creo. Sabes dónde estás parado con ella. Aun así, no esperaría mucho de mi intento.

Johnny pensó en lo que dije mientras sostenía su bebida con las dos manos.

—Creo que ella podría sorprenderte. Le gusta el enfoque directo, y tú tienes la ventaja de ser una persona de confianza, pero, al mismo tiempo, un extraño. Es difícil llegarle, pero puede servirle para su propósito hablarte abiertamente.

—¿Intuición?

—Supongo que sí.

—Estoy en el juego, sea lo que sea. —Me estaba sintiendo bien.

—Excelente.

Johnny se sentó. Sus ojos brillaban divertidos. Consideré lo que él había dicho. Mi parte intuitiva, que había estado callada la mayor parte de la noche, señalaba que los fuertes a menudo parecían débiles, mientras que los débiles lucían fuertes. Probablemente estaba en lo correcto. Maw seguía en el juego, pero es posible que Johnny también tuviera razón. Ella y yo necesitábamos hablar.

—Cambiando de tema —dijo Johnny interrumpiendo mis reflexiones—, ¿cómo va lo de Bruni?

—Bastante bien, en realidad. Estamos en buenos términos.

—¿Qué significa eso?

—Ella habla, yo escucho. Yo hablo, ella escucha. Es bueno. Me gusta.

—Me alegra que se haya calmado. También me estaba preocupando un poco por eso. Los problemas de las enamoradas pueden ser dominantes y generalmente ocurren en el momento equivocado. Debería llegar a conocerla mejor, como algo natural, por supuesto.

—Deberías. Ella vale el esfuerzo.

—Bueno, eso me tranquiliza. Supongo que deberíamos ir al otro cuarto, pero debo hablar con Stanley. ¿Por qué no entras y socializas mientras converso con él? Robert también necesita que lo traigan y, por si lo olvidaste, tenemos trabajo pendiente arriba.

Apagamos nuestros cigarros y salimos por caminos separados, Johnny a la cocina y yo al salón.

45

Entré al salón y miré alrededor. Maw no estaba. Debía de haberse retirado temprano. Las demás damas acababan de levantarse de sus asientos. Elsa tomó la mano de su marido y anunció que se iban a la cama. El señor y la señora Dodge decidieron hacer lo mismo. Se despidieron de Bruni y de mí y salieron.

—Solo quedamos nosotros —dije.

—Así es. ¿Qué hay de Johnny?

—Está atrás, con Robert y Stanley.

—¿Te importaría acompañarme afuera a tomar un poco de aire fresco?

—Por supuesto. ¿Adelante o atrás? —pregunté.

—Por allí —señaló hacia el prado del sur.

Corrí las cortinas, abrí una de las puertas francesas y salí con ella hacia la noche.

La luna estaba llena y directamente encima de nosotros. Esperaba oscuridad, pero, en vez de eso, el mundo se abría en una deslumbrante gama de negros y azules. El césped, como una sábana lechosa, se extendía hasta los troncos sombreados y las hojas plateadas. El cielo sin nubes, azul profundo, mostraba un brillo grisáceo cerca del horizonte, pero se tornaba oscuro mientras ascendía hacia una luna demasiado brillante para observarla. Ni un soplo de viento, nada se movía, ni una hoja en un árbol, ni una brizna de hierba. La tierra reposaba sin sonido ni movimiento. Ninguna cosa, viva o muerta, perturbaba la quietud. Nos mantuvimos uno al lado del otro, apenas rozándonos, sin palabras, traspasados y deslumbrados ante un paisaje extraño y cautivador.

—¿Qué lugar es este? —susurró Bruni.

La miré. Parecía desconcertada mientras observaba a su alrededor. Su piel desnuda resplandecía a la luz de la luna. El zafiro sobre la sombra entre sus pechos brillaba, la estrella dentro de él destellaba, luminiscente.

No me atrevía a hablar por miedo de romper cualquier hechizo que hubiese caído sobre el lugar. Estábamos en otro tiempo, en otro lugar y, por un instante, en una vida de momentos, se nos ofrecía la visión temporal de una perfección tan exquisita que nos dolía asimilarla. Sabía que nada de lo que había visto o de lo que experimentaría en el futuro sería igual.

No sé cuánto tiempo estuvimos juntos fuera del espacio y el tiempo. Podrían haber sido minutos o una hora. El tiempo, si es que existió durante ese período, se aferraba a un ritmo antiguo y desconocido. No había estrellas. La neblina sobre los árboles marcaba el límite del mundo. Lo que se extendía más allá era un misterio.

Bruni alcanzó mi mano. Yo la sostuve. Nos quedamos sin hablar.

—Aquí están —dijo Johnny, con Robert atado a la correa.

Nos volvimos hacia él y en un instante estábamos de vuelta, sin habernos ido nunca.

—Una noche extraordinaria —continuó Johnny—. Robert quería salir y me alegro de que insistiera. Está tan tranquila como los muertos, pero en una paz espléndida. Los dioses caminan por la Tierra esta noche. No sé por qué lo digo, pero es una noche así. ¿Listos para entrar?

—Sí —dijimos.

Bruni miró a su alrededor como buscando orientarse. Noté que las estrellas estaban allí otra vez. ¿Dónde se habían ido antes? Una vez dentro, cerré la puerta con llave y corrí las cortinas. Bruni dijo que iría a la cama. Se acercó a mi lado y susurró:

El ojo de la luna

—Gracias por esta noche. Muchísimas gracias.

—Parecía un poco conmocionada —dijo Johnny cuando ella se marchó.

—Esta noche la casa decidió mostrar otro tipo de magia. La acaba de experimentar ella misma, de primera mano. Tu mención de los dioses antiguos fue maravillosamente apropiada. No tengo ni idea de lo que pasó, pero algo definitivamente sucedió. Lo sentí, y ella también. ¿Un trago antes de subir a trabajar?

—Claro. ¿Por qué no? Tienes ganas de volver a nuestra investigación, ¿verdad? Eso es un cambio. Creo que te estás pareciendo a mí.

Serví un poco de *whisky* sobre hielo antes de contestar.

—Difícilmente, pero nos estamos quedando sin tiempo y los plazos pesan en mi mente, como bien sabes.

—Por eso los menciono una y otra vez.

—Muy listo. ¿Cómo te fue con Stanley?

Johnny y yo encendimos un par de cigarrillos y nos instalamos en el sofá. Robert se acostó frente al fuego, consumido ahora hasta las brasas. En segundos, se durmió.

—Vi a Stanley en su oficina. Le dije que, aparte del incidente de Bonnie, la cena estuvo muy bien. También lo felicité por su rápido manejo de la caída de ella bajo la mesa. Dijo que no era nada fuera de lo común. Había tenido la precaución de informar a su personal porque ella podría colapsar. Sabían exactamente qué hacer y la pusieron en su cama rápida y diligentemente, en cuestión de minutos.

»Me aseguró que no se levantaría hasta mañana por la tarde, lo que será una bendición. En cuanto a la razón para ponerla fuera de acción, me la dijo con estas palabras: «Ella estaba perturbando a lo que reside aquí». No podría estar más de acuerdo. Mencionó que Bonnie y Maw recibieron unos documentos. No sabía o no podría decir lo que eran exactamente. Tampoco se refirió a la droga que le suministré, solo dijo que la cantidad de alcohol que ella consumió hizo que sus efectos fueran más pronunciados y erráticos. Estará bien para la gran cena de mañana. Aparte de eso, preguntó sobre nuestro progreso con el diario y las notas. Le dije que estábamos avanzando, pero que aún no había surgido nada importante.

—No puedo creer que ustedes se salieran con la suya —le dije—. Bonnie tendrá una resaca de proporciones épicas. Bien merecida, creo. Felicitaciones. —Levanté mi vaso.

—Salud —dijo Johnny—. Por cierto, solo para agregar algo a lo que dijiste antes, tú y Bruni aparecieron de la nada cuando yo estaba paseando a Robert. Me sorprendieron muchísimo. Pensé que te gustaría saberlo.

—Tal vez estábamos muy quietos.

—Tal vez.

Bebimos el resto de nuestro *whisky* escocés y recogimos a Robert, que extendió las patas traseras, se sacudió poderosamente y nos siguió escaleras arriba.

46

Trabajamos durante horas. Estaba mentalmente exhausto. Si pasaba la vista sobre otro pasaje indescifrable de jeroglíficos, enloquecería. Me levanté y caminé alrededor de la habitación, mirando libros viejos y familiares dispuestos en los estantes que llenaban las paredes del salón, con títulos cuyas palabras al menos podía entender.

—No creo que pueda aguantar mucho más de esto, al menos no esta noche —dije.

—Claro que puedes —respondió Johnny sin siquiera molestarse en levantar la vista.

Estaba en modo automático, lo que significaba que leía algo interesante, pero queriendo dar la impresión de que escuchaba. Comprobé esta suposición diciendo:

—La parte del asesinato fue particularmente aburrida.

—Sí, seguro —contestó.

Siguió leyendo durante dos segundos antes de preguntar:

—¿Cuál asesinato?

—Solo quería saber si escuchabas. Y no lo hacías.

—Lo hacía, pero solo en parte. No hubo asesinatos en lo que leíste. Me estabas probando. Conozco tus juegos.

—Muy ingenioso, pero hasta ahora no hay nada interesante en mi parte. Es como leer una bitácora de viaje, escrita en parte en inglés y en parte en un idioma desconocido. No puedo leer ni una palabra más, pero apuesto a que tú tienes algo. Te estoy distrayendo, ¿no?

—Así es, de modo que siéntate un momento y déjame terminar. Necesito leer esto cuidadosamente.

Ivan Obolensky

Me senté. Robert dormía otra vez. Ocasionalmente, producía sonidos extraños y sus patas se movían, pero, aparte de eso, yacía muy tranquilo. Cerré los ojos.

—Yo no haría eso, si fuera tú —dijo Johnny.

Los abrí y encendí otro cigarrillo. El cenicero estaba completamente lleno. Durante años, Johnny y yo habíamos pasado juntos muchas noches de desvelo. Uno de nosotros se desvanecía y el otro resistía hasta parecer despierto. Invertíamos roles, una y otra vez, hasta que el sol salía. Estaba decidido a dormir algo esta noche, pero los viejos estímulos son difíciles de olvidar. Suspiré. Estaba despierto otra vez.

—Está bien —dijo Johnny—, tengo algo.

—Finalmente.

—No tan rápido. Hay que saborear estos momentos que tanto nos han costado. La paciencia es una virtud, después de todo.

Johnny se veía radiante y muy complacido. Lo común era que me mantuviera en suspenso el mayor tiempo posible antes de contarme finalmente lo que había descubierto.

—¿Vas a decírmelo o no? —Sonrió—. Esto fue mucho más difícil de lo que te imaginas, así que prepárate para lo que viene. Primero, la tía Alice realmente perdió la cabeza. Stanley tenía razón, pero hay una historia intercalada entre algunos pasajes bastante alarmantes y otros completamente extravagantes. Te la leeré, y debes agradecerme por omitir los pasajes raros.

—Te lo agradezco.

—De nada. Las fechas y el tiempo, como bien dijiste, a su modo de ver parecían irrelevantes, así que hice lo mejor posible para descifrar una secuencia con sentido. No estoy seguro de haber acertado, para serte sincero, pero al menos parece algo lógico. Voy a leer los fragmentos relevantes, ¿listo?

—Absolutamente. Dispara.

Johnny empezó a leer.

El ojo de la luna

Debo hacer un cambio. Esta noche voy a doblar mi dosis de tintura, es una decisión peligrosa, pero no tengo otra opción. Los sueños son más fuertes y cada vez más frecuentes, y me despierto estos días sin aliento, claustrofóbica y agotada [...].

[...] Oh, qué día más feliz, anoche hice una conexión y estoy nuevamente esperanzada. En un momento dado estaba sentada sola en el sofá e inmediatamente después sentí una presencia a mi lado. Me preguntaba si estaba paranoica, lo que podría ser lógico teniendo en cuenta la cantidad que tomé. La presencia me hablaba con voz infantil. Recuerdo muy claramente, mientras escribo esto, que no podía voltear la cabeza. Me pidió que me quedara quieta. El niño, si es que era un niño, me dijo que era consciente de mi situación y había decidido ayudarme. Dijo: «Debes pagar las culpas, una vida por una vida». Pregunté si debía suicidarme y la respuesta fue: «No, debes experimentar otra clase de muerte: ascender el bejuco de las almas». Pregunté qué era eso, pero no hubo respuesta. Después de un tiempo pude moverme de nuevo, así que agarré mis papeles y lo anoté todo. Cuando me levanté esta mañana, descubrí que había llenado toda una libreta con galimatías, pero entre las páginas encontré algunas palabras legibles, y luego un pasaje completo en letras mayúsculas claras. [...]

[...] He estado muy frustrada últimamente. En los últimos meses, varias veces supe que había experimentado algo importante, pero no podía recordar nada útil al día siguiente. No más cuestionamientos. Ahora tengo un rastro para seguir que no tenía antes. Debería estar encantada, pero no es así. En vez de eso, me siento ansiosa y muy asustada. Estoy sola en este camino. No hay nadie que me guíe [...].

[...] Recuerdo ahora dónde escuché la expresión: «El bejuco de las almas». Huía a través de las selvas del Ecuador, después de abandonar a Arthur a su suerte, cuando me encontré con un pueblo. Hablé con una mujer que me llevó con su chamán. Pudimos conversar con el conocimiento de lenguas indígenas de mi guía y mi español deficiente. Le hice preguntas sobre la ruta más segura. Nos respondió y la conversación derivó hacia sus prácticas y los usos de la *Brugmansia*, mi poderosa amiga y salvadora. El hecho de que yo fuera mujer no parecía molestarle. Me habló abiertamente de la planta. Explicó en detalle varias maneras diferentes de prepararla. Una vez más, oí hablar de los numerosos peligros y sus poderosos efectos. Un método particularmente potente era combinarla con otras dos plantas, una de las cuales era el bejuco de las almas. No era algo para seres pusilánimes y se usaba solo como último recurso. Eran necesarios varios días de ayuno para preparar el cuerpo antes de ingerirla. Luego me mostró una pieza de cerámica en forma de tetera, pero que no se usaba para eso. Uno soplaba a través del pico, creando un sonido peculiar formado por dos notas que, cuando se tocaban juntas, creaban una tercera, una frecuencia de compás que vibraba. Me lo demostró. El sonido indujo una sensación peculiar en mi cuerpo y parecía resonar dentro de mi cráneo. Vi estrellas. Imaginé que junto con la preparación, el efecto sería bastante impactante y traumático. Me ofreció guiarme a través del ritual, pues dijo que una oscuridad me seguía. Yo sabía que esto era cierto, pero le expliqué lo mejor que pude que me perseguía una oscuridad física en forma de hombres perversos. No podía permitir que me atraparan en la selva. Sería un encuentro amargo y fatal que no debía ocurrir. Le agradecí su oferta, pero no podía permitirme los días de preparación que el ritual exigía. Los hombres podrían cruzar el río en cualquier momento. Asintió y pensó en silencio. Al final, me dio muestras de las plantas, que más tarde identifiqué como *Psychotria viridis* y *Banisteriopsis caapi*. Intercambié casi todo lo que llevaba, excepto el ídolo, por una de las pipas. A la mañana siguiente, mi guía y yo partimos de nuevo... Tal vez debería haberme quedado, pero estar viva era mejor que sana y muerta o, al menos, eso es lo que yo pensaba en ese momento. Hoy la elección no parece tan clara [...].

[...] Cuando llegué a algo parecido a la civilización, busqué en mi mochila, pero la pipa no estaba, solo el ídolo en el fondo, mirándome desde un lecho de plantas. La pequeña vasija estaba allí esa mañana. ¿Dónde había ido a parar? ¿Alguien se la llevó? ¿Se me había caído? Incluso me cruzó por la cabeza la idea de que el ídolo se la había devorado, pero, por supuesto, el pensamiento era absurdo [...]. Repasando el incidente desde la distancia, tal vez no lo era tanto, después de todo [...]. Muchas cosas que daba por ciertas se encuentran ahora de cabeza [...].

[...] Necesito ayuda. Mi mente se ha resquebrajado. Se ha astillado de maneras extrañas, algunas buenas, otras no tanto. No estoy bien. Lo sé. Me han sucedido cosas insólitas, inexplicables. Realmente pasaron. ¿Adónde pudo haber ido la pipa? ¿Quién la tomó? Alguien lo hizo. Mi paranoia, mi terrible hermanita, está creciendo. Es cada vez más evidente... incluso para mí. No puedo detenerla. No confío en nadie. Estoy sola y necesito esa pipa ahora, eso y las plantas. Debo hacer preparaciones [...].

[...] Recuerdo lo sorprendida que estaba cuando por fin logré una seguridad relativa sin sufrir heridas. Me sentí triunfal. Había desafiado las probabilidades más extremas y sobreviví. Lo único que oscureció mi éxito fue extraviar esa pipa. Albergaba una fuerte sensación de que lamentaría su pérdida más intensamente en el futuro. Y tenía razón. Ese momento llegó. ¿Qué voy a hacer? El ídolo que empaqué con tanto cuidado y envié no ha llegado, así que no puedo preguntarle qué pasó ni qué hacer para que me la devuelva. Me está volviendo loca [...].

Johnny se detuvo un momento. —¿Me sigues hasta ahora?
—Fascinante y preocupante —contesté—. Tengo la sensación, por lo que ella escribió, de que se hallaba cerca del límite, física y mentalmente, como una corredora que al final de una maratón paga el precio por haber comenzado demasiado rápido. En su diario mencionó una pipa en la sección sobre Ecuador y Arthur, pero pensé que era del tipo que se fumaba. Con este contexto, debería releer esa parte para ver si me perdí de algo. El diario es muy escaso en detalles personales comparado con esto.
—Creo que el diario era más científico por naturaleza —dijo Johnny—. En las notas ella dio rienda suelta, casi que demasiada. Tuve que hacer muchos filtros para lograr este nivel de claridad. Hay más. Es una lectura triste, pero nunca se rindió.
—¿Crees que, al final, las partes oscuras de su mente la abrumaron?
—Es difícil decirlo. Cuando termine de leer, te diré lo que pienso. La historia no ha concluido, como verás. Incluso hay información sobre la misteriosa Marianne Thoreau.
Johnny continuó:

La amo. Es muy rara. Dice poco y quiere menos, pero me ama, creo. Está celosa. Odio eso. No puedo hacer nada, a menos que lo explique todo. Le digo que soy una criatura solitaria. Necesito tiempo conmigo misma... a solas. Estar con otra persona no es para mí. Ya terminé con eso. ¿No lo puede entender? ¿No he sido clara? Y aun así, la necesito. Me aquieta la mente. Ella también tiene conexiones. Puede conseguirme acceso a lo que necesito. La pipa debe ser precolombina y auténtica. Muchas son imitaciones antiguas de las reales. Conoceré su valor cuando escuche el sonido que produce. Debo buscar... Mientras tanto, he reducido mis sesiones a cero. Necesito recuperar mi fuerza. Estoy demasiado agitada. Sueno como una adicta. ¿Lo soy? No lo sé. No lo hago por diversión. Lo hago porque no tengo alternativa [...].

[...] Supongo que soy una gran tonta. Ella lo conoce... Me pregunto si está aliada con él. ¿Importa? Él tiene el trato genuino, lo real. Es típico. Nuestros caminos están unidos, el de él y el mío. ¿Qué voy a hacer? Tal vez haya una manera. Pagaré cualquier precio. Él también lo sabe. El dinero es lo de menos, me preocupa qué más quiere. También me pregunto si todo esto fue planeado. Ella me trató tan suavemente, tan profesionalmente. Me desconcierta que alguien se esfuerce tanto para vengarse, pero no soy yo la que debería decirlo. La venganza puede ser muy satisfactoria. Me encantó cada minuto con ella. Él también debe de haberla disfrutado; es otra cosa que tenemos en común. Soy una tonta [...].

[...] Tengo una oportunidad, creo. Es una buena carnada, pero siento el anzuelo. Necesito a Stanley. Él sabrá qué hacer. Siempre lo sabe. Bendito sea [...].

Johnny se detuvo de nuevo.

—Puede que falten páginas. Stanley, obviamente, jugó un papel, y también lord Bromley, pero las notas no dicen exactamente lo que sucedió. Ella consiguió la pipa que necesitaba, es todo lo que sé, y lo escucharás en un momento. Tendremos que visitar a Stanley mañana para conocer los detalles.

—Buena idea. Es admirable que él siempre haya estado ahí para ayudarla.

—¿Confías en él ahora?

—No. Tiene zonas ocultas que pueden perjudicarnos y es bueno no olvidarlo, pero lo respeto inmensamente. Incluso me cae bien, a pesar de todas mis razones para no sentirlo.

—Bueno, eso es un cambio. Déjame leerte la última parte. Suena como un viaje de ácido, quizás peor, pero nos dice por qué estaba tan obstinada en conseguir un *libro de los muertos* en particular.

Tengo todo lo indispensable. No puedo hacerlo aquí. Necesito a alguien que me supervise, pero no puede ser Stanley. Me sentiría demasiado degradada, y lo tengo en alta estima. Él aceptaría de inmediato, pero vería un lado de mí que me avergonzaría mucho revelar. Esta es una empresa heroica en ambos sentidos. Me voy a purgar. M. tendrá que cuidar de mí. Es un riesgo que debo correr. ¿Confío en ella? Tengo que hacerlo. ¿Soy lo suficientemente fuerte? Eso espero. Lo he preparado todo. El Carlyle tiene muchos secretos y a ellos se les sumará uno más: el mío. Ahora debo ayunar [...].

[...] Está hecho. Estoy viva, nada bien, pero viva. Tengo esperanza y eso es algo. Tomaré lo que se me ha dado y estaré agradecida [...].

[...] Nos registramos en el Carlyle. Tomé una suite por varios días; en efecto, todo el piso. No quería que me molestaran ni molestar a otros, lo que era muy posible. También sabía que llevaría bastante tiempo que los efectos pasaran. Traje mi ropa de cama y mis propios elementos de limpieza. También hice que me trajeran comida caliente, aunque no era exactamente lo que necesitaba. Eran los calentadores para los platos, con sus pequeñas llamas azules. Mezclé los ingredientes, seguí los procedimientos que recordaba y preparé la dosis. M. y yo abrimos todas las ventanas mientras la mezcla se cocinaba, riéndonos ante la idea de la administración llamando a la puerta para expresar su preocupación de que los huéspedes se estaban enfermando violentamente a raíz de un olor que emanaba de esta suite y que desafiaba cualquier descripción civilizada. Me sentí feliz por haber tenido la previsión de tomar el piso entero. Una vez preparada la mezcla, supe que era el momento de comprometerme plenamente con la tarea y dejar de lado mis dudas. Tenía que beber al menos una taza. El brebaje era hediondo y sabía peor. Estaba tan sorprendida por su asquerosidad que pude beber los primeros tragos sin mucho problema. Los últimos tres cuartos fueron difíciles de pasar. Sabía a ciruelas pasas fermentadas mezcladas con tierra de naturaleza orgánica y excremental. Apenas si pude retenerlo en el estómago. Caí en el sofá, abatida y tragando convulsivamente. Me pregunté fugazmente si podría parar, pero era demasiado tarde para eso. Me había bebido la poción y el brebaje se mantenía en el estómago. No había vuelta atrás. M. sopló la pipa y todo pasó de inmediato. Sentí un calor que no conocía y un frío como nunca antes había experimentado. Se extendía por mi cuerpo como sangre maligna. Mi mente se desprendió. Vi pirámides flotando en el cielo. Se deslizaban a mi alrededor, o yo alrededor de ellas. Había formas geométricas por todas partes, eléctricas y llenas de sonido. No podía sentir mis manos ni mis pies. Estaba entumecida; entonces, sentí el agua. Estaba cerca de un río. Podía escuchar el sonido del agua corriendo. A mi lado había un enano. Era pequeño y de aspecto obsceno. Me maldijo, me escupió y me amenazó con sus uñas largas y sucias, afiladas como navajas de afeitar. Me asustó. Me alejé, pero se acercó más. Sus ojos estaban llenos de odio. Puedo decir, sin temor a equivocarme, que nunca había sentido tanto miedo. No había manera de escapar de él. Me arrojó al suelo y se paró sobre mi pecho. Saltaba una y otra vez. Me dolía tanto que no podía respirar. Seguía gritando y saltando. No podía entender lo que decía. Me morí. Estoy totalmente segura.

Finalmente, no sentí nada. Mi cuerpo estaba muerto. Estaba afuera en el cielo, mirando la ciudad. Me elevé más. Había muchas ciudades conectadas por franjas de plata. Las recorrí. Yo era una pantera negra. Era la cazadora. Era Bastet, no la diosa domesticada en la que se convirtió, sino la guerrera, devoradora de hombres. Pero, entonces, supe que no era así. Frente a mí estaba Wadjet-Bast, el Ojo de la luna. La verdadera. Era enorme, muchas veces más grande que yo. Me sentía abrumada. Ese fue el momento en el que más cerca estuve de volverme loca. La diosa me salvó. Sosegó mi alma y me abrazó suavemente. Me susurró al oído la información sobre el camino que necesitaba seguir ahora. Tenía que viajar una vez más a ese lugar para liberarme de la maldición que me acompañaba. Ella me lo mostró. Era una roca roja-negra que llevaba alrededor de mi cuello. Tenía que dejarla aquí con ella, pero solo después de haber seguido un ritual preciso establecido en un *libro de los muertos* específico, que me permitiría pasar con seguridad a la otra vida. Si regresaría de ese lugar era algo que ella no podía decir. Me mostró cómo era el papiro, así que lo reconocería cuando volviera a mi mundo. «Encuentra el pergamino», dijo la diosa. Lloré, aliviada, y entonces mi cuerpo explotó, el verdadero. Estaba mirando fijamente por la parte de atrás del sofá, vomitando como nunca antes. M. puso mi brazo sobre su hombro y me arrastró al baño. Me quedé allí al menos un día. El enano me hacía compañía. Se sentó en el lavabo. Lo maldije. Me maldijo. Después de horas de maldecirnos mutuamente, empezamos a reírnos. No podía parar. Me reía tan fuerte que sentía un tormento insoportable. Me acurruqué como una bola en el suelo del baño. Conté los pequeños azulejos blancos que me rodeaban, todos ellos, muchas veces. Dormí. Me desperté. No tenía ni idea de cuánto tiempo había estado inconsciente. Me sentía vacía y asquerosa, pero viva. Recordé todo, cada detalle... Sabía lo que tenía que hacer... Necesitaba repetir todo este proceso en casa, probablemente sola, pero primero tenía que encontrar el pergamino que necesitaba. No quiero recorrer ese camino, pero debo hacerlo... Él lo tiene. Por supuesto que sí. Lo sé.

—Eso es todo lo que tengo, me temo —dijo Johnny—. No sé si murió antes de hacer el último viaje o no. No hay notas que lo determinen. Puede que existan, quizás no. Tal vez la noche en la que murió fue el último viaje y eso la mató.

—Muy posiblemente —contesté—. Creo que deberíamos discutirlo con Stanley.

—Así es. Nos estamos haciendo una buena idea lo que pasó, y eso es un progreso.

—Mencionaste antes de empezar que tenías algunas ideas.

—Unas cuantas. En primer lugar, lo del enano es extraño. Tal vez ella confundió a Marianne con el enano, lo que significaría que probablemente estaba cerca de la muerte y necesitaba que la trajeran de vuelta. Si ese hubiese sido el caso, una segunda ronda podría haber sido demasiado para su organismo, particularmente si no tenía a nadie que la vigilara. En segundo lugar, mencionó que tenía que hacer el ritual en casa. Tal vez no confiaba en Marianne, después de todo.

—Eso también se me ocurrió a mí —dije—. Además, Stanley rara vez miente, pero puede omitir detalles cuando lo considera necesario. Dice que la encontró después de que no recogiera su bandeja del desayuno, lo que probablemente sea cierto. Lo que sucedió la noche anterior no se mencionó realmente, ¿verdad?

—No recuerdo si dijo algo sobre la noche anterior. ¿Tu mente suspicaz otra vez?

—Supongo, pero hay que pensarlo. Estoy seguro de que Stanley habría hecho todo lo que estuviera a su alcance para evitar su muerte, pero, con lord Bromley involucrado de alguna manera, podría no haber sido posible. El hombre estaba tras ella, y ella lo sabía. Tal vez lo hizo indirectamente, dándole, por ejemplo, un mapa falso o uno real, pero al que le faltaba alguna parte.

—Tuve un pensamiento parecido —dijo Johnny—. También mencionó el Ojo de la luna, refiriéndose a la diosa. ¿Quizás la diosa no pudo ayudarla de la manera que Alice quería? Ahora mismo, todo es especulación. Deberíamos repasarlo mañana. Durmamos un poco mientras podamos. El desayuno estará aquí antes de que te des cuenta, y hay que aprestarse para la lucha que viene mañana. Es mejor estar listos.

Nos dimos las buenas noches y me fui a mi habitación a dormir tanto como pudiera. Necesitaríamos toda nuestra cordura para mañana, y los demás también.

47

Desperté con el sonido de los golpes de Johnny en mi puerta. Siempre la azotaba a primera hora de la mañana. Así era nuestra vida.

—Levántate. Llegaremos tarde. ¡Vamos!

Rápidamente me duché, me afeité y me vestí. Corrí tras Johnny y Robert, bajando las escaleras de dos en dos. Entramos al comedor justo cuando todos tomaban sus puestos. Johnny llevó a Robert a la cocina.

Nuestros lugares eran los mismos que la mañana anterior. Había un asiento entre Bruni, quien parecía radiante y feliz, y Elsa, que estaba perdida en su primera taza de café. Me senté. Elsa rara vez hablaba durante el desayuno, simplemente sonreía cada vez que se le hacía una pregunta. Así lo hizo mientras me sentaba. Siempre aprecio la tranquilidad a primera hora de la mañana, en eso éramos iguales. El barón también prefería una conversación mínima. Se resguardaba detrás del *Financial Times*. Ocasionalmente, cerraba el periódico, sosteniéndolo con una mano para tomar un sorbo de café. Miraba a su alrededor para ver si se perdía de algo, y luego abría de nuevo el diario, aislándose del resto del mundo. Nuestros anfitriones también los leían, pero los suyos estaban bien doblados en cuartos y puestos al lado sobre la mesa. Johnny se sentó junto a Maw y sonrió a cada uno de los presentes.

—Buenos días a todos —dijo.

Murmuramos una respuesta. El ambiente era definitivamente más liviano que el día anterior. Maw parecía descansada y lista para la acción. Cuando estaba en su casa se levantaba antes de la primera luz para ver a los caballos y a los perros. Probablemente, ya el día había avanzado para ella. El hombre alto evitaba la interacción con los demás. Solo faltaba Bonnie, lo cual era un alivio.

—¿Dormiste bien? —me susurró Bruni.

—Sí, el poco tiempo que tuve.

—¿Te quedaste levantado hasta tarde?

—Investigando.

—Qué estudioso. Creí que venías a descansar.

—Es mi malicia queriendo ponerse al día.

—Debes darme más detalles.

—Más tarde, y solo después de mucho más café.

—Haré que cumplas esa promesa.

El desayuno llegó y pasó. Cuando todos nos levantábamos, Maw me miró y dijo:

—Caminemos.

No fue una petición. Me disculpé con Bruni y Elsa. Johnny me dirigió una mirada de aliento cuando Maw se puso en camino. La seguí. Mi esperanza de tener un día tranquilo de descanso se desvanecía a medida que Maw avanzaba vigorosamente. Cuando nos distanciamos un poco de la casa, se detuvo y fue directo al grano.

—No estoy muy complacida contigo. Escabullirte a California para lamer tus heridas con la contabilidad forense, en lugar de enfrentar los problemas reales, es inaceptable. Un jinete que no vuelve a montarse después de una caída está perdido. Los caballos pueden ser violentos y peligrosos. Se matan unos a otros, como nosotros. Como jinete, debes aprender a dominarlos. La dominación no es física, es mental.

Giró rápidamente y acercó su cara a centímetros de la mía. No hubo advertencia alguna. Sus ojos me taladraron. El volumen de su voz nunca cambió, pero su rabia e intensidad me golpearon como un puñetazo en la cara.

—¿Dónde diablos están tus cojones? Quiero saber dónde quedaron y qué vas a hacer para que te crezca un buen par ahora mismo.

Quedé mudo como una tapia. Era eso o empezar a decir tonterías.

—No te quedes boquiabierto. No hay tiempo para eso. Voy a caminar hacia el río y a regresar. Quiero respuestas cuando vuelva. Piensa cuidadosamente. Contabilidad forense, ¡mi trasero! Eres increíblemente ingenuo e incompetente en eso. La ceguera no es una enfermedad. Es un estado voluntario de muerte cerebral.

Escupió en el suelo, me dio la espalda y se dirigió al oeste.

La miré mientras se alejaba. Me sentí vacío, destrozado como uno de sus exesposos, fuera de mí mismo y cerca de las lágrimas, todo al mismo tiempo. Me temblaron las manos al encender un cigarrillo. ¿Qué bicho le había picado? Me sentí tentado a sumirme en la autocompasión, pero mi parte intuitiva intervino. En primer lugar, era evidente que ella no me habría hablado si pensara que yo era un cero completo. Además, quería que viera algo que yo no había podido observar y que era completamente transparente para ella. Era una empresaria exitosa. Yo no. Necesitaba mirar desde su punto de vista. No quería hacerlo. Hubiera preferido ensimismarme y convencerme de que era una vieja bruja demente y agotada, pero ella había visto hasta el fondo del asunto: yo había huido.

Para Maw, esto era abominable. Ella habría luchado con uñas y dientes. Convencida desde niña de tener siempre la razón, buscaba fuera de sí misma la fuente de cualquier conflicto, y finalmente lo encontraba. Las dificultades no eran retos aleatorios para su mente, sino barreras deliberadas interpuestas en su camino, ideadas por los enemigos y dirigidas personalmente contra ella. Vivía de acuerdo con una máxima simple: haz sufrir a tus enemigos, acábalos cuando puedas, pero sobre todo, nunca te rindas... nunca.

Bajo esta perspectiva, mi parte intuitiva intervino diciendo que probablemente conspiraron contra Johnny y contra mí. Como contable forense, aunque me convertí en uno solamente después del hecho, nunca intenté averiguar quién estaba al otro lado de los negocios que nos hundieron: un fracaso personal de cierta magnitud. Para Maw, eso era algo más que simple incompetencia. Someterse al destino sin siquiera un pataleo indicaba una profunda falta de espíritu. Lo que demostraba que, efectivamente, no tuve huevos.

La pregunta en su mente, supongo, era si yo era una pieza rota o un recurso potencial. Maw quería saber la respuesta y, mientras yo miraba hacia arriba, ella caminaba con paso firme hacia mí para averiguarlo.

—¿Y bien? —fue todo lo que dijo.

Mi parte intuitiva me aconsejó una pausa y completa honestidad si quería tener la esperanza de salvar cualquier forma de relación con ella.

—Escapé, es verdad. Nunca se me pasó por la cabeza pensar que alguien conspiraba contra nosotros. Ni siquiera lo consideré, hasta ahora, de ahí su conclusión de una ingenuidad que raya en la incompetencia. No soy del todo incompetente. Resulta más fácil para mí culparme que culpar a los demás. Para algunos, es lo contrario. Necesito encontrar un equilibrio entre los dos extremos. Agradezco sus observaciones. No soy un caballo, pero eso no significa que no me puedan enseñar. Mi espíritu no está roto. Tengo coraje, a mi manera, así que, ¿qué trabajo tiene en mente para mí?

—Bueno, bueno. Acepto que no eres tan lerdo. Queda por ver tu coraje. Tengo dos archivos para que los mires. Dime cuál es tu análisis, cuanto antes mejor, y luego veremos si tienes cojones o no. Volvamos a la casa.

Caminamos. Tenía que admitirlo, era una maestra. En un momento podía arrasarte verbalmente para corregir un defecto y, al siguiente, animarte. Exigía y recibía el máximo rendimiento de los que la rodeaban. Me hacía pensar en la severidad de la lección que le esperaba a Bonnie. Maw era Maw, después de todo. Meterse con ella era como hacerlo con la naturaleza: una mala idea.

48

Cuando regresamos, Maw desapareció escaleras arriba y bajó luego con dos carpetas.

—Mira a ver qué te parece esto. Me gustaría tenerlo tan pronto como puedas. Búscame cuando termines y trae los archivos contigo. Puedes tomar notas, pero las quiero cuando termines.

Maw salió por la puerta principal mientras yo subía a la sala de estar. Johnny estaba allí, leyendo el diario de Alice.

—¿Cómo te fue? —preguntó, levantando la vista.

—Fue una situación difícil. Me criticó con fiereza, pero salí razonablemente intacto. Al final, ella me dio un trabajo, lo cual es algo. También insinuó que la desaparición de nuestra sociedad fue deliberada, instigada por partes aún desconocidas, aunque sospecho que la identidad y las pruebas están en uno de estos dos archivos. En pocas palabras, me dijo que no estaba muy contenta porque yo me haya ido a California sin luchar, y que estoy seriamente subdesarrollado en materia de testículos. Esto último lo dijo de manera mucho más directa y con una intensidad que me perturbó. No creo que me hayan hablado nunca de esa manera. Es la primera vez.

—Ay, bienvenido al club. Ella me arrancó las gónadas hace años. Mi pequeño plan para averiguar qué le pasa queda pospuesto, obviamente.

—Completamente. Que yo siga intacto no es un milagro menor, aunque sospecho que la respuesta a tu pregunta está también en una de estas carpetas. No se mencionó la confidencialidad, así que no tengo ningún reparo en mostrarte los archivos. Sospecho que sabe que trabajaremos juntos. También creo que esto requerirá un análisis serio y bastante poder cerebral. Tengo que hacer un informe con recomendaciones.

—Necesitas mi genio.

A Johnny le encantaba exhibir su pericia.

—Siempre, y en este caso con más razón. Después de todo es el día de remangarnos. Podría ir por un trago para equilibrar la resaca, pero primero encarguémonos de esto. ¿Qué archivo quieres?

—El de la izquierda, por supuesto, siempre el de la izquierda. Y, por cierto, tuve una charla con Stan, que te contaré más tarde. Fue interesante, pero esto tiene prioridad. Nuestro futuro puede depender de lo que descubramos.

—Probablemente, sí. El de la izquierda entonces. Después los intercambiamos. Puedes tomar notas, pero Maw insistió en que las reuniera y se las diera. Sin rastros.

—Me encanta, y ni siquiera he empezado. —Johnny buscó su libreta amarilla.

Me senté enfrente y comencé a revisar la carpeta. Estaba compuesta enteramente por fotocopias. El primer documento era un análisis de amenazas a nuestra pequeña asociación. Las inició una casa de inversión que nunca había oído nombrar, Boskins & Harold, y las ejecutó la sección de investigaciones de un bufete de abogados de nombre Curtis, Provost & List. Tampoco había oído hablar de ellos. La evaluación incluía una carta de nada menos que nuestro viejo amigo, el horrible hombrecillo al que Stanley me había recordado, el de los ojos muertos. Yo lo había juzgado con más dureza de lo que debería, porque había recomendado que dentro de seis meses el cincuenta por ciento de los activos de su cliente, que actualmente tenía en B&H, se transfirieran y gestionaran a través de nuestra sociedad. La suma estaba en el rango de ocho cifras, una ganancia extraordinaria e inesperada, si se hubiera producido. La evaluación concluía que Johnny y yo representábamos una amenaza

Ivan Obolensky

clara y sustancial para B&H y que debían emprenderse inmediatamente acciones para mitigar el peligro.

A continuación, en el expediente figuraba una carta de seguimiento de la misma unidad de investigación, escrita poco después de la evaluación. La carta advertía que Johnny y yo estábamos en posición de robar un número importante de clientes de alto valor neto de B&H, debido a la confianza que tenían en el consejo del hombrecito, que ahora no parecía tan horrible. Se estimaba que el daño potencial para B&H era lo suficientemente importante y grave como para cuestionar su viabilidad en el futuro. Recomendaba con urgencia la adopción de medidas con la máxima prioridad y celeridad.

El siguiente documento era un memorándum interno de un director administrativo al presidente ejecutivo de la cámara de compensación que había ejecutado nuestras operaciones y, coincidentemente, las de B&H. El escrito estaba marcado como *delicado* y *confidencial*. En él se esbozaba una solicitud de B&H en cuanto a la viabilidad de permitir a la empresa la realización de una inversión ventajosa, es decir, entregarle información sobre nuestras compras y ventas antes de que se ejecutaran. Esto permitiría a B&H realizar las mismas operaciones, pero a mejores precios, o hacer lo contrario, cualquiera que fuera su decisión. El originador recomendaba la tarifa mínima anual que B&H debía pagar a su empresa para justificar dicha acción, así como los procedimientos para mantener la confidencialidad. Reiteraba que B&H tenía que garantizar el monto de la tarifa propuesta o no habría trato.

A continuación, venía una carta de autorización, al mismo gerente, para ejecutar la estrategia de negociación de acuerdo con la conversación telefónica del día anterior y declarando que las disposiciones sobre los honorarios habían sido aprobadas por los directivos de B&H. Se adjuntaba una copia de otra carta, fechada el mismo día, en la que se pedía una verificación por escrito de que los medios para monitorear y ejecutar la estrategia de negociación acordada previamente estaban en su lugar y listos para ser activados. Además, una vez recibida la respuesta afirmativa, la mitad de la tarifa anual acordada que se exigía se enviaría inmediatamente a la cámara de compensación. Las dos cartas estaban firmadas por Philip D. Sterling, abogado general adjunto de Brunhilde von Hofmanstal, abogada general.

El último documento contenía una serie de ejecuciones comerciales procesadas por la cámara de compensación. Anexo había un análisis de una empresa de contabilidad que concluía que B&H aprovechó la falta de liquidez de los contratos de compraventa de granos que Johnny y yo estábamos negociando y generó pedidos de venta en volumen suficiente para crear la situación límite que nos excluyó del mercado. Sin duda alguna, B&H estaba detrás de la cascada inicial que puso en marcha los varios días de declinación que causaron las grandes pérdidas que sufrimos.

Leí el expediente otra vez en detalle. No tenía la menor idea de cómo Maw obtuvo esta información, pero, si los datos eran ciertos, y no había razón para dudar de su veracidad, Johnny y yo fuimos torpedeados deliberadamente y obligados a abandonar nuestras actividades.

Aunque debería haberme sentido mejor sabiendo que no era totalmente culpable, la información empeoró mis sensaciones en varios sentidos. El primero, porque reveló la verdadera naturaleza de la que yo había considerado una profesión honorable y justa: un casino amañado en el que los grandes jugadores utilizaban cualquier medio a su alcance, tanto legal como ilegal, para acabar con los competidores más pequeños que pudieran afectar sus utilidades. Aunque los mercados eran más grandes que cualquier entidad, en algunas ocasiones el tamaño importaba y se podía causar un daño sustancial a los individuos del otro bando en una determinada negociación. Nosotros éramos un buen ejemplo.

Dudaba de tener la crueldad necesaria para operar con éxito en un mundo así.

En otro sentido, mi ingenuidad me sorprendió. ¿Cómo pude dejar que esto pasara? A pesar de la paranoia de la que hacía alarde y de ver complots a cada paso, ni siquiera sospeché una conspiración deliberada. Esa deficiencia reflejaba una ceguera personal de proporciones extraordinarias. Obviamente, solo vi lo que quería ver.

A lo largo de mi vida fue fácil responsabilizarme y culparme por mis defectos personales, pero, en última instancia, eran mis razones para fracasar, mis mejores excusas. Me di cuenta de que para hacer responsables a los demás necesitaba coraje, valor y la voluntad de mirar fuera de mí, virtudes que no tenía ahora mismo. Sabía que tenía que cambiar, pero me preguntaba en qué me convertiría. ¿En aquellos sobre los que acababa de leer? ¿En alguien como Maw?

Estas eran preguntas que decidí postergar por el momento. Apenas podía lidiar con el hecho de haberme dado cuenta, como para poder hacer algo al respecto.

Por último, Bruni formaba parte del plan, y probablemente también el barón. Me sentí traicionado, pero eso parecía secundario respecto a la herida que sentía en mi corazón. Tampoco tenía ni idea de qué hacer frente a eso.

—Así de malo es, ¿verdad? —preguntó Johnny en voz baja, levantando la vista.

—Peor —dije dejando caer el archivo sobre la mesa.

—Bueno, ya somos dos.

—Esperaba que tu expediente fuera un poco mejor, pero, obviamente, no. ¿Cambiamos?

—No estoy seguro de que te guste lo que recibirás a cambio.

Tomé el archivo de Johnny. Era más grueso que el mío.

49

Me senté y abrí la carpeta. Tampoco contenía originales. El primer documento era una copia de lo que parecía una transcripción telefónica. No se señalaba si la llamada fue grabada internamente o si era resultado de una intervención. La fecha y la hora estaban indicadas.

BVH: Soy el barón.

Persona que llama: Habla Bonnie Leland. Tengo una petición que hacerle, para beneficio mutuo.

BVH: ¿La conozco?

BL: No personalmente. Mi madre es Mary Leland. La Mary Leland.

BVH: ¿Qué puedo hacer por usted, señorita Leland?

BL: Me gustaría reunirme con usted personalmente. Estaré en Nueva York el próximo martes.

BVH: Estoy ocupado ese día.

BL: Estoy segura de eso. Lo que deseo discutir con usted es confidencial y de todo su interés monetario. Todo lo que pido es que me escuche.

BVH: Le dije que tengo todo ese día programado, pero ¿por qué no viene a mi oficina? Tal vez pueda abrirle un espacio, si está dispuesta a esperar.

BL: Prefiero que nos encontremos en un lugar fuera de su oficina, lejos de miradas indiscretas.

BVH: ¿Por qué el secreto?

Ivan Obolensky

BL: No soy yo… Es mi madre… Ella tiene formas de obtener información, y si hay algo que he aprendido es el valor de ser discreta. ¿Conoce a mi madre y su reputación?

BVH: Soy consciente de quién es ella, pero ¿por qué debería interponerme entre usted y su madre? Obviamente, se trata de un asunto familiar.

BL: Lo es, de ahí la necesidad de ser discretos. Ella no tiene que saber nada y, como dije, será para beneficio mutuo.

BVH: Eso ya lo dijo. No quiero faltarle el respeto, pero no veo por qué me concierne.

BL: ¿Ha oído de la firma Boskins & Harold? Estas son algunas noticias: mi madre y yo también la conocemos. ¿Cuánto valen dos horas de su tiempo?

BVH: Ya veo. Para responder a su segunda pregunta: mucho.

BL: ¿Tiene una cifra en mente?

BVH: La tengo.

BL: Dóblela. Lo veré el martes para almorzar. Lo recojo frente a su oficina al mediodía.

BVH: Será un almuerzo muy costoso.

BL: Bastante costoso, pero no para mí. Si supiera cuánto, podría incluso decidirse a pagar usted la cuenta.

BVH: No le apostaría a eso. Traiga su chequera.

BL: Nunca salgo de casa sin ella. Nos vemos el martes.

El siguiente documento era un extenso análisis legal realizado por una firma de abogados de Wall Street, Pringle, Palmer, Sullivan & Duffy, con respecto a los miembros de juntas directivas de compañías que cotizan en bolsa y su idoneidad para actuar.

En él se esbozaba la jurisprudencia pertinente y se indicaba inequívocamente que cualquier investigación penal o reglamentaria de un miembro del consejo administrativo, independientemente de sus méritos, daría lugar y sería motivo para su renuncia forzada. Sustentaba estos hallazgos citando ejemplos reales notables y concluía que el riesgo potencial de deterioro de la reputación de una empresa era el factor decisivo en las renuncias forzosas y en la idoneidad para atender los asuntos en general.

Después, venía una carta manuscrita de Bonnie:

Madre:
Estoy explorando la posibilidad de presentar nuevas pruebas para abrir (o reabrir) cierta investigación, pero tengo consideraciones morales para seguir adelante. ¿Protejo la reputación y soy leal a mi familia o estoy obligada a presentar lo que sé ante las autoridades? Es una pregunta que pesa mucho en mi mente. He llegado incluso hasta el punto de buscar asesoría religiosa para resolver el asunto, pero todavía estoy en un dilema sobre qué hacer. Estoy segura de que con el tiempo tomaré una decisión.

Acerca de otro asunto, de ninguna manera relacionado con el anterior, me gustaría esbozar algunas cosas en mi lista de deseos. Creo que uno debe escribir sus deseos si quiere que se le cumplan. Podrías intentarlo también. Encuentro muy útil esta práctica. Estos son algunos de los míos:

Quiero el control y la propiedad total de todos los bloques de acciones que tienes actualmente, con derecho a voto, en todas las entidades registradas y sin registro en la bolsa.

Mi hermanastro obtendrá el legado mínimo de dinero en efectivo necesario para evitar un procedimiento legal contra tu testamento. Podríamos repasarlo juntas (lo máximo que aceptaría para él son unos cuantos millones, aunque si el abogado me diera razones para considerar una cantidad diferente, corroborada por un precedente, lo consideraría).

Quiero tener el apartamento de la Quinta Avenida de Nueva York a mi nombre y ocuparlo lo antes posible. Los actuales residentes tendrían que desalojarlo. Deberías ser tú quien les informe, en mi lugar.

La casa de Rhinebeck debe ser traspasada a mi nombre como garantía de préstamos pendientes de pago hechos a Dodge Capital, que ahora poseo, o de lo contrario los cobraré lo antes posible. Puedes informarles de esto también cuando les hagas saber sobre el apartamento de Nueva York.

Puede que surjan otros deseos, pero estos deberían ser suficientes por ahora.

¿Qué piensas? ¿Quizás puedas aconsejarme? El próximo intento de resolver mi dilema moral será tomarme un tiempo para meditar y reflexionar en silencio.

Tu amada hija,
Bon

Finalmente, había un largo estudio del impacto que tendría la renuncia al control de la señora Leland a favor de su hija en las actividades financieras, legales y políticas. Marcado como confidencial para Mary Leland, este había sido adelantado por un tal Charles A. Dunn, contador público certificado, analista financiero autorizado y abogado. Se adjuntaba una carta de presentación que comenzaba con el habitual: «De acuerdo con su solicitud, el siguiente resumen se proporciona con la respectiva documentación de apoyo...».

El estudio detallaba el impacto de las transiciones generacionales en las empresas controladas por la familia, incluyendo hasta compañías de la lista Fortune 500. Señalaba que, aunque había muchas transiciones exitosas, las que presentaban

El ojo de la luna

factores de discordia familiar eran la excepción. En todos los casos, la empresa se contraía de manera significativa en todas las mediciones, independientemente del tamaño o el alcance del negocio. La principal razón se concentraba en la incesante lucha interna que distraía a la gerencia de la adhesión a prácticas exitosas previas. El documento también subrayaba que, ante la ausencia de un entrenamiento y un aprendizaje significativos desde una edad temprana, las transiciones a una nueva generación de propietarios a menudo resultaban en la pérdida eventual del control familiar, a favor de una gestión independiente, seguida de reducciones en el patrimonio neto de la familia. El estudio concluía que, debido a la ausencia de entrenamiento, aprendizaje y habilidad demostrada en el desempeño, el paso del control a su hija probablemente seguiría una trayectoria similar. El análisis añadía que, habida cuenta de la elevada posibilidad de que se cuestionara el volumen de negocios y del carácter extensivo de las propiedades afectadas, el traslado podría tener repercusiones negativas de gran alcance. En el documento se recomendaba, como la mejor medida preventiva frente a tal resultado, un plan de sucesión con reglas de calificación y rendimiento claramente delineadas. Si esta era la dirección que la señora Leland deseaba tomar, el aprendizaje debería comenzar inmediatamente después de que se hubieran determinado las calificaciones y los criterios de rendimiento o de que se eligiera el candidato o los candidatos más adecuados.

Dejé el archivo. Johnny ya había terminado el suyo y estaba fumando un cigarrillo, absorto en sus pensamientos.

—¿Y bien? —pregunté.

Johnny se levantó y empezó a vagar por la habitación.

—Resumamos lo que sabemos hasta ahora: tenemos dos archivos y varias situaciones, cuatro obvias que se desprenden de los datos y una que no está expresada, pero que es más bien

Ivan Obolensky

inmediata. Empecemos con las obvias —dijo Johnny mientras las iba marcando con sus dedos.

»La primera es el hundimiento deliberado de nuestra sociedad. La segunda es la insinuación de chantaje de Bonnie para forzar a Maw a renunciar al control. La tercera es la amenaza de Bonnie de reclamar la deuda pendiente de Dodge Capital para conseguir el título de propiedad de Rhinebeck. Y la cuarta es el dilema de la transición.

»La quinta situación, que no está explicada, involucra ante todo los motivos de Maw para entregarnos esta información. Creo que ella quiere saber qué vamos a hacer nosotros, y tú en particular, acerca del hecho de que nuestra desaparición fue planeada. Mi conclusión tentativa es que ella está considerando utilizarte, o a nosotros dos, como sucesores para evitar el posible conflicto entre sus hijos, sin tener que ceder el control familiar a un tercero. Ahora, por el momento, esta solución está muy por debajo de la lista de posibilidades, pero si le gusta lo que oye y lo que finalmente ve, la idea podría tener algo de credibilidad. Es típico de Maw. Ella tendrá varios planes en juego. Este es solo uno de ellos, pero debemos adaptar nuestra respuesta con eso en mente.

—Es una visión interesante de sus motivos —respondí— y tiene algo de sentido, aunque no le doy mucha credibilidad a la idea, incluso si estás en lo cierto. Creo que ella quiere que baje las escaleras y acabe con el barón o con Bruni para demostrar mi valor. No lo haré y tampoco te lo permitiré a ti. Francamente, no tengo ni idea de qué hacer con todo esto.

—Lo entiendo. Lo de Bruni es bastante preocupante, estoy de acuerdo —dijo Johnny mirándome cuidadosamente. Él sabía que ese era el quid del asunto—. Pero no puedes devolverle simplemente los archivos a Maw y decirle: «Gracias por la información. Te llamaré cuando se me ocurra algo».

—Es cierto, aunque, debo admitirlo, eso es exactamente lo que quiero hacer.

—Mira. —Suspiró Johnny—. Piensa en esto como una prueba, así que tratémosla de esta forma. Hagámoslo todo de manera hipotética, como una de nuestras sesiones de lluvia de ideas. Salíamos con más de una idea brillante, si recuerdas. Sucede que tengo un buen *whisky* escondido en mi cómoda, y tenemos un par de copas en el baño, que incluso lavaré antes de usar. Realmente, debes entrar en el espíritu del asunto. En serio, será divertido. Ya lo verás.

—Supongo que sí —dije con cierta renuencia—. Espero que tengas algo en mente, porque yo no lo tengo claro. Estoy completamente en blanco.

—No te preocupes. Tengo justo el remedio.

Johnny salió apresuradamente hacia su habitación. Me conocía demasiado bien. La implicación de Bruni realmente me molestaba, y sabía que, hasta que no lo discutiera con ella, nunca me metería de cabeza en el juego. Este era el momento para ocuparme de ello.

—¡Volveré enseguida! —grité y salí por la puerta.

50

La encontré en el salón, charlando con Elsa y con la señora Dodge.

—Por favor, discúlpenme, ¿podría tomar prestada a Bruni por unos pocos minutos?

La señora Dodge y Elsa estuvieron de acuerdo, mientras Bruni se ponía de pie, alisaba su falda y les decía a los demás que volvería en un rato.

—¿Qué sucede? —preguntó mientras atravesábamos la puerta principal hacia el sol de la mañana. Una ligera brisa levantaba el olor del césped. A pesar de mi estado de ánimo, era un día precioso. La compañía descomplicada que había comenzado la noche anterior seguía ahí, pero sabía que ella era consciente de que algo rondaba en mi mente.

—Anoche fue realmente mágico —dije mientras salíamos del camino de la entrada y nos dirigíamos por el prado a la cancha de tenis.

Bruni se detuvo y yo también lo hice. Me miró a los ojos. Lejos de ella, podía olvidar el poder de su belleza, pero, cara a cara, volvía a deslumbrarme. Sus ojos brillaban mientras la brisa movía su pelo.

—Fue algo perfecto —dijo—, pero no es por eso que me trajiste aquí.

Mi dolor era agudo y justificado cuando estaba arriba con Johnny, pero ahora, mirándola a ella, parecía menos importante. Quería prolongar la paz entre nosotros, pero no podía ignorar lo que leí.

—La ruta directa es la mejor —me recordó suavemente.

El ojo de la luna

—Sí, pero eso no hace más fácil lo que tengo que decirte.
—Me detuve de nuevo y luego continué con los hechos, tal como los conocía—. Leí un informe sobre Harold & Boskins. En él apareces como asesora legal y hay información sobre una serie de negocios que hicimos Johnny y yo. Autorizaste las acciones que llevaron a la ruina a nuestra sociedad.

Suspiró y miró hacia otro lado.

—Es verdad, ¿no? —pregunté.

Se apartó de mí y miró hacia la distante línea de árboles.

—Me encuentro en una posición incómoda. Como abogada, hay cosas de las que no puedo hablar o hacer comentarios. También hay un acuerdo de confidencialidad. Tengo que permanecer callada. Sé que es difícil, pero confía en mí, si puedes —dijo mirándome a la cara para ver mi reacción.

—Una parte de mí quisiera hacerlo, pero también hay otra que se siente traicionada y eso me duele más de lo que puedes imaginar.

Asintió con la cabeza y miró de nuevo hacia otro lado.

Cuanto más pensaba en el mal que nos hicieron a Johnny y a mí, más justificaba mi disgusto. Recordaba el impacto de la reprimenda que recibí de Maw y su señalamiento por no defenderme. Tenía ganas de gritar y maldecir, pero mi parte intuitiva intervino antes de que perdiera el control. Me aconsejó que dejara de actuar como un idiota. Dadas las circunstancias, era probable que Bruni se sintiera tan mal como yo, si no peor. Aunque los hechos fueran ciertos, no conocía el contexto, y mucho menos las razones. Como cualquier otra abogada corporativa, ella ejecutó lo que otros decidieron. No fue nada personal. Como ella lo señaló, no nos conocíamos. La rabia puede parecer valentía, pero, fundamentalmente, no es lo mismo. Lo que necesitaba era información, no actuaciones. Y lo más importante, tenía que empezar a vivir mi vida en mis propios términos. Mi parte intuitiva me indicó, un tanto sarcásticamente, que se trataba de una definición de la valentía mucho más útil que afirmar en voz alta mi condición de víctima.

Consideré el análisis y estuve de acuerdo. Tenía que dejarlo pasar, al menos por ahora. Tomé un respiro y dejé que el volumen de mis emociones se apaciguara. Cuando llegaron a un nivel más moderado, le pregunté:

—Sea como sea, ¿hay algo que puedas decir sobre lo que pasó que pueda resultarme útil? —Se volvió hacia mí otra vez.

—Sobre ese tema, nada. Entiendo que puedas sentir que fui deshonesta contigo al no revelar lo que sé, pero, como dije, existen restricciones. Habrá probablemente otros asuntos de los que no pueda hablar. El hecho es que nuestras vidas se cruzaron mucho antes de conocernos. Cada uno de nosotros tiene una imagen que presentamos al mundo. Las relaciones se construyen al permitirnos vislumbrar quiénes somos realmente y a menudo no es lo que deseamos ser. Lleva tiempo. Entiende que hoy no quiero hacerte daño. En realidad, es todo lo contrario. ¿Podemos continuar bajo esas condiciones?

—¿Puedes?

—Debo hacerlo, si vamos a ser amigos. ¿Y tú?

—Puedo intentarlo. Hace dos días habría dicho que no, pero desde entonces muchas cosas han cambiado. Te conozco mejor, al menos eso creo, y me gustaría saber más. De modo que sí, tendré que vivir con la posibilidad de más sorpresas.

—Es un alivio oírlo. Por mi parte, trataré de ser lo más franca posible. Todo lo que pido es que me hables. —Se detuvo y se acercó—. Supe que estabas molesto en el momento mismo en que entraste en la habitación.

—Lo estaba. Bajé las escaleras decidido a discutir contigo. Ahora, todo parece menos importante. Esto sucedió hace mucho tiempo y no se puede cambiar. Haré lo mejor posible. Además,

El ojo de la luna

dudo que pueda estar disgustado contigo por mucho tiempo. Supongo que tendré que vivir con eso también. Todo lo que te pido es que no te aproveches de ello... al menos no demasiado.

—Lo tendré en cuenta. —Me tomó del brazo. Caminamos un poco más.

—¿Nos sentamos en las escaleras? —pregunté, mientras nos acercábamos a la cancha de tenis.

Ella asintió. La luz se inclinaba hacia la cancha e iluminaba las hojas de los árboles al lado del borde de hierba que rodeaba la cerca. Me preguntaba si Alice o lord Bromley jugaron tenis aquí.

—¿Conociste a alguno de los exmaridos de Alice en tus viajes?

No contestó enseguida, así que me di vuelta para mirarla. Sus mejillas habían tomado un ligero tono rosa.

—Lo hiciste.

—Sí.

—Dime.

—Supongo que es justo. Conocí a lord Bromley. Por cierto, fue esa la razón por la que me interesé tanto en la tía de Johnny.

—¿De verdad? Ahora tienes toda mi atención.

—Sí, bueno, ese es el problema. No fue mi mejor momento. Además, es personal, y no soy muy buena en ese terreno, sobre todo cuando no me muestra de una manera halagadora.

—Puedo entenderlo, pero alguien me dijo una vez que la ruta directa era la mejor, así que más vale que me cuentes la historia.

—Sí, alguien te lo dijo, ¿verdad? —Se rio. Se detuvo de nuevo, miró sus pies y luego envolvió las rodillas con sus brazos.

—De acuerdo... lord Bromley. Me lo presentaron en una fiesta en Londres, mucho antes de que me convirtiera en abogada. Al principio no pensé nada sobre él. Era un hombre mayor, aunque seguía siendo sorprendentemente guapo. Tenía la piel muy pálida y los ojos negros azabache. Vestía bien, con un estilo urbano, diría yo. También me pareció un hombre mujeriego, a pesar de su edad.

Cuando nos conocimos lo acompañaban dos mujeres mucho más jóvenes, que parecían idolatrarlo. Un año después, en un baile de disfraces, me invitó a bailar. Sus modales eran extremadamente suaves. Me encontré aceptando antes de poder pensar. Al día siguiente, mi madre, quien nos vio juntos, me dijo que tuviera cuidado. La ignoré. Después de todo, ya no era una adolescente y había alcanzado cierta madurez. Era mi momento y estaba de vacaciones en Londres. Me encantan las fiestas formales. Me invitaron a muchas. Me gustaban el *glamour* y los bailes de salón. Lord Bromley siempre estaba allí, y yo bailaba con él cada vez más. Era muy buen bailarín, lo cual fue una razón, pero, más importante, me fascinaba.

»Tenía una forma de ser que resonaba con algo escondido dentro de mí. También tenía mala reputación. El asunto con la tía de Johnny era solo uno de los muchos rumores que lo seguían como una sombra. Eso no parecía molestar a los anfitriones que organizaban las fiestas. Siempre lo invitaban y, a pesar de su carácter moralmente ofensivo, me sentí atraída por él. Me invitó a salir. Me negué. No dejaba de invitarme. Finalmente, acepté, pero el día anterior a la cita llegó mi madre a la habitación de mi hotel. Se había enterado de nuestra reunión. No sé cómo. Si ella no hubiese sido firme, las cosas habrían salido mal. Yo era joven, es cierto, pero no tanto. La verdad es que estaba mal preparada contra cualquiera de sus embestidas. Ese hombre es hábil con las mujeres. Si siente deseo por alguna, es poco lo que ella puede hacer. Viví su magnetismo y estaba hechizada. Estoy segura de que eso es lo que le pasó a Alice. Somos almas gemelas en ese sentido.

—Te atraen los hombres malos con almas oscuras. No me lo esperaba.

Bruni se sonrojó y agarró con fuerza sus rodillas. Por un momento, vislumbré su imagen en aquel entonces.

—Me veo empujada en esa dirección, es verdad. Es uno de mis... secretos. La única persona que lo sabe, aparte de ti, es mi madre. Después de lo que casi sucede con lord Bromley —a pesar de que apenas había empezado— ella me sentó y tuvimos una de las conversaciones más francas que puedo recordar. Ella me entendía de maneras que yo no esperaba y sabía más acerca de mi yo interior de lo que yo pensaba. Después de todo, se casó con mi padre, y eso debería decirte algo. Nos convertimos en grandes amigas luego de todo esto y lo hemos sido desde entonces.

—Me alegro de que haya salido bien. ¿No eras un poco joven para él?

—Claro que sí, pero es una historia antigua, casi un cliché. Mujer joven, inexperta, seducida por un hombre mayor y más experimentado. Pasa todo el tiempo.

—Supongo que sí. Por suerte para ti, no soy tan viejo y no tengo un lado oscuro.

—Claro que lo tienes. —Se burló—. Pero eres demasiado miedoso para mostrarlo.

—Debes de estar bromeando. —La miré aturdido.

—No... para nada. Está ahí. Soy muy consciente de ello. Me llama y me veo respondiendo.

Reclinó la cabeza sobre sus rodillas y me miró de una manera diferente. Su pelo ocultaba gran parte de su cara, pero sus ojos azules brillantes me miraban fijamente. Sentí que me sonrojaba un poco.

—Bueno, dejémoslo a un lado por el momento —dije rápidamente—. Mencionaste que estabas interesada en Alice.

—No te librarás tan fácilmente, pero sigamos por ahora. He estado interesada en Alice desde entonces. Mamá también dijo que ella era más dura que una piedra, lo que, viniendo de su parte, es un cumplido. Eso solo me hizo sentir curiosidad. Mi madre rara vez habla de otras mujeres en términos halagadores. Así es ella.

Le gustan los hombres para ella sola. Que nadie compita por su atención. Alice fue una excepción.

»Aunque no sé mucho, es notorio que había animosidad entre Alice y lord Bromley, y que se intensificó con el tiempo. Después del divorcio, ella se involucró en las drogas y el ocultismo, una mala combinación. Murió. Se rumoreaba que él la había matado indirectamente. Yo era muy joven en ese momento, pero papá y mamá hablaron de ello por varios años más. Incluso el tema surge de vez en cuando. Por eso quería ver su habitación. Seguro que sabes más que yo, pero lo que me intriga es que Malcolm Ault sigue rondando todavía. Es otro de esos hombres que parecen estar siempre invitados y que están presentes cuando ocurren cosas extrañas. Según papá, Ault y lord Bromley son bastante cercanos.

—¿Crees que Ault tuvo algo que ver con la muerte de Alice?

—Lo dudo mucho, pero estoy segura de que sabe más de lo que dice. Así que ahora que conoces uno de mis mayores secretos, supongo que será mejor que volvamos.

Nos levantamos y sacudimos nuestra ropa.

—Entonces, ¿quién te lo dio? —preguntó mientras me cogía el brazo.

—¿El informe?

—Sí, el informe.

—Por extraño que suene, creo que debo permanecer callado.

—Muy listo. —Me punzó las costillas—. No tienes que decírmelo. Estaba escrito en el sobre que la señora Leland recibió.

—Soy mudo como una tumba —dije.

—Encantador.

Caminamos juntos, contentos por nuestra compañía. Me sentía mejor y, aunque no había resuelto nada, mi cabeza estaba lo suficientemente clara como para sentarme con Johnny. Era un alivio.

Después de unos minutos, Bruni dijo:

—Deberías saber que ya no trabajo para Boskins & Harold y que no lo he hecho en años. Los dejé poco después de ese incidente.

—¿Esa fue la razón?

—Una de muchas.

—Bueno, me alegra oír eso y, hablando de almas oscuras, ¿qué hay de tu marido? ¿Es también un alma oscura?

—No —dijo deteniéndome y permaneciendo cerca—. Él fue un error. Uno que será rectificado muy pronto.

Se dio vuelta, tomó mi brazo otra vez y me hizo avanzar antes de que pudiera responder.

51

—¿Cómo te fue? —preguntó Johnny, mientras Robert y yo entrábamos en el salón.

—Robert se veía aburrido en el vestíbulo, así que lo traje.

—Estuvo bien. Me sentí mejor y pude concentrarme, que era lo que esperaba. Hablé con Bruni, por supuesto, y traje a tu bestia. Creo que te estaba buscando.

—Imaginé que así sería, en ambos casos. —Johnny acarició a Robert, que perdonó la negligencia de su amo solo después de que este finalmente lo agarrara y le besara la cabeza. Reconciliado, el perro se metió en su canasta.

—No pudo hacer comentarios sobre el asunto de B&H, puesto que era su abogada, pero imagino que no sabía quiénes éramos en ese momento y simplemente ejecutaba los planes de sus superiores. Superé el trauma inicial. En retrospectiva, el golpe que nos dieron es obvio, y supongo que no verlo venir muestra un defecto en mi carácter, pero eso no es ninguna novedad. Voy a seguir adelante.

—Estoy de acuerdo, aunque sería bueno saber quién apretó el gatillo.

—Sospecho que fue el barón. Él y yo vamos a tener que hablar seriamente de varias cosas. Y esta, por supuesto, encabeza la lista.

—Bueno, bien por ti. Eso resuelve uno de los puntos que tengo escritos aquí. No estuve quieto mientras estabas ausente y, por cierto, tienes enfrente un buen trago de *whisky* de una sola malta por si quieres tonificarte un poco. Mientras lo bebes, te cuento sobre un pequeño plan de acción que diseñé para presentarle a Maw y que me gustaría que tú coordinaras.

El ojo de la luna

—Por supuesto. —Recogí el *whisky* que estaba sobre la mesa y me senté en el sofá—. ¿Lavaste el vaso?

—Lo mejor que pude, dadas nuestras limitadas instalaciones.

—Simplemente lo enjuagaste con agua del grifo.

—A eso me refiero con instalaciones limitadas.

—Supongo que no me matará.

—Mejor que no. Hay mucho que hacer aquí, y no le hagas mala cara. Es un gran trago, cortesía de la reserva personal de Stanley.

—En ese caso, hasta el fondo.

Fue maravillosamente reconfortante. —Entonces, ¿cuál es el plan?

—En cuanto al naufragio de nuestra sociedad, necesitamos más información. Ya hablaste con Bruni y tienes la intención de hacerlo con el barón. Excelente. Eso es lo más lejos que podemos llegar, por ahora, pero al menos demuestra que no le das respiro.

»Sobre el chantaje, se necesitan dos para ese juego. Maw puede dejar que Bonnie haga lo que quiera y por cada asiento perdido en una junta, todo el bloque de acciones de esa compañía se le transferiría a mi padre. De cualquier forma, Maw siempre puede decir que tiene demasiados puestos en las juntas. Incluso si ella es culpable de alguna manera, Bonnie tendría que pensarlo dos veces antes de seguir adelante, dado que perdería mucho más que su madre.

»En cuanto a que Bonnie exija el pago de la deuda de Dodge Capital, de nuevo, que lo haga. No hay nada que le impida a Maw, si así lo desea, refinanciar el préstamo de Dodge Capital con fondos personales.

»Ahora, la transición de las propiedades. Creo que el análisis de Dunn es correcto. Bonnie necesitaría calificarse, lo cual no es imposible. Una forma es empezar a trabajar en cada una de las empresas y familiarizarse con ellas desde abajo. Sería bueno para ella, y si se muestra prometedora, tanto mejor. El problema de poner a mi padre al mando es que significa una disputa. Una posible solución es dividir las propiedades entre dos y que la otra parte escoja qué porción desea y, en el caso de cualquier disputa o desacuerdo, la fundación se convierte en una opción para Maw, con lo que ninguna de las partes obtendría nada.

»En cuanto a la razón para que Maw nos pasara este entuerto, creo que quería más que todo dejarnos saber lo que había sucedido, pero, al mismo tiempo, verificar si somos candidatos posibles, dependiendo de si usamos o no de alguna manera la información. ¿Quiere ver cómo nos vengamos? Es una posibilidad, pero con las escasas pruebas contundentes sobre quién estaba exactamente detrás, actuar con base en esa información sería prematuro e imprudente; no es lo que se esperaría de un gerente. De todos modos, hasta ahí va la cosa en este momento.

—Buenas consideraciones, pero todo parece demasiado preciso.

—¿Eso crees?

—Sí, eso creo. Resuelve todos los problemas y ese es su defecto. Maw es Maw. Ha vivido mucho tiempo sin nuestra ayuda. Estoy seguro de que puede seguir haciéndolo. ¿Recuerdas a esa dulce anciana que siempre vestía de negro y que nos envió uno de nuestros competidores?

—¿Quién podría olvidarla? Tenía una tonelada de dinero en efectivo en el banco y nos tuvo trabajando durante semanas haciendo una propuesta tras otra. Fue una pérdida monstruosa de tiempo.

—Exactamente. Más que la solución, le fascinaba la atención y el problema de «qué hago con todo este dinero». Probablemente es lo que la mantenía viva. Creo que aquí pasa lo mismo. Maw solo está alborotando el avispero. Si nos acercamos mucho,

El ojo de la luna

estaremos en la misma situación. Se divertirá hasta el final, pero, por mi parte, prefiero pasar.

—Entonces, ¿qué le dirás?

—Lo que pienso. Por supuesto, le agradeceré la información y la oportunidad, pero, definitivamente, es un asunto que ella debe resolver.

—¡Es cierto! —dijo Johnny, mientras se detenía a considerar este enfoque—. ¿Sabes?, me gusta. Bien por ti. Es bastante audaz. Sin embargo, puede ser que Maw no reaccione muy bien. Aquella dama no se mostró muy contenta con nosotros cuando le dijimos que no viniera más.

—Decir que no estaba muy contenta es poco. Salió furiosa y quiso tirar la puerta corrediza de la sala de conferencias —dos veces, de hecho— y todo lo que logró fue darle un golpecito suave, lo que realmente la sacó de quicio. ¿Recuerdas que incluso quiso presentar una queja ante las autoridades? Creo que esa fue la única venta fallida que celebramos.

—Lo fue y bien valió la pena. Nos evitamos un gran dolor de cabeza. Por cierto, me detuve para hablar con Stanley; estaba hasta el tope con los preparativos para el almuerzo y la celebración del aniversario. Me dijo que fuéramos al final de la noche.

—Me parece bien. Ahora es tiempo de tener esa charla con Maw.

Recogí las carpetas y las notas.

—Buena suerte —dijo Johnny.

Robert levantó la cabeza por un momento, vio que Johnny seguía allí y volvió a dormirse. —Gracias. La voy a necesitar. Nos vemos en un rato.

Dudaba que Maw fuera a alegrarse, pero ya no quería dejar que me manejaran más con el dedo meñique. No más, ni por amor ni por dinero.

52

Mientras recorría el pasillo del segundo piso, Maw subía las escaleras.

Hizo un gesto para que la siguiera a su dormitorio. Se acercó a dos sillas dispuestas alrededor de una pequeña mesa frente a la ventana abierta. La brisa arrastraba el sonido de Harry cortando el césped del prado sur. Maw se sentó en una silla y me indicó con la cabeza que me sentara en la otra.

Le devolví los archivos.

—¿Y bien? —preguntó, mientras los ponía en la mesa entre nosotros.

—Basado en la información que nos proporcionaste, sé que Johnny y yo fuimos víctimas de un ataque. Supongo que debería estar indignado, pero no es así. Había lecciones que aprender y las aprendí. Voy a seguir adelante.

—Así que no harás nada —contestó fríamente.

—No emprender una acción es también una acción. La información está incompleta. Nos dice cómo, pero no quién ni por qué.

Me miró fijamente durante un largo momento.

—Supón que les ofrezco esa información... ¿Qué harías entonces?

—Tendría que verificar y evaluar qué hacer. Si la persona responsable es más poderosa que yo, lo cual es muy probable, me tomaría el tiempo necesario para hacer planes.

—Hum —fue todo lo que murmuró. Apartó la vista y miró por la ventana. Su expresión sombría revelaba que no estaba contenta conmigo. Probablemente, mi respuesta le confirmaba una vez más que gobernar era un asunto solitario, acentuado por la fatuidad y la obstinación de los que la rodeaban. Su expresión cruel e implacable me hizo preguntar por impulso:

—¿Por qué lo hiciste?

Me miró y dijo rotundamente:

—Estás adivinando.

Esperaba una negación, pero no hubo ninguna.

—¿Adivino?

—Hasta que no sepas la respuesta, no tenemos nada que discutir.

—Era una prueba.

—Adelante —dijo, sus ojos pálidos me miraban como los de una serpiente.

Antes de contestar, reflexioné sobre lo que Johnny dijo acerca de eludir a sus herederos inmediatos. Probablemente, él tenía razón, como tantas veces, solo que habíamos fallado la prueba hace mucho tiempo, cuando disolvimos nuestra sociedad. Fue Maw quien diseñó la debacle desde el principio. Se hizo obvio cuando consideré sus capacidades como mujer de negocios, los recursos que manejaba y la creencia que tenía sobre su derecho absoluto de interferir y controlar las vidas de quienes la rodeaban. Con la esperanza de restaurar algo de su buena voluntad, dije:

—Puede que hayamos fracasado, pero se aprende más del fracaso que del éxito. Hasta que no nos encontramos con la derrota y sabemos cómo avanzar, a pesar de ella, no comprendemos la diferencia.

—Esas son majaderías... —Resopló—. Tienes el descaro de insinuar que tuve algo que ver con eso, pero ¿por qué debería importarme lo que pienses? No eres más que un insolente cretino.

Sus palabras cáusticas despertaron en mí, una vez más, olas de pánico. ¿Había cometido yo otro grave error? Titubeé y estaba a punto de deshacerme en disculpas, cuando mi parte intuitiva me interrumpió. Me aconsejó que no dijera nada y que lo superara. Incluso si mi conjetura estaba completamente fuera de lugar, un hecho que ella todavía no había negado, mi conclusión era un cumplido, no un insulto. Al reconocer y admitir su capacidad para llevar a cabo tal plan, yo le había dado poder. Además, añadió mi intuición en su tono sarcástico, si no estaba en lo cierto, probablemente el barón era el responsable. Había aprendido algo a través del proceso de eliminación.

La miré fijamente. Maw se levantó de su silla, mirándome:

—No sé por qué perdí mi tiempo entregándote esa información —dijo con frialdad—. No mereces mi atención, mi interés o mis palabras. Ni siquiera eres de mi sangre.

Pudo haber sido esta última observación, su desprecio general o, quizás, mi falta de sueño, pero ya había tenido suficiente. Me puse también de pie y la miré a los ojos.

—Podría decir lo mismo de ti. Nunca quisiste mi análisis. Solo era una cortina de humo. ¿Qué sentido tiene enterarnos de que nos tendieron una trampa? Johnny y yo reprobamos tu pequeña prueba hace años. Lo único que podía esperar con esa revelación era que, de algún modo, yo quemara un fusible, le echara la culpa al barón y lo atacara con firmeza. No me extraña que esté aquí. Te tiene dominada, ¿verdad?

Le lancé esas palabras. No tenía ni idea si eran verdaderas. Las dije solo por ira. Maw palideció.

—¿Cómo te atreves a levantarme la voz? —graznó.

—Me atrevo y acabo de empezar. ¿Tienes el descaro de venir con lo de tu legado? ¿Quieres un legado? Te lo mostraré. ¡Mira a tu alrededor! ¿Qué es lo que ves? Conflictos familiares provocados por la codicia, el miedo y los odios permanentes, todos nacidos, criados y cultivados por ti. Ese es tu legado. ¿Quieres hablar de sangre? Puedes quedártela. Bienvenida a la obra de tu vida. Es un desastre, y te ha tomado años construirla. ¿Quieres que me detenga? Pararé ahora mismo porque hemos terminado.

Luego de decir esto, giré y avancé rápidamente hacia la puerta. Tenía la mano en el pomo y estaba a punto de hacer saltar la puerta de sus bisagras, cuando ella gritó, suplicante:

—Espera... por favor. Hay algo que debo decirte.

Quedé helado y me di vuelta, con mi mano aún en la puerta. Se veía más vieja y desgastada. El cambio que sufrió en cuestión de segundos me detuvo. Mi curiosidad luchaba contra las reacciones que ella había provocado. La mujer tenía un don para descubrir y sacar a la luz mis conflictos más profundos.

Me había producido mucha euforia que Maw me pidiera consejo esa mañana temprano. Finalmente, había sentido cierta aceptación, pero malinterpreté sus acciones. Esa no era su intención. Yo no era parte de la familia y nunca lo sería. El carácter conclusivo de esta comprensión y el desprecio que ella sentía por mí me dolieron más de lo que podría expresar. Siempre supe racionalmente que no era un Dodge. Lo sabía desde hacía años, pero mi corazón no. Albergaba una leve esperanza de que, de alguna manera, pudiera ser aceptado como un miembro íntegro de la familia. Cada vez que comenzaba en mi cabeza el debate sobre la naturaleza de mi relación con ellos, resonaba en mi mente: «La sangre no lo es todo». A partir de hoy, eso se acallaría y sentí dolor. No tenía una familia y aquí terminaba todo.

Quería con desesperación irme y ver si podría recuperarme, pero también sabía que el clan Dodge era lo más cercano al concepto de familia que yo conocería, y Maw era parte de ella. Desde muy niño quise su aceptación, y tenía motivos para hacerlo. Vivía con miedo. Un paso en falso podría ponerme en la calle, con todas sus consecuencias y la probabilidad de que la muerte me reclamara antes de tiempo. En mi mente inmadura, contaba con poca protección real. Mis padres se movían a ritmos desconocidos, en un universo distante del que yo habitaba. Nunca conocieron mi tormento. Por supuesto, mi familia adoptiva no me habría echado, pero la posibilidad me perseguía sin importar lo que hiciera.

Maw había venido a rescatarme y parecía una aliada en un momento en el que necesitaba con urgencia alguna ayuda. Al tratarnos a Johnny y a mí como iguales, cimentó mi amistad más importante. Mi gratitud por este solo acto y la aceptación de Johnny fueron una fuente de consuelo ante el terror del abandono que a veces me sumía en ataques de lágrimas y temblores, que duraban en ocasiones varios días.

Maw no era la única. Alice era la otra deidad que agradecía tener en mi vida. Estas dos mujeres aparecían conectadas con lo divino de maneras inexpresables para mí. Dentro de los límites de sus diferentes dones, construí una especie de santuario personal. Maw era el sol y representaba la protección de los animales y de los muy jóvenes. Alice era la luna y velaba mis noches. Era capaz de interceder ante los fantasmas que vagaban en mis sueños y mi imaginación. El alivio que me proporcionaron sin saberlo o, incluso, sin intenciones de hacerlo, me mantenía cuerdo y me alejaba de los oscuros lugares que a veces visitaba. Su presencia en mi vida, y en la de Johnny también, ofreció el cuidado y el soporte que necesitaba tan desesperadamente hasta poder valerme por mi cuenta. Nunca podría pagar esa deuda. Solté el pomo de la puerta y volví a la silla.

—Di lo que quieras decir —afirmé sin emoción, con mis defensas otra vez en guardia.

Sabía, mientras me sentaba, que las necesitaría de nuevo. Maw no entregaba nada gratuitamente, y el costo para los que estaban cerca de ella era siempre el mismo: la exposición y el menosprecio de sus imperfecciones y sus miedos más ocultos y dolorosos.

53

—Gracias —dijo Maw una vez que me senté.

El color volvió a su cara y recuperó la compostura. Me preguntaba si su pequeña representación de debilidad era apenas una actuación. Después de todo, estaba sentado frente a ella, y era lo que quería. Levantó la barbilla y preguntó:

—Supongo que estás orgulloso de ti mismo.

—Podría decir lo mismo de ti.

Me miró fijamente.

—Eres insolente —respondió—. Es un mal hábito y algo inapropiado.

—Desde tu punto de vista. Desde el mío, se llama sufrir en silencio cuando uno escucha a sus superiores, o alguna tontería semejante.

—Muy astuto. —Resopló—. Pero se requiere más que astucia para seguir adelante. Son necesarios el conocimiento y la información. Si no te hubiera enseñado el archivo, ¿lo habrías resuelto?

—Se me habría escapado.

—Lo que prueba mi punto: el conocimiento y la información son vitales, pero, antes de comenzar, quisiera poner fin a nuestra discusión anterior. Pedir tu opinión sobre los archivos hace unos minutos fue un medio para alcanzar un fin, nada más.

Se detuvo, esperando a que yo hiciera algún comentario, pero no dije nada.

—Muy bien. ¿Seguimos adelante?

—Todavía no. Creo que una disculpa es lo correcto. No expiaría tus acciones, pero sería un paso en la dirección correcta.

—Nunca me disculpo y no empezaré ahora. Cada quien hace lo que debe y, dadas las circunstancias, dudo que algo cambie. Las disculpas suenan bien, pero son simplemente un lubricante social, nada más. Tenía mis razones para lo que hice. Tal vez me hubiese gustado que las cosas salieran de otra manera, aunque lo dudo. Ofrecer disculpas es menospreciar la acción y la razón detrás de ella, no importa cuán censurable sea el acto. Siempre existe una razón para lo que uno hace, aunque sea instintivo. Las disculpas solo sirven para ocultarnos la verdad. No busques una disculpa de mi parte, porque no la conseguirás. No espero que sientas que debes disculparte por tus arrebatos. En esto, somos iguales. Ahora, ¿podemos continuar en un lenguaje civilizado o no?

Asentí con la cabeza.

—Quiero contarte una historia. Puedes elegir si la crees o no. Puedes decidir si reaccionas o no. Eso depende de ti. Por mi parte, te diré que lo que sé es un hecho. Los recuerdos cambian con los años, así que lo que reconstruyo puede ser inexacto. Probablemente lo sea, pero no me importa. La memoria me ha servido bien y eso es todo lo que interesa. ¿Estás dispuesto a escuchar y a no interrumpir hasta que termine?

Volví a asentir con la cabeza.

—Dilo con palabras.

—¿Por qué debería hacerlo?

—Hasta un lagarto puede asentir con la cabeza. Eso no significa nada. Quiero asegurarme de que nos entendemos.

—Muy bien. Escucharé y no interrumpiré, pero si tengo preguntas cuando termines, espero poder hacerlas y obtener respuestas.

—Depende de la pregunta. No me interrogarás. Puedes preguntar, pero es posible que no responda.

—Entonces te escucharé, pero no garantizo que no interrumpiré. —Estaba siendo recalcitrante. Lo sabía, pero no estaba de humor, y tener el compromiso de Maw, aunque fuera mínimo, le impediría atropellarme por completo.

—Muy bien. Tendrá que ser así. Antes de empezar, diré esto y espero que sea lo suficientemente clara: No me caes bien. Para ser aún más sincera, siempre me has disgustado. Puede ser injusto, pero así es. Durante algún tiempo estuviste felizmente ausente. Fue un regalo. Volviste y siento lo mismo. ¿Estoy siendo clara?

—Bastante, en esto somos también iguales.

—Supongo que debo soportar tu grosería. Tengo cosas que decir, así que elegiré pasarla por alto... por ahora.

Siempre tuvimos una relación incómoda, pero la profundidad y extensión de su animosidad me sorprendieron. Esta mañana lo había probado. Si no la hubiese tenido en tan alta estima, podría haberla percibido con más claridad, pero no lo había notado. Fue un error de juicio más, entre muchos otros.

—En verdad —continuó—, mi aversión por ti está fuera de lugar. Lo sé. Eres inocente y traté, hasta cierto punto, de compensar este hecho en nuestras interacciones. Pero soy vieja y no tengo tiempo ni ganas de mimar a nadie. Aun así, tengo mis razones personales para que no me gustes. Eso no cambiará, y si tienes alguna idea de reparar la brecha entre nosotros o de que me congracie contigo, te lo aseguro: eso tampoco sucederá nunca. Puedes también decirle eso a Johnny. Probablemente, intentará disuadirme, pero no funcionará. También puedes decirle que por estar conectado contigo de cualquier manera, y enfatizo la palabra *cualquier*, él no recibirá nada, ni un centavo. Es un joven listo. En un momento dado tuve la intención de pasar por alto a mis hijos. Puede que aún lo piense, pero depende de él. Veamos en qué dirección salta primero, ¿vale? Me interesa mucho saberlo.

Sonrió ante el pensamiento y luego dijo:

—Hablaré con Johnny por separado, pero esos son sus términos. Tengo otros, pero no te incumben.

Me levanté y pregunté:

—¿Terminamos? Tengo cosas que hacer.

No confiaba en mí mismo al quedarme en la misma habitación con ella. Un poco más y las cosas acabarían mal. Maw no necesitaba armas. Sus palabras eran cuchillos y usaba su malicia astuta como un mazo.

Maw imitó mi movimiento y se incorporó.

—No, no terminamos. Y, como señalaste antes, estoy empezando, pero no tardaré mucho. Se trata de tus padres. ¿Te interesa?

Volví a sentarme. Ella sonrió dulcemente mientras se sentaba también.

—Eso pensé. Por fin tengo toda tu atención. Qué día más feliz.

Fue necesaria mucha fuerza de voluntad, pero decidí escuchar. Era fácil odiarla, y eso había sido la ruina de muchos. Yo no sucumbiría. Estaba seguro de que había dejado lo peor para el final.

—El tiempo que tenemos ahora y la información que te daré son las únicas cosas que te regalaré en la vida, e incluso esto ha exigido un esfuerzo supremo de mi parte.

»Querías saber el cómo, el quién y el porqué de la desaparición de tu pequeño negocio. Fui yo. Quería destruirte y alejarte. Fue personal y no me disculpo por ello. Por supuesto, eso por sí solo no es respuesta suficiente para ti, pero es independiente de las demás. Yo tomé la decisión. Soy responsable. Puede parecer extremo y excesivamente dramático, pero hay más y eso es lo que deseo que sepas. Te lo advierto de antemano: esta historia no responderá a todas las preguntas que generará, pero tendrá que bastarte. No responderé ni una sola de las tuyas, lo decidí.

Miró por la ventana. Fue suficiente para darme un respiro. ¿Mis padres? Esto no podía ser bueno. Quería con desesperación un cigarrillo, pero no había ceniceros. Me miró y continuó.

El ojo de la luna

—Bonnie y John no fueron mis únicos hijos. Hubo una tercera. Su nombre era Sarah. Era una chica hermosa, inteligente y llena de vida. Estuve pendiente de ella mientras crecía. Busqué asegurarme de que tomara las mejores decisiones. La envié a un internado para que se educara mejor, entrara en una buena universidad y, eventualmente, volviera a mí, para que yo pudiera instruirla. Desde el principio quise que se encargara de mis asuntos. Éramos muy parecidas. Tenía coraje, disciplina y determinación. Los otros dos nunca estuvieron cerca. Lo que no planeé fue que se enamorara de un hombre que tenía todo por ganar, mientras que ella podría perderlo todo. Lo mantuvo en secreto, pero me enteré. ¿Cómo podría no hacerlo? La habían aceptado en Vassar y estaba lista para comenzar en el otoño. Cuando llegó a casa, flotaba en una nube. Yo conocía esa mirada. La había observado algunas veces en el espejo. Estaba enamorada.

»Le pregunté a quién veía, pero se negó a decírmelo. Me llevó algún tiempo, pero me enteré de todos modos. Hice que lo investigaran. Mis instintos eran correctos y estaba extremadamente decepcionada con su elección. La confronté con mi descubrimiento. El joven era un perdedor y se lo dije en términos inequívocos. Le prohibí que volviera a verlo. Peleamos. Nos dijimos cosas duras, desagradables. Éramos semejantes, te lo digo para que puedas imaginarte lo extremadamente cortante y acalorada que se tornó la discusión. Finalmente, ella no pudo aguantar más y salió corriendo de la habitación.

»Hasta el día de hoy, no sé cómo sucedió. Estábamos en su dormitorio en el segundo piso. La puerta se abría sobre un vestíbulo que tenía una barandilla extendida a lo largo del lado opuesto, antes de conectarse con la escalera circular que llevaba a la planta principal. Debió de tropezar. Se llaman balaustres. No lo sabía en ese momento. Le impidieron caer, pero estaban lo suficientemente separados como para que la cabeza pasara. La de ella lo hizo. Dijeron que fue un accidente raro. Murió por asfixia, su laringe aplastada. No pude sacarle la cabeza. Lo intenté. Dios, cómo lo intenté, pero los balaustres la retuvieron como los dientes de una trampa para osos.

Se detuvo y tomó un respiro. Sus sentimientos por su hija muerta se reflejaron en su rostro durante un instante antes de ser reemplazados por la determinación de seguir adelante con el relato.

—Fue una mala época —dijo—. Al principio, me culpé a mí misma, pero fue inútil. Nunca la traería de vuelta, y tenía buenas razones para actuar como lo hice. Yo no tenía la culpa y, aunque la tuviera, el resultado seguía siendo el mismo. Estaba muerta. Uno puede llorar y yo lo hice, pero llega un momento en el que debes volver a la vida.

»Dirigir es mi trabajo. Es lo que hago. Se puede debatir, se pueden discutir los pros y los contras, pero en última instancia se trata de decisiones. No puede haber dudas sobre uno mismo, solo la elección y luego la acción. Dudar es como un cáncer. Una vez que comienza, todo se ve afectado. Hice un análisis. Fue la discusión la que condujo al desastre, y el origen de esta era el joven. Él fue la razón. Puedes argumentar que mi pensamiento fue engañoso y arbitrario. Lo fue... pero todas las decisiones son arbitrarias, especialmente las importantes. La incertidumbre les da ese carácter. Una nunca tiene la información completa. Las mejores decisiones y acciones refuerzan el poder de cada quien y el de las organizaciones involucradas. Se puede estar en lo correcto por todas las razones equivocadas. No hace ninguna diferencia. Yo elegí y los resultados hablan por sí mismos. Me dije que el joven era el responsable. Esa fue la decisión y me fortaleció. Pude seguir adelante, cuando antes era imposible. El joven era tu padre. No es una gran revelación. Ya lo habrás adivinado, pero hay cosas que aún no imaginas.

»Tu padre y yo nos encontramos oficialmente solo una vez. El día que tú y yo nos conocimos. Nunca antes y nunca después. Eso no significa que no hayamos interactuado. Me complace decir que lo saqué de este país y lo llevé al exilio, sin dinero e infeliz. Hoy te encuentras frente a mí porque mi hijo, a mis espaldas, accedió a ocuparse de ti como un favor para su amigo. Estaba muy disgustada, pero, al final, negociamos una especie de armisticio. Tú te quedarías en la casa y yo dejaría a tus padres en paz, siempre que se mantuvieran en el extranjero y se alejaran de esta familia. Cumplí mi parte del trato. Mi deseo es extenderte lo mismo a ti... ¿Lo aceptarías?

—¿Aceptar qué, exactamente?

—Regresas al lugar de donde viniste, desapareces para no volverte a ver por aquí, jamás te comunicas con esta familia y nunca respondes si te contactan. A cambio, te dejaré a ti y a tu familia en paz y sin problemas. La alternativa es que dedicaré todos mis esfuerzos a buscar la caída de cada uno de ustedes, aunque me cueste una fortuna. No te equivoques, tengo mucho dinero para gastar y los recursos disponibles para hacer de sus vidas un infierno en la Tierra. Cuestionaste mi legado. Ese puede ser mi legado. Me divertiré y me gusta divertirme. Tienes mi oferta. Piénsalo bien. Espero una respuesta esta noche.

No me dejé presionar. No forzaría una respuesta de mi parte hasta haberla pensado bien.

—¿Cómo puedo estar seguro de que vas a honrar tu palabra? Creo que dijiste que habías cumplido con la mayor parte del trato, lo que implica que, sin embargo, te entrometiste. Espero que hagas declaraciones adecuadas y convincentes de cómo pretendes hacerlo. Hablaremos de nuevo.

—No hago tales promesas.

—Entonces, yo tampoco lo haré.

—Ya veremos.

—Así será —dije mientras la dejaba y me dirigía a la habitación de la parte alta de la casa. Serían recomendables la reserva familiar de Stanley y algún tiempo para pensar. Una vez más consideré que su nombre, Maw, era totalmente apropiado.

Ya vería cómo ponerle una mordaza. Tendría que descubrir la manera.

54

—¿De verdad dijo eso? ¡Dios mío, y estoy emparentado con ella! —reconoció Johnny.

Tan pronto como entré en la habitación pedí un vaso de *whisky* de la reserva de Stanley. Johnny lo sirvió rápidamente y yo le conté toda la conversación. Cuando terminé, pensó en lo que dije y concluyó:

—Hay varios puntos. Los pecados de tu padre recaen de nuevo sobre nosotros. No lo digo con maldad, pero explica muchas cosas. Tú y ella siempre tuvieron una relación tensa. Nunca entendí bien la razón. Pensé que era normal. Maw trata así a todos, incluso a los parientes. Es huraña por naturaleza, pero la profundidad de su antipatía por ti era verdaderamente fuera de serie, y ahora sabemos la razón. Esa situación de Sarah debe de haberla golpeado muy duro. Incluso, nos ocultaron por muchos años su existencia. ¿Cómo nos enteramos?

—Fue esa niñera francesa. La muerte, por desgracia, era su obsesión, si recuerdas, y ella pensó que podríamos añadir elementos a su colección de curiosidades sobre el tema. Conocía los hechos y la peculiaridad de la muerte de Sarah, pero no más. No sabíamos nada, así que ella nos contó todo, para nuestra fascinación y deleite. Tal como aparece, dudo que incluso tus padres sepan la historia completa. Si la saben, estoy seguro de que no fue por boca de Maw. Ellos se sentían cómodos manteniéndonos en la ignorancia, hasta que la niñera reveló el secreto y una tarde les preguntaste, en un intento por verificar las partes más horribles. Recuerdo que fue un acontecimiento memorable para todos los interesados que la historia saliera a la luz, y que le valió a la niñera el despido inmediato.

—No creo que esa fuera la razón. Qué rápido olvidas —respondió Johnny.

Johnny y yo solíamos recordar incidentes extraños en nuestra historia y contarlos. Era un ritual importante que ayudó a cimentar nuestra amistad. Discutíamos los puntos más sutiles. Esas bromas nos distrajeron cuando nos enfrentamos a grandes, serios y posiblemente insuperables problemas.

—Fue después de que atoraste tu cabeza en la barandilla, tratando de averiguar cómo sucedió lo de Sarah —continuó Johnny—. Llorabas y gemías mientras todos te miraban, hasta que el conserje del edificio usó una sierra para liberarte. Me culparon de complicidad, por supuesto, lo cual fue muy injusto, pero las cosas realmente se tornaron críticas cuando te preguntaron cómo y por qué te pusiste en esa posición.

—Tienes toda la razón. Lo olvidé —dije—. Fue bastante incómodo y asumí entonces, tontamente, que era una pregunta retórica. ¿Cómo iba a explicarlo? Tu padre se molestó cuando no dije nada. Pensó que lo estaba desafiando. Finalmente, dije, sin pensar, que estábamos experimentando y la idea de recrear el evento surgió de inmediato. Tu padre dijo que era la cosa más estúpida que había visto u oído. Se quejó durante semanas, incluso después de que se hicieran las reparaciones. En el fondo, creo que realmente el evento asustó a tus padres. Los paralelos y las coincidencias, conociendo la historia completa, deben de haber sido muy extraños.

—Sí —agregó Johnny—, y como resultado mandaron a la niñera a hacer las maletas. Se marchó llorando, víctima de su propia curiosidad. También recuerdo que los resultados de nuestro pequeño experimento fueron poco concluyentes, lo que puede haberles molestado también. Francamente, me pregunto

El ojo de la luna

acerca de todo esto desde entonces, pero podría haber sido el tipo particular de balaustre en la casa de Maw.

—Yo también me preguntaba eso. No supondrás que...

—De ninguna manera. La verdad es a menudo muy peculiar. No puedes inventarte ese tipo de cosas. Aun así, es una forma extraña de morir. Volviendo al asunto que nos ocupa —continuó Johnny—, podemos dejar atrás la duda sobre las razones de tu llegada a nuestra puerta y de la evaporación de nuestra sociedad. Esas son las buenas noticias, que nos llevan a las malas, así como al punto final y más alarmante: la oferta de Maw o, más exactamente, su ultimátum. Por mi parte me gustaría dejar una cosa absolutamente clara: abuela o no, con o sin riquezas, Maw puede irse al infierno en lo que se refiere a nuestra amistad. Es muy importante para mí y espero que para ti también, así que no hagas nada noble o tonto. No lo toleraré. —Johnny me lanzó una de sus miradas.

—No lo haré. Yo siento lo mismo, pero escúchame un momento. Hay asuntos en los que debemos pensar. Decirle a Maw que simplemente no nos interesa puede que no sea algo bueno. Es más, estoy seguro de que no lo será. ¿Y si Maw decide llegar a ti a través de tus padres? Para empezar, está el tema de los bonos flotando por ahí, lo que podría amenazar a Dodge Capital. También podría dejar a Bonnie libre y decirle que haga lo que quiera. Eso significa que el apartamento de la Quinta Avenida también desaparecería. Estoy seguro de que hay mucho más. No estoy diciendo que aceptemos. No lo haremos y me alegro de que estés de acuerdo. Solo digo que necesitamos un contraataque. Los peones pueden amenazar a las reinas y tomarlas, pero la forma de hacerlo hay que planearla con mucha antelación. No tenemos tiempo. Necesitamos poner más fuerza en movimiento ahora, no después.

—¿Mis padres? —preguntó Johnny.

—Necesitarán que se les informe de la situación, pero preferiría no hacerlo todavía. Es un día especial para ellos. ¿Por qué arruinarlo? Creo que debería hablar con el barón. No es lo que más me gusta, de ninguna manera, pero cuando le mencioné que él la tenía cercada, Maw se acobardó un poco. Puede que haya algo allí. También hay otros asuntos que necesito discutir con él.

—Y Brunhilde es uno de ellos, estoy seguro. De acuerdo, pero recomiendo un enfoque ligeramente más indirecto. Habla con Elsa primero. Deja que ella lo arregle, si cree que tiene una oportunidad. También informaría a Bruni, para que tus acciones no sean malinterpretadas. Tú y Elsa, de aquí para allá, en un *tête-à-tête*, podría darle la impresión equivocada y empeorar una situación ya de por sí tumultuosa es algo que ninguno de nosotros necesita en este momento. Bruni también podría darte más de una pista sobre cómo llevar las cosas. Trabaja para su padre, después de todo. También está Stanley. Ese hombre tiene un don para la intriga que deberíamos aprovechar. Entre tanto, se acerca el almuerzo. Tendremos que prepararnos y, mientras lo hacemos, quedan todavía varias cosas de la vieja lista de tareas pendientes. ¿Estás listo?

Johnny recogió su libreta. Era organizado y metódico. Tenía que admitirlo. Suspiré. A su alrededor, el trabajo, de alguna forma u otra, raramente faltaba.

—Adelante.

—Podríamos ver a Stanley esta noche. Además, tenemos que interrogar a Malcolm Ault acerca de Alice. Creo que yo lo haré, aunque podríamos arreglarlo juntos, si tenemos la oportunidad antes del almuerzo. Necesitas hablar con Bruni, luego con Elsa y, finalmente, con Hugo. Eso te mantendrá ocupado por algún tiempo. Después, tendremos que coordinarnos. Además, están los imponderables. Estoy seguro de que la Bella Durmiente ya despertó, y no olvidemos a la vieja Maw. Va a estar olfateando para ver cómo cayó su ultimátum. Sugeriría que la evites, si puedes, pero si no, trata de mantener la calma. A mí me funciona respirar profundamente y luego una bebida fuerte. En realidad, mientras menos, mejor, y por nada en el mundo licores oscuros. Te ponen irritable y ahora mismo necesitamos un plan, no una confrontación prematura. ¿Qué piensas hasta ahora?

—Bueno, dijiste que era el día de remangarnos, estoy de acuerdo. Ya lo planeamos, así que en movimiento.

Nos vestimos para el almuerzo. Robert se despertó y esperaba impaciente, mirando de un lado a otro entre Johnny y la puerta, ansioso por bajar las escaleras. Yo no lo estaba tanto, pero era necesario hacer lo que me esperaba.

55

No fuimos los primeros en bajar. Malcolm le servía champán a Bruni. Dom Perignon, de acuerdo con la tradición familiar; Cristal, solo en la noche. Johnny y yo tratamos de justificar nuestra preferencia, pero esas peticiones a las autoridades superiores siempre fueron negadas. Algunas cosas nunca cambian.

Nos reunimos alrededor de la barra mientras Malcolm hacía despliegue de su destreza para lograr servir un mínimo de burbujas y un máximo de líquido. Debe de haber tenido mucha práctica, porque lo hizo con sorprendente habilidad y rapidez. Una vez que tomé mi copa, Johnny me hizo una señal para que hablara con Bruni mientras él abordaba a «Mal». Escuché cómo le decía a Johnny que las personas cercanas lo llamaban así. Johnny dijo, en broma:

—Bueno, entonces puedes llamarme Johnny. —Se rieron y avanzaron hacia las puertas francesas.

Bruni me sonrió. Era como un rayo de sol. Llevaba el mismo conjunto gris que usó cuando la conocí. Agradecí que no cambiara de vestido en cada ocasión. Seguramente yo no sería capaz de manejar esa cantidad de equipaje si alguna vez salíamos de vacaciones. Me estaba adelantando a los hechos, como siempre, pero ante las dificultades el futuro siempre brilla más que el presente.

—¿Estuviste ocupado? —preguntó, mirándome por encima de su copa.

El ojo de la luna

—No hay tiempo de aburrirse. Necesito un consejo. Me gustaría hablar con tu padre, pero no estoy seguro de cuál será la mejor manera de hacerlo.

—Debo decir que te mueves rápido, pensaba que yo era la única. —Sus ojos brillaban, pero no estaba del todo seguro de si bromeaba.

—Muy graciosa. ¿Qué tal si salimos?

—Parece que lo hacemos muy seguido. La gente podría pensar cosas...

—Me temo que ese barco ya zarpó.

—Sí, y ya estamos embarcados, no hay vuelta atrás.

Bruni y yo, copas en mano, ofrecimos disculpas mientras pasábamos junto a Malcolm y Johnny, camino al prado del sur. Parecían viejos amigos. La brisa aún soplaba, pero el día se estaba nublando. Seguramente llovería por la noche. Bruni miró a lo lejos.

—El cielo estaba rojo esta mañana. ¿Conoces el dicho? —preguntó, volviéndose hacia mí.

—Cielo rojo en la tarde, delicia del pastor; cielo rojo en la mañana, advertencia al marinero.

—Exactamente.

—Te levantaste temprano.

—Así es. Estuve pensando.

—¿En qué?

—En mi vida. Mi mundo cambió. Lo acepto satisfecha, por supuesto, pero, por otra parte, no estoy tan segura. Como abogada, siempre quiero conocer la respuesta antes de formular una pregunta, pero en muchas ocasiones eso es imposible. Tú y yo somos una pregunta. Después de lo de anoche y de nuestra charla de esta mañana tomé algunas decisiones. Conoces una de ellas. La otra es que quiero un entendimiento más formal entre nosotros. Te haré una oferta. Puede que estés preparado o no, pero, por mi propia cordura, necesito hacerla. No encuentro otra manera. Realmente, no la encuentro.

—¿Qué tienes en mente? —pregunté.

—Te lo diré, pero primero deberías oír esto. —Miró nuevamente hacia otro lado. —Puedo parecer calmada y segura de mí misma, pero no lo soy. A menudo necesito apoyo. Esta mañana me acosté en la cama y vi el futuro de los dos. Vernos después de este fin de semana requerirá de mucho esfuerzo mutuo. Vivimos a miles de kilómetros de distancia. Están las objeciones de mi padre. Están nuestros negocios. El trabajo tiene una prioridad propia. Siempre la tiene... y la inercia hará el resto. Podría enumerar otros factores, pero solo me apenarían más.

Se volvió hacia mí.

—Todo lucía muy abrumador a la luz del día, pero anoche tomé la decisión de tener una vida; una vida real, una vida feliz. Creo que tú podrías formar parte de ella y por eso pensé en nuestro futuro. La profundidad de mis sentimientos también me sorprendió. Los sentimientos y las emociones no son siempre la mejor base para planificar el futuro. Me di cuenta de que era necesario algún tipo de acuerdo entre nosotros. Formulé uno. Puede sonar un poco rebuscado y formal, pero quiero, ante todo, ser clara. ¿Estás listo para oírlo?

—Dímelo.

—Muy bien. La oferta se acepta o se rechaza. Hay un límite de tiempo y expira cuando atravesemos la puerta que está detrás de nosotros. No se inferirá que el silencio es un sí. ¿Cómo voy hasta ahora?

—Bien, pero ¿debería conseguir un abogado?

—Creo que ya tienes una, así que escucha. Esto es importante. —Se rio, pero me di cuenta de que hablaba en serio.

—De acuerdo, escucho. Continúa.

El ojo de la luna

—La oferta es mi compromiso de hacer lo que sea necesario para crear una relación entre nosotros.

»A cambio, quiero que prometas hacer lo mismo. Además, nuestra relación será superior a todos los demás compromisos. Si hay conflictos de intereses del pasado, o en el futuro, nos comprometemos a hablarlo entre nosotros cuanto antes y resolverlos de mutuo acuerdo.

»Si rechazas mi oferta, seguiremos siendo amigos, por supuesto, pero la oferta queda sin vigencia alguna a partir de ese momento. Es una cosa o la otra.

—¿Un ultimátum? —pregunté.

—No, es una oferta, pero podría interpretarse de manera contraria desde algunos puntos de vista. Puedes considerarla, si lo deseas. Sigue en pie.

—Me parece justo. Es el segundo ultimátum que recibo hoy y apenas es mediodía. El primero era sobre un tema totalmente distinto. Me gusta el tuyo. Acepto.

No necesitaba pensarlo. Era sensato y apropiado, dado el camino empedrado que teníamos por delante, pero yo estaba juntando muchas promesas. Estaba la de Stanley, el compromiso con Johnny, el propósito de vivir mi vida bajo mis propios términos. ¿Qué podría salir mal? Conociendo mi pasado, muchas cosas, pero había un factor en la petición de Bruni que resonaba y me daba un poco de consuelo: no estaría solo, y eso era algo. Podría, incluso, serlo todo.

—Bien. Entonces, prométemelo.

—Te prometo que haré todo lo necesario para que las cosas funcionen entre nosotros. Nuestra relación será el compromiso principal, y cualquier conflicto de intereses será expuesto y resuelto por los dos.

Ivan Obolensky

—Gracias, y prometo hacer lo mismo. Ahora, alejémonos de la puerta para que podamos sellar nuestro acuerdo apropiadamente, sin miradas indiscretas.

Nos movimos a un lado y pusimos las copas en el suelo. La sostuve entre mis brazos y la besé. Suspiró.

—Ya está. Me siento mejor. No hay garantías, pero nuestras probabilidades mejoraron. Hay precisión en nosotros. Lo sentí anoche y esta mañana, y lo siento ahora.

—Yo también.

Bruni se inclinó y recogió nuestras copas. Me entregó la mía y dijo:

—Ahora, cuéntame sobre el otro ultimátum y lo que querías decirle a mi padre. Tendremos que volver muy pronto, así que dime la versión resumida.

—Es algo que dijo Maw —le conté a Bruni sucintamente sobre el ultimátum y le dije que quería pedirle consejo a su padre sobre cómo devolverle la pelota a Maw.

Esperaba alguna reacción, pero no hubo ninguna. Para Bruni, todo eran negocios. Podría pasar de lo personal a lo profesional en un instante.

—¿Te dio una razón? —preguntó.

—Culpa a mi padre por la muerte de su hija Sarah, aunque él no tuvo nada que ver. Maw lo responsabiliza, y yo soy culpable por asociación. Johnny y yo cumplimos o sufrimos las consecuencias.

—No estoy familiarizada con ese episodio en particular de tu historia familiar. Tu padre, obviamente, ha hecho más de un enemigo, incluido papá. Espero que esta tendencia no sea genética, por el bien de los dos. —Sonrió—. Superar los prejuicios de mi padre, incluso para pedirle consejo, no será fácil. Pensé en ello en relación contigo y conmigo, y la respuesta es la misma. Un enfoque directo no funcionará. Será necesario que discutas todo esto con mi madre, pero déjame suavizar las cosas primero. Ella tiene mucha más información que yo, y puede manejarlo a él mejor en ambos temas. ¿Me encargo de eso?

—Por supuesto.

Me sonrió y tomó mi brazo mientras entrábamos. Habíamos cruzado un puente.

—Entonces lo haré. Gracias por aceptar —dijo—. Significa mucho para mí.

—Eso fue rápido —dijo Johnny cuando nos vio.

Bruni y yo nos miramos.

—Excelente —respondí—, eso significa que tenemos más tiempo para tomar champán antes del almuerzo.

El señor y la señora Dodge entraron al salón, seguidos por Elsa y el barón. Busqué otra botella de Dom Perignon y unas copas. Sentí que merecía una pequeña celebración.

56

Abrí otra botella. El señor Dodge y yo servimos champán para todos. Bruni fue a hablar con su madre. Esperábamos a Maw y Bonnie. Después de la segunda ronda, el padre de Johnny estaba a punto de llamar a Stanley para que las buscara, cuando llegaron juntas. Maw llevaba los mismos pantalones de mezclilla y la camisa de algodón de la mañana. Bonnie vestía la misma clase de pantalones y una camisa vaquera de botones, deslumbrantemente blanca. Dudé de que alguien les pidiera cambiar su ropa por algo más formal. Eso solo provocaría más conflicto, y ya había habido suficiente la noche anterior. Bonnie se dirigió rápidamente hacia el bar, se sirvió champán y miró con impaciencia su copa, esperando que las burbujas se disiparan. Intentó beberlo, con burbujas y todo, pero, por su expresión, el resultado no fue satisfactorio. Se dio cuenta de que yo la miraba y frunció el ceño.

Stanley abrió las puertas del comedor y anunció que el almuerzo estaba servido.

—No voy a ninguna parte sin un trago decente —comentó Bonnie, sin dirigirse a nadie en particular.

Buscó en la parte baja del bar hasta encontrar una botella de Wild Turkey. Vertió el champán sobrante en la hielera y llenó la copa hasta el borde con *bourbon*. Lo bebió en una serie de grandes tragos y suspiró.

—Así está mejor —murmuró—. Almuerzo entonces. Parece que me perdí el desayuno y estoy hambrienta. ¿Por qué me miras? —preguntó al notar que yo no me había movido.

—Te estoy esperando —contesté.

—Bueno, no quiero.

—No es mi intención faltarte al respeto. Pensé que sería cortés dejarte pasar primero. Después de todo, eres una dama.

—Cierto. Iré adelante —dijo, algo calmada por mi respuesta.

Luego de eso, entramos al comedor. Quedaban dos lugares. Bonnie y yo nos sentamos en puestos contiguos. El señor y la señora Dodge ocupaban los extremos, Maw estaba ubicada entre Johnny y su padre. Retiré la silla de Bonnie, que se hallaba al lado de Johnny, y luego me senté. Frente a mí estaba Elsa, quien sonrió. Malcolm se sentó entre Bruni y Elsa, mientras que el barón ocupó su lugar habitual a la izquierda del señor Dodge. Elsa llevaba una camisa conservadora, con botones, y una falda. Malcolm no tenía mucho que temer en cuanto a lo que ella podría mostrarle. Yo sentía curiosidad por saber qué había descubierto Johnny. Bruni me hizo un guiño. En respuesta le sonreí y saludé a la señora Dodge. Bonnie se movía impaciente a mi lado. Me volví hacia ella.

—No creo que nos hayamos sentado juntos antes.

—Disfrútalo mientras puedas. Dudo que vuelva a suceder.

—Una oportunidad única en la vida. Debería aprovecharla entonces. ¿Puedo hacerte una pregunta?

—¿Puedes?

—Imagino que puedo, pero ¿me lo permites?

—Supongo que sí, por esta vez.

Por lo que había observado, Bonnie acudía a comentarios punzantes y respuestas irónicas como una forma de protegerse. Reconocía ese comportamiento. Yo mismo lo tuve durante años, pero en su lugar utilizaba respuestas evasivas y comentarios vacuos. A ninguno de los dos nos gustaba atraer la atención y nos habíamos vuelto hábiles en el arte de desviar las conversaciones en el terreno personal. Mi parte intuitiva me llevaba a pensar que nos parecíamos más de lo que yo creía. Tenía curiosidad.

—¿Eres buena en lo que haces? —pregunté.

—¿Qué clase de pregunta estúpida es esa?

—Una peculiar, lo admito, pero importante. Algunas personas tienen talento innato. Otras llegan a ser buenas en algo a través de la práctica constante y la evaluación de los resultados. A algunos los impulsa la fuerza de su determinación y a otros su entorno. No estarías en esta mesa a menos que fueras muy buena encontrando el éxito. Entonces, ¿cuál es tu caso?

—¿No quieres saber mejor lo que tengo planeado?

—¿Ayudaría?

—No.

—Ahí está mi punto. Hay quienes quieren reconocimiento. Otros prefieren la sombra. ¿Qué buscas tú?

—Es una pregunta capciosa. No la responderé. Cualquier cosa que diga sonará mal.

—Algunos individuos quieren estar en la sombra, pero se ven obligados a salir de ella. Otros quieren reconocimiento, pero nunca lo consiguen. ¿Son realmente malas personas en cualquiera de los casos?

—Ahora tratas de averiguar mi motivación. Ese es un callejón sin salida. Nunca lo sabrás.

—Entonces, ¿qué sentido tiene hablar? ¿Soy un enemigo o un amigo? Tú no lo sabes y yo tampoco.

Bonnie dejó de jugar con su copa y me miró.

—Y dime, ¿qué eres tú?

—Yo podría ser lo uno o lo otro, y tú también. Por ahora, estoy de mi propio lado.

—No te necesito.

—Es cierto, pero funciona en ambos sentidos, ¿no?

—Hum —sonaba como su madre—, no eres un Dodge, pero sigues en su terreno.

—No lo creo. Pregúntale a tu madre.

El ojo de la luna

Me contempló fijamente y decidió que yo estaba fanfarroneando.
—De acuerdo, lo haré.
Bonnie se inclinó detrás de Johnny y tocó el hombro de Maw. Irritada por la interrupción, esta dejó de hablar con su hijo y se inclinó hacia atrás para escuchar a Bonnie. Johnny se movió hacia adelante para darle espacio.
—¿Qué pasa? —respondió Maw impaciente.
—¿Es parte de los Dodge? —preguntó Bonnie.
—¿Quién es parte de los Dodge?
—Él —respondió Bonnie, señalándome con su pulgar.
—¿Él? Santo cielo, no. Ahora, ¿te importaría? Me estás interrumpiendo. —Maw volvió a su conversación.
Todavía inclinado hacia el frente, Johnny me miró. Se preguntaba qué estaba haciendo yo. Sacudió lentamente la cabeza, en señal de advertencia.
Bonnie regresó, interrumpiendo mi contacto visual con Johnny, y dijo:
—No lo eres.
—Te lo dije.
—Hum —gruñó de nuevo—, bueno, eso es diferente. Pensé que lo eras.
—Yo también lo pensé, alguna vez.
—Imagínate eso. No tenía ni idea. Me sorprende mucho. Estoy impresionada.
—¿Cómo es eso?
—Nunca me pasó por la cabeza que no fueras parte de la familia. Por cierto, ¿te agarraron?
—¿Agarraron?
—¿Tienes novia?
—Sí —contesté abruptamente.
Ahora era yo el sorprendido.
—Mala suerte.

—Suele suceder.

—Tenme en cuenta —susurró Bonnie.

Nos interrumpió un Montrachet frío y el primer plato. El almuerzo marchaba viento en popa. Los platos base de color azul claro y dorado fueron sustituidos por otros delgados y traslúcidos de porcelana, sobre los que sirvieron tazones con sopa fría de pepino. Era una de las recetas favoritas de la señora Dodge, así como todas las que se sirvieron ese día, por ser el aniversario de nuestros anfitriones.

El cambio de actitud de Bonnie me sorprendió. La confirmación de su madre de que yo no era un Dodge pareció transformarla.

—Me podrían haber servido más. Eso estaba muy bueno —susurró en voz baja—. ¿A qué te dedicas? —preguntó luego.

—Contabilidad forense.

—Justo lo que me gusta. Hice algo de eso. Soy licenciada en Contabilidad. Vamos a llevarnos bien.

—No lo sabía. Francamente, sé muy poco de ti.

—Es una historia simple. Eres neutral, así que te lo puedo contar. Yo era la tercera rueda de la familia. Sarah y John... Bueno, Sarah era, en realidad, la favorita hasta que murió. Sabes de eso, ¿verdad?

Asentí con la cabeza.

—Me sentía bastante bien viviendo rezagada, pero su muerte empezó a cambiar todo en mi vida. Ella era una perra completa, pero eso es otra historia. Yo era mucho menor que los otros dos. Para responder a tu pregunta, prefería la sombra. Por eso me gustaba la contabilidad, en particular el análisis de los informes de las empresas, lejos de la gente. Incluso ayudé a diseñar un programa de *software* de contabilidad en Fortran, y escribí también un artículo sobre los flujos de efectivo y los retornos futuros del mercado. Pero estaba el tema de un heredero adecuado. Mi medio hermano hizo lo suyo, y mamá no estaba muy complacida por sus intentos de independencia, así que me sacaron de debajo de mi piedra y me pusieron en el centro del escenario como una alternativa, para hacerle acatar la autoridad.

Bonnie se tomó de un trago el último vino, pero apenas si lo había terminado cuando le sirvieron de nuevo. Levantó la copa.

—Puedo decir que este es un Montrachet y uno bueno. ¿Dónde estaba? Ah sí, me molestó mucho. Más de lo que quisiera admitir, lo cual, supongo, acabo de hacer. Los culpo a todos, pero no debería estar diciéndote nada de esto. Bebo demasiado y se me afloja la lengua. Es el vino. Por eso dicen *In vino veritas*. Estudié una cantidad increíble de latín y griego antiguo. La contabilidad no fue mi primera opción. Quería ser una erudita en lenguas antiguas. Imagínate. Incluso traduje una edición de *Historia secreta,* de Procopio. Si alguna vez piensas que la vida familiar puede ser aburrida, dale un vistazo a Teodora y Justiniano. Es muy revelador. Te pondrá los pelos de punta. También se dice que «en el vino, hay sabiduría», pero esa no es toda la cita. Ben Franklin dijo que «en la cerveza hay libertad; en el agua, bacterias». Debe de haber tenido problemas estomacales. El aforismo puede ser bastante contradictorio... pero, divago. Cuéntame tu historia mientras me vuelvo a encaminar.

Me sentí tentado de decirle que se moderara, pero estaba seguro de que otras personas le habían dicho eso muchas veces. Con toda seguridad, eso no ayudaría ahora. Mejor le conté mi historia.

—La mía también es bastante sencilla. Crecí con Johnny, estudié Economía. Obtuve un título de analista financiero certificado y me asocié con él. Tu madre nos sacó del juego, entonces me fui a California y me dediqué a la contabilidad forense. Johnny me invitó a esta reunión, así que, aquí estoy.

—Sí, oí que mamá te sacó de escena. Ella *realmente* no te quiere.

—¡Dímelo a mí!

—Lo he vivido muchas veces. Es difícil. Puede ser una perra vengativa como ninguna. No envidio que estés de ese lado de sus afectos.

Giró hacia mí y se acercó. Tal vez fue el vino. Quizá porque nunca antes la había mirado realmente. Lo que recordaba siempre de ella eran sus caprichos, su comportamiento a veces extraño y su aparente torpeza innata. Parecía casi simplona, pero me di cuenta de que estaba muy equivocado. Podía actuar tan bien como su madre, pero desempeñaba un papel diferente. No era hermosa, pero no carecía de atractivo. Tampoco había notado eso antes. Sus ojos eran azules claros, como los de su madre. Su pelo castaño claro estaba muy bien cortado, aunque no le lucía. Recogido, definitivamente mejoraría su imagen. Vestida de negro, con zapatos de tacón alto de acero, podría ser algo especial.

—Fueron tus padres los que lo hicieron.

—¿Mis padres?

—Sí, tu padre, específicamente. Secretos familiares. Todos tenemos historias secretas. Debería hablarte de la tuya. Podrías enterarte de un par de cosas.

Antes de que ella pudiera decir algo, nos interrumpió el arribo del siguiente plato. Se trataba de langosta de Maine, fría, sin caparazón y con tenazas, servida en fuentes para cada comensal, acompañada de espárragos blancos, limón y ensalada de papas dispuesta alrededor de un cuenco de plata con salsa *remoulade*.

—Langosta —gritó Bonnie—. Ahora sí estamos hablando en serio. Me perdí el desayuno, pero esto lo compensa. Supongo que no sirven repeticiones. ¿Sabes si lo hacen?

—Estoy seguro de que se puede arreglar. Pregúntale a Stanley —le sugerí.

Bonnie le hizo un gesto para que se acercara. Con su cara impasible, Stanley se inclinó para oírla. Ella susurró:

El ojo de la luna

—¿Crees que podrías arreglar que me traigan otra cola de langosta? Tienen una cocinera increíble allá atrás, y soy una admiradora. Gracias.

Stanley desapareció en silencio y volvió con otra cola y con una cantidad correspondiente de *remoulade* en un pequeño tazón.

Bonnie estaba encantada. Si albergaba alguna animosidad hacia Stanley por haberla sacado a rastras la noche anterior, no se notaba ahora.

—Muchas gracias. Eres lo máximo.

Bonnie se dedicó con entusiasmo a su plato. Después de comer una langosta, empezó con la otra.

—De acuerdo —dijo—, ¿te interesa?

—¿Qué?

—Tu historia. ¿No escuchaste? No te desvanezcas ahora, Percy. Siéntate más cerca, así no tengo que gritar, y bebe más de este Montrachet conmigo. Me encanta decir esa palabra. Se desliza bien por la lengua. Bien, espero que esto sea una noticia. Si ya lo has oído, dilo y pasaremos a otras cosas.

Bonnie hablaba y comía.

—Aquí va. La gente no se fija en mí. Bueno, eso no es verdad. Se fijan, pero por todas las razones equivocadas. Parezco torpe. Creo que lo encontré tan útil que me convertí en eso, como si hicieras una mueca y se te congelara la cara. Definitivamente, no fui torpe en mi juventud. Era sigilosa como una gata y silenciosa como un ratón. Al ser una rueda suelta, lo que dijera o hiciera no hacía ninguna diferencia. Simplemente, me ignoraban. Fue el mejor de los tiempos. Al no ser nada, me gustaba saber cómo vivía la otra mitad, por así decirlo, de modo que escuchaba todo lo que podía; debajo de las mesas, detrás de los sofás, bajo las camas. Imaginaba que era una espía. Incluso tomaba notas en un código que inventé.

»Como sea, Sarah se enrolló con tu padre. El asunto iba muy en serio. Él se colaba por la parte de atrás de la casa y subía a su habitación. Sarah normalmente cerraba la puerta con llave cuando no estaba allí, pero yo entraba de todos modos, leía su diario y revisaba su maquillaje. Una noche, los dos casi me descubren. Por suerte, los oí llegar.

»En vez de encararlos, me deslicé bajo la cama. Sarah volvió a cerrar la puerta cuando estaban dentro, sin siquiera darse cuenta de que no tenía seguro. Digámoslo de esta manera: estaban distraídos. Fue una noche larga para mí. Seguro que lo estaban haciendo. No quiero ser ofensiva, pero lo sabes cuando lo oyes. Me quedé dormida después de un rato y me desperté justo antes del amanecer, pues alguien dejó caer un zapato cerca de mi oreja. Bajaron las escaleras y pude escapar. Después de eso, los seguí vigilando. Mamá no sabía nada.

»Se descuidaron, lo que resultó muy conveniente para ella. Un día, se cayó la fachada y mamá lo comprendió todo. Cuando se dio cuenta de lo que estuvo pasando todo el tiempo, justo debajo de sus narices, reaccionó con furia. Quiero decir, perdió por completo el control y enfrentó a Sarah.

Bonnie bajó la voz.

—Se armó una gran pelea. No sé quién lanzó el primer puñetazo, pero una de ellas lo hizo. Yo escuchaba al lado y reconocí el sonido. Después de eso, lo que había sido una competencia de gritos se convirtió en una batalla campal. Se tiraron entre sí todo lo que no estuviera fijo al piso. Destrozaron los muebles. Lucharon como si fuera de vida o muerte, y lo fue. Sarah terminó en la barandilla, pero —aquí Bonnie bajó aún más la voz y tuve que inclinarme y acercarme para escucharla— podría haber sido igual de fácil que mamá se asfixiara entre esas balaustradas.

»Las dos enloquecieron por completo. Mamá no tenía otra salida que ponerle fin. Fue en defensa propia preventiva. No tenía elección. Al final, llamaron a la Policía, pero solo después de que limpiaran todo, se aplicaran cosméticos en cantidades abundantes

El ojo de la luna

y pensaran en una historia. Cuando me preguntaron, dije que no había oído nada porque estuve dormida todo el tiempo. Nunca cambié mi historia. Ese tipo de conocimiento puede reducir seriamente la expectativa de vida de una persona. Después de ese incidente me mantuve aún más en el trasfondo, pero permanecía con los oídos y los ojos abiertos. Tu padre pedía respuestas y mamá no daba ninguna. Hubo algunos intercambios muy agrios. Se dijeron cosas feas. Tu padre amenazó con ir a la prensa y hacer un gran escándalo, pero sus intenciones estaban condenadas al fracaso desde el principio.

»Una pila desproporcionada de bienes determina el resultado antes de que algo empiece. Cuando se intercambian golpes, uno por uno, y uno da tantos como los que recibe, el que tiene la pila más grande siempre gana. Mamá tenía un montón mucho más grande. Así funciona el mundo. Una vez que tu padre vio que era una causa perdida y se rindió, mamá fue tras él en serio. Quería sangre. Contrató a investigadores privados y emprendió una campaña de tierra arrasada que lo llevó a Europa. Allí conoció a tu madre y llegaste tú. Por alguna razón, que tuvieran un hijo pareció encolerizarla aún más. Él no tuvo elección y diseñó lo que yo consideré una jugada muy inteligente. Te dejó en casa de mi medio hermano. Habían sido amigos por mucho tiempo. La aceptación tuya en casa de John fue lo que finalmente dio lugar a una tregua, pero, inadvertidamente, me sacó de las sombras. No te lo reprocho. No tenías arte ni parte en eso.

»Con tregua o sin ella, tus padres seguían sintiendo mucho resentimiento. Le hicieron una mala jugada a mamá cuando trató de hacer algunos negocios en Europa. Se aseguraron de que fracasaran. En estos momentos, Europa está fuera de los límites de mamá, y Estados Unidos fuera de los límites para tus padres, pero creo que eso es solo una prueba de fuerza. Cada uno de ellos está esperando el momento, mientras tanto se hostigan con incursiones ocasionales en territorio enemigo. ¿Cómo cuadra esto con lo que sabes?

—Llena muchos espacios en blanco y responde algunas preguntas. Aprecio que me lo hayas contado. Gracias.

—Por nada, pero tú y yo sabemos que lo de Sarah no encaja como debería, ¿verdad?

—Sí, hay algo que no encuadra.

—Dime por qué lo piensas.

—Es difícil imaginar qué podría llevarlas a tales extremos.

—Exactamente. Hubo un exceso de pasión. Y, por cierto, ese sería un buen nombre para un libro, pero diste en el clavo. Es lo que pensé, y eso me lleva a mi teoría favorita de las investigaciones. La llamo «la hipótesis de tres niveles». ¿Quieres oírla? Se aplica a lo que estamos discutiendo.

—Cuéntame.

Nos interrumpieron nuevamente. Esta vez con el postre. Era fruta fresca y queso.

—Mira esta uva —dijo maravillada—. Esta sí que es una uva. ¿Dónde encontraron algo así? Es una obra de arte y la estamos comiendo. Bueno, mi teoría. Te ayudará en tu contabilidad forense. ¿Listo?

—Sí.

—Hay historias que lees o que te cuentan como hechos reales, como la declaración de un testigo. Este es un ejemplo del primer nivel. Pasa por ser la verdad, pero cualquier buen investigador sabe que probablemente es una cortina de humo. El hecho es que la mayoría de la gente miente, el primer nivel está casi siempre construido con mentiras. Está plagado de verdades a medias y omisiones; es triste, pero es la verdad. Debajo del primer nivel hay otra narrativa escondida: la narrativa secreta. Es casi completamente cierta, y enfatizo la palabra *casi*. Ese es el segundo nivel. Es lo que cualquier investigación busca averiguar, en primer lugar. ¿Me sigues hasta este punto?

—Totalmente.

—Hay un nivel bajo ese, el tercero, y es aquí donde incluso los buenos investigadores se engañan. Quedan satisfechos con lo que encontraron en el segundo nivel. No logran cavar más profundo porque no creen que exista un tercero. Te tengo noticias. Siempre hay un tercer nivel. Es en el que los transgresores ocultan lo que traman. Es allí donde inevitablemente encuentras lo que yo llamo «el hecho contextual oculto». Es la pieza de información que brinda el contexto y hace que todo en una investigación encaje como un rompecabezas bien cortado. Lo que te digo en este momento me llevó años descubrirlo. Si olvidas todo lo que dije, recuerda esto: el hecho contextual clave siempre existe, y no has alcanzado nada hasta que lo tengas. Bastante bueno, ¿eh?

—Muy bueno.

—Con eso en mente, ¿te gustaría conocer los resultados de la investigación que hice sobre el tercer nivel de tu historia familiar?

—De verdad me gustaría.

—Claro que sí, pero primero un brindis, porque nada se ve igual una vez que lo sabes. Coge tu copa.

Tomé mi copa y la levanté.

—Por el tercer nivel —dijo—, y porque siempre persistamos hasta encontrar lo que buscamos. Salud.

Bebimos. No tenía ni idea de hacia dónde íbamos, pero estaba disfrutando el paseo. Parecía bastante pasada de tragos, pero cuando se trataba de Bonnie o de su madre, no siempre podía uno estar seguro. Lo que decía tenía un sentido extraordinario y ella era mentalmente mucho más astuta de lo que cualquiera en la mesa pensaba. En mi opinión, la subestimaban mucho.

Bonnie vació su copa y continuó.

—¿Sabes lo que me desconcertó de la muerte de Sarah? La intensidad. No tenía sentido. El nivel de odio era exagerado. Quiero decir, fue una locura descomunal. No lograba comprenderlo, así que hice algunas averiguaciones y luego más. Volví a leer mis notas. Hablé con gente, con mucha gente. Después de un tiempo, mis esfuerzos se vieron recompensados. Entonces, ¿estás listo?

—Listo.

—Tu padre y mi madre tuvieron una aventura antes de que él y Sarah se conocieran. Puedes pensar que es falso si miras a mamá hoy, pero siempre cometemos el error de ver a una vieja anticuada y olvidar que hace unos años los hombres volteaban la cabeza en la calle para mirarla. Mamá se veía muy bien entonces. Combina eso con su experiencia y súmale un joven ingenuo, lleno de testosterona, y todo encaja. Era algo muy físico y duró la mayor parte del año. Ahora, con esa pieza del rompecabezas, todo empieza a tener sentido, ¿no?

—Funciona.

—Puedes apostar a que funciona. Es un hecho. Sarah no sabía nada de la aventura que tenían hasta la noche en que murió. Mi madre no conocía la traición de su examante con su propia hija hasta que se enfrentó a Sarah esa misma noche. Supongo que tu padre conoció a Sarah y le gustó lo que vio, porque la aventura con mamá terminó poco después. Luego de dejar a mi madre, comenzó una relación aún más clandestina con su hija, hasta que explotó. Pocas otras cosas que no sean los celos pueden causar tanta pasión. Era la pieza que faltaba en el rompecabezas. Eso es lo que realmente pasó, pero no lo escuchaste de mí, por razones obvias.

—Eres toda una detective. ¿Hay un cuarto nivel?

—Qué listo. Hay uno, pero no quisieras llegar allí, amigo mío. El cuarto nivel contiene lo que nunca quisieras saber. Es el portal a lo desconocido, donde empieza la madriguera del conejo.

El ojo de la luna

Puedes pararte al borde del abismo y mirar hacia abajo, pero eso es todo. Allá abajo hay locura. Es donde viven los demonios. Es solo un consejo amistoso.

—Explícame.

—Mira lo que está velado. No quiero decir que no hay verdad ahí abajo, incluso grandes verdades, pero pocos sobreviven a la búsqueda. Mi media hermana, Alice, es un buen ejemplo. Lo oculto le rompe la mente a la gente. Es mejor apegarse al tercer nivel. Créeme si te lo digo.

Me pareció que Bonnie no solo se había documentado muy bien, sino que tenía una mente de primera clase.

—Eres muy especial, Bonnie Leland.

—Tengo mis momentos. Por cierto, fue un placer hablar contigo. Eres un buen oyente, como yo. Pero, hazme un favor: no tomes partido, mantente neutral. Te lo agradecería. Créeme, no le debes nada al equipo de los Dodge. Nunca han gastado ni un centavo en ti. Cada año que estuviste con ellos, fueron tus padres quienes pagaron tu escuela, las vacaciones, todo lo que puedas nombrar. Los Dodge nunca sacaron un centavo, y se aseguraron de ello. Un contador llevaba registro de todo y ¿adivina qué? Con seguridad, tu gente también le pagó la cuenta. No me sorprendería.

Algo debió de reflejarse en mi cara porque me dijo:

—Mira, no quise echarte eso encima y molestarte. No fue mi intención. Creí que lo sabías, pero, qué estúpida soy, por supuesto que no. Nadie mencionaría algo así. ¿Por qué quitarle el brillo cuando no hay que hacerlo? Probablemente pienses que les debes y nadie te dijo lo contrario. Les debes, por supuesto, pero si lo ves bien, no. Lo siento mucho. Es duro. Entre nosotros, ese es el tipo de cosas que me molestan.

Bonnie bebió un poco más de vino y sacudió la cabeza.

Lo que me contó sobre mis padres y el período previo a mi nacimiento no me preocupaba en especial. Mis padres y yo siempre habíamos funcionado en universos paralelos diferentes, marcados por una apropiada lejanía, así que no tomaba su comportamiento como un reflejo personal. La información de Bonnie tenía sentido y explicaba mucho más. Pero su comentario sobre quién pagó las cuentas me golpeó como un mazo en la cabeza. Quedé perplejo. No sabía qué decir o cómo reaccionar. Mientras estaba allí sentado, pensando, la señora Dodge se puso de pie y anunció que se serviría café en el salón para las damas, mientras que los hombres serían atendidos en la biblioteca.

Bonnie y yo no nos movimos. Cuando los otros comenzaron a retirarse, le dije:

—Eso fue una sorpresa. Ni siquiera lo había pensado.

—No creas en mi palabra. Haz tu propia pesquisa. Es lo que hacemos. Los contables tenemos que mantenernos unidos. Además, ¿con quién más voy a hablar?

—Supongo que siempre podrías hablar con el barón.

Miró a su alrededor y se dio cuenta de que el resto de los invitados se había ido. Se levantó y yo hice lo mismo. Bonnie se estiró largamente.

—Podría, pero es como jugar con el diablo. Podrías quedar seriamente quemado. Y otra cosa, solo para tus oídos. Ven aquí. —Bonnie me abrazó y aplastó su cuerpo contra el mío, en parte solo como apoyo. Su aliento me hacía cosquillas mientras me susurraba al oído—: Si alguna vez pierdes a tu novia, búscame. Soy mayor, pero eso también se ha visto antes. Podrías hallarlo interesante. Para mí, ciertamente, lo sería.

Se alejó después de decirlo y avanzó inestablemente hacia el salón. Levantó una mano a modo de despedida, dándome la espalda y dijo, mirando hacia adelante:

—Me encantó nuestra charla, pero, en serio, necesito un poco de café.

El ojo de la luna

La dejé para que se abriera camino mientras me dirigía al salón, sumido en mis pensamientos. Ella era bastante extraña y tenía un factor sorpresa. Lo ocultaba, pero estaba ahí, si te tomabas el trabajo de mirar. Alguien se encontraría en serios problemas de ser ella su rival. No quería pensar en eso. Lo dejé para después.

Permití que mis pies me llevaran mientras pensaba en otras cosas. Tendría que revaluar mis compromisos. Pensé que tenía una deuda con alguien, pero resulta que no. Necesitaba encontrar el equilibrio y entender cómo encajaban las cosas. Me vino a la mente que tal vez en realidad yo era libre. Había cargado el peso aplastante de una obligación con la familia Dodge por lo que parecía mi vida entera. Hace una hora, nunca hubiese imaginado un mundo sin ella. Y unas pocas palabras lo habían cambiado todo. Mis padres no eran los aprovechados que yo pensaba. Ni siquiera les pregunté, y apenas los conocía porque nunca me dediqué a hacerlo. ¿Qué haría al respecto? No había confirmado aún lo que Bonnie dijo, pero sabía que era verdad. Los Dodge no habían pagado ni un centavo.

No sabía adónde iba hasta que me topé con la puerta del apartamento de Alice. La abrí y entré. Me senté en el sofá, donde escuché solo unas noches antes a Stanley hablar sobre Alice. Ella era la única persona a la que realmente le debía algo. Le debía mi vida. Necesitábamos hablar.

57

Me senté en el sofá y pensé en ella.
Cuando era niño, hablaba con Alice. Mis pensamientos más sombríos llegaban en la noche, y ella me escuchaba. A veces se sentaba en la cama. Otras veces en la silla junto a mi escritorio. Era imaginario. Lo sabía, pero en el umbral entre despertarse y soñar, era difícil hacer la diferencia o saber cuál mundo era más real. Me reconfortaba sentir que invariablemente estaba allí y que se tomaba el tiempo para escucharme. Ella nunca hablaba, por eso siempre pensaba que era una fantasía, pero una noche, en Rhinebeck, cuando me quedé dormido en mi habitación, creo que realmente estuvo presente, porque fue la única vez que dijo algo. La recuerdo sentada al pie de mi cama.

—Hombrecito —dijo—, sigue durmiendo si es necesario, pero escucha si puedes. Tú y yo nos parecemos porque somos de dos mundos. Vivimos en el crepúsculo. No volveré a hablarte. Adiós.

Me tocó el pie y se fue. Oí que la puerta se cerraba y desperté. La habitación estaba oscura y tranquila. Hasta ahora no estoy seguro de si lo soñé o lo viví.

Mientras pensaba, sentado, recordé ese momento. Si fuera real, debe de haber sido antes de que muriera, pero no estaba seguro. El episodio iba y venía, a veces antes, a veces después. No tenía ni idea de lo que quiso decir entonces, pero siempre recordaba las palabras.

Lo que ella había dicho tenía más sentido a la luz de las revelaciones de hoy. Estuve sentado allí durante varios minutos y me levanté para ir a la biblioteca, cuando Stanley se asomó.

—Lo siento —le dije—. Debo de haber disparado una de las alarmas. Estaba aquí sentado pensando en Alice.

—Hago lo mismo con frecuencia. —asintió Stanley—. ¿Tiene problemas?

—Supongo que sí.

Le hablé brevemente sobre el ultimátum de Maw, Sarah y mis padres.

—Ya veo. Así es la vida familiar... Pasando a otro asunto, he querido hablarle en privado para darle algo. Está en el depósito y tomará solo un momento.

Stanley abrió la puerta secreta y volvió con un sobre en la mano.

—No pude entregarle esto antes porque había condiciones. Usted debía ser mayor de veinticinco años. Tenía que entregarlo yo mismo, sin que nadie se diera cuenta de que lo recibía. Ese momento no se había presentado, hasta ahora. Cumplí con mi deber. Sugiero que vaya a la biblioteca y que lo lea más tarde.

Me entregó el sobre. Reconocí la letra. Era de Alice. Lo puse en el bolsillo de mi camisa. Mis pensamientos estaban, una vez más, arremolinados.

—Esto es muy inesperado.

—Lo es. Y una cosa más, invoco ahora nuestra promesa de la otra noche. Debe aceptar el ultimátum de la señora Leland. Informaré a Johnny de lo mismo. No aceptaré preguntas. Después de usted.

Stanley sostuvo la puerta.

58

Me serví un escocés grande con hielo y me senté en una cómoda silla al lado de Johnny, quien le hablaba a Malcolm. El barón y el señor Dodge discutían sobre algo que no pude comprender. Mientras esperaba que Johnny terminara, bebí mi trago y me quedé pensando.

Consideré mi sorpresa por la noticia de Bonnie y la ausencia de una reacción similar ante las hazañas de mi padre. Era como si estuviera entumecido en un área e hipersensible en la otra. Con seguridad, un siquiatra se recrearía con esas observaciones, pero eso no cambiaba nada.

La invocación de la promesa era otro asunto. Tenía un efecto material sobre mis decisiones futuras. Podía optar por ignorar las consecuencias, respaldado por mi brújula moral, pero había un elemento desconocido involucrado que podría situarse en el ámbito de la superstición, por un lado, o en el de la prudencia, por otro. Me sentía lo suficientemente nervioso como para no querer contemplar la posibilidad de una retribución kármica. Que Stanley expresara nuestra promesa en un lenguaje ininteligible, implicando una autoridad más alta y oscura, simplemente me impedía ignorar las consecuencias de romper mi palabra. Fue una táctica eficaz. Un punto para Stanley. En mis registros, seguía siendo un bastardo taimado. Podría ser tan frío como el acero o extremadamente útil, dependiendo de una agenda que solo él conocía.

También estaba la carta de Alice. Al menos asumía que era de ella. Tenía que retirarme y leerla, lo que no era una tarea fácil dadas las obligaciones sociales que tenía enfrente. Decidí que leer la carta era la máxima prioridad. Hablar con Johnny le seguía en importancia, y lo demás tendría que esperar hasta que pudiera hacerme cargo.

Le susurré a Johnny que me reuniría con él arriba y me retiré apresuradamente.

Salí por la puerta principal, rodeé la cocina y la sección de los sirvientes. El cielo estaba gris y presagiaba cosas más oscuras. Las ráfagas de viento hacían crujir las hojas de los árboles circundantes mientras los pinos gemían y susurraban. Pasé delante del garaje hasta encontrar el lugar que buscaba.

Había un grupo de siete cipreses al este del prado sur. Cuando Johnny y yo éramos niños descubrimos que podíamos entrar por un extremo al círculo que formaban. Adentro parecía una catedral. Los árboles creaban una bóveda en lo alto y el aire se llenaba del olor a incienso de los pinos. Al final de la tarde, tenues haces de luz se proyectaban diagonalmente hasta el suelo mullido. Era un lugar místico, oculto para los extraños e impregnado de antiguas memorias genéticas de hadas, enanos y druidas. Johnny y yo vivimos y conversamos con ellos durante años, hasta que crecimos demasiado y no cabíamos ya cómodamente en su espacio, y tuvieron entonces que continuar sin nosotros, silenciosos como antes.

Alguien, probablemente Harry, había colocado un banco detrás de los árboles, de modo que no se veía desde la casa, y uno podía estar solo, sin ser observado. Me senté y saqué la carta.

Era de Alice, después de todo. Conocía su letra.

Mi querido Percy, mi pequeña bendición:
No serás más un niño cuando leas esto. Me hubiese encantado verte ya grande, pero el tiempo que me queda es incierto. Mi cuerpo se debilita. Algunos lo atribuyen a una vida de excesos. Mis médicos dicen eso, pero se equivocan. Me aventuré demasiado por los caminos que escogí, y los métodos

que utilicé cobraron su precio. Existen límites, y yo me acerco a los míos.

Escribo esto mientras puedo y se lo he confiado a Stanley para que te lo entregue en el momento oportuno. Él se muestra reticente a hacerlo por razones que entenderás, pero anulé sus objeciones invocando mi lado más oscuro, del que él es consciente. Estás leyendo esto porque Stanley es el hombre que es. Espero que me haya perdonado, pero basta, ya está hecho y aquí estamos.

Quiero relatarte dos incidentes que cambiaron nuestras vidas.

El primero tuvo lugar en Florencia, hace algunos años. Estaba de paso por la ciudad y me detuve en un pequeño hotel para almorzar. Acostumbro pasar desapercibida cuando viajo al extranjero. Elegí una mesa lejos de la vista pública. Una pareja entró y se sentó cerca. Parecía que también deseaban privacidad, y por una buena razón, como lo sabría luego. Estaba leyendo, como lo hago siempre que como sola. Hablaban en voz baja, pero había una intensidad que me llamó la atención y, entonces, el hombre habló con más fuerza. No había lugar a equivocaciones. La voz era la de mi exmarido, lord Bromley. La joven se llamaba Mary. Me enteré en el transcurso de la conversación de que estaba embarazada. Aunque definitivamente él era el padre, lord Bromley declaró en términos inequívocos que no se casaría con ella. Mary le preguntó qué debía hacer. Su consejo fue incisivo y abrupto: «O te deshaces de él o logras que Hugo se case contigo rápidamente». Ella contestó que deberían tener primero relaciones sexuales y lord Bromley lo sabía. Entonces él le dijo que buscara a alguien más. Específicamente, dijo, «Anne sabrá de un posible candidato. Ella tiene muchos recursos».

Y así fue.

El ojo de la luna

Con el tiempo los conocí a todos. Anne se casó con mi medio hermano, John, y Mary es, por supuesto, tu madre. Somos buenas amigas. Dudo de que haya muchas cosas más extrañas y más allá de lo natural que ese momento y sus consecuencias, pero así es la vida. Lord Bromley es tu padre. No puedo decirlo más claro. Me referiré a él como tal en esta carta.

Mary se casó rápidamente y su secreto se mantuvo a salvo. Desafortunadamente, la pareja tenía mucho más con lo cual lidiar.

Fui yo quien aconsejó a John que se ofreciera a tomar al niño y criarlo en su propia casa. Me preguntó por qué, por supuesto, pero le expliqué que yo era consciente de los problemas de la pareja desafortunada y deseaba ayudar. Incluso había reservado un fideicomiso para cubrir todos los gastos futuros del niño. John no pudo objetar y, en realidad, acogió con beneplácito la oportunidad. Él y Anne habían querido compañía para Johnny en forma de un hermano o una hermana, pero ella no había podido concebir de nuevo debido a complicaciones durante el parto de su primer hijo. Fue un regalo que satisfizo sus expectativas más optimistas, y así fue que tú y Johnny se criaron juntos.

John, seguramente, se ha preguntado por mis motivos, pero yo nunca le revelé la verdad a nadie más que a Stanley. Él es un observador muy agudo, y un día reconoció a mi exmarido en ti. Me confrontó con sus observaciones, y nuestra relación es tal que le conté todo. Tuvimos un gran enfrentamiento. Fue la única vez que me pregunté seriamente si seguiría a mi servicio. Estaba tan molesto por mi revelación y tu presencia permanente que me dijo que se iría esa noche, pero yo también tengo mis métodos. Me arrodillé y le agarré las piernas como si fuera una vieja suplicante. Le rogué que no me dejara. Le dije una simple verdad: lo amaba y moriría si me dejaba. Habíamos vivido muchas cosas juntos como para que él supiera la verdad de esa decisión. Casi se va de espaldas cuando dije eso, pero puedo ser muy rápida. Lo mantuve retenido con firmeza. No tuvo otra opción que ceder. Fue la única vez que usé esa arma, y no volveré a hacerlo. Fue cruel, pero las mujeres somos crueles; y si nos provocan, mucho más que los hombres. Cuando obtuve su más solemne promesa de permanecer conmigo, lo solté y le imploré perdón. Dijo que no podía negarme nada, pero que quería una explicación. Ahora te la daré a ti también.

Tener un hijo no estaba entre las posibilidades. Lo supe cuando me casé con lord Bromley. Fui negligente al no decírselo desde el principio. Debería de haberlo hecho. Muchas cosas habrían sido diferentes. Tuve una cirugía cuando era joven. Uno de los efectos colaterales fue que extirparon mis ovarios para prevenir cualquier recurrencia. Fue tanto una bendición como una maldición. No habría vivido la vida que tuve si hubiese podido concebir, pero dejó un vacío. Esto me afectaba de vez en cuando, pero tu presencia me ayudó a llenarlo, y te doy las gracias por eso.

Al principio amaba a tu padre. Realmente lo amaba. Era perfecto para mí. Deberíamos de habernos amado para siempre.

Tenía defectos cuando me casé con él. Lo sabía. No estaba ciega, pero todos decidimos pasarlo por alto. El bien y el mal existen en todos. Sabía lo que estaba haciendo y lo acepté por lo que era. Tu padre tiene una veta de crueldad diferente a la mía. Es caprichoso. ¿Por qué crees que Loki era un hombre? Vale la pena considerar esto en relación contigo mismo en el futuro, pero dejemos eso para más adelante.

Te hablaré del segundo incidente.

El ojo de la luna

Fue en nuestra luna de miel. A tu padre le encantaban los caballos. Probablemente aún monte. Nunca usó un casco de protección. Decía que eran para los débiles y cobardes. ¡Pobre tonto! Una mañana sufrió una caída mientras cabalgaba. Un par de mozos de cuadra, acompañados por el amigo mutuo que nos invitó, lo trajeron inconsciente. Fue en Shropshire y, aunque llamaron rápidamente al médico, pasaron varias horas antes de que pudiera llegar y examinarlo. Tu padre recobró más tarde el conocimiento, pero no antes de que el médico me hubiera llamado a un lado para advertirme sobre la gravedad de la lesión. Me dijo que esperara un cambio en su personalidad o, al menos, un cambio en el comportamiento similar a los que tienen quienes han sufrido un derrame cerebral. Hubo daño y probablemente coagulación en el cerebro, pero las instalaciones que tenía disponibles para tratar la lesión no eran adecuadas. Mi esposo necesitaba trasladarse a un hospital lo antes posible. Era muy urgente.

Una vez que tu padre recobró la consciencia, traté de persuadirlo para que buscara cuidados adicionales, pero se negó. Teníamos una agenda que cumplir y dijo que se recuperaría sin ningún efecto negativo. Fiel a su predicción, al día siguiente se recuperó completamente y volvió a ser él mismo. Y así parecía, hasta que viajamos a Italia. Fue allí donde la reacción retardada finalmente apareció.

No voy a extenderme y solo diré que sufrí terriblemente por los cambios que le invadieron. Nuestro matrimonio se disolvió mientras mi corazón se desangraba en lágrimas y mi voluntad de continuar se desvanecía con cada una de ellas. Hacia el final, peleábamos constantemente, y una noche en Rhinebeck, en un ataque de rabia, finalmente le dije que había sido estéril toda mi vida y que me alegraba porque de esa manera podía asegurarme de que su linaje moriría con él.

Nada de lo que dije antes o desde entonces afectó tanto a alguien como esas palabras. Vi con horror que en su corazón me amaba desesperadamente a pesar de la enfermedad mental que lo consumía. Hasta que nos conocimos, él nunca supo lo que era verdaderamente la emoción, pero con mis palabras crueles y deliberadas maté lo poco que quedaba, como si le hubiese clavado un cuchillo en el pecho. Yo también morí esa noche. En nuestra locura, y en la mía, sobre todo, logramos destruir lo más preciado que teníamos. Creo que los dos nos volvimos locos entonces. En realidad, estoy segura de que así fue. Él, porque yo maté su capacidad de amar, y yo por la misma razón. Nunca me perdonó por eso y nunca le perdoné por lo que siguió. Te ahorraré los detalles. Si debes saberlo, habla con Stanley. Te lo dirá, o no.

Algún tiempo después, luego del divorcio, casi mato a tu padre de un tiro. Fue en las selvas de Ecuador.

Lo que me detuvo fue el eco del amor que compartimos, y doy gracias por eso. Si lo hubiera hecho, no habrías nacido y mi vida habría sido mucho más estéril.

Nunca opté por mostrar mis sentimientos hacia ti, no porque no existieran, sino porque fue así como Stanley y yo acordamos seguir adelante. Ambos decidimos no actuar. Yo no expreso mi afecto y él no expresa su enemistad. Él odia a tu padre, no solo por lo que me hizo a mí, sino por lo que él no pudo hacer por sí mismo: protegerme del daño. Para mí, eres un recuerdo vivo de una felicidad breve, pero radiante; para él, eres un recordatorio constante de su impotencia y su fracaso para mantenerme a salvo. Lamento muchísimo su angustia. Se merece algo mejor. Es el más bueno de los hombres.

Tengo dos cosas más que decirte.

El ojo de la luna

Si la vida nos ha dado regalos, ¿qué adeudamos por desperdiciarlos? ¿A quién le debemos exactamente y cuál será el pago?

Las Furias, las Erinias, como las llamaban los griegos, nunca fueron particularmente amables. Su tormento más severo era la locura. Muchos pueden olvidarlas, pero eso no significa que estén muertas. Viven. Las he visto. Esta es una advertencia para ti por lo que está por venir. No es una amenaza, pero sería irresponsable si no te hablara de las consecuencias.

Puse la casa de Rhinebeck en un fideicomiso y las provisiones para su mantenimiento en otro. Mi medio hermano es el fideicomisario de ambos, pero con un beneficiario anónimo ya elegido. Ese beneficiario eres tú, si deseas aceptarlo. Las asignaciones se encuentran anexas.

Serías responsable de la casa y de todos sus contenidos, tanto físicos como de otro tipo, incluyendo las bibliotecas y los artefactos. Es una carga pesada. La falta de atención a los intereses intangibles que residen aquí acarrea graves sanciones y consecuencias desconocidas. Piensa en esto cuidadosamente antes de aceptar. Lo que se considera un regalo puede que no lo sea.

Por último, querido, atiéndeme, porque esto es lo que considero más importante:

No sé si es verdad que las incorrecciones de los padres vuelven sobre los hijos y sobre los hijos de los hijos. En el Éxodo se dice esto, pero la Biblia y yo nunca fuimos muy cercanas. Fue la caída lo que quebró a tu padre. En los días soleados, antes de que sucediera, él y yo nos amábamos y nos ayudábamos mutuamente. Yo evitaba que recorriera los oscuros caminos de su pasado, y él hacía lo mismo por mí. Se suponía que sería así para siempre, pero no lo fue. Sin amarras, volvimos a nuestros yos inferiores. Ese fue nuestro pecado.

Ivan Obolensky

Tienes la capacidad para lograr grandes cosas, pero también el potencial para los excesos de tu padre. Siento ansiedad por ti. Tal vez solo sea la preocupación natural de una generación que mira a la siguiente. El tiempo dirá si tienes la fortaleza y la capacidad para hacerlo mejor. Pienso que eres capaz y rezo para que así sea, pero tal vez desees considerar este consejo:

Rodéate de buena gente. Encuentra a alguien fuerte para amar, y que retribuya tu amor. Haz que dure tanto como puedas. Sé que estas palabras son ciertas. Funcionaron para mí por un tiempo, hasta que intervinieron poderes mayores que los míos. A pesar de la brevedad de ese período de felicidad celestial, me ha sostenido durante el resto de mis días y noches.

Ojalá hubiese conocido a Stanley antes. Es lo único que lamento. También desearía haber podido tener un hijo, pero tal vez lo tuve.

Amor por siempre,
Alice

PD: esta noche te dije que tú y yo somos de dos mundos y que vivimos en el crepúsculo. Viajamos por el filo entre la luz y la oscuridad. Tú sabes la verdad, pero entiende que ahora tienes varios nombres. Elige el que desees. Conviértete en el que quieras. Que los antiguos continúen bendiciéndote y protegiéndote. Confía en ellos, porque ellos dependen de ti. Eres lo que mi corazón más quería, pero no pudo concebir.

A.

59

Me sentía bastante aturdido. La carta se me escapó de las manos y las páginas revolotearon, esparcidas por el viento. Me levanté sobresaltado del banco. Reuní las hojas tan rápido como pude y las metí de cualquier manera en el sobre, que puse en el bolsillo de mi camisa.

Después de ese sobresalto, no pude hacer nada. Comprendía con mi intelecto y con mi razón todo lo que leí y escuché, pero era como una gran pila de ropa que había que clasificar y doblar. Todo estaba mezclado. Tuve que repasar el caso, parte por parte, pero las implicaciones y mis elecciones potenciales siguieron luchando entre sí. Mi parte intuitiva se divertía tranquilamente. Yo no. La intuición me sugería que no hiciera nada hasta que tuviera un plan y que lo que necesitaba era tiempo para ordenar las cosas. Resultaba fácil decirlo, pero la razón me decía que el tiempo era una mercancía escasa. ¿Qué podía hacer? Mi intuición respondió: «es exactamente el punto». No había discusión posible.

Consideré, más bien, las sugerencias de Alice.

Estaban Bruni y Johnny. Eran buenas personas. Podría hablar con ellos. Era una idea sensata, pero, al final, lo que hiciera dependía de mí, y eso era lo crucial del asunto. Sentí que debía actuar de alguna forma, pero entendía todo y a la vez nada. Las líneas divisorias de la lealtad que antes parecían obvias ahora eran vagas. Nadie era quien parecía ser. Era fácil volverse paranoico y cometer alguna estupidez. Y luego estaba Rhinebeck. Era mucho más que sus terrenos y edificios. Resultaba aterrador de maneras que aún debía entender. No hacer nada parecía la mejor opción. Mis pensamientos daban vueltas sin parar.

—¡Cállate! —grité finalmente.

—Aquí estás —dijo Johnny, rodeando los cipreses—. Te busqué arriba, pero Robert decidió que era hora de tomar un poco de aire y me trajo hasta aquí. No he estado en este lugar en años. Buena elección. ¿Estás bien? Te ves un poco alterado.

Se había cambiado a su vestimenta de granjero inglés, con una chaqueta verde oliva de tres cuartos de largo y botas Wellington verdes con suelas amarillas. Yo necesitaba un amigo y él era el mejor que tenía. Me preguntaba qué diría sobre las revelaciones de Alice y sobre el asunto de Stanley. Stanley y yo nos pondríamos de acuerdo o las cosas se complicarían. La idea de Rhinebeck sin él no era muy halagadora y, ¿qué pensaría Johnny acerca de que Alice me hubiese regalado la hacienda?

—Toc, toc —dijo Johnny—. ¿Hay alguien en casa? No me lo digas... Bruni te dejó por otro hombre.

Tomé un respiro y me calmé.

—No, no lo hizo. Yo mismo me estaba enloqueciendo un poco. Primero, me alegra verte. Segundo, estoy un poco fuera de lugar en todo sentido. Esta parece ser una condición continua, pero esperemos que no sea terminal. Se rumorea que el día acabará, pero puede que no. Si no termina, diría entonces que sigue el curso de las cosas peculiares de las últimas horas. ¿No tienes por casualidad una botellita y algunos cigarrillos encima?

—¿Así de malo es? Bueno, por suerte para ti, el doctor está de turno, y tengo las dos cosas. Debemos ponernos al día y este es un buen lugar para hacerlo. Nos encantaba este sitio, ¿recuerdas? Voy a dejar al joven Robert sin correa y podrá hacer lo que quiera, por ahora. Por cierto, estás blanco como una sábana. No, estás más ceniciento que blanco, pero es el tono verdoso lo que me molesta. ¿Te sientes enfermo?

—No, solo demasiado estresado.

—Tú y yo, ambos. Stanley invocó esa promesa, que me sorprendió muchísimo para empezar, pero quizás lo repasemos en un momento. Ahora mismo, necesitamos medicamentos serios. Permíteme.

Johnny sacó de un bolsillo una licorera portátil de un tamaño sorprendente y un paquete de cigarrillos del otro.

—Solo tengo una copa, me temo —dijo Johnny—. Tendremos que compartirla. Sirvió del recipiente y me lo pasó casi lleno hasta el borde.

—Bebe.

Bebí todo el trago y devolví la copa. Pensé en Bonnie y en nuestras similitudes. Me preguntaba si ella se sentía así todo el tiempo. Quizás yo también podría estar descendiendo a la madriguera del conejo y bebiendo para ponerme en un estado de torpe indiferencia. Mi mente no se detenía.

—Johnny, hazme un favor. Pégame en la cara, no muy suave, pero tampoco con mucha fuerza.

Johnny me golpeó y después se sirvió un trago de la licorera.

—¿Mejor? —preguntó.

—Jesús —grité. Los oídos me zumbaban—. Dije que no muy fuerte. Pero... ahora estoy mejor. Es más, mucho mejor. Gracias. Realmente lo necesitaba.

—Para eso están los amigos. Ahora, cuéntale al doctor Johnny todo sobre tus problemas.

—Apenas sé por dónde empezar, así que iré de atrás hacia adelante. Lee esto y cuando termines no digas nada. Simplemente, no lo hagas. ¿De acuerdo?

Johnny dejó la copa y leyó. Se mantuvo impasible mientras leía la carta y se detuvo una o dos veces para volver sobre algunos renglones. Luego elevó la mirada.

—¡Tú... tú, bastardo! —siseó, mirándome a los ojos.

Mi corazón se encogió.

—Eres un verdadero bastardo. ¿Lo sabes?

No pudo mantener su cara seria y se echó a reír.

—¿De verdad? ¿Es todo lo que tienes que decir?

Mi corazón se recuperó y empecé a reírme. Me contagiaban su risa y su buen humor. Después de todo, ¿qué más había?

—Amigo mío, mi amigo —dijo Johnny agarrando mi hombro—. Solo hay una solución para tus problemas.

—Dímela.

—Bebe abundantemente y muchas veces al día. Te haré una receta. Ahora, en serio, esto puede ser una noticia para ti, pero sospeché de tu sucio linaje desde hace un buen tiempo. Nunca lo mencioné. Te conozco demasiado bien, y solo te habrías vuelto loco. Te miras todos los días al espejo cuando te afeitas, ¿no? ¿Nunca te pasó por la cabeza? ¿De verdad? Vamos.

—Nunca jamás.

—Estás ciego como un murciélago.

—Ese hecho se mencionó antes. ¿Crees que otras personas lo sepan?

—Tal vez, pero ¿realmente importa? Lo admito, a Stanley sí, pero ¿a mamá y a papá? Les importaría un comino. Deben de saberlo, por supuesto. Mary y mi madre eran inseparables, y ella se lo habrá dicho a mi padre, con absoluta certeza. Se cuentan todo. Ahora, piénsalo, esto tiene algunas ramificaciones interesantes. Maw, por ejemplo. ¿Y el barón? Parece que miraron en el lugar equivocado todo el tiempo; pero, entonces, tu supuesto padre y tu verdadero padre tienen una similitud pasajera. Con un corte de pelo diferente y algunas otras cosas, podrías ser la viva imagen de una versión más joven de lord Bromley. Esto tiene algunas posibilidades sugerentes. Habría que pensarlo un poco, aunque, a decir verdad, en alguna parte hay un plan. Me llegará tarde o temprano.

El ojo de la luna

—Johnny, ¿esto no te molesta? Quiero decir, soy el hijo de lord Bromley, el archienemigo y engendro de Satanás.

—Puede que lo seas, pero creo que ambos vamos en la misma dirección. El fuego de tu infierno quemará nuestro hogar; me trae esperanza la nueva administración. Oí que tendremos mejores asientos. Pero, en serio, ¿qué crees que cambia esto? ¿La persona que eres? ¿Cómo podría ser? Podría significar que tomes decisiones diferentes en el futuro, pero, en realidad, ¿qué cambió? Nada y todo, es verdad, pero la mayor parte está en tu cabeza. Piensas demasiado. Siempre lo dije. Somos como hermanos y siempre lo seremos. Nada de lo que hagas o digas puede cambiar eso, así que cálmate. Tómate otra copa, fuma y relájate mientras entro en los detalles.

Johnny sostuvo la carta y la sacudió.

—Estas son todas noticias, noticias picantes. Tiene mucho sentido. Finalmente, lo entiendo. Pero la mejor parte es: ¡felicitaciones!, nos quedamos con el lugar, pase lo que pase. Eso es realmente estupendo. Está lo de Stanley, por supuesto. Tienes toda la razón. Realmente no le caes bien.

—¿Sabes?, he oído eso muchas veces hoy.

—Bueno, con seguridad, de él sí. Los otros solo piensan que no les caes bien. Pero, volviendo a Stanley, nos engañó, aunque en guerra larga siempre hay desquite. Mira, los dos estamos en esto. ¿Cuándo no hemos pensado en un plan brillante? Solo necesito mi bloc de notas y un lápiz. Lo tenemos controlado. De verdad.

—Johnny, no sé qué decir.

—Bueno, no digas nada. Ahora, mencionaste que veníamos de atrás hacia adelante. ¿Qué más hay?

—Fui al apartamento de Alice después del sermón de Bonnie. Por cierto, esa mujer ha sido seriamente subestimada. No tiene un pelo de tonta. Debo de haber disparado una de las alarmas, porque Stanley entró, me dio esta carta y luego me impuso el cumplimiento de la promesa. Dijo que yo debería aceptar el ultimátum de Maw y se negó a responder preguntas o a hacer comentarios.

—Sí, me informó lo mismo después de que dejé la biblioteca. Esta carta nos da algunos antecedentes sobre la razón de esa decisión. No estoy seguro de si estaba al tanto de lo del beneficiario, pero sospecho que leyó la carta poco después de que se la entregaran en custodia. Aún no he hecho una contramovida, pero lo pensaré. Mencionaste a Bonnie. ¿Cómo te fue con ella?

Le hablé de toda nuestra conversación.

—¿Qué pasa entre las mujeres y tú? Es como si tuvieras algún tipo de feromona activa. Nunca vi nada parecido. ¿Te sucede todo el tiempo?

—Parece estrictamente un fenómeno de la costa este. No puedo explicarlo.

—Probablemente sea genético, pero volvamos a lo que tenemos entre manos. Esa bomba de Sarah es otra cosa alucinante. Parece que nuestras familias tienen secretos oscuros. Es un as bajo la manga que debe usarse con cuidado, pero estoy seguro de que lo sabes. Tengo algunas ideas, pero dejémoslo por ahora. ¿Siguiente?

Le hablé de Bruni.

—¿Más felicitaciones en el orden del día?

—No. No llegó hasta allá. Lejos de eso, pero tenemos un futuro. Necesita trabajarse.

—Es encantadora y me alegro por ti. Pero tengo una pregunta. ¿Se convierte, eventualmente, en lady Bromley o pasará a ser baronesa? No tengo ni idea de cómo funciona todo eso.

—Si es ciudadana norteamericana, no será ninguna de las dos cosas. Te estás adelantando demasiado, como de costumbre, pero es uno de los muchos puntos extraños que con el debido tiempo

El ojo de la luna

estoy seguro de que se volverán muy familiares. Ahora estás al día con mi mundo. ¿Y el tuyo?

—Hablé con Malcolm. Un tipo interesante. Le pregunté sobre Alice. La conocía desde hace años. Ella y lord Bromley estuvieron en la hacienda de su padre durante su luna de miel. Allí la vio por primera vez.

—¿Crees que fue allí donde ocurrió el accidente? —lo interrumpí.

—No lo mencionó, pero no vas a muchas propiedades en Shropshire de luna de miel. Seguro que hay un hilo ahí. Dijo que hacia el final, Alice estaba mal. Había perdido peso. Organizó una fiesta la semana antes de morir. Era de disfraces y el de ella era egipcio por completo. Dijo que lucía como tal. También mencionó que alguien apareció, en burla, como lord Bromley. Fue de muy mal gusto y la afectó gravemente. Le pidieron a esa persona que se fuera. Antes de que me olvide, es interesante que tu padre no haya hecho nada para contactarte. Hasta donde yo sé, no tiene ningún otro descendiente. Es otra de esas cosas que hay que dejar a un lado, pero no olvidar... De vuelta a Malcolm. Ha tenido tratos financieros con todos aquí, excepto con Maw, creo. Su afición son los caballos de carreras y hasta tiene un Aston Martin.

—¿Uno de esos DB5? —pregunté.

—Sí, me temo que sí.

—Maldición. Me gustan esos. ¿Recuerdas cuando una Navidad tu padre nos regaló a cada uno, en broma, una versión de juguete? Estaba muy contento de darnos el auto de nuestros sueños. Éramos demasiado viejos para un juguete y demasiado jóvenes para permitirnos el lujo del modelo real. Te las arreglaste para perder el tuyo ese mismo día.

—Estoy seguro de que fue el tuyo el que se perdió. Qué rápido olvidas.

—Johnny, soy mucho más organizado. Tú, no tanto.

—Es por eso que te llevaste el mío, después de perder el tuyo.

—No es verdad. No es cierto.

Sonreí. Johnny y yo teníamos un montón de recuerdos, cada día era una aventura y nos metíamos constantemente en problemas de un tipo u otro. Nada había cambiado en ese sentido.

—Las cosas no serán lo mismo en adelante —dije.

—No, no lo serán, pero eso no es malo.

—Supongo que no. Por cierto, gracias por ser mi amigo. Realmente me ayudaste a estabilizarme. Tendremos que manejar el ultimátum de Stanley. La tercera cosa que tengo para hoy. Estoy bastante seguro de que es un récord. ¿Alguna información más sobre Malcolm?

—No, pero durante el almuerzo, Maw me preguntó si había hablado contigo.

—¿Qué dijiste?

—Le contesté que no creía que fuera una conversación de mesa.

—Eres malvado.

—Lo soy.

El viento refrescó.

—Se acerca una tormenta. ¿Crees que es un presagio?

—Sin duda alguna. ¿Recuerdas la primera regla de la profecía y el pronóstico?

—Todos los presagios son buenos.

—Exactamente, así que anímate. Ganaremos al final. —Johnny miró a su alrededor—. ¿Has visto a ese desgraciado perro?

—No.

—Maldita sea. —En un estallido de energía, Johnny se levantó—. Bueno, ya no más. Cualquier otra cosa tendrá que esperar. Vamos. Levántate. Que parezcas vivo. Tenemos que encontrar al perro y pensar, antes de la cena, en un plan para gobernar el mundo. Estamos en el juego y en la cacería. Estamos hechos para esto, así que, de prisa, sígueme. Debe de haberse ido por aquí.

Johnny se fue a buscar al desgraciado de Robert. Me levanté y lo seguí. Me sentía mejor. Johnny tenía sus métodos. Sabía cómo manejarme y lo amaba por eso.

60

Robert estaba con Bruni y Elsa, quienes caminaban al otro lado del prado. Trotaba satisfecho al lado de las dos mujeres, mientras nos acercábamos.

—Lo encontraron —dijo Johnny.

Elsa saludó y Bruni se rio. La joven Von Hofmanstal respondió:

—No, él nos encontró. Esta es una coincidencia oportuna. Johnny, ¿por qué no volvemos a la casa y dejamos que ellos dos hablen? Ya que crecieron juntos, podrás contarme sobre los secretos más profundos y oscuros de Percy. Me interesan, sobre todo, los que sirvan para chantajearlo. Vamos.

Partieron tomados del brazo. Bruni parecía feliz y vital. Elsa tomó, a su vez, mi brazo. Vimos cómo Bruni y Johnny regresaban, con Robert siguiéndoles los pasos. No necesitaba la correa cuando estaba con Bruni. Yo esperaba que Johnny pudiera recibir algunos consejos suyos, pero tenía la seguridad de que el tema de los perros no saldría a relucir. El último comentario de Bruni me produjo una punzada, pero confié en el juicio de Johnny sobre qué decir o qué no. Con el tiempo, ella se enteraría de todo sobre mí, así que el método no me preocupaba mucho. Sentía que Bruni era un poco posesiva y también un tanto entrometida.

—Así que, ustedes dos son una pareja inseparable, según dicen. —Elsa me hizo regresar por donde había venido.

—Supongo que lo somos.

—¿La amas?

—Creo que sí. Es algo que necesita un tiempo de crecimiento antes de florecer.

El ojo de la luna

—Una respuesta considerada. Los hombres miran sus sentimientos y los hurgan para ver si son reales. Las mujeres saben lo que saben y son menos reservadas. Es una buena chica y mi amiga. Para una madre y su hija tener una relación así resulta una bendición. La amo y no quiero que nadie la hiera ni la lastime.

—Tampoco yo.

—Me dijo que querías conversar conmigo primero acerca de una charla con su padre. A Hugo no le caes bien, y eso hará las cosas difíciles en todos los frentes, pero tú lo sabes. Puedo interceder por ti ante él, sin garantías.

—¿Quieres hacerlo?

—Es lo que debo hacer.

—Preferiría que lo desearas en vez de que fuese una obligación. El resultado podría ser el mismo, pero la motivación me preocupa.

—¿Quieres saber si te apruebo?

—Supongo que sí.

—Tengo reservas.

—¿Cuáles, si puedo preguntar?

—Te lo diré, pero no te gustará. Durante años he evaluado y observado para Hugo a los participantes en una transacción, para sopesar sus fortalezas y debilidades. Haré lo mismo contigo.

—Dime.

—Muy bien. Eres inmaduro, a pesar de tu edad, y soportas el dolor como un niño. Eres tentativo y no decisivo. Guardas secretos. Eludes la verdad, haciendo omisiones. Buscas lo que podría salir mal en lugar de lo que podría salir bien. Eres naturalmente pesimista. Te dirigen fácilmente porque no confías en tu juicio. Tratas de ver solo lo mejor de ti mismo y de los demás. Esto hace que no veas las motivaciones básicas de aquellos que te rodean y de ti mismo. Por lo tanto, te engañan fácilmente. Albergas una ira profunda que deseas ocultar, pero de la cual tienes miedo, y que te impide actuar por temor a desatarla. Dices lo que los demás quieren oír en vez de lo que piensas, porque quieres agradar. Ocultas en lugar de abrazar todo lo que eres. Podría continuar...

—Esa es una gran letanía de faltas.

—Hay otras.

Me pareció que era una lista sombría, pero no falsa. No sabía cómo continuar, pero lo había pedido. Más tarde examinaría con cuidado lo que me dijo. Ella era muy observadora o yo muy superficial y transparente. Tal vez las dos cosas eran ciertas. Seguí hablando lo mejor que pude.

—Tienes toda la razón. No me gusta y, dados esos atributos, entiendo tus reservas. Así que hablarás con tu marido por el bien de tu hija, no por el mío.

—Así es.

—¿Tengo alguna cualidad que me redima?

—¿La tienes?

—Tú y yo sabemos la respuesta. Aunque no puedo estar en desacuerdo con tu valoración, existen, sin embargo, algunos atributos. Soy leal, por ejemplo. De otra parte, observo las buenas cualidades de la gente. Por ejemplo, admiro y agradezco tu disposición de apoyar a tu hija a pesar de tus recelos.

—La conozco lo suficiente como para intentar disuadirla.

—¿Estás celosa de ella?

Las palabras se me escaparon antes de que tuviera la oportunidad de contenerlas.

Elsa se detuvo y yo también. Me miró.

—El comienzo del amor es el mejor de los momentos. No tiene igual. Estoy celosa de ti por eso. Estoy celosa de ella. ¿Por qué no debería estarlo? Ambos son afortunados de ser jóvenes. No se miran en el espejo todos los días y le preguntan al reflejo cómo envejecieron tanto, cuando por dentro se sienten como niños.

Tampoco puedo tenerte a ti y eso es, igualmente, un recordatorio desagradable e insultante.

—Así que, crees que perdiste tu encanto.

—¿Qué encanto?

—Tu toque mágico; el hechizo que hace que los hombres sucumban ante ti.

—Ahora te estás burlando de mí, supongo que lo tengo merecido por echar en cara tus peores faltas.

—Elsa, nunca dudes de mi admiración. Me cautivaste en la cena la otra noche. No quisiera pensar lo que podría haber pasado en otro momento.

—¿No te habría gustado?

—Hubiese sido una complicación de una magnitud extraordinaria. Claro que me hubiera gustado.

—Seguro que te habría gustado —dijo Elsa abrazándome.

—Seguiré adorándote desde lejos.

—Ahora realmente te estás burlando de mí.

—Sí y no. Eres una mujer extraordinaria. Te admiro y siempre te admiraré. Lo sé. Estoy realmente encantado de tenerte en mi vida.

Me mantuvo a cierta distancia y me miró.

—Te agradezco por eso. O eres mucho más peligroso e inteligente de lo que pensaba o estás dotado de una habilidad asombrosa para calmar y conciliar, lo cual es raro. Serás bueno para Bruni. No será tan fácil con su padre, pero tienes mi bendición y mi buena voluntad. Lo he decidido. —Tomó mi brazo y siguió caminando—. Eres especial. Puedo apreciar lo que Bruni ve en ti. Nos llevaremos bien.

—Así será. Dime, ¿qué es lo que el barón tiene contra mí?

—Te pareces a él.

—¿A quién?

—A lord Bromley.

Me detuve en seco. Me preguntaba si todo el mundo lo sabía.

—Vaya, Elsa. Pensé que era por lo de Mary y el duelo.

—También por eso.

—Tal vez sea mejor que me lo expliques.

Habíamos vuelto a los cipreses. Nos dirigimos al banco que Johnny y yo acabábamos de dejar. Parece que estaba teniendo mucho uso. Nos sentamos. El viento había menguado. Iba a llover, pero esperaba que no antes de que Elsa explicara su último comentario.

—Hugo y lord Bromley tuvieron muchos tratos en negocios y antigüedades. También son coleccionistas y, en esta faceta de su relación, son rivales.

»No me cautiva tanto la fascinación que sienten por los espíritus y la magia negra. Para ellos, es una obsesión. Para mí, un negocio. Acompaño las inclinaciones de mi marido porque los objetos tienen un valor intrínseco. En lo que a mí respecta, un activo es muy parecido a otro. Tenerlos no representa un problema de liquidez y algunos son bastante hermosos. Otros no lo son, pero tienden a ser los más deseables. Con los hombres siempre se trata de poder e influencia. Con las mujeres todo es cuestión de practicidad. Queremos valor por nuestro dinero. Hugo mira el prestigio y la influencia que una pieza pueda representarle, mientras yo compruebo el precio. Lo respaldo en sus búsquedas manteniendo la economía en primer plano. La adquisición es una de las razones por las que nos invitaron y por la que estamos aquí. Bruni está disponible para manejar las finanzas. No quiero desinflar tu ego, pero eres un plato de acompañamiento, no el principal.

Elsa se acercó y me dio una palmadita en la mano.

—Uno muy sabroso, podría agregar. Creo que Bruni ha tomado algunas decisiones correctas. Una de las cosas que me contó fue su determinación de establecerse y ser feliz. Me preocupa. Su vida carece de armonía y creo que ahora sería posible cambiarla. En el fondo, estoy encantada y quiero que lo sepas. Pero volviendo a lo que estaba diciendo...

»Cuando se trata de colecciones, la más grande y mejor gana. Los objetos más íntimamente ligados a la muerte son los más preciados de todos. La media hermana de John, Alice, poseía algunas piezas extremadamente poderosas. Están en el mercado y los compradores se reunieron para averiguarlo. Lord Bromley y Hugo son dos de los coleccionistas más grandes y fanáticos de tales artefactos. Malcolm Ault es el agente de lord Bromley. Es un comprador hábil, aunque parezca un payaso. He estado jugando con él y eso lo desconcertó muchísimo, me alegra decirlo. También se sabe que la señora Leland se metió en esto, pero no conozco sus razones. Creo que ella también es una postora. Estamos reunidos y esta noche no solo es el aniversario de nuestros anfitriones, sino también la ocasión en que se compararán las ofertas y, quizás, se tome una decisión o, a más tardar, mañana. Todo esto tiene relevancia en cuanto a tu presentación con Hugo.

»Se molestó mucho cuando te vio. Se toma su colección muy en serio. Era como si su competencia estuviera justo ahí, frente a él. La coincidencia es un asunto muy delicado en su mundo. No existe. Es lo que ellos creen. La sincronicidad lo es todo. El tema es muy grave. Significa que otras fuerzas están trabajando... ¿Fue eso una gota de lluvia?

—Creo que sí, y otra más. Será mejor que regresemos —dije. Elsa y yo nos levantamos y empezamos a caminar hacia la casa.

—Ahora entiendes mejor. En cuanto a ese duelo con tu padre —dijo Elsa cuando llegamos a las puertas francesas—, es un asunto menor. No hubo vergüenza allí y Hugo tiene todas las razones para apreciar que haya sucedido. Nunca habría atraído a una diosa como yo para casarse con él si estas cosas no se hubieran dado. Tiene una veta brutal, que considero bastante deliciosa, pero lo más importante en lo que a ti respecta es que es un hombre fuerte, con principios, que posee una mente aguda con la cual se puede razonar. Encontraremos una manera. Gracias por este paseo. Te veré esta noche, pero una cosa más: será mejor que te sientes a mi lado en la cena. Al diablo con la sincronicidad. Solo asegúrate de ello. Hablaremos un poco más sobre cómo manejarlo.

Me dio un beso en ambas mejillas y entró en el salón. Acababa de empezar a llover copiosamente.

61

—Entonces —dijo Johnny—, la madre de la hermosa doncella te encontró aceptable y dio su bendición.

Johnny estaba recostado en el sofá y Robert dormía una vez más en su canasta. Johnny lo había cubierto con su abrigo. Sus ojos negros se abrieron un momento cuando entré y luego volvieron a cerrarse. Se acurrucó bajo el abrigo y desapareció de vista por completo.

—Al final lo hizo, pero me temo que hay más noticias preocupantes.

—¿Por qué no me sorprende? Dime.

—Según Elsa, me veo como un lord Bromley joven y eso impactó al barón en nuestra primera reunión. Lord Bromley y el barón, como sabemos, son rivales en la adquisición de antigüedades ocultas y no le gustó ver una versión más joven de su competencia en el salón, lo que me lleva a la revelación más significativa: el propósito de la pequeña reunión de este fin de semana. El aniversario es una parte, pero, además, se hará también una subasta a ciegas de varios tesoros de Alice. Las ofertas ganadoras se anunciarán esta noche o mañana, a más tardar.

—¿En serio? —Johnny se sentó—. Es algo inesperado, pero encaja. ¿Mencionó quiénes son los postores?

Me senté en una de las sillas y le conté lo que ella me dijo.

—En la puja están el equipo Baron von H., con Elsa en el papel de asesora de valoración y Bruni aportando liquidez; el equipo lord B., con Malcolm como su agente; y el equipo Maw, vaya uno a saber por qué. Bonnie es un comodín. Puede que esté o no en la competencia, pero posiblemente nos dé una sorpresa como postora.

De ser así, creo que espera comprar todo el lote y luego venderlo a los demás con descuento, siempre y cuando obtenga ciertos favores. Es lo suficientemente lista y, si los otros no están atentos, lo logrará. Tendrán que hacer sus ofertas con eso en mente.

—Malcolm no dijo nada sobre eso, típico de él. No me extraña que esté aquí. Supongo que mi padre es el subastador, pero quizá no. También podrían ser Stanley y mamá. Sea quien sea, alguien está aumentando su capital y eso me preocupa.

—Es alarmante. Estamos al tanto de algunos de los asuntos más relevantes, pero, Stanley o tu madre dirigiendo la subasta... No estoy tan seguro.

—Mamá es muy hábil en esos asuntos. Tu madre y ella pasaron algún tiempo en el comercio de antigüedades, en las ventas y en los trabajos no tan agradables de las casas de subastas. Te sorprendería su conocimiento. Stanley es Stanley, y podría estar actuando de alguna forma como agente. La tía Alice podría haber hecho otras estipulaciones de las que no tenemos noticias.

—Es posible. Nada me sorprende de Stanley. No sabía lo de mi madre y la tuya, pero está el asunto de la procedencia de los artículos que se venderán. Técnicamente, soy el único beneficiario, pero había una cláusula que me permitía ser administrador fiduciario, siempre y cuando tuviera las calificaciones adecuadas y, más en concreto, tengo la última palabra en cuanto a la distribución de la casa y su contenido, si es que se llega a ese punto. No he visto el instrumento de fideicomiso, pero la venta de algunos de los activos físicos significa que ocurrió algo que forzó al fideicomisario a vender. No es un pensamiento que me alegre.

—No, no lo es. Añade otra vuelta más a una situación compleja. En mi opinión, es necesario conocer mejor el estado financiero familiar y pronto. No tiene sentido, a menos que estemos en medio de una crisis grave. Otra cosa complicada es saber exactamente cómo se debe dar a conocer tu situación. Pero el gran problema para mí es que Stanley debe de saber de tu parte, y mis padres también. No es propio de ellos ser solapados, así que no me lo creo. Un fideicomisario tiene el poder de vender, pero tiene que ser en interés del fideicomiso y del beneficiario. Creo que la carta decía que la tía Alice arregló el mantenimiento de Rhinebeck. A menos que haya sucedido algo importante que ponga en peligro la sostenibilidad del fideicomiso, no lo entiendo. Por supuesto, una gran pérdida en el portafolio lo explicaría todo.

—¿Puedo esperar que no tenga nada que ver con aquel problema que tuviste al cerrar una de las opciones del negocio con oro?

—Muy gracioso. No, mi padre no me dejó meterme con los fideicomisos familiares, así que no tuve nada que ver con eso. Además, este fin de semana se organizó hace meses. Lo que me molesta es que una vez más estamos a oscuras sobre varios temas importantes. Además de eso, tenemos un problema de tiempo. Debo recordarte que esta noche es de etiqueta, lo que significa que será mejor que empecemos a prepararnos. Sugiero que lo hagamos y que pensemos en todo esto. Estamos intentando ponernos al día una vez más. Odio esta situación.

—Así es y yo también. Hay otro punto que me gustaría destacar: Alice dejó claro que si yo aceptaba la propiedad, sería responsable no solo por los elementos físicos de la casa, sino también por los del otro mundo. Dependen de mí para proteger sus intereses. Ella incluyó una advertencia no tan sutil de que no defender su permanencia tendría consecuencias nefastas; mucho peores, estoy seguro, que cualquier cosa que Stanley pudiera desencadenar.

—Lo leí, pero entendí que también tú podrías contar con el apoyo que brindan, lo que significa que tenemos recursos de algún tipo disponibles para nosotros, siempre y cuando podamos acceder a ellos. Y hablando de promesas, Maw querrá saber lo que decidimos, y Stanley también. Es solo cuestión de saber cómo lo haremos. Pensemos mientras nos vestimos. Creo que sería apropiada una pequeña oración a esas altas autoridades.

—Adelante. Confío en que tienes un traje de etiqueta para mí.

—Claro que sí. Está en el armario.

Johnny fue a recoger mi atuendo mientras yo consideraba otro elemento. No fue casual que me invitaran este fin de semana. Tenía un rol que desempeñar, pero nadie me informó de mi papel ni de mis diálogos. Tendría que crearlos sobre la marcha. Era necesario que confiara en mi habilidad para saber qué hacer cuando llegara el momento. Tenía que hablar con Bonnie otra vez. Tal vez pudiera darme una idea. Ella era un comodín y yo, otro. De lo único de lo que estaba completamente seguro era de que estaba seriamente necesitado de ayuda divina.

Resonó un lejano estruendo de truenos. Robert sacó la cabeza y me miró. Quizás era una señal.

Sería una noche tormentosa. Esperaba fervientemente que la confianza de Alice hubiera estado bien depositada y que yo pudiera estar a la altura. Haría todo lo que estuviera a mi alcance. Nunca conocí los elementos más misteriosos de la propiedad, pero era consciente de ellos. Y ellos parecían estar conscientes de mí. Esa responsabilidad era la que más pesaba. Alice debe de haber sentido lo mismo; y, de hecho, Stanley también.

62

Johnny se fue a acomodar a Robert en la oficina de Stanley mientras yo intentaba sentirme más cómodo con mi cuello de puntas. Estaba en el salón, y había Cristal disponible en una hielera. Solo tendría que tomarme unas copas y esperar lo mejor. Con una cantidad suficiente, probablemente no sentiría nada. Johnny y yo parecíamos sacados de un siglo pasado, pero ese era el código de vestimenta para las festividades de esta noche. A las damas no les debe de haber gustado mucho, aunque, tal vez sí. Era una ocasión y una oportunidad para lucir lo mejor posible.

Bruni entró y se robó toda mi atención. Llevaba un vestido de raso plateado con los hombros desnudos. Al caminar sujetaba la parte delantera del vestido para levantarlo. El zafiro resplandeciente de la noche anterior brillaba sobre su escote. Su cabello estaba recogido y lo aseguraba con una hebilla de diamantes.

—¿Y bien? —dijo ella e hizo una pirueta delante de mí. La gruesa tela del vestido brilló y siseó mientras se movía.

—Espléndido... y un poco más.

Era verdad, estaba deslumbrante.

—No te quedes ahí parado, los demás vendrán en un momento.

—De verdad eres extraordinariamente hermosa. —La sostuve en mis brazos. Besé el lugar entre su cuello y sus hombros. Suspiró.

—Me alegra que lo aprecies —respondió ella alejándose—. Mamá cree que eres divino y te aprueba, su renuencia desapareció. Así que, una cosa está lista, la otra, por resolver. ¿Alguna noticia de última hora?

—Más de las que puedo decir. Ni siquiera sé por dónde empezar, pero creo que hay una cosa que deberías saber desde un comienzo. Dudo si decírtelo, pero...

En ese momento, Malcolm entró apresuradamente. Miró a su alrededor y vio a Bruni.

—Oh, Brunhilde, es un vestido maravilloso. Espero que nos sentemos juntos esta noche.

—Vaya, gracias, Malcolm.

A Bruni le gustó la atención. Le pasé una copa de champán.

—Me temo que dependerá de la manera como barajen.

—¿No es siempre así?

Malcom avanzó hacia el champán en el momento en que Johnny entraba al comedor.

—No se suponía que yo pasara por ahí. Debo decir que Stanley y su equipo se lucieron. Es un despliegue increíble. La tormenta se avecina. Se oye mucho mejor en la cocina.

—Es conveniente —dije mientras le servía champán.

En unos pocos minutos, todos estábamos reunidos. Los hombres vestidos con sus fracs mientras que las damas parecían elegantes aves de vistosas especies. Elsa llevaba un vestido sencillo y devastador, en blanco y negro, que mostraba sus hombros y resaltaba su esbelta figura, a la vez que acentuaba su escote. A su cuello lo rodeaban diamantes de extraordinario tamaño y brillo. Se veía espectacular y lo sabía. El hombre alto junto a mí la miraba con los ojos completamente abiertos, embelesado una vez más.

Maw vestía de negro y lucía gigantescas esmeraldas que compensaban con creces la sencillez de su vestido. Bonnie iba de rojo, con un tono de vehículo de bomberos, y llevaba un collar de diamantes. Tenía recogido el pelo y se había maquillado con gracia. Parecía una persona diferente. La torpeza no se asomaba por ninguna parte. Se había transformado por completo. La señora

El ojo de la luna

Dodge llevaba un vestido sin tirantes de colores coral y negro. Un collar de oro y diamantes rodeaba su cuello. Se sentía cómoda con ropa formal y se movía entre sus invitados comentando lo maravillosos que se veían todos. El equipo de Stanley llegó con copas de champán en bandejas de plata mientras que otros pasaban platos con entremeses de caviar y salmón ahumado. Puede que haya sido por el champán, pero mi impresión era que el volumen de la conversación había subido.

Bruni se ubicó a mi lado y me preguntó:

—¿Qué ibas a decirme cuando Malcolm interrumpió?

—Es complicado —respondí—, y no para los oídos de todos. Tendré que decírtelo más tarde, me temo.

Bruni estaba decepcionada, me di cuenta, pero comprendió que las circunstancias del momento no permitían una conversación íntima. Asintió.

—Lo espero con ansias. Tal vez más tarde, cuando me ayudes con mi vestido.

Con ese comentario, se fue a recorrer el salón. Me distraje con más caviar. Ni siquiera quería pensar en lo que eso significaba. Me acerqué a Bonnie y le comenté:

—Felicitaciones. Luces maravillosa.

—¿No lo dices por decirlo?

—En absoluto. Realmente te sienta bien tu nuevo *look*.

—Si eso significa que te veré más, me lo quedaré.

Me hizo un guiño y se fue a buscar más champán.

Johnny se acercó y se situó a mi lado.

—Veo que se están produciendo cambios. Bonnie mejoró su juego.

—Sí que lo hizo.

—¿Sigues comprometido con nuestro plan?

—Sí, sea cual sea el plan que tengamos. No pude decírselo a Bruni. Dudo que vaya a alegrarse de que la haya mantenido a oscuras y luego revelárselo de repente.

—Mala suerte, pero estoy seguro de que una simple declaración de los hechos hubiese sido insuficiente. Es mejor así, te lo aseguro. Tengo experiencia.

—¿En serio?

—Bueno, no. Al menos no en la escala que estás a punto de embarcarte. Conseguiste llevarlo a un nuevo nivel. Intentaría ser prudente con el licor, pero, una vez más, algo adicional podría tranquilizarte.

Agité la cabeza. Estábamos en manos de los dioses.

Johnny y yo formulamos un plan, pero ambos sentíamos que era impreciso, ya que dependía solamente de aprovechar las circunstancias. Al final abandonamos todo y decidimos dejar que los acontecimientos se desarrollaran mientras disfrutábamos de la fiesta. Todos los indicios señalaban que sería una noche para recordar, aunque solo fuera por las delicias de la cocina.

Después de un período adecuado de conversación entre los invitados, Stanley hizo un anuncio.

—Damas y caballeros, es un gran placer darles la bienvenida a esta cena especial de aniversario.

Apagó las luces en el salón mientras se abrían las puertas a la fiesta. El tema era el oro. Iluminados solo por la luz de las velas, los arreglos de la mesa brillaban con un exquisito esplendor entre los distintos vasos de diferentes tamaños y los cubiertos dispuestos en cada lugar con un orden quirúrgico. Detrás de cada silla cubierta había un sirviente con guantes listo para sentar a cada huésped. La habitación estaba cubierta de luz dorada.

Hubo un silencio, seguido de los comentarios adecuados. Después de todo, me encontré al lado de Elsa, quien ocupaba el lugar a mi izquierda, y con la señora Dodge en la cabecera de la mesa, a mi derecha. Frente a mí estaba Bruni, que resplandecía mientras ponía su servilleta en el regazo. Le encantaban la elegancia y suntuosidad que la rodeaban, y la sensación era evidente en su rostro. A su derecha estaba Malcolm, al lado de Bonnie, y luego el barón, junto al señor Dodge, en la otra cabecera de la mesa. Sentada a su derecha estaba su madre, Maw, con Johnny a su lado, completando el círculo.

La disposición de los asientos en la mesa era sutilmente diferente a la de la noche anterior. Johnny estaba claramente consciente de que Elsa estaba sentada junto a él, y Malcolm no sabía muy bien qué hacer con Bruni o con Bonnie. Giraba su cabeza de un lado al otro. Felicité a la señora Dodge por los arreglos de la cena y por su vestido.

Durante una pausa, Elsa se inclinó hacia mí y me susurró al oído:

—¿Ya tuvieron sexo?

—Elsa, estás siendo malvada otra vez.

—Nada más preguntaba —dijo con una sonrisa nerviosa.

—Solo querías ver si me sonrojaba.

—Eso también, pero se pueden descubrir muchas cosas siendo directos y observando la reacción.

—¿Cómo va todo con el barón? —pregunté en un esfuerzo por llevar la conversación a un terreno más seguro.

—Lo hacemos todo el tiempo.

—Elsa...

Iba a ser una de esas noches. Le encantaba tanto desconcertar como sentarse en una mesa deslumbrante. La despreocupación era su manera de demostrar que disfrutaba, y a juzgar por la primera descarga estaba encantada en todos los sentidos.

Nuestro primer plato llegó. Un montadito de hamachi, huevas de salmón y una hoja de albahaca con una pequeña flor incrustada en el pan. Tenía un toque de wasabi. Al señor y la señora Dodge les gustaba el *sushi*, y esta era la forma que tenía Dagmar de complacer su amor por la comida japonesa en un ambiente europeo. El plato estaba maridado con una copa de un Château Haut-Brion blanco. El vino era celestial.

—Salud, Elsa —dije cuando terminamos.

—*Prost*. —Se inclinó sobre mí, casi recostándose en mi regazo y le preguntó a la señora Dodge—: ¿Cuál es el precio por la cocinera?

—Me temo que no tiene precio. —La señora Dodge sonrió.

Elsa se sentó, feliz. Produjo el efecto deseado. Miré a Bruni y entorné mis ojos. Se rio y agitó la cabeza. Malcolm no podía apartar sus ojos del torso de Elsa. Miré alrededor de la mesa. Todos sonreían y charlaban, incluso Maw. Bonnie me sorprendió mirándola y levantó su copa. Yo hice lo mismo. Tenía la sensación de que no aceptaría un *no* por respuesta. Había pasado por una escasez de mujeres durante años. El trabajo y mis propios problemas dominaron mi vida anterior. El dinero había estado también ajustado. Tal vez nunca me di cuenta, pero desde mi llegada, me encontré atrayendo más atención de la que deseaba. Siempre supuse que sería al revés. Tal vez era un legado. Podía ver que me traería muchos problemas.

El siguiente plato era un tazón pequeño de crema de berros servida fría, adornada con una ramita y encima un poco de crema fresca. Los platos eran pequeños, considerando que había diecisiete cucharas, tenedores y cuchillos diferentes en cada puesto. Iba a ser una larga noche.

Siguió el plato de pescado, era un lenguado con almendras. El vino no se cambió, simplemente porque había pocos que pudieran igualarlo y porque el señor y la señora Dodge eran particularmente afectos a su sabor. No podría culparlos. Funcionó tanto para mí como para el resto de la mesa.

El ojo de la luna

El rosbif, la carne favorita del señor Dodge, vino a continuación, junto con el tristemente célebre Château Lafite. Gracias a Stanley, nuestro robo pasó desapercibido. Justo antes de comenzar con el plato principal, el padre de Johnny se levantó y, después de captar nuestra atención, dijo:

—En nombre de Anne y en el mío, quisiera agradecerles a todos por venir y celebrar nuestro aniversario en esta hermosa mesa. Habría mucho que decir sobre los muchos años que hemos estado juntos. Cada uno brilla con luz propia, y cada año es mejor. El vino que beberán, del que solo tenemos dos botellas, ha estado con nosotros todo este tiempo con el único propósito de abrirse esta noche, en esta ocasión tan especial. Por favor, esperen hasta que todos estemos servidos y después haré un brindis.

Esperamos respetuosamente hasta que cada uno recibió una copa servida por Stanley desde un decantador. Stanley colocó una botella vacía delante del señor Dodge y la otra en el extremo ocupado por la señora Dodge para que pudieran leer las notas que se habían escrito tiempo atrás.

El señor Dodge se puso de pie nuevamente, agitó el vino y lo levantó a la luz. Lo probó.

—Ha durado y se añejó tan bien como nuestro matrimonio. Anne, por ti, mi bella esposa. Estoy muy agradecido contigo.

La señora Dodge se puso de pie y levantó su copa hacia él.

—John, por ti, mi marido. Somos muy afortunados. Bebamos todos. Levantemos las copas.

Miré a mi alrededor. Bruni y Elsa tenían lágrimas en los ojos. El exterior recio del barón se ablandó. Miró en dirección a Elsa y asintió. Ella respondió con la cabeza. Miré mi copa a la luz. El vino era de color rojo oscuro, casi opaco, con un matiz pardusco. Tenía un aroma inusual, pero un sabor suave, seguido de un complejo regusto sorprendentemente extraño. Me recordó algo. Miré hacia arriba y vi a Stanley mirándome. Levanté mi copa en su dirección. Una pequeña sonrisa se esbozó en su cara mientras miraba hacia otro lado.

Hubo un silencio en la mesa, ya que toda nuestra atención se centraba en el sabor del líquido rojo, no del rojo brillante de la sangre arterial, sino del más oscuro de las venas que le han consumido su oxígeno. Una lenta y quejumbrosa cadencia de truenos flotaba tras las gruesas cortinas a mi espalda. Vi a Bruni temblar y nuestros ojos se encontraron. Creí percibir un destello de miedo. Me preguntaba si le temía a los truenos. A mí me encantan, pero los rayos me asustan. Quizás ella sentía lo mismo.

La tormenta que se estuvo formando durante toda la noche había entrado en la casa, y los huéspedes se miraban unos a otros para tranquilizarse. Algo amenazador, aunque indefinido, se acercaba. Nadie tenía palabras para articular el vago sentido de malestar y tensión que el futuro guardaba mientras acechaba al presente, revelándose en destellos sincopados de presagios. Lo sentían. Yo también. Los dioses se reunían afuera. Oí y sentí que se agrupaban detrás de mí en ese momento. Era casi la hora, pero todavía no conocía mi parte. Todo era tan opaco como el vino. Me acordé del líquido de la preocupante botella verde esmeralda encerrada en una antigua caja de plata que Johnny y yo bebimos, siglos atrás me parecía, para sellar nuestro juramento. Muchas cosas habían cambiado. El vino tenía una extraña similitud. Busqué a Stanley, pero debía de haber vuelto a la cocina.

63

No fue muy clara para Johnny ni para mí la razón del arrebato de Maw, pero ambos coincidimos en que se dio hacia el final de la noche, inmediatamente después del sorbete de frambuesa cargado de vodka.

La tormenta se había formado afuera durante toda la noche. Después de un retumbo particularmente violento, Maw se inclinó hacia adelante y llamó la atención de todos en voz alta:

—Quiero saber lo que decidiste. ¿Me oyes? ¡Respóndeme!

Sus palabras acallaron todas las conversaciones. Quienes estaban a su lado miraron alrededor, preguntándose a quién se dirigían sus palabras.

Con su mirada, Maw recorrió la mesa en mi dirección, esperando una respuesta. Johnny y Elsa se apartaron sabiamente de la línea de fuego. Maw estaba un poco alicorada. Era comprensible. Dedicó varias horas a consumir diez platos y a beber varias copas de vinos de crianza, incluyendo uno de origen cuestionable. En realidad, creo que todos estábamos un poco tambaleantes.

Hice lo que pude para aplacar el enfrentamiento, aunque no por completo. Yo mismo había alcanzado ese estado de embriaguez en el que la precaución queda anulada y prevalece la necesidad de decir lo que realmente se piensa. Tomé el camino correcto, pero le respondí con un desprecio apenas velado:

—Estamos aquí para honrar el aniversario de nuestros anfitriones. Este no es el momento ni el lugar.

Había tirado el guante con mi insolencia, y Maw aceptó el duelo.

—Me importa un bledo, pedazo de mierda. Te di hasta el final de la noche. ¡Ahora, respóndeme!

Me puse de pie y todos los ojos se volvieron hacia mí.

—Responderé tu pregunta, pero para el beneficio de los presentes, antes explicaré algo.

—¡No, no lo harás! —gritó ella levantándose también de su asiento.

Las rabietas de Maw eran legendarias, pero solo unos pocos de los presentes las habían experimentado en vivo. Aquellos que las conocían se encogieron interiormente, mientras que los no iniciados quedaron atónitos por su feroz intensidad y su capacidad de intimidación violenta, ocultas hasta ese momento.

Continué.

—Debemos ser claros y precisos en cuanto a lo que está en juego y exijo que haya testigos.

Un trueno seco marcó mi comentario.

—¿Exiges? No harás tal cosa.

La voz de Maw se había vuelto chillona, inusualmente ruidosa y estridente, con un tono propio de los entrenadores de jinetes y caballos.

—Muy bien. Si insistes en mi silencio, entonces rechazaré tu ultimátum, lo que sea que pienses que es, con todo lo que ello conlleva ahora mismo, y tendrás tu respuesta.

Un trueno resonó tan fuerte que la mesa tembló. Por un momento no fue posible decir nada, pues el retumbo avanzaba, hasta que se desvaneció. Cuando finalmente se detuvo, añadí:

—¿Cuál será? ¿O solo inventaste todo esto para intimidarme con tu palabrería?

Mientras hablábamos, las cabezas giraban acompasadamente de un lado al otro. Había ido demasiado lejos, por supuesto. Escuchaba tomar aliento a quienes estaban a mi alrededor, mientras

Maw temblaba visiblemente furiosa, con los puños apretados. Terminé con una mueca de desprecio mientras me sentaba.

—Eso pensé.

Se estaban formando vagos gritos de indignación por parte de todos, pero el chillido de Maw los cortó antes de que cobraran ímpetu.

—¡Cómo te atreves! Tú... tú...

Al darse cuenta de que estaba a punto de perder el control por completo y que ya estaba haciendo un espectáculo, se contuvo, con gran esfuerzo. En un tono más equilibrado, dijo:

—No importa. Si sientes que necesitas aburrirnos, adelante. Al final responderás por ello. Eso te lo prometo.

Se volvió a sentar. Hubo un suspiro audible y generalizado.

—Muy bien. —Me levanté de nuevo y me dirigí a la concurrencia—. Me disculpo por esta intrusión, pero la señora Leland desea saber mi decisión acerca del ultimátum que me dio hoy. Ella declaró que su intención es pasar por alto a sus hijos y hacer de Johnny el único heredero de su fortuna con una condición: que yo desaparezca y regrese a dondequiera que sea el lugar del que provengo, que nunca me comunique con nadie de la familia Dodge y que no responda jamás si ellos me contactan. Además de los arreglos de la herencia, ella declaró que si yo no cumplía, convertiría en su propia causa la destrucción de mis padres y la mía, aunque le cueste todo lo que posee.

—¡Zorra! —le gritó Bonnie a su madre—, ¿cómo te atreves a sacarme? Después de todo lo que hice por ti...

Cualquier indicio de lo que parecía una cena formal estaba a punto de convertirse irremediablemente en una trifulca con agresiones físicas. Para evitarlo, grité lo primero que se me ocurrió:

—¡Alto! Siempre queda la opción de Sarah.

Eso la detuvo. Los detuvo a todos. En el silencio que siguió, el señor Dodge preguntó en voz baja:

—¿Qué tiene que ver esto con mi hermana muerta?

—Desafortunadamente, mucho —contesté.

—Explícate, y no quiero interrupciones. Ninguna, ¿me oyen? ¡Todos ustedes!

El señor Dodge rara vez daba órdenes, pero tenía una cualidad que obligaba al cumplimiento, y él también había consumido una buena cantidad de vino. Era impaciente cuando estaba sobrio, pero, con suficiente alcohol, si lo provocaban, podía ser tan intimidante como su madre. Johnny y yo lo sabíamos bien. Comentaba a menudo que nuestras payasadas juveniles sacaban lo peor de la gente, y de él en particular, con sorprendente regularidad. La intoxicación solo acentuaba su desagrado. Se hizo un silencio después de que habló, roto solo por el retumbar distante de la tormenta, aunque esta pareció también detenerse para respirar.

Miré a mi alrededor. Bruni estaba pálida. En su boca abierta pude ver el borde de sus dientes perfectos. Malcolm se había enterrado en su silla, pero se mantenía atento. Bonnie parecía curiosa, el barón impasible. El señor Dodge tenía la cara ligeramente inclinada hacia arriba, esperando, pero hirviendo por dentro, resentido por la intrusión. Maw miraba su plato. Johnny jugaba con una cuchara mientras Elsa sonreía con sorpresa. La señora Dodge no se veía contenta. Stanley miraba a un punto indeterminado en la pared opuesta.

—Hace años, Sarah tuvo un romance íntimo con mi padre. La señora Leland se enteró y la confrontó. El resultado fue trágico. Solo unos pocos conocen los detalles exactos de esa noche.

Miré a Maw. Había dejado de mirar su plato. Nuestros ojos se encontraron. En ese breve instante, ella entendió que yo lo sabía. Observé que los ojos de Bonnie se abrían un poco más de lo normal mientras yo continuaba.

El ojo de la luna

—Solo declaro hechos. Mi padre hizo lo que hizo y, a los ojos de la señora Leland, él era culpable y debía, por lo tanto, recibir su castigo. Por varios medios lo forzó a irse al extranjero, donde conoció a mi madre. Nací y, debido a algunas circunstancias, me crié con esta familia. El disgusto de la señora Leland se extendió hasta mí y, en procura de librarse de mi presencia, me dio ese ultimátum para el cual desea ahora una respuesta.

—Por razones personales —miré directamente a Stanley— decidí aceptar el ultimátum. Stanley, ¿cumplí o no con mi obligación?

—Ha cumplido.

Esto último dejó perplejos a todos, excepto a Johnny, quien asintió y sonrió. Casi que esperaba que sacara su libreta amarilla y marcara el hecho como consumado. Habíamos completado el primer paso.

—¿Qué fue todo eso? —exclamó el señor Dodge.

—Un asunto privado entre Stanley y yo que no es particularmente relevante aquí, pero que tendrá importancia más adelante. Señora Leland, ¿escuchaste mi respuesta?

—Lo hice y estoy contenta con ella. Será un gran alivio. No soporto verte.

Miré a mi alrededor y noté que Bonnie estaba a punto de explotar, justo en el momento en que el señor Dodge la cortaba.

—Hay algo que no entiendo. Mencionaste la opción de Sarah. ¿Qué es eso exactamente?

—La opción de Sarah es una elección que la señora Leland puede tomar si lo desea. Es una alternativa que no sabe que tiene. La explicaré.

Miré a cada uno de los presentes. Maw palideció. Sabía que algo rondaba, pero no se atrevía a presionar sobre el asunto por temor a lo que se pudiera revelar. Elsa sacudió la cabeza en dirección a Maw y luego hacia mí. Podía sentir que se acababa de descubrir un arma nuclear, pero seguía en entredicho si se detonaría o no. Parecía extasiada. La señora Dodge estaba pensativa. Stanley tenía una extraña sonrisa en la cara. Bruni se había vuelto profesional. No revelaba nada. El barón tampoco había movido un músculo, mientras que Malcolm fruncía el ceño. Parecía confundido. A Bonnie le interesaba y seguía todo el entramado. La paciencia del señor Dodge se estaba agotando y apenas si lograba controlar su temperamento. Había corrientes cruzadas que no entendía y eso lo irritaba. Johnny bebió un poco de su vino.

—Este fin de semana ha estado lleno de sorpresas extraordinarias, especialmente para mí. Mucho de lo que pensaba que era verdad resultó ser muy diferente, en la realidad. Alguien que me impresionó, señora Leland, fue su hija Bonnie. Ella está mucho más capacitada para dirigir sus negocios de lo que usted cree. No pretendo entrometerme en sus asuntos, pero Johnny y yo discutimos esto largamente, porque nos concierne a ambos. Nos gustaría presentar una idea.

»Bonnie se convierte en la única heredera a cambio de lo siguiente: el apartamento de la Quinta Avenida se titula al señor y la señora Dodge de una manera aceptable para ellos. Los bonos, que ahora están en manos privadas —miré directamente a Bonnie y al barón— se dirigen a Dodge Capital. Deben titularse a la corporación, así que, en efecto, quedan redimidos. Además, se acuerda una tregua permanente entre los Leland y los Dodge. No pretendo conocer los corazones y las mentes de nuestros anfitriones, pero tengo entendido que siempre desearon la independencia y esta solución podría ser satisfactoria. Propongo que este acuerdo se sustituya por el de que Johnny sea el único heredero. ¿Señora Leland?

—Me gustaría tener tiempo para considerarlo.

—Ya veo. Tal vez deberías explicar por qué se llama la opción de Sarah...

El ojo de la luna

Maw comprendió inmediatamente y aprovechó la oportunidad que se le abría:

—No, no. Me gusta. Tiene mérito. Lo apruebo, joven, pero la otra parte sigue en pie. Te vas.

—Estoy de acuerdo.

—Entonces tenemos un trato frente a testigos —dijo Maw satisfecha con el arreglo.

Hubo unos cuantos aplausos de alivio.

—Excelente —dije y rápidamente me senté.

El señor Dodge lucía pensativo mientras sopesaba lo bueno y lo malo de este compromiso.

—No era consciente de este ultimátum —dijo—. En principio parece aceptable, pero deberían habérmelo dicho. No quiero más disputas ni más interrupciones esta noche.

Poco a poco su irritación disminuyó, mientras miraba a su alrededor.

Bonnie tenía lágrimas en los ojos. La señora Dodge se mostró aliviada. El barón asintió, mientras Malcolm miraba a su alrededor como si acabara de despertarse. La mirada de Bruni era de admiración. Me sentía encantado de recibirla, pero sabiendo lo que vendría después, no estaba seguro de que durara por mucho tiempo. Johnny me indicó con el pulgar que el segundo paso estaba completo. Observé que nadie planteó ninguna objeción a mi exilio, lo que resultó algo más que preocupante. Elsa me susurró:

—¿Paz para nuestro tiempo[3]? Muy hábil, sí, pero me gustaría oír algo interesante que dejaste por fuera.

---

[3] N. del T.: la mención hace referencia a la frase expresada por el primer ministro Neville Chamberlain, en 1938, luego de la firma del acuerdo de Munich, que cedía el control de parte de Checoeslovaquia a Hitler y aseguraba la paz en Europa, la cual fue desvirtuada por la invasión nazi a Polonia en 1939.

—Dejemos eso a un lado por ahora. En realidad, ese acuerdo de paz fue la parte fácil, es la siguiente la que resultará bastante complicada.

—¿Hay más? No puedo esperar. Esto es mucho mejor que el teatro.

La referencia de Elsa al Acuerdo de Chamberlain con Hitler en Munich, en 1938, justo antes del estallido de la Segunda Guerra Mundial, fue extrañamente precisa. La mía era también una paz falsa.

La señora Dodge se había levantado para sugerir que pasáramos a tomar un café y algunas bebidas después de la cena, cuando la interrumpí.

—Hay otro pequeño asunto que me gustaría mencionar antes de que nos vayamos. —Todo el mundo se volvió hacia mí otra vez. Permanecí sentado y dije—: Creo que esta noche hay una subasta para ciertos artículos. No quiero ser grosero, pero la prohíbo.

Otro trueno retumbó.

La tormenta solo se había aplacado temporalmente y ahora volvía a manifestarse.

64

Todos me miraban atentamente. Los acontecimientos que involucraban solo a unos pocos ahora nos afectaban a todos.

—No veo cómo tienes esa autoridad —fue el barón quien habló.

—Desafortunadamente, sí. Hoy recibí una carta de Alice.

—Pero está muerta —dijo el barón.

—Lo está, pero aun así recibí una carta.

—Tal vez deberías explicarlo —dijo el señor Dodge—. Parece que lo estás haciendo mucho últimamente.

Interpreté el sarcasmo y la dureza en sus palabras como una advertencia de que me encontraba en una situación muy delicada, y en realidad lo estaba.

Nunca fue mi intención herir a nadie, pero supuse que incluso los asesinos en serie creían lo mismo justo antes de empezar a apilar los cuerpos de sus víctimas.

Hice una pausa y bebí un poco de agua. La tormenta solo se había acumulado y, durante ese breve momento antes de responder, escuché el viento que gemía tras las gruesas cortinas, como queriendo entrar. Habría dejado con gusto que hablase por mí.

La solución que Johnny y yo concebimos arriba y que fue aceptada gustosamente abajo tenía un serio inconveniente. En el proceso me sacrificaban. Johnny y yo acordamos desde el principio que eso nunca sucedería, pero no logramos resolver todos los problemas simultáneamente. En lugar de eso decidimos considerar la solución como una serie de negociaciones. La primera etapa consistía en encargarnos de los ultimátums de Maw y Stanley. Esa parte ya estaba resuelta satisfactoriamente.

La etapa siguiente comprendía la renegociación de la parte defectuosa desde una posición de mayor poder. Eso se veía bien sobre el papel, pero cuando empezamos a analizar el escenario desde este punto de vista, todo terminaba mal, sin importar lo que hiciéramos. Johnny pensó que tal vez podría no ser un gran inconveniente, porque era posible tomar las piezas rotas y crear una mejor estructura. Mi opinión era más pesimista y consideraba que, una vez se hubiera quebrado, permanecería así.

Al final, aceptamos que tendríamos que empezar en algún lugar. Si todo explotaba, volveríamos a juntarlo de la mejor manera posible. Tomar la iniciativa era el mejor camino, de manera que aquí estábamos.

Miré a Johnny, pero su cara era inexpresiva. Bruni parecía preocupada. Desearía haber podido decírselo, pero el momento había pasado. Estaba solo y únicamente contaba con cualquier apoyo que pudiera recibir de otras fuerzas involucradas. Me pregunté brevemente si mi confianza estaba fuera de lugar o si, al menos, era ilusa. Para cualquier mente racional, era una locura. A lo cual yo habría accedido felizmente, pero yo era la voz y el representante de esas fuerzas. Después de un breve momento para ordenar mis pensamientos, dije:

—La carta que recibí debía entregarse solo en determinadas circunstancias. Esas condiciones se cumplieron hoy. Stanley fue el intermediario y pueden verificar ese hecho si lo desean. En ella había dos informaciones relevantes.

»En primer lugar, no soy quien ustedes creen. Soy el hijo de lord Bromley.

Dejé que asimilaran por completo la revelación y miré alrededor de la mesa. En tres rostros no advertí sorpresa y supuse entonces que lo habían sabido todo el tiempo. Eran los del señor y la señora Dodge y el de Malcolm Ault. Que Malcolm Ault fuera uno de los que sabían resultaba una sorpresa para mí, pero él era el agente de lord Bromley, así que es muy probable que lo supiera por esa fuente. La expresión de Bruni fue la que más me dolió. Parecía horrorizada y puso ambas manos delante de su boca, como si estuviera rezando. Tuve que obligarme a volver la cara. Maw y Bonnie parecían sorprendidas. El barón tenía la boca abierta y Elsa estaba calculando las implicaciones, aunque no había llegado a ninguna conclusión. Sentí que había puesto distancia entre nosotros, lo cual me entristeció. Continué.

—Fue una sorpresa tanto para mí como para todos ustedes, pero así es y no puedo cambiarlo.

»La segunda información es que los fideicomisos creados para mantener el título de propiedad de Rhinebeck y todo su contenido, y subrayo la palabra todo, tenían un beneficiario aún sin nombrar. Ese beneficiario soy yo. No soy el fideicomisario. Esa responsabilidad ha sido tuya, John; sin embargo, hay provisiones para que yo me haga cargo de esa responsabilidad, y eso tiene implicaciones de cumplimiento que no necesito abordar en este momento.

El señor Dodge me miró con una frialdad que nunca le había visto. Se sintió insultado porque yo insinué que habría consecuencias legales si se presentaba alguna transgresión. Lo había hecho deliberadamente, pero también dejé en claro a todos cuál era mi posición y hasta dónde llegaría. Cualquier movimiento de los tesoros, encubierto o a la luz, requeriría de mi aprobación explícita.

Johnny y yo habíamos discutido la posibilidad de que, con excepción suya, terminaría sin amigos una vez se hubiera dicho y hecho todo. Me aconsejó que aceptara esto como una consecuencia y que fuera absolutamente implacable. Me enfrentaba a algunos de los mejores negociadores y manipuladores del mundo, y me comerían vivo si no jugaba duro desde el principio. También me dijo que no importaba cómo se sintieran al principio, porque eventualmente cambiarían de opinión. Absolutamente nadie se arriesgaría a no ser invitado después de un fin de semana como este. De eso, ya no estaba tan seguro. Proseguí.

—Además, Alice hizo explícito que tengo una responsabilidad con los elementos espirituales relacionados con los tesoros. Yo sufriría las consecuencias si no los protegiera. Aunque esas consecuencias no se especificaron, me inclino a pensar que podrían ser severas. Ofrezco disculpas si parezco abrupto, un poco indiferente o exigente, pero tengo un deber en ese sentido que requiere que sea absolutamente claro: los artículos no están a la venta.

Casi digo: «Mientras esté vivo», pero me contuve. No quería darles ideas. Me estaba poniendo paranoico nuevamente, justo cuando pensé que estaba progresando. Siempre que me hallaba en una posición precaria, este elemento salía a relucir, y este momento no era la excepción. Elsa preguntó:

—¿Por qué Alice haría algo así si odiaba a lord Bromley?

—Ella tenía sus razones —le respondí—, y no menos importante era el hecho de que lo amó en un comienzo y mi presencia aquí le recordaba esa felicidad.

—Alice también pagó por toda tu educación —agregó con voz lúgubre el señor Dodge desde el otro extremo de la mesa—. Hace tiempo que conozco tu linaje. Anne me informó de ese hecho en algún momento después de tu llegada. Me advirtió que no hiciera de eso un asunto relevante para que crecieras en un ambiente sin turbulencias innecesarias. Contra mi mejor juicio, acepté. Me disculpo por eso. El asunto llegó a un punto crítico antes de la muerte de mi hermana.

»Alice y yo nos sentamos a discutirlo, pero ella afirmó que tu linaje no era un asunto que yo debiera revelarte. Ella tenía derecho a decírtelo, porque había pagado tu educación. Alice me prometió que te lo diría a su manera y, una vez más, estuve de acuerdo. Después de su muerte, la necesidad de hacerlo parecía menos urgente.

»Anne y yo sabemos que lo manejamos mal. Fue tema de varias discusiones acaloradas, y es el único asunto en el que estuvimos en desacuerdo. Sin embargo, cada uno de nosotros argumentamos con tus mejores intereses en mente, a pesar del dolor que nos causamos el uno al otro. Hicimos lo mejor que pudimos y, si usas cualquier buen juicio que tengas, verás que siempre fue así.

»Dicho esto, era consciente de que no se había nombrado a un beneficiario, pero pensé que podría haber sido por negligencia de mi hermana, como sucedió en la mayoría de sus asuntos financieros. Estaba equivocado. Me gustaría ver la asignación para que conste en acta, pero estoy dispuesto a dejar pasar eso por ahora.

»Sin embargo, para ser claro, como has repetido tantas veces esta noche, hay cosas por las que nunca me disculparé, ni ahora ni en el futuro.

»El que por un instante consideres que yo simplemente cedería una parte del legado de mi hermana por capricho o manipularía los bienes para beneficio personal es un insulto que no puedo tolerar y no toleraré. ¿Me escuchas? La simple insinuación es ya insultante para mí y no lo voy a soportar. Voy a atribuir tu nueva bravuconada al poder que ahora encuentras en tu posición.

»No obstante, hay hechos que me obligaron a actuar de la forma en que lo hice, y no los discutiré aquí, en esta sala o en este momento. Me decepcionaste de una manera para la que no estaba preparado. Hablo también por Anne en este asunto. Que te veas obligado por tu acuerdo previo a no tener nada más que ver con esta familia me parece conveniente y apropiado. Me aseguraré de que lo cumplas, y si tú y Johnny piensan que pueden de alguna manera diseñar un plan para eludir esa promesa, me encargaré de cumplir la voluntad de mi madre. ¿Soy claro?

Su voz se elevó.

—Seré aún más específico. Después de mañana, no tendré nada más que ver contigo. Tampoco mi esposa. Ni mi hijo. En cuanto a él, debería pensar cuidadosamente en el asunto, porque yo haré que mi trabajo sea desheredarlo si se relaciona contigo. Puedes acompañarnos hasta mañana y, mientras tanto, tendremos una discusión sobre la disposición de los fideicomisos.

Hasta ese momento no había notado la similitud entre Maw y su hijo. Tenía la misma forma de destrozarlo a uno. Era otra sorpresa, pero le hice mucho daño. Eso lo sabía. El fin de su afecto y de su respeto fue devastador. Era un buen hombre y yo lo quería.

Lloré, aunque nadie vio mis lágrimas. Una tremenda explosión abrió las ventanas de las puertas francesas y rompió sus vidrios, y una violenta ráfaga de viento apagó toda la iluminación y estrelló las copas y la vajilla en medio de una completa oscuridad. Todo era oscuridad y caos. La furia del viento ahogaba los gritos mientras las cortinas se agitaban hacia la parte exterior. No me importó. Me consumía una sensación de pérdida tan profunda que parecía abrirse como un sombrío abismo en el que me sumergí.

El tiempo se arrastraba lentamente. Mi parte intuitiva, que había estado atenta y silenciosa durante algún tiempo, planteó con su peculiar objetividad que yo había experimentado una baja presión similar a un minitornado, porque las ventanas habían volado hacia afuera. Esto lo confirmó el hecho de que mis oídos se taponaron por la diferencia de presión y por la dirección en la que las cortinas se hincharon como velas. Mi parte intuitiva también esperaba que yo hubiese terminado, porque mi ingenuidad era extraordinaria, y quedaba mucho trabajo por hacer. El señor Dodge era hijo de su madre en todos los sentidos y sabía exactamente cómo se jugaba el juego. Era hora de que yo viera esto y todo lo que implicaba. Se asume el poder, pero rara vez se entrega sin luchar, y esa era la esencia de mi situación.

El ojo de la luna

También advirtió que tal vez quisiera pasar por alto a Elsa —ella era una sobreviviente— y ver a mi novia. Un buen rescate haría maravillas para reparar esa o incluso cualquier relación.

Por supuesto, estaba infernalmente en lo correcto. Odiaba esa faceta de mi parte intuitiva, pero, ciertamente, me salvó de rendirme. Fui criticado otra vez por mi ingenuidad. Me defendería, pero no ahora. Alguien entró desde la cocina con una linterna. Mis pensamientos solo tomaron unos momentos. Ahora mismo, necesitaba atender lo mejor posible las necesidades concretas de los huéspedes.

65

El comedor lucía como el naufragio de un barco que se estaba asentando sobre su quilla antes de hundirse finalmente en el olvido. La luz vacilante mostraba candelabros volcados, copas caídas, líquidos derramados y sillas derribadas. Había un revoltijo de cubiertos por todas partes. Dos o tres de los miembros del servicio parecían levemente heridos por los cristales rotos. Casi todos los invitados estaban en el suelo, excepto Malcolm, quien se hallaba inclinado sobre el barón.

El viento ahora azotaba las cortinas hacia adentro y el siseo de la lluvia acompañaba el sordo retumbar de los truenos. La voz de Stanley resonó por encima del rumor.

—Damas y caballeros, se está instalando en el salón un área para evaluar las lesiones. Diríjanse hacia allí. Simon, traiga el botiquín. Jane, ¡necesito luces, ahora! Usted, el de la luz, entréguemela.

Alguien entró con una linterna y Stanley la tomó, haciéndose cargo de la situación. Vi a Bruni cerca, de rodillas y con sus manos sobre el piso. Me acerqué e intenté ayudarla a levantarse. Se veía fantasmal frente a la luz intermitente que Stanley dirigía aquí y allá.

—No me toques —susurró enfadada—. No me toques.

Se puso en pie sin mucha estabilidad y avanzó vacilante hacia el salón. Era lo que temía, pero no tenía tiempo para su molestia. La señora Dodge estaba desplomada en el suelo. Me le acerqué rápidamente.

—Anne, ¿estás herida?

—No —respondió—, solo estoy descansando.

El ojo de la luna

Fue una respuesta extraña, y me pregunté si habría sufrido alguna conmoción.

—Supongo que estoy un poco aturdida, pero no importa. ¡Qué desastre! Ayúdame a levantarme.

Hice lo que me pidió.

—Debemos hablar y muy pronto. —Suspiró, agarró mi cara con ambas manos y la sostuvo—. Él te ama, lo sabes. Por eso está tan molesto. Por eso y por el licor, pero hablaremos más tarde. Ahora, debo ocuparme de mis invitados.

La acompañé hacia el salón. Todas las luces eléctricas estaban apagadas, pero una hilera de linternas salía de la cocina en esa dirección. La señora Dodge se valía ahora por sí misma.

Mientras me daba vuelta, Bonnie agarró mi mano y me arrastró detrás de la pantalla china hasta la despensa, justo antes de la cocina. Estaba oscuro, pero podía ver algo.

Me rodeó con sus brazos y me apretó tan fuerte que apenas podía respirar. Tenía mucha fuerza.

—¡Dios mío, qué noche! —Me alejó, pero siguió reteniéndome con sus brazos extendidos. Solo podía verla ligeramente—. ¡Eres una sorpresa! Vaya que lo eres. Dicho eso, hiciste un mal negocio por mí. Te jodiste por completo y te lo agradezco. No tenemos tiempo ahora, lo sé, pero escucha. Tengo exactamente seis cosas que decirte: una, realmente soy tu amiga de por vida; quiero que lo sepas. Dos, si alguna vez necesitas un puerto seguro, llámame, de día o de noche. Tres, háblame antes de que veas al cascarrabias de mi hermano. Conozco todos los esqueletos en el armario. Cuatro, estoy entrenada como enfermera, así que quiero ver cómo estás.

Bonnie llevaba una linterna que encontró en un cajón de la despensa. Me cegó por un momento cuando la encendió para examinarme.

—Como fui una rueda suelta, tuve mucho tiempo libre, así que le di un buen uso dedicándolo a la medicina de emergencia. No pareces conmocionado. Es lo común en este tipo de situaciones. Fuera del corazón acelerado, estás bien. Espera un segundo, vamos apenas en el punto cinco.

La luz se apagó. Escuché y vi vagamente en la penumbra cómo se levantaba el vestido a la altura de la cintura.

—Cinco, siempre estoy preparada. —Sacó una licorera que tenía adherida a su muslo con una liga—. Bebe un trago. Te pondrá bien. Solo debes calmarte.

Bebí. El licor pareció ayudarme.

—¿Mejor? Bien. Ahora, quédate quieto. —Me besó en la boca. Besaba muy bien—. Mantén esto presente. Tu novia parece a punto de fugarse. Por último, punto seis, eres un hombre increíble. No dejes que te afecten.

Ella tomó también un trago.

—Es en serio. Tienes agallas y no puedo decir lo mismo de la mayoría de los imbéciles de ahí fuera. —Levantó el vestido y se volvió a ajustar la licorera—. Me voy a la evaluación médica. Nos veremos. Mantente cuerdo.

Luego, se dirigió hacia el salón hasta desaparecer. Me quedé pensando por un momento, cuando vi una luz que venía hacia mí desde la cocina.

—¡Ja! Ahí estás. ¿Qué? ¿Se necesita un desastre para que vengas a verme? —Era Dagmar con una vela—. Gracias al cielo que ocurrió después del último plato. ¿Cómo va todo?

—Un poco alborotado, pero no creo que haya víctimas.

—Bueno, eso es una bendición. Así que eres el nuevo amo, como dijo su señoría. Ella aseguró que al final serían tú y Stan. Él odiaba esa parte, pero era verdad. Lo sé. Ella tenía el ojo. No todo el tiempo, hay que decirlo, pero lo sabes cuando lo oyes. Tomará un poco de trabajo y mucho licor, pero ambos verán que al final tenía razón. Estoy haciendo té para todos. Acompáñame. No serás de mucha utilidad allá afuera. Solo serás parte de la confusión, y tengo que decirte algo.

Me condujo a la cocina. Habían encendido velas y solo porque las luces se apagaron y el comedor estaba en ruinas no significaba que el trabajo hubiese cesado. Las criadas limpiaban los platos y los hombres los secaban, mientras otros los guardaban en estuches de terciopelo.

Era el reino de Dagmar y Stanley, un mundo paralelo al que viví al otro lado de la puerta de la despensa. Ambos dependían mutuamente. Sin el otro, ninguno de los dos podría existir.

—Dime, ¿qué has hecho estos días? Tenemos tiempo —afirmó mientras ponía dos tazas de té en una mesa auxiliar con dos sillas. Un servicio más amplio estaba ya preparado para la sala de estar. Me sirvió té y se sentó para escuchar mi respuesta.

Le conté sobre mi vida mientras tomaba el té.

Aunque Dagmar y yo rara vez conversamos extensamente, teníamos bastante familiaridad. En mis primeros días en la casa, a menudo me sentaba en una silla y la miraba mientras trabajaba. A medida que Johnny y yo crecíamos y la magnitud y frecuencia de nuestras travesuras aumentaban, nos obligaron a trabajar puliendo y limpiando. Los mayores se sorprendieron gratamente porque nuestras transgresiones se redujeron y, sin embargo, nos volvimos asiduos en esta área del hogar por voluntad propia. Los forajidos siempre fueron tolerados por aquellos en una escala social más baja, y fue aquí donde finalmente encontramos una pronta aceptación. Y, lo que es más importante, se nos concedió un rango únicamente por el mérito de nuestro trabajo. Bajo una exigente tutela prosperamos, supimos reconocer una tarea bien hecha y aprendimos a dar órdenes después de saber cumplirlas.

Fue una bendición inesperada. Johnny y yo apreciábamos mucho a quienes trabajaban en el área de servicio y el tiempo que pasábamos allí. Era un santuario para nosotros, frente a las tareas mucho más exigentes y cargadas de consecuencias de la interacción social.

Dagmar, simplemente, me escuchaba. Era su don y una habilidad apreciada por los que ocupaban el ala de servicio. La cantidad de información que se acumulaba y analizaba sobre los empleadores, junto a sus invitados, era digna de cualquier oficina de inteligencia.

Dagmar estaba en el centro de una red de chismes y comentarios en la que se intercambiaba información menuda, pero continua. Ella y Stanley podían monitorear el pulso emocional de la casa a intervalos regulares y responder según lo que fuera necesario. Desde aquí se regulaban y controlaban todos los movimientos.

Rhinebeck era, en suma, una entidad viviente que respiraba. El edificio era su cuerpo. Stanley y Dagmar, junto a sus ayudantes, formaban los músculos, nervios y sistemas que lo hacían funcionar, pero Alice era el alma y, con el tiempo, yo sería su mente. Los otros, esas criaturas sobrenaturales que nunca dormían y avanzaban sin ser vistas, eran los guardianes, con algo más escondido, poderoso y misterioso en el centro, que lo energizaba todo. Juntos constituían un organismo con vida propia.

Ser responsable de todo esto era tanto una alegría como una carga. Se lo dije a Dagmar y le hablé de todos los acontecimientos recientes. Toda la servidumbre probablemente ya lo sabía, pero necesitaba reagruparme y volver a la vida después de la paliza que acababa de recibir. Hablar con ella era un desahogo que me rejuvenecía y me sanaba.

—Bueno, me dieron un informe minucioso y me pareció que recibiste un poco más de lo que diste. No te preocupes. Todo saldrá bien, ya verás. Eres el amo, y su señoría quiso que tomaras el mando. No dijo que sería fácil. Las transiciones suelen estar llenas de baches, pero aprenderás a manejarlo. Debes hablar con

Stan. Le dije a él lo mismo. Los dos, no importa la hora, tendrán que reportarse aquí y luego a la oficina, cuando toda la conmoción haya pasado. Dejé una bebida especial, pasabocas y algunos cigarrillos. Se lo dije a él y te lo digo a ti, no quiero ver la cara de ninguno de los dos hasta que hagan las paces. No toleraré la discordia, y es definitivo. Nos conocemos desde hace mucho tiempo, y Stan aún más, así que hablo en serio. Su señoría se ha ido, pero sigue siendo el ama aquí, aunque solo sea en espíritu, y ni ella ni yo seremos ignoradas. En serio. Ahora, vete. Dije lo que necesitaba decir. Tengo trabajo que hacer.

Me despidió.

No era una mujer particularmente corpulenta, pero cargaba mucho peso. Siempre parecía más grande de lo que era. Le di las gracias a su espalda, pues ya estaba en movimiento. Que me dijese todo aquello era una indicación de la profundidad de sus sentimientos y de su determinación.

66

Salí de la cocina, pasé por el comedor y llegué al salón. Harry y un empleado ponían tablas provisionales en las puertas francesas, hasta que pudieran hacerse las reparaciones adecuadas, y varios más se dedicaban a limpiar. El salón estaba iluminado con velas y no sufrió daños. La señora Dodge se movía entre los pequeños grupos de invitados, mientras Bonnie atendía a uno de los empleados, que se cortó con algunos vidrios que volaron por el aire. Los Von Hofmanstal hablaban en voz baja en una esquina. Maw yacía acostada en el sofá, con una compresa en la cabeza. El señor Dodge conversaba con el hombre alto. Pude distinguir a Johnny, quien se situó fuera del camino, y le indiqué que me siguiera hasta el vestíbulo. Estaba oscuro, pero alguien había puesto una vela sobre la mesa junto al busto. Los barcos en el panel del reloj iban de un lado a otro. Llovía, pero la tormenta había menguado. El tic-tac era ruidoso en comparación con el sonido que llegaba del exterior.

—¿Y bien? —pregunté luego de cerrar la puerta detrás de nosotros.

—Muy bien, en realidad. Creo que todo salió bastante bien.

—Es como decir que la operación fue un éxito, pero el paciente murió. —Agité mi cabeza con exasperación.

—Estás siendo demasiado pesimista y probablemente paranoico. Pensé que habías dejado eso atrás.

—Lo hice. Al menos hasta esta noche.

—Debes ser más firme contigo mismo. En serio, debes serlo. La autodisciplina hace maravillas. Podría darte algunos consejos.

—¡Johnny!

El ojo de la luna

—Bien. Solo quería confirmar que no estabas de humor sombrío. Puedes ponerte un poco melancólico, pero eso no servirá en este punto del juego. Ahora, como yo lo veo, forzaste a Maw a aceptar un trato alternativo. Eso le sucedió solo una o dos veces en su vida. Deberías estar orgulloso. Y no solo eso, Stanley estuvo de acuerdo en que cumplimos su pequeño intento de coerción, así que eso queda fuera de la lista, lo que también es bueno. Los tesoros no van a ninguna parte por ahora, y ya lo informamos. En resumen, es un buen día de trabajo.

—Bueno, puedo ver eso, pero...

—No he terminado. Dicho esto, hay algunos puntos que tendremos que abordar. No veo por qué tengas que exiliarte de aquí cuando eres el dueño del lugar. Hay otros puntos que también tendremos que revisar. Con eso en mente, quiero asegurarme de que estés preparado para hacer el esfuerzo necesario. Conoces el procedimiento. No hay descanso para nosotros los malvados. La buena noticia es que tengo algunas ideas, pero esperaré hasta más tarde para contártelas. Noté que desapareciste por un tiempo.

—Bonnie me sacó de allí, y luego crucé unas palabras con Dagmar. Bonnie me dijo que la buscara antes de hablar con tu padre. Se ofreció a darme un poco de munición. La aceptaré. Dagmar me ordenó que me siente con Stanley esta noche en su oficina y que no salga hasta que hayamos puesto fin a nuestros problemas. Aparentemente, Alice le dijo que todo esto pasaría y que todo se resolvería.

—Cada vez mejor. Si Alice lo predijo y Dagmar está de acuerdo, ni siquiera Stanley será capaz de librarse. Excelentes noticias. Necesitamos tener tan pocas distracciones como sea posible antes del evento principal: la reunión con mi padre. Será una noche larga, pero valdrá la pena. Estamos en la recta final, así que, anímate. Y, hablando de animarte, tal vez quieras conversar con Bruni en algún momento. Tenías razón...

Nos interrumpió el barón, quien abrió y cerró la puerta del salón detrás de él.

—Deberíamos hablar —afirmó, mirándome.

Johnny sonrió y me dio una mirada alentadora antes de desaparecer.

—Creo que la biblioteca sería el lugar adecuado. Trae la vela.

Nos abrimos camino por el oscuro pasillo. Yo avanzaba más lento que el barón, pues llevaba la vela y no quería que se apagara. El fuego en la biblioteca seguía encendido, pero se había consumido hasta convertirse en tenues carbones.

—¿Brandy? —preguntó desde el bar.

Debía de tener ojos de gato. Yo apenas sí podía ver algo, a pesar de sostener la vela.

—Por favor.

Puse la vela sobre la mesa y me senté en una de las sillas. El barón se acercó, me dio un trago y se sentó también. Olió su vaso y bebió un sorbo.

—Es tarde, pero fumaré un puro.

Una vez cumplido el ritual de encenderlo, le pregunté:

—¿Querías hablarme? ¿Qué tienes en mente?

—Varias cosas. ¿En qué piensas tú?

No quería entrar en rodeos, pero con algunas personas todo se convierte en una negociación.

—Puedo empezar, siempre y cuando me digas qué piensas cuando yo termine.

—Es aceptable.

—Creo que empezamos con el pie izquierdo cuando nos conocimos, quizás porque pensabas que era otra persona. Es comprensible. Lo fui por muchos años. Me gustaría comenzar de nuevo, si es posible.

»Segundo, está el asunto de los objetos. En este momento, basado en la información que tengo, no están a la venta.

El ojo de la luna

»Tercero, tu hija y yo decidimos iniciar una relación.

»Cuarto, conoces a mi verdadero padre. Yo no. Estoy familiarizado con su reputación, pero eso puede o no ser una representación verdadera. Me gustaría saber más.

»Quinto, nunca fue mi intención crear discordia. No me gusta, pero en ocasiones no hay otra alternativa. Me encuentro en esa posición, y es incómoda.

»Hay otros puntos, pero esos servirán. ¿Y tú?

—Háblame de tu madre —dijo mientras miraba su puro.

—Creo que sabes más que yo.

—Dime lo que sabes.

—Tuvo una aventura con lord Bromley mientras estaba comprometida contigo. Fui concebido. Anne arregló las cosas para que mi... el hombre que pensé que era mi padre y Mary se conocieran. Hubo un duelo. Tú y mi madre tomaron caminos separados. Desde que estoy con los Dodge, la veo cada vez menos y solo brevemente. Eso es todo, en pocas palabras.

Guardó silencio durante un minuto. Solo fumaba su puro y miraba la chimenea. Finalmente, dijo:

—Considera este como nuestro primer encuentro. Quiero hablar. Tú escucharás. Responderé a la mayoría de los puntos, si no a todos los que mencionaste. ¿Te parece aceptable?

—Por supuesto.

El barón hablaba con un ligero acento.

—La incertidumbre es el principal motivo de disgusto y temor para los inversionistas. Implica que los riesgos no pueden cuantificarse o identificarse adecuadamente. Estás familiarizado con esto. Formar nuevas amistades es semejante. El resultado es incierto.

»¿Demostrará la amistad que vale la pena y será sostenible, o terminará de forma que nos arrepintamos de ella? Una amistad requiere un aporte sustancial de tiempo para que crezca. También está el tema de la confianza. ¿Cuánto se puede revelar? ¿Puede el posible amigo guardar lo que sabe para sí mismo, o lo contará a todos los que conoce? Algunas amistades se dan espontáneamente, progresan sin esfuerzo y no hay que hacer nada. Estas pueden ser las más peligrosas, y las más hirientes cuando fracasan.

»Puedo decírtelo, es mejor estar solo que tener falsos amigos. Lo mismo se aplica a las relaciones menos importantes.

Dejó de hablar y fumó su puro. Volvió a hablarle al fuego.

—Tengo algunos amigos íntimos. John es uno de ellos. Mi esposa es otra. Tengo mucha confianza en ella. Me dijo que valdría la pena intentarlo. Mi hija, obviamente, opina lo mismo. No estoy tan seguro, pero ahora me siento un poco más inclinado a probar. Me dijiste lo que quería saber, aunque podría verse como algo desfavorable. Fue una respuesta honesta. Sabía lo de la aventura. Tu verdadero padre y yo lo discutimos cuando nos conocimos. Me lo dijo directamente porque no quería construir una relación sobre falsedades. Fue una sorpresa en ese momento. Esta noche me volvió a sorprender. Debería haber revelado la existencia de un niño, pero no sucedió. Eso pone la relación en duda y crea incertidumbre. ¿Es el hijo como el padre, o es el padre como el hijo?

Se detuvo de nuevo.

—Bromley y yo nos conocimos hace unos años. No recuerdo cómo. Pudo ser en una fiesta. Nos entendimos desde el primer momento y volvimos a vernos. Poco después, conducíamos por un camino rural, en la parte baja del castillo. Manejo muy rápido. Un caballo y su jinete salieron desde un lado de los arbustos y se atravesaron en nuestro camino. Bromley se estiró y controló el volante con una mano antes de que yo pudiese reaccionar. Lo hizo con maestría. Evitamos al caballo y al jinete a la izquierda y una zanja profunda a la derecha. Un par de centímetros más, en ambos sentidos, y el resultado habría sido más un desastre que un instante de miedo que terminó en risas. Muchas veces me pregunté sobre ese acontecimiento. Dudo que él pudiera repetir la maniobra si tuviera la oportunidad. Creo que nadie podría.

Miró la punta de su puro antes de continuar.

—Nos concentramos en aquellos momentos en los que algo ocurre, pero, muchas veces, lo más importante sucede cuando no pasa nada. Es allí cuando estamos más cerca de lo divino y nunca lo advertimos. Es la ausencia de algo significativo que esté trascurriendo, ¿ves? Rara vez percibimos lo que no existe, solo vemos lo que sí.

»Qué tan cerca estaba de la divinidad solo lo supe esa noche. Me quedé sin palabras. La jinete era mi hija. Me dijo que no calentó lo suficiente al caballo, pero que de todos modos decidió sacarlo al campo. El animal se asustó ante un pájaro que se levantó frente a ella y se lanzó por un escarpado terraplén. No había manera de detenerlo, solo cabía controlar el descenso; al otro lado estaban la zanja, el camino y un muro. Estaba tan orgullosa por haberlo logrado que pudo calmarse y llevar adecuadamente al caballo hacia la zanja, salvar los dos obstáculos en la carretera y luego saltar limpiamente el muro. Dijo que casi los atropella un auto que viajaba a alta velocidad. Estuvo tan cerca que oyó al vehículo golpear la cola del animal, pero no pudo darse vuelta para verlo porque tenía toda la atención puesta en el muro.

»La vida siguió. En ese momento no mencioné que yo era el conductor. Estaba demasiado aturdido como para decir una palabra. Un golpe a esa velocidad habría sido desastroso no solo para la jinete y el caballo, sino también para nosotros. Mi vida —la de todos, en efecto— habría sido diferente de haber chocado. Por un instante, en el espacio y en el tiempo, toda la existencia estuvo haciendo equilibrio en el filo de una navaja.

»Que no haya sucedido nada me hizo cuestionar todo lo que creía. ¿Con qué frecuencia ocurren tales eventos y por qué? Jung escribió sobre la coincidencia, pero desde lo positivo. Me di cuenta del lado negativo. Si no hubiese sido por tu padre y su rápida y decisiva acción, nada habría importado. Nunca podré pagarle. La suerte lo persigue. Lo sé. Tiene un don. Donde otros hombres encuentran la derrota, él descubre la victoria. Después del matrimonio y el divorcio con Alice, Bromley prosperó. Ella casi lo mata, años más tarde. Debería haber muerto, pero no fue así. En vez de eso, acumuló aún más capital a través de los contactos que hizo durante el viaje.

»Una vez le pregunté la razón de su éxito. Me dijo que a algunos hombres los dioses les sonreían con benevolencia. Tenía esa buena fortuna y se encargaba de agradecerles. Para hacerlo, se convirtió en un coleccionista de objetos poderosos y me sugirió que hiciera lo mismo. Dijo que a mí también me tenían en alta estima, pero no de la manera que yo pensaba. A mi vida la definían aquellas cosas que no me sucedían, y él tenía razón. Él era el positivo y yo el negativo. Pensaba que era divertido y que eso explicaba la forma como nos encontramos.

»Algunos amigos resultan ser traidores. Este es el pecado más imperdonable. De cualquier manera, somos nosotros quienes tomamos la decisión de hacerlos nuestros amigos, ¿no? Solo cabe culparse a uno mismo, independientemente de lo que haya hecho el otro. Lo digo porque la amistad es un compromiso serio.

»Tu padre tuvo más tarde una relación íntima con mi hija. Ella ignora que yo lo sé. Fue breve y tórrido. Elsa lo detuvo. Habría destruido nuestra amistad. No es que hubiese algo que perdonar en el acto mismo. ¿Quién, incluso a su edad, no se siente encantado por una mujer?

Aquí se detuvo. Me tomé el brandy de un solo trago para esconder mi conmoción. Comprendí la renuencia de Bruni a decir

El ojo de la luna

algo sobre el alcance de este asunto. Ahora yo había añadido un peso a su carga, revelando que el hombre era mi padre. El barón nunca me miró, pero siguió hablando. Quizás pensó que yo lo sabía, pero es más probable que simplemente estuviera resolviendo mi duda. Se lo había preguntado y ahora tenía que aceptar la respuesta.

—Hay una expresión alemana: *Behüte mich Gott vor meinen Freunden, mit den Feinden will ich schon fertig werden.* «Que Dios me proteja de mis amigos; con mis enemigos puedo lidiar yo mismo». Lo confronté. Se disculpó y pidió perdón. Le dije que no lo perdonaría, pero lo toleraría, siempre y cuando nunca volviera a hacer algo así. Estuvo de acuerdo y eso fue todo. Me pregunto si lo perdoné. La respuesta es no. Perdonar es olvidar. ¿Por qué estar ciego ante las faltas de otros? Aceptar a alguien es aceptar lo bueno y lo malo. De lo contrario, uno se engaña a sí mismo.

»Tú estás aquí. Eres su hijo. ¿Fue tu aventura con mi hija un presagio del futuro o eres una resonancia del pasado? Estas son las preguntas que deberías estar haciéndote en relación con Brunhilde, y son importantes. La coincidencia es notable.

»No soy mi hija. Si nos embarcamos en el camino de la amistad, será independiente de eso. Solo puedo ser un observador de lo que suceda entre ustedes dos. No interferiré, a menos que afecte nuestra relación. Cualquier hijo mío, y ni hablar de uno concebido por Elsa y yo, será único. No es una tarea fácil la que te pusiste. Le deseo a ella felicidad. Al final, eso es lo mejor que un padre puede esperar. Les deseo felicidad a los dos, si es posible. Puede que no sea así. No puedo asegurar una cosa ni la otra.

»Respondí el primero y el tercero de tus puntos, así como algunas partes del cuarto. John Dodge y yo nos conocemos desde hace mucho tiempo. Juntos hicimos cosas increíblemente estúpidas. Es un regalo maravilloso tener un compañero así.

»Ahora mismo él se encuentra en una situación precaria, pero no soy yo quien deba decírtelo. Estoy seguro de que él lo hará, en detalle. La oferta de comprar esos artículos de su media hermana fue mi forma de ayudar. Nunca la conocí. Elsa sí. Le sugerí que pusiera los objetos que pudiera subastar entre un grupo selecto de postores. Le pedí también que le avisara a Bromley de la subasta. Compitiendo con nuestras ofertas, aumentarían en última instancia los precios, lo que sería de ayuda para John. Cuando la hija de la señora Leland se reunió conmigo le sugerí que ofreciera por todo y superara a su madre. Se mostró muy interesada, porque podría vendérselos a su madre a cambio del control de su fortuna. La señora Leland no duerme bien y ha buscado remedios inusuales. Dudo que le funcionen.

»No estoy traicionando ninguna confidencia aquí. Ya lo sabes casi todo, y el resto te lo dirán, así que ahora es un momento tan bueno como cualquier otro más adelante.

»Malcolm puede parecer un tonto, pero no lo es. Está enfadado porque se encuentra en medio de una guerra de ofertas que yo armé. Lo superará. Bromley no pudo venir él mismo, así que envió a Ault. Sabe que pagará un precio más alto en esta subasta porque así se determinó. Esto significa que el dinero de su benefactor irá a parar a John y no a las cosas que Ault tenía en mente, que son más lucrativas para él por las comisiones.

»La forma en que decidas manejar esta información depende de ti. John está bajo tanta presión como tú para proteger el legado. Su media hermana le dio un discurso similar. Señalar que estás bajo la misma carga no ayudó. Sus opciones son limitadas, y esto le molesta. Siente que fracasó. John puede ponerse un poco sombrío, aunque yo también. Es algo en común que vigilamos mutuamente. Le pedí que se animara; creo que fue la expresión que usé. Ustedes dos hablarán. ¿Qué decidirán? Tampoco conozco la respuesta.

»Donde hay desacuerdo, hay discordia. A veces no hay manera de cerrar la brecha. Hacemos suposiciones falsas que conducen a decisiones equivocadas. La discordia que uno piensa que está creando puede que no sea la que en realidad esté teniendo lugar. Deberías tenerlo en cuenta cuando tomes tu decisión. A veces es necesario mirar con más profundidad.

»Puede que tengas preguntas sobre alguna participación mía en el fracaso de su sociedad. No tuve parte en ello. Mi hija trabajaba para la firma involucrada. No intervino directamente. Cuando me enteré de lo que se había hecho, le dije que era un negocio turbio y que no lo toleraría. Entonces la contraté para que trabajara conmigo, y eso fue beneficioso.

»Respondí a tus preguntas. Me gustaría que me contestaras una a cambio. ¿Qué pasó con el ídolo y con la joya?

—Lo encontramos el miércoles y, poco después, se rompió cuando tratamos de convocar a un demonio.

—¿Tuvieron éxito?

—No estoy seguro. Tal vez sí.

—Entonces te aconsejo que no vendas nada. Debo acompañar a Elsa a la cama. Hablaremos nuevamente.

—¿Qué hay de mi padre?

—¿Qué hay que decir? Le debo mi vida. Pero ¿es mi amigo? No, tiene una condición diferente. Es más bien mi hermano. A diferencia de los amigos, somos mutuamente cautelosos, sin embargo, estamos tan unidos como hermanos. Vemos lo bueno y lo malo. Conocemos nuestros pensamientos.

»Bromley me traicionó más de una vez. Lo volverá a hacer, pero no puedo cambiar quien es. *Traición* es una palabra fuerte, pero en lo que se refiere a la confianza, se puede aplicar. Al final, acepté a tu padre por lo que es. Es probable que suceda lo mismo contigo. Él reúne lo mejor y lo peor. Una vez lo conoces, no puedes olvidarlo. Tiene poder. Tal vez también lo tengas. Él aceptó y adoptó el suyo. Yo hice lo mismo. También deberías hacerlo, si quieres triunfar y sobrevivir en un buen lugar. Una vez me dijo que la diferencia entre los hombres poderosos y los demás es que los primeros acogen sus faltas. A menudo son estas las que al final resultan decisivas. Aquellos que no lo hacen están destinados a perder tiempo y energía luchando por convertirse en quienes no son. La grandeza se lleva todo lo que tenemos. Al final, uno solo puede ser quien es. Es esa singularidad la que hace toda la diferencia.

»Es suficiente por esta noche. Volvamos con los demás. Estoy cansado.

Con esas palabras, la entrevista terminó. Levanté la vela y lo acompañé de vuelta al salón.

67

Las luces del pasillo estaban encendidas. La energía había vuelto o el generador de emergencia funcionaba. El salón se encontraba vacío, excepto por la presencia de la señora Dodge y de Elsa. Se levantaron del sofá en cuanto entramos.

Elsa tomó la mano del barón y dijo que se iban a la cama. Me deseó buenas noches y le dio un beso a la señora Dodge. El barón simplemente nos hizo a la señora Dodge y a mí un gesto con la cabeza.

—¿Cómo te fue con Hugo? —preguntó la señora Dodge después de que salieron.

—Bien, creo. Él es diferente de lo que esperaba. Es un hombre considerado.

—Puede ser bastante profundo. Deberíamos ir a la cama también. Intenté hablar con John antes de que subiera, pero dijo que todo podía esperar hasta mañana. Te verá a las once en la biblioteca. No te preocupes. Todo saldrá bien. Las cosas siempre se arreglan de alguna manera.

—Tengo otros asuntos que resolver esta noche, me temo, pero al menos te acompañaré a las escaleras.

—En un momento. Estoy bien, pero te lo agradezco igualmente. ¿Estás preocupado?

—Sí y no. Los poderes presentes aquí parecen tener todo bajo control. Al menos espero que lo tengan, porque yo no, aunque eso no es nada nuevo.

—Es cierto, pero yo confiaría más en una noche de buen sueño. No te quedes despierto hasta muy tarde. Sabía que este día llegaría, por supuesto, aunque no ocurrió de la forma que imaginé.

Ivan Obolensky

Le prometí a Alice que haría lo que pudiera para suavizar las cosas. Me temo que no tuve demasiado éxito. El cambio es difícil. Nos sentimos cómodos y nos aferramos a nuestras costumbres. Hablarás con Stanley. Imagino que es allí donde vas ahora. A Alice le inquietaba esa reunión, pero es algo que ustedes dos deben resolver. Dagmar está preparada. Me dijo que tenía una escoba lista para golpearlos si se comportaban como idiotas. Acompáñame a las escaleras.

Después de asegurarme de que subiera bien, fui a buscar a Stanley. Dagmar estaba en la cocina, sentada en la mesa de al lado con una taza de té, esperándome.

—Está ahí dentro. Buena suerte. Permaneceré aquí, aunque me tome toda la noche.

Me dio un abrazo y luego me condujo a la oficina de Stanley. Estaba sentado de espaldas, mirando a la ventana. Podía ver su cara en el reflejo del vidrio, y él también me veía. Me senté en una de las sillas del otro lado de su escritorio. En otro momento habría estado ansioso por romper el silencio. Esta noche, dejé que se mantuviera. Transcurrieron cerca de cinco minutos antes de que emitiera un suspiro y girara su rostro hacia mí.

—Así se predijo, y así es. Me imaginé a menudo esta reunión. Es la primera que tenemos con todas las cartas sobre la mesa. La recreé en mi cabeza muchas veces, de distintas maneras. Lo que yo diría. Lo que usted diría. Estaba sentado aquí, pensando, mirándolo en el vidrio. ¿Sabe qué es lo que más me sorprende?

—No.

—La esterilidad de este momento. La realidad es simple y sencilla. Esperaba sentir algo, pero no es así. En todos esos ensayos mentales, nunca imaginé que no sentiría nada.

—¿Por qué deberías? Para mí, eres quien siempre fuiste. Yo soy quien siempre fui. Tengo un apellido diferente. Eso es todo.

—Ella le dio la herencia. Su estado cambió.

—Así es, pero aún no la he aceptado—. Stanley se reclinó y juntó sus dedos.

—¿Por qué no habría de recibirla?

—No estoy del todo seguro, pero depende mucho de lo que pase en esta habitación, esta noche.

—Eso también es inesperado, y quizás ilógico.

—Amo este lugar, pero me pregunto si será sabio tomar posesión de él si en el proceso se destruye.

—Entonces, ¿por qué está aquí?

—¿Ahora mismo o en un sentido más existencial?

—Considere el panorama más amplio.

—Responderé, pero primero tengo una pregunta: ¿me odias?

—A usted personalmente, no, en realidad. Es a su padre a quien odio, y a usted por extensión. Me sorprende que lo haya sentido con tanta fuerza durante todo este tiempo. Aunque no puedo suscitar ahora esta pasión con la misma intensidad de entonces.

—¿Qué quieres que haga?

—Lo mejor sería irse.

—Supón que no puedo.

—Entonces, no lo sé.

—¿Te irías?

—No estoy seguro. Soy más viejo que cuando amenacé con dejar a su señoría. Siento el peso de mi edad. Sería difícil empezar de nuevo, y dudo que tenga la confianza de poder llevarlo a cabo. A Dagmar le encanta estar aquí, pero es más joven. Sería difícil para los dos.

—¿Qué te pasó, Stanley?

—¿Qué quiere decir?

—Siempre te vi como la única persona que mantenía la calma y la unidad, preservando lo que debía preservarse y sosteniéndonos a todos en el nivel más alto.

—Eso es difícil de saber, porque yo mismo no me conozco bien. Supongo que estoy cansado.

—¿Estarías dispuesto a trabajar conmigo si aceptara la herencia, a pesar de ser hijo de lord Bromley?

—Esa es la pregunta, ¿verdad? Lo dudo. Tengo mis convicciones.

—¿Crees que habría una falta de armonía demasiado grande entre nosotros?

—Me he aferrado por mucho tiempo a mi odio por lord Bromley. Una reconciliación es imposible. No concordaríamos.

—Entonces deberíamos considerar un concepto más fundamental. ¿Por qué estás aquí?

—¿Existencialmente o en este momento?

—Comienza con el panorama más amplio.

Sonrió.

—Es difícil que usted no le guste a uno, pero también sucedía con su padre.

—Tengo mi encanto. ¿Por qué no empiezas tú y yo te sigo? ¿Está bien si fumo?

—Sí y sí. Su señoría es la respuesta. Usted conoce mi historia.

—Entonces, ese es un punto de partida —dije encendiendo un cigarrillo—. Johnny y yo leímos todo el material que nos diste. Él se las arregló para poner las notas de Alice en una secuencia que tenía sentido. ¿Sabías que fue al Carlyle con Marianne Thoreaux?

—Sí.

—Al final, dijo que necesitaba repetir lo que hizo allí, pero en este lugar, usando un *libro de los muertos* específico. ¿Eres consciente de eso?

—Sí.

—La salud de Alice no era la mejor en el momento de su muerte. Estaba terminando sus aventuras. Sospecho que sabía que no sobreviviría. Me detendré aquí porque estamos en una coyuntura significativa. Hace unas noches nos diste a Johnny y a mí la opción de escuchar el resto de la historia de Alice a cambio de una promesa. Este momento no es diferente.

—¿Una resonancia armónica? —preguntó Stanley.

Parecía vagamente interesado, pero, en su caso, era difícil saberlo.

—Posiblemente, pero no menos importante. Los dos debemos tomar la decisión a la que nos enfrentamos. Es la razón por la que todavía no he aceptado plenamente el legado de Alice. Veo dos caminos ante nosotros. El primero es claro: le asigno la propiedad al señor Dodge. Sería suya totalmente, y yo sigo adelante. El señor Dodge vende entonces los tesoros que pueda y pone al día el fideicomiso de mantenimiento para que la casa pueda continuar. En apariencia, se ve como una solución viable, y tengo el poder de concederla. El patrimonio sobrevive. Nada cambia realmente, aunque, desde otro punto de vista, todo cambia.

»Esta casa tiene una vida que existe en un plano separado y, creo, más elevado. El problema con el primer camino es que este elemento espiritual se vuelve secundario en comparación con lo físico. ¿Cuál será el costo de esa decisión? Creo que se apagaría una luz. Me preguntaste por qué estoy aquí y yo te pregunté lo mismo. No lo sé específicamente, pero preservar la esencia de este lugar podría acercarse a una respuesta. El día en que demos la espalda a sus elementos trascendentales será trágico de una manera que no puedo expresar adecuadamente con palabras. ¿Estás de acuerdo?

—Soy consciente de lo que está diciendo, pero no veo otra alternativa. ¿Está dispuesto a hacer lo que dice?

—No soy renuente, pero lo veo como un fracaso. De todos modos, una posible solución es mejor que ninguna.

—Me sorprende que lo considerara —reflexionó Stanley.

—¿Por qué?

—Pienso que usted es ensimismado y egocéntrico. Su padre, ciertamente, también lo era.

—Tal vez lo sea, pero al menos aprendí a mirar un problema desde varios y diferentes ángulos, en un esfuerzo por encontrar la mejor solución. Tengo en cuenta a todas las partes interesadas. Pero, incluso así, no hay garantía de que todo funcione. Hay una segunda solución que podría preservar esa magia, aunque no resuelve inmediatamente las necesidades financieras de la propiedad. Por lo menos, sitúa la importancia del elemento espiritual en el nivel que merece. Tendremos que confiar en la posibilidad de que se presente una mejor solución. Si logramos llegar a una armonía entre nosotros, tal vez podamos trabajar juntos y encontrar algo que mantenga este lugar intacto. Puede que no funcione, pero al menos lo intentaríamos. ¿No tiene eso más sentido?

—Parece que piensa que nuestras diferencias son la clave aquí.

—Así es. Ahora mismo, más o menos me odias. Y yo más o menos desconfío de ti. No hay paz entre nosotros. Tienes razón desde tu punto de vista y yo tengo razón desde el mío. Considera, hipotéticamente, que te vieras obligado a quedarte. Considera que yo también estuviera en la misma situación. ¿En qué se convertiría esta casa? ¿En un campo de batalla? Hubiésemos deseado entonces haber tomado el primer camino. Yo, por mi parte, no viviré bajo tales condiciones, con o sin magia. El primer camino, con su resultado negativo, siempre será preferible, pase lo que pase, a menos que seamos capaces de resolver nuestros problemas. Por lo tanto, debemos comenzar por esos problemas. Hasta ahora no se han propuesto otras ideas, aparte de vender los tesoros. Tal vez haya otra forma. Trabajando juntos sería posible, pero con nuestras actitudes actuales, es improbable que suceda.

—De manera que, si lo entiendo bien, hay dos caminos —interrumpió Stanley—. El primero es que usted se vaya y las cosas se mantengan como están. El segundo es que resolvamos nuestras diferencias, y el primer camino sigue estando disponible, pero otro también se vuelve posible. Se convierte en la mejor opción. Podría estar de acuerdo con eso. Aun así, no veo cómo voy a cambiar de opinión sobre usted. Una vez que decido algo, rara vez modifico mi manera de pensar. Y lo que es más importante, no veo cómo se puede evitar la venta.

—Yo tampoco, pero cosas más extrañas han pasado. ¿Esperabas que simplemente me alejara?

—Francamente, no.

—Tal vez soy una persona diferente a la que crees.

—Es posible. ¿Qué tiene en mente para resolver nuestras diferencias?

—Aprendí algunas cosas esta semana. Admito que nunca fui el mejor defensor de la honestidad. Nunca entendí el punto. Ser sincero, según mi experiencia, trae tantos problemas como soluciones. Ahora lo veo diferente. Cuando se miente muy bien, se engaña uno mismo. Entonces, los demás pueden engañarlo a uno. El mundo que uno percibe ya no es un verdadero reflejo de lo que existe. Me equivoqué de muchas maneras. Hice suposiciones inválidas, fui ciego teniendo los ojos abiertos y generalmente me vi devastado por profesionales, porque estaba lleno de falsas percepciones. Me vi obligado a cambiar mis opiniones sobre muchas cosas, y lo logré, descubriendo la verdad.

»Teniendo esto en mente como premisa, creo que ambos podemos estar equivocados. No nos vemos muy claramente. Por un breve período de tiempo deberíamos darnos uno al otro el beneficio de la duda. Propongo que seamos completamente francos entre nosotros. Nada de tonterías. Sin mentiras. Nada de verdades a medias. Tengo preguntas. Puede que tú tengas otras también. Responderemos mutuamente tan honesta y completamente como podamos. ¿Cómo podría eso hacernos daño?

—¿Y si al final seguimos sintiendo lo mismo?

—Tomamos el primer camino.

—¿Haría eso?

—Lo haría. Apuesto a que no necesitaremos esa solución.

—A mí me parece que gano de cualquier manera.

—Sí, pero recuerda, si se trata del primer camino, tendrás que vivir aquí, y Dagmar también, cuando yo me vaya. No estoy seguro de cuáles serán las consecuencias, pero habrá algunas. Intentémoslo, al menos. ¿De acuerdo?

68

Stanley me miró un momento antes de contestar.

—¿Sabe por qué tantas veces las negociaciones tienen lugar entrada la noche? —preguntó.

—¿Desgaste?

—Exactamente. Nuestras barreras se erosionan lentamente. Es una táctica que observé en mis empleadores. Finalmente, nos rendimos y los compromisos se vuelven posibles. El único peligro es nuestra reacción a la mañana siguiente, cuando nos llenamos de dudas y reconsideraciones sobre el mérito de los acuerdos a los que llegamos la noche anterior.

—He vivido esa situación —le dije—. Podría pasar, pero esto no es una aventura de una noche; no es de todo o nada. Espero muchas discusiones y renegociaciones más. Es un proceso, no un evento. Todo lo que deseo es que estemos dispuestos a comenzar y construir una base para una mejor relación. Nada más.

—Usted es un optimista.

—En realidad, todo lo contrario, pero soy consciente de mi pesimismo e intento equilibrarlo. Tengo bajas expectativas, por lo tanto, no me decepciono. Podríamos disminuir nuestras esperanzas y simplemente hablar.

—Podríamos, pero usted me preguntó si estoy de acuerdo en al menos intentarlo. Es una petición razonable, y la aceptaré. Puede que se pregunte por mi renuncia. Su señoría me dijo una y otra vez que usted y yo seríamos buenos amigos. También se lo dijo a Dagmar y a los padres de Johnny. En muchas oportunidades me hablaron de las conversaciones que tuvieron con ella. Siempre me preguntaba si era simplemente su deseo, en lugar de algo determinado en el futuro. Dagmar está convencida de que esta visión era genuina. A menudo tiene razón. Si alguna vez se casa, descubrirá con qué frecuencia la otra mitad es más sabia que uno mismo. Francamente, lo encuentro perturbador. Puede ser la tendencia masculina de querer ser correcto en todas las cosas, en cuyo caso, hay arrogancia. Podemos renegar todo lo que queramos, pero en algún momento debemos resignarnos a nuestro destino de tener que rendirnos a poderes superiores a los nuestros. Podría gritar mi protesta, y lo hice en muchas ocasiones. Tal vez sería mejor simplemente ponerse de acuerdo desde un comienzo. Es algo que se puede considerar, pero ¿dónde está al menos la ilusión de control y un pequeño guiño a nuestra hombría? Al final, debemos capitular. Y yo lo hago ahora.

Stanley miró hacia su escritorio durante unos momentos y luego dirigió su mirada hacia mí, antes de continuar.

—Así que... aquí estamos. Creo que sé hacia dónde va esto. Quiere saber los detalles de la muerte de su señoría. Irónicamente, puede ser lo opuesto a lo que probablemente piense. Se lo diré, pero no estoy seguro de que los pormenores nos permitan a ninguno de los dos resolver el asunto por completo. Pero bueno, se supone que la confesión es saludable para el alma. La mía ha estado encerrada durante mucho tiempo. Alguien debería saberlo. Quizás por eso me ofrecí a contarles a usted y a Johnny la historia de su señoría: para llegar a este momento. Más vale que sea usted quien la escuche. Los dioses hablan de maneras peculiares.

Sonrió y me miró.

—La ironía es muy grande. Usted es su hijo. —Sacudió la cabeza—. Apenas puedo creerlo. La vida puede ser circular... pero, estoy divagando... —Me miró fijamente y continuó—: Mi pecado no es haberla matado, por si acaso eso es lo que está pensando, ni que la haya ayudado a suicidarse. Tampoco es el pecado de su padre. Al final, no pude hacer lo que ella me pidió o lo que, para ser más exacto, me rogó que hiciera. Rompí mi juramento. No podía matarla. Era algo que me superaba y, en eso, nos fallé a los dos completamente.

Se hizo un prolongado silencio en la habitación.

—¿Quiere un trago? —preguntó.

—Lo agradecería.

No hice comentarios sobre lo que dijo. Él volvería con los detalles a su manera. Yo pensé que él podría haberla matado o que había participado en su muerte. Siempre asumí lo peor de la gente. Y de Stanley más que de otros. Los límites que podrían contener a muchos no existían para él. Yo no era tan frío y calculador, pero aparte de eso no éramos tan distintos, conociendo mi linaje. Ambos protestábamos mientras el destino nos arrastraba. La entrega era la única respuesta para él y para mí. Podía sentir la armonía de la casa. Todo lo importante que se suponía que iba a pasar acababa de ocurrir.

Me di cuenta de que, finalmente, había alcanzado la madurez a través de mi entrega y la posterior aceptación de quien era, incluido el hecho de tener tan mala herencia. Sería, ni más ni menos, quien ya era. Ahora entendía mejor a Stanley. Más importante aún, con la rendición mutua a nuestros respectivos destinos, tendimos un puente frente al abismo que nos separaba.

Stanley se levantó y sirvió una medida de su reserva privada en dos vasos de cristal tallado y me pasó uno antes de sentarse. La talla del vaso era tan marcada que casi dolía sostenerlo. Continuamos como si nada hubiera pasado, aunque los dos sabíamos que no era así.

—Salud —dijo.

Bebimos. El *whisky* era aún mejor de lo que recordaba.

—Debería probar uno de estos. —Me ofreció un plato de bocadillos que Dagmar preparó para nuestra reunión.

Me comí uno y luego otro.

—Gracias. Son de otro mundo. Dagmar es especial.
—Lo es. ¿Está listo?
—Por favor.
—Su señoría quería intentarlo de nuevo, como hizo en el Carlyle. Teníamos pocos secretos. Regularmente me contaba lo que hacía. Un día, hacia el final, me llamó y me dijo que había visitado a varios médicos en Park Avenue. Todos estuvieron de acuerdo. Tenía una enfermedad cardíaca. No sabían cuánto tiempo le quedaba. Un año fue el pronóstico más optimista.

»Consciente de su muerte inminente, se involucró intensamente en el reino de los chamanes. Fue un hecho espantoso. Yo tomaría el lugar de Marianne como su guía. No estaba segura de sobrevivir e hizo preparativos. Escribió la carta que le entregué hoy temprano. Dejó sus asuntos financieros cotidianos en desorden por temor a que, si estaban ordenados, podría parecer que se había suicidado. Justificó esto diciéndome que ciertas pólizas de seguro quedarían invalidadas si consideraban el suicidio como la causa de su muerte. Al hacerlo, no tuvo en cuenta la interpretación alternativa, es decir, que fue asesinada.

»Se obsesionó tanto con asegurarse de que su muerte no pareciera causada por sus propias manos, que me llevó, por supuesto, a creer que eso era lo que pretendía. Simplemente, no era creíble que sobreviviera a los efectos de las drogas y a los violentos resultados que estas provocarían en su cuerpo. Yo debía forzarla a que se tragara todo, usando cualquier medio necesario. Eso fue lo que me ordenó. La noche que ella definió como la más favorable llegó finalmente, pues todos los eventos singulares se producen de manera implacable. Las horas avanzaron y los minutos se acercaron al momento. Para mí, fue como una ejecución perentoria. La semana anterior, me hizo jurar. Le confieso que fue con el mismo libro y la pequeña botella verde de la que bebimos la otra noche. Puede entender la seriedad del tema. Me estremezco tan solo de pensarlo.

»Ella se vistió con su ropa egipcia, junto a cada talismán, objeto y pieza de joyería antigua que poseía. Preparó la poción en su baño usando una pequeña hornilla. Era tarde y todos los demás dormían. Me dio un embudo y una taza grande llena del líquido fétido antes de acostarse en el suelo. Me miró y me dijo que le introdujera toda la mezcla por la garganta. Debía usar la fuerza si era necesario y no detenerme.

»Hay amor entre un hombre y una mujer, un marido y una esposa. Es físico, íntimo y pleno. Hay otro amor entre un coleccionista y una obra de arte en particular. Uno experimenta en el objeto un ideal, algo espiritual, divino. Al mirarla en ese momento, cualquier ilusión que hubiese albergado durante todos esos años se hizo añicos. Por primera vez la vi en su integridad. Vi un ser humano ordinario que, sin embargo, se robó mi corazón desde que nos conocimos. Retrocedí. Debió de haberse dado cuenta de que no podía hacerlo. Me agarró las muñecas con sus manos para obligarme. Siguió una lucha. Me maldijo mientras su cara se amorataba... y, en un segundo, se había ido.

»No puedo expresar el alivio que sentí. Me alegré mucho por mi escape. Tiré la mezcla por el inodoro y limpié donde había salpicado. Corrí a la habitación de al lado y me senté en la cama. Estaba horrorizado y eufórico. Fue mi regocijo lo que me avergonzó. Todavía me avergüenza, pero hubo otras consecuencias. No me cayó ningún rayo. No me convertí en piedra, pero, de alguna manera, hubiese sido mejor. Cambié. Mi corazón se congeló, la alegría se esfumó y no encontraba felicidad en las cosas cotidianas que más amaba. Como usted dijo, se apagó una luz. Maldije mis circunstancias. Beber se hizo más fácil. Descuidé asuntos que antes atendí fielmente. Se abrió un agujero y me tragó.

Puede que haya llevado lentamente a la ruina este lugar. No lo sé. Ahora depende de los demás salvar lo que yo no puedo.

Unas lágrimas brotaron de sus ojos. No dijo nada más.

Tampoco dije nada. No podía. Había estado en el lugar oscuro donde él mismo se encontraba. Tal vez era una especie de maldición, después de todo. Alice debe de haber luchado bajo el peso de algo similar. Intenté encontrar las razones por las que escapé de mi propia oscuridad. Fue Johnny quien lo hizo por mí. Por cada nube negra que proyecté hacia él, contestaba con un despliegue de optimismo que parecía disipar la oscuridad. Cuando nuestra sociedad murió, me fui a California, pero sus recuerdos me acompañaron. Yo no era Johnny. No podía revertir en una noche el hundimiento que Stanley vivía, pero habíamos empezado. Le ayudaría en todo lo que estuviera a mi alcance. Era el mejor de los hombres. Solo abrigaba buena voluntad hacia él.

—Stanley, confío en ti. Antes no, pero ahora sí. Lo solucionaremos. Todo lo que puedo decirte es: gracias por tu confianza. Intentaré estar a la altura de esa confianza. Hablamos, y eso es un comienzo. Para mí, vales tu peso en oro. ¿Estudiaste todos esos libros a fin de encontrar un medio para levantar la maldición?

Asintió.

—Si me permites preguntar, ¿qué prometiste exactamente?

—Que la ayudaría a completar el ritual.

—¿Prometiste que sería un éxito?

—No. Asumí que completar significaba terminarlo, y no fue así.

—Estoy seguro de que lo consideraste, pero, si ella murió en medio de todo, ¿cómo puedes ser el responsable? La especificidad y exactitud de una maldición, un hechizo, un juramento o incluso un documento legal son importantes. Tal vez asumiste una interpretación demasiado amplia.

—Existe el espíritu de la ley.

El ojo de la luna

—Así es, pero por eso hay jueces. La mala redacción o la elaboración inadecuada de un contrato puede crear problemas en la aplicación, y no hay excusa para ello. Por eso pagamos tanto para tener un buen abogado.

—Consideré eso, por supuesto, pero usted tiene una visión diferente. No hay jueces para este tipo de cosas.

—Tal vez sea porque nos juzgamos a nosotros mismos, pero estoy dispuesto a argumentar el caso a tu favor hasta que estés convencido. Hay otro punto. En las notas, Alice mencionó que el Ojo de la luna no garantizaba que ella regresaría una vez que pasara a la otra vida, solo que pasaría con seguridad. Dejando a un lado el sueño de sir Henry, ¿quizás tuvo éxito? No sabemos la respuesta. A veces, incluso los dioses se niegan a decirnos toda la verdad cuando esta puede decepcionarnos. En cualquier caso, yo seré tu defensor. ¿Estarías dispuesto a trabajar conmigo?

—No quiero caridad. —Stanley me miró. Sacó un pañuelo y se sonó la nariz.

—Nunca tuve la impresión de que esta fuera una organización caritativa.

—Supongo que no. —Suspiró—. Hablamos. Es un comienzo. Me siento más liviano. Nunca se lo dije a nadie. Supongo que hasta ahora no había a quién contarle nada. Estoy de acuerdo en esperar. Ninguna decisión con respecto a mi empleo es lo mejor que puedo ofrecer.

—Eso es más que suficiente. Todo saldrá bien. Duerme un poco. Tengo un par de visitas que hacer antes de que acabe la noche. No hay descanso para los malvados. Te enviaré mi cuenta por la mañana.

Sonrió mientras nos levantábamos de nuestros asientos.

—Hasta podría pagarla.

Alargué mi mano. La sacudió de buena gana. Era un comienzo.

69

Dagmar esperaba en la mesa de la cocina. Se levantó y nos miró. Parecía contenta con lo que vio.

—Bueno, finalmente no necesitaré la escoba —dijo.

Esta se encontraba lista, apoyada en la mesa junto a su silla.

—Vamos, Stan, tenemos que dormir, y tú deberías hacer lo mismo —me ordenó—. Pero sospecho que tienes que moverte más esta noche.

Aparentemente, mi vida era un libro abierto. Pasó un brazo detrás de Stanley y tomó la escoba con la otra mano. Lo condujo hacia el pasillo de atrás. La oí susurrar mientras los dos se dirigían hacia las escaleras.

—¿Ves? Alice tenía razón. Te dije que todo saldría bien. Él es bueno, y tú también.

No escuché su respuesta, pero creí verlo palmearle suavemente su mano cuando di vuelta para ir al comedor. Todavía tenía que hablar con Johnny y Bruni. Posiblemente, Johnny dormiría en el sofá de arriba y estaría esperándome. La planificación nocturna era una pasión suya que yo no compartía, pero era tan implacable sobre este punto que di por sentado que aún estaría allí cuando terminara. La persona con la que realmente tenía que hablar era Bruni. No solo estaba inseguro sobre su estado de ánimo, sino que no sabía con certeza en qué habitación estaba. Lo reduje a dos posibilidades. Subí las escaleras y bajé por el pasillo del segundo piso. Golpeé suavemente en una de las puertas y esperé. Se abrió y Bonnie asomó la cabeza. Sonrió, medio dormida, cuando me vio y se quitó el pelo de la cara, mostrando un brazo desnudo.

—Al lado, vaquero —susurró—. Buena suerte y gracias.

Sonrió nuevamente y cerró la puerta. Ella dejaría que las cosas sucedieran. Era realmente inteligente. Suspiré y seguí adelante. Toqué en la puerta y esperé. No hubo respuesta. Volví a tocar y caminé de un lado a otro. Nada. No quería golpear más fuerte y me di vuelta hacia la puerta oculta que conducía al piso de arriba, cuando escuché un clic. La puerta se abrió, pero nadie se asomó. Por un momento dudé y me pregunté si me había equivocado una vez más, pero estaba resuelto y entré. Cerré la puerta silenciosamente detrás de mí.

—¿Bruni? —pregunté en un susurro. Estaba muy oscuro.

—¿Qué?

Reconocí su voz. Era la habitación de Bruni. Estaba en el lugar correcto.

—¿Podemos hablar?

—No. Es muy tarde, y una dama no abre su puerta en plena noche para conversar. Ahora, ven aquí.

Era una noche llena de sorpresas. Obviamente, tenía mucho que aprender sobre las mujeres en general y sobre Bruni en particular.

—No puedo ver nada —dije, dando tumbos.

—Tus ojos se acostumbrarán.

—Por alguna razón, creo que nunca lo harán. —Se rio entre dientes.

—Eso es lo mejor que oí en toda la noche. Déjame ayudarte.

Tanteé hasta encontrar su cama. Ella tomó mi brazo y me guio. Cuando mis ojos se adaptaron a la oscuridad, me di cuenta de que no llevaba nada puesto.

70

Bruni se estiró por encima de mí hasta la mesita del lado, sosteniendo la sábana delante de ella, y encendió la luz. Había un paquete de cigarrillos. Encendió dos.

—¿Fumando en la cama? —pregunté.

—Seguro. Es lo mejor, y estoy muy despierta. ¿Qué hay de ti?

—Bastante despierto, diría, y feliz.

—Yo también —Suspiró—. Somos sexualmente compatibles. —Rodó hacia mí—. No tienes idea de lo importante que es para mí. Tenía que dejar eso en claro antes de que habláramos sobre mi comportamiento de esta noche temprano. Supongo que es algo manipulador o, al menos, calculador, pero tenía que saberlo primero.

—¿Y si no lo hubiéramos sido?

Alcanzó un cenicero y lo sostuvo para los dos.

—Hubiese puesto en duda nuestro futuro, al menos para mí, pero, afortunadamente, no es así. —Me abrazó—. Ahora tengo que disculparme y confesar algo. No es lo que más quiero, pero es mi deber. Primero, me gustaría disculparme por mi comportamiento abajo y ofrecerte una explicación. Me sorprendió y me repugnó que fueras el hijo de lord Bromley, porque el romance que tuve con él no fue solo platónico. Puede que lo hayas adivinado. Tal vez no, pero así fue.

Me observó para ver mi reacción.

—Tu padre me lo dijo.

Bruni se sentó. La sábana resbaló de sus hombros. Sus ojos se abrieron de par en par al mirarme, y supongo que los míos también.

—¡Dios mío! —dijo en alemán—. No tenía ni idea de que lo sabía. Nunca lo mencionó.

—¿Habría ayudado?

—Supongo que no. *Mutti* se lo dijo, por supuesto. Debí imaginarlo.

—Bienvenida a mi mundo. No hay secretos.

—¿En serio?

—Aquí el personal también lo sabe todo.

—¿Incluso sobre nosotros?

—Absolutamente. Es probable que se estén haciendo apuestas.

—Supongo que cabría esperarlo.

Se recostó.

—Creo que te estaba distrayendo así, sentada —dijo.

—Definitivamente.

—Me alegro de oírlo. ¿Mi padre dijo algo más?

—Sí, pero no sobre ti, aparte de que quiere que seas feliz; nosotros dos, para el caso. No se veía demasiado optimista, pero tampoco pesimista.

—Así es él, pero me alegra que lo dijera. Significa que lo aprueba y eso es importante. No aceptó a mi primer marido. Como sea, debería haber sido más transparente cuando te conté lo de la aventura, pero no lo fui. Estaba avergonzada. Odio parecer estúpida y tonta, y fui ambas cosas. Es difícil para mí revelar quién soy realmente. Cuando me di cuenta de las implicaciones de que fueras el hijo de lord Bromley, me pareció antinatural y desagradable, rayando en lo perverso. Fue una reflexión personal que no me cayó bien. Me sentí fatal. Si no hubiera sido porque las ventanas explotaron, habría vomitado.

Se estremeció y continuó.

—Apenas si pude mantener la calma. Saber que tenía que confesarte el alcance de esa relación hizo que fuera casi insoportable, pero te enteraste de todos modos. Las verdades terribles emergen cuando menos las esperas. Fue cuando estaba tirada en el suelo y vi tu rostro escrutador que me di cuenta de lo horrible que debía parecer. Incluso, pensé por un momento que eras él, y hui. Nunca escapé de nada, pero lo hice esta noche. Me miré a través de tus ojos, lo que vi me sorprendió y me avergonzó. Corrí. Apenas podía controlarme.

Miró fijamente a un punto distante, perdida en sus pensamientos. Me acerqué.

—La perversidad de nuestras circunstancias no se me escapó —dije—. Cuando me di cuenta de quién era mi padre, me sentí complacido y horrorizado. No sabes la relación que tenía con Alice. Era abusiva, cruel y demoníaca. Empezó con amor y terminó en locura. Algún día te lo contaré.

»La manzana nunca cae lejos del árbol. Creo que en ese dicho hay algo de verdad. La suficiente como para que yo sepa que las mismas capacidades y tendencias están dentro de mí, latentes y no expresadas, pero, sin embargo, presentes. ¿Saldrán a la superficie? No puedo decirlo. Tu padre, extrañamente, entendió eso. Él quería que yo aceptara esos elementos en vez de rechazarlos, para canalizarlos con pleno conocimiento y que no me enceguecieran. Esta noche me pregunté si me aceptarías sabiendo lo que hay dentro de mí. No sabía la respuesta. Todavía no la conozco. Dijiste que tengo un lado oscuro. Lo tengo, pero no es oscuro, es negro.

Se volvió hacia mí y me dijo seriamente:

—Somos iguales. Es por eso que nos atraemos, inevitablemente, el uno al otro. Es nuestra debilidad y nuestra fuerza. Debes entenderlo, nunca me arrastrarás hacia el fondo. Yo desciendo. Tu oscuridad no me intimida. Siempre estaré ahí contigo, sin importar lo sombrío que sea.

Me besó suavemente.

Miré sus ojos de color azul eléctrico.

—Gracias —le dije—. Siento que es una bendición que estés aquí. Si tu vida no hubiese tomado este camino, no estaríamos juntos. Agradezco todo lo que te pasó y todo lo que hiciste. Lo digo en serio. Aparte de que sea para conocerte mejor, tu pasado no me preocupa. Cuando hicimos nuestras promesas, elegí parcializarme irremediablemente a tu favor. Lo estaré siempre. —La besé.

—¿No te importa lo que hice o lo que me hicieron? —preguntó.

—No. Eres quien eres, y me gustas así.

—Puesto que estás parcializado, ¿eso significa que nada de lo que haga es malo?

—Más o menos. Supongo que podrías lastimarme, pero es un riesgo que debo correr. Tomé la decisión de amarte, pase lo que pase. Es mi entrega a ti.

—Lo que dices es encantador. Me gusta —dijo y me besó—. La aceptación es difícil para mí. Ese incidente con tu padre fue uno de los muchos que aparecen de vez en cuando de la nada. Quiero ser perfecta. Intelectualmente, es un disparate, pero mi corazón se niega a escuchar. Es terco, como yo. Tener al menos una persona que me ame a pesar de todos los errores que cometí es un regalo, y te agradezco por ello. Hablando de cosas más inmediatas, parece que estás en una situación un poco precaria. ¿Sabes qué hacer? ¿Me permites ayudarte?

—Gracias por la oferta, y acepto cualquier ayuda que me ofrezcas. Tengo una pregunta: si haces una promesa como una persona y descubres que eres otra, ¿el contrato es obligatorio?

—Supongo que te refieres a la promesa que le hiciste a la señora Leland. No hubo ningún intento de engaño y, desde un punto de vista legal, eras competente al hacerla, así que se mantiene. La otra parte podría anular el contrato, pero tú no. Las promesas son contratos válidos. La aplicación de la ley puede ser problemática, pero el incumplimiento podría conducir a una pérdida de reputación. Tu mejor movida sería renegociar. Espero que eso ayude.

—Hace más clara mi posición. Muchas cosas dependen de mi reunión con el señor Dodge mañana. Stanley y yo dimos un primer paso, y estoy muy contento por ello. Dirigir este lugar sin él no sería posible.

—¿Vivirás aquí, entonces? ¿Viviremos aquí?

—¿Lo deseas?

—Por supuesto.

—Entonces, lo haremos. Debo empacar y cerrar mis asuntos en California, pero estoy seguro de que puedo hacer la transición hacia el este. Conservo varios clientes en Nueva York.

—Tengo un lugar en la ciudad. Hay espacio.

—Gracias. Creo que eso me gustaría.

—Lo resolveremos.

Volvió a sentarse y se estiró. Su cuerpo resplandecía en la suave luz de la lámpara de la cabecera. Yo estaba encantado.

—Entonces, ¿aceptas mis faltas? —preguntó.

—Totalmente —susurré.

—El plural implica que tengo más de una.

—Muy pocas faltas, en realidad —respondí con cuidado.

—¿Cuántas? Sé específico.

—Ahh...

Dejó el cenicero a un lado y se recostó sobre mí.

—Te atrapé con la pregunta. Admítelo.

—Lo hiciste. Me distraje pisando terreno peligroso.

—Terreno muy peligroso. ¿Qué planes tenías para el resto de la noche?

—Soy flexible, pero le prometí a Johnny...

—Las reuniones a primera hora son mejores. Confía en mí, sé por qué te lo digo. Pondré la alarma a las seis. ¿Qué tal si dejamos la luz encendida esta vez?

—Me parece bien.

Johnny tendrá que esperar.

71

La alarma sonó. Bruni la apagó, me besó con abandono y me echó de la cama. Eran las seis de la mañana. Recogí mi ropa y abrí la puerta con cuidado. Todo estaba tranquilo. Me deslicé por el pasillo, abrí la puerta oculta, la cerré detrás de mí y subí las escaleras. Johnny dormía en el sofá. Robert estaba acostado de espaldas, junto a su amo, con las patas en el aire. Sus ojos negros se abrieron y se sentó mirándome fijamente. Ladeó la cabeza. Johnny se agitó y preguntó, medio dormido:

—¿Qué hora es?

—Seis y cinco.

—No llevas ropa —dijo, abriendo los ojos.

—Es más fácil así que ponerme todo de nuevo. Voy a tomar una ducha y luego te contaré lo de anoche.

—Por tu apariencia, puedo adivinar.

—Eso también. No tardaré mucho.

Me duché, me afeité, me puse ropa cómoda y colgué el frac prestado; me sentía a las mil maravillas. Me crucé con Johnny de camino al baño y le pregunté:

—¿Te apetece un café? Puedo bajar por un poco. Creo.

—Eso sería celestial. Negro. Trae un termo, si puedes. Tienes una vitalidad y un vigor cercanos a lo obsceno, pero apúrate. Creo que necesito una transfusión.

Bajé por las escaleras de atrás hasta la cocina. El café estaba en la hornilla. Varios de los empleados se encontraban ya en movimiento. Jane me pasó un termo y dos tazas. Casi atropello a Dagmar cuando iba hacia las escaleras. Me miró y exclamó:

—¡Ja! —y luego gritó sobre su hombro—: Tienes que pagar, Stan.

—Sí, Dagmar, y una mañana maravillosa para ti también. ¿A cuánto subió la apuesta?

—Fue bastante alta. Lo de Stan fue una apuesta paralela. Parece que tuviste una buena charla con él. No lo había visto dormir así en años. Es una bendición. Te vas esta tarde. Asegúrate de verme antes. Ahora, vete. Tengo cosas que hacer.

El aroma del café fresco impregnó el piso de arriba mientras llenaba las dos tazas. Johnny salió, vestido y despierto.

—Si esta es una muestra de la nueva administración del establecimiento, lo apruebo de todo corazón —dijo al ver el café sobre la mesa—. Ahora, háblame de anoche.

Describí lo que el barón me dijo, mi reunión con Stanley y mencioné a Bruni, pero de una manera general. Él captó la idea.

—Bueno, bueno, una noche de trabajo excepcional —dijo Johnny, dejando su taza—. Finalmente, llegamos al fondo de la historia de Alice. Nunca pensé que vería este día. Podría seguir con eso, pero el tiempo apremia. Además, Stanley está ahora en tu esquina y tú estás en tono informal con Hugo. Excelente. Mantendré silencio sobre todo esto y sobre la posición de Bruni, pero, va un pequeño consejo. Estás titilando como una luz de neón esta mañana. No voy a soltar la lengua, pero, con seguridad, tú sí lo harás.

—Me temo que ya no es un secreto, al menos en el ala de sirvientes. Dagmar fue una de las ganadoras, seguro.

—¿Apostaron?

—Parece que sí.

—Típico. ¿Qué tan alta era la apuesta?

—Ni idea. Dagmar no lo diría.

—Maldición. Me hubiese gustado participar. A veces, toda la diversión es para ellos. Bueno, hablemos de cosas más serias. Mientras estabas de juerga, yo pensé e hice algunas notas.

Johnny recogió una libreta amarilla y un lápiz.

—Primer punto en el orden del día. No vas a renunciar y, con herencia o sin ella, nuestra amistad es inviolable. ¿De acuerdo?

—Totalmente.

—Punto uno, cubierto. —Johnny lo marcó y continuó—: El punto dos es Stanley. Ese también lo señalaré como concluido. Aunque es posible que ahora él pueda ejercer presión donde sea necesario. Es solo un pensamiento, pero tenlo en mente mientras unimos nuestras fuerzas.

—Sí.

—El tercer punto es Brunhilde. Ese también está resuelto. Ella tiene una visión legal de las cosas. Puede que necesitemos su consejo. Asumo que está firme en tu lado.

—Definitivamente.

—Bien. Esos eran los problemas inmediatos de anoche. Ahora, el orden del día para hoy.

»Hablé con mamá anoche. La reunión es a las once de la mañana. Tendrá dos partes. En la primera, solo estarán tú y papá. Obviamente, el fideicomiso de mantenimiento debe reforzarse, aunque el monto no está claro. Mi madre calculó un par de millones. En la segunda parte se resolverá el manejo de las ofertas que se hagan por los tesoros y se acordará el pago. Tu oposición a vender es correcta, pero no resuelve el agujero financiero en el fideicomiso de mantenimiento. Tengo un par de ideas para este punto. ¿Estás listo para oírlas?

—Dale.

—Primero, una subasta de vinos en Christie's. Tenemos una cava excepcional. Necesitaríamos una tasación, pero aventajamos al mercado en varias añadas que desaparecieron de la escena mundial, por lo que es posible que los compradores se interesen. Aunque sea un éxito, dudo que logre recaudar la cantidad necesaria. Unos cuantos negocios buenos podrían compensar la diferencia. Sé lo que vas a decir, pero como solución provisional es muy válida.

—No, es una buena idea que vale la pena explorar. Stanley tendrá sus reparos, pero es mejor eso que no tener casa. De todos modos, siento recelo de negociar arrinconado contra la pared. Eso rara vez termina bien. ¿Recuerdas nuestra última aventura?

—Pensé que dirías eso, pero recuerda, fue Maw quien nos hundió, lo que me lleva a la segunda idea: vi que podríamos explorar las ramificaciones legales del asunto. Una donación puede hacer que todo desaparezca. Pero, de nuevo, presionarla demasiado podría hacer estallar todo. Sea como sea, alguien ganó una millonada a nuestra costa y nos la debe. Solo necesitamos saber quién se benefició y recogió las ganancias.

Mientras Johnny hablaba, Robert se levantó, trotó hacia la puerta y se sentó a observarla. Golpearon. Johnny y yo nos miramos. Nadie subía hasta este lugar, aparte del personal, y solo cuando no estábamos.

—Entre —dijo Johnny.

La puerta se abrió y Bonnie entró; vestía *jeans* y una camisa de mezclilla. Estaba maquillada y llevaba el pelo recogido. La nueva Bonnie se advertía claramente.

—Lamento irrumpir, pero tengo un sentido del olfato agudo y su café me atrajo hasta aquí. Me vendría bien una taza, si no les importa.

Los dos nos levantamos y la invitamos a acompañarnos.

Se sentó en el sofá. Johnny le dio su taza y se ofreció a conseguir una limpia, así como a llenar el termo.

—Muy bien. Tómate tu tiempo. Danos unos veinte minutos.

El ojo de la luna

—Voy a pasear a Robert y regreso en treinta minutos —respondió Johnny.

—Perfecto —dijo ella tomando un sorbo de café—. Justo lo que necesitaba. Bonnie miró a su alrededor mientras Johnny salía con Robert.

—Me gusta estar aquí arriba. Es agradable.

—Durante años fue un hogar para Johnny y para mí.

—Muchos libros... ¿Cómo te fue con tu novia?

—Bastante bien.

—Bueno, me alegro por ti. Podríamos meternos en un mundo de problemas, tú y yo, pero no te presionaré. Voy a quitar eso de la mesa por ahora. Solo crearía complicaciones. Además, preferiría tenerte como amigo. Confío en ti, y la confianza es un artículo escaso en mi mundo. ¿Te parece?

—Me parece bien y espero serlo. Me impresionaste mucho.

—Me alegro. Tenemos una conexión y es importante. También quería hablar contigo en privado. El café fue una excusa, pero lo recibo con satisfacción. —Bebió un poco más y dijo—: Hablé con mi madre anoche, a última hora. Dudaba sobre si estaba dispuesta a dar marcha atrás en el trato, pero me alegra decir que está entusiasmada.

—Qué bueno oírlo. Eres su mejor opción y creo que la única. El señor Dodge no tiene el impulso o la calidad especial que tú tienes. Quedó claro cuando dijimos que tú eras la indicada. Tengo una pregunta para ti, es personal.

—Escucho.

—¿Crees que tú y ella superarán algún día la distancia que las separa?

—Estamos en sintonía y es de eso de lo que quiero hablarte. Tratar con mi madre puede ser impredecible. Mientras la llevaba arriba, me preguntaba qué pensaba realmente de su decisión después de tener tiempo para meditarla. Decidir que yo sería la principal heredera fue un gran paso para ella y, de alguna manera, estaba algo forzada. La llevé arriba, la arropé bien y me senté a los pies de su cama. Tuvimos nuestra primera conversación real. Le dije que quería hacer las paces con ella. Se necesitan al menos dos para pelear, y yo tomé la decisión de abandonar mi bando, siempre y cuando ella esté dispuesta a deponer las armas. Fue algo muy delicado, pero, al final, lo conseguimos.

»Lo que me convenció de que ella seguiría adelante con el trato fue que hablamos de Sarah y de lo que yo sabía de esa noche. La impresionó que mantuviera el silencio todos estos años, pero, aún más, mi certeza de que ella actuó correctamente. El hecho es que no tuvo elección. Mamá es realmente dura, pero ni siquiera ella puede soportar sin consecuencias la carga de matar a su propia hija, aunque fuese en defensa propia. Ha pesado sobre ella como una piedra, y le dije que era hora de dejarlo ir de la mejor forma. Hablamos de eso y creo que finalmente entendió algunas cosas que no había comprendido antes. A veces analizamos lo que podríamos haber hecho de manera diferente. Ella hizo lo mismo. Repitió tantas veces ese incidente en su mente que no sabía ya qué era verdad y qué no lo era. Es difícil justificar lo que hiciste cuando ya no estás seguro de lo que realmente pasó. La idea de que pudiera estar equivocada la aterrorizaba, lo mismo que tener que ocultarlo a todo el mundo. Le confirmé lo que sucedió en realidad. Además, finalmente pudo contárselo a otra persona sin temor al juicio. Nunca la vi llorar hasta anoche, ni una vez en todos los años que la conozco.

»Quería decirte eso, pero hay dos cosas más. Debes hablar con ella tú mismo. Se pronunciaron palabras duras. Aunque ella nunca se disculpará por lo que dijo, se les puede arrancar el aguijón. Ella mencionó indirectamente que tu otro padre, el que pensabas que era tu padre, tenía la culpa, pero no tanto como ella pensaba. Al ser hijo de lord Bromley, se dio cuenta de que su animosidad hacia ti no tenía sentido. Sospecho que así es como planeas librarte de la promesa que hiciste. ¿Tengo razón?

—Cierto, así es.

—Es lo que pensé. Buena jugada, pero arriesgada... Lo que me lleva a la última parte. Su culpa por Sarah se volvió tan grave que empezó a ver su fantasma, al menos eso es lo que dijo. Está convencida de que necesita un talismán para protegerse. Yo no iba a intentar convencerla de que imaginaba cosas. ¿Quién sabe lo que vio? Yo no. Pero una expresión de buena voluntad de tu parte podría ayudar mucho a reducir la brecha entre ustedes. El talismán podría ser una pata de conejo, por lo que a mí respecta. Su valor está en el poder que ella cree que tiene, no en lo que tú o yo le demos. Un gesto como ese podría disolver el otro lado de esa promesa que hiciste. *Quid pro quo.*

»Su reconciliación contigo también enviaría el mensaje a mi medio hermano de que está solo. Con Anne y mamá en tu bando podría ser suficiente para permitirle a él pasarse también al otro lado de la cancha. Final feliz. No resuelve el tema del dinero que necesitas, pero allana el camino. Yo ayudaría, si pudiera, pero aún debo los bonos que tengo que darle a John. No me estoy quejando por ello. Es el mejor trato que hice en mi vida. Estoy en el asiento del piloto o, al menos, eso parece y haremos negocios. Quiero que seas parte de eso. ¿Qué te parece?

—Es una buena idea. Me gusta, y muy bien por hacer el seguimiento. Tenía razón cuando pensé que harías que funcionara. Gracias, Bonnie.

—No. Gracias a ti. La confianza es algo interesante. La siento ahora. Es en verdad sorprendente que fuera necesaria la conversación del almuerzo para preparar el escenario en el que todo sucedió. Creo que me volveré más sociable. Dale las gracias a Johnny por el café y hablaré con él en privado más adelante. Él y yo tenemos que saltar también algunas barreras. *Chao.*

Bonnie se levantó, avanzó hacia la puerta y miró todos los libros otra vez.
—¿Leíste la mayoría de estos?
—Sí.
—Yo también.
Diciendo eso, salió.

72

Johnny regresó acompañado por Robert. Traía una taza extra y el termo lleno.

—¿Bonnie se fue? Bueno, más para nosotros. ¿Qué te dijo?

Se lo conté y le adelanté que ella quería hablarle más tarde a solas. Johnny bebió su café y se quedó pensativo mientras Robert se echaba en el suelo.

—*Quid pro quo* es un concepto interesante —dijo finalmente—. Tengo una idea. Podríamos encontrar un pedazo de piedra de forma extraña y presentárselo a Maw como el meñique perdido de Belcebú. Dirías que se heredó de generación en generación, como una defensa contra los muertos vivientes, o algo así. De cualquier manera, ¿qué sabe ella? Podría funcionar.

—Podría, hasta que no funcione... ¿y entonces qué?

—Sería posible también venderle el resto de los dedos, uno a la vez, mediante un plan de pagos o, mejor aún, el brazo entero con un descuento por volumen. Eso cubriría con toda seguridad cualquier déficit.

—Muy gracioso, solo que seríamos partícipes de una de las más antiguas estafas que existen. Ayer podría haberlo hecho. Hoy, no tanto. Veo a Maw como otra alma torturada, cargada de culpa.

—Un alma muy irritable y una pesadilla para los intereses de la humanidad, en mi opinión, pero entiendo tus sentimientos. Estamos cerca de algunas resoluciones importantes. No quieres levantar ampollas, pero hay una parte de mí que disfrutaría de la oportunidad de cobrárselas. Saboteó nuestra sociedad sin importarle nuestros sentimientos o el daño que causó —Johnny empezó a enojarse—. Mira, nos hizo daño deliberadamente.

Ivan Obolensky

Perdiste una fortuna. Perdí una fortuna. Para ella, unos pocos millones no entran en esa categoría, pero para nosotros era dinero real, no algo teórico o imaginario. Nos esforzamos mucho y dedicamos inagotables horas para conseguirlo. Nos pisoteó como si fuésemos insignificantes. No lo somos. Es hora de que lo sepa.

—Johnny, creo que nunca te oí tan cargado. ¿Qué pasa?

—No lo sé exactamente. Es algo que se acumuló lentamente, pero lo sentí. Quiero ayudarte, pero no puedo. No tengo esa cantidad de dinero en el banco. Es cierto, podríamos haber despilfarrado todas esas ganancias al mes siguiente, pero seríamos nosotros. Eso es justo. Pagas tu dinero, corres riesgos, pero eso no es lo que pasó. Nos robaron, simple y llanamente. Es injusto, ilegal, furtivo e inmerecido. ¡Maw debe y tiene que pagar! Esa es la esencia de todo y estaré enojado con ella hasta que lo haga. En realidad, no solo estoy enojado, estoy indignado, y tú también deberías estarlo.

Miré a mi amigo. Se veía realmente molesto y tenía razón. Pensé en decirle que yo lo superé y que quizás él también debería hacer lo mismo, pero sus palabras resonaron con algo que yo había dejado de lado. Nos habían esquilmado deliberadamente, no por incompetentes y estúpidos, sino porque no lo éramos. La mala intención siempre estaría presente, por mucho que tratara de suavizarlo.

—Tienes razón. Supongo que enterré mi indignación, pero, bien mirado, sigue allí. Me disculpo. Debí de haberme encargado de esto mucho antes.

Johnny dio un respiro.

—Creo que teníamos otras cosas de qué preocuparnos, pero me alegra que tú sientas lo mismo, y no hay mejor momento que el presente para idear un plan adecuado.

Los ojos de Johnny ardían con la luz de los virtuosos. Me miró fijamente.

El ojo de la luna

—He visto esa mirada antes, Johnny Dodge, así que solo una precaución: las emociones son antiguas y profundas. Las tuyas en este momento arden más que las mías, pero eso no significa que yo no tenga ninguna, lo que quiere decir que no hay nadie protegiendo el frente. Tenemos que actuar con inteligencia. Maw dejó ver una grieta en su armadura y una debilidad poco característica, o eso parece. Creo que podemos aprovecharla, pero requiere que tengamos la cabeza fría.

—No confundamos el ímpetu con la imprudencia —respondió.

—Solo digo lo que digo, es todo. Nuestros roles están algo invertidos.

—En ese caso, ¿tienes un plan?

—Tengo algunas ideas.

—Cuéntamelas todas sin escatimar detalles —dijo Johnny.

—Empecemos con lo que sabemos. No es claro si Maw se benefició directamente, pero fue la instigadora, porque dijo que lo era. Hablamos de dos millones. Eso es aproximadamente lo que perdí, quizás una cifra un poco menor. Si vamos a pedir la restitución, tenemos que añadir al menos otros dos por tu parte, lo que lleva el total a cuatro.

—Me gusta hacia donde vas, pero esto sitúa las cosas en una nueva categoría. Dos es grande. Cuatro es enorme.

—Son los hechos. Debería devolver al menos esa cantidad. Si encargamos a los abogados, se complicará y el daño colateral será muy grande. El costo en términos de tiempo y dinero también es prohibitivo. ¿Tiene sentido?

—Claro. Tomaría una eternidad y los abogados recibirían al menos la mitad. Podríamos amenazarla, pero llegaría a la misma conclusión que nosotros. Ella jugaría contra nuestra pretensión. Lo legal queda descartado. ¿Qué hacemos?

—Lo que necesitamos es vender la idea, y tú eres el mejor vendedor que conozco. Te ayudaré, pero es tu campo.

—Tienes razón, pero no estoy en buenos términos con ella y eso influirá.

—Lo sé y eso podría ayudarte. Tienes que decirle por qué. Tienes que hacerle ver que necesita actuar al respecto o Sarah no será el único fantasma que verá. ¿Ella quiere paz? Es posible, pero comprar una baratija rara no lo resolverá. Si insiste en seguir por ese camino, puedes decirle que considere una inversión en lugar de una adquisición. Ella pone la mitad del dinero en el fideicomiso de mantenimiento y te da el resto. Una acción como esa tendrá algún efecto. No sé exactamente cuál, pero no le haría daño y probablemente le caería bien. Improvisa.

—¿Improvisar? Sin presión entonces.

—Ninguna, en realidad. Un resultado positivo es poco probable. Podría funcionar, pero estoy mirando en otra dirección.

—¿Vas a hablarme de ello?

—No, porque yo tampoco lo sé, pero hay una. Lo presiento. Tengo que dejar que las cosas se desenvuelvan y tener un poco de fe.

—Eso espero. No envidio tu cita de las once, pero tengo ganas de hablar con Maw. Ella debe y le haré pagar. Si yo no fuera de la familia, estaría en serios problemas.

—Nunca lo habría hecho si no fueras de la familia.

—Eso también es cierto. ¿No es algo retorcido?

—Totalmente.

—Muy retorcido. Una presentación de ventas está comenzando en alguna parte. Creo que necesito el desayuno para que me ayude a pensar. ¿Qué tal si bajamos? Si logro esto, habrá un agradecimiento en serio.

—Si lo haces, pondré una pequeña estatua tuya junto al busto, con tu propia velita.

—¿En serio?

—No, pero te permitiré quedarte con tu habitación.

—Eres un bastardo. Lo sabes, ¿verdad? —dijo Johnny con una sonrisa.
—Eso también, entre otras cosas.
—Vamos, y... buena cacería.
—Estoy listo para dar la batalla.

73

El desayuno fue un evento sutil, excepto, quizás, para Bruni y para mí. Ella brillaba a mi lado, irradiando una felicidad tan fresca y llena de promesas como la mañana que asomaba tras las cortinas. En comparación, el resto del comedor estaba oscuro. Las cortinas permanecían cerradas para ocultar los estragos de la tormenta de la anoche anterior, pero, aparte de eso, no había indicios de que algo adverso hubiera sucedido.

El señor y la señora Dodge leían el periódico, al igual que el barón. Elsa miraba hacia un punto lejano y tomaba su café. Observé que levantó una ceja cuando miró a su hija mientras esta se sentaba. El resplandor de Bruni no parecía molestar a Elsa, y solo le dibujó una sonrisa en el rostro antes de que entrara en su trance matutino. Maw se sentó junto a Johnny. Él le hizo una pregunta en voz baja, yo esperaba que fuera una cita para hablar con ella. Parecía bastante dispuesta y asintió con cierto entusiasmo, aunque pudo haber sido que le preguntó si quería que le pasara las tostadas. No sabría decirlo. Él le extendió la canasta de plata con las tostadas. Stanley y su cuadrilla entraban y salían. Bruni pidió repetir, lo que causó un leve revuelo. Aparte de eso, todo marchaba a un ritmo normal. Malcolm parecía extrañamente complacido y me hizo un guiño, por alguna razón que no alcancé a comprender. El desayuno transcurrió con apenas unas pocas palabras. Solté un pequeño grito en el momento en que Bruni me agarró la pierna.

La señal de que el desayuno había terminado se dio cuando el señor Dodge se levantó y salió del salón. No dirigió una palabra a nadie, en ningún momento. No me sentía muy complacido con la idea de mi próxima reunión; de pronto, sentí a Elsa deslizarse a mi lado y susurrarme:

—Me alegro mucho por ustedes dos. —Me dio un beso en la mejilla y una palmadita en el brazo. Hizo lo mismo con Bruni.

Bruni me llevó afuera, cruzando las puertas del salón. La luz de la mañana era brillante, la hierba estaba mojada y ninguna nube deslucía la perfección del cielo. Se maravilló con el día.

—Mi madre nos dio su bendición incondicional.

—Me di cuenta de eso.

—Estamos embarcados en una aventura. Estoy emocionada y más viva de lo que he estado en mucho tiempo.

—Me alegro por ti. Yo siento lo mismo. Incluso mi reunión no parece tan intimidante contigo aquí, pero, de todos modos, me preocupa. John parecía singularmente desapacible.

—Él se encuentra en un estado sombrío.

Miré a lo lejos y vi que Maw, Johnny y Robert avanzaban hacia el río por la carretera. Johnny estaba aplazando su deseo de vérselas con Maw. Me habría encantado escuchar esa conversación. Maw es magistral en su campo, pero Johnny también. Él es su descendiente, y pensé que los atributos a menudo se saltaban generaciones. Estaban en igualdad de condiciones aunque me imaginé que las probabilidades favorecían a Johnny, en el sentido de que tenía la rectitud moral de su lado, y tenía aquella mirada, lo que indicaba que no era buena idea jugar con él. Podía convencer a quien fuera de emprender o abandonar cualquier cosa.

—¿Estás pensando en tu reunión? —preguntó Bruni mientras caminaba a mi lado, sujetándome el brazo izquierdo con sus dos manos. Sabía que mi atención había perdido el rumbo.

—No, estaba presenciando otra —señalé en dirección a Maw.

Bruni levantó la vista y por un instante protegió sus ojos del sol con la mano.

—¿Johnny y su abuela?

—Sí, y Johnny tenía la mirada esta mañana.

—¿Qué mirada?

—Imagina una mente brillante centrada durante un breve período en un solo objetivo, dispuesta a hacer lo que sea necesario, sin reservas. Johnny se eleva a ese estado en raras ocasiones, pero cuando lo hace, hay que tener cuidado. Ahora mismo está haciendo la presentación de ventas de su vida. Quiere comprometer a la señora Leland por una gran suma de dinero.

—Eso me gusta. ¿Crees que tenga una oportunidad?

—Más de cincuenta por ciento. Lo he observado durante años. Su genio es extraordinario. Toda mi vida me asombró su habilidad de persuasión, que nos metió en problemas y nos sacó de otros más veces de las que puedo contar. En comparación con él, soy una llama débil. Cuando arde, brilla como un sol pequeño.

—Lo admiras...

—Muchísimo. Nos distanciamos hace un tiempo, pero ya lo arreglamos. La señora Leland fue la causa, y Johnny está decidido a hacerla pagar por ese crimen.

—Tienes suerte de tener un amigo así. Yo tengo muy pocos. Tú haces parte de esa lista, y mis padres también.

—Tienes más que yo. Tengo dos. Johnny y tú. Y solo hay esperanzas de sumar tres o cuatro más.

—¿Quién, si puedo preguntar?

—Tus padres. Son bastante excepcionales. Bonnie sería otra y Stanley también. Entonces, cuatro más.

—Mis padres son dignos de eso. La mayoría de los niños tiene problemas con sus padres. Nunca tuve uno aparte de ser testaruda de vez en cuando y despertar su enojo, pero esos momentos fueron pocos. Mi niñez no siempre fue feliz, pero, en general, fue maravillosa gracias a ellos. De Bonnie, no estoy tan segura. Me pone un poco celosa.

—¿En serio?

—Hablando de miradas. Las mujeres las tenemos y, cuando se trata de ti, me molesta verlas en sus caras. Bonnie la tenía.

—No te preocupes. Bonnie dice que no es una opción y es en serio. Al mismo tiempo quiere que me involucre en su negocio, lo que sería una oportunidad. Serás parte de ello. Puede que me meta en terreno peligroso cuando digo que creo que tiene cualidades excepcionales. Será una aliada para los dos, y valiosa, por lo demás.

—Tienes un don especial para pisar terreno peligroso.

—Sí, pero no te preocupes.

—¿Incluso con la reputación de tu padre?

—Incluso con la reputación de mi padre. —La detuve y la abracé. Tomé su cara en mis manos—. Eres más que suficiente para mí. Soy una polilla y tú eres una llama.

—¿Y cuando envejezca?

—¿Has visto a tu madre últimamente?

—Realmente sabes cómo meter la pata, ¿no?

—Supongo que acabo de hacerlo, pero eso prueba mi punto. Siempre derretirás los corazones de los hombres y por mucho tiempo los enloquecerás. El mío junto a los de ellos. No puedo evitarlo, pero eres quien eres.

—Supongo que debo sentirme calmada, pero necesitas lecciones para manejarme bien. Imagino que tendré que enseñarte. Espero que seas un buen alumno.

—Muy bueno.

—¿En qué habitación viviremos? —preguntó Bruni girando su mirada hacia la casa.

—En la de Alice.

—¿Estás seguro?

—Completamente. Le pedí permiso hace muchos años, una tarde. Le dije que me gustaba su apartamento y le pregunté si podía vivir en él. Ella dijo que sí, un día, y cambió de tema.
—¿Crees que era vidente?
—Pienso que sí. Tenía un don. Stanley cree lo mismo y Dagmar también.

Bruni caminó unos pasos conmigo y dijo:
—Una de las razones por las que pregunté sobre la habitación que tomarías tiene que ver con los padres de Johnny. ¿Quizás piensan que los vas a echar?
—Pueden pensarlo, pero no lo haré. Tendrán el dormitorio principal por el resto de sus vidas. No podría vivir en él. Me sentiría como un invasor en mi propia casa.
—Eres más listo de lo que pareces... y muy apuesto.

La besé.
—Tú también lo eres. ¿Qué me aconsejas para la reunión? Probablemente eres muy buena en el tema...
—Conocer tu agenda y apegarte a ella es mi primera regla. Hablar menos y escuchar más es la segunda. Por último, si se trata de una decisión o un acuerdo, pídelo por escrito antes de irte. Eso lo resume todo. ¿Sabes lo que quieres? Eso determinará tu agenda. Los otros tienen las suyas, por lo que hay que escuchar lo que es importante para ellos. Una vez conozcas sus temas fundamentales, la negociación comienza. Entrega lo que no es relevante, como el dormitorio. Aférrate a lo que es necesario con determinación. Usa la cabeza, no el corazón.
—Inteligente y sabia.
—Lo soy. ¿Qué tal si entramos? Deberías ponerte algo más formal, un traje de negocios. Lleva un maletín. Es intimidante.

74

El reloj del vestíbulo marcó las once mientras bajaba las escaleras. Llevaba un traje oscuro, una camisa blanca reluciente y una corbata, también oscura. Mis zapatos brillaban y sostenía un maletín en mi mano izquierda. Stanley estaba al pie de las escaleras, esperándome.

—El señor Dodge está en la biblioteca. Lo acompañaré hasta allí, pero antes quería agradecerle por nuestro diálogo de anoche. Me siento vivo por primera vez en mucho tiempo. Deténgase un momento.

Me detuve. Stanley me miró de arriba abajo, se acercó y ajustó mi corbata unos milímetros.

—Se ve presentable. No voy a desearle suerte, porque no la necesitará. Sin embargo, Dagmar y el resto del personal decidieron que no sobraba decirlo y desean que la tenga en abundancia. Por cierto, hice arreglos para que se le traiga un pequeño brebaje en quince o veinte minutos. Le sugiero que lo acepte. Será solo para usted. Mostrará su lugar en la nueva jerarquía, nada más.

—No es uno de esos brebajes peculiares, ¿verdad?

—Eso podría arreglarse. —Sonrió Stanley—. Pero este es especial. Dagmar participó en su preparación.

—Entonces, con seguridad me lo beberé. Gracias por cuidarme, Stanley.

—Con mucho gusto. Por aquí.

Entré en la biblioteca. El señor Dodge se encontraba en el escritorio francés, lejos de las cómodas sillas situadas frente al fuego. También llevaba traje. Sostenía un documento mecanografiado y lo leía a través de un par de anteojos de medio lente con un delgado marco de oro. Me recordó al director de la escuela primaria. Con él sostuve una relación unilateral que, por lo general, incluía varias preguntas agudas de su parte y muchas respuestas vagas de la mía.

Me senté en la silla delgada frente al escritorio y puse el maletín a mi lado. Lo observé mientras leía. Después de varios minutos, dejó caer el documento y me miró por encima de sus lentes.

—No tienes nada que decir, supongo —me interrogó.

Hace cinco días, o lo que ahora me parecía al menos un año, habría empezado por disculparme y congraciarme, pero, apenas había dormido, y como es sabido entre mis cercanos, soy propenso a una agudeza de temperamento poco característica cuando me falta sueño. Sentí mi temperamento agitarse, pero no dije nada.

—Muy bien, aquí tengo el estado actual del fideicomiso de mantenimiento —dijo mientras me entregaba un documento de muchas páginas—. Me tomé la libertad de retirar un millón setecientos cincuenta mil dólares de la cuenta para retribuir la suma con la que contribuí personalmente al patrimonio durante varios años. El contador verificó que esa cantidad es correcta. El saldo restante es de unos cuarenta y tres mil dólares. Los gastos ascienden a alrededor de treinta mil dólares al mes, incluyendo impuestos, seguro, pago de nómina y mantenimiento, pero no contemplan una suma para arreglos más grandes como techos, alcantarillado, plomería y electricidad. Los fondos para esos propósitos se agotaron cubriendo las operaciones diarias. Lo que se necesita para respaldar tal gasto mensual, sin agotar el capital, se estima en unos cuatro millones y medio, dado el estado actual de las tasas de interés y lo conservadora que ha sido la inversión. Esta cifra no prevé el costo de un fondo de amortización. Dudo que puedas recaudar esa cantidad, incluso si vendes la propiedad.

El ojo de la luna

Estaba viendo un lado oscuro del señor Dodge, lo que no era muy frecuente, y resultó devastador. Johnny y yo habíamos logrado indisponerlo muchas veces hasta el punto de constatar que podría ser vengativo, duro e implacable. Sus juicios sobre nuestras transgresiones los expresaba con el mismo tono con el que me hablaba ahora. Pensé en la enorme suma que se necesitaba. Era abrumadora. Esperaba que no se notara en mi cara. Me tomé un tiempo. Estaba bastante seguro de que la contabilidad era correcta, pero en mi trabajo forense aprendí que había dos clases de saqueadores: los que roban de a poco y continuamente y los que buscan cifras mucho más grandes. Eran una cosa o la otra, rara vez las dos coincidían.

Miré por encima las cifras que el contador entregó. Sin duda, el señor Dodge había metido dinero en la propiedad. La cantidad en total era grande, pero luego de casi veinte años de invertir ocho mil dólares al mes se acercaba a ese monto. Por lo que pude ver, se contaron hasta las monedas. Se trataba entonces de un asunto de grandes sumas.

—¿Llevas la contabilidad desde la muerte de Alice, incluyendo el balance inicial, la actividad y el registro de seguimiento a las inversiones?

El señor Dodge frunció el ceño y deslizó un documento aún más grande sobre la mesa, que se mantuvo en equilibrio por un momento en el borde del escritorio, a punto de caer. Lo atrapé e impedí que su contenido rodara al suelo. Miré al señor Dodge. Esa era una típica táctica de intimidación. No hay nada como tener al oponente de rodillas, recogiendo hojas de papel y ordenándolas mientras uno es el que habla.

Lo revisé brevemente y dije:

—A primera vista, estos papeles lucen bien. Me sorprende que todo esté disponible.

—Lo mantengo actualizado mensualmente. Mi hermana me dijo que podría haber un beneficiario. Me pareció prudente conservar la contabilidad al día. Esa eventualidad demostró ser correcta.

Miré al señor Dodge. No era un ladrón. Siempre lo encontré notablemente recto en mis tratos anteriores. Si algo sucedió, había sido víctima de las circunstancias, más que perpetrador.

Sin embargo, algo pasó. Estaba seguro. Una mirada objetiva a lo que me presentaba, su enojo, los papeles completos y el hecho de que parecía mirarme más como un enemigo que como un amigo (o, al menos, como a alguien que lo tenía en gran aprecio) despertaba en mí una preocupante sospecha. Mi parte intuitiva intervenía: *Él hizo algo. No lo dudes. Averigua qué es descubriendo lo que él quiere.* Fue un buen consejo.

—Parece una causa perdida. ¿Qué me aconsejas que haga?

—Bueno —dijo el señor Dodge suspirando—, es una pesadilla administrar propiedades tan grandes. Se convierten en un desangre monetario y a un ritmo asombroso. Si no tienes los fondos necesarios para mantenerla, al final te verás obligado a vender. No tiene hipoteca, lo cual es una ventaja, pero es el mantenimiento lo que te matará. Los números hablan por sí mismos.

—¿Qué sugieres?

—Redacté un documento que me reasigna el estatus de beneficiario.

—¿Puedo verlo?

—Por supuesto.

Era el documento que estaba leyendo cuando entré, preparado por la firma Curtis, Provost y List. Yo había visto ese nombre antes en uno de los documentos que Maw me mostró, relacionado con el desplome de la sociedad. Fue esa conexión lo que me hizo preguntar:

—¿Te gusta esta firma?

—La uso con frecuencia. Llegaría incluso a recomendarla, si lo necesitas.

—Gracias. Tal vez. Para ser claro, ¿quieres que te asigne el estatus de beneficiario y que renuncie a convertirme en fideicomisario porque el patrimonio es, a todas luces, insolvente?

—Así es.

—¿Qué hay de la venta?

—La venta no serviría de mucho. Puede que se consigan uno o dos millones, y eso siendo optimistas. Hay un gran número de objetos, libros y artículos. El lote se vendería completo.

—¿Todo?

—No vería razón para no hacerlo.

—Perdóname por decirlo, pero Alice quería que esas piezas permanecieran con la propiedad.

—Los tiempos cambian. Las piezas tienen valor, pero no contribuyen en nada a mantener el lugar. Vendiéndolas, la casa tendría la oportunidad de quedar en la familia en lugar de pasar a ser propiedad de un urbanizador o de alguna institución. Además, Alice no está aquí. Hay que tomar decisiones. No podemos seguir así.

—Tal vez contribuyan de alguna manera.

—No empieces. Aunque he visto cosas extrañas aquí y allá, francamente creo que todos los demás, aparte de mí mismo, le han dado demasiada importancia a esos artículos. Necesito el dinero para administrar este lugar y eso es un hecho.

—Tampoco veo ningún incentivo para hacer lo que me sugieres —dije mientras me detenía.

—Pensé que dirías eso. Deberías recibir una compensación. Admito que me impresionó el trato que hiciste con los bonos. Dodge Capital está mejor ahora que nunca. Te daré un millón para librarte de la carga. Llamémoslo *dinero de salida*.

—Así que esa es tu propuesta, en pocas palabras.

—Así es.

—¿Lo sabe Anne? —dije impulsivamente.

—¿Qué demonios tiene que ver eso?

—Nada o tal vez todo. No lo sé. Era solo una pregunta.

La ira del señor Dodge ahora era evidente. Tenía la cara roja. Puso las manos sobre el escritorio para que no le temblaran. En ese momento, Stanley abrió la puerta. Llevaba un pequeño vaso de cristal con un líquido ámbar sobre una salvilla de plata. Al lado del vaso había un papel doblado. Se me acercó sin decir palabra. Le di las gracias, recogí el vaso con la nota y le dije:

—Es todo, Stanley. Llamaré si necesito algo.

Stanley le daba la espalda al señor Dodge y casi sonreía mientras abandonaba el salón. Tomé mi trago y leí la nota. Era de Johnny:

«¡Éxito! Conseguí dos. El viejo tiene la otra mitad. Anda con cuidado. Buena suerte, J.»

Miré al señor Dodge y puse la nota en el bolsillo de mi pecho. Parecía apabullado por el hecho de que Stanley no hubiese reconocido su presencia. El poder que tenía aquí ya no era suyo, y lo sabía.

Bebí un poco más. Me sentí mucho mejor. La bebida era alcohólica, con notas de hierbas y sabores que no había probado antes. Nuevamente, Dagmar se había superado a sí misma. El tiempo pareció detenerse. Tenía que entender lo que estaba sucediendo. Quería al señor Dodge. No podía entender su antagonismo. Necesitaba ver los movimientos contables del momento en que nuestra sociedad colapsó. Los pensamientos daban vueltas en mi cabeza. Aparecían números al azar. El padre de Johnny parecía lejano. Me encontraba en un bosque pendiente con pinos altos, tal vez en Austria. El camino se partía en dos. Un sendero ascendía y el otro descendía. En el camino descendente vi al señor Dodge. Estaba solo. La señora Dodge había muerto.

El ojo de la luna

Cargaba sobre sus hombros el peso del mundo. Era un hombre quebrantado que se había visto obligado a llevar una vida larga e infeliz. Miré hacia el otro camino y allí estaba también. Lo acompañaba la señora Dodge, aunque no estaba presente. Parecía feliz, conectado y vivo, de una manera que yo no había visto antes. Advertí que su vida era más corta, mucho más corta. Alguien detrás de mí me susurró al oído: «Elige con cuidado y será como tú dices». ¿Qué significaba eso?, me pregunté.

—¿Estás bien? —preguntó el señor Dodge. Había olvidado su enojo. Parecía profundamente preocupado—. Llamaré a Stanley.

Me obligué a volver hasta el presente desde dondequiera que hubiese estado.

—Estoy bien, de verdad —apenas pude decir—. *Creo que es demasiado temprano para un trago.* —Pensé—. Tal vez podríamos dar un paseo. Me sentiré mejor —dije.

—Sí, sí, podemos terminar esto más tarde. Ven, el aire fresco te sentará. Quizá me sirva a mí también. No te ves bien.

Nadie nos vio salir por la puerta principal. Me sentía un poco mareado. No tenía ni idea de lo que Dagmar había puesto en esa bebida, pero me pateó como una mula.

—¿Cómo te sientes? —preguntó el señor Dodge mientras avanzábamos por el camino. Me sostenía por el brazo y eso me estabilizaba.

—Mejor, gracias.

—Me diste un susto. Tenías una extraña expresión en tu cara. La he visto antes, pero solo una vez. Es curioso, pero hasta ahora me había olvidado de ese momento. Estaba con mi hermana. Dijo que había tenido una visión.

—Acabo de tener una. Surgió de la nada y desapareció abruptamente.

—¿Cómo fue?, si puedo preguntar...

—¿Realmente deseas saberlo?

—Sí.

—Tiene que ver contigo. Me encontraba en un bosque y había dos senderos delante de mí. Tú estabas dos veces, a mitad de camino en ambos. En uno, eras un hombre roto, con una larga vida. En el otro lado, lucías sin preocupaciones, pero tu vida era corta. Anne estaba muerta en una versión y viva en la otra. No la vi, pero sabía que era así. Algo, o alguien, me dijo que escogiera cuidadosamente cuál de las dos versiones preferiría, y así sería.

El señor Dodge estaba pálido. Probablemente tanto como yo.

—Quiero que seas feliz, John —le dije con sentimiento—. Desde el fondo de mi corazón, quiero verte feliz. Ocupas un lugar tan alto en mi corazón que no puedes imaginarlo. Sé lo que me gustaría, pero tiene un costo. No sé cómo darte todo lo que deseas. Por Dios que quisiera saberlo.

No pude decir más. Me había tomado todo lo que tenía decirlo. Había elegido y la elección me robó algo. No me quedaba más para dar.

Nos habíamos detenido a cierta distancia del camino. En el aire reinaba una quietud como la de la pausa que hay entre exhalar e inhalar. Imperceptible, pero que hace la diferencia entre los vivos y los muertos. Nos miramos el uno al otro. Sentí lágrimas en mi cara. Estaba cansado, más allá de cualquier medida.

El señor Dodge parecía conmovido. Tomó mis brazos.

—Calma. Tranquilo. Tenemos que sentarnos. Conozco un lugar.

Me guio hacia los cipreses cercanos y hasta el banco que había detrás de ellos. No estoy seguro de cómo llegué allí, pero lo hice. Nos sentamos y él empezó.

—Alice dijo lo mismo, casi exactamente. Lloró por mí. Dijo que haría cualquier cosa para salvarme, si tan solo yo pudiera salvarme a mí mismo. No tenía ni idea de lo que quería decir entonces; quizás ahora lo comprendo un poco más.

El ojo de la luna

Lo entendí perfectamente. Nuestras acciones tienen consecuencias y, a veces, todo lo que podemos hacer es mirar, torturados, las elecciones que otros toman. Pregunté si me permitía fumar.

—Yo también fumaré, si no te importa —respondió. Le pasé un cigarrillo, encendí el suyo y luego el mío.

—No suelo fumar cigarrillos —inhaló y soltó luego el humo—, pero necesito algo. La verdad, Percy, es que todo es un desastre. Lo intenté. Realmente. Esta casa, el negocio, tú, Johnny, Anne, Hugo, todos ustedes. Siempre traté de hacer lo mejor, pero, al final, no era lo suficientemente bueno. Eso es algo con lo que vivo todos los días. Cada minuto, a decir verdad, excepto en contadas ocasiones. Este fin de semana fue un buen momento, al menos hasta anoche. Fue muy bueno verte a ti y a Johnny. Ver cómo Brunhilde y tú se conocieron. Me recordó mucho mi encuentro con Anne. Fue un momento mágico. Me duele de solo pensarlo. Haría cualquier cosa por ella y supongo que eso es lo que pasó. Ella necesitaba dinero. Por supuesto, todos necesitamos dinero, pero es cuando no lo tienes personalmente y el dinero te rodea que los problemas invaden tu espacio y te susurran al oído.

—Dime de qué se trata. Lo solucionaremos.

—Sé que lo sabes. No estás al tanto de qué se trata exactamente, pero lo sabes. Te llevó unos minutos, pero debería haberlo esperado. No hay gente estúpida aquí, aparte de mí.

»Anne trabajó con tu madre en el negocio de la subasta y el comercio de arte antes de que yo la conociera. Después de casarnos, se mantuvieron en contacto. Eran buenas amigas. Mary le hablaba a ella sobre sus negocios y Anne se excitaba. Las cantidades involucradas eran escandalosas.

»El dinero es una paradoja. Ganar grandes sumas requiere asumir un riesgo enorme. Mantenerlo demanda lo contrario: tomar muy pocos. La mayoría de la gente apenas puede hacer una de las dos cosas. Las grandes fortunas, y la nuestra sin duda, las construyeron personas paradójicas que se destacaron en ambas. Podían también reunir la firmeza mental y la disciplina de hierro necesarias para reducir drásticamente los gastos y preservar lo que habían construido. Supongo que es por eso que las familias ricas, cuando se trata de sus hijos, son tan avaras con el dinero. Lo fui contigo y con Johnny. Mi padre lo fue conmigo. La esencia de los negocios rentables está en la reducción de los costos. Los niños nunca lo ven de esa manera, pero los hábitos que se forman a temprana edad rinden dividendos más tarde, cuando realmente es importante.

»Anne no venía de una familia de mucho dinero y nunca aprendió esa lección. Sabía cómo arriesgarse, pero no cuándo parar. En realidad, a mí nunca me interesó el arte. Me gustaba, pero jamás fue un negocio que me entusiasmara. Las mayores ganancias se obtienen con el encuentro de tesoros no reconocidos que se hallan ocultos a la vista, pero estos son raros. Las falsificaciones pueden ser aún más rentables, pero hay que tener gran cuidado, especialmente para establecer su procedencia. Tu madre es una mujer cuidadosa. No sé si lo supo desde el principio o solo después. Cuando necesitaba dinero extra para una pieza en particular, Anne se lo proporcionaba. Tu madre vendió muchas cosas y sacó provecho de la mayoría, pero siempre estaba corta de dinero. Está en su naturaleza. El dinero se desliza entre sus dedos como el agua. Sus gastos son inevitablemente mayores que sus ingresos. Tuvo que encontrar maneras de compensar la diferencia. A menudo Anne renunciaba a su parte de las ganancias porque no las necesitaba tanto como Mary, y así la ayudaba. Esto duró varios años. Anne mantuvo a tu madre y a tu padrastro a flote la mayor parte del tiempo. Quizás no fue suficiente.

»Fue un espejo veneciano, rodeado de cristal azul y placas grabadas al margen, el que produjo su ruina. Lo estúpido es que de haber sido original solo hubiese valido entre veinte y treinta mil dólares, una suma moderada, por no decir pequeña en ese mundo. Era falso, y Mary lo sabía.

»No está claro exactamente cuándo se enteró Anne. Al final, no importaba. Lo que deberían de haber hecho era ir con el cliente y ofrecerse a recoger la pieza inmediatamente o pagar la diferencia. No hicieron ninguna de las dos cosas.

»Las dos habían formado una sociedad desde el principio. Deberían de haber creado una corporación para limitar su responsabilidad personal cuando la empresa creció hasta el punto de ameritarlo, pero tampoco lo hicieron.

»En el mundo del arte, la reputación es un bien valioso. Vendes una falsificación y estás arruinado. Las ventas futuras no llegan porque nadie confía en el vendedor, pero es en las ventas pasadas donde radica el problema. De mil piezas que vendas es probable que dos parezcan falsificaciones o sean dudosas, incluso si cuentas con conocimiento experto y motivos transparentes. Es un riesgo. Hay que limitar el daño de inmediato. Si se permite que el rumor se extienda, todos los artículos vendidos serán examinados. Los antiguos compradores pueden usar el rumor para redecorar. Es fácil conseguir que un experto diga que probablemente un objeto es falso y solicitar la devolución del precio pagado para adquirir algo distinto. La mujer a la que le vendieron el espejo tenía una fiesta y un experto vio lo que la pieza era realmente. La mujer les había comprado a ellas a lo largo de muchos años y vio en este hecho una oportunidad para dar un nuevo aire a sus distintas residencias.

»Mary era responsable personalmente, lo mismo que Anne, pues ella también era socia principal. Se determinó la cuenta, el experto fue acallado y el escándalo se enterró, pero el monto había ascendido a varios millones y tenía que pagarse o se corría el riesgo de un juicio criminal. Fue un gran problema. Mary tenía muy poco ahorrado, así que fue Anne quien tuvo que pagar la cuenta, lo que me puso en una situación precaria. Tenía que decidir si respaldarlas o dejar que las cosas tomaran su curso. Cuando alguien que amas te implora por algo, ¿qué puedes hacer? Hice lo que hice, bien o mal. Mi amor demostró ser más fuerte que mis principios.

»Tomé los fondos necesarios de la empresa y del fideicomiso con la intención de devolverlos. Me imaginé que muchas de las piezas devueltas serían originales y podrían ser revendidas. Me pagarían casi la totalidad de la deuda cuando las vendieran. Fundamentalmente, el plan era sólido; sin embargo, fracasó. Mary puso todas las piezas devueltas en el almacén para usarlas como inventario, pero hubo una inundación y el daño por agua no estaba cubierto en su seguro. Fue un desastre, una pérdida total. Hice una oferta de bonos. Eso cubrió temporalmente los fondos que usé de Dodge Capital, pero, en última instancia, todavía tenía que devolver el dinero del negocio. El millón setecientos cincuenta mil dólares es la cantidad necesaria para poner en orden la contabilidad de la empresa. Tomé dos millones del fideicomiso de mantenimiento y le pedí prestados dos millones más a mi madre. Cerca de seis millones en total. Tuve suerte con mi madre. Acababa de cerrar un trato de cuatro millones y tenía los fondos disponibles. Aún se los debo. Lamento haber llegado a esto, pero no pude hacer otra cosa. El amor y el dinero son compañeros incompatibles cuando uno de ellos requiere los servicios del otro.

El señor Dodge miró a sus pies. Asentí con la cabeza. Tenía sentido.

—Es verdad —le respondí—. No quiero añadir más a tu carga, John, pero es mejor ponerlo todo sobre la mesa, para que podamos lidiar con ello. Los dos millones que tomaste prestados de Maw fueron la mitad de las ganancias obtenidas de la serie de transacciones que destruyeron la sociedad comercial de Johnny y

El ojo de la luna

mía. Maw quería separarnos y diseñó una forma para que eso sucediera. No estoy seguro de que lo sepas.

Pensó por un momento antes de hablar.

—Cuando me acerqué a ella, esa atrocidad ya había ocurrido. Me dijo lo que hizo. Me sentí indignado, pero no estaba en condiciones de negarme, ni siquiera de hacer comentarios, ya que los fondos se necesitaban inmediatamente. Espero que me perdones.

—Sí, pero debes hablar con Johnny. Está fuera de quicio con eso. Tu madre puede ser una cabrona, pero Johnny recuperó dos de los cuatro millones. Recibí una nota suya durante nuestra reunión.

Se la mostré.

—Me temo que eso es típico de mi madre. En efecto, reclamó mi préstamo. Me pregunto cómo logró mi hijo que lo hiciera.

—Lo averiguaremos muy pronto. Tal vez podamos hacer que todo esto funcione. Dodge Capital se recupera con los 1,75 millones. Sacamos los fondos del fideicomiso de mantenimiento como lo querías. Eso soluciona una parte del problema. Tengo un millón de los dos que Johnny le cobrará a Maw. Johnny probablemente contribuya con el suyo. Asumiré eso como una deuda personal, así que tenemos dos millones para el fideicomiso de mantenimiento. Él estará de acuerdo, creo. Solo necesitamos otros dos millones y medio. Estamos a solo unos cuantos buenos negocios de distancia, como dice Johnny. ¿La sociedad de Anne y de mi madre se disolvió?

—Sí. Fue lo primero que decidí que hiciera Anne cuando me lo contó.

—Me alegra oírlo. Poner fin al desangre es siempre el primer paso. Debería hacerte saber que decidí convertirme en el fideicomisario, y firmaré para certificar que todo está en orden. Puede que no lo esté, pero acepto la contabilidad tal como se encuentra. Sabemos dónde estamos parados. Anne y tú tendrán su lugar aquí hasta que abandonen este mundo. Yo me quedaré en el apartamento de Alice.

—Gracias. No sé qué decir. —El señor Dodge parecía sorprendido—. Me disculpo de nuevo. Le debo dos millones al fideicomiso. Pagaré un millón inmediatamente. La suma que te habría pagado. Perdóname por ofrecértela. Estaba atrapado en la corriente de mi desesperación. El otro millón llevará algún tiempo.

—Toma todo el tiempo que necesites. Ahora tenemos tres, y solo necesitamos otro millón y medio, pero primero decidamos ponerle fin a cualquier fricción entre nosotros. Emocionalmente, es demasiado oneroso.

—Con gusto lo haré, pero, si no te importa que pregunte, ¿no te da un poco de mala espina vivir en el apartamento de Alice?

—Obtuve su permiso hace años, pero pensé que no creías en esas cosas.

—Mis palabras me persiguen. La verdad es que todos creemos, pero solo en ciertos momentos. Algunas veces es más difícil abrazar la idea. La magia puede o no existir, pero, si realmente me lo pides, prefiero vivir en un mundo donde sí existe. Mantiene nuestros sueños vivos. Te ayudaré en todo lo que pueda.

—Y lo aceptaré gustosamente. Creo que estás en el mejor camino, al menos eso espero.

—Yo también lo creo. No me siento tan abatido como hace una hora. Te agradezco que me permitieras explicarte. ¿Sientes rencor?

—¿Cómo podría? No me corresponde a mí juzgar, y eso rara vez ayuda en el largo plazo.

—También debo disculparme por mi comportamiento de anoche. Probablemente fue demasiado vino, sin embargo, no era necesario. Es mejor olvidar lo que dije. Espero que con el tiempo nos acerquemos más.

El ojo de la luna

—Estoy seguro de que así será. Como suele decirme Johnny, evita el licor oscuro... Vamos a atribuirlo a eso.

—Está decidido, entonces. Y me alegra.

—A mí también. Personalmente, no puedo agradecerte lo suficiente por todo lo que has hecho por mí durante todos estos años, desde que nos conocemos. Eso nunca podré pagarlo.

Nos levantamos. Lo abracé antes de volver a entrar. Era hora del segundo asalto.

Mientras caminábamos hacia la casa, sentí que había descargado un peso de mis hombros, aunque solo parcialmente. El señor Dodge se veía completo de nuevo. Yo también había elegido. Lo quería, y pensé que uno haría más cosas por amor que por miedo, demasiadas cosas, a veces. Era una lección que esperaba recordar en el futuro. El amor, parece, demanda mucha más aptitud de la que yo pensaba. Podría llevarnos a terrenos desprovistos de toda esperanza y felicidad por las mejores y más nobles razones, pero, como el filamento de una bombilla expuesta al aire, puede brillar ardientemente, aunque solo por unos breves instantes.

75

El señor Dodge y yo cruzamos la puerta principal. Stanley estaba de pie, con dos copas de champán en una bandeja de plata. Tomamos una cada uno. Era Cristal. Finalmente, alguien tenía las cosas claras.

—Gracias, Stanley. El cambio está en el aire, por lo que veo. Excelente elección.

—Sé que la prefiere.

El señor Dodge tomó su copa y se disculpó. Me dijo que se reuniría conmigo en la biblioteca. Iba por su chequera. Mientras se alejaba, le dije a Stanley:

—Nuestra reunión fue un éxito y, por cierto, ¿qué había en esa bebida que me serviste antes?

—Tendrá que preguntarle a Dagmar. No tuve nada que ver. Me pidió que le preguntara si le había gustado.

—Maravilloso aroma y sabor, pero con un toque decidido al final. No estoy seguro de lo que pasaría si se sirviera a todos, pero sería una ocasión digna de mencionar en las noticias de la mañana. Le daré las gracias personalmente después del almuerzo. A pesar de sus efectos sorprendentes, ayudó a llevar la reunión por un nuevo y, espero, mejor camino; estoy seguro de que era su intención. Todavía estamos un poco cortos en la cuenta del fideicomiso, pero mucho más cerca de mantener las cosas marchando en el futuro.

—Excelente. ¿Me permite una sugerencia?

—Por supuesto.

—Deje que el señor Ault hable primero. Le ahorrará mucho tiempo.

—¿De veras? Gracias, Stanley. Lo haré.

—No hay problema.

Stanley estaba inquieto y nunca lo había visto así.

—¿Hay algo más?

—Sí, no sé si debo decir esto, pero me veo en la obligación de hacerlo. Dagmar pidió que lo hiciera pronto, a más tardar cuando el reloj del vestíbulo marque la una. Ella hizo un esfuerzo adicional. Esas fueron sus palabras.

—Ya veo.

Stanley se agitó un poco más.

—¿Tienes algo más que decir?

—Es que... Normalmente, nunca habría dicho lo que acabo de decir, pero es parte de un nuevo acuerdo con Dagmar para que yo acate sus sugerencias. Su argumento se basó en mi tendencia a mantener un punto de vista contrario al suyo, incluso cuando las pruebas no me respaldan y los resultados demuestran que finalmente ella tenía razón. Estoy seguro de que todo se calmará con el tiempo. Tengo que volver sobre ese tema. La sugerencia sobre Ault puede que la convenza. Apreciaría mucho si le dijera a Dagmar que yo le indique esa dirección.

—Por supuesto, lo haré.

—También debería advertirle de otro hecho.

—¿De qué se trata?

—La señorita Von Hofmanstal y Dagmar hablaron toda la mañana. Se están acercando bastante. Están comparando notas, si entiende lo que quiero decir.

—Ya veo. Stanley, tendremos que mantenernos unidos.

—Es justamente lo que pienso, señor. Me alegra que estemos de acuerdo. Ahora, si me acompaña, los postres lo esperan en la biblioteca.

76

Stanley me condujo de vuelta a la biblioteca. Maw, Bonnie, Hugo y Malcolm estaban allí. El señor Dodge me siguió un poco después. Intercambiamos saludos. Stanley sirvió las bebidas a gusto de los invitados. Le susurré al señor Dodge que Malcolm debía tener la palabra y que él había trabajado en algún tipo de solución, al menos, según Stanley. Él levantó una ceja y dijo:

—Deberíamos oírlo entonces. —Y con voz más fuerte:— Malcolm, ¿tienes una idea?

—Así es. Tengo una idea.

Malcolm se desdobló de su silla como un insecto palo gigante y pidió la atención de todos. Luego, anunció:

—Llamé a mi director muy temprano esta mañana. Le expliqué la situación. Me dijo que hiciera la oferta que tengo en este sobre, pero con una condición: los tesoros deben permanecer donde están y no pueden trasladarse, ya que quedarán en familia, tanto si fuese aquí como en el Reino Unido. Esas fueron sus palabras exactas. ¡Problema resuelto! Por supuesto, depende de la cantidad necesaria. —Esto último lo dijo más suavemente.

—Es una solución excelente —contestó el señor Dodge.

Pensé en lo que se dijo. Era una buena solución. Al menos mi padre me reconocía. Era la primera vez. No estaba seguro de lo que eso significaba, pero era algo. Dejé pendiente el pensamiento para más tarde.

—No tan rápido —interrumpió Hugo—. En un momento dado, creo que podría decir lo mismo. ¿Qué opinas, Malcolm?

—Bueno, no depende de mí, ¿verdad?

Hugo me miró.

El ojo de la luna

—¿Cuál es la suma que se requiere?
—Uno-punto-cinco —respondí.
El barón miró a Malcolm y preguntó:
—¿Bromley está tan interesado?
—No exactamente.
—¿Cuál es la oferta máxima que estás autorizado a hacer?
—No creo que pueda revelarlo.
—Vamos, Ault. Cualquier comisión es mejor que ninguna, y la tuya está a punto de desaparecer.
El barón golpeó a Malcolm exactamente en su punto débil.
—No estoy... Bueno, creo que mi oferta es muy oportuna y representa una ganancia para todos los interesados.
—Pero se queda corta —interrumpió Hugo—. Digo que dividamos la cantidad. Setecientos cincuenta cada uno.
Malcolm estaba viendo cómo su comisión rebajaba, pero al menos no se había evaporado del todo. Se balanceó sobre sus pies, pensando, y dijo:
—No estoy seguro de tener la licencia para autorizar algo así.
—Llama a Bromley por teléfono. Hablaré con él. Un empate no es una victoria, pero es mejor que una pérdida. Además, cada uno ahorra algo de dinero. Elsa estará encantada, y Bromley también.
—Por supuesto —intervino el señor Dodge—, pero ¿no crees, Hugo, que nos estamos adelantando un poco? La parte familiar, quiero decir. La dama en cuestión no se ha puesto exactamente de acuerdo, y creo que podría haber un divorcio que debe concluirse.
—¿Sabes algo de eso? Sorpresas por todas partes. Bueno, será mejor que alguien se ocupe de resolverlo.
El barón me miró. Le devolví la mirada.
—Bueno, no te quedes ahí sentado. Hay un trato sobre la mesa. El tiempo no espera a nadie. Martilla el hierro cuando esté caliente. Ve tú.
Sonaba como Johnny.

Ivan Obolensky

—Será mejor que me ocupe de ello entonces —contesté—. Sin presión, ¿eh?

Hugo sonrió.

—Conoces la historia de los diamantes...

—Ni siquiera empieces. Haz tu magia con mi padre y volveré pronto. ¿Qué pasó con lo simple?

El barón se rio. Era la primera vez que lo oía reír, y no estaba seguro de que me gustara. Tenerlo como suegro iba a ser una experiencia interesante, siempre y cuando Bruni aceptara, por supuesto. Y ese era el meollo del asunto. Mis posibilidades eran buenas, pero también recordé que las mujeres no siempre están dispuestas a aceptar cualquier cosa cuando se trata de un motivo oculto.

Stanley me abrió la puerta y salió a mi lado.

—Ella está en la cocina con Dagmar —dijo mientras caminábamos.

—Stanley, ¿cómo te las arreglaste para estar en la habitación todo este tiempo? No me di cuenta de tu presencia.

—Nunca me fui.

—Dime algo que no sepa —respondí con cierta molestia.

—Ser completamente inmóvil es una habilidad que aprendí en mi profesión, si se quiere saber qué es lo que pasa.

—Si tú lo dices... ¿Sugerencias, Stanley?

—Ninguna, señor.

—Gracias.

—Muy bien, señor.

Pasamos el reloj de camino a la cocina. Eran las doce y cuarto. Disponía de cuarenta y cinco minutos.

Bruni llevaba un delantal puesto y estaba viendo cómo Dagmar preparaba una salsa. Hablaban como si se conocieran desde hace años. Dagmar me vio y le dijo a Bruni:

El ojo de la luna

—Ahí está. Quítate el delantal. Recuerda lo que dije, y ahora vete. Yo terminaré aquí. El tiempo es importante y no tenemos mucho.

Los ojos de Bruni brillaron mientras se dio vuelta hacia mí.

—Dagmar es un tesoro viviente.

—Así es, y los dos tendremos una pequeña charla en poco tiempo. ¿Verdad, Dagmar?

—Oh, sí señor. Eso haremos, pero no ahora. ¡Vayan! ¡Vayan!

Nos sacó apurados.

—¿Sentados o caminamos? —preguntó Bruni.

—Caminemos.

—Buena idea. Estuve aquí toda la mañana. Entonces, ¿qué pasó? Dime.

El reloj del vestíbulo marcaba su cadencia mientras Bruni y yo salíamos por la puerta principal. Se estaba formando una bruma en dirección al río, que lo envolvería todo en poco tiempo. Subimos por el camino. Le conté sobre el señor Dodge y el estado actual de las finanzas.

—Casi, entonces... y, ¿qué hay de los postres? ¿No deberías estar dentro trabajando en eso?

—Se están puliendo algunos detalles que no me involucran directamente. ¿Tú y Dagmar están tramando algo?

—Bueno, sí y no. Me dijo que acelerara las cosas entre tú y yo. Dijo que tenía sus razones. Puede ser notablemente comunicativa y enigmática al mismo tiempo.

—Todos pueden serlo. Confía en mí. Es una habilidad. ¿Qué impresión tuviste de ella?

—Muy capaz. Una maestra culinaria de primer orden. Tiene un conocimiento notable de las plantas, hierbas y especias oscuras. Me recomendó que empezara a tomar una mezcla especial de su té.

—¿De verdad? Interesante. Ella y yo definitivamente tendremos una charla. Dagmar no fue la única que nos dijo que aceleráramos las cosas. Tu padre también lo hizo.

—¡Estás bromeando!

—¿Quieres sus palabras exactas?

—Sí, me gustaría oírlas.

—El tiempo no espera a nadie, y necesito martillar mientras el hierro esté caliente.

—No puedo creer que haya dicho eso. ¿Había dinero involucrado?

—Esa es la cosa, pero, antes de volver allí, tengo una pregunta. ¿Tienes la impresión de que nos están acorralando? Tal vez haya una palabra mejor, pero los eventos, el personal, los padres y los amigos nos están uniendo. Que están *orquestando* algo sonaría mejor.

—Muchísimo mejor.

—¿Cómo te sientes al respecto?

—De alguna manera me encanta y, al mismo tiempo, estoy perpleja. Es como si alguien tratara de ofrecernos una gran pista.

—Exactamente. La pregunta es si la aceptamos o no. Si sacamos esa orquestación de la ecuación, ¿cómo te sientes personalmente acerca de que sigamos adelante?

—Sé a dónde va esto. Creo que estoy lista. No puedo explicarlo, pero hay rectitud y maldad en las cosas. Lo nuestro es rectitud. Cometí errores. Probablemente cometeré más, pero no somos un error. Esto lo sé.

—¿Cuándo te divorciarás?

—Pronto.

—Entonces, cásate conmigo cuando se termine.

—Lo haré.

—¿En serio?

—En serio.

—Fue más simple de lo que pensaba.

Nos abrazamos. Bruni me susurró al oído:

—Tuviste ayuda. Dagmar estaba sobre mí como una sanguijuela, ensalzando tus virtudes. Finalmente, le dije: «Supongo que quieres que me case con él». Me contestó, más rápido que un rayo: «Oh sí, va a suceder tanto si te gusta como si no, así que sube a bordo. Si no te lo pide, pídeselo tú». No fue sutil. Se veía muy seria, y enfatizó que tenía que ser pronto. Si hubiera empezado a hablar sobre la alineación de los planetas, no me habría sorprendido para nada, pero había una intensidad en ella que era escalofriante, como si tuviera una pista interna sobre el futuro. Le creí. Fue algo digno de ver.

—Sé de lo que hablas. Siempre dice que Alice era una vidente, pero tengo la idea de que hay que serlo para reconocer a otra.

—Quiero una propuesta formal, completa, con algo grande y brillante, pero puedo esperar un tiempo —dijo Bruni mientras permanecíamos abrazados—. Tienes que regresar y asegurarte de que el trato se cumpla. Debería decírtelo de nuevo: cuando mi padre empieza a hablar así, hay dinero involucrado. ¿Lo hay?

—Sí. Está convenciendo a mi padre de dividir el costo y mantener los tesoros aquí, ya que se quedan dentro de la familia. La parte de la familia era la incierta. Me echó de mi propia reunión para que lo manejara. Todo lo que puedo decir es que me alegro de que lo hiciera. Tener a tus padres como suegros será interesante.

—Tener a tus padres como suegros probablemente superará eso.

—Puede que tengas razón. Tendremos que verlos en algún momento.

—¡Por Dios! No pensemos en eso ahora.

—No, no lo hagamos.

Volvimos a la casa tomados de la mano.

77

—Es un hecho entonces —dijo el barón—. Esto amerita varias celebraciones. Bien por todos, incluso por ti, Malcolm. Un trato cerrado y en el bolsillo es uno de los pequeños placeres que mantienen el corazón latiendo y los sueños vivos.

—Vendrás a Austria —dijo Hugo, acercándose. No fue una petición. —Esta casa es bella, pero no hay nada como un castillo para elevar los espíritus. Deberías ver la cámara de tortura en el calabozo. Es algo impresionante. Ya te la mostraré.

Estaba diciéndole que me encantaría verla cuando Stanley anunció que el almuerzo estaba servido y que podíamos pasar a la mesa. Todos querían ver los tesoros, pero el momento se aplazó hasta después del almuerzo. Cuando lo deseaba, Stanley era capaz de asumir el mando.

Maw no había dicho ni una palabra en toda la reunión. Se me acercó cuando los otros se fueron y dijo:

—Bueno, no creo que hayamos sido formalmente presentados. Soy la señora Leland. Puedes llamarme Mary.

Al ver que era su manera de cerrar la brecha entre nosotros, le respondí:

—Bromley, Percy Bromley. Puedes llamarme como lo desees.

—Y lo haré, ahora que empezamos de nuevo. —Rio mientras lo decía—. Percy está bien para mí. Quiero hablarte sobre varios asuntos. ¿Me escucharías?

—Por supuesto.

—Las cosas parecen haber funcionado para ti, a pesar de tener todo en contra. Bonnie te tiene en alta opinión, lo cual me sorprendió. Tuve que reevaluar el asunto. ¿Sabes qué le

El ojo de la luna

preguntaba Napoleón a un general antes de pasarle el bastón del mariscal de campo?

—Creo que le preguntaba si se sentía afortunado.

—Exactamente. Si respondía que no, Napoleón no se lo entregaba. Hay algo que decir de los afortunados, y tú *tienes* suerte. Es una cualidad inefable que desafía cualquier categorización. Tu suerte parece afectar de alguna forma a todos los que te rodean. También se vuelven afortunados. No lo sabes, pero todos aquí hemos tenido un beneficio colateral. La suerte es un gran don, pero pocas personas que tienen grandes dones realmente lo saben. Por supuesto, tienen el don y piensan que lo saben, aunque no se trate del que realmente poseen. Reconozco los grandes dones que la gente verdaderamente tiene. Eso es lo que hago, y por eso soy especial. Con esta habilidad puedo amasar y conservar grandes riquezas, pero esa, extrañamente, no es mi mayor cualidad. Mi don está relacionado con los animales. Me aman tanto como yo los amo. Hacen gustosamente lo que quiero que hagan. Nos entendemos. Pareces tener ese mismo atributo con la gente de aquí. Recuerda mis palabras, este es el lugar al que perteneces; no te equivoques. Cuando me vaya esta tarde, llevaré algo especial conmigo. No solo porque tengo una hija que nunca había tenido antes, sino por otra cosa. Lo sabrás a través de Johnny. Por cierto, fue un argumento notable. Es extraordinario cuando se decide, tan apasionado, emotivo y convincente. Me sorprendió muchísimo y debo aclarar que no me sorprenden fácilmente. Él tiene una gran virtud también, pero la deja salir muy raramente. Es su pasión —cuando le da alas,— en caso de que no lo hayas adivinado. Todo se rinde ante ella, incluso el mundo, si así lo quisiera. Él y yo hicimos un trato. Me quedo con Robert Bruce y ustedes dos serán recompensados, al menos parcialmente. Apenas sé cómo lo logró, pero ahí está. El perro será bueno para mí y yo seré buena para él. Robert y yo nos entendemos, como puedes verlo. Es un perro mágico.

Miré hacia abajo y allí estaba el animal, de pie junto a ella, en silencio, mirando hacia arriba, observando.

Maw sonrió a Robert y preguntó:

—¿Sabías que estuvo todo el tiempo en la reunión? Ni siquiera te fijaste en él, ¿verdad?

—Santo cielo. —Me sobresalté—. No lo noté. Es perfecto. También supongo que es el único perro que vale dos millones.

—No lo insultemos —respondió, dejando asomar un poco de su antiguo yo—. Cuatro millones, si incluyes la cantidad que le di a mi hijo.

—Ya veo. Es todo un perro, debo admitirlo. ¿Sabes que Robert tiene un fetiche por las pelotas de tenis y por comer algunas prendas íntimas?

—Me sorprendería mucho si no lo hiciera, pero estará bien conmigo. Creo que lo llamaré *Cabecihuevo,* pero solo en privado. Es bastante guapo.

—Señora... quiero decir, Mary, puede que haya dicho algunas cosas...

—¡Shhhh! —Me detuvo con un gesto de su mano—. Nunca te eches para atrás. Disfruté cada minuto de nuestra confrontación. Sé que no es lo que quieres oír. Esperas que nos ofrezcamos disculpas. Bla, bla, bla, bla. Ya te dije que nunca me disculpo. Encontré terapéutico nuestro encuentro. Sé que no soy muy amable con la gente y que puedo resultar muy inapropiada, pero, a diferencia de los demás, yo lo sé. Me siento bastante cómoda así. Tal vez por eso me aman los animales. Siempre saben cuál es su lugar y dónde están conmigo. Eso los reconforta. No tienen nada que temer.

—Las sombras de Artemisa, creo.

—Tal vez, pero no soy una diosa virginal. De cualquier manera, tenemos algunas similitudes. Permíteme continuar. Quiero agradecerte por mi hija. Bonnie ha aprendido a ser ella misma a la vista de todo el mundo. Está entrando en su propia vida y creo que tengo que darte las gracias por dirigir mi atención hacia ella. Tienes buen ojo para el talento. A ella le irá muy bien. Dije lo que quería decir. Ahora, vamos... Tú no —advirtió—, el perro.

—¡Oh! —exclamé al aire. Ella y Robert ya se habían marchado.

Me dirigí solo hacia el comedor. Me llevaría un tiempo procesar lo que dijo. Maw era una mujer extraordinaria. Johnny y yo debíamos hablar. Esperaba sentarme a su lado en el almuerzo.

78

Entré al comedor. El lugar en la cabecera de la mesa estaba vacío. Bruni ocupaba el extremo opuesto, donde usualmente se sentaba la señora Dodge. Alguien decidió que ella era la dama de la casa. Entonces, me di cuenta de que la silla al frente de la mesa era para mí. Johnny estaba a mi derecha y Bonnie a mi izquierda. Junto a ella se sentó Maw, con Robert bajo su silla. Hugo y Elsa se ubicaron juntos al lado de Maw. El señor y la señora Dodge, junto a Malcolm, se hallaban del otro lado. Todo el mundo me miraba, expectante.

Observé sus rostros sonrientes. Habían allí una felicidad y una satisfacción que nunca pensé ver entre un grupo tan diverso de personas brillantes. Sabía que esperaban que yo hablara.

—Me gustaría extender mi agradecimiento a todos y cada uno de ustedes, personalmente y en conjunto. Sin su presencia, y sin sus muchos talentos, el destino de esta casa y todas sus cosas fascinantes estarían en vilo. Hoy, a esa posibilidad la reemplaza un futuro más prometedor. Hablando en nombre de la propiedad, no conozco las consecuencias de sus contribuciones, pero sospecho que sus vidas estarán respaldadas de una manera inexplicada e inesperada. Ese pensamiento me produce un gran placer. De mi parte, tienen una invitación abierta a Rhinebeck. Siempre serán bienvenidos aquí, sin importar el día o la hora. Gracias de todo corazón.

Hubo un breve aplauso. Percibí por sus gestos que había hecho lo correcto. Empezaron a hablar entre ellos. Bruni me miró desde el extremo distante de la mesa. Sabía que deseaba que pudiéramos sentarnos juntos. Yo también lo quería. Le mandé un beso de consuelo. Sus ojos brillaron, agradecidos, y me lo regresó.

Bonnie hablaba con Maw, así que me volví hacia Johnny y le dije:

—Hoy estuviste extraordinario. Después de todo, podría hacer lo del santuario. Maw estaba muy impresionada y, francamente, yo también.

—Un pequeño altar podría ser apropiado. Fue una actuación sobresaliente, incluso para mis estándares, lo admito y, a modo de conmemoración de ese momento brillante, te acompañaré a California.

—¿En serio?

—Sí, de verdad. No te sorprendas tanto. Tienes que volver aquí y mi presencia garantizará que suceda mucho antes. Me aseguraré de que tus energías se orienten con el vigor apropiado. Además, me debes un millón.

—Lo sé. Debí haberte preguntado primero.

—No es necesario. Era una conclusión predecible y muy satisfactoria. Todavía nos deben otros dos de mi padre. Recogeré mi parte de él. En realidad, no me debes nada.

—Eres el mejor amigo que pueda existir.

—Así es, pero es a Robert Bruce al que deberías agradecer. Fue el que cerró el trato con Maw.

—Sobre eso quería preguntarte. Vendiste a Robert.

—Así es. Fue inspiración pura. El mejor negocio que he hecho en toda mi vida. Ganamos millones. Además, Robert y Maw son una pareja concertada desde el cielo. Me llegó de la nada, como un rayo, destellando con presagios. Casi me voy de espaldas cuando me di cuenta.

—¿Lo extrañarás?

—¿Estás bromeando? Él me desgastó. Finalmente, tendré un poco de paz. Cuando le dije a Maw que le encimaría el perro, fue como si el bosque empezara a cantar. Todo se suavizó. Fue un juego de niños después de eso. Puede que suene frívolo cuando hablo de ese momento inspirador, pero sentí que algo mucho más grande que yo se apoderó de mí. Los dioses hablaron a través de mí en ese instante. Fue inquietante, pero eficaz. Dudo que vuelva a ser el mismo después de eso. Me estremezco solo de pensarlo.

—Estás lleno de sorpresas, Johnny Dodge.

Nos interrumpió la llegada de tres magníficos *soufflés* de queso. No era extraño que Dagmar quisiera que nos sentaran a tiempo. No dejaba nada al azar y por eso sus soufflés eran perfectos. Venían acompañados por una sencilla ensalada con un aderezo celestial de hierbas de la huerta, aceite de oliva y vinagre. El vino era el acostumbrado Sancerre.

El almuerzo transcurrió a un ritmo agradable. Miré a mi alrededor una vez más para asegurarme de que no estaba imaginando cosas, pero todo el mundo sonreía. Era una bendición. Además, podía considerar a cada uno de ellos como amigos que valía la pena conocer, incluso a Malcolm Ault. Parecía que su don era estar siempre presente cuando ocurrían eventos significativos. Tenía esa habilidad.

Cuando la comida terminó, Bruni se puso de pie y pidió que todos pasáramos a tomar café. Stanley debió de haber hablado con ella, porque anunció que este traería algunas de las piezas para inspeccionarlas y que el transporte de los invitados llegaría a partir de las tres y media. Se acercó y me preguntó:

—¿Cómo estuve?

—Tienes un talento natural. Perteneces a este lugar.

—Bien dicho. Sé que me encantará vivir aquí. Dagmar me pidió que te dijera que ya está disponible. Stanley me dio su mensaje. Hablando de otra cosa, nos separaremos pronto. ¿Cuándo volveremos a vernos? ¿Cuándo regresaremos aquí?

El ojo de la luna

—El viernes, creo. Johnny me acompañará a California para acelerar las cosas. Deseo volver el jueves. Más pronto, si puedo. Podemos venir en auto el viernes para pasar el fin de semana y hacer algunos planes.

—Eso me sentaría muy bien. Tengo mucho que hacer, pero eso es normal. Por ahora, me ocuparé de las damas. John cuidará de los hombres. Cuéntame lo que te diga Dagmar.

Diciendo eso, me besó, y yo me dirigí a la cocina.

79

Dagmar estaba sentada en su mesa con una taza de té. Frente a una silla vacía había una copa del *whisky* de Stanley.

—¿Puedo acompañarte? —pregunté.

—Por favor. Gracias por sentarte conmigo. ¿Puedo empezar?

—Por supuesto.

Esperó hasta que me senté y luego recogió las manos frente a ella.

—Considera esta como la primera reunión en nuestros respectivos roles. Me preocupa nuestro futuro. Afuera, el mundo está cambiando. A veces me pregunto si simplemente desapareceremos detrás de la niebla y la bruma que nos rodea, volviéndonos invisibles para los demás, o si soportaremos un destino más oscuro. Lo que el futuro nos depara es incierto para mí. Lo real es que para preservarnos necesitaremos una gran habilidad. Asumir el poder es una cosa, conservarlo es otra. Empezaste bien, y eso es esperanzador. Los líderes tienen que servir a quienes guían, o no tendrán esa condición por mucho tiempo. Es mejor ser consciente de eso desde el principio porque es una carga que debes llevar. Si fallas, nos fallas a todos. Es así de simple. Al final, nada brilla más que el éxito. Falla y no te perdonarán. Habrá consecuencias. Debes ser consciente de eso.

—Estamos en una encrucijada. No habrá vuelta atrás.

—Si es así, el futuro será más brillante que antes. Tu futura esposa es un tesoro. Ella traerá vida nueva a este lugar. Stanley será tu amigo y mayordomo. Es un erudito y el guardián del ritual y la ceremonia. Es la realización de nuestros rituales lo que

El ojo de la luna

reconoce y fortalece el poder que existe aquí. Quizá quieras saber más. Stanley puede orientarte.

»Me encanta mi trabajo y es una bendición poder practicar mi arte. Me expreso en el idioma más antiguo del mundo. Con él creo, preservo o termino la vida. Desearía que fuera para siempre, pero eso no depende de mí. Cada uno de nosotros sirve a su manera. Mi papel es el de intermediaria. El tuyo será proteger y preservar. Cuánto tiempo tengamos aquí depende de todos nosotros, pero, sobre todo, de ti. Es una tarea difícil, pero no sin compensaciones. ¿Tienes alguna pregunta?

—Siempre he sentido un poder en este lugar. ¿Me puedes hablar más sobre eso?

—Puedo, pero no lo haré. Lo que sé no es un conocimiento que me pertenezca o que pueda entregar. Debes hacer tus propios descubrimientos. Ahora, vayamos a lo que nos ocupa. Llegó el momento. ¿Tomaste tu decisión?

Sus brillantes ojos sostuvieron la mirada de los míos. Aquí pasaba más de lo que yo alcanzaba a entender. Estaba entrando en un acuerdo cuyos pactos eran más profundos de lo que pensaba y a un mundo que iba más allá de cualquier cosa que conocía. Para tener éxito, tendría que confiar en mis habilidades y en algo desconocido e indefinido. Tal vez fuera, simplemente, el futuro. O bien aceptaría la promesa que me hacía o no lo haría. Todo lo que sabía era que no podía seguir escondiéndome. Tenía que tomar una posición y confiar en mí mismo, algo que nunca había hecho antes.

—Dagmar, acepto mi responsabilidad con todo lo que hay aquí. Lo haré de la mejor manera posible. Si tienes algo que decir o necesitas cualquier cosa, no dudes en exponerlo. Dame tu consejo, si lo consideras conveniente.

—Lo haré. Aunque estás solo en esto, realmente no lo estás. Has elegido y yo estoy satisfecha. Bebe la mitad del vaso y yo beberé el resto.

Bebí. Sabía como el *whisky* de Stanley, aunque no estaba seguro de que lo fuera. Me miró con los ojos brillantes y creí advertir un destello. Dejé el vaso en la mesa. Su mirada nunca vaciló al tomar el vaso; lo bebió de un solo trago como si lo hubiera hecho así toda su vida y lo descargó sobre la mesa con un ruido seco, como el de un disparo.

—Está hecho, entonces, para bien o para mal. Ahora, ¿cuándo esperamos que vuelvas?

—El viernes.

—Será como tú dices. Ahora, ven aquí, dame un gran abrazo y luego ocúpate de tus invitados. Estoy feliz de que este día finalmente haya llegado.

80

Todos estaban afuera. El equipaje había sido guardado en los cinco automóviles que bordeaban la entrada. El personal también esperaba fuera, incluso Dagmar. Johnny me dijo que era la primera vez que lo hacía desde que Alice estuvo en casa. Era hora de decir adiós. Los invitados se despidieron entre ellos. Me mantuve aparte, como debía ser.

El primero fue Malcolm.

—Malcolm, ha sido un placer conocerte. Dale mis saludos y mi agradecimiento a mi padre.

—Lo haré —dijo sonriendo—, pero sugeriría que lo visites para verlo y agradecerle personalmente. En mi caso, lo haría más pronto que tarde, si se me permite el atrevimiento. En resumen, fue una jornada feliz. Terminó bien y yo cumplí mi papel. Dudo que este fin de semana pueda igualarse pronto. Me voy. Tienes mi número de teléfono. Llámame y me encargaré de los arreglos.

Luego siguieron los Von Hofmanstal, que lucían los mismos trajes con los que llegaron. El barón, con su abrigo limpio, me miró y dijo:

—Deseo verte muy pronto en Austria o probablemente en Nueva York. Una vez que Bruni ponga sus cosas en orden, lo que espero que sea muy rápido, nos ocuparemos de los arreglos necesarios para una unión más permanente. Ahora, no me des una mano como despedida. Eso no servirá. —Me abrazó como un oso y me sacó el aliento—. Así está mejor. Te encantará mi castillo. Adiós y buena suerte.

Elsa pasó luego y me dio un abrazo menos asfixiante.

Ivan Obolensky

—Te extrañaré. Si planeas alguna fiesta de fin de semana, insisto en que me invites. No me la perdería por nada del mundo. Me encanta este lugar —dijo mientras miraba a su alrededor—, nunca sabes lo que pasará. —Me besó en ambas mejillas y me apretó las manos.

Seguía Bruni. Ya habíamos tenido una despedida en privado que me había dejado tambaleándome. Se metió entre mis brazos y dijo:

—Te extrañaré. Me contendré en interés de la corrección. De lo contrario, nunca me iría — susurró en voz baja. Luego, con voz normal dijo—: Llámame cuando aterrices. Te espero el miércoles. Conocerás mi apartamento. Sé que va a gustarte, pero tengo el presentimiento de que estaremos aquí más a menudo que nunca. Te amo. —Desapareció en el automóvil, que observé mientras se marchaba.

El turno fue luego para Maw y Bonnie, junto con Robert Bruce. El animal no llevaba correa. Creo que sentía que con su nuevo y elevado estatus estaría por debajo de su dignidad. Tal vez fuera así. Lo admiré y me alegré por su buena fortuna.

Bonnie me dio un gran abrazo.

—No te pierdas. Tuve una larga conversación con Johnny. Hicimos algunos planes. Te contará de camino a California. Quiero agradecerte una vez más. No estoy segura de lo que pasó aquí, pero algo sucedió y ahora soy mejor. Supongo que es un proceso, más que un evento. —Me besó en los labios con un guiño—. Solo para dejarte saber lo que te estás perdiendo. Algunas cosas son demasiado buenas para resistirse. Me disculpo. Pásala bien.

Subió al automóvil. Seguía Maw.

—Supongo que yo también tendré que hacerlo. Ven aquí. —Me abrazó.

—Mary, creo que es la primera vez que me abrazas.

—Lo es, pero te lo mereces. Los invitaré a todos, a ti y a tu dama. Tengo muchos caballos y, por supuesto, Cabecihuevo estará allí también, aunque él no es para todos. Bonnie dijo que tiene algunas ideas que compartió con Johnny. Escúchalo. Buen viaje.

Se subió a su automóvil. Noté que no necesitaba ayuda y Bonnie no se la ofreció. Definitivamente, habían redefinido su relación.

El señor y la señora Dodge fueron los siguientes. Anne vino primero.

—Así que has llegado a lo tuyo. John me habló de tu conversación. Nosotros —en realidad, yo, porque insistí en hacerlo personalmente— haremos todo lo posible para devolverte la suma que nos condonaste. Tengo recursos. No tomará mucho tiempo. Deberías ver a tu madre. Sé que muchas cosas han cambiado, pero deberías hacerlo. Es una persona increíble. Después de todo, te dio a luz. Sé que no fui yo, pero siempre te he visto como si así fuera. Espero que me perdones. Aún tengo trabajo que hacer para perdonarme a mí misma, pero que tú lo hagas significará mucho para mí.

—Anne, si deseas el perdón, entonces te perdono, pero nunca lo necesitarás de mí. Siempre te veré como mi madre, igual que veo a Johnny como mi hermano. Puede que no sea verdad, pero es lo suficientemente cierto. Así que no se hable más del asunto. No me debes nada. Ni tú ni John, en lo que respecta al fideicomiso. Lo digo en serio. Por supuesto, no rechazaré una contribución voluntaria si te sientes inclinada a hacerla. Solo sé que las deudas de dinero crean inquietud en las relaciones, cuando no debería haber más que buena voluntad.

—Tienes razón, pero haré lo que pueda. Acepto el espíritu que hay detrás de lo que dices.

—Muy bien, y siempre tendrás tu habitación aquí.

—John me lo dijo. Debo irme antes de que empiece a lloriquear. Beso. Beso.

El señor Dodge vino luego. Lo abracé y le dije:

—Ha sido maravilloso verte.

—Igualmente. —Retrocedió—. Voy a reunir todos los fondos y a revisar los papeles. Todo estará disponible para la firma el viernes. Anne y yo nos vamos después de eso durante dos semanas, pero volveremos a la ciudad. Me gustaría verte al regreso, si te parece bien.

—Por supuesto. Me gustaría mucho.

—Nos vamos entonces. —Me abrazó una vez más por un largo rato—. Gracias, solo gracias. —Subió al automóvil.

Raymond, el chofer del señor Dodge, cerró la puerta. Antes de entrar, dijo:

—Felicitaciones, muchacho. Lo hizo bien. Por cierto, fui yo quien movió la cortina en el apartamento. Stanley me pidió que se lo dijera, por si acaso se lo estaba preguntando. Hacía las rondas. Nos vemos.

Entró, encendió el motor de la limusina y se marchó.

Solo quedamos Johnny y yo.

Seguí el orden de la fila. Stanley estaba primero. Dijo con una sonrisa:

—No espero un abrazo.

—Jamás en tu vida. Primero, la Tierra cambiaría su eje. Por cierto, tuve una charla interesante con Dagmar. Olvidé mencionar tu contribución. Francamente, se me pasó por completo cuando hablé con ella de todo lo demás, pero lo mencionaré ahora. Volveré el viernes.

—Muy bien, señor. Menciónele ese punto. Tendré el apartamento preparado para cuando vuelva. Lláme me y haré los arreglos que necesite. Actúo como su conserje, entre otras cosas.

El ojo de la luna

—Lo haré. Tendrás que enseñarme cómo funciona todo esto, pero entre los dos lo resolveremos. Gracias, Stanley, por todo.

—Satisfacción es lo que busco. Que tenga un buen viaje.

Fui más adelante y agradecí uno por uno a todos los miembros del personal. El apretón de manos de Harry fue como estrujar papel de lija. Dagmar fue la última. Apropiado o no, le di un abrazo.

—Gracias, Dagmar.

—Gracias, señor. Regrese pronto.

—Lo haré.

Entonces, le conté sobre la ayuda de Stanley. Resplandeció.

—Es un hombre muy listo. Lo tendré en cuenta. No estará en el purgatorio para siempre.

Johnny y yo les dijimos adiós a todos moviendo la mano y subimos al automóvil. Miré por la ventana de atrás mientras seguíamos por el camino de la entrada. La niebla se había espesado. La casa pareció brillar, perdiendo y ganando enfoque, y luego se perdió de vista, tragada por una nube gris, como si nunca hubiera existido. Me preguntaba si, efectivamente, había desaparecido. Por un momento, creí escuchar a alguien que me llamaba para que regresara, pero al darme vuelta todo lo que vi fue, una vez más, el camino detrás de mí desvaneciéndose en la niebla, mientras el auto avanzaba. Podría haberme equivocado, pues Johnny estaba diciendo algo en ese momento.

—Tengo algunos puntos relevantes que deberíamos discutir.

—¿Ah, sí? —pregunté, pero estaba bastante seguro de que no era Johnny a quien había oído. Años más tarde, me pregunté por ese momento.

¿Y si hubiera prestado atención al llamado y hubiese regresado?

¿Habría sido diferente el futuro?

FIN

AGRADECIMIENTOS

Conseguir que un libro se publique y llegue al público no es, por lo general, una actividad en solitario. A lo largo del camino recibí mucha ayuda y apoyo. Además, conseguir que se traduzca a otro idioma para que refleje lo escrito en el original y tenga su propio vuelo resulta aún más desafiante.

Quiero agradecer a Mary Jo Smith-Obolensky por inspirarme y por su extraordinario trabajo en la concepción, edición y publicación de la versión en español. A Germán González por su maravillosa traducción, a Constanza Padilla por su edición y a María Eugenia Martínez por la revisión final del texto.

También quisiera expresar mi gratitud a Nick Thacker por su diseño de la portada y, por último, mi más sincero agradecimiento a los muchos y atentos lectores que con sus comentarios hicieron de la edición en español un libro mucho mejor.

NOTA FINAL

Hay vías limitadas para correr la voz sobre mis obras y las reseñas son una forma significativa de conectarse con más personas. Puede dejar una reseña con su tienda en línea favorita, biblioteca o redes sociales. Escribir una reseña marca una diferencia.

Leo cada una de ellas y aprecio el tiempo dedicado a compartir sus pensamientos y opiniones. Gracias.

www.ivanobolensky.com

Made in the USA
Columbia, SC
15 November 2023